梁羽生作品集 38

慧剑心魔

梁羽生

上

朗声图书 中山大學出版社 SUN YAT-SEN UNIVERSITY PRESS

图书在版编目（CIP）数据

慧剑心魔/梁羽生著. --广州：中山大学出版社，2012. 10
（梁羽生作品集）
ISBN 978-7-306-04346-7

Ⅰ. ①慧… Ⅱ. ①梁… Ⅲ. ①侠义小说—中国—当代 Ⅳ. ①I247.5

中国版本图书馆CIP数据核字（2012）第255003号

广东省版权局版权合同登记图字：19－2012－050号

封面题字：黄苗子　书名篆刻：张贻来

慧剑心魔

出 版 人　王天琪
策　　划　欧阳群
责任编辑　何　娴　熊锡源
文字编辑　林春光
内文插画　黄增立
封面设计　王　强
出 版 社　中山大学出版社
（地址：广州市新港西路135号　邮政编码：510275）
电　　话　编辑部020-84111996　传真020-84036565
网　　址　http://www.zsup.com.cn　E-mail:zdcbs@mail.sysu.edu.cn
代理发行　广州市朗声图书有限公司（电话：020-34297719）
印　　刷　湛江南华印务有限公司
规　　格　880mm×1230mm　1/32　25.5印张　721千字　插图29幅
版次印次　2012年12月第1版　2021年1月第6次印刷
定　　价　72.00元（全二册）

目　录

第 一 回　花环织就怜新好
竹马骑来忆旧情 …………………………… 1

第 二 回　铁盾银钩惊恶梦
白云苍狗说前因…………………………… 19

第 三 回　焚琴煮鹤情何忍
掘宝怀珍意自伤…………………………… 35

第 四 回　冰雪仙姿消侠气
风雷手笔写雄图…………………………… 49

第 五 回　深情岂料招奇变
藏宝原来是祸胎…………………………… 65

第 六 回　堪嗟蜗角争蛮触
欲向刀头舐血腥…………………………… 83

第 七 回　一生遗恨萧墙祸
万里追踪玉女痴 ………………………… 101

第 八 回　排难解纷来侠士
驱车护宝走江湖 ………………………… 117

第 九 回　大盗横刀图劫宝
娇娃谈笑戏群豪 ………………………… 131

第 十 回　有心比武求佳婿
不料飞骑遇寇兵 ………………………… 145

第十一回　千军辟易夸豪杰
长夜筹谋访故交 ………………………… 163

第十二回　夜探重衙遭暗算
火焚节署伏高人 ………………………… 179

第 十 三 回　几许少年称闯将
敢凭一剑斗魔头 …………………… 195

第 十 四 回　龙泉出匣逢强敌
荒谷驱车押宝来 …………………… 211

第 十 五 回　终须正气消邪气
岂只魔高道更高 …………………… 229

第 十 六 回　何来胡虏欺豪杰
岂有英雄惧寇仇 …………………… 249

第 十 七 回　有胆识夸小豪杰
无情剑逐大魔头 …………………… 263

第 十 八 回　岂惜芳馨遗远者
只伤夜气压重楼 …………………… 281

第 十 九 回　情窦初开怜玉女
杀机潜伏遇强人 …………………… 301

第 二 十 回　诡计沉舟谋好汉
轻功绝技渡长江 …………………… 317

第二十一回　娥眉善妒须挥剑
旧侣重逢作解铃 …………………… 331

第二十二回　同仇敌忾前嫌释
报怨惩凶怪侠来 …………………… 351

第二十三回　虎斗龙争骇众目
萍因絮果感双心 …………………… 365

第二十四回　欲收鹬蚌相争利
不怕熊罴气自豪 …………………… 385

第一回　花环织就怜新好
竹马骑来忆旧情

天高云淡，骏马嘶风。一个晴朗的秋日，伏牛山下，出现了一人一骑，仆仆风尘，匆匆赶路。

伏牛山脉像一条蜿蜒数百里的长蛇，在河南中州的黄土平原上，自西向东，迤逦而来，而这一人一骑，则是自东向西，疾驰而去。

这人是个十七八岁的少年，人正英年，马是骏马，天是晴天，但可惜他的心情却是落寞之极。眉宇之间隐有重忧，掩盖了他本来的英气，和这晴朗的天气也极不谐和。伏牛山千峰万壑，在山下远远的望上去只见雾气迷漫，但在这少年的心中，却似看见了万马千军，在山谷之中骤驰。

五年之前，在这伏牛山上，曾有天下英豪聚会，推举了铁摩勒做绿林盟主。当年这少年还是个无知的童子，但也曾随父母参与了这次盛会。五年的时间，不算太长，也不算太短，但对伏牛山与这少年来说，已是经历了太多的变化。伏牛山上的英雄早已风流云散，而这少年亦已是父母双亡了！

这少年几次想拨转马头，上山探望，但终于还是欲行又止。他翘首云山，心中叹气，暗自想道："铁叔叔不知是否还在山上？那次大会之后，惊动朝廷，曾派了中州、平卢两节度使的兵马围袭，听说各路英豪都已分散了。但这山上本来还有个山寨，根基巩固，官军退后，他们不会回来吗？嗯，铁叔叔对我极好，我路过此山，理应去探望他的消息，唉，可是，可是——"他蓦地想起母亲临终的吩咐："我不准你为我报仇，你对别人，只能说我是病死的。铁摩勒是绿林盟主，是我和你爹爹最好的朋友，但这件事情，你可千万别想去倚仗他！我要你遵守我的吩咐，对他也不例外！你最好过了几年，再去见他。"

那少年想至此处，眼泪潸然而下，心中则是大惑不解。他母亲叮嘱了他之后，已是一瞑不视，他根本就来不及问原因。可是尽管他心中疑惑，他母亲临死的叮咛，他又岂敢不从？"唉，即使铁叔叔是在山上，我既不想向他说谎，那也就无谓去见他了。"

这少年正自心烦意乱，忽听得马铃声响，对面也有两骑马跑来，骑者乃是一男一女，男的大约和他差不多年纪，也是十六七岁模样；女的更是年轻，看来只有十四五岁，稚气未消，梳着两条辫子，结上红绳，马跑得快，她那两条辫子随风摇摆，晃呀晃的，也似流星般飞快，十分有趣，把这小姑娘也衬得更为俏丽婀娜。

这少年呆了一呆，一双眼睛跟着这个小姑娘，看得出了神。说时迟，那时快，这两匹坐骑已是从他身旁驰过。那小姑娘发现了他的神态，似乎很不高兴，撅起小嘴，向他白了一眼。

这少年瞿然一省，那两骑马已过去了十数丈之遥，隐隐听得那小姑娘道："哥哥，你的脾气倒好。哼，要是碰上了我的师父，不把他的眼珠剜掉才怪！"做哥哥的道："你师父脾气也并不坏呀。"

那小姑娘道："不坏，你知道她少年时候的故事么？"两兄妹刚说到这里，只听得蹄声得得，却原来是这少年拨转马头，又向着他们追来了。

那小姑娘柳眉一竖，蓦地勒住坐骑，喝道："你这人是干什么的？"那少年道："我，我……哦，没什么，没什么，我只是赶路的。"那小姑娘道："赶路的？哼，那你为什么又跑回来？"那少年道："这个，这个，我、我是……"不知他是被这小姑娘的神气吓着了还是别有心事，期期艾艾，竟是好半天说不出一个道理。少女的哥哥也觉得这少年行动荒唐，前言不对后语。

那小姑娘冷笑道："赶路的？你分明是想跟踪我们，一定是个坏人！你当我们是好欺负的么？快滚！"

这少年也有点着恼，说道："这条路又不是你的，我喜欢回来便回来，难道一定要告诉你什么原因么?”心里想道：“这小姑娘怎的这样凶？只怕我当真是认错人了。”

话犹未了，那小姑娘蓦地把手一扬，一口光闪闪的匕首已是向他飞来，喝道：“我叫你滚，你就要滚!”

这少年一个镫里藏身，刷的一鞭便卷过去，只听得“嚓”的一声，匕首擦着马鞍飞过，立即给这少年的马鞭打落。但这少年看了飞刀的来势，也已知道那小姑娘不在伤人，而在吓他。

那小姑娘十分好胜，飞刀给他打落，更是生气，怒道：“好呀，我就与你较量，较量!”一扬手，这次是三柄匕首同时发出，既要伤人又要伤马了!

这少年不怕飞刀，却怕伤了坐骑，小姑娘的飞刀来得快，他的反应也是灵敏之极，那一边飞刀出手，这一边身子离鞍，只听得一片断金戛玉之声，飞刀尚在半空，这少年已跳起来，挡在前头把飞刀打落了！他纵身离鞍，拔剑削刀，翻身落地，几个动作一气呵成，那小姑娘的哥哥也不禁赞了一个“好”字。

那小姑娘跳下马来，冷笑说道：“你要在我面前炫耀剑法？好，我就与你比比剑法!”少年心里想道：“你用飞刀打来，我岂能不拔剑抵御？怎说得上是炫耀了?”可是那小姑娘明晃晃的剑锋已刺了到来，根本就不容他争辩。

这少年受了委屈，也不禁有点生气，心道：“看你是个黄毛丫头，我不能与你一般见识。但你意态太骄，却也不能不让你知道一点厉害。”当下横剑一封，力透剑尖，意欲将那小姑娘的兵刃削断。

岂知那小姑娘的剑法奇诡绝伦，她本来是平胸刺来的，剑到中途，突然一变，倏地就从这少年意料不到的方位，指向他的“空门”。少年吃了一惊，百忙中一个“盘龙绕步”，长剑圈了一道圆弧，护着空门，这才解了小姑娘的那一招。

那小姑娘得理不饶人，攻势一发，登时有如抽丝剥茧，连绵不断。剑法是阴柔一路，但柔中带刚，虚虚实实，分外难防。

少年倒抽了一口冷气，这才知道那小姑娘的厉害，心道：“我只道以我家传的武功，已足以与江湖高手角逐，哪知一个小姑娘也这么厉害！嗯，我若是连一个小姑娘也打不过，还说什么闯荡江湖?”到了此时，他哪里还敢有丝毫轻敌之心，只好打起精神，把那小姑娘当作平等的对手看待，认真对付了。

饶是如此，他也是只有招架之功。论功力他是比那小姑娘高强，但那小姑娘的剑招完全不依常轨，瞬息百变。那些招数，这少年连见也没见过，对方又是比他年小的女孩子，胜之不武，不胜为笑，因此，就难免有点心慌。

激战中，那小姑娘喝声："撤剑!”指东打西，刷的一剑刺他手腕，少年一甩手腕，“嗤”的一声，衣袖削去了一截，但总算他还躲闪得快，剑并没有脱手。

少年吃了大亏，满面通红，蓦地也喝声："撤剑!”身形倏起，俨如巨鹰扑兔，向那小姑娘凌空抓下。小姑娘也未曾见过如此厉害的掌法，大吃一惊，陡然间，只觉手腕一麻，青钢剑已给那少年打落。

那少女的哥哥叫道："手下留情!”身形一起，捷如飞鸟，“砰”的与那少年对了一掌，那少年接连退了四五步才站立得稳。那少女的哥哥却只是退了三步。

少年大吃一惊，不但是因为这少女的哥哥武功比他高强，而且因为对方那雄浑的掌力似是他从前见过的一种功夫，一惊之下，失声叫道："你，你是——”

那少女的哥哥已抢先说道："你可是展大哥？小弟铁铮。”

那少年又惊又喜，连忙说道："我正是展伯承。这位想必是令妹铁凝了？哎呀，我冒犯了你们兄妹，真是不好意思!”

原来铁铮、铁凝正是铁摩勒的子女，展伯承的父亲是展元修，母亲是王燕羽，他的父母和铁摩勒是最要好的朋友。展伯承十二岁那年，随父母第一次来到伏牛山谒见铁摩勒，恰巧碰上绿林大会，铁摩勒就是在那次绿林大会中被推为盟主的。

展伯承第二次上伏牛山，是随父母来喝段克邪的喜酒，先后两次，他在山寨住了将近一个月的时间，与铁铮兄妹作伴，每日练习武功。段克邪的婚事过后，铁摩勒要他的一子一女，各自拜段克邪的师兄空空儿、师嫂辛芷姑为师，空空儿夫妇带了徒弟云游四海，自此之后，他们就再没有见过面。

铁铮比展伯承小一岁，今年十六；铁凝则比他小三岁，今年只有十四。一别五年，当年的小孩子都长大了。少年时期，发育得快，身材体态和五年前差异极大，尤其铁凝，五年前是个蹦蹦跳跳的小女孩，比展伯承矮一个头有多，如今已是一个亭亭玉立的小姑娘，比展伯承也矮不了多少了。所以展伯承刚才与他们相遇，虽然觉得似曾相识，却是不敢相认。

不过，他们当年曾一同练过武功，到了展伯承用家传的“五禽掌”法夺铁凝宝剑的时候，铁铮就知道是他了。铁铮也就用出当年与他练过的铁家“飞龙掌”与他对了一掌。但铁凝与他交手的时候，用的却是辛芷姑所授的剑法，那是展伯承所未见过的。

青梅竹马的朋友意外相逢，大家都是十分欢喜。铁凝颇有父风，是一个豪爽的小姑娘，听了展伯承的话，便笑起来道：“这不怪你，你想必已有几分怀疑是我，想认又不敢认，这才跟上来的。我才真是不好意思呢！我以为你是个轻薄少年，盯我的梢的。嘿嘿，哈哈，你不怪我么?”

铁凝的年纪说大不大，说小不小，还不怎么懂得害羞。她的师父辛芷姑本是个落拓不羁的女子，她跟了师父五年，颇受影响，心直口快，一口把展伯承的心思道破，倒把展伯承羞得个满面通红。

铁铮带笑斥道：“女孩儿家，怎的这么口没遮拦?”铁凝道：“展家哥哥又不是外人，怕什么?”

铁铮道：“虽然不是外人，你也要懂得一点礼数才对。”铁凝装模作样，对展伯承裣衽一礼，说道：“请问展哥哥是不是正在回家?我的爹爹可在山上么?”

铁铮忍俊不禁，说道：“淘气的小丫头，我叫你有礼貌，却也不必这样做作。展大哥当然是回家的，还用问么？咱们正好可以一同回去。嗯，五年不见，你的武功一定大大增进了，这次你无论如何要在山寨多留几天，咱们也好切磋切磋。”

原来在五年之前，展家是在伏牛山的前山居住的，不过伏牛山绵延数百里，从前山到铁摩勒的山寨，也还有两三天路程。铁摩勒本来在金鸡岭，后来才搬到伏牛山的，一年之后，展家却又搬走了。所以展伯承不过到过山寨两次。

展伯承黯然说道："我的家已经没有了，我们也早已离开了伏牛山。这次我是去投奔一位世叔祖的，请恕我不能陪你们上山了。"

铁凝叫道："什么，你们早已搬走了？我听妈说，你的爹娘和我的爹爹最是要好，我以为你们会留在山寨，帮忙我爹爹的。为什么搬走呢？这，这——"她本想说："这不是不够义气吗？"但想到不能对长辈无礼，话到口边，吞了回去。

展伯承摇了摇头，叹口气道："我不知道。唉，要是我们不搬，靠近山寨，也，也不至于……"说到这里，他突然想到母亲临终的吩咐，不愿把家中遭遇的横祸说出来，话语也就突然中断了。

这几个大孩子都不知道，展伯承的母亲王燕羽，少年时候，曾与铁摩勒有过一段情孽牵连，后来彼此结了婚，虽说铁摩勒、展元修都是胸襟磊落，但王燕羽却总不能不有点芥蒂于怀，也总有点提防丈夫多心，因此待过了绿林大会，又喝了段克邪的喜酒之后，她就坚持要搬离伏牛山了。

铁铮比较细心，听得展伯承话中有话，吃了一惊，连忙问道："展大哥，你说什么，你的家怎么没有了？"展伯承道："我的爹娘都已死了，只留下我一个人，还成什么家？"说了这几句话，眼泪夺眶而出。

铁铮吃了一惊，道："什么？伯父伯母全都死了！怎么死的？"铁凝也道："你我的爹娘都是上下年纪，不过四十来岁。伯父伯母的身体不也是一向很好的吗？怎的一下子就死了？"

展伯承忍着心中绞痛，说道："天有不测之风云，人有旦夕之祸福。我爹娘患了急症，一晚之间，便双双去了！"

铁铮道："大哥，你刚才说，如果你们一直是留在山寨，你也许不至于父母双亡，是不是这个意思？这么说，伯父伯母之死，是不是，是不是其中……"他年纪较大，比较会用思想，想到刚才展伯承冲口而出的那一句话，不觉起了一点疑心。

展伯承强抑悲痛，说道："其中并无隐情，只是如果我们仍在山寨，有杜公公同在一起，我爹娘患了急症，有他医治，未必便死得了。可怜我们住在穷村僻壤，有事之时，连一个草头医生都找不到。"

展伯承所说的“杜公公”乃是“金剑青囊”杜百英，此人是段克邪父亲段珪璋生前的好友，比铁摩勒长一辈，在剑术和医术上都有精湛造诣，一向辅助铁摩勒料理绿林之事。展伯承记着母亲临终的吩咐，不愿对铁家兄妹说出他父母被害的真相，想起此人，遂临时找来了这个借口。但他说的当时无人相助，也是实情。不过他口中说的是“医生”，用来掩饰罢了。他说到伤心之处，不觉又流下眼泪。

铁凝道：“展大哥不用悲伤，你没了家，就到山寨来吧。你我两家乃是至交，我们的家也就是你的家了。”铁铮也道：“是呀，你的爹爹和我的爹爹是最要好的朋友，你我也是如同兄弟一般，你不要到别处了，就和我们同住吧。”

展伯承道：“多谢你们兄妹俩的好意。但我父母临终遗言，要我投奔一位世叔祖。我先到那儿住些时候，以后再来探访你们。”

铁铮道：“你这位世叔祖是——”展伯承道：“就是那位以前和我们在前山同住的褚公公。”铁铮道：“哦，原来是褚遂、褚老前辈。他也搬了家吗？”

展伯承道：“他本来不是住在伏牛山的，因为那次绿林大会在此召开，他是绿林的老前辈，故而在大会之前半年，就上山来住，协助你的爹爹。会散之后，他又搬回故里了。他住在山东靠近盘龙谷的一个山村，离此还有一千多里呢。我就是要赶到他那儿去的。”

铁铮纳罕道：“怎的你爹娘要你投奔他？你们和他的交情胜过我的爹爹吗？”

展伯承道：“话不是这么说。这位褚公公是我外公生前的八拜之交。听我妈说，三十年前，我的外公也曾作过绿林盟主的，这位褚公公既是他的义弟，又是他的副寨主，他们的交情也就可想而知了。

“这位褚公公一向把我妈当作他的女儿，也把我当作他的孙儿看待。我妈临终言道，这位褚公公和我们是上一代的交情，咱们的爹娘是这一代的交情。妈又说，铁叔叔年壮力强，褚公公则已经衰老，恐怕在世之日也无多了。所以妈要我先去看褚公公，侍奉他百年归老。咱们后一辈的，相聚的日子还长呢！”

这番话说得入情入理，感人肺腑，铁铮听了，也有点心酸，说道："既然如此，我就不强留你了。不过，你既然已经到了伏牛山上，也不差再耽搁这么三天两天，你总要见一见我的爹爹吧？我爹爹也还未知道你父母双亡之事吧？"

展伯承道："论理我该给你爹爹报丧，但我妈临终吩咐，要我尽快先去见褚公公。既然今日在此巧遇贤弟，就请贤弟代我禀报你的爹爹，请他恕我过门不入之罪。"

铁凝忽道："哦，我想起来了。这位褚公公有个孙女，和你差不多年纪的。哦，对啦，她叫做褚葆龄，是不是？我记得你第一次到山寨拜见我爹爹之时，就是和这位褚姐姐一同来的。嗯，我明白啦——"

铁铮道："你明白什么？"铁凝道："你爹娘想必是遗憾未能见你成亲，要你——"展伯承满面通红，说道："凝妹别开玩笑。"铁凝极是机伶，看他神态，已知所料不差，甚是得意，本来还取笑几句，蓦地想到人家是在孝中，也就不忍再取笑了。

铁铮道："既然如此，我不拦阻你了。我们这次回家，在山上大约要住半年。但盼你见过褚老前辈之后，能赶来和我们相聚几日。"

展伯承道："我尽可能抽身来会你们就是。后会有期，请恕小弟要走了。"

三人挥手道别，展伯承策马独自前行，隐隐听得铁凝在背后说道："他见了那位褚姐姐，即使并未忘记咱们，只怕那位褚姐姐也不肯让他马上又回到咱们这里来。"

展伯承心中一片茫然，脸上隐隐发热。原来铁凝所料不差，他母亲遗命，确是要他去和褚葆龄早早定下婚事的。

展伯承心上泛出一个小姑娘的影子，五年前的往事如在眼前，那时他只有十二岁，褚葆龄比他大一岁，也只是十三岁，比现在的铁凝也还要小些。他们两小无猜，在山上采摘野花，上树捉还未会飞的小鸟，有一次还一同冒险去看有毒的"桃花瘴"，救了一个异国少女，后来才知道那个少女名叫宇文虹霓，是一位著名的少年游侠楚平原的情人。

展伯承心道：“隔了五年，不知她还认识我吗？她虽是比我长一岁，但那时我已和她一样高了。现在她大约也长成了一位漂亮的姑娘了。嗯，小时候的事情我样样记得，就不知她是不是还记得？”他又想起了小时候曾与褚葆龄玩过“娶新娘”的把戏，脸庞越发烧得红了。

展伯承又再想道：“听说褚公公早也有意将龄姐配与我的。只因当时我和她都还年小，未曾提亲。唉，要是当时早把亲事定妥，那就好了。现在要我自去求婚，这却如何开口？不过好在褚公公尚还健在，也许不必我亲自开口，他就会替我作主的。”

展伯承心里怀着父母双亡的悲痛，又怀着与小时女友相见的喜悦与尴尬，心情十分复杂，一路怅怅惘惘，马不停蹄地赶往褚家。

幸得一路平安无事，但他在忧伤之中，连日赶路，待得马蹄踏进盘龙谷之时，他也早已是形容憔悴，肤色黝黑，临流自照，也不禁有点自惭形秽了。

是他外祖父当绿林盟主之时，曾在盘龙谷经营宅第，建造园林，但后来经过了一场大厮杀，烧了三天三夜，当年的园林宅第，十之八九已成瓦砾，放眼望去，但见一片蔓草荒烟。

不过这都是上两代的事情了，小时候他听母亲说及，也只是当作一个古老的故事来听，对盘龙谷的沧桑变化，他并没有特殊感触。他只记得母亲曾说，褚公公是在未烧毁的废园一角，重修了一幢房子，他现在就是要找这幢房子。

盘龙谷在双峰夹峙之下，地形狭长，约十数里。自那次事变之后，听说谷中已没人家。展伯承策马进入幽谷，缓缓而行，两面山坡的树木，想是因无人采伐之故，长得十分茂密，郁郁苍苍，蔚然成林。许多不知名字的野花，也开得遍山遍野，触目都是。

展伯承走了一会，忽地似听得一边的山坡上似乎有人说话，笑语喧喧。

这是一男一女的声音。展伯承在山坡下经过，刚好听得那男的似乎带点着急的口气说道：“喂，喂，你别忙着走呀！好不容易才见一面，多聚片刻何妨？”那女的道：“不，不！我是偷偷出来的，再不回去，爷爷就要来找我！”

展伯承暗暗好笑："敢情是一对少年情侣在这里私会？"蓦地心头一跳，"咦，这女子的声音好熟！"心念未已，只听得那男的已在说道："你又不是小孩子，怎么还这么害怕爷爷？"

那女的道："你不知道我爷爷最不高兴我和你会面，要是给他碰上，只怕连你也要给他打的。"那男的道："这么凶呀？奇怪，你爷爷为什么讨厌我？"那女的道："我怎知道？你、你快放我走吧！"

那男的道："我不害怕。为了你，我就是给他打断了一条腿我也甘心情愿！"那女的道："你不怕我怕！若是你当真给打断了一条腿，我不伤心的吗？你也不为我想想！"

那男的似乎软了下来，柔声说道："好，就放你走。但你瞧，那一丛山杜鹃多好看，我给你编一个花环，你等一会儿好不好？"那女的道："唉，真是冤家。好，那你就赶快编吧！"

展伯承本来无意偷听人家情侣的私话，但那少女银铃似的声音，却似磁石般把他吸住了。他越听越觉得熟悉，"难道，难道这女子当真便是她？"初秋天气还很炎热，但展伯承却似突然间坠下水窟了。

忽听得一个苍老的声音远远叫道："龄儿，龄儿！"那女的小声说道："不好，我爷爷真的来了，我可要跑了！"

林子里悉悉索索声响，红裙半隐，罗带轻飘，展伯承只是看见一个少女的背影分枝拂叶而去，但只从这个背影，已认出了是褚葆龄了。她的身材是高了许多，但那走路的轻盈体态，则还是以前一样。

这刹那间，展伯承也不知心中是什么滋味，只是想道："龄姐原来已有了意中人了，有了意中人了！"

展伯承正在发呆，忽听得那苍老的声音叫道："咦，你，你不是小承子吗？"原来那个老人已经到了他的面前，正是褚葆龄的祖父褚遂。

展伯承连忙下马，见过了礼，说道："褚公公，我妈要我来投靠你。"褚遂道："你爹娘呢？为什么你一个人来？"展伯承道："说来话长。这，这——"褚遂道："好，那就回家再说吧。且慢，你

展伯承不知心中是什么滋味，那少女正是他的“龄姐”。

见了你的龄姐没有?”

展伯承迟疑半晌，讷讷说道:“没，没见着。”

褚遂皱起眉头，说道:“奇怪，这丫头哪里撒野去了? 龄儿，龄儿!”

褚葆龄银铃似的声音隔着山坡应道:“爷爷，来啦!”她刚才是在左边山坡的，如今绕了个弯，从右边的山坡钻出来了。

褚遂道:“龄丫头，你瞧是谁来了?”说话之间，褚葆龄已似旋风一般跑到展伯承面前，直上直下地打量了他片刻，忽地啊呀一声叫起来道:“你是小承子!”神情倒是十分欢喜，拿着他的双手直摇!

展伯承道:“龄姐，多亏你还认得我。”褚葆龄笑道:“你怎的变成了个黑不溜秋的小子啦? 我真的几乎认不得你了! 你是怎么搞的? 衣裳怕有十天没换了吧? 头发也有两个月没剪了吧? 简直像是个逃出来的监犯!”

褚葆龄还是从前的脾气，说话口没遮拦。展伯承面对着她，不觉自惭形秽，几乎不敢仰视。褚葆龄果然如他想象的那样，不，比他所想象的更美，粉红的脸蛋上嵌着两个小酒窝，小辫子上扎着两条红头绳，虽是荆钗裙布，也掩不着她那雪貌花容。展伯承本来就有点自惭形秽，被她这么一说，更是黑脸泛红，不禁就甩开了褚葆龄的双手，说道:“龄姐，我手上满是尘土，小心弄脏了你。”

褚遂道:“龄儿，你说话好没礼貌。你的承弟千里奔波来看你，他在路上哪有工夫剪发? 三伏天时，马不停蹄的起码跑了半个月吧? 还不晒得黑不溜秋吗? 你不谢他，还能取笑他吗?”

褚葆龄笑道:“哎哟，小承子你长大了，做姐姐就不能和你开开玩笑了吗? 爷爷，承弟当真，你也当真了? 承弟，你再脏些，做姐姐的也不能嫌你。等下回去，我先给你理发，再给你缝件新衣，当作赔罪好不好? 明天我再带你出来玩，这儿比咱们从前住的地方更好玩呢。满山是野花，还有许多好看的鸟儿。就可惜爷爷不许我上树捉鸟儿了，说我是女孩儿家，应该学得庄重些了，你是男孩子，爷爷大约不会禁止你的。”

褚葆龄见着儿时的游伴，心里一高兴，小嘴儿说个不停。她倒是毫不造作，态度还是像小时候一般亲热。可是，展伯承的心头上已抹了一片阴影，尤其当她说到满山野花的时候，他想起了刚才和她一起的那个男子，正在给她编织花环，更是不禁隐隐感到一股酸味。褚葆龄禁不住说了一大串，他一句话都没说。

褚遂却是颇为欢喜，说道："对啦，你们是从小在一起长大的，应该像姐弟一般。龄丫头，你要多照顾小承子。"

树林里忽地有人唱起山歌：

天上的月亮赶太阳，
地上的姑娘赶情郎；

*　　　*　　　*

太阳东升月沉西，追呀赶呀，
总是不能在一起。

褚遂哼了一声，骂道："讨厌！"

展伯承抬头一看，只见山坡上走下一个少年，一手拿着一只山鸡，颈上挂着一只大花环，笑嘻嘻地道："褚公公，你家里来了客人么？"褚遂道："关你什么事？"那少年道："我送你一只山鸡款待客人好不好？"

褚遂怒道："谁要你讨好？滚开！"那少年满面通红，褚葆龄向他偷偷抛了一个眼色。褚遂在她前面，没有发现，展伯承则已瞧在眼中。那少年本想与褚遂争辩几句的，见了这个眼色，所感受的委屈登时化为乌有，换过一副尴尬的笑容，自我解嘲道："这可真是拍马屁拍到马脚上了！褚公公，你不要也就算了，用不着恼怒呀！"

那少年穿过树林，向着相反的方向走了。褚遂余怒未消，又骂了一声："讨厌！"褚葆龄笑道："爷爷，人家总是一番好意。"

褚遂道："什么好意，我就讨厌他那油腔滑调；更讨厌他唱这种妖里妖气的山歌！"褚葆龄笑道："这是山里小伙子常唱的山歌呀，我听着也满好听呢。怎见得是妖里妖气了？"

褚遂怒道："你喜欢听？好，你就叫他对着你唱吧！我可要告诉你，我若是再发现他在咱们的屋后唱，我可要打断他的腿！"褚葆龄撅着小嘴儿道："我几时说是喜欢听他唱歌？我是说这首山歌唱起来还好听，并非说要他唱才好听呀。你没有听清楚就胡扯一通。”

褚遂蓦地想起展伯承初来，心道：“我可真是老糊涂了。龄丫头虽是喜欢与这小子厮混，但也没做出什么见不得人之事，而且经我禁止之后，她也不敢与这小伙子往来了。如今我只知道责怪她，叫小承子听了，岂不要误会了？”于是连忙替她开脱道：“我知道你顾惜爷爷，不愿爷爷动气，伤了身体。和气是好的，但这小子我看不是好东西，我是故意给他一点脸色看，免得他招惹你的。好啦，你既然不是喜欢听这小子唱歌，总是爷爷怪错了你。不要提这小子了，咱们快快回家吧！”

展伯承默默地在一旁听他们祖孙说话，既没有问那少年是谁，也没有和褚葆龄搭讪，他如此出奇的沉默态度，引起了褚遂心里的不安，于是找话说道：“小承子，你来的时候，没有碰见这小子吗？”展伯承道：“没有。”

褚遂道：“这小子姓刘，单名一个芒字。哼，哼，倒真是似一个小‘流氓’。他爹爹来历古怪，我也摸不着底细，不知怎的，也搬到这盘龙谷来。看来只怕多半也是武林人物，避仇来的。总之，咱们在未摸清他们的底细之前，还是少往来的好。以后，你在这儿住下，若是这小子撩拨你，你不必理他，告诉我便是。”展伯承简简单单地答了一个“是”字。

褚遂猜想展伯承是起了一点疑心，其实展伯承根本就用不着疑心，他是早已经知道的了。他知道这姓刘的“小子”就是刚才和他的龄姐幽会的人，他颈上挂着的那个花环就是为褚葆龄编织的。从他们祖孙的对话中，他又知道这个刘芒曾不止一次在褚家门前唱过情歌。

褚遂心道：“难道这丫头有什么行差踏错之处，刚好给小承子撞见了？”心有所疑，不禁问道：“龄儿，你刚才是在哪儿？”

褚葆龄道：“我在前溪捉鱼。”褚遂道：“哼，十八岁的大姑娘了，还能光着脚杆跑到水里摸鱼？”但他一瞧，褚葆龄的绣花鞋子干干净净，可并不像下过水的模样。

褚葆龄笑道：“爷爷，你还没有问清楚就话我了。我折了树枝当作木叉来叉鱼，可惜正要叉着一条大鱼，给你一叫，鱼就溜走了。”

褚遂眼看着她刚才是从右面的山坡钻出来的，而刘芒则是在左面山坡上打山鸡，心想：“只要她不是和那小子在一起，管她捉鱼是真是假。”于是也没有再追究了。

展伯承心里可是有点儿酸痛，想道：“龄姐小时候虽然比我还淘气，她可是一向不会说谎话的。如今，她为了这个少年，却对爷爷说起谎话来了。”

说话之间，已经来到褚家。只见在一个墙坍屋塌，荒草丛生的大园子里，有一幢半新的房子，褚遂叹口气说道：“这是你外祖当年修的园子，也曾聚会过天下英豪。如今已是一片荒芜，没一间完整的房子了。这幢房子比较好些，是我就原来的格局重新修补的。”从那些旧日留下未曾损坏的画栋雕梁，还隐约可以想象当年的豪华气象。

褚遂无限感慨，褚葆龄笑道：“爷爷，这些陈年旧事，你去唠叨作甚？现在的绿林盟主铁摩勒，不是比当年那位王公公更得人心吗？我记得小承子的妈妈也是这么说的。嗯，对啦，小承子，说起来我倒要问你了，你爹娘为何不来，只你一人来了？”

展伯承这才说道：“我爹娘已经过世了！”

褚遂大吃一惊，叫道：“什么，你爹娘好端端的，怎么忽然间都过世了？”

说话之间，褚遂已带领他走进厅房，掩上了门道：“小承子，坐下来给我细说，他们是怎样死的？”

展伯承本是准备对他们祖孙二人说的，临时却改变了主意，心中想道：“妈坚决不许我报仇，只许可我告诉褚公公一人。葆龄虽是他的孙女，但她如今已另外有了意中人，难保她不泄漏给那姓刘的小子知道。这小子来历不明，我还是防着一点的好。”

褚遂见他久久不语，说道：“承儿，你有什么难言之隐？对我还怕说吗？我是你外公八拜之交，看着你妈长大的！有什么为难之事，说出来让我给你作主！”

展伯承道：“妈要我来投靠公公，她是有一事情要我和你说的，只是，这、这——”

褚遂老于世故，见展伯承吞吞吐吐，说话的时候，眼角儿又向着褚葆龄斜睨，不由得会错了意，心中想道：“莫非他的爹娘要他来求亲，小伙子害羞，当着褚葆龄，不便启口？”

褚遂早有意思把孙女许配给他，当下说道：“龄儿，趁着时候还早，你给承弟赶缝一件新衣，缝好衣裳，再杀一只鸡弄饭。”

褚葆龄七窍玲珑，见她爷爷要将她遣开，心里也想到这一层，脸上泛起一片晕红，暗自思量：“要是小承子当真是奉了父母遗命，前来向我求亲，我该如何对付？”她心中忐忑不安，答了一个“是”字，走出门去，却又悄悄地绕到后窗偷听。

褚遂说道：“小承子，论起我和你家的交情，你也似我孙儿一般。如今就是咱们祖孙二人了，你有什么话，但说无妨。”

展伯承父母双亡之痛，藏在心中，一个多月，从不敢与外人说话，此时再也忍耐不住，眼泪簌簌而下，哽咽说道：“褚公公，实不相瞒，我爹娘是给仇人杀害的！”正是：

万里投亲来报丧，孤儿忍痛说恩仇。

欲知后事如何？请听下回分解。

第二回　铁盾银钩惊恶梦
白云苍狗说前因

褚遂大吃一惊，长须抖动，说道："什么？你说什么？你的爹娘都被仇家杀害了？仇家是谁？"

要知展伯承的父母乃是武林中顶儿尖儿的角色，他父亲展元修身兼正邪各派之长，武学之博，当世无人能及。他的母亲王燕羽虽然稍弱一些，但剑术的造诣和一手出神入化的暗器功夫，在武林中也是罕见的。武林有三对名闻天下的夫妇，第一对是空空儿与辛芷姑，第二对是铁摩勒与韩芷芬；第三对就是展元修与王燕羽了。

正因为展伯承的父母武功如此之高，所以褚遂最初听得他报告父母双亡的消息之时，虽然有点感到蹊跷，但一时之间还不敢想到是仇家所杀。后来见他吞吞吐吐，反而误会了他的意思，以为他的"难言之隐"，乃是奉了父母遗命来此求亲。

展伯承忍了眼泪，说道："孙儿就是因为不知仇人是谁，特来向公公请教。另外还有好些疑团，恐怕也只有公公能够为我释疑破惑。"

褚遂勉强定下心神，说道："那你仔细道来。让我给你参详参详。"

展伯承道："我爹爹不幸，去年冬天，走火入魔，患了半身不遂之症。"

"走火入魔"是练功之时，遭受障碍，而导致的一种灾祸，大足以丧身，小也要变成残废。展元修的内功基础属于邪派，到了功力越高之时，便越为容易招惹"走火入魔"之祸。但像他这样仅仅半身不遂，已经算是侥幸的了。

褚遂点了点头，说道："怪不得仇人得逞。如此说来，想必是你父遭受'走火入魔'的秘密，给仇人探知，趁机来施毒手的了？但你母亲亦非弱者，仇家究竟来了几人？"

展伯承道："只是一人！"褚遂诧道："只是一人？"心中暗暗一算，当今之世，单打独斗，能够杀得了王燕羽的至多也不过十余人，但这十几个人，却并无一个是与王燕羽有深仇大恨的。

展伯承接着说道："不错，只是一人。

"那一晚我在爹爹病榻之前伺候，忽觉劲风飒然，我爹爹将我一推，随手便将枕头抛出，他所枕的是个白玉枕头。我的身子刚刚侧过一边，只听得当的一声，玉枕粉碎，一柄飞锥已是插在床上。倘若不是有玉枕挡这一挡，那柄飞锥定然插进我爹爹的胸膛了！"

那玉枕是展家的家藏之宝，价值连城，褚遂也曾经见过的。听说玉枕被飞锥打碎，心中不禁骇然。他倒不只是因为可惜这件稀世之珍，而是惊奇于那人的功力。要知这玉枕乃是一块一尺多长、五寸多厚的宝玉。比金还坚，比铁还硬，寻常刀剑，决计不能毁伤。这人只用一柄小小的飞锥，便能将整块宝玉打碎，而且余力未尽，还能插到展元修的床上，这人的功力也就可想而知，至少也是不在展元修之下了。

展伯承接着说道："我爹爹喝道：'哪条线上的朋友？请恕展某不能出迎。你要伤害展某，请光明正大的进来较量吧，偷施暗算，算得什么好汉？'

"那人哈哈笑道：'我这柄飞锥，不过投石问路而已，就吓倒了你么？怎么，你不敢出来呀？'

"话犹未了，只听得'当'的一声，听得出那人是用什么兵器磕飞了一件暗器。原来我的妈妈也已经赶到了。

"我不敢离开爹爹，从窗口望出去，只见我妈已拔出宝剑，指着那个人道：'展元修是我丈夫，他有病不能起床，你与他有什么梁子，我代他接！'

"那人年约四十开外，浓眉大眼，相貌粗豪。左手拿着一柄月牙钩，右手举着一面铁牌。

“我妈以为这粗豪汉子是爹爹的仇家，不料这汉子哈哈大笑，接声便道：‘王燕羽，你不认得我，我还认得你！我要找的本来是你！你丈夫既然有病，我先杀了你，再杀你的丈夫！’他能说出我妈闺中名字，显然是个熟人。

“我妈却不认识他，听他这么一说，倒是有点诧异。当下暂缓出手，问他道：‘你是何人？几时和我结的冤仇？你要杀我也还罢了，何以还要杀我有病的丈夫？’

“那人仰天打了一个哈哈，说道：‘岂只要杀你丈夫，你一家三口，今晚我定要斩草除根，嘿，嘿，可惜你只生了一个孩子，只是杀你一家三口，还未足消我心头之恨！’

“我妈听他说得这样狠毒，不由得心头火起，也就不再问他来历，立即便和他动手。

“这人的武功非常之强，那柄月牙钩使将开来，就似一条满空乱舞的银蛇，钩上的月牙便似毒蛇吐信。另一面铁牌也舞得呼呼风响，挡在前身，当作盾牌。

“只听得叮叮当当之声不绝于耳，妈的剑刺到他的身前，都被他这面铁牌挡住。两人越斗越紧。妈的青钢剑也化成了一道银虹，与那人的月牙钩盘旋攻拒，渐渐将两人的身形都分不大清楚了。我武艺低微，也看不出是谁强谁弱。”

褚遂听到这里，忽地打了一个寒噤，刷的一下，脸色变得灰白，叠声说道：“奇怪，奇怪！”心里想道：“这人是使月牙钩和混元牌的。咦，难道竟是三十年前那重公案，冤冤相报不成？但当年王燕羽赶尽杀绝，却怎的还留下这一个人来？……”

展伯承道：“褚公公，你怎么啦？”褚遂道：“没什么，我正在琢磨这人是谁。你说下去吧。”

展伯承接下去说道：“我不敢离开爹爹，又想出去帮我妈妈，正在着急。爹爹忽地咬破中指，一口鲜血吐了出来，坐了起来，说道：‘承儿，你背我出去！’我见爹爹那个模样，吓得慌了，正自迟疑，窗外又传来了一阵金铁交鸣之声，妈和那人斗得更激烈了。

“爹爹厉声说道：‘你忍心看你妈死于贼人之手吗？快背我出去！’我没法，只好背起爹爹，走出院子。”

褚遂叹口气道："你爹爹是施展邪派中的天魔解体大法，提起精神，强运玄功，要和仇人拼命的。天魔解体大法最为消耗元气，但也厉害无比。嗯，你爹爹虽然半身不遂，内功还在，与你妈联手，也打不过那个人吗？"

展伯承道："我刚刚走出院子，爹爹叫道：'承儿的妈，你退下。让我来接这位朋友的高招！'爹爹虽然残废，豪气还是丝毫未减，对方只是一人，他不愿与妈联手。

"妈妈正在斗到紧处，分不出心神说话。但她却不肯退下。

"那人哈哈笑道：'好呀，你们一家三口，全都上吧！省得我一个个动手！'话虽如此，他笑声微颤，显然已是有点心慌。

"就在此时，只听得'嗤'的一声，但见青光一闪，妈妈一剑刺中那人胸膛。我不禁又惊又喜，欢呼起来。

"妈一剑刺去，随着喝道：'未曾见过你这么狠毒的人，我与你何冤何仇，你要杀我全家？我倒要看你的心是红是黑？'

"妈的话还未说完，我也正在欢呼，忽听得声如裂帛，那人一个转身，上半身衣裳已经解开，原来妈这一剑，不过挑破他的衣裳，还未曾伤着他，他趁势把上衣挣破了。

"就在这时，我妈似乎突然受了什么惊吓，呆若木鸡，第二剑刺到中途，竟是倏然停下，剑尖指着那人道：'你，你是——'我随着看过去，只见那人的贴身汗衣上绣着一头老虎，张牙舞爪，神态如生！"

褚遂听到这里，"啊呀"一声叫了出来，喃喃说道："一只老虎，一只老虎！"面色更苍白了！

展伯承看这神气，心知褚遂已知道了仇人是谁，但他正说到最紧张之处，不愿中断，准备在说完之后，再问褚遂。于是接下去说道：

"那人露出了汗衣上所绣的老虎之后，狞笑说道：'你知道我是谁了么？嘿，嘿，我杀你一家三口，你还能骂我狠毒么！'狞笑声中，蓦地舞起铁牌，向我妈天灵盖打下！妈呆若木鸡，竟然不知抵抗！

"就在那人发出狞笑之时，爹爹也猛地叫道：'上'！其实不须爹爹叫我，我也知道要上的了！

“爹爹骑着我的肩膊，我猛地冲过去，只听得‘当’的一声巨响，爹爹一掌劈出，与那人的铁牌碰个正着！

“陡然间，我只觉地转天旋，便似腾云驾雾般的被抛了起来，待我挣扎着爬起之时，只见爹爹躺在地上，手臂已经脱臼，身边一摊鲜血，妈倚着槐树，胸口也是血流如注，她被那人的月牙钩刺伤，伤得似乎比爹爹还重！

“那人也坐在地上吁吁喘气，钩、牌扔在一边，月牙钩已经弯曲，铁牌中间凹下，四边翘起，显然是被我爹爹的掌力打成这个样子的。牌犹如此，人何以堪？我的武学造诣虽然粗浅，也看得出他是身受内伤，要不然，他岂有不趁我爹娘受了重伤之际，再施毒手？

“最侥幸的是我！我虽然被震跌倒，但因是爹爹首当其冲，我并没有受伤。

“这时，我不知是救爹爹还是先救妈妈，或者先去和那人拼命？

“毕竟是那人伤得较轻，我主意未定，他已经挣扎着站了起来，两眼满布红丝，形状极是骇人，冲着我龇牙咧嘴地笑道：‘随你父母去吧！三尸填五命，算是便宜了你们！’

“我已不知道什么叫害怕，过去便要和他拼命，但双脚却似不听唤，原来我身体虽没受伤，但受了猛烈的震荡之后，急切间气力竟是使不出来，膝盖关节，阵阵酸麻，想跑也跑不动。

“妈妈叫道：‘承儿退下！’就在此时，只见她把手一扬，那人‘卜通’一声，又再跌倒，在地上滚出了三丈开外！我爹爹也忽地滚了过来，抓着我的手！”

褚遂已经知道事情的结果，但听到展伯承所描绘的惨酷景象，还是禁不住冷汗直流，骇然说道：“那人真狠！你爹爹想是要与他同归于尽了！后来怎样，那人可是来了帮手？”褚遂心想，若然展元修以平生功力，作临死前的一击，那人亦已受了重伤，势必同归于尽。但展伯承一开头就说过仇人并没有死，所以褚遂以为是那人来了帮手。

展伯承道：“没有。在那人跌倒的时候，爹爹已滚到我的身边，

妈忽地叫道：‘大哥，不可——’爸爸说道：‘你要让仇人活着回去？’妈道：‘冤冤相报无已时，这都是我的罪孽。’

“爹爹叹口气，抓着我的手，我只觉一股暖流，瞬息流遍全身，关节的酸麻也立时止了。爹爹是以他最后的功力给我推血过宫。

“爹爹在我耳边悄声说道：‘那人虽受了伤，你还是打不过他的。趁这时机，赶快逃吧。’可是我怎能舍下爹娘。

“那人第二次倒了下去，但不久又挣扎着站了起来，狞笑说道：‘好呀，王燕羽，你用暗器伤了我，我就与你一家三口同归于尽吧！’

“妈冷冷说道：‘我夫妻已是不能活命了，但你还可以活命，只是先要问你，你想不想活命？’

“那人听了这话，本来已经向着我摇摇晃晃地走来的，却忽地停下了脚步，说道：‘怎么？’

“妈说道：‘不错，你是中了我的剧毒暗器。不能活过明天，倘若此时你与我儿动手，你杀了他，你也死得更快。但我有解药，只要你放过我的儿子，我把解药与你。你赶快回去，服下解药之后，浸在冷水缸中七日七夜，你中的毒才可以完全消除。这桩交易，你做不做？’

“那人说道：‘我怎知道你是真是假？’

“妈冷笑道：‘我要杀你，刚才我们夫妻联手早已把你杀了！即使现在，你要动手，至多也是同归于尽而已，我何必骗你！你须知道，我不是向你求情，我这是与你公平交易，一命换一命。你练到今天的功夫，大是不易，难道用我儿子的性命来换你的性命，你还觉得不值么？再说我有罪过，我儿子没有罪过，你要了我们夫妻的性命，这三十年来的积怨，也总可以消除了吧？’

“那人脸上的黑气越来越浓，想是他也自知毒性厉害，这才说道：‘解药拿来。’”

展伯承抹了一抹眼泪，接下去说道：“妈把解药抛给那人，那人哈哈一笑，说道：‘我也不怕你的儿子报仇，好，我就和你做了这桩交易吧。两尸填五命，虽然还是我要吃亏，那也算了。日后只

要你的儿子不来找我，我也不找他了！’

“说罢一转身跳过墙头，转瞬间脚步声已是去得远了。他受了那么重的伤，又中了我妈的喂毒暗器，在稍微喘息过后，居然还能施展上乘的轻功。我不禁心中骇然，这才知道爹爹的话不是骗我。我刚才若是不自量力，和他动手，那只有白送性命。

“听妈的口气，她和爹爹已是决难活命，我心中慌乱，不知如何是好？倒是爹和妈的神态却很安详，也不知什么时候他们已经靠在一起。只听得我妈说道：‘我多年来内疚于心的事情，如今舍身还债，心中倒是感到安宁了。只是无辜连累了你，却未免有所不安。’

“爹爹笑了一笑，说道：‘你我不能同年同月同日生，如今却得同年同月同日死，这不是好得很么？承儿今年十六，我的本事都已传了给他，我也就不必为他操心了。你还有什么说话要交代他吧，我先走一步了！’

“爹爹的双掌本来是贴着妈妈的，他说了这几句话，双掌徐徐放下，脸上带着微笑，双目却已经紧闭了。我明白爹爹是以他最后残余的一点真气，度给了妈妈，叫她能够多活片刻。

“我无暇悲伤，无暇诀别，连忙问道：‘妈，仇人是谁？你告诉我，我找铁叔叔去，他是武林盟主，我报不了仇，铁叔叔也一定会给你们报仇！’

“妈摇了摇头，说道：‘承儿，妈要去了，妈有话吩咐你，你一定要听妈的话！’

“我说：‘我当然听妈的话！’

“妈妈说道：‘你不要问仇人是谁，我也决不许你为我报仇！’

“我惊诧之极，不由得大声问道：‘为什么？’

“妈说：‘我如今已没有时候给你详细说了。你快说，你答应我。否则我死不瞑目！’

“妈说了这几句话，已是面如金纸，吁吁喘气。我只好说道：‘妈，我听你的话，我不报仇。’

“妈这才露出一丝笑容，又道：‘你还要答应我，你不能把今晚之事告诉铁叔叔，当然更不能请他给你报仇！’”

褚遂听到这里，心里暗暗叹了口气，却不说什么。

展伯承接下去说道："我心里奇怪极了，铁叔叔是我父母最好的朋友，妈不许我请他报仇那也罢了，却不知何以连这消息也不许我告诉他。

"妈说得这样郑重，我不敢问她，而且也没时间细问因由了。妈还怕我见了铁叔叔会忍耐不住心中的伤痛，吐露出来，又要我过了两三年才可以去见他。我都一一答应了。

"于是妈就吩咐我来投靠你老人家。我问：'那么，我可不可以告诉褚公公？'妈最初说：'能瞒住不说最好。'后来才说：'褚公公是你外祖八拜之交，和咱们是一家人。这事始终是瞒不过他的，他老人家深明事理，想不至于为我增加罪孽。也好，你就告诉他吧。'

"妈说了这许多话，已是气若游丝，但她咬了一咬嘴唇，还是继续说道：'那人伤好之后，也还要三年，才能完全恢复原来的功力。你在这三年之内，要跟褚公公苦练功夫。那人虽说可以放过你，但也总得防他反口。我叫你投奔褚公公，也就是防他在这三年之内加害于你。三年后，你人已长成，只要练到你爹爹生前的八成本领，我也就可以放心了。'

"我说：'妈放心，孩儿一定练好功夫！妈，你还有什么吩咐？'

"妈说：'记着，我叫你练好功夫，为的是防身，不是报仇！'我也只得再说一遍：'我记着了，我不报仇！'

"妈微笑道：'好，只要你记得我的话，我就放心去啦。你爹爹已经等久了。'这几句话一说完，妈也就断了气了！"展伯承把事情经过原原本本地都告诉了褚遂之后，忍不着就伏在他的怀中痛哭起来。

褚遂叹口气道："苦命的孩子，唉，好孩子，别哭，别哭。公公有话问你。"

展伯承抬起头来，褚遂举袖替他抹了眼泪，说道："你妈叫你上我这儿，是不是还有别的事情交代？你忘记说了？"

展伯承人颇聪明，已听出了褚遂的弦外之音，心里想道："妈是要我前来求亲，但龄姐如今已是另有了意中人，此事如何还好再提?”他也正是因这缘故，所以刚才故意漏说的。

展伯承稍一沉吟，说道：“妈要我听你老人家的话，叫我好好侍奉你。”褚遂道：“没有别的话了么?”展伯承咬咬嘴唇，说道：“没有了。”

褚遂有点失望，但想到王燕羽是在临死之前，匆匆向儿子交代后事的，对他的婚姻之事，一时不及说到，那也难以怪她。当时习俗，父母死后，子女须守三年之孝，脱了孝服，方可完婚的，除非父母临终另有遗嘱，否则不能破例。

褚遂心想：“反正他们年纪还小，待过了三年，我再与他们作主，也还不迟，所虑的只是龄丫头心有点野，不过，好在小承子已经来了，他们日夕相处，龄丫头也许就会忘掉那姓刘的小子了。”

展伯承抬起头来，哽咽说道：“褚公公，如今该你告诉我了。我家的仇人究竟是谁?”

褚遂道：“你妈不是不许你打听仇人来历的么?你也答应过她不报仇的了?”

展伯承道：“妈要我这么说我不能不说。但这个闷葫芦，若不打破，我终生心中难安！我想我爹娘都是好人，我不相信是他们先做错了事，欠下人家的血债。所以我必须问个明白，若然当真是我爹娘的过错，此仇我就不报，否则我宁愿妈在泉下怪我，我也非报不可!”

褚遂叹了口气，说道：“好孩子，你有志气。只是此事谁是谁非，实在也很难说!”

展伯承道：“公公，我只要知道当年的事实。公公，请你说吧，仇人是谁?”

褚遂又长叹了一声，然后缓缓说道：“仇人的名字，我也还不知道。不过他的来历，我料想的定然不差。他是你妈的世仇!

“这事要从三十年前的绿林争霸说起。

“三十年前，绿林盟主姓窦，窦家五兄弟占据飞虎山，合称窦家五虎，以大哥窦令侃为首，雄霸绿林。

“绿林有两个‘世家’，一家是窦家，另一家就是你的外祖王家。他们自从隋朝末年崛起绿林之后，就互为雄霸，亦即绿林盟主，不是王家，便是窦家。

“另外还有一家铁家，历史较短，在绿林中的地位居于王、窦两家之下。三十年前，铁家和窦家交情好些，铁家的寨主铁昆仑后来被仇家所杀，余众并入窦家山寨。铁昆仑的儿子就是当今的绿林盟主铁摩勒。当时他父亲死时，他只有六七岁，窦令侃收他作为义子。

“窦家有五兄弟，你外祖只有一子一女，人丁不及他们兴旺。窦家又兼并了铁家旧部，声势越发浩大，这就盖过了你外祖王家了。那时我是你外祖王伯通的副寨主。”

展伯承道：“既然窦家的势力比我外祖父的势力大得多，何以窦家后来会把绿林盟主之位让与王家。”

褚遂道：“不是让的，是经过一场血战的！嗯，这幕往事，你妈本来不愿意让你知道的，但事到如今，我也不能不告诉你了。”

褚遂想起了三十年前那场惨酷的血战，不觉叹了口气，接着说道：“要说清楚前因后果，先得从窦家说起。

“窦老大做了绿林盟主，对绿林同道，十分苛刻。他以为王家已经衰落，没人能与他作对了，在江湖上横行无忌，黑道之外的武林人物，他也得罪了不少。其中有一个便是如今天下闻名的好手神偷空空儿。

“你外祖父处心积虑，要为王家夺回盟主，重霸绿林。他遣子女跟名师学艺，儿子王龙客拜在转轮法王门下，学会了好几种厉害的邪派武功，女儿则跟展大娘学剑术，本领更是高强。”

展伯承道：“哦，原来我还有一个舅舅的。我妈也未曾说过。”

褚遂道：“你这舅父后来走入邪路，死于非命。你妈不愿再提起他。你舅父的事跟你爹娘这次惨死之事没有多大关系，你也不必知道了。”

展伯承心道：“原来妈的身世如此复杂。”当下应道：“是。我只想知道仇人的来历。”

褚遂接下去说道：“王、窦两家火并那年，你的妈妈才十五岁，比你还小。但剑法已经得了展大娘的真传。

“那年你外祖父请来了空空儿、精精儿两师兄弟，又联合了对窦家心怀不满的绿林同道，上飞虎山，向窦家兴师问罪。

“窦家也请来了不少能人，其中本领最高的却是他们的妹夫，当年最著名的游侠段珪璋。这人也就是段克邪的父亲。”

展伯承诧异道：“段大侠的名字我是听过的，如今还有许多人提起他，称赞他。但他既是大侠，何以能只顾戚谊，助纣为虐？”

褚遂说道：“段夫人窦线娘和她五个哥哥本来并非投合，他们夫妻结婚之后，便离开窦家在一个小村庄里隐居的。但也正是如此，他们对绿林的事情十分隔膜，而窦线娘虽与母家诸兄性情不投，但究竟也还是兄妹，不能坐视不救，于是他们夫妇终于也卷入了这场纠纷。”

展伯承隐隐起疑，心中想道：“段珪璋那么大的声名，即使他对绿林消息隔膜，似也不该无缘无故的充当窦家打手。嗯，莫非我外祖也有不是？”

褚遂似是知道他的心思，叹口气道：“绿林中的事情，实在很难说得上谁是谁非。干上了这种刀头舐血的生涯，也总难免没有做错的事情，更难免不结仇家。不过，无论如何，窦家五虎强横霸道，你的外祖父总是要比他们好一些的。”

要知褚遂是王伯通的副手，他当然是帮着自己的把兄。其实王家并不见得比窦家好，当时的王伯通抢了窦令侃的盟主，只是“以暴易暴”而已。尤其后来，王伯通的路向越走越错，竟与安禄山勾结起来，那就比先前的窦家还不如了。

王伯通是临死之前，才知悔过的；褚遂后来也知错了，但他只是心里“认错”，口中却不愿对小辈说出来。另外还有一层，他做了王伯通几十年的副手，虽然性情还算耿直，行事也没有什么太大的罪过，但平生很少接触侠义中人，只是晚年才与铁摩勒有点往来，做了一些好事，所以他这个人的改变也就不大。他是因为王家覆灭之后，自己又渐渐老了，迫不得已才“金盆洗手，闭门封刀”的。他对于旧日当副盟主的“光荣”，还是缅怀不已，念念不忘。

展伯承的出身教养与褚遂不同。他一出生，父母早已是改邪归正的了。他自小又曾受过铁摩勒的熏陶，虽然只有十六七岁，事理却是比六七十岁的褚遂明白得多。听了褚遂的话，心里不禁想道：

"褚公公这话恐怕未必对，铁摩勒也是绿林盟主，但人家也称他为大侠，并没人说他做错什么事情。可见绿林中事，也并非就没是非可讲的。"

但展伯承目前不是要和褚遂辩论问题，而是要知道仇家来历，而且他也有了"先入为主"之见，王伯通是他的外祖父，褚遂说王家比窦家好，他也就完全相信了。尽管他不同意褚遂的"绿林无是非"的说法。

展伯承既然不想辩论，便即问道："那么这场恶战，结果如何？那时段大侠帮的窦家，岂不是要和我爹娘作对了？还有，你说铁摩勒是窦家的义子，那么他后来又何以与我爹娘结为好友？"

褚遂说道："你别性急，让我慢慢告诉你。那时你妈只有十五岁，你爹还未曾与你妈会面呢。那次她也没有与段珪璋交手。"

展伯承道："那么段大侠是谁将他打退的？"

褚遂接下去说道："段珪璋起先打败了精精儿。后来他们夫妻联手，又恶斗空空儿。空空儿说出窦家的劣迹，段珪璋遂与他相约，他们夫妻若是输了一招半式，就不再管窦家之事。结果是空空儿赢了一招，段珪璋夫妇遂如约退出，临走时还带走了铁摩勒。那时铁摩勒和你妈差不多年纪，武功还不怎么高，比你妈还比不上的。幸亏段珪璋和另一位游侠南霁云，两个人强迫他走。要不然铁摩勒那次只怕也要在混战中枉送了一条性命的。"

说到这里，褚遂不觉又叹了口气，说道："谁也想不到，后来段珪璋、铁摩勒与空空儿成了好朋友，和你爹娘也成了莫逆之交。所以绿林中的恩怨，实在是难说得很。"

展伯承道："段、铁两位大侠和窦家五虎当然不能相比。方以类聚，物以群分。我爹娘是好人，和他们弃嫌修好，那也是意料中事。"他这猜想只能说是对了一半，他可不知，连他的爹娘，都是后来方始改邪归正的。

褚遂苦笑道："是非之事，亦实难言。我们都以为你妈剪除窦家五虎是给绿林除暴；但绿林中人却也有不少人认为你妈手段太狠。铁摩勒也曾经恨了你妈多年，后来有一次你妈救了他的性命，这才将冤仇化解了的。"

展伯承吃了一惊，问道："窦家五虎是我妈剪除的吗？我还以为是空空儿呢。当时参与这场恶战的双方，不是以空空儿本领最强吗？"

褚遂说道："窦家五虎，哪在空空儿眼内？他使得段珪璋夫妇退出之后，他也就根本用不着亲自出手了。不过，他虽没出手，却也曾指点你的妈妈。说起来他也该分担一半责任。

"那年，你妈年方十五，剑法已很高明。和窦家五虎一场恶战，在空空儿指点之下，谈笑之间，便把窦家五虎全都杀了。你外祖父大获全胜，将窦家数十口人全都杀光！"

展伯承大吃一惊，道："全都杀光？这不太残忍了吗？"

褚遂道："王窦两家争霸，有百余年。你外祖父好不容易才获得这场大胜，岂有还让窦家死灰复燃之理？当然是斩草除根了！绿林中的仇杀都是这样的，你不杀人，人便杀你。即使残忍，也顾不得了！

"唉，说是全都杀光，也未见得，如今看来，至少已有一人漏网了！"

展伯承道："可就是杀我父母的这个仇人？"

褚遂道："不错。依我看来，杀你父母的这个仇人，一定是当年漏网的窦家后人。你说他用的是月牙钩和混元牌，这正是窦老大和窦老二当年的成名兵刃。不过，这人能够与你妈妈打成平手，还能够硬接你爹爹以毕生功力的一击，则他的本领，已是远远胜过当年的窦家五虎了。他有多大年纪？"

展伯承道："看来是四十岁左右。"

褚遂道："当年我们杀了窦家几十口人，可能因为他是个孩子，我们不怎么在意，一时给他躲过了。这人隐忍了三十年，待武功大成之后，才来报仇，也可算得是苦心孤诣了。"

展伯承听完了整个故事，心中一片茫然。他母亲杀了窦家五虎，如今窦家的后人又来杀了他的爹娘。"怪不得妈说这是冤冤相报。"他心中委决不下，抬起了茫然失神的眼睛，问褚遂道："褚公公，前因后果，你都明白。依你说，这仇我是该报呢？还是不报？"

褚遂叹了口气，说道："你妈当年所做的事，也不能说完全是她的错。我猜度她临死之时的心意是怕冤冤相报，永无已时。因此才不要你报仇的。可是，你不报仇，那人伤好之后，也未必会放过你。”

展伯承道：“是，我妈也这样说的，所以她要我托庇于你老人家。”

褚遂说道：“绿林仇杀之事，很难分出个谁是谁非。报不报仇，我不敢替你作主，按说，父母之仇，不共戴天，你若报仇，也没人能说你的不是。你自己决定吧。

“不过，无论如何，你必须加紧练好武功，方能有备无患。孩子，你外祖父曾是绿林盟主，我希望你日后也成为绿林中的第一号人物。这样，我他日死了，在泉下见到我的王大哥、你的外祖父，我也可以瞑目了。”

展伯承道：“这话说远了。再说，我也不想抢铁摩勒的盟主。”

褚遂说道：“铁摩勒如今也有四十多岁年纪，他总不能一辈子当这绿林盟主。

“你妈不让你告诉铁摩勒，她是有难言之隐的。铁摩勒是窦家义子，和你家又有着深厚的交情。他即使不帮你的仇人，想来也不会帮你。告诉了他，反而令他为难，于你也未必有利。”

展伯承道：“我懂得。”

褚遂接着说道：“所以，若要报仇，你只能靠你自己了。但我虽然年纪老迈，不能亲自出马，助你一臂之力，却还可以成全你的心愿，帮你练好功夫。”

展伯承道：“公公说得对，我报仇也好，不报仇也好，功夫总是要练好的。还得请公公严加督促。”

褚遂说道：“我虽是无能，但自金盆洗手之后，这三十年来，没有事做，也练成了几样武功。我把你当做孙儿看待，我的功夫，只要你肯学习，我就一古脑儿都传授给你。

“你父母给你的家传武功，集正邪两派之长，你也不能荒废。我对你家传武功的奥妙，虽然未悉其中底蕴。但武学上的诀窍，我自问有几十年火候，多少也还懂得一些。你若碰到疑难之处，或许我也能与你切磋。”

展伯承垂泪说道："公公对我恩重如山，我没了爹娘，一切都靠公公了。我发誓苦练武功，但求无负公公期望。"

褚遂露出一丝笑意，说道："好，这才是好孩子。你我今后是一家人，感激的说话，你是不必说了。

"从明天起，你和龄儿一同练武，我给你们定下日课。"

展伯承应了一声："是。"褚遂又道："龄儿性子有点野，她倘若有什么得罪你的地方，你看在我的份上，担待一些。"

展伯承惶恐说道："只恐我少不更事，惹恼龄姐。"

褚遂笑道："好在你们是从小一起玩的，彼此都知道对方脾气。她是姐姐，她应该多体贴你。她闹些小性子，我知道你也会体谅她的。你们只须像从前一样，彼此亲爱，我也就高兴了。"

展伯承听了这些说话，想起旧日情景，心中又不禁阵阵辛酸。他本来不愿意与褚葆龄一同练武的，可是他却怎能向褚遂提出来？而且褚遂也绝不能分开来教。

展伯承沉吟半晌，说道："褚公公，我，我——"褚遂道："你有什么话？但说无妨！"

展伯承道："我父母之事，我想还是不要让龄姐知道的好。"

褚遂老于世故，一听就知道了展伯承的心思，是怕褚葆龄泄漏给外人知道。他皱了皱眉头，却不点破，说道："好吧。待将来你觉得可以告诉她的时候再告诉她。"顿了一顿，再缓缓说："你的龄姐已经长大，我又渐渐年老，不大方便管束她了。她年轻爱动，性情也有点野。但这都是没人和她作伴的缘故。如今有你陪伴着她，我想她也可以安静下来在家中练武了。"

刚说到这里，只听得褚葆龄在门外笑道："爷爷，你在小承子面前，编排我什么了？"

褚遂笑道："龄丫头，进来吧。小承子是从小和你一起长大的，你那副野性，小承子还会不知道吗，用得着爷爷编排你？我正在和小承子说呢，叫他帮忙我管束管束你。"

褚葆龄手上捧着一套新衣裳，走进屋来，说道："好呀，爷爷，你偏心。小承子来了，你就和他联手欺负我。嘿，小承子，看你倒像个小老头模样，你当真要帮爷爷管我？"

展伯承脸上一红，连忙说道："爷爷是说笑的。我正要姐姐管教呢。"

褚葆龄噗嗤笑道："谅你也不敢。好，咱们就像小时候一样，你不管我，我也不管你；你要管我，我就也管你。我不搭姐姐的架子，你也别招恼我。你还记得吗，小时候我常常和你打架。要是你现在招恼了我，我还是会与你打架的。"

褚遂斥道："疯丫头，越大越疯了。小承子虽然比你小一岁，可比你懂事多了。唉，只可惜你爹娘死得早，我又没精神管你。"

褚葆龄听得爷爷提起她的父母，心中伤感，低下头道："爷爷，我不过爱闹些儿，瞧，你就把我说成个野丫头了。好吧，我以后就跟小承子学，不吵不闹，免得你为我操心。"

褚遂其实最宠爱这个孙女，也觉得自己责备得重了些，遂改过口气说道："只要你们姐弟和和气气，不吵不闹，我也就很高兴了。咱们是学武人家，我也不要你做谨守闺训的淑女，你喜欢热闹，以后有小承子陪着你，我可以放心让你们去玩，只是有一样，你们可不许打架啊！"说到这里，褚遂先自笑了。

褚葆龄性情活泼爽朗，给她爷一哄，一时的伤感也就烟消云散了。她把手中的衣服抖开，说道："小承子，你懂事，姐姐送你一套新衣裳。看看合不合身？"

褚葆龄在这方面倒很细心，知道他是有孝在身，给他做了一套白绫子的衣裳，作便服和孝服两都可以。

展伯承接了过来，说道："龄姐，太费心了。我一来就麻烦你，你给我做了这么好的衣裳。"

褚葆龄道："你是怎么的？一长大了，就把姐姐当作外人了？一件衣裳，也值得说这么些客气的话儿？快去，快去换衣。啊，对啦，在那间房子里，我给你倒了一大盆水，你可以洗个澡。我现在弄饭去，你洗澡出来，咱们就可以吃饭啦。"

展伯承心里想道："龄姐虽然爱闹，倒是样样能干！唉，只可惜——"他不愿再想下去，接过衣服，便去洗澡。正是：

儿时往事依稀记，今日重来已断肠。

欲知后事如何？请听下回分解。

第三回　焚琴煮鹤情何忍
　　　　掘宝怀珍意自伤

展伯承走开之后，褚葆龄正要出去。褚遂忽地心里起疑，将她叫住，说道："天都快要黑了，你还未弄好饭吗？"褚葆龄道："是呀，这半天工夫，我就只给小承子缝好了一套衣裳。"

褚遂低声说道："龄丫头，在爷爷面前，不许说谎，你是不是偷听来了？"褚遂深知孙女儿的能耐，做一套衣裳绝计用不了半天的工夫。

褚葆龄小嘴儿一撅，在爷爷面前就撒娇道："小承子把我当作外人，提防着我。爷爷，你也帮着他瞒我、骗我。有什么私话儿，都要在我背后偷偷地说。哼，这么样不信任我呀！"

褚遂吃了一惊，连忙悄悄地向她解释道："你不知道其中关系重大，小承子是避仇而来的，杀他父母的那个仇人，武功极强，他本领未曾练成，我又年纪老迈，万一风声泄漏出去，仇人找上门来，如何应付？那时不但是小承子，只怕咱们祖孙二人，都有杀身之祸。小承子知道你的脾气，怕你口没遮拦，这才不敢告诉你的。你要体谅他的处境、心情，不可只是怪他。你最好装作不知道，免得他知道你曾偷听，心里存了芥蒂。"说到这里，轻轻一笑，在她耳边说道："小承子总有一天会告诉你的。他怎能把你当作外人？三年易过，将来他还要你作他帮手，一同报仇呢。不过，现在你可不能戳穿。"

褚葆龄冰雪聪明，一听就明白了爷爷的意思，那是等到三年之后，展伯承功夫练成，孝服亦满，那就要他们成亲了。做了夫妻，展伯承当然不会对她还守什么秘密。

褚葆龄满面通红，道："我才不管他家的事情呢。你要我装作不知，我如你吩咐就是。但我可有话要与你说在前头，我只是把小承子当弟弟看待，我可不想、不想——"她到底是个少女，"嫁他"二字，终是说不出来。

褚遂双眼一瞪，沉声道："小承子有什么不好？你只知道欢喜那小流氓！哼，我也和你说在前头，以后倘若给我知道你曾和那小流氓同在一起，我定要打断他的双腿！"

褚葆龄知道爷爷的脾气，爷爷做了几十年江湖大盗，杀人当真是不眨眼的。尽管她一向恃宠生娇，这时也不敢激怒爷爷了。

褚遂却也怕孙女儿闹出事来，说道："好吧，只要你与小承子姐弟相待，嫁不嫁他，三年之后再说。记着我的吩咐，切不可泄漏秘密。好，你去弄饭吧。"

展伯承沐浴更衣之后，洗去了风尘之色，容光焕发，判若两人，出来与褚葆龄相见，褚葆龄笑道："好一个黑里俏的俊小子，和日间大大不同了。人要衣装，佛要金装，果然不错。"

展伯承不过是一个十六七岁的少年，虽然比较少年老成，毕竟也还有几分争强好胜的孩子气，日间他对着那个姓刘的美少年，颇有自惭形秽之感，如今得褚葆龄赞他一赞，虽然明知她的心上另有他人，也禁不住暗暗欢喜，又是得意，又是害羞，红着脸说："姐姐，别取笑我了。我——"他本来想要说："我怎比得上人家？"但想到褚公公不喜欢那姓刘的"小子"，话到口边，止住不说。

褚葆龄道："你怎么啦？我说你是个俊小子，你却忽然变了个大姑娘了。有什么话不好意思说呢？"展伯承道："我肚子饿了。"

褚葆龄哈哈大笑，说道："原来如此，我早知道你肚子饿了，现在正是来请你用饭呢。"褚遂点点头道："对啦，以后你和龄姐就要像一家人一样，什么都不用客气。"

第二日开始，褚遂就督促展伯承与他孙女儿一同练武。褚葆龄果然对他似小时候一般，并不因她祖父曾有婚姻之议而心存芥蒂。倒是展伯承心头有着一抹阴影，不敢过分与褚葆龄亲近。

但展伯承也已是一个情窦初开的少年，褚葆龄是他青梅竹马的伴侣，如今又是朝夕相对，尽管他极力抑制自己，但每当褚葆龄在他面前笑语盈盈之际，他也往往禁不住怦然心动。

褚葆龄就似一朵带刺的玫瑰，而且这朵玫瑰又是已经有了主儿的，展伯承不能采摘，也不敢采摘，心中的苦闷，也就可想而知了。

褚葆龄遵守她祖父的吩咐，对展伯承的家事佯作不知。展伯承也体会到老人的意思，从不在他们面前提起那姓刘的少年，他把那日看到的事情藏在心里，对褚、刘之恋也是佯作不知。

展伯承用功练武，一晃过了半月，在这半个月来，从没见过那个姓刘的少年，也没有听到他的歌声。想来是他怕了褚遂，当真不敢在附近唱山歌了。

褚遂的武学不及展伯承家传武学的深奥，但却偏于实用，出手的招式都是狠辣非常，足以一举制人死命的功夫。展伯承不大喜欢这样狠毒的邪派武功，但想到可能要用来对付仇人，所以还是非常用心地学。

褚遂见他们两小无猜，孙女儿也没有再提那姓刘的小子，心中很是满意。过了半个月之后，他就常常借故不陪他们，让他们自行练习了。

这一日褚遂点拨了展伯承几招之后，说道："这一套穿云手的诀窍，你已经都领会了，你叫龄姐给你喂招吧。我可是有点累了，唉，人老了，精神可真是不济啦！"

褚葆龄道："爷爷，那你就回去歇歇吧。穿云手三十六式小擒拿，是我最熟悉的功夫，小承子要学这门功夫，我包下来就是。爷爷，你放心好啦。"

褚遂笑道："好，那我就乐得偷懒偷懒，让你做一日老师，也好威风威风。但你可不许欺负小承子呵。"

褚遂是有意让孙女儿与展伯承多一点机会亲近，他们二人也都明白老人的心意。往常褚遂借故离开的时候，展伯承总是难免有点尴尬，褚葆龄虽不至于露出不悦的神色，但也总是不言不语，显然她也不满意她的爷爷，如此这般的太着痕迹，硬要将她与展伯承"撮合"。

但今天她却是一改常态，兴高采烈地答应教展伯承功夫，还催她爷爷回去歇息，褚遂只道她已是渐渐有所改变，忘记了那姓刘的小子，而喜欢单独与展伯承在一起了。孙女儿高兴，他也高兴。情窦初开的少年最为敏感，展伯承见她今日一改常态，心中也暗暗喜欢。

褚遂高高兴兴地离开之后，褚葆龄说道："小承子，今日咱们走远一点去练功夫，这园子可大呢，许多地方你还未去过。"展伯承道："但凭姐姐主意，我也很想逛逛这个园子。"

褚葆龄带他到一个所在，一大块玲珑的太湖石砌成的假山，耸立在荷塘之旁，地上长满野草，这些野草却不是平常所见的野草，牵藤引蔓，飘摇屈曲，万态千姿，风过处，幽香阵阵扑人鼻观。野草丛生之处，露出几方断碣残碑。

褚葆龄说道："这都是你的外公当年从各处移植来的奇花异草，少人灌溉，花多枯萎，以至绝种了。这些异草，却年年滋长，越发茂盛。怪不得诗人说野火烧不尽，春风吹又生。野草是要比娇嫩的花儿容易生长多了。"

展伯承道："这么好的园子，可惜荒废了。"褚葆龄道："只我和爷爷二人，怎能收拾这个园子？所以爷爷很盼望你他日能够重兴祖业，再造名园。"

展伯承笑道："我可没有这样雄心。我帮忙你做一个浇花剪草的园丁，那还差不多。好啦，咱们别忙着谈论这个园子了，姐姐，你可是答应了教我功夫的呢！"

褚葆龄忽地"格格"一笑，双颊梨窝隐现，一副顽皮的神气，说道："小承子，你是真的想我教你功夫呀？"展伯承道："那你以为我是什么？"

褚葆龄道："我看你是想试我的功夫吧？昨晚半夜三更，你还一个人偷偷地在院子里练这套小擒拿手法，都给我瞧见了。嗯，小承子，你要试我功夫，这不打紧，但试这一套可不大好，还是试另一套吧。"

展伯承练武十分用功，褚遂日间所教，他往往晚上也抽空苦练，却不料给褚葆龄偷看了去，说将出来。

展伯承给她道破，不禁脸上一红。原来这套小擒拿手法，是用于近身搏斗的。有许多“扭打”甚至箍身打滚的招式，那是对付强敌，不得已而用之的，一用就是杀手。但若同门“试招”，尤其是一男一女的话，练这套功夫，确是有点不大“方便”。

展伯承一时没想到这层，这也是因为褚葆龄从来不避男女之嫌的缘故。如今听得她这么一说，这才害臊起来。

可是褚葆龄是笑嘻嘻地说的，看来她倒是没有愠恼，而是在作弄展伯承，要看他的窘态。展伯承见她没有明言，他当然也不好意思再说。当下带着些儿腼腆，说道：“姐姐，你不欢喜练这套功夫，那就教我另一套吧。”

褚葆龄笑道：“你可知道要投桃报李么？”展伯承道：“怎么？”褚葆龄道：“你家传的武功其实比我家的高明得多，这半个多月，你尽是学我家的，如今也该让我学你家的了。今天就由你来教我你们展家的五禽掌法如何？”

展伯承也想温习一下自己原有的功夫，他是个比较诚朴的人，不善讲客气的说话，尤其是对姐姐一般的褚葆龄，他更不能推辞了，便道：“我的功夫还浅得很，不过姐姐要学，我也不敢说个‘教’字，咱们就切磋切磋吧。”

他们两家以前是在一起的，褚葆龄小时候也曾看过展家父子练这五禽掌法，看得多了，也还记得一些，和展伯承练了几招，居然中规中矩。

展伯承赞道：“龄姐，你真聪明，隔了这许多年，你看过的功夫还没忘记。”

可是“五禽掌”是一套深奥复杂的掌法，那是模拟五种禽鸟飞翔的姿态，以上乘的轻功来配合掌法的。练了一会，练到了一招拔身纵跃、空中对掌的招数，褚葆龄练得不对，失了重心，展伯承临时发现，半空中收束不了掌势，双掌一交，啪的一声，褚葆龄便似断了线的风筝，头下脚上的跌下去了。

地上有一丛黄菊，平铺如锦，菊花丛中，隐隐露出一方残碑。褚葆龄从空中跌下，正是朝着这个方向，头颅对着那方石碑。

展伯承大吃一惊，褚葆龄这一跌去势如箭，要是撞着石碑，可就是头破血流之灾！展伯承精熟五禽掌法，在空中可以回翔，一惊之下，本能地生出反应，一个振臂翻身，成了“黄莺落架”的身法，立即扑下去抢救佳人。

一前一后，相差少许，眼看褚葆龄就要碰着那个石碑。展伯承心里叫道：“糟了，糟了！”事到急时，无暇考虑，只好尽人事以听天命，用力一冲，伸出手臂去抓褚葆龄的脚踝。

就在这危机瞬息之间，褚葆龄蓦地一个“鹞子翻身”，将头下脚上的形势转了过来，脚尖碰着石碑，身子便似弹弓般的向外一蹦。

这一蹦正好与展伯承碰上，谁都不能避开，也没想到要避，展伯承伸出的双臂，就恰恰抱着她的身子。

“软玉温香抱满怀”，展伯承平时虽是与褚葆龄嬉笑无忌，却从未有过如此亲近，不禁心神一荡，满面通红，连忙移开双臂，但他惊魂未定，虽然没有再抱着她，但仍是牢牢抓紧了她的双手，防她跌倒。

褚葆龄脸上也泛起一片红晕，娇喘吁吁地说道：“没事啦。”展伯承道：“吓死我了。没事就好！”

褚葆龄把眼望去，只见他额上冷汗如雨，握着她的那双手，手指也兀自颤抖不休，敢情他真是吓得傻了，褚葆龄已经说了“没事”，他还没想到应该放手。

褚葆龄见他为了自己急成这个样子，心里也颇为感动。看着他这副样子，有几分欢喜，也有几分好笑。

褚葆龄笑了一笑，忽地问道：“小承子，你刚才使的那一招叫什么？”

展伯承道：“叫鸳鸯折翼。”

褚葆龄“噗哧”一笑，说道：“好好的一招掌法，为什么用了个这样邪里邪气的招名？”展伯承道：“我不知道。我爹爹是这样教我的。”原来这套掌法乃是他祖父展龙飞生前所创，一代代传下来的。展龙飞生前是个大魔头，他所创的新招，十之八九都是安上个残酷的名字。

展伯承正在说话，冷不防褚葆龄突然手腕一翻，使了一招

“小擒拿”手法，反刁着展伯承双腕，倏然间就把他摔出了三丈开外！

展伯承冷不及防，这一跤倒是摔得不轻，屁股着地，反弹起来，不由得叫了一声“哎哟！”

褚葆龄“格格”一笑，走过来道：“怎么，跌得痛不痛？”

展伯承摸摸屁股，道：“不痛。但你为什么要摔我一跤？”

褚葆龄笑道：“你不是想我教你擒拿手法的吗？我就是教你：在被敌人擒住双手的时候，如何反败为胜？”

展伯承这才恍然大悟，原来褚葆龄是要甩开他的双手，不禁又是面上一红，讷讷说道：“你这一招叫做什么？”

褚葆龄道：“我这一招叫做煮鹤焚琴。”

展伯承怔了一怔，道：“有这样古怪的招名？”

褚葆龄笑道：“你有‘鸳鸯折翼’，就不许人家有‘煮鹤焚琴’了？”

展伯承的心眼虽不及褚葆龄的剔透玲珑，但也不是傻子，听了这话，呆了一呆，心中暗念：“鸳鸯折翼，煮鹤焚琴；鸳鸯折翼，煮鹤焚琴……哎呀，她是在向我讽示，我这‘鸳鸯折翼’是真有此招的，她却多心了。她心中另有他人，敢情她以为我要从中破坏，要她‘鸳鸯折翼’？所以她就要还我一招‘煮鹤焚琴’！嘿嘿，这倒不错，既然‘鸳鸯折翼’，做了这样杀风景之事，那就当然是‘煮鹤焚琴’了！”

展伯承心中苦笑，口中却笑不出来。他呆了半晌，不觉悠悠地叹了口气。

褚葆龄见他如此，倒是有点过意不去，轻轻抚拍他道：“小承子，我是和你开玩笑的，你恼了我么？”

展伯承道：“我怎么敢恼姐姐？”

褚葆龄道：“那么你喜欢我么？”

展伯承心中一跳，忍住心酸说道：“我没有这个福气。”

褚葆龄道：“你小时候不是说喜欢我，样样愿意顺从我的么？”

展伯承道：“那是小时候，现在你长大了，就不同了。”

褚葆龄笑道：“有什么不同？小承子，我可还是像小时候一样喜欢你呢！难道现在咱们就不能似姐弟一般了么?”

展伯承渐渐懂得了她的意思，心里有几分凄凉；但事已如斯，褚葆龄仍以姐弟之情待他，他也有几分感动。于是，无可奈何的答道：“姐姐既然不把我当作外人，那么我也是像小时候一样喜欢姐姐的。”

褚葆龄很是高兴，说道：“小承子，你喜欢姐姐，你可还愿意像小时候一样听姐姐的话么?”

展伯承道：“我不听姐姐的话还听谁的话？姐姐，你有什么要吩咐我的?”

褚葆龄笑道：“不见得吧？你就不听爷爷的话了么？爷爷要你管束我的!”

展伯承也笑道：“姐姐，原来你还在为着这句话不舒服呀？爷爷的话我当然是要听的，但我就只不听他这一句话!”

褚葆龄眉毛一扬，说道：“好，那么我现在就有一件事情求你，你愿意帮忙我么?”

展伯承道：“当然愿意。什么事情?”

褚葆龄道：“你先别问。可是你得答应，这件事情，你是要帮我瞒着爷爷的。”

展伯承心里狐疑，但在褚葆龄水汪汪的眼睛注视之下，口中已不由得说道：“龄姐，你要我做什么我便做什么。你的事情，我半个字也不泄漏。”

褚葆龄笑道：“当真?”展伯承道：“君子一言，快马一鞭！你不信我和你击掌立誓!”他学着江湖好汉的口吻，却掩盖不了他的孩子气。而从这孩子气中，也可以见到他是出于至诚，毫无虚假。

褚葆龄十分满意，笑道：“是啊，小承子现在长大了，已经是君子了。我要是不信你，那就是小视你了。用不着击掌立誓了，你随我来吧。”

褚葆龄带他进入假山山洞，洞中有一块大石头，两人合抱还不能围拢，石上生着青苔，地下是碎石混合的硬土，也长着一片片的苔藓。

褚葆龄道：“你帮忙我把大石周围的泥土挖松，可得小心些儿，

褚葆龄笑道："……这宝藏倒应该是你的。"

别要铲去土上的苔藓。稍微毁损一些则不要紧。”

展伯承拔出佩刀，小心翼翼的帮忙她挖松泥土之后，褚葆龄道：“这大石我一人搬不动，你再帮忙我把它推开，选青苔少的地方落手。”

展伯承道：“这是干什么？大石底下！”

褚葆龄道：“我现在也不知大石底下埋的什么呢？”她又张望了一下洞口，接着笑道：“有你与我一起，爷爷是决不会来找我的了。我可不用提心吊胆啦！”展伯承这才知道，她是有意带自己到这儿练武的。

展伯承的内功已有相当火候，两人合力，虽然累得满头大汗，却终于把大石推开了。

只见下面一个深坑，堆着六七只大铁箱。褚葆龄一声欢呼：“果然找对了地方了！”

展伯承道：“龄姐，你找的什么？这几个铁箱——”

褚葆龄道：“我打开一只给你瞧瞧。哈。你看吧！”

展伯承只觉眼前一亮，幽暗的山洞里泛起了宝气珠光，只见箱子里满是珍珠、玛瑙、宝石、黄金……说不尽人间罕见的宝贝！

褚葆龄笑道：“其他几只箱子都是一般，不必打开来看了吧。”

展伯承呆了好一会，这才定过神来，说道：“龄姐，你怎么知道这里有宝藏？为什么要瞒着爷爷发掘？”他倒不是眩迷于这些宝贝，而是因为心中有太多的疑问。

褚葆龄道：“这宝藏本来只有爷爷知道，他没有告诉我，我偷看了他的藏宝图来发掘的，当然也不能告诉他了。”

展伯承道：“这是你家的宝藏，你又何必偷偷地瞒着爷爷发掘？爷爷将来不也是留给你的么？”

褚葆龄“噗嗤”一笑，说道：“你以为这个宝藏是谁家的？”

展伯承诧道：“不是你家的吗？你爷爷哪来的藏宝图？”

褚葆龄笑道：“说起来，这宝藏倒应该是你的。”

展伯承道：“姐姐说笑了。”

褚葆龄道：“不是说笑，当真应该是你的。”

展伯承诧道：“为什么？”

褚葆龄道："这是你外公王伯通的宝藏。你外公是绿林世家，世代相传，做了一百多年强盗，他本人又做了十几年的绿林盟主，用不着他亲自打劫，各个山寨每年送来的孝敬也不知多少！这八个大铁箱的宝贝，就是王家历代的积聚和你外公做了盟主之后巧取豪夺得来的。你外公只留下一个女儿，就是你的妈妈。你妈妈如今也已死了，当今之世，就只有你是你外公的亲人啦。所以，说起来这宝藏不应该是你的么？"

展伯承道："我妈可从没有提及有这一个宝藏。"

褚葆龄道："因为你妈也不知道。知道的只是我的爷爷，他是你外公的结义兄弟，和你外公是手足相依的几十年的老伙计。我猜想多半是你外公临死之前将藏宝图交给我的爷爷，但我爷爷却没有告诉你的妈妈！"

展伯承道："爷爷为什么不告诉我妈？也不告诉你？爷爷并无别的亲人，他要这么大的财富做什么？我看爷爷也绝不是见利忘义之人。"

褚葆龄道："爷爷为何如此，我可不知道了。我只知道爷爷是为了要守着这个宝藏，才要我和他搬回这个废园住的。小承子，你还记得吗？你的父母曾劝我们两家在伏牛山同住，铁摩勒也曾请我爷爷留在山寨，待他以前辈之礼。可是我爷爷都不肯听从。一过绿林大会，他就无论如何都要搬回来了？"

展伯承道："是啊，当时我也想不明白，爷爷这么喜欢你我，他却不肯与我家同住，硬要将你和我分开。如今你这么一说，我才明白了。敢情他真的是为着守护这个宝藏！"

褚葆龄道："我爷爷行事古怪，我也猜想不出个中道理。但我们不必根究这原因了，小承子，我只想问你一句话。"

展伯承道："说吧。"

褚葆龄道："这个宝藏本来应该是你的，如今咱们已经发现了，你喜不喜欢？"

展伯承道："你说应该是我的，我却觉得与我无关。我也并不特别稀罕。"

褚葆龄笑道："你当真不稀罕吗？那么，你愿不愿意送给我？"

展伯承怔了一怔，他并非吝惜，但却是想不到褚葆龄会有这么一个要求，心中想道：“龄姐要来作什么？她又不是寻常的世俗女子，难道也有贪财之心？”

褚葆龄笑道：“怎么？又舍不得了？”

展伯承道：“依我说，这本来应该是你的。我虽是王家的外孙，但我与外公从没见过面，你爷爷却是我外公的异姓兄弟，论交情、论渊源，你爷爷比我更应做这宝藏的主人。你是爷爷唯一的孙女儿，这宝藏也就应该是你的了。”

褚葆龄笑道：“你倒很会说话。好，你既然不稀罕，也不肯要，那么，咱们也不必争论这该是谁的了。这宝藏今后由我处置，我喜欢怎么用就怎么用，你同不同意？”

展伯承道：“我已经说过这该是你的了。当然随你处置，我是绝无异言！”

褚葆龄眉开眼笑，说道：“小承子，这就多谢你啦。麻烦你再给它恢复原状。”

展伯承很有几分不大舒服之感，心中在想：“龄姐难道当真变了？变成了一个我都不认识的贪财之人了？”

褚葆龄如有所觉，忽地“噗嗤”一笑，说道：“小承子，你不认识我了？”

展伯承怔了一怔，心道：“怎的我心中想说的话，没说出来，她也居然知道了？”一时大是尴尬，讷讷说道：“姐姐，我，我不懂你说什么？”

褚葆龄笑道：“你不懂么？我才是真的不懂呢！你为什么定着眼睛看我？姐姐还是旧时的姐姐，并没有变作另一个人，难道你不认识我么？”

褚葆龄语带双关，也不知是有意还是巧合，说出的话来，恰恰便似与他心中所想的针锋相对。

展伯承瞿然一惊，心道：“龄姐这话，分明是在向我表白。她要这个宝藏，一定有她的道理。我实是不该胡乱猜疑。嗯，难得她这样高兴，即使这是我的宝藏，我送给她也是值得，何况这本来应该是她的呢？”

褚葆龄盖好了箱子，笑道：“你是觉得今天的事有点奇怪么?”展伯承道：“不错，但有点觉得奇怪。姐姐，你——”

褚葆龄道：“我不会瞒着你的，但现在还不能告诉你。你相信姐姐么?”展伯承道：“相信的。”褚葆龄道：“那你就不要多问了，给我搬回这个石头吧。”

展伯承在她指挥之下，和她合力将石头推回来填上那道坑，又将挖松的泥土依照原状铺回。褚葆龄看了一会，很是满意，说道：“今晚只要有一场夜雨，明天咱们踏过的地方又要长上青苔了。爷爷绝不会想到咱们曾经发现这里的宝藏。”

展伯承禁不住又问道：“姐姐，你为什么要瞒住爷爷?”褚葆龄道：“我不是告诉了你吗，他瞒着我，我也就要瞒着他。”

展伯承道：“但我还是想不明白——”褚葆龄道：“你不明白的事情多着呢。莫说是你，我爷爷的事情，我也有许多不明白的。总之你不能把今天的事告诉爷爷，除非你想害我。”展伯承道：“我早已答应你了。君子一言，快马一鞭。你当我是说话不算数的小人么?”

褚葆龄笑道：“好，我相信你。你是我的好弟弟，不管今后如何，我一生都不会忘记你今日的好处。小承子，我还要你帮忙我一件事情。”

展伯承听了这几句甜言蜜语，禁不住心神如醉，即使是褚葆龄叫他去跳火坑，他也愿意。当下没口应承。

褚葆龄道：“好，那么你陪我到山上去玩，园子里我已玩厌了。”展伯承笑道：“原来是这么样的好差事。我到了这儿，一个多月未出过门，也正想到外面走走呢。”正是：

但得柔情消侠气，一生长愿伴妆台。

欲知后事如何？请听下回分解。

第四回　冰雪仙姿消侠气
风雷手笔写雄图

褚葆龄开了园中的一个角门，与展伯承走上山坡。艳阳三月，山坡上一簇簇的野花，遍眼都是。端的有如花团锦绣，灿烂非常。尽管这些野花，比不上园中花木的名贵，但生机蓬勃，更饶野趣，走在这些野花丛中，令人也更感到春天的气息。

褚葆龄笑道："小承子，我给你编一个花环好不好？"

展伯承蓦地想到初来那日的情景，——褚葆龄和那姓刘的少年，躲在一棵大树后面，周围都是野花，那时那少年正在为褚葆龄编织花环。

展伯承想起这幕情景，心中也不禁蓦地一酸，低下了头，说道："龄姐，多谢你啦，我不配戴你的花环。"

褚葆龄"咦"了一声，道："小承子，你有什么心事？"

展伯承道："没什么。我只是不配戴你的花环。你还是留着给另外一个人编织吧！"

褚葆龄"噗嗤"一笑，说道，"小承子，你是不高兴啦？"

展伯承道："我怎敢不高兴？你喜欢给谁编织花环，我也不能管你。"

褚葆龄轻轻抚拍展伯承肩头，柔声说道："小承子，你是我的弟弟，也是我最要好的朋友。但一个人总不止一个朋友的，你如果有了别的姑娘，我也还是一样和你要好的。你说实话，你是不是不高兴我另有其他朋友？"

展伯承面上一红，心道："道理你是说得很对。但只怕这姓刘的少年，并不仅仅是你的朋友。”

展伯承尽管是这样想，他可不敢像褚葆龄这么坦率，把心中所想的都说出来。心乱如麻，半晌说道：“龄姐，你带我上山，就为的是给我编织花环么？”

褚葆龄笑道：“小承子，你倒是聪明得很。爷爷管束得紧，我若不是和你一同出来，我今晚回去，他非把我再三盘问不可。”

展伯承就似被浇了一盆冷水，心中想道：“原来你是要把我当作挡箭牌。”

褚葆龄道：“怎么，我说了实话，你又不高兴了？”

展伯承道：“那么你是另有别的事情出来的了？”

褚葆龄道：“小承子，你答应帮忙我的，现在你还愿意帮忙我么？”

展伯承已料到了几分，心中似打翻了五味架，甜酸苦辣，样样都有，说不出是什么滋味。

褚葆龄一双明如秋水的眼睛，在展伯承身上滴溜溜地转，似笑非笑的低声说道：“小承子，你心里还在不高兴么？唉，小承子，你知不知道，这件事对我是非常重要的，我只有你可以倚靠，你不帮忙我还有谁帮忙我呢？”

展伯承心里叹了口气，咬了牙根，忍着心中的酸痛，涩声说道：“你要我帮忙什么事情？说吧！”

褚葆龄指向山头，说道：“那里有一座房子，你瞧见了吧？”

那是一座碉堡式的石屋，在山顶高处，周围是参天古树，隐隐现出屋檐一角，展伯承一直没有留意，如今褚葆龄指给他看，他才发现。

展伯承道：“瞧见啦，怎么样？”

褚葆龄道：“我要到那屋子里去，你在这里等我，我去去就来。你留神点儿，倘若看着爷爷来了，你就高声唱歌。”

展伯承赌气道：“我不会唱歌。”

褚葆龄道：“随便唱什么山歌都行。要不然，你就当作我是在你的身边和你说话，正在说到什么高兴的事情，于是你就哈哈大笑。总之，我只要听到你的声音，让我知道是爷爷来了，就算是你帮忙我了啦。”

展伯承道：“我明白了，你是要我给你把风！龄姐，这屋子里住的是什么人？你要我把风，你也总不能样样瞒着我啊！”

褚葆龄笑道：“小承子，瞧你这副神气，我敢说你是明知故问。”

展伯承道：“这是你那位姓刘的好朋友的家？你要私自去会他？”

褚葆龄道：“不错。唉，小承子你莫着恼。我也是没有办法，要不然我也不会求你帮忙的。你不是也听爷爷说过吗？倘若给他知我与刘芒相会，这可不得了！我给他骂不打紧，刘芒的双腿也要给他打断的！小承子，你就做做好事吧！”

展伯承最初是心中充满怒气，心道：“刘芒双腿打断与我何关？”但看到了褚葆龄这副楚楚可怜的样子，并且在低声下气地求他，心中就不由得想道：“龄姐心中另有他人，这是勉强不来的。大丈夫何患无妻？我若不答应她，反而是显得我心胸狭隘了！”

展伯承怒气平下，抬起了头，说道：“龄姐，你去吧！多谢你信任我。”

褚葆龄大喜道：“小承子，你真是我的好弟弟。我知道你会体贴我，帮忙我的，好，我去啦！”

展伯承目送褚葆龄的背景没入林中，心中忽地有点“滑稽”的感觉。可不是吗？他和褚葆龄从小就给人家认为是一对“小夫妻”，他母亲总是把龄姐唤作他的“小媳妇儿”，她的爷爷也早就把他当作了“小孙女婿”。即使是他自己，也从来没有想过，龄姐有一天会喜欢了另一个人，不嫁给他。

这次他奉了母亲遗命前来提亲，而她的爷爷也极想做成这门亲事，谁不以为这是个“顺理成章”之事？可是谁又想得到半路会杀出一个姓刘的“小子”来？如今他却在为他的“小媳妇儿”把风，让他的“小媳妇儿”与别人偷会？这不是太可笑了吗？

可是展伯承却笑不出来，有的也只是苦笑。尽管他为了要表示自己“男子汉”的胸襟，答应了帮忙褚葆龄，给她把风，自己也尽力抑制自己，不把这件事情放在心上，可是总还是感到几分失意，几分怅惘，甚至还有几分“耻辱”。

褚葆龄的影子看不见了，他知道她是进了那间屋子了。他看不见屋内的情形，听不见里面的话语。但他却凭着想象在脑海中绘出了一幅画图，那姓刘的小子在给他的龄姐唱歌，而他的龄姐则在他的身边给他编织花环。不，也许他们完全没有谈话，也没有动作，只是你望着我，我望着你，用脉脉的眼波，传递那无穷的情意！

展伯承独自在山坡上徘徊，连连挥手，似乎要想挥掉脑海中一幅幅的幻象。心里想道：“我不能这样没出息！难道我在世上就只是为了一个龄姐。我还要练好武功，即使不是为了给父母报仇，也得为人间行侠！龄姐喜欢那人，这也没有什么不对，爷爷本来不该那样管束的。我应该珍视龄姐对我的情谊，我是应该帮忙她的。”他给自己找到了一个理由，转而觉得自己为褚葆龄“把风”，非但不能算是“耻辱”，反而应该说是一种高尚的行为了。

展伯承独自徘徊，看着日影渐向西斜，其实也没等了多久，他心中却有“度日如年”的感觉。

蓦地他心头一动，想起了初来那天，褚遂和他说过的话，暗自寻思：“不对，不对！龄姐在发现宝藏之后，就去找这姓刘的小子，莫非这两件事情是有关联？爷爷说过，这姓刘的一家来历不明，他们为什么要搬到这荒凉的山谷来住？爷爷一直就是有所疑心的。爷爷禁止龄姐和那人来往，恐怕还不单单是为了我的缘故！”

展伯承心中好似挂了十五个吊桶，七上八落，怎么办呢？怎么办呢？“这姓刘的小子若然是个坏人，我怎能让龄姐受他之骗？”“立即回去告诉爷爷吧？可是我是答应过龄姐的，大丈夫又岂能言而无信？”“待以后再劝龄姐？嗯，还是不对，这姓刘的是好是坏，我毫无所知，也不能只凭爷爷一面之词，就把他判作坏人了。”“何况即使他是坏人，但我毫无凭据，就去劝告龄姐，龄姐一定还当我是妒忌呢！”

这也不行，那也不行。蓦地一个念头在他心中兴起，“不错，要找证据。至少也得知道他的一些事情！我何不偷偷去听他们在屋子里说些什么？”

想到此处，展伯承忽地又感到有点可耻，“偷听？这可不是一件光明磊落的事情啊！”

展伯承心乱如麻，在山坡上走过来又走过去，揉碎了十几朵野花，他的心也好似花朵一般的被揉碎了。不知不觉渐渐走近了那座屋子，这才蓦地一惊：“我应该在下面把风的，怎的跑到这儿来了？要是屋子里的人发现，他们会把我当作什么？即使他们把我请了进去，那也是自讨没趣的啊！”

屋子四周围都是大树，屋后面有一棵树特别高，比屋顶大约还高出一丈有多。展伯承心中一动，“要是我爬上这棵树，屋子里面的情形我不是可瞧见了？他们谈些什么我也可以听见了？”

展伯承突然下了决心：“我这是为了龄姐的好，偷听又有什么不可？我自问心地光明，那又何须羞愧？”

展伯承替自己找到了借口，抛开了顾虑，便即绕到屋后，施展轻功，爬上这棵大树。

展家轻功是武林一绝，除了空空儿这一派之外，就要数到他家的了。展伯承虽未炉火纯青，在轻功上也已有了他父亲的七八分本领。他飞身上树，树枝不摇，树叶也没有落下一片。屋子里的人全无察觉。

他聚拢目光，透过繁枝密叶，凝神望进屋内，发觉了屋内有人，但同时也感到了失望。

这并不是他所希望发觉的人。屋子里也正好有两个人，一个是约摸四十多岁的虬髯大汉，一个是三十岁左右的中年书生，摇着一把折扇，神情很是潇洒。他游目四顾，就只能看到这个房子，他的龄姐与那个姓刘的“小子”却不知藏在哪儿。

只见那书生摇了一下折扇，笑道：“刚才来的那位漂亮姑娘是谁家女儿！看来和芒侄倒是亲热得很呢！”

那虬髯汉子道：“这盘龙谷除了我们这家和褚家之外，就没有第三家了。”

那书生道：“哦，敢情是褚遂的孙女儿？”

虬髯汉子道：“不错，正是褚遂的孙女儿！”

那书生哈哈笑道：“想不到褚遂倒有这么一个好孙女儿！刘大哥，恭喜，恭喜！”虬髯汉子道：“独孤老弟，且慢道喜！”

那书生道："这还不是一件大大的喜事吗？我这个做叔叔的都看出来了，难道你这做老子的还看不出？看这光景，这位褚姑娘迟早都是你刘家的人了。对啦，芒侄今年是二十岁了吧？也可以娶亲了。我干脆就等喝过了你家的喜酒才走吧。"

那虬髯汉子道："不行呀！姑娘倒是有几分意思，她的爷爷可不肯答应。"

那书生道："你向他提过亲啦？为什么不肯答应？"

虬髯汉子道："褚老头看见我的芒儿就生气，他曾扬言我家的孩子倘若不知自量，再和他的孙女儿在一起的话，给他瞧见，他就要打断芒儿的双腿。你想想，我怎么还敢提亲？"

那书生冷笑道："褚老头也未免太自大了，他要什么人家才配得上和他联姻？不错，他们褚家在绿林中是有点声望，但你们刘家也并不输于他呀？他凭什么看不起侄儿？"

虬髯汉子道："这个，——唉，他有他的想法，他既然要留下孙女儿另配他家，这亲事么不提也罢！"

那书生道："我给你撮合撮合如何？我或许也不在褚老头的眼内，但我还可以请几位说得起话的去向褚老头说。"

虬髯汉子道："多谢你的好意，但可不必了。"

那书生道："怎么？你对儿子的亲事倒好像并不怎么热心？褚老头虽然讨厌，但看在他们小两口子的姻缘份上，咱们也得设法成全他们的心愿呀。试试何妨？"

虬髯汉子忽地笑道："独孤老弟，不必试了。你说得不错，我对这门亲事的确是不大热心。成固然好，不成也罢！"

那书生怔了一怔，说道："大哥，这我就有点不明白了。你搬到盘龙谷来，这，这是——"

那虬髯汉子哈哈笑道："独孤老弟，咱们是多年知己了，我也不能瞒你。我搬到这荒谷之中安家，可并不是为了给儿子物色媳妇的啊！"

那书生道："那又是为了什么？"

虬髯汉子道："你听人说过王伯通的故事么？他死了之后，他们家藏的巨大财富，却不知下落。有人说是给他部下瓜分了，其实不是。是褚遂偷偷吞没了。实不相瞒，我如今已得知确实消息，知道这宝藏是埋在何处了！”

那书生道：“哦，原来如此，你是志在得财，不在得人。但这消息可是褚家那位姑娘告诉你们的。”

虬髯汉子道：“不错。要不是为了这个缘故，我才不让儿子与褚遂的孙女往来呢，受他多少的气！嘿，说到这儿，可得请你助我一臂之力了。”

那书生道：“是与宝藏有关之事？”

虬髯汉子道：“正是。褚遂的孙女儿上一次答应了我儿寻找宝藏，今天她不怕违背她爷爷的命令，偷偷来会我儿，料想是把藏宝图带来了。但只发现了宝藏，事情还未成功，最重要是咱们拿到手上。

“褚遂武功不弱，我本来想请他孙女儿作个内应，智取宝藏，但不敢说有没有把握。说不定褚姑娘不肯答应，也说不定给褚遂看破。所以，我想若然智取不成，那就只好硬来，明火执仗到他园中发掘。独孤老弟，这就要你的帮忙了。”

那书生笑道：“原来你是教我去偷东西。这个——”

虬髯汉子道：“我知道你们夫妻双侠，一向行事磊落光明。我请你相助，实在是冒犯了你。但这是王伯通的不义之财，人人可取！咱们得了用处可大呢！老弟，你还记得上次你与我商量的大事？”

那书生似是给他说动，神采飞扬，摇着折扇笑道：“不错，让褚遂把这批珍宝埋在地下实是可惜，到了咱们手中，却是可以大展宏图了！”

他们的谈话，展伯承都听进了耳中，他虽然不知道这二人所曾商议的是什么大事，但刘家志在谋财，他却是听得那刘芒的父亲亲口说出来的了！而且听他口气，取了宝藏之后，他就要他儿子撇开褚葆龄了！

展伯承暗暗为他的“龄姐”感到不值，底下的话也就无心听了，心中只是在想：“我要不要告诉她：‘刘家父子只是想要你的钱财，对你却是虚心假意！’哎，不过她一定会问：‘你怎么知道？’

我怎么说呢？说是偷听来的吗？给她骂一顿不打紧，只怕她不相信，反而疑心我是要离间他们。”

展伯承满怀苦恼，正自一片茫然，房间里那两个人的谈话，忽地又把他的全副心神抓着了，马上令他无暇再去思想褚葆龄的事情，原来他们正说到了他的父母被仇杀之事。

那虬髯汉子在得意之极，狂笑了一通之后，问道：“独孤老弟，那么咱们就一言为定了，只是我独居荒谷，江湖之事，甚为隔膜，不知现状如何？有何新事？还得请你给我说说，好拟定咱们的大计。”

那中年书生道：“绿林情形大致和前两年差不多，有些变化，我慢慢和你说。”

虬髯汉子道：“好，那你就先说紧要的事情。”

那书生摇了一摇折扇，却慢条斯理地说道：“有一个惊人的消息，这是与褚老头也有点关联的，不知你可知道？”

虬髯汉子道：“你是说展元修夫妇双亡之事么？”

那书生道：“正是。那么，你已经知道了？”

虬髯汉子道：“不，我是只知此事，不知其详。他两夫妇是怎么死的？”

那书生道：“是给人杀死的。要不然怎能说是惊人的消息。可是，消息惊人，知道的人却并不多。”

虬髯汉子道：“我想来也有点疑心的了。他们夫妇正在盛年，武功又极高强，怎的会死了？哈，我正想探听这件事情，你想必知道其中底细？”

那书生道：“那凶手在杀了展元修夫妇之后，曾经来见过我！”

虬髯汉子道：“那是谁人？有这么高强的本领！”

那书生道：“这人是当年在飞虎山上漏网的窦家后人，名叫窦元，他苦练了三十年功夫，矢志报仇，但王伯通早已死了，只有一个女儿，就是展元修的妻子。所以只好连累展元修也倒霉了。”这书生也并不知道当日动手的情形，只道窦元全是凭着自己的本领杀了展家夫妇的。

虬髯汉子诧异道：“我从来没听你提过此人，你们以前就相识的么？他怎么会来找你？”

书生笑道：“我也是第一次和他见面。这窦元的消息倒是灵通得很，他知道我家有治疗毒伤的圣药辟邪丹，他是求药来的。”

虬髯汉子道：“哦，他受了伤？”

书生道：“不错，据他说他是中了展元修妻子的喂毒暗器，毒性十分厉害，他虽另有解药，但余毒却不能迅速拔清，故而要来求我的辟邪丹。”

展伯承偷听他们的谈话，听到这里，心中又是一惊。想道：“妈当日给了那窦元解药，是要三年之后，他才能完全恢复功力的。不知这辟邪丹功效如何？这书生给了他没有，我如今本领还未练好，倘若此人功力便已恢复，我可得加倍提防了。”

心念未已，只听得那书生已接着说道：“我本来不想给他的，但他与我一个相熟的朋友快马姚同来，教我不能砌辞婉拒。这人内功也真深厚，虽然余毒未清，但脚步矫健，声音宏亮，外表看来，丝毫也看不出受伤的迹象。他在我家门前求见之时，还曾露了一手上乘的传音入密的内功呢。

“我倒不是惧伯他本领了得，老实说，我对王、窦两家都无好感，但我一想，也无谓结怨此人，何况他又是与快马姚同来，因此我也就送了他一颗辟邪丹，算是放给他一点交情。”

虬髯汉子叹道：“想不到窦家后人又在绿林之中崛起了，与他留下一点交情也好。”从他语气听来，这“也好”二字实是勉强得很。

那书生道：“这人野心不小，他向我求药还在其次，真正的目的却是来邀我入伙的。”

虬髯汉子道：“邀你入伙？嗯，他知不知道你我的交情与所图谋的大事？”

那书生道：“这个他倒不知，他是想在绿林中另树一帜，故而在杀了展元修夫妇之后，就仆仆风尘，结纳四方豪杰。”

虬髯汉子道：“现在的绿林盟主铁摩勒本是窦家义子，按说乃是他的兄弟行，他要另树一帜，岂不是就要和铁摩勒对抗了？”

那书生道：“这我就不知道他是怎么打算的了。不过，据我所知，展家夫妇和铁摩勒也是十分要好的朋友。铁摩勒若知窦元行凶暗杀之事，未必就会帮他。”

虬髯汉子道：“他们两家的纠纷，我不理会，我只想知道，窦元邀你入伙，你怎么说？”

书生笑道：“这还用说吗？我当然是拒绝了！咱们哥俩要图谋大事，何须依附于他。”

虬髯汉子哈哈笑道：“是呀！咱们有了那批宝藏，还怕不能招兵买马？还用得着依附谁呢？”

书生道：“可是你也别太高兴了，还得小心点儿！”

虬髯汉子道：“怎么？”

书生道：“王伯通那批宝藏，其中有一半是当年大破飞虎寨之时，劫了窦家的。窦元是窦家后人，自必知道此事。他如今要在绿林自立为王，只怕也要觊觎这批宝藏吧？我听说他也打听褚遂的下落呢！”

虬髯汉子道：“那咱们就来个先下手为强。待窦元找到这儿，咱们早已取了藏金，远走高飞啦！”

书生道：“你能够十拿九稳，料定了褚遂的孙女儿是来献宝图，而且必然给你作内应吗？”

虬髯汉子笑道：“她对芒儿一片痴情，你也是看到的了。我敢说是十拿九稳。嘿，嘿，你还未知道呢。”

书生道：“什么？”

虬髯汉子道：“展元修的孤儿一个月前已经来投奔褚遂了。褚遂就是因为想把孙女儿许配于他，才对我的芒儿这么不客气的。”

书生道：“哦，原来如此，却不知这孤儿怎么能在窦元的刀下逃得出来？”

虬髯汉子道：“这就不知道了。那位褚姑娘只是说了有此一事，至于展家夫妇是被人杀的，她也还不肯说呢。不过，她敢于违抗爷爷的命令，不嫁给那小子，这也可见到她是对芒儿诚心诚意的了。可笑我家这浑小子，得到消息之后，最初还醋意冲天，想去找那姓展的小子拼命呢。幸亏他没有轻举妄动，要不然得罪褚遂事小，大事可就要坏在他手里了。哈哈，展家那小子暗中做了我们的帮手，我今天才知道。不过，这小子本人却还未必知道呢！”

展伯承听到这里，不禁火气冲天，想道：“刘家父子利用了龄姐，龄姐又利用了我，哼，哼，这真是从何说起！”

心念未已，忽听得那虬髯汉子“嘘”了一声，低声道：“他们来了！不可再谈窦元与那展家小子之事啦。”

果然过了一会，便听得脚步声响，褚葆龄与一个少年走进这间房来，正是那个刘芒。

虬髯汉子与那书生如同看见天上掉下个宝贝，满面堆欢，站了起来迎接。虬髯汉子说道：“褚姑娘，怎不多坐会儿，就要走了？”

褚葆龄道：“时候不早，我怕爷爷找我。”

虬髯汉子笑道：“你爷爷忒也管得你紧，还怕你飞了不成？嘿嘿，不过我倒盼望你这头凤凰，有一天飞到我家来呢。”

褚葆龄满面通红，半晌说道：“爷爷管我，那也是为了疼我的缘故。刘怕伯，独孤叔叔，我也有桩事情，想求求你们……”

虬髯汉子道：“姑娘太客气了，咱们都是自己人。说吧。”

褚葆龄轻轻碰了一下刘芒，刘芒说道：“爹，那件事情已办妥了。褚姑娘想知道咱们下一步棋如何走法？”

虬髯汉子大喜道：“哦，已办妥了？”

刘芒道：“这就是那份东西，爹，你收下吧。”展伯承在树上凝神窥探，隐约看出是一卷纸张，料想是那藏宝图了。

虬髯汉子藏好那卷画图，说道：“多亏姑娘了。今天晚上，我去拜访你的爷爷。”

褚葆龄道：“不，不，这事不能明来。”

虬髯汉子笑道：“我说的拜访，是按江湖规矩，待事情办妥之后，给他留个拜帖。”

褚葆龄道：“只怕我爷爷也会发觉。你们可千万不能和我爷爷动手，这就是我所要恳求你们的事情了。”

虬髯汉子道：“不看僧面看佛面，我怎能与你爷爷伤了和气。不过，我们也事在必成，要想不伤和气，只有请褚姑娘你再帮帮忙了。”

褚葆龄道：“只要你们不与我爷爷动手，你说什么，我都愿依从。宁可事情过了，我再逃出来跟你们。”

虬髯汉子道：“这东西你藏好了。三更时分，依计而行。”展伯承在树上偷看，却看不见那件东西。底下的话，虬髯汉子是在褚葆龄耳边说的，展伯承也听不见，只见褚葆龄好像不大情愿的样子，但终于还是点了头。

褚葆龄道：“好，我走啦！”展伯承连忙从树上溜下，施展轻功，飞快的赶往原处，心乱如麻，忐忑不安。不多一会，褚葆龄也匆匆忙忙地走来了。

展伯承心里乱成一片，不知该向褚葆龄说些什么才好？他现在最最关心的已不是她和刘芒的“幽会”了，而是他们有什么图谋？准备怎样利用“龄姐”来对付她的爷爷？但他知道，他的龄姐是不会像小时候一样，把什么话都告诉他的了，他也不能坦坦率率、毫无顾忌的向他的龄姐打听了。

他忽地有个奇怪的感觉，龄姐本来是他除了父母之外，最熟悉、最亲近的一个人，但现在却蓦地变得如此陌生，他做梦也料想不到，龄姐会与外人串通，利用了他不打紧，还要算计她的爷爷。

心念未已，褚葆龄已是来到了他的跟前，“噗嗤”笑道：“小承子，怎么皱着眉头不说话呀？心里又在不高兴了？”

展伯承道：“龄姐，你不知我等得多心焦呢！你和那家人家怎的有这许多说话。嗯，我还以为你舍不得回来了呢？”他是有意给褚葆龄造成一个印象，以为他在吃醋，掩饰自己的窘态和不安，免得他的龄姐多所猜疑，看出破绽。

褚葆龄果然格格笑道：“也没有多少时候，我就是怕你心焦，才赶回来的。小承子，多谢你给我把风，我很感激你，一辈子把你当成我最好的兄弟，你不要不高兴啦！”但尽管她是满面堆着笑容，好像平日的样子和展伯承肆无忌惮的开开玩笑，展伯承却还是看得出来，她和平日并不一样，她的“笑”，笑得十分勉强。

展伯承也勉强笑了一下，说道：“还说时候早呢，你看日头都快要落山了。我等久了不打紧，只怕爷爷等得心焦。”

褚葆龄笑道：“爷爷知道咱们是一同出来，他心里只有高兴，决不会唠叨的。”话是如此说，不过提起了爷爷，褚葆龄也就不由自己的加快了脚步，而且眉宇之间，带着一种茫然的神色。

展伯承心道："莫非她也感到了内疚于心？"褚葆龄则在心想："小承子大约不知道我做了些什么吧？可他的神情却怎的似乎不对？难道只是因为我去会了刘芒？"

两人各怀心事，默默无言地走了一会。褚葆龄忍不着先问道："小承子，你似乎有什么心事，是么？"展伯承道："龄姐，我看你倒是怀着心事！"

褚葆龄笑道："你倒狡狯，我说你，你也说我！只要你帮我瞒着爷爷，我哪还有什么心事？"

展伯承迟迟疑疑，想了半晌，说道："龄姐，我、我有句话……想、想要问你。"

褚葆龄"咦"了一声，道："小承子，你今天是怎么的？有话就干脆说吧，吞吞吐吐的干嘛？"

展伯承道："是。我想问你，是爷爷和你亲些还是那刘芒和你亲些？"

褚葆龄眼皮一翻道："你这是什么意思？"

展伯承道："请恕我不会说话，我就是这个意思。"

褚葆龄道："你为什么有这样想法？"

展伯承道："爷爷那么严厉，禁止你们相会；你却想尽办法，终于偷偷跑去会了他。我觉得在你心中，似乎把刘芒看得比你爷爷更为紧要。"

褚葆龄叹了口气，道："小承子，你不懂的。"

展伯承道："就是因为不懂我才问你。"

褚葆龄道："我自小与爷爷相依为命，世上没有比爷爷再亲的人了。可是爷爷今年已七十岁了，他总是不能伴我一辈子的呀！"

展伯承道："哦，原来你，你——"

褚葆龄面上一红，半嗔半笑地道："小承子，你也别想歪了。我不是说将来就一定是要嫁给刘芒，但我总得交几个朋友呀！咱们是江湖儿女，将来总要在江湖闯荡，爷爷如今好似一棵大树，庇荫着我，但若大树枯了、倒了，我就要学会靠自己了。小承子，这是我心里的话，我把你当作兄弟才告诉你的。你别误会我是诅咒爷爷。”说到这里，她的眼圈却也不禁红了。

展伯承心里也叹了口气，低声说道：“是，我明白了。”

他不但明白了褚葆龄说的这些话，还明白她心中所想而未曾说出的话。他知道褚葆龄所说的“不一定嫁给刘芒”，那只是一个掩饰，其实就是准备和刘芒“过一辈子”的了。她需要一棵“人树”荫庇，这棵大树，就是刘芒。

正因为他明白了褚葆龄的心事，许多说话，他也不方便再说了。

褚葆龄笑道：“小承子，你不会像爷爷一样，不分青红皂白，莫名其妙的就恨刘芒吧？”

展伯承道：“姐姐见识比我高，你所喜欢的人应当不是坏人。但爷爷说他们这家人来历不明，姐姐，你可曾打听过他们的底细么？”

褚葆龄皱了皱眉，说道：“是爷爷托你向我打听的吗？”

展伯承想起刚才听到的说话，心里有点难过，说道：“并非爷爷要我打听，是我不大放心。”

褚葆龄道：“哦，我有什么事情让你不放心了？你当真要听爷爷的吩咐来管束我么？”

展伯承道：“不是这个意思。我想，你既然与这位刘大哥交了朋友，总应该知道他家的底细好些。”

褚葆龄冷笑道：“爷爷总是喜欢瞎疑心，说什么来历不明？哼，若说路道不正，褚、刘两家都是一样。”

展伯承道：“啊，原来他们是绿林出身。”

褚葆龄道：“这又怎么样了？我爷爷是绿林大盗，你妈妈也曾经是绿林盟主的女儿。”

展伯承笑道：“我只说了一句，你就说了这许多气话。”

褚葆龄也觉得对展伯承过分了些，忙转圜道：“小承子，我不是和你生气，我是说我爷爷。嗯，我知道你听了爷爷之言，先入为主，心里也许有点不大高兴刘芒。其实他并不是坏人，他虽出身绿林，却很有志气，胸襟广阔，也喜欢结交朋友。我对他说你帮忙了我许多事情，他也很感激你，想要结识你呢。”

展伯承只好笑道：“姐姐既然说得他这么好，那一定错不了。”心里则在想道：“什么胸襟广阔，我初来的时候，他曾经想找我拼命，你还替他掩饰。”但褚葆龄既然如此称赞刘芒，他还怎能在她面前再议论刘芒半句？

两人一面说话，一面赶路，不知不觉，已到了家。只见褚遂站在门前，说道：“你们到哪里玩了这许多时候？我正想去找你们呢！”

褚葆龄笑道：“爷爷，我已经一个月没出过园门，闷得发慌，今天才叫小承子陪我到山上玩了一趟，顺便也练练轻功。”

褚遂道：“小承子，她有没有说谎？”展伯承略一迟疑，在褚葆龄的眼色下替她圆谎，说道：“没有。龄姐聪明极了，今日她与我练了一套五禽掌法，我家传的轻功诀窍，她都已经领悟啦。”

褚葆龄嘟起小嘴儿道：“爷爷，你就是相信小承子的话，不相信我的话。”

褚遂道：“没有就好。快回家吃饭吧。”往日褚葆龄向爷爷撒娇，只要并非犯了过错，爷爷总会眉开眼笑的和她说几句好话，但这一次却有点异乎寻常，冷冷淡淡。正是：

女生外向寻常事，祸起萧墙却可哀。

欲知后事如何？请听下回分解。

第五回　深情岂料招奇变
藏宝原来是祸胎

吃饭的时候，三人都是各自怀着心事，褚遂没有多问，褚葆龄也只是有一搭没一搭的说些闲话。展伯承则只是低头扒饭，根本没有插嘴。

吃过晚饭，展伯承回到自己的房间，躺在床上，心烦意乱，哪能睡得着觉？

这时已是二更时分，只有一个时辰，就是三更了。刘家父子和那复姓独孤的书生，与褚葆龄约定的时间就是三更！他们要褚葆龄里应外合，来取宝藏。

日间的情景，在展伯承脑海中重现，尤其是最后一幕，褚葆龄临走之时，那姓刘的虬髯汉子交给她一件东西，要她用来对付褚遂。

展伯承不由得忐忑不安，心中想道："龄姐虽然说过决不能伤害她的爷爷，但怎知那些人安着什么心肠？他们对这批宝藏是志在必得，什么事情做不出来？他们交给龄姐的也不知是什么东西，要是龄姐也给他们骗了，做出无心之错，害了爷爷，那岂不是天大的糟糕！"

"不错，我是答应了龄姐瞒着爷爷的。但这件事太不寻常，我应该瞒骗爷爷吗？"他幻想出许多恐怖的事情，比如说那是一包毒药，那些人骗他龄姐说是麻药，假她之手下毒。

"即使退一步来说，爷爷没有受到伤害。但那些人取了宝藏，龄姐也势必要跟随他们远走高飞。我见不着龄姐也还罢了，爷爷年老，他怎受得了这样沉重的打击，失掉了自己相依为命的孙女儿？

“还有，听他们的谈话，杀我父母的那个仇人，可能也会来到此地寻觅宝藏，那人功力已复，我碰上他，固然要遭毒手！只怕连爷爷也要受我连累！这件事情又怎能不告诉爷爷，商量对策？”

展伯承想了又想，觉得还是告诉爷爷的好。但这么一来，他的龄姐只怕也要恨他一辈子了！

展伯承正自踌躇未决，窗门忽地无风自开。展伯承吃了一惊，连忙跳起，一个“谁”字还没出口，那人已经窜了进来，把手一摇，说道：“小承子，噤声。是我！”

月光下一个白发苍苍的老头站在他的面前，正是褚遂。他在自己的家中，施展轻功，悄悄地从窗口进入展伯承的房间，这真是展伯承绝对想不到的事。

褚遂涩声说道：“小承子，你别惊慌。坐下来吧，我有话问你！”

展伯承心上似挂了十五个吊桶，七上八落，只听得褚遂笑了一笑，说道：“你今天和龄姐玩得很高兴吧？”

展伯承讷讷道：“嗯，是，是很高兴。”

褚遂忽地面色一端，说道：“不见得吧？既然高兴，为何你回来之后，一直就是没精打采的样儿！”

展伯承着了慌，急切间打不定主意是说的好还是不说的好，心里一慌，脸色也都变了。

褚遂低声说道：“我知道你是好孩子，但你也不能瞒我。你们今天在那假山洞里发现了什么东西，对我说吧！”原来褚遂已经到过那山洞查看过了，褚葆龄虽然遮掩得好，却怎瞒得过褚遂这对眼睛？

展伯承道：“这是龄姐叫我帮她发掘的，我并不想要。爷爷你别疑心我是觊觎这批宝藏！”

褚遂道：“哦，原来龄丫头已经把这批宝藏的来历告诉你了。不错，这本来应该是你的，但你可知道我为什么不告诉你的母亲吗？”

展伯承道：“爷爷不用向我解释，我、我——”此时他已下了决心，要把今日所见所闻，和盘托出，但事有缓急轻重，他想先告诉爷爷，刘家那些人，三更就要来到。

可是褚遂却打断了他的话，说道："不，这事情我必须和你说！这批宝藏是我准备到你十八岁的时候，就交给你的。

"我有一个心愿，要你重振家风，成为绿林中的头面人物，这批宝藏，可以供你结交朋友，买马招兵，做一番事业，你懂不懂？

"我不告诉你的父母，因为你的父母和铁摩勒是至交好友，他们对你的期望和我不同，这批宝藏若是交到他们手里，我怕他们会送给了铁摩勒。

"我在这里为你看守这批宝藏，连我的孙女儿也不让她知道，你懂得我的苦心吗？"

展伯承满怀感激，热泪盈眶，说道："爷爷，尽管我不想要，我还是非常感激你老人家的好意！可是……"

褚遂道："不，你非要不可。我不让龄丫头知道，她却处心积虑，打探到了。可是，可是什么？你不用说我也知道！唉，女生外向，龄丫头定是要拿这批宝藏做人情，送给那小流氓了？你怎能这样糊涂，还帮着她呢！"

展伯承满面通红，不敢作声。褚遂紧接着问道："小承子，你也不用瞒骗你爷爷了，你们今天到了什么地方？"

展伯承道："这个，这个——"褚遂说道："别这个那个了，你不说我也知道，你们是到了刘家了？是不是？"

展伯承已决意实话实说，但他又怕褚葆龄遭受责打，想给她说几句好话，却不知如何措辞。此时褚遂紧紧追问，他无暇琢磨辞句，只好说道："不错，但只是龄姐一人进去。爷爷，龄姐不知刘家父子是坏人，一时做错了事，你，你不要太过生气。"

褚遂道："哦，她偷偷去会那小流氓，你倒还在给她说情！唉，可惜这丫头就是不知好坏。"

褚遂叹了口气，跟着又道："怎样管教她，这是我的事情，你暂且不必多管。我只问你，你今天是不是起初给她把风，后来却跑去偷听？听到了什么，快和我说！"

展伯承吃了一惊，道："爷爷，原来你今天也到了刘家吗？"

褚遂冷笑道："凭我几十年的阅历，你们的作为，我用得着到场才知道吗？那丫头既然单独进去，当然是要你把风了；你若没有偷听，也不知道刘家父子乃是坏人！"

展伯承道："我也不知他们是好人还是坏人，或许是我判断错了也说不定，不过，我听他们言语，他们却是利用龄姐。"当下把那虬髯汉子与那书生的谈话，摘要告诉了褚遂。

褚遂冷笑道："原来独孤宇居然抹下了侠义的面孔，也要来插手分赃了！"

展伯承吃惊道："这人竟是独孤宇么？"

独孤宇、独孤莹兄妹双侠，享誉武林，和段克邪夫妇交情不浅。展伯承曾听得父母提过他们的名字，却一时想不起是他。

褚遂道："书生打扮，用折扇作兵器，而又复姓独孤的，除了独孤宇还有谁人？好呀，管他什么大侠小侠，欺负到我头上来，我好坏也要斗他一斗！他们什么时候来？"

展伯承奇道："爷爷，你怎么知道他们要来？"他还没有说到褚葆龄献图之事。

褚遂道："龄丫头跑到刘家，我不用问你，也可想到她是干什么的了。哼，哼！他们知道宝藏所在，哪还有不来之理！"

展伯承好生佩服，心想："姜是老的辣，这话确实不错。爷爷只是发现宝藏被掘，以后的种种事情，几乎都已在他算中。"

既然褚遂知道了这么多，展伯承当然不便再给他的龄姐遮瞒，当下说道："他们已定了今晚三更，前来盗宝！"

褚遂看看窗外，说道："好，那么还有半个时辰。你的龄姐也已答应了做他们的内应吧？"

展伯承十分为难，硬着头皮道："这个，嗯，龄姐她倒是劝过那些人不可与你伤了和气，她，她还是疼着你老人家的。"

褚遂道："我不要你说这些废话，你只说他们要龄丫头如何算计我？"

展伯承道："刘芒的父亲交给龄姐一件东西，我不知道那是什么。"

话犹未了，褚遂忽地"嘘"了一声，示意叫展伯承不可说话。

褚葆龄大吃一惊，喷筒落地，叫道：“爷爷，你打死我吧！……”

随即迅速地撕下了一幅被面，团成两个布团，塞进展伯承的鼻孔，悄声说道：“跟我来！”转身便从窗口跳出。

展伯承心道：“难道那些人已经来了？他们在使用迷香，爷爷已嗅到了？”跟着褚遂掠过一间瓦面，到了褚遂所住那间房的后窗。

展伯承把眼望去，只见那窗下站着个人，这刹那间，展伯承吓得一颗心几乎要从口腔里跳出来，他要叫嚷，却发不出声音。

不错，是有人在使用迷香，但不是刘家父子，而是他的龄姐！

褚葆龄手上捧着一支细长的竹筒，袅袅轻烟从竹筒喷出，正对着褚遂窗口。展伯承看不见她面部的表情，但却看出了她在发抖。

刘家父子知道普通迷香对付不了褚遂，用的是他们特制的“鸡鸣五鼓返魂香”，只要吸进少许，就熟睡如泥，非到天亮不醒。醒了之后，也仍然浑身乏力，须得过了十二个时辰才能恢复精神。那时他们早已是远走高飞了。

褚葆龄只求他们不与爷爷动手，依计而行。但内心实感不安，点了迷香之后，一直就在发抖。也幸而她在发抖，褚遂的怒气才稍稍减了一两分，心道：“这丫头毕竟还未良心尽丧。”

展伯承则在恐惧，不知爷爷要如何对付褚葆龄？褚葆龄对他不知又是怎么个想法，会疑心他是在“出卖”她吗？心念未已，只听得“叮”的一声，褚遂发出一枚铜钱，已把他孙女儿手中的竹筒打落。

褚葆龄蓦地一惊，回头看时，只见她爷爷面色铁青，长须抖动，正在她的后面。褚葆龄吓得魂飞魄散，刚叫得一声：“爷爷！”褚遂已在冷冷说道：“你还知道我是你的爷爷吗？好呀，我养大了你，你如今却来反噬爷爷啦！”

褚葆龄“卜通”一声跪倒，说道：“爷爷，你打死我吧！但，我，我却不是想伤害你！”

展伯承慌忙冲上前去，攀着褚遂的臂膊，叫道：“爷爷，不可！龄姐是受人煽惑，请爷爷恕她一遭！”

褚遂手臂一振，把展伯承甩开，左掌一抬，闪电般的就向褚葆龄劈下！展伯承一声惊呼，再次冲上前去，把倒在地上的褚葆龄抱起，只见她身无血迹，体软如绵，展伯承手指扣着她的脉门，她的脉搏也还在跳动。

原来褚遂虽说是气怒交加，却怎舍得当真打死了孙女儿？他只不过是点了褚葆龄的穴道，叫她不能动弹而已，而且他还不敢用重手法点穴，怕伤及褚葆龄的身体。因此褚葆龄虽然不能动弹，不能叫喊，但神智依然清醒，并未昏迷。

褚遂叹了口气说道："小承子，看在你的份上，我暂且留下这丫头的性命。待擒了那小流氓，再与她算账，你与我把她缚了起来!"

展伯承吃了一惊道："不必这样吧？"

褚遂怒道："不缚起来，要让她再与外人串通吗？你好没出息，就只知道袒护你的龄姐，你不动手，我来动手!"

展伯承没有办法，只好说道："爷爷息怒，别气坏了身子。我给你找根绳子。"

褚遂早已掏出了一卷粗绳，说道："不用你去张罗，我已经准备好了。这是准备缚那小流氓的，如今先给她受用。把她推进房去，缚在床柱上。"

展伯承无可奈何，只好依言行事，将褚葆龄拖进了褚遂的房间，接过了麻绳，心中说道："龄姐，你可得原谅我，我不能不听爷爷的话。你今晚之事，也是做得荒唐了些，难怪爷爷恼怒。"

展伯承心里在求褚葆龄"原谅"，他的龄姐却在心里恼怒他。果然不出展伯承所料，褚葆龄只道是给他"出卖"了，心道："不是你去告爷爷，爷爷焉能知道？哼，你出卖了我，如今却来假献殷勤!"她不能说话，可是那恼怒的眼光，却比任何说话更具表露了她的抱怨!

展伯承难过之后，避开了她的目光，胡乱的将她捆缚。

褚遂喝道："缚得紧一些!"展伯承道："是!"心中却不忍令褚葆龄多受苦痛，虽然将她的双手反缚在床柱上，却是打了两个活结。

褚遂是因为自己并非用重手法点穴，怕孙女儿逃走，才要展伯承将她缚起来的。但时间紧迫，他已来不及仔细检查，心中想道：

“这丫头的内功虽有几分火候，但要自己解穴，至少也还得一个时辰。她也未必就敢逃走。”他也想得到展伯承可能手下留情，并未紧缚，但也由得他了。要知褚遂尽管对孙女儿十分气恼，但却又是十分疼爱，心情是很为矛盾的。所以当他察觉展伯承处处在护着他的孙女儿，而且三番两次在向他求情之时，他表面是装作发怒的样子，斥责了展伯承，但心里却是暗暗欢喜。

展伯承缚好之后，不敢再与褚葆龄的目光接触，便即回过头来。

这时褚遂已取下了挂在墙上的雁翎刀，弹了一弹，说道：“宝刀啊宝刀，我冷落了你三十年，今天可又要请你出鞘，饱饮奸人之血了！”豪情依旧，但声音却甚苍凉。

褚葆龄听在耳中，痛在心里，她最最害怕的事情在她爷爷口中说出来了，她爷爷要宝刀饮血，那就是下了决心要杀刘家父子了！她不愿意刘家父子伤了爷爷，同样，她也不愿意爷爷杀了刘家父子。“呀，要是爷爷当真杀了芒哥……”她眼睛一黑，几乎就要昏迷，再也想不下去了。

褚遂道：“别待在这里了！”拉着展伯承走出房间，反锁了房门，说道：“小承子，快回房间取你宝剑，今晚你与我一同迎敌！”

展伯承道：“爷爷今晚当真是要杀人么？”

褚遂道：“对付这等凶狠的敌人，动手就绝不能留情！你想想他们处心积虑，要夺宝藏，给我发现，他们是不是要与我拼命？我们不杀他们，他们就要杀我们了！”

展伯承知道这场恶战已是绝不能避免，爷爷说的也是事实。但想到他的龄姐与那刘芒，心中不禁惴惴不安。

褚遂说道：“等下我对付那两个大人，你对付那小流氓。记着，临场镇定，决不可怯惧，也决不可留情！要用最狠最辣的招数，最好一剑就结果了那小流氓！小承子，我这是为了让你出一口气，但却也不单单是为了出气而已，你倘若杀不了他，我还得照顾你的话，那就连累我了！你要知道，那姓刘的老混蛋和那独孤宇都是武林一等一的好手！”

展伯承听得爷爷要他对付刘芒，更是吃惊，心中想道：“我若杀了刘芒，龄姐岂不是要恨我一生？但我不杀刘芒，只怕又连累了爷爷，这可如何是好？”

褚遂道：“那小流氓武功不弱，但好在你这一个月来武功大进，你用你家传的五禽掌法，和我所教的断门剑杀手，料想可以对付得了。他的弱点在于下盘不稳，轻功较差，你记着了。”

展伯承应了声：“是。”心道：“是啊，这刘芒年纪比我大，身材也比我魁伟，也不知是他杀我还是我杀他呢？我还未曾与他试过一招，就先想着手下留情，这不是太可笑了么？”

展伯承打定主意，到了动手之时，再审度当时情势，见机而行。但虽然有了主意，心中仍是七上八落，惴惴不安。

一老一少，到了花园中藏宝之处，埋伏在假山后面。展伯承手里捏着一把冷汗，不多一会，只见一弯眉月，已到天中，正是三更时分。

褚遂悄声说道：“来了，来了！你等我先动手再扑出去。”话犹未了，果然便看见三条黑影，越过围墙，走了进来。走在前面的是那虬髯汉子，独孤宇在中间，最后的才是刘芒。

那虬髯汉子笑道：“褚遂这老头儿此时只怕正在做他的春秋大梦，哈哈，待他梦醒之时，这宝藏已是不翼而飞！”

褚遂蓦地大喝一声：“照打！”双手齐扬，七柄飞刀闪电般地射了出来！

虬髯汉子走在前头，冷不及防，给飞刀在左臂割了一道伤口。但他武功也确实不错，褚遂这两柄飞刀本来是要杀他的，一柄对准他的心口，一柄对准他的咽喉，结果却只有一柄飞刀打中，而且伤的并非要害。

独孤宇在中间，不至于像虬髯汉子那样猝不及防，他挥动折扇，将四柄飞刀全都打落。刘芒在三人中本领最差，却幸而得独孤宇给他打落了飞刀。

虬髯汉子这一惊非同小可，臂上的刀伤倒无大碍，令他意料不到的是褚遂的出现。

褚遂哈哈笑道：“你想不到吧？我早已在这里等候多时了！哼，你以为我的孙女儿会帮你们么？你这才是作他妈的春秋大梦！”

展伯承怔了一怔，随即明白褚遂说这谎话的意思，他是在行离间之计，使得刘家父子认为是褚葆龄出卖了他们。

刘芒听得此言，又惊又怒，涨红了脸，大叫道："褚葆龄你出来！"

褚遂冷笑道："癞蛤蟆想吃天鹅肉，什么东西，我的孙女儿会看上你么？你想见她，且待投过胎，转过世吧！你看见了么？他才是我的孙女婿！小承子，上去把他宰了！"

那虬髯汉子喝道："芒儿，男子汉大丈夫何患无妻，可不能没有出息！不许伤心，要报仇就该用刀，不是用的眼泪！"

刘芒应道："是！"吞下了眼泪，双眼红丝满布，"嗖"地拔出了一口月牙弯刀，恶狠狠地就向展伯承扑了过来！

展伯承在这样的情形之下，哪里还能够分辩？而且他与褚遂情同骨肉，一向就是把褚遂当作爷爷的，褚遂说的虽是谎言，他也决不能在外人面前否认！刘芒来势极凶，他只好拔剑迎敌！

褚遂道："好呀，刘振，咱们也较量较量！"声到人到，雁翎刀扬空一闪，就向那虬髯汉子劈去！

刘振使的是一对判官笔，长于点穴，但功力却是远不及褚遂的深厚。他一条臂膊又已受了点伤，双笔一封，招架不住，双笔险险给褚遂打落。褚遂得理不饶人，呼、呼、呼连劈三刀，刘振连退三步，"哇"的一口鲜血吐了出来！

眼看第四刀就要向刘振的天灵盖劈下，独孤宇折扇一挥，用了个"卸"字诀，把褚遂的雁翎刀带过一边，道："褚老英雄，我有话说。"

褚遂道："今日之事，还有何话好说？你若是要来与刘振分赃，那就并肩子上吧！否则，你就别趁这趟浑水！"

独孤宇忍着气道："不错，我们是来想要这批宝藏。可是这宝藏本来也不是你褚家的，埋在地下，岂不可惜？我代刘大哥作主，留回三成给你养老，彼此交个朋友，你意如何？"

褚遂冷笑道："独孤宇，你自命侠义中人，哼，原来也是见钱眼开的小贼！"

独孤宇按捺不住，怒道："褚老头儿，你别血口喷人。钱在我的手中和在你的手中，用处大不相同，说给你听，你也不会明白。好吧，咱们就按绿林道的规矩办吧，这是王家的不义之财，人人可取。我独孤宇今天就要来劫你这不义之财了！”

褚遂道：“好，很好！只要你胜得了我这口雁翎刀！”他本来没有停手，此时刀锋一转，就向独孤宇猛下杀手！

独孤宇怒道：“褚老头儿，你以为我是当真怕了你么？”折扇一个盘旋，贴着褚遂的雁翎刀飞舞，竟似一面小小的盾牌。褚遂挥刀猛斫，不是给他以巧劲卸开，就是给他以攻为守的点穴手法化解。褚遂施展快刀法，一口气劈了六六三十六刀，一刀也没劈着。

独孤宇的折扇乃是百炼精钢，合起来可当作判官笔，张开来可当作五行剑。一物二用，以“巧”见长。刘振使的一对判官笔，比普通的判官笔长了七寸，武学有云：“一寸短，一寸险，一寸长，一寸强。”用这种加长了判官笔，虽然稍欠灵活，但威力却是较普通的判官笔大得多，每一下都等于重手法点穴。

刘振武功本来就比褚遂差不了多少，如今得了独孤宇之助，褚遂不能全力攻他，他的独行点穴手法得以从容施展，与独孤宇的折扇刚好配合。一扇双笔，招招都是指向褚遂的要害穴道！只要褚遂稍有疏神，便有伤残之祸！

但褚遂数十年功力亦是非同小可，对方胜在轻灵巧捷，他则胜在沉雄狠辣，每一刀劈出，都似巨斧开山，铁锤凿石。使到疾处，浑身上下，都在刀光笼罩之中。当真是只见刀光，不见人影！独孤宇的折扇攻不进去，刘振的判官笔也是沾不着他的衣裳！

可是褚遂毕竟是个七十岁的老人了，他的刀法又是刚猛一路，他想不到这两个对手比他原来的估计更强，到了一百招之后，他还是未能取胜，而气力已渐觉不济。独孤宇与刘振则正在壮年，刘振虽然受了点伤，但过了一百招，双笔的招数仍然没有丝毫破绽。独孤宇练的是内家功夫，气力悠长，更是越打越显精神。

褚遂这边还在相持不下，展伯承那边则已优劣分明。展伯承欠缺对敌经验，心里又有点不忍伤害刘芒，初上来时，给刘芒急烈猛攻，攻得他手足无措。但渐渐展伯承就稳住了阵脚，他好几次险险给刘芒所伤，心中亦自火起，脚步一稳，立即转守为攻。

刘芒的月牙弯刀可以兼作刺穴之用，招数甚是怪异，但展伯承身法轻灵，最初有点慌乱，到了心神一定之后，身法展开有如流水行云，刘芒刀刀劈空，已是只有招架的份儿。

展伯承记起褚遂的指点，过了一百多招，果然看出他的下盘不稳。心中想道："我且把他击倒，好去帮助爷爷。"

展伯承虽然起了这个念头，但心里却也还有点踌躇。他自忖本领，要击倒对方不难，但却没有把握可以不令对方伤残、甚或丧命。

双方越斗越为激烈，展伯承百忙中抽眼一看，只见褚遂在两个好手夹攻之下，已有点应付不暇的样子，看来恐怕不能支持多久了。

展伯承猛一咬牙，心道："爷爷要紧，只好对不住龄姐了！"恰在此时，刘芒急躁狂攻，下盘明显地露出破绽，展伯承狠起心肠，更不迟疑，脚尖一点，身子凌空，立即施展家传绝学、五禽掌法，俨似饿鹰扑兔，倏地凌空扑下。一抓就抓着了刘芒肩头。

这一抓展伯承本来是要抓碎他的琵琶骨，废掉他的武功的。却不知是由于心中不忍还是经验不足，所抓的部分差了少许，捏住刘芒后肩的一团软肉。但尽管他未施杀手，刘芒冷不防地给他抓住，亦已大吃一惊，给他一按，不禁矮了半截。

这时，只要展伯承依从褚遂所教，使出"断门剑法"。一剑削下，仍然可以把刘芒双腿削断。可是展伯承在剑锋将落未落之由，脑海中忽地浮出褚葆龄的影子，似乎正用怨恨的眼光面对着他。展伯承心里叹了口气，这一剑竟是削不下去。

刘芒亦非弱者，展伯承一踌躇，时机稍纵即逝！刘芒虽然给他抓住，但因不是要害之处，还能动弹，在这紧急关头，他也使出了家传绝学，蓦地飞起一脚，身躯侧下，脚尖却踢至肩头的部位，"当"的一声，把展伯承长剑踢飞。

刘芒一个打滚，便跳起来，抢在展伯承前头，阻止他拾起宝剑。他虽然觉得死里逃生，有点侥幸，但却还想不到是展伯承手下留情。他吃了大亏，更加上本来就有的对展伯承的妒恨，更是火气冲天，趁展伯承手中已没兵刃，哪还有不乘机报复之理。当下挥刀猛斫，竟是要把展伯承置之死地。

褚遂眼观四面，耳听八方，虽在激战之中，也还在时刻注意着展伯承。刘芒看不出展伯承手下留情，褚遂却是看出来了。心里又是可惜，又是气恼，不禁骂道：“小承子，你怎么不听爷爷吩咐？你不杀他，他要杀你！你想你爷爷这几根老骨头，也陪你断送此处吗？”

褚遂本来已经有点支持不住，一动了气，分了心神，刀法也就不觉露出一丝破绽；刘振蓦地大喝一声，判官笔从缝隙之中穿进，褚遂腾地飞起一脚，踢不中他的手腕，膝盖却给他的判官笔戳了一下，虽未正中穴道，膝盖骨却也碎了一块。他一脚踢空，重心不稳，独孤宇折扇一张，当作五行剑削来，他这把折扇两边是锋利的钢片，登时又在褚遂的肩头削去了一片皮肉！

刘振报了一刀之仇，冷笑道：“褚老头儿，你也知道害怕了吗？你怕埋骨荒园，那就快把宝藏献出，我们刚才说的那句话还可以算数，饶你性命一条！”

褚遂是姜桂之性，老而弥辣，闻言大怒，喝道：“小辈胆敢欺我，我褚遂纵横湖海，几曾向人低过头来？今日不是你死，便是我亡！”尽管跳跃不灵，一跷一拐的仍是刀光霍霍，虎虎生风，便似疯虎一般，当真是要豁出一条老命的神气，刘振见他如此顽强，也不禁有点儿心怯，不敢轻敌大意。

却说展伯承被褚遂数说了一顿，心中极是不安，想道：“爷爷说得不错，我若是累了爷爷送命，我还怎能活着做人？”他掉了宝剑之后，被刘芒一阵猛攻，刀刀劈向他的要害，也惹得他心头火起。当下展开了褚遂所教的“小擒拿手法”，以最狠辣的“空手入白刃”功夫对付刘芒，再也没有半点儿手下留情了。

刘芒却是另一样心情。他听了褚遂责备展伯承的言语，不由得暗暗叫了一声“惭愧”，心道：“原来是这小子让我一招，有意不杀我的？这老头儿的话是真是假？”他回想一下刚才的险境，不能不相信这是真情。心中一觉惭愧，刀法不由得稍松一二。

就在这时，褚遂接连受了两处伤。展伯承眼光一瞥，见褚遂肩头一片殷红，气红了眼，拼命抢攻。一个是心惭气馁，一个是悲愤填胸，两般凑合，只听得展伯承大喝一声，蓦然间劈手就把刘芒的月牙弯刀夺了。这一招展伯承实是用得凶险之极，本来他的手腕刚才被刘芒踢了一下，“空手入白刃”的功夫打了折扣，照理是抢不了他的兵刃的，但两般凑合，在他冒险强攻之下，居然夺刀成功。

刘芒心里惭愧，可是他也绝不愿给展伯承所杀，学武之人，保护自己出于本能，在这性命俄顷之间，刘芒本能的也使出了家传绝学！

展伯承刚把月牙弯刀抢到手中，刘芒已是手足并用，上面是一招“斩龙手”，下面是一招“虎尾脚”，展伯承喝道：“你找死么！”横转刀背一磕，“喀嚓”一声响，刘芒一条左臂脱了臼，疼彻心肺，不由得“哎哟”一声叫了出来。可是他斜转身躯猛的一撑，这一招“虎尾脚”，却也踢中了展伯承，“当啷”一声，把展伯承刚抢到手的弯刀又踢落了。

刘芒受了重伤，刘振父子关情，这一惊自是非同小可，大叫道：“休得伤害我儿！”虚晃一招，便待跳出圈子，褚遂何等狠辣，有此良机，焉肯放过？抢在前头，一招“玄鸟划砂”，刀锋削过，在刘振小腹开了一道伤口，这一刀伤得很重，刘振血流如注，掩着小腹，兀是冲了出去，不顾重伤，卫护儿子。

独孤宇见褚遂如此狠辣，本来他是不愿与褚遂拼命的，此时为了救助好友，也迫得使出杀手了。他那折扇，扇柄装有机括，手按机括，嗖的一声，一支扇骨飞出，赛如短箭。褚遂膝盖受伤，距离又近，一闪没有闪开，这枝“短箭”从肩胛骨下三寸穿过，褚遂的一条臂膊登时也变成残废，使不动雁翎刀了。

褚遂大叫道：“好，今日咱们就同归于尽吧！”刀交左手，狂风暴雨般的向独孤宇猛攻，独孤宇的折扇，失了一条扇骨，威力就少了一分，只怕挡不住他的雁翎刀，不敢再拿来当作暗器使用。

褚遂去了一个强敌，虽然只剩一条手臂，也还是稍占便宜，一刀紧过一刀，左手刀法与右手刀法恰恰相反，独孤宇一时未能适应，给他迫得步步后退。

刘振冲了出来，拦在他儿子与展伯承的中间，恶狠狠地举起判官双笔，浑身浴血的狞笑道：“不错，你的褚爷爷说得对，今日咱们就同归于尽吧！芒儿，上啊！咱们不能便宜了这个小子！”他已是陷入半疯狂的状态之中！

展伯承一来是不愿杀一个已受重伤的人，二来看见刘振这副可怖的形状，也有几分害怕，他手腕受伤，轻功还在，连忙倒纵避开，可是刘振却不肯放过他，如影随形，跟踪疾追。

恰是这个时候，褚遂接连受了两处伤，独孤宇也给他斫了一刀，两人都在舍死忘生的高呼酣斗。

他们已经激斗了将近两个时辰，这时已是东方现出鱼肚白的时候了。展伯承看见了如此惨烈的景象，心里又惊又乱，寻思：“我若一跑，爷爷必死无疑。罢了，罢了，我虽不想杀人，今日却是注定我非杀人不可了。”抱定了“同归于尽”的打算，身形一掠，到了他那把宝剑被打落的地方，脚尖一挑，将剑踢起，拿到手中。此时，刘振也已挥笔赶到。

展伯承大喝道：“让开！”青钢剑一招“高祖斩蛇”，横削过去。刘振功力远在展伯承之上，但他所受的伤却也比展伯承重得多。双笔碰着了青钢剑，“当”的一声，火花四溅，刘振倒退三步，“哇”的又是一口鲜血喷了出来。刘芒飞快赶来，大叫道：“休得伤我爹爹！”正像展伯承一样，此时刘芒心里也是又惊又乱。他的一条手臂虽被展伯承打得脱臼，但对展伯承的敌意反而减了。他自己心里明白，展伯承刚才反转刀背打他，其实已是手下留情，不想取他性命的了。

可是此际他父亲在展伯承剑下正有性命之忧，他可又不能不赶上来与展伯承拼命。他咬了咬牙，避免与展伯承目光相对，单臂挥刀，冲上去便与他父亲并肩迎敌。

展伯承喝道：“你知道要你爹爹，我难道不要顾我爷爷吗？谁敢伤我爷爷，我就和他拼命。让开！”

展伯承一剑刺出，刘芒侧身一闪，展伯承已是“嗖”的从他身旁掠过。刘芒这一闪，其实并非是怕展伯承，虽然他曾经在展伯承手下接连吃了两次大亏。

刘芒心里十分矛盾，对展伯承他还是妒恨的，但又已稍稍有了惺惺相惜之意。他这一闪，是因为听得展伯承的口气，只是想去救护褚遂，故而不愿与他拼命。否则他们父子合力，纵然刘振受了重伤，展伯承亦非其敌。

展伯承到了褚遂身边，褚遂哈哈笑道："小承子，来得好！不错，爷爷是受了伤，但他们也只剩下这个酸丁还勉强可以打了。今晚一个也不能让他们活命！"

展伯承要想劝褚遂住手言和，可是在这样情形之下，哪里能够？褚遂笑声未了，刘家父子又赶来了！

刘振这边三个人，独孤宇伤得较轻，但亦已被褚遂斫了两刀。倘若刘振父子没有及时赶到，他在褚遂疯狂攻击之下，只怕当真会有性命之忧！

这时双方都已杀得红了眼睛，失了理性。每个人都受了伤，只是轻重不同而已。只要谁能够比别人多支持片刻，谁就可以最后获胜。在这样舍死忘生的激战之中，不用说每个人所使的都是最狠辣的招数了。

展伯承受的伤最轻，也比较清醒，可是在这样的混战之中，莫说他不能劝得褚遂住手，自己也不能住手，否则就一定要给敌人所伤。

东方天际现出一片鱼肚白，不知不觉已是从午夜斗到黎明。褚遂力竭筋疲，本来似暴雨般的快刀逐渐慢了下来，变成了似童子涂鸦般的东一抹西一划了。但对方的刘家父子却比他还要不如，招数使出已是力不从心，全无章法。独孤宇、展伯承稍为好些，也不过仅能自保而已。

但比较起来，还是褚遂这方的两个人胜过刘振那方的三个人。刘振流血太多，关公般的红脸早已变得苍白如纸，看情形，倘若再过一支香时刻，他即刻不是被褚遂斩死，只怕也要流血不止而亡。刘芒一手脱臼，单臂亦难支持。独孤宇是成名侠客，此时力竭筋疲，仅仅和展伯承打成平手。褚遂挥刀袭来，他只有招架之功。

褚遂哈哈笑道："人为财死，鸟为食亡。我把你们三人埋在宝藏底下，你们应该死也瞑目了。"

刘振怒道："褚老头儿，我们即使死了，你也命不久长。"心中暴怒，说话的声音已是有气没力。

褚遂笑道："我年已七旬，本来就该死的了。你们正在壮年，死在我的前头，哈哈，我还有什么遗憾?"他是想激怒刘家父子，尽快了结这场恶斗。要知在这最后的时刻最关紧要，若能摧毁对方的战意，那就多一分胜利的希望。可是褚遂故作豪迈的笑声，亦已颤抖得令人分不清是哭是笑!

展伯承和刘芒都是心痛如绞，他们不忍见亲人死亡，都是抱着同一的心愿，愿意与对方罢战言和。但刘芒为了面子，却不肯先说。

展伯承吸了口气，正想趁着敌方攻势稍缓之际，将褚遂拖出圈子，与对方议和。独孤宇忽地怒声说道："褚老头儿，你好狠呀，竟然在这里预先埋伏了人。好呀，现在是时候了，叫你的帮手出来吧！是好汉子就别躲在暗处伤人!"正是：

笑他鹬蚌相争烈，却使渔翁得利来。

欲知后事如何？请听下回分解。

第六回　堪嗟蜗角争蛮触　欲向刀头舐血腥

褚遂怔了一怔，道："你见鬼了么？俺褚遂就凭这口刀便可宰了你，何须请什么帮手？"

独孤宇一个转身，蓦地喝道："是哪线上的朋友，也来趁这趟浑水？"

只听得有人哈哈大笑，假山上一块大石后面，突然跳出了一个汉子。独孤宇正自冷笑："这个可不是鬼吧？……哎呀，是你！"笑声顿敛。却原来这个人正是窦元。

窦元大笑道："你们厮杀得好，可还未曾分出胜负呢！放心，我两边都不帮，你们就杀个痛快吧！"

展伯承拉开了褚遂，悄声说道："爷爷，此人就是杀我父母的仇人。他此番来意不善！"展伯承是仇人相见，分外眼红。但此时他爷爷已重伤，急切间他却不知该当如何应付。

独孤宇只感一股冷意透过心头，变了脸色，颤声说道："窦元，你是想我们两败俱伤，你来收拾残局？"

窦元哈哈笑道："真人面前不说假话，你算是猜得对了！不过，念在你对我有赠药之德，我可以饶你一条性命，这儿的事情你就不用管了！"

原来窦元早已埋伏此间，他怕过早露面，两帮人会联手斗他，他可应付不了。所以一直隐忍不发，等待时机。如今褚遂与刘振这两帮人火并虽未了结，却也已经是两败俱伤，他当然可以大摇大摆的出来了。

他这一出来，双方不约而同地停了手。刘振怒道："窦舵主，你来趁火打劫，干这黑吃黑的勾当，算得什么好汉？"

窦元冷笑道："这本是我家的宝藏，我没有骂你，你倒先骂我了？你用尽心机，来盗宝藏，干的不也是黑吃黑的勾当？嘿，嘿！大哥莫说二哥，今日之事，只能说是胜者为强了！"

展伯承道："爷爷，这厮才是咱们最凶辣险狠的敌人，咱们与刘家的账往后再算。"褚遂有气没力的点了点头。

刘芒也道："爹爹，此际咱们理该同舟共济。姓展这小子说得有理，咱们与褚老头儿的账往后再算。"

刘振碰到这意外的变故，吃了一惊，倒是清醒了几分。他知道窦元比褚遂更难对付，在窦元手下，更是难逃杀身之祸。于是当机立断，说道："我固然给褚老头儿斫了几刀，褚老头儿也给我伤得不轻，这笔账算不算也罢。褚老头儿，你是不是真心要与我们联手对敌？现在就凭你一句话了！"

窦元哈哈笑道："你们商量好了没有？其实也没有什么好商量的了，明年今日就是你们共同的忌辰。你们的账，留待黄泉路上算吧！"对方五个人都受了伤，疲累不堪，窦元自忖胜算在握，要杀他们易如反掌，乐得大方。

褚遂一甩长须，蓦地双眸炯炯，怒声说道："好，好英雄，好威风！俺这几根老骨头与你拼了！并肩子上吧！"

褚遂毕竟是有几十年功力的武学高手，怒气一发，拼着孤注一掷，虽属强弩之末，舞起了雁翎刀，也还是刀光霍霍，虎虎生风！

窦元心头微凛，"倒也不可太小觑他们了。"冷笑道："褚遂，你既要拼老命，我就先成全你吧！"左手持着铁牌，右手挥动吴钩，铁牌一招"泰山压顶"，朝着褚遂的天灵盖就砸了下来。

展伯承心中默默祷告："爹娘在天之灵保佑！"飞身疾扑，展剑刺窦元脉门。刘振情知褚遂一死，自己也决难活命，果然遵守与褚遂联手之约，同仇敌忾，并无二心。窦元这边一发动攻击，他就立即双笔齐出，助褚遂应敌。刘芒则与展伯承并肩同上，挥刀力劈窦元腰腹。

窦元铁牌一磕，当当数声，恍如鸣钟击磬，刘振双笔戳着铁牌，笔尖折损，褚遂的雁翎刀也卷了刀口，给震得倒退数步。但他居然没有倒下，在后退之时，还扶住了刘振。

展伯承的青钢剑给窦元钩上的月牙一锁，险险脱手。但他受伤最轻，还有几分气力，一觉不妙，立即施展家传的精妙剑法，趁势一绞，化解了窦元的锁拿招数，还削去了他钩上的一齿月牙。

窦元吴钩一个盘旋，恰好迎上了刘芒，“嗤”的一声，连着衣裳，撕去了他肩上一片皮肉。展伯承反手一剑，护着刘芒退下。

窦元双手同使两般兵器，只是一招，就迫退对方四人。哈哈大笑，得意之极，身形一晃，扑上前去，这一次却是舞动铁牌，向刘振磕下。他看准了刘振受伤最重，意欲先杀了他。

褚遂一手还扶着刘振，急忙挥刀斫去，窦元冷笑道：“就让你们两个冤家一同了结吧！”劲力贯注，铁牌沉重如山，压得褚遂的雁翎刀抬不起来，反而向自己的顶门砸下。展伯承慌忙来救，却给窦元挥钩拦住，冲不过去。眼看只差三寸，褚遂就要伤在自己的刀下！

独孤宇一声长啸，朗声说道：“窦舵主，得饶人处且饶人！”他是名家身份，不肯偷袭，先叫一声。独孤宇虽然也受了两处伤，但比起褚遂、刘振他们，还是比较轻的。他气力不足，但点打穴道，手法仍是又狠又准。

窦元对独孤宇也有几分顾忌，见他折扇点到，只好放开褚遂，盾牌一个盘旋，护着穴道，吴钩一指一划，把独孤宇的折扇拨开，反划他的脉门。展伯承、刘芒刀剑齐出，解开他这一招。

窦元冷笑道：“独孤宇，我已指给你一条阳关大道，你偏不走，却要闯进鬼门关来么？”

独孤宇淡淡说道：“窦舵主，多感盛情。但你却未免看错人了！我若然让你杀尽我的朋友，我却一走了之，那不是成了贪生怕死的小人了？”

刘振大为感动，说道：“独孤老弟，这不关你的事，你——”独孤宇亢声说道：“刘大哥，不要多说了。咱们结义的时候，不是早就说过有福同享，有祸同当的么？”

窦元双目斜睨，冷笑道：“独孤宇，你现在已是强弩之末，还逞什么英雄？你当真要陪着他们送命？”

独孤宇对窦元曾有赠药之恩，窦元怕杀了他，传出去于自己名声有损，是以不愿即下杀手，希望独孤宇知难而退。

不料独孤宇却哈哈笑道：“不错，我们是个个都受了伤。你的功力已复，要杀我们不费吹灰之力，自是不在乎多我一人了。正因如此，我独孤宇要在临死之前领教你窦舵主的高招！”

这番话暗含讥讽，一句“功力已复”，轻轻带过了赠药之事，既斥骂了窦元的手段无耻，同时表明了在这样情形下他来助战，并非以多为胜。妙在不带一个骂人的字眼，却比指着窦元的鼻子痛骂还更令他难堪。

窦元老羞成怒，喝道：“好，你既然要讲义气，要作好汉，那我就成全你吧！”舞动铁牌，向前推压，左手的虎头钩便似毒蛇吐信，在铁牌下面伸出，片刻之间，连袭对方老少五人。他看出独孤宇尚堪一战，十成攻势之中，有五成是指向独孤宇。

褚遂等人凭着一股同仇敌忾的精神，互相呼应，拼命抵挡，居然又斗了二十招。但褚遂毕竟年纪太老，锐气一过，首先便支持不住，只觉眼前金星乱冒，白刃晃动。连敌人的兵器指向何方，都看得模糊了。

展伯承紧紧靠在褚遂身旁，给他招架。褚遂一咬牙根，沉声说道：“小承子，你跑了吧！爷爷活了七十岁，死不足惜。你留着这条身子，给你父母和爷爷报仇！”

展伯承哪能抛弃褚遂，拦在褚遂身前，说道：“不，还是爷爷你走吧。你带了龄姐走，她会给刘大哥报仇的，那也是为我报仇了！”在这生死关头，展伯承还是没有忘记被缚在房中的龄姐，怕这窦元杀了他们之后，再去杀他的龄姐。刘芒听在心中暗暗惭愧。褚遂则不觉老泪纵横，叹了口气。

窦元纵声大笑道：“你们还想跑吗？一个也跑不了！嘿，嘿！姓展的小子，你倒有义气啊！我本来答应你母亲不杀你的，可谁叫你今晚却来和我动手，这就不算我违背诺言了！”他明明是抱了“斩草除根”的主意，但说起来却似乎他还很有“理由”。

展伯承大怒骂道：“好个恶贼，我本来不想报仇的，如今则非和你拼命不可！杀不了你，做鬼也要找你报仇！”

窦元大笑道：“你功夫是长进多啦，说老实话，我也当真怕你以后报仇呢！你既然这么说，没办法，那我也只好超度你了，让你做鬼报仇吧！”

窦元口中说话，手底招数越发狠辣，猛地一招“如封似闭”，虎头钩起处，把独孤宇的折扇拨过一边，右手的盾牌用到了七成气力，向展伯承压了下来！

展伯承的气力本来远不及他，何况是在久战受伤之后？学武之人，在死生俄顷之际，保护自己，出于本能。展伯承气力既不及他，这招不敢硬接，剑尖一碰铁牌，本能地就使出家传的轻功身法，一个移形换位，闪过一边。

褚遂老眼昏花，闪避不灵，却碰上了。只听得“当”的一声巨响，褚遂使尽平生气力，一刀斫在盾牌之上。窦元晃了一晃。褚遂却给他那股猛力抛出了三丈开外！

展伯承心胆欲裂，大叫道：“爷爷，你——”话犹未了，窦元的盾牌又到，根本就不容他脱身。

褚遂伤得极重，但他几十年功力，虽然爬不起来，却也还不至于丧命。他吐出了一口鲜血，挣扎着颤声叫道：“小承子，我没什么。但我不能来保护你了。你，你还是赶快逃吧！”展伯承听得褚遂说话，稍稍宽心，抖擞精神，和窦元恶斗！

刘振受伤最重，继褚遂之后，第二个支持不住，激战中给窦元的盾牌一碰，双笔震落，脚步踉跄，窦元腾地飞起一脚，将他踢翻。幸亏独孤宇的折扇与展伯承的青钢剑一同招架，架着他的虎头钩，不让他刺死刘振。刘振爬不起来，在地上打了几个滚，这才离开险地。

剩下的三个人更是招架不住，展伯承轻功巧妙，步法灵活，还好一些。独孤宇武功虽然最强，轻功也很不错，但可惜他腿上受了刀伤，跳跃不灵，十成功夫只能使出三成。窦元找着了他一个破绽，忽地一声冷笑，说道：“你是点穴名家，请你也瞧瞧我的点穴手法！”虎头钩一指，钩上的月牙恰恰刺中了独孤宇的“愈气穴”，“咕咚”一声，独孤宇也跌倒了。这还是因为独孤宇交游广阔，窦元恐怕树敌太多，而且独孤宇于他又有赠药之德，他才没有施展杀手。

窦元点倒了独孤宇，哈哈笑道："姓展的小子，轮到你啦!"展伯承早已把生死置之度外，一心和对方拼命，招数使得又狠又妙。

窦元在急切之间，倒也未能就伤了他。他自忖武功强于展伯承何只十倍，也就不急于冒险取他性命。心道："反正这小子是逃不出我的掌心的了。我且累他个筋疲力竭，慢慢再收拾他。"

展伯承汗如雨下，气喘吁吁，兀是拼命招架。刘芒只有一条手臂能够活动，随着展伯承抵御强敌。窦元的攻势有七成以上是对付展伯承，攻向刘芒的三成，展伯承也尽力替他防御。但饶是如此，刘芒还是应付不暇，险象环生。

展伯承道："刘大哥，你走吧！褚姑娘她在房中，你——"他想叫刘芒去解救褚葆龄，带她逃走，一句话未能说完，窦元的盾牌挟着劲风，已是当头压下。展伯承拼命招架，再也不能分心说话。

刘芒面上一红，道："展兄弟，我交你这个朋友了。为朋友两肋插刀，大丈夫死而何惧!"挥动单臂，奋起精神与展伯承联手迎敌。

窦元哈哈笑道："你这两个小子死到临头，还讲义气，倒也难得!"盾牌砸压。吴钩挥舞。展、刘二人虽然拼了性命，也只能招架，毫无还手之力。

这时已是日上三竿的时分，展、刘二人筋疲力竭，眼看就要丧命，忽听得有马嘶之声。

窦元听得出是两骑骏马，正在向着这座园子跑来。来得快极，转眼之间，马蹄声戛然而止，已是到了围墙外面。

窦元眉头一皱，心想："敢情是哪一帮黑道人物闻风而来?"但他艺高胆大，也不怎样放在心上，只是催紧招数，意欲在这两个人赶到之前，杀了展刘二人。

展伯承听得健马嘶鸣，心中一动，"难道真有这样凑巧的事，他们兄妹，恰巧此时找我?"他感到有了一线生机，登时精神抖擞，鼓勇奋战。这个月来，他跟褚遂学的都是最狠辣的招数，他年轻力壮，使出来比褚遂还更凌厉，窦元不肯拼着受伤，想要在数招之内杀他，竟是不能。

说时迟，那时快，只听得一声长啸，飕，飕两条黑影，飞过了墙头。窦元眼观四面，耳听八方，见这两人的轻功如此了得，也不禁心头一凛。

窦元喝道："是哪条线上的朋友，来趁这趟浑水。"

话犹未了，前面的那个人已在叫道："展大哥，这是怎么回事？这汉子是什么人？"竟是还未成年的童音！

窦元怔了一怔，斜眼望去，只见来的是一男一女，那男的看来最多不过十六七岁年纪，那女的更小，只有十四五岁模样。

原来这对兄妹，正是铁摩勒的儿女——铁铮和铁凝。他们那日在伏牛山下碰见展伯承，回家后和铁摩勒说起，铁摩勒听说展元修夫妇双亡，他们的孤儿经过了伏牛山下，却不肯上山报丧，心里颇为奇怪，猜想定有内情。

铁摩勒是展家最亲密的朋友，抚养展家孤儿，他自问是责无旁贷，展伯承竟不来向他报丧，很伤他的心，当时他便想来找展伯承的，但他是绿林盟主，却不能轻易离山。好在一双儿女在空空儿夫妇门下，学了五年，武功虽未大成，他也可以放心得下了。于是便叫铁铮兄妹，代他来探望展伯承，并与褚遂商量，希望能够让展伯承到他的山寨去。铁铮兄妹的坐骑是秦襄当年赠与铁摩勒、段克邪的宝马，展伯承曾经见过的。是以听得健马嘶鸣，来得如此迅速，便想到是他们兄妹了。

铁铮兄妹来得可正是时候，展伯承无暇思索，立即叫道："这恶贼要杀我的爷爷，还要杀我！"铁凝脾气比她哥哥更甚，说道："还问什么，你看展大哥都已经受伤了！快动手吧！"

铁铮这时已看清楚了园中情形，有三个人受了重伤。倒在地上，还未能爬起来。这三个人，除了刘振之外，褚遂与独孤宇都是他认识的。褚遂浑身浴血，几乎已变成了个血人。而使铁牌与虎头钩的这个汉子还正在对展伯承频施杀手。

铁铮曾受严父之教，凡事必须先占一个"理"字，才可以和人动手，所以他在刚刚进来的时候，要先问一声。但如今他看到了这样惨酷的景象，也禁不住怒气勃发，心中想道："褚公公与独孤叔叔是我爹爹的朋友，给这贼人伤得半死不活，我就是杀了这个贼人，也不为过！”

铁铮是空空儿精心调教的弟子，轻功已得了师父的真传，当下身形一起，后发先至，抢在妹妹的前头，更不打话，刷的一剑就向窦元刺去。

这一剑却是他父亲铁摩勒所创的独门剑法，长剑抡圆，当作大刀来使，沉雄迅捷，兼而有之，“当”的一声，铁牌上火星蓬飞，铁铮趁着长剑一弹之势，随即划了半道弧形，又把窦元的虎头钩荡开。他虽然也退了两步，但他这一剑却解开了窦元的两招，而且是两种兵器绝不相同的招数！

窦元吃了一惊，说时迟，那时快，铁凝也来到了。她是辛芷姑的关门弟子，辛芷姑对她比当年对史朝英还要宠爱，年纪虽小，剑法也已得了师门神髓。

辛芷姑的剑法奇诡变化，举世无双，铁凝使出了师门杀手，刷的一招“星汉浮槎”，剑势轻飘飘的似乎毫不着力，窦元便用铁牌想要磕飞她的兵刃，哪知铁凝剑势倏然一变，指东打西，指南打北，从窦元意想不到的方位突然便刺了到来，窦元空有两般兵器竟是封闭不住，急忙吞胸吸腹，脚步未移，身躯已挪后两寸，“嗤”的一声，铁凝剑尖一挑，割破了他的腰带，却未伤及他的皮肉。

窦元大怒，一侧身霍地便是一个“登山跨虎”的步法，虎头钩推、拿、锁、压，荡起一片银光，俨若银蛇飞舞！那面铁牌，则挡在身前，遮拦得风雨不透。铁凝第一招的侥幸得手，乃是由于窦元未曾见过她这一家的剑术，而又太轻敌所致。

论到真实武功，铁凝当然还和他差得很远，手中的青钢剑险险给他的虎头钩夺去。铁铮挥剑复上，他的功力比妹妹高出许多，两兄妹一联手，这才把窦元的攻势解了。铁铮稳住了脚步，说道：“展大哥，你去看你爷爷吧，这恶贼让我给你打发。”

展伯承看他们交手的形势，窦元攻势虽猛，铁铮兄妹却可以应付得绰绰有余，看这情形，他们兄妹纵不能胜，也绝不会落败。展伯承此时已是筋疲力竭，确实也不能再打了。既然铁铮兄妹可以从容对付，他也便放心退下了。

铁铮铁凝两兄妹大战窦元。

刘芒比他还要疲累，这时松了口气，只觉百骸欲散，走了几步，“咕咚”一声便坐下来。展伯承吃了一惊，道：“刘大哥，你怎么啦?”刘芒道：“没什么，我歇歇就好。”展伯承将他扶起，尽最后一点气力，替他推血过宫，舒筋活络，说道：“刘大哥，你爹爹伤得很重，你去替他裹伤吧。恕我不能兼顾了。”刘芒心里又是惭愧，又是感激。

褚遂挣扎着坐了起来，见展伯承到了他的身旁，不由得老泪纵横，说道：“小承子，咱们今晚可真是一败涂地了。”

展伯承道：“爷爷不要难过，这恶贼是乘人之危，爷爷不算折在他的手里。如今宝藏并未失去，咱们也已转危为安了。铁铮兄妹会把这恶贼打败的。”

展伯承在褚遂身上摸出了他早已准备好的金创药，小心翼翼地替褚遂敷上。褚遂叹了口气，说道：“小承子，你比我的亲孙儿还要亲，我恨只恨龄丫头，她、她——唉，她不但对我忤逆，也对不起你。”

展伯承道：“龄姐虽然做事有欠思量，但也不是存心害你老人家的。你老人家就原谅她一些儿吧。我看，这位刘大哥——”褚遂忽地又生了气，道：“别提你的龄姐，也不许再说那姓刘的小子。哼，我死了之后，随得他们心愿，在我生前，我、我可不许——”一动了气，连声咳嗽。

展伯承道：“爷爷，你身子硬朗，你的伤会好起来的。天大的事过了再说，别气坏了身子。”展伯承不敢再提褚葆龄，只是劝慰他的爷爷。

褚遂看了一眼斗场，忽地又起了一重忧虑，苦笑道：“我的伤好得了好不了还未可知，但你说如今已转危为安，那却是言之过早了。目前就有一个祸患，唉，我看你还是不必再管我了，早走为妙!”

展伯承把眼望去，只见铁铮兄妹，双剑夭矫如龙，配合得妙到毫巅。窦元虽然也还是有攻有守，但显然已是铁铮兄妹渐渐占了上风。展伯承不由得诧道：“我看他们兄妹打得很好嘛，爷爷不用担忧。”

褚遂悄声说道：“你忘记了窦元是他们的什么人啦！现在他们兄妹也许还未知道，倘若知道了，唉，那就是不测之祸了！”

要知铁摩勒是当年窦家寨主窦令侃的义子，窦元则是窦家的后人，论起排行，他还是铁铮兄妹的长辈，是以褚遂有此顾虑。

展伯承道：“爷爷过虑了。我和他们兄妹是小时候一同玩耍的朋友。”

褚遂“哼”了一声，说道：“你爹娘和铁摩勒的交情如何？比你们小一辈的还更深吧？你妈却不许你去请铁摩勒报仇，甚至连被害的真情也不许你让他知道，这又是为了什么？不也是有了这个顾虑？我看你还是趁早走了的好。”

展伯承本来信得过铁铮兄妹，但给褚遂这么一说，也不觉有点忐忑不安，心中想道：“若说他们兄妹会反过来帮这窦元，这是绝不会的。但他们两家的渊源如此之深，他们若是知道了窦元的来历，只要撒手不管，也就糟了！”

心念未已，只见铁凝一招“玉女投梭”，剑尖晃动，刺敌人的“肩井穴”，窦元举起虎头钩刚刚解了这招，铁铮又已一剑劈到，“当”的一声，斫着了铁牌，火花四溅。窦元退了一步，忽地问道：“你爹爹是谁？”

铁铮道：“你问我爹爹作甚？”窦元道：“你这两个娃娃既来趁这趟浑水，父母想必应是绿林中人？”铁铮道：“是又怎样？”窦元道：“你们的功夫很是不错，你爹爹大约不是无名之辈？”

铁凝冷笑道：“你想攀交情么？你这小贼还不配呢！我爹爹是绿林——”“盟主”二字未曾出口，铁铮打断了妹妹的说话，说道：“别吓坏了他！”铁铮是不愿倚仗父亲的名头，故此禁止妹妹说出这“盟主”二字，却不知这么一来，却也泄了底了。

铁铮兄妹刚来的时候，那一声“展大哥”已引起了窦元的猜疑，如今听了他们兄妹的对话，立即猜到了他们的来历。当下哈哈一笑，说道：“你不说我也知道。你的爹爹是铁摩勒。”

铁凝道：“是又怎样？”窦元哈哈笑道：“这么说来，当真是大水冲倒了龙王庙了。咱们是一家人！”

铁铮怔了一怔，道：“胡说八道，谁和你一家人？”

窦元道："你们还应该叫我一声叔叔呢！你父亲曾受窦家抚养之恩，他拜我大伯窦令侃作义父，你算算这个排行，你们是不是该叫我一声叔叔呢？""怎么，你们还不住手？你爹爹身为绿林盟主，理该恩怨分明，他身受窦家大恩，难道这件事情，他从未向你们提及？"

这件事情，铁铮兄妹倒是曾听父亲提过，只是其中的恩怨详情，他们却是不甚了解。铁铮怔了一怔，心道："爹爹说窦家五虎当年因为在绿林中不得人心，与另一帮人火并，全家都已死了。怎么又钻出了一个窦家的后人？爹爹还曾用这件事情告诫过我，不要因为父亲做了绿林盟主，就可以恃势横行。不过，爹爹虽然并不同情他的义父，却也很为窦家绝后而伤心。要是这人当真是窦家后人，我却是不应杀伤他了。"

铁凝看哥哥的神气，似乎有点相信，便冷笑说道："这厮不知从哪里打听到爹爹与窦家的渊源，便来冒充窦家的后人了。哥哥，别相信他的鬼话！"

展伯承忽地站了起来说道："他名叫窦元，我对他的来历虽未深知，但我相信他的说话，他不会是假冒的！"褚遂大惊道："小承子，你、你胡说什么！"

展伯承说道："大丈夫理该光明磊落，我相信这人是铁兄弟的长辈，就不该对他欺瞒，免得他做了将来要令他后悔的事情。铁兄弟，你要撒手不管，任由于你。我只求你一件事情，我爷爷不应受我连累，我可以丧在窦元手下，请你保护我爷爷。"

铁铮手底并不放松，扬声问道："你怎么知道这人不是假冒？为什么这人又要杀你！"

窦元哈哈笑道："我若不是窦家之后，岂会无缘无故去杀他父母？这小子的母亲王燕羽就是当年杀了我的父亲与我的四位叔伯的大仇人。我只杀他父母二人，还未足解我心头之恨，再杀这个小子，也不为过！"

铁铮这才恍然大悟，心道："怪不得展大哥没有向我爹爹报丧，原来是有这一层顾虑。嗯，他要做个光明磊落的大丈夫，那却未免把我铁铮看小了。"

铁铮兄妹是年轻一辈，与褚遂老一辈人的想法当然有所不同，上一代的恩恩怨怨，他们只是当作故事来听，并不怎样重视。何况铁摩勒也曾对他们说过，窦、王两家的世仇，其实不过是争权夺利，很难说得上谁是谁非。他和展伯承是青梅竹马之交，这交情也绝非一个突然不知从什么地方钻出来的“长辈”可比。

铁铮为展伯承这一光明磊落的态度所感动，朗声说道：“窦舵主，我不管你是真是假，但这里的独孤大侠和褚老前辈都是我爹爹的朋友，你若当真和我的爹爹是异姓兄弟，就不该伤了他们！但我也不想杀你，只想你马上离开这儿！否则——”

窦元道：“否则怎样？”铁铮道：“否则我认你是长辈，我这口剑可不认你是长辈！”

窦元怒道：“好哇，小辈竟敢如此无礼，胳膊向外弯啦！”

铁铮道：“在这里的褚老爷子和独孤叔叔是我的长辈，你打伤他们，先就不是。还能怪我无礼么？”

铁凝记挂着展伯承，急于要把窦元赶跑，说道：“哥哥，哪有这许多废话与他多说？他打不过咱们才来冒充咱们长辈，我可不认这个叔叔。”口中说话，就在这几句话的时间，已攻出了十八招杀手，每一招都是奇诡绝伦的剑法。

铁铮道：“你还不走，我也不客气啦！”本门轻功一展，只见四面八方，都是他的影子，一口青钢剑化成了重重剑影，就似有几十个人，都持着明晃晃的利剑向窦元攻来。

以窦元的本领，要胜他们兄妹二人，固然不易，但他们兄妹想胜窦元，也是很难。要分出胜负，最少也恐怕要在千招开外，但窦元先与展伯承他们斗了半个时辰，气力业已消耗几分，再斗他们兄妹，就难免有点力不从心了。

窦元吸了一口凉气，心道：“可恨这两个娃娃不肯卖账。如今独孤宇已经解开了穴道，姓展那小子并没怎样受伤，若待他们养好了精神，再来助战，只怕我今日就要在阴沟里翻船了。”

到了此时，不由得窦元不作“三十六计，走为上计”的打算。铁牌一个旋风急舞，荡开铁凝的兵刃，夺路便逃。铁铮看出是走势，也就不再拦他，让他逃跑。

窦元的本领确是不凡，在激战一个多时辰之后，身手居然还是非常矫健，只见他脚尖一点，一个“鹞子翻身”，便飞越了高逾两丈的墙头。到了墙外，这才恶狠狠的发话道：“好两个不识好歹、犯上作乱的娃娃，我不屑以大欺小，今日放过你们，我找铁摩勒算账去！”

铁凝噗嗤笑道：“真是厚脸皮，还说放过我们呢。好，你找我爹爹算账去吧！哼，我爹爹要是知道你杀了展家叔叔婶婶，他肯放过你才怪呢。”

铁铮道：“别和他吵嘴了，咱们去看看褚公公伤得如何？”

展伯承扶起了褚遂，说道：“铁兄弟，今日多亏了你们了，我，我不知道应该怎样感激你们才好。”

铁铮笑道：“你这么一说，倒显得咱们是外人啦。我爹爹很挂念你，特地叫我们来探望你的。只盼你不要见外才好。”

褚遂只觉一片茫然，想不到这次夺宝护宝大厮杀，竟是如此波谲云诡，结局大大出乎他意料之外！面对着铁铮兄妹，想起自己适才的多疑，又不禁有几分惭愧，也不知说些什么才好。

独孤宇已经解开了穴道，过来向铁铮兄妹道谢。刘振伤得很重，不能行走，叫他儿子刘芒过来道谢。

铁铮有点诧异，说道：“独孤叔叔，你怎么知道窦元到此寻仇，赶来相助？可是你来探望褚老前辈，适逢其会的么？这两位又是何人？”

独孤宇亦觉有点尴尬，他与褚遂只不过相识而已，并没什么交情，他是个游侠身份，在小辈面前可不能说谎，当下讷讷说道：“这件事么？嗯，也可说是个巧遇。这两位，这两位——”正自不知如何措辞，展伯承已是替他解窘道：“这两位是刘家乔梓，他们是爷爷的邻居。独孤大侠是刘伯伯的好朋友，正在他们家中作客。嗯，刘伯伯受伤不轻，请进去先歇歇吧。事情慢慢再谈。”

铁铮听说他们是邻居，只道他们是听得这边厮杀的声音，赶来拔刀相助的。铁铮自幼受父母教诲，也是一副侠义心肠，很爱结交朋友。他见刘芒一臂断折，连忙说道：“刘大哥，你这条断臂可得赶快接上去才行。来，我给你接臼。展大哥，你帮忙折一根树枝。”

铁铮的续肢接骨之术是跟师父学的。他师父空空儿是个神偷，干窃贼这行，必须准备给人打跛手足而自能医治。所以续肢接骨的技术，乃是这一门的绝技。空空儿不懂医学，他平生也从没失手过，但既是窃贼的“祖师爷”，这门“绝活”却是他的擅长，足以与他的轻功比美。

铁铮叫展伯承给他做助手，很快就用“柳枝接骨”的方法替刘芒驳好断臂，接上了臼。刘芒望了一下展伯承，似乎想与他说些什么，却没有说。

展伯承道：“刘大哥，小弟很是惭愧。”刘芒这条手臂是他打断的，他自觉于心不安，见刘芒向他望来，便向他道歉，却不知刘芒想的根本就不是这一件事。

刘芒低下了头，说道：“不，惭愧的应该是我！”铁铮大为诧异，却不便冒昧发问。刘芒回过头来，向他低低说了一声：“多谢。”

刘振忽道：“芒儿，你能够走路吗？”刘芒道：“我并没受多大的伤，跑路也能。”

刘振道：“好，你把我背起来。”刘芒把父亲背起，刘振叫他走到褚遂跟前。

褚遂双眼一翻，沉声说道：“刘振，你意欲如何？我可得告诉你，咱们是桥归桥，路归路，搭不到一块儿。你别以为有了昨晚联手合斗窦元之事，你就可以借路过桥了。”褚遂恨极了刘家父子勾搭他的孙女儿阴谋对付他，是以说话尖酸刻薄，丝毫也不客气。

展伯承本是想劝他们两家和解的，但见褚遂如此激动，却是不便置辞了。心道：“爷爷今晚受伤，都是因他父子而起，也难怪爷爷生气。只好等待爷爷伤好之后，事情亦已淡忘，再设法劝解了。”

刘振冷冷说道：“我不是来与你讲和的，也不是来约你比斗的。你褚老英雄瞧我们不起，我们也不敢高攀。昨晚事不成功，今后我们也不会再来了。明日我们就搬出盘龙谷，你可以放心了吧。但倘若你还要算账，什么时候找来，我们也决不叫你失望。我要告诉你的就是这些话，告辞了！”

铁铮兄妹大为惊诧，但他们对于刘、褚两家的纠纷，根本莫名其妙，他们以小辈的身份，当然也不好劝解。

展伯承心乱如麻，最初他是妒恨刘芒，但如今他为他的龄姐着想，爷爷用这样的手段拆散他们，他的龄姐伤心是不在话下了，只怕还要恨他一世。

他想告诉刘芒，爷爷说褚葆龄告密之事乃是假的，他的龄姐其实是真心欢喜他。但这些话不是三言两语可以说得清楚，而且是在爷爷的眼皮底下，他又怎好戳破爷爷的谎言。

还有一样，刘芒的手段并不见得很正当，他究竟是好人还是坏人，展伯承也不能单凭一两件事情推断。不过从昨晚联手合斗窦元的事情看来，刘芒倒也算得是一条汉子，而且很讲义气，似乎也还有可取之处。

展伯承踌躇莫决，只见刘芒背着父亲，已经转过了身，向园门走去。展伯承赶上了他，低声说道："刘大哥，你可有什么话要我代你告诉龄姐么?"

刘芒怔了一怔，忍着心中酸痛，说道："我没有什么话说，只盼你好好待她，今后我也不会和她见面的了。"

展伯承面上一红，心道："你这可是完全误会了。"急切之间，不知如何说好。褚遂却已在大声说道："他们父子并不是我请来的客人，小承子，你不必代我送客!"刘芒气从心起，"哼"了一声，三步并作两步，抛下展伯承，便冲出园门。

在这样情形底下，独孤宇也是很尴尬，当下抱拳说道："褚老前辈，我不打扰你了。铁贤侄，令尊面前，请代问候。告辞了。"

褚遂冷冷说道："独孤大侠，你是江湖上响当当的侠义道，几时光临寒舍，我老头子必定恭迎，但却请你不必与宵小之辈同来。坏了你自己的名头。"

独孤宇变了面色，说道："你我看法不同，我也想奉劝你一句，不义之财，还是拿来做点有意义的事情才好。"

褚遂嘿嘿冷笑，展伯承道："爷爷，事情已经过去，不必再提它了。"

独孤宇说了那几句话，拂袖便走。铁铮不知他们吵的什么，要劝解也无从劝起。只好说："独孤叔叔，你住在什么地方，明天我来探望你。”

独孤宇道：“你不用来了。我今天便走，以后也不会再到盘龙谷了。”说到末了一句，已是走出园门，去得远了。

铁铮满腹疑团，说道：“展大哥，这是怎么回事，你们何以与独孤宁也闹得不和？”

展伯承苦笑道：“说来话长，把爷爷扶了回去再说吧。”

铁凝刚才隐约听得展伯承和那刘芒提起“龄姐”二字，她不过是个十四五岁的女孩子，还不怎样懂得避忌，忍不住就问道：“对啦，展大哥，你的龄姐呢？怎么却不见她？你们在外面闹得天翻地覆，何以她不出来？”

展伯承支吾说道：“她、她在看家。”铁凝道：“我只道她外出去了。好，我正想见见她，我和她已经有好几年没见面啦。想来她的功夫也一定比以前好得多了。”

展伯承偷偷看了看褚遂的脸色，褚遂怆然说道：“这丫头还有脸见人么？不过也总不能一世躲着，好，你们既要见她，那就去吧。”

铁铮兄妹大为惊诧，铁铮年纪大些，隐隐猜到几分，连忙给他妹妹抛了一个眼色，示意叫她不可胡乱说话。

褚遂伤得很重，但比起刘振，却较好一些，不必人背。展伯承与铁铮一人一边，搀扶着他，缓缓地走回家去。

褚遂心中难过之极，他本不愿把“家丑”外扬，但铁铮兄妹于他有救命之恩，又是他孙女儿的好朋友，也只好打算让他们知道了。

不多一会，走到了褚遂的卧房。展伯承记挂着褚葆龄，心里想道：“她被缚了半天半夜，不知如何气苦了！”于是推开了房门，就立即高声叫道：“龄姐，龄姐！”正是：

好梦从来最易醒，楼空人去独怆怀。

欲知后事如何？请听下回分解。

第七回　一生遗恨萧墙祸
　　　　万里追踪玉女痴

空房寂寂，影杳声沉。只见地上有两段断了的麻绳，窗门大开，他的"龄姐"已不知到哪里去了。

展伯承惊得目瞪口呆，褚遂也着了慌，不知他的孙女儿是给人劫走的还是自己逃跑的，铁凝眼利，说道："褚爷爷，你来看，这里有两行字迹，似是龄姐手书。"

这两行字是写在床头的一张小儿上的，触目一片殷红，想是咬破了指头书写的。写的是："我无颜侍奉你老人家，我走了，永不回来了，你只当没有我这不孝的孙女儿吧！"

褚葆龄果然是负气跑了，而且是发誓永不回来的了。展伯承似给人重重地打了一棒，打得他头晕目眩，几乎站立不稳，心中只是想道："龄姐没有一个字留给我，她一定是恨极我了。"

褚遂受的打击更大，他呆了半晌，蓦地双眼翻白，叫道："这不肖的丫头，受了一点儿委屈，竟连爷爷也不要了！"声音沉郁，悲怆之意更多于愤怒之情。

展伯承还勉强可以站立得稳，褚遂说了这句话已是支撑不住，"卜通"的就倒了下去，幸喜是倒在床上。

展伯承一惊之下，神智登时清醒，心中自责："你真是太糊涂了，这个时候，应该先劝慰爷爷，岂能只是想着自己的事情？"

褚遂已在呼唤他道："小承子，你过来！"声音颤抖，话犹未了，忽地"哇"的一口鲜血吐了出来，刚敷上金创药不久的各处伤口又复迸裂，吐出的血与流出的血把被褥染得一片通红。

要知褚遂晚年与这孙女儿实是相依为命，尽管他怎样将她责打，心里还是疼爱她的。如今褚葆龄留书出走，叫他怎不伤心？尤其令他难过的是，他在园中与刘家父子激战，他的孙女儿竟然不来看他一眼，便自跑了。“要是我给刘家父子杀死，她又将如何？”

他哪里知道，他的孙女儿根本就是另一种想法。她只道展伯承已把她与刘家父子一同出卖，她爷爷武功高强，以有备应无备，埋伏暗处，出其不意的偷袭，刘家父子不死亦必重伤，今后她与刘芒永无复合之望。因此她之出走，一半是为了感到耻辱，一半为了意冷心灰，不愿再留在这伤心之地。

褚遂又是气恼，又是伤心。恼孙女儿不肯听他的话，更伤心孙女儿抛弃了他。再加上惨败之后的悲哀，宝藏泄露之后的焦虑，一个七十岁的老年人，重伤之后的身体，还焉能禁受得起？

铁铮迅速出指，封了褚遂伤口的几处穴道，这是他师父空空儿所授的独门闭穴止血功夫，可以令伤口暂时停止流血。但流血虽然暂时止了，褚遂亦已是气若游丝。

展伯承慌了手脚，过来扶着褚遂，说道：“爷爷，你千万不可生气。你歇一歇，我给你找大夫去。”

盘龙谷与外间隔绝，到最近的市镇，也有一百多里，找个医生回来，最快也要隔一天，何况还未必找得到呢？展伯承其实打的是另一个主意，他意欲赶往刘家，希望独孤宇还未曾走，那就可以求他相助了。独孤宇是个成名侠客，虽然不以医术见长，但他家秘制的小还丹，对医治内伤，却颇有功效。不过，展伯承知道他爷爷的脾气，他爷爷决不肯求助于“仇人”，是以托辞去找医生。

可是褚遂却不肯放他走，吸了口气，嘶哑着声音说道：“小承子，你别走。我有话和你说，你若不听我的吩咐，我死不瞑目！”

展伯承见褚遂如此，也怕他即时死去，只好留下，说道：“爷爷，你歇歇再说吧。”

褚遂咬了咬牙，似是有点“回光返照”的模样，声音大了许多，说道：“我年已七十，死了也算是已享高寿了。你用不着悲伤，但我死后，你一定要把龄丫头给我找回来。”

展伯承道：“不，爷爷，你不能死，你也不会死的。你病好了，我就去找龄姐，天涯海角，也得找她回来。”

褚遂露出一丝笑意，说道：“好，好。你是一个好孩子，就可惜龄丫头对不起你。你找着龄姐，告诉她，我可以原谅她。但只有一样，她不能嫁那小流氓，否则我做了鬼也要诅咒他们夫妇。唉，最好当然是你……但我却不好意思勉强你了。”

褚遂恨极了刘芒，他认为孙女儿的“背叛”他，都是刘芒挑拨之故，是以至死不能谅解。他心里是希望展伯承娶他孙女儿的，但出了这件事情，他以他自己的心情揣度，恐怕展伯承未必肯再要他的孙女儿，因此才说出那句“不好意思勉强”的说话。

展伯承却是不同意褚遂这个命令，心中想道：“龄姐既是那么喜欢刘芒，那又何必禁止他们相好？”正自踌躇，褚遂已是沉声说道：“你听不听我的吩咐？无论如何，龄丫头不能嫁那小流氓！你要把我的话一字不改地告诉她！”

展伯承无可奈何，只好说道：“是。我会把爷爷的话转告龄姐。但，爷爷你会好起来的。”心里自思：“万一爷爷死了，我是要找龄姐的，但我却不应去管她的闲事了。”

褚遂接着说道：“还有，就是你外公的那批宝藏，我给他看守了几十年，也总算尽了一点心事了。你是他唯一亲人，我本待你长大成人之后，再交给你的，如今已是等不及了。可恨我孙女儿不肖，勾结外人，这藏宝的秘密已经泄露，我死之后，你立即把它搬移，随你怎么使用吧，唉，我也管不来了。”

展伯承想起都是因为这批宝藏的缘故，累得爷爷家散人亡，不禁泪盈于眶，说道：“爷爷，宝藏要不要也罢，最紧要的是人。爷爷，你要安心养病才好。”

褚遂长长叹了口气，断断续续地说道：“不错，是人紧要。小承子，我望你立定志气，光大门楣，你爷爷，唉，你爷爷可是不能亲眼见你成家立业了。但你有出息，我在九泉之下，也能心安。”声音越来越弱，说到最后，已是气若游丝。

展伯承扑上前去，叫道：“爷爷，你不能走！”褚遂抓着他的双手，蓦地叫道：“记着，一定要找回你的龄姐！”双眼一翻，双脚一挺，松开了手，气息已绝！

展伯承放声大哭，想起褚遂对他的好处，当真是比亲爷爷还亲，尽管自己未必能如他的期望，但这份恩情却是永世难忘。展伯承越想越是伤心，哭得眼泪都干枯了。

铁铮眼看一位绿林的老前辈，如此收场，也禁不住陪展伯承哭了一会。铁凝道："展大哥，你别哭啦。我看这里你是不能再留的了，你哭伤了身体，怎能走路？"

铁铮替展伯承抹了眼泪，说道："不错，展大哥，你也该替你爷爷办理后事了，早早让他入土为安。"

展伯承这才收了眼泪，说道："爷爷的寿木早有准备，在那边廊下。"铁铮道："好，我帮你抬来，给褚爷爷入殓吧。"

展伯承钉上棺盖，忍不住又哭起来。铁凝道："喂，你别只顾哭呀，我饿得发软了，有什么吃的东西没有？"其实她并不是怎么饿，只不过是想转移展伯承的注意。她是个小姑娘，想出的也只能是小孩子的主意。

展伯承哭得有气没力，给她这么一提，倒是感到真的饿得发昏了。说道："厨房里大约还有一点剩菜，我去看看。唉，我可不会弄饭。"说至此处，却不禁又想起了他的"龄姐"来，平日都是褚葆龄给他们做饭弄菜的。

铁铮道："不要紧，将就吃一点吧，我帮忙你弄。"三个大孩子在厨房里毛手毛脚地闹了一会，菜煮得半生不熟，饭也烧焦，但毕竟是有了可吃的东西了。

吃午饭的时候，展伯承才有工夫细道其详，把事情的来龙去脉，前因后果，一一告诉了铁家兄妹。

铁铮不胜感慨，说道："想不到你接二连三，碰到这许多不幸。更想不到你的仇人，和我的爹爹也有点儿瓜葛。但我还是盼望你不要多生疑虑才好。我爹爹为人最是公正不过，我敢担保他一定不会因为上代的渊源而偏袒那窦元的。你母亲临终对你的嘱咐，那是太过虑了。"

铁铮是只知其一，不知其二，他只道他的父亲和展伯承父母是好朋友，却不知道还有别的情事，更不知王燕羽临终时候的心情，王燕羽一半是由于忏悔过去的罪孽，一半是为了顾全铁摩勒侠义之名，不愿令他为难，因此才不肯让儿子去告诉铁摩勒。

铁铮又道："我爹爹叫我们来接你去和他同住，望你不要推辞。"

展伯承道："我已经答应了爷爷，走遍海角天涯，也要找回龄姐。"

铁铮道："那也要请你先到山寨一趟，小住几天。否则我爹爹会怪责我们不会请客的。我爹爹熟识四方豪杰，你要找寻龄姐，也可以托他给你打听打听。"

展伯承一想，这件事情也该向铁摩勒解释解释，便道："好吧，这地方反正我也是不能再住的了。请你帮忙我葬了爷爷，咱们就走。"

展伯承把棺材抬到园中，到了那藏宝的地方，心中无限伤感，想道："爷爷守护宝藏，守了几十年，就让他埋在这里吧。"

铁铮兄妹帮他挖掘，将那几个藏宝的箱子搬了上来，把褚遂的桐棺埋了下去，展伯承问道："山寨里的情形如何？"

铁铮道："这五年中，听爹爹说，官军已先后来攻过三次，一次规模比一次大，恐怕不能长此在伏牛山立足了。爹爹想要把部众分散，转移到其他地方。"

展伯承道："山寨的弟兄，是靠开垦荒山，自己养活自己的。连年战事，顾不了耕作，收成恐怕不会好吧，弟兄们的日子想必很苦？"

铁铮道："弟兄们也过惯了。"

展伯承道："这几箱珠宝，我得之无用。咱们正好搬到山寨，给你爹爹作军费。"

铁铮道："这个，我爹爹不知肯不肯受？"

展伯承道："无论如何，我要劝他收下，也算是尽了我一点心意。"

铁铮为人豪爽，说道："好，我答应助你押运便是。"

棺材埋下，铁铮依照俗例，正要请展伯承撒第一把土，展伯承双眼蕴泪，望着远方，似乎正在想起什么心事。

铁铮道："展大哥不要太伤心了，天色不早，快快撒土埋棺，让褚爷爷安眠吧。”

展伯承道：“是。”捧起一把泥土，心中却是一片茫然，说道：“这一把土本来应该是龄姐撒的，爷爷其实是最疼爱她，可叹她却不能来送爷爷了。”

铁凝是个心直口快的小姑娘，不知顾忌，撇了撇嘴，便道：“你还在惦记着你的龄姐？我可为你不值呢！”铁铮道：“凝妹，别胡说。”

铁凝道：“什么胡说？龄姐小时候和展大哥那么要好，谁知不过分手几年，她就变了心了。你想念她，也许这个时候她正在与那姓刘的小子一起呢！”

展伯承心中一动，说道：“你们今早来的时候，可曾在路上碰见龄姐？”

铁凝道：“我们若是碰着了她，早已把她截回来了，还用说吗？展大哥，你，你别胡思乱想了。她不喜欢你，就让她去吧。天下又不只她一个女子。”

铁铮责备她道：“女孩儿家，怎可如此口没遮拦。好在展大哥知道你的脾气，你也还是个小孩子。”

铁凝道：“我有说错吗？你瞧展大哥这样伤心，难道不是一半为了褚爷爷，一半为了他的龄姐？你不帮我劝他，反来说我，我说的才是真话呢！”

展伯承给她说破了心中秘密，不禁满面通红，说道：“龄姐欢喜什么人，咱们都不能怪她。我，我也并不是存有别的心肠，只是爷爷临终吩咐，我总得想法把她找回来。凝妹，你说得有理，也许她现在真的是在刘家。”

铁凝道：“我这只是胡猜的，你想往刘家找她吗？别去了吧，有什么好意思呢？”

展伯承红着脸说道：“既是有这个可能，我想还是试一试去找她的好。”

铁铮年纪稍长，懂得他的心情，想道：“不让他试试，他总是此心难息。”便道：“也好，你就到刘家看看吧。要是独孤大侠未走，你顺便替我问候。最好约他和咱们一道走。”

铁凝道："咱们不陪展大哥去吗?"

铁铮笑了一笑，说道："还是让展大哥一人去的好。咱们同去，他倒不方便说话了。窦元已给赶跑，刘家父子和展大哥亦已化敌为友，而且他们又都受了重伤，即使心怀叵测，展大哥也应付得来的。"

展伯承也道："不妨事的，刘家离此不远，倘有意外，我发出啸声，你们也可听见。你们在这里等一等，我去去就来。"说罢，便离开铁铮兄妹，独自上山，前往刘家。

山坡上杜鹃花开得红艳艳的，遍地都是，展伯承想起第一天来到这儿，第一眼看见的就是他的"龄姐"给那刘芒编织花环，不禁触景伤情，回想这个多月来与她相处，恍如一梦。初时做的是好梦，结果却是给恶梦惊醒了。

展伯承暗自思量："龄姐疑心是我出卖她，心中定是将我恨透了。只怕她不肯见我。但无论如何，即使她避而不见，我也得把爷爷的死讯说给他们知道，爷爷一生疼爱她，至少她也要回家一转的吧?可是我还能和她说些什么呢?当然我不能把爷爷临终的说话告诉她，但我不能捏造谎话，说是爷爷赞同她与刘芒结合，原谅她了。这可怎么好呢?"

展伯承心乱如麻，思量不定，不知不觉，已来到刘家门前。只见有一匹已上鞍的白马，就系在门前那棵大树下面。展伯承心想："果然他们正在准备离开，却还未走，我来得正是时候。"

展伯承满怀欢喜，上前拍门，叫道："刘大哥，刘大哥，刘芒大哥!"他知道刘芒的父亲伤得极重，而又不敢断定褚葆龄真的是在刘家，所以只有呼唤刘芒。

他叫了好几声，里面还是没人回答。展伯承皱了皱眉，心道："坐骑还在这儿，分明里面有人，却何以不肯答我?哎，莫非是龄姐恨我，禁止刘芒给我开门?好吧，宁可由她恨我，我却是非见她不可!"

展伯承打定了主意，里面不肯开门，他就只有硬闯。可是他也是非常伤心的了。

门前那棵大树高逾墙头，前日展伯承就是在这棵树上偷听的。

当下重施故技，飞身上树，但这回却不是偷窥偷听了。他朝里面一望，杳无人影，再叫了一声“刘大哥!”仍然没有回答，便大着胆跳下去，说道:“对不住，我有紧要事情，你们不肯见我，我也是要进来的了。”

立足未定，忽觉微风飒然，银光闪烁，一把梅花针突然向他射来。展伯承大吃一惊，幸而他轻功超卓，百忙中一个“旱地拔葱”，梅花针恰好在他脚底射过。

展伯承在半空中一个翻身，朝着那梅花针的来处扑去，只见一个少女的背影刚刚闪过一个角落，看来似是想逃避他，却还未来得及躲进屋子。

展伯承心中酸痛已极，叫道:“龄姐，你就这样恨我么?你要取我性命，也得容我先说说话呀!”

那少女忽地回过头来，说道:“你是什么人?谁是你的龄姐?”

展伯承这才看清楚对方的面貌，竟是个陌生的女子。身材和褚葆龄差不多，长得也很俏丽，但眉宇间却有一股泼辣之气。年纪则似乎比褚葆龄稍大一些，约有二十岁左右模样。

展伯承又是吃惊，又是尴尬，讷讷说道:“对不住，我看错人了。我是山下那座园子里褚家的，我来找刘芒大哥。”

那少女道:“你来找刘芒作甚?”

展伯承道:“我想问问刘大哥，龄姐是不是在他这儿?”

那少女道:“什么龄姐?哦，是否就是褚遂的孙女儿?”

展伯承道:“正是。姑娘，你识得我的龄姐么?”

那少女道:“这么说，你是褚葆龄的弟弟了?”她不先回答，却来盘问展伯承。

展伯承不愿向一个陌生的女子细说自己的来历，他与褚家的关系也非三言两语可以交代得清楚的，当下便含糊应了一声:“是。我们一向以姐弟相称。”

那少女蓦地柳眉倒竖，冷笑说道:“我听说刘芒和一个狐狸精很好，原来就是你的姐姐!”

展伯承怒道:“你怎么可以胡乱骂人?”

那少女道:“褚葆龄阴险恶毒，我不但要骂她，若是给我碰上，我还要撕破她的面皮呢！”

展伯承气往上冲，斥道：“你，你，你真是岂有此理！你再胡说八道，我可要不客气了！”他不会吵架，气愤之下，说话未经思索，竟似乎是向对方挑战，其实他本意并非如此。

那少女冷笑道：“刘芒是给你们褚家的人伤了不是？”

展伯承不愿解释，亢声说道：“不错，就是给我伤的，可与龄姐无关！”

那少女“哼”了一声道：“你姐姐是狐狸精，你也不是好东西。你们姐弟合谋伤了刘芒，居然还有脸皮再来找他，想要花言巧语，再哄骗他吗？好呀，你不客气，我更不客气呢！你伤了刘芒，我也照样伤你。看剑！”

蓦地银光一闪，那少女已是拔剑出鞘，刷的就是一剑向展伯承疾刺过去。

这一招来势凌厉之极，展伯承双手空空，没带兵器，幸而他轻功精妙，在间不容发之际堪堪避开，但衣袖亦已被削去了一幅了。

展伯承又怒又气，可是也还不愿无端端和那少女动手，闪开了一剑，说道：“你别撒泼，你不讲理，我可要讲理，你听我说。”

展伯承此时倒是想与对方解释清楚，说个分明的了。可是这少女一向骄纵惯了，听得展伯承一张口便骂她“撒泼”，焉肯听他说话？

展伯承话犹未了，这少女已是“刷”的又一剑刺来，冷笑说道：“你要我饶命，那也不难，只须跪下来向我磕三个响头，我拗断你一条手臂，也就算了。你是这么样伤了刘芒的，我也照样伤你。外加三个响头，算是利息。至于你那些废话，可用不着说了。说了，我也没耳朵听！”

展伯承给她气得七窍生烟，不禁怒道：“我不过看在你是个女流之辈，不愿与你胡打乱吵，你当我是当真怕了你么？”

那少女道：“好，看你乳臭未干，倒是有胆敢说大话！你不怕我？就让你看看姑娘的本领吧！”剑势一变，招招催紧，竟是似狂风暴雨般的猛袭过来。

展伯承心道：“这泼丫头无理可喻，且夺了她的剑再说。”于是认真的和那少女打起来。

展家的“空手入白刃”功夫是武林一绝，展伯承这一个月又学了褚遂秘传的“小擒拿手法”，这门功夫精益加精，自信可以夺得了她手中的长剑。

说时迟，那时快，这少女刷的一剑，又指到了他的面前，招数用得非常狠毒，竟是想刺瞎他面上双睛。展伯承大怒，使出看家本领，霍的一个“凤点头”，肘底穿掌，托那少女的肘尖，反手便要扣她脉门。

哪知这少女的剑尖也是奇诡绝伦，一剑刺空，剑势中途已变，本是平刺出去的，忽地圈了转来，展伯承若不收招，手指先要给她削断。

展伯承应变也快，他一足已踏向前，收势不及，却顺着那少女的剑势，脚跟一旋，疾的也转了一圈，那少女的连环三剑，每一剑都是差了少许，刺他不着。但展伯承连使了几招精妙的擒拿手法，也都给那少女一一化解，夺不了她手中的长剑。

展伯承的父亲展元修通晓各派武功，展伯承家学渊源，虽不及父亲的见多识广，在武林中稍有地位的各派剑法，他也大致可以分辨。但如今他与这少女斗了数十招，依然看不出她的武学渊源，剑法来历，不由得暗暗称奇。心道：“这女子虽然撒泼，本领倒是不错，比刘芒可强多了。”

这少女更是吃惊，展伯承不过是个十六七岁的少年，比她年纪还轻，而且只是凭着一双肉掌，对付她的利剑，她兀是占不到便宜，焉能不感到气馁，感到惊奇？心中想道：“我要是连这乳臭未干的小子也打不过，怎去对付他的姐姐？”心中一急，出手更不留情！

若论展伯承的真实本领，本来比那女子胜过几分，即使不能空手夺剑，也不至于败给她的。但他昨晚一夜没睡，而且是从午夜开始，一直恶斗到第二天的近午时分，气力都几乎消耗完了。虽然他休息了将近两个时辰，但过度的疲劳，究竟还未能恢复。因此在和这女子斗了数十招之后，不觉气喘吁吁。

那女子松了口气，心道：“这小子毕竟还未成人，招数虽然精妙，内力却是大不如我。”她得理不饶人，一占上风，着着进逼。剑法当真是又狠又快。不过她也并不是要取展伯承的性命，而是要迫他认输，至多令他受一点伤，给刘芒泄愤。

但展伯承却怎能知道她的打算，见她招招狠辣，当然是又惊又怒，也把轻易不肯使用的伤残掌法施展出来。

那女子冷笑道：“你还要打么？跪下来给我磕头，我或者可以饶你一条性命。”展伯承怒道：“你侮辱了我的龄姐，应该磕头赔罪的是你！”猛地一招“龙顶摘珠”，倏地化掌为抓，欺身直进，那女子说话分神，又兼有点轻敌，猝不及防，竟给他一抓抓着。那女子大吃一惊，往后急退，只听得“嗤”的一声，胸前的一幅外衣，已给展伯承撕下。

那女子又羞又怒，喝道：“好呀，你这小子胆敢如此无礼，我今日是非杀你不可了！”一退复上，剑光霍霍展开。比刚才更见凌厉，剑剑直指展伯承的要害穴道。

刺穴剑法本是展伯承的所长，可是这女子的剑招奇诡，每每有出人意料的招数，展伯承必须用了十二分精神，才能解拆，这一来更是险象环生，应付得非常吃力。

展伯承心中想道：“不好，这样下去，给她耗尽我的精神，我终将伤在她的剑下。这才叫做死得冤枉呢。”他与铁铮是约好了的，若有意外，就发啸呼援，初时他见对方是个女子，不愿把铁铮叫来，如今却是不能不请铁铮相助了。

啸声未止，只听得马蹄声已是隐隐传来，展伯承奇怪极了，心道：“距离虽然不远，但也决不能来得如此之快。难道来的不是铁铮？”

那女子吃了一惊，骂道：“好呀，原来你在外边还埋伏有帮手！哼，你请来救兵，我就怕你不成？”

那女子只道来的是展伯承的长辈，甚至很可能就是他的“姐姐”褚葆龄。展伯承已然如此了得，若然来了他的姐姐，只怕自己就要被擒，受尽凌辱。要应付这个局面，只有在来人未到之前，赶快把展伯承活擒了。

恰巧展伯承也抱着同样心思，害怕这个即将到来的人是这女子一伙，寻思：“时机紧迫，只有豁出性命，把这女子拿下，才能脱险了。我有人质在手，这人决不敢动我，待得铁铮一来，就不用怕了。”

两人同样心思，同时使出险招，那女子一个“大弯腰、斜插柳”，身形一矮，刷的一剑刺他膝盖；展伯承则用了一招“灵猿探爪”，五指如钩，趁她弯腰俯首的这一刹那，伸手便抓她肩上的琵琶骨。

两人来势都急，展伯承若给这少女刺中，一条腿便要变成残废；那少女若给抓着，琵琶骨也会给他捏碎，多好的武功再也不能使用，同样变成废人。

眼看就要两败俱伤，忽地一条人影，捷如飞鸟，飞过墙来，恰好赶上！只听得“嗤”的一声，那人挥袖当中“切”下，立即闪电般的双掌齐出，展伯承的指尖刚刚触及那女子的肌肤，便给那人一把推开；那女子的剑尖刺穿了那人的衣袖，阻了一阻，也未能刺着展伯承的膝盖，手中长剑，已给那人夺去。

展伯承转了两圈，才稳住身形，定睛一瞧，只见是个虎背熊腰的陌生汉子，年纪也没多大，看来不过二十来岁模样。

展伯承心道：“这人不知是什么路道，本领如此了得？我跟他素不相识，不知他何以救我？但他也救了那个女子，却又似乎是一视同仁，并无偏袒之意？”

那女子这时也已定了身形，看清楚来人是谁了。这个人展伯承不认识，她却是认识的，展伯承正要张口说话，她已抢在前头说道：“姓南的，你跟我来干什么？哼，你是来成心欺负我不是？”

那姓南的少年笑道：“你来得这里，我就不能来吗？要不是我出手，你的琵琶骨都给人捏碎啦，还说我欺负你？”

那女子越发恼怒，柳眉一竖，骂道：“你别以为你帮过我的忙，我就要领你的情了。我来找刘芒，关你什么事，你却来跟踪我？我要杀这小子，又关你什么事，要你出手阻拦？哼，要不是你把他拉开，我早已把他刺跛了！”

那少年黑脸泛红，显然也有几分恼怒，淡淡说道：“龙姑娘，要不是令姐求我，我才没工夫管你的事呢。而且我到这儿是刘芒叫

南夏雷挥袖当中“切”下，倏地就把那少女的青钢剑夺去。

我来的，你还未曾是这儿的女主人，可不能禁止我来吧？”

那女子怔了一怔，道：“你见着刘芒了。”

那少年道：“不错，刘芒父子都受了伤，他们的马车走得慢，你如果如今向西边这条路走，大约今晚可以赶得上他。”

那女子连忙问道：“他们伤得如何？刘芒和你说了些什么？他愿不愿意见我？”她要向这少年打听消息，说话也就平和多了。听来她是想即时去见刘芒，但心中却又有点顾虑。

那姓南的少年道：“刘振伤得很重，刘芒却没怎么，他的断臂已经驳好了。他听说你正到这儿来，要我跟来看看，叫你也不可向褚家的人寻仇。嘿，至于他愿不愿意见你，那我可不知道了。”

那女子“哼”了一声，骂道：“父子都给人打伤了，还怕我去得罪那狐狸精！哼，这次他侥幸不死，总有一天死在那狐狸精手下！”她不知其中因果，只道刘芒不许她去寻仇，完全是为了顾着褚葆龄。

展伯承听她又骂他的龄姐，心中大为恼怒，但碍于这少年在旁，却不便和她吵闹，瞪着两只眼睛看她。

那姓南的少年亦已察觉，笑道：“我与刘芒匆匆别过，可未曾详细问他缘故，你也不用先就乱骂一通。还是见到他再说吧。”

那女子道：“不错，就是他不愿见我，我也得去照料他。”

那姓南的少年道：“且慢，你不要你这把青钢剑了么？”

那女子的青钢剑是给这少年夺去的，听他提起，蓦地又发起怒来，说道：“我不要了，你留着吧，总有一天，待我练好了武功，我要亲自在你手中夺过来！”说了这话，匆匆便走。那少年摇了摇头，见这少女如此好胜，心中又是好气又是好笑。

展伯承听了他们的对话，已知这姓南的少年是刘芒的朋友，与那女子似乎也渊源不浅，但无论如何，他总是曾给自己化解了伤残之祸，理该向他道谢。

展伯承正想与他攀谈，那少年已先笑道：“小兄弟，你似乎还未打得尽兴吧？”展伯承怔道：“你这是什么意思？”那少年道：“没什么，我想领教你几招。这把剑借给你用，来吧！”

展伯承大出意外，没有上前接剑。那少年又笑道：“你已经打得累了，我不能占你便宜，要你空手！”把手一扬，连剑带鞘，向展伯承抛去。

展伯承又惊又恼，心道：“是了，他到底是这泼丫头的朋友，存心要较量我，折辱我了。”一怒之下，接了青钢剑，说道：“好，恭敬不如从命，就请你赐招吧！”正是：

少年英杰多豪气，更喜良朋聚一堂。

欲知后事如何？请听下回分解。

第八回　排难解纷来侠士
驱车护宝走江湖

这姓南的少年笑道:“我说过不能占你的便宜，我等着接你的招啊!”

展伯承这才恍然大悟，原来对方是要空手接他的剑招，不禁怒道:“你武功比我高强，倘若你要折辱我，那就不用比试什么招数了，我得罪了你的朋友，任杀任剐，决不皱眉。”言下之意，这少年若是诚心与他切磋，就该亮出兵刃，将他当作平等的对手看待。这几句话也是想试探试探这少年的来意的。

姓南的少年哈哈一笑，说道:“小兄弟不用这样傲气，好吧，我亮刀就是。请!”

展伯承摸不透他的来意，心道:“这人年纪比我大，我本来应该是自居小辈的。”武林礼节，长幼试招，小一辈的应先出招。

展伯承抚剑一揖，道声:“有僭。”挽了一个剑花，家传天罡剑法的起手式“闲云出岫”便即使出，剑峰朝着那少年面门一晃，斜斜刺去。

那少年道:“不必多礼。”按着刀柄，跨上一步，恰恰避开，却未还招。

展家的剑法非同小可，这看似平淡无奇的起手式内中也藏着奇妙的变化，剑锋一转，陡然间那似匹练一般的剑光圈了回来，向那少年拦腰斩削。

那少年硬生生的用了个“大弯腰、斜插柳”的身法，腰躯半俯，脚跟滴溜溜的转了一圈，几乎是随着展伯承的剑锋移动。展伯承一剑刺空，倏地已从起手式变为“春云乍展”，剑锋笔直刺出。

这一剑又快又准，但仍然是刺了个空。展伯承前招未收，后招续出，喝道：“接招！”第三招用的是剑势凌厉非常的杀手招数，剑锋削臂，剑尖刺肋，一招两式，名为“雷电交轰”。

展伯承并非要与这少年拼命，而是要迫他招架。他看过这少年刚才所露的那一手，心知对方的武功只有在自己之上，决不在自己之下，这一剑也决不会伤得了对方，但总能够迫他招架。

哪知这少年仍不横刀招架，叫道：“好剑法！”只听得“铮”的一声，少年中指一弹，正中剑脊，恰恰将他的剑招弹开少许，几乎是贴臂削过，却未伤着他的分毫。

展伯承亢声说道：“我不要你让，你若心存戏耍，我可没工夫奉陪了！”

那少年正色说道：“小兄弟，你的剑法好得很啊！我佩服还来不及呢，岂敢戏耍？好，我也要献拙了，还招！”倏然间横刀劈出，刀光四照，一看就知是一把不同寻常的宝刀。宝刀也还罢了，劈来的威势更其骇人，竟是隐隐带着风雷之声！

展伯承气力不加，自知难以抵挡，但也不能束手待毙，当下用了一招“裂石崩云”，刚中带柔，希望稍微消去对方几分劲力。但对方来势如此猛烈，能否化解，殊无把握，只是尽力而为罢了。

刀剑一交，却大出展伯承意料之外，他以为纵使侥幸可免受伤，至少这把青钢剑是必然要给对方削断的了。

哪知道这姓南的少年一刀劈来，看似劲道十足，到了刀剑相触之时，他却忽地只是轻轻一碰，便即抽刀，哈哈笑道：“小兄弟，这一招解得妙呀！小一辈的英雄，你可以算得是一个了。”

展伯承知道对方仍是手下留情，又羞又恼，正要还招，那少年前招未收，后招又至，这次却是刀光霍霍，向他下三路斫来，而且将他前后左右的退路全都封闭。比之刚才的那招，更为厉害。

展伯承摸不透他这一刀是真是假，习武之人，遇到性命之危，本能的便使出了最擅长的绝招，他既无力抵挡，只有用家传轻功躲避，使出一招“旱地拔葱”，就在原来的位置，跃高闪避。少年那一刀又恰恰从他脚底削过，未曾伤他分毫。

这少年又赞道："好一个五禽身法！"展伯承落下地来，怒道："你打还是不打？"那少年摇手笑道："不用打了，不用打了！你精通天罡剑法，又会五禽轻功，展大侠，展元修是你何人？"

展伯承呆了一呆，恍然大悟，原来对方与他试招，为的是想要知道他的师门来历。展伯承心中想道："这人看得出我的功夫，又称爹爹大侠，想必是无甚恶意的了。"一看对方已经纳刀入鞘，展伯承便也把那青钢剑交还给他，说道："你是何人，与我爹爹相识的吗？"

那少年正要答话，忽地"咦"了一声，说道："哪条线上的朋友？"展伯承随着他的目光注视之处看去，只见从墙头上跳下一个人，正是铁铮。

铁铮已听得展伯承问那少年的说话，笑道："展大哥，南叔叔，原来你们是初次会面么？"上前恭恭敬敬施了一礼，道："南叔叔，什么风把你吹到了这儿？"

展伯承拍了一下脑袋，道："我真是糊涂了，这位想必是南大侠，南夏雷吧？"

南夏雷的父亲南霁云三十年前与段克邪的父亲段珪璋齐名，并称两大游侠，南夏雷父亲结婚很迟，他是长子，年龄也大不了铁铮几岁，但辈分却长一辈。

南夏雷道："大侠二字不敢当。展世兄，你怎地与龙姑娘打了起来？铁贤侄，还有你，你怎么也到了这儿？"

铁铮道："说来话长，咱们边走边说吧。对啦，褚老英雄你不是也认识的吗？你去不去送他入土？"

南夏雷道："你说的是褚老英雄褚遂吗？怎么，他已经死了？"

铁铮道："不错，他这次死得很是不值，牵涉的纠纷也很多，待路上展大哥对你仔细说吧。啊，还有我的妹妹也来了，现在就在褚家。"

南夏雷与褚遂并无渊源，只是许多年前，他初出道的时候，在群雄会上见过一面的。但褚遂是绿林前辈，而南夏雷也想见一见铁凝，便道："既然如此，我理该给他烧一炷香。"

当下一同走出刘家，南夏雷牵了坐骑，陪他们二人走路。展伯承简单扼要地说了说褚遂之死的经过，南夏雷念及一位绿林前辈如此下场，也不禁为之嗟叹，怃然说道："真想不到展大侠夫妇与褚老前辈都会命丧窦元之手。窦元最近崛起绿林，我也曾听人说过，但却不知他是展世兄的仇人。"

展伯承与南夏雷以前没有见过，但展伯承与铁铮同一辈分，因此也以叔叔相称，说道："南叔叔，褚、刘两家争夺宝藏的纠纷我已说了，依我之见，是刘家稍微理亏。但如今事情已经过去，我爷爷死了，刘振重伤了，也就不必再提啦。南叔叔，你和刘家父子相熟，和那位龙姑娘也是朋友，我无端端的被迫与她打了一场，却不知她是什么人，你可以告诉我吗？"

南夏雷道："铁贤侄，说起来这位龙姑娘和你倒有一些关系。"

铁铮道："怎么？我连她的名字都不知道。"

南夏雷道："你妹妹的师父不是辛芷姑吗？你妹妹是关门弟子，辛芷姑从前有两个徒弟，一个是已经死了的史朝英，还有一个是龙成香，你可知道？"

铁铮道："哦，这位龙姑娘是龙师姐一家的么？"

南夏雷道："不错。她名叫龙成芳，正是龙成香的妹妹，她们姐妹相差十来岁，姐姐早已嫁人，在家抱孩子了，妹妹的婚事，则还要姐姐操心。"

说话之时，已经进了那座园子，铁凝正在褚遂坟前等候，见了南夏雷，也很高兴，上来叙话。

铁铮道："南叔叔正在说到你那位未曾见过面的龙师姐呢。"铁凝道："我听见了。师父也常谈起她，很记挂她的。她嫁了什么人了？"

南夏雷道："她嫁了蒲邑大豪穆安之子穆康，刘振一家本来也是蒲邑人氏，和穆家毗邻而居，又是姻亲。刘芒与穆康正是中表排行。"

展伯承道："原来如此。这么说，这位龙姑娘的姐姐乃是刘芒的表嫂了。"

南夏雷道："不错。所以他们二人，也像你与褚姑娘一样，乃是青梅竹马之交。龙姑娘父母早已去世，跟她姐姐同住，她那一手剑法，就是她姐姐教的。刘芒是家传刀法，武艺却不如她。两人常在一起切磋武功，刘芒可能常常受她的气。”

展伯承心道：“怪不得这位龙姑娘的剑法如此奇诡，原来是辛芷姑的一脉所传。”

铁凝忽地“噗嗤”一笑道：“人家小两口子的事情，南叔叔你又怎么知道了？”

南夏雷笑道：“我只是猜想而已。龙成芳的脾气十分刁蛮，这个，展世兄刚才也领教过了。”

铁凝道：“如此说来，刘芒也不是好东西，他既然有了一位龙姑娘，就不该再来抢展大哥的褚姐姐。”

展伯承满面通红，铁铮道：“凝妹，你怎么老是要我说你，女孩儿家怎可如此口没遮拦？”

铁凝笑道：“南叔叔又不是外人，怕什么？”

南夏雷接着说道：“这倒不能怪刘芒的不是，刘家曾经求过亲的，却给她的姐姐拒绝了。”

展伯承道：“为什么？”

南夏雷道：“她姐姐不喜欢刘芒，也许是嫌他武功不高，也许是不愿妹妹嫁绿林中人。谁知其中缘故，总之不喜欢就是了。那时刘振父子已经开始过黑道生涯了，但还没有安窑立柜，只是偶尔出去做案，坐地分赃。”

铁凝又笑道：“她姐姐不喜欢刘芒，怎么你又知道了？”

南夏雷道：“小鬼头，你真是人儿小心眼儿却多，想到哪儿去了？她姐姐是你师姐，我母亲和你师姐是很熟的朋友，我出道之后，我母亲也曾和我到过穆家几次的。都告诉了你，你可不用多问了。”

其实南夏雷却瞒了一桩事情，他是长子，他母亲想他早日成亲，带他到穆家去见龙成香，实是有着为儿子求亲之意。龙成香也很想把妹妹配给南夏雷，但求亲之事，南夏雷的母亲还未启口，龙成芳已经知道了她的来意，立即对她姐姐表明心迹，发誓除了刘芒不嫁了。

另一方面，南夏雷也发觉龙成芳对刘芒情有所钟，他本来就不大欢喜龙成芳的刁蛮脾气，既然发现了这个关系，当然更不愿意轧进一脚了。因此，他也拦阻母亲去提婚事。结果双方都未开口，这婚姻之议，已是胎死腹中。

婚议作罢之后，南夏雷的母亲倒是无可无不可。龙成芳的姐姐却是此念未消，还希望妹妹能够嫁给南夏雷。龙成芳知道她姐姐的心意，不但恼怒她的姐姐，并且连南夏雷也怪上了，是以刚才在刘家相见，她对南夏雷丝毫也不留情。

南夏雷以“叔叔”的身份，不便对铁铮兄妹说及这些事情，但来龙去脉却须交代清楚，于是接着说道：“后来刘振正式干起黑道营生，在绿林中也颇有名气了，但他们父子一年中还总要回旧家几次，刘芒与龙成芳虽然会少离多，联络尚未中断。

“直到两年之前，刘振父子突然销声匿迹，在江湖上失踪，不知所之。穆家托人打听，也不知道他们下落。这期间，龙成香很想给她妹妹另找一门亲事，龙成芳始终不肯答应。她想方设法，无论如何，要打听出刘芒的下落。

“皇天不负苦心人，今年春天，果然给她打听到了，她便赶来此地，寻找刘芒。”

铁凝笑道：“这位龙姑娘，消息倒是灵通。她不问青红皂白，与展大哥交手，想必刘芒与褚姑娘相好之事，她也打听到了。”铁凝年纪虽小，人却聪明，一猜便着。

铁铮皱了皱眉，说道：“妹妹，不要多管这些不相干的闲事。”铁凝笑道：“好，那我就管管相干的闲事。南叔叔，你怎么又到了这儿？是为了龙姑娘而来，还是为了别的？”

南夏雷道：“我倒是为了别的事情。不过我恰巧经过蒲邑，前往拜访穆家，见到了龙姑娘的姐姐，又恰巧龙姑娘正好是前两天从家中私逃的，她虽然未告知姐姐身往何方，她姐姐也知道她是来找刘芒的了。

“龙成香害怕她妹妹脾气不好，在江湖闯祸，她问了我的行程，知道我要取道此间，从盘龙谷数十里外经过。她遂央求我照料她的妹妹，还央求我多走几十里路，耽搁一两天工夫，到盘龙谷来，看看刘芒，并劝她妹妹回家。她妹妹的私事我不想管，但我与刘芒多少也有点交情，几年不见，我也想见一见他，因此我就来了。”

铁铮道：“南叔叔另有何事？可否缓办，和我们一道回去？”

南夏雷道：“我是应了扬州周寨主之请，帮他劫江南漕运使解京的银两。约定月底动手，现在赶去，刚来得及。待这件事情办妥之后，我再到伏牛山见你爹爹吧。对啦，听说你爹爹寨中，粮饷亦颇困难，这次我们得手之后，可以分一半给你爹爹。你们回去，可先说一声，也好安定人心。”

铁铮笑道：“多谢了，你们自己留着用吧。”

南夏雷道：“咦，你怎么可以替你爹爹自作主张？”

铁铮道：“我们另有粮饷，可能比你要劫的漕运银两还多呢。”

南夏雷诧道：“怎么来的？”

展伯承说道：“褚爷爷留给我的，是我外公当年的宝藏，南叔叔，你们去劫解给皇帝的银子，恐怕要冒很大的险吧？不如我分两箱珠宝给你带去，准备你们万一不能下手的时候，可以拿来应急。”

展伯承怕他不信，带他到山洞去看，那八个装满珠宝的铁箱早已搬了上来，打开箱盖，珠光宝气，耀眼生缬。

南夏雷道：“展世兄，你轻财重义，实是难得。但我与其带了两大箱珠宝赶路，却不如去劫皇帝老儿的银子还要方便一些。”

铁铮笑道：“难道有人还敢劫你南叔叔的不成？”

南夏雷正色说道：“你们年纪太轻，还不知道江湖之险。你们一路之上，也要多加小心才好。你莫以为你爹爹是绿林盟主，就无人敢劫你们了。这几年来，江湖上很出了几个黑白两道全不卖账的人物，窦元不过是其中之一而已。另外还得防备走漏风声，有官军来抢你们的。”

铁铮道：“是。这是我们第一次出道办事，当然要分外小心。”

南夏雷道：“在你们回去伏牛山这一条路，只有几个人是你爹爹肝胆相照的朋友，可以请他们帮忙的。其他的绿林中人，即使是奉你爹爹的号令，也不可让他们知道秘密。要知人心难测，只怕他们见利忘义，知道之后，动你们的念头。”当下说了铁摩勒那几个可堪信托的朋友的名字，便即告辞。

南夏雷走后，铁凝很不服气，说道：“南叔叔只当咱们还是小孩子呢。我倒希望路上有人来劫，好试试咱们学成的武功。”

第二日展伯承把他爷爷平日所用的一辆大车找了出来，褚遂生前习惯每半年赶车到百里之外的卢龙镇一次，采购家常用品，一次要买够半年的米粮，所以这辆车了容量很大，但把八口装满珠宝的铁箱搬了上去，剩下的空隙也不多了。

临走之前，展伯承再到褚遂坟前拜别，想起褚遂对他的疼爱，想起褚葆龄的骨肉乖离，不禁怆然伤怀，暗自祷告：“爷爷泉下安心，我走遍天涯海角，也一定要把龄姐找着。请爷爷也保佑我一路平安。”

车子载得过重，拉车那四匹马虽然都是褚遂经过挑选买来的好马，拉起来也是颇为吃力，走得很慢，每天不到百里。

铁铮担心他的妹妹惹事，路上告诫她道：“伏牛山离此将近三千里，照现在的行程，恐怕最少也要走一个月。你必须特别小心，不可自恃学了几年本领，便目中无人。人多处歇脚之时，尤其要自知检点，不可胡言乱语，露出了风声。”

铁凝笑道：“你不过比我大两岁，倒像个老头子了。我也不是小孩子啦，不必你叮咛了，我并不想惹事，但若别人惹我，我却非动手不可。那时你们可别和我争。”

展伯承笑道：“这个当然，难道人家欺负到咱们头上，还不许你动手吗？到时我给你掠阵。”

铁铮则摇了摇头，说道：“天外有天、人外有人，决不可把江湖上的好汉小觑了。”铁凝口里不说，心里却不服气，想道：“窦元那么厉害，也给我打败了。江湖上能人纵多，也不见得就厉害到哪里去？”

走了六七天，一路平安无事。第八天到了山东地界，路上的情形可就有些不对了，一日之间，先后碰到了几批快马，有的两人一拨，有的三人一拨，从他们后面赶过前头，有的还在他们的车子旁边，停了一下，好像对这辆车子十分注意。这些人都是双手空空，马上也没驮着东西的精壮汉子。

铁铮虽然没有江湖经验，但他是在绿林中长大的，对黑道情形多少也知道一些。见此情形，已知不妙，说道：“看来咱们是给同道盯上了，而且还不止一帮！”

铁凝道：“好，哥哥，咱们别打出爹爹的旗号，让他们来劫！”

铁铮道：“且看他们来意如何？若是‘白道’人物，那是无话可说，他要抢劫，只好动武。若是黑道中与爹爹有渊源的，还是先问个明白，不可便伤了和气。”

走了不多一会，到了一个小镇，已是傍晚时分。铁铮道：“今日早点歇息，不要赶夜路了，就在这里过一晚吧。”三人之中，展伯承年纪最长，但江湖经验，则是铁铮较多。是以一路之上的行止，大都是由铁铮作主。

铁铮进了客店，挑了一间向着庭院的外进第一间客房，窗子外面便是天井。铁铮多给了两倍房钱，叫店主让他把那辆车子停在天井，开窗便可看见。

入房之后，铁凝悄声说道：“哥哥，你挑这间客店只怕正是贼人的巢穴，咱们进来的时候，我看见有几个人躲躲闪闪的在窗子里伸出头来偷看，似乎正是今天在路上碰见过的那些贼人。”

铁铮道：“不要声张，今天晚上不会出事的。万一有事，咱们再对付不迟。”

吃过了晚饭，陆续来了几个投宿的客人，铁凝暗地偷瞧，一个个都是日间曾经见过的。

时节是初秋时分，天气还很炎热，那几个客人装作纳凉，都到庭院里来，有的就坐在车子的旁边。

铁凝打开了窗子，故意逗展伯承说话，道：“展大哥，你可曾准备什么礼物送给你的龄姐么？”展伯承怔了一怔，道：“礼物？我可没想到啊！”

铁凝笑道：“你好粗心，你没想到，我可给你想到了。我这是借花献佛，从你的箱子中挑出来的。你瞧这一串夜明珠多好，送给你的龄姐作首饰，包管她欢喜！”

那串夜明珠有三十六颗，颗颗又大又圆，珠光宝气，窗子外面纳凉的“客人”都见着了。只听得一片啧啧的赞叹之声，不绝于耳。

铁铮皱了皱眉。铁凝在他耳边悄声说道："反正风声已经泄露，索性引他们早些动手。"

铁铮道："今晚他们不会动手的。不过你这么一来，明天可就要招惹更多的强敌了。"

这晚三人轮流睡觉，果然没有出事。第二日他们一早动身，那些客人却比他们更早走了。出了客店，铁凝问道："哥哥，你怎么料得到他们昨晚不会下手。"

铁铮道："这几个毛贼是来'踩道'（侦察）的，他们不止一帮，大约是要摸清咱们的底细之后，回去报告他们的帮主，今天在路上行劫。既然不止一帮，他们也得商量怎样瓜分呢。"

铁凝道："好，那咱们就只等他们来了！"到了中午时分，经过一座山下，果然便听得"呜呜"的两支响箭飞过，随即有两骑快马迎面而来！

这两人都是五短身材的中年精悍汉子，相貌颇为相似，看来是一对兄弟。在他们后面，跟着一队喽啰，约有四五十人，分作两排一字摆开，拦着去路。

铁铮停下车子，说道："你们是些什么人？何故挡道？"

那两骑马在车前止步，年长的那个汉子笑道："你们三个娃娃胆子倒是不小啊！连大人也没一个，就敢带着一大车的金银宝贝走路了？俗语说，四海之内皆朋友也，你也不必问我们是谁，我给你帮个忙吧。"

铁铮道："帮忙？那好得很啊！但你如何帮我的忙呢？"

那汉子龇牙咧齿地笑道："把这辆车子交给我，你们就安心回家去吧。"

铁铮道："交给你？你给我们护送吗？你也不问问我们要上哪儿？"

年纪较轻的那个汉子哈哈笑道："我把你们这辆车子护送到我们的地方去。谁管你家在哪儿？"

铁铮道："这么说，你们岂不是要拦路打劫？这还算什么帮忙？"

年长那个汉子双眼一翻，道："小娃儿太不懂事！你知道这条路上有多少强人？你这车财物给了我，你们就都可以保全性命了，这还不是帮了你们的大忙吗？哼，哼，要是碰上了别人，可没有我们这样容易说话，只怕要了你的钱财，还要取你性命！”

铁铮道：“这么说可真要多谢你的好心肠了，但我们若是丢了这辆车子，家里的人会怪责我们的。你们最好先报上个姓名。”

那汉子瞪着双眼道：“干嘛？”

铁凝笑道：“免得我们杀错了人。”

那汉子大怒喝道：“乳臭未干的丫头，好大的口气！我不杀你，你反而要杀我么？”

铁凝道：“你不抢我们的东西，我们又怎会杀你？”

那汉子怒道：“好，我本想饶你们三条小命的，如今可不能饶了！”

那汉子把手一招，后面喽兵蜂拥而上，把车子团团围住，正要动手。

铁铮叫道：“且慢！我老实对你说了吧，我要你们通名，也是一番好意。你要这辆车子不难，报上名来，倘若是好朋友的话，送给你们也可以！”铁铮自小绿林长大，黑道上的习惯用语听也听得熟了，因此虽无丝毫经验，说话却是一派老江湖的口吻。

年纪较轻的那个汉子倒有点惊疑不定，悄声说道：“哥哥，这几个娃娃只怕有点来历，要不要弄清楚了才动手？”

做哥哥的双眼一翻，“哼”了一声道：“老二，你好糊涂！弄清楚了还能动手吗？”

弟弟这才恍然大悟，心中想道：“不错，这三个娃娃敢押运一大车的金银财宝，他们的家人，当然是大有来头的人物了。倘若查问清楚，反有顾忌。不如就装作不知，劫了再说。”

这两兄弟是绿林中新近崛起的人物，胆气粗豪，专做大案，打定主意，黑吃黑也不在乎。当下两人拔出兵刃，一声胡哨，便要强抢车子。

就在这时，忽听得有人大叫道：“班老大，你们豹子岗想独吞么？”

快马飞来，人随声到，是个面如锅底的黑汉子，后面也跟着一队喽兵，人数比豹子岗的更多。

那个被唤作“班老大”的汉子眉头一皱，说道：“帅大哥，你来迟了。照理是该先到先得，但看在咱们的交情份上，就让你拿三成吧！”看来他对这姓帅的多少有点顾忌。

那姓帅的黑汉子大怒道：“黑道的规矩是见者有份。凭什么你们就要七成？”这人在绿林中的“资历”颇深，明知班氏兄弟本领了得，也不肯稍稍吃亏。

班老大冷冷说道：“最多给你四成，你若不肯罢手，那就要我的伙计点头了。”黑道中的“切口”，“伙计”就是指手中的兵刃。

那姓帅的汉子一想四成亦已不错，但却咽不下这口气，正自拿不定主意，铁铮蹲在车顶，忽地站起来道：“你们不要争吵。这位是黑虎寨的帅寨主帅万雄吧？这两位想必是豹子岗的班彪、班冲贤昆仲了？你们要我这辆车子也不打紧，但得把你们的兵器留下来，让我拿回去也好有个交代。”

原来这帅万雄是曾经参加过五年前伏牛山那次绿林大会的，铁铮知道他的名字。他当时是随众推举铁摩勒做盟主，但过后对铁摩勒的命令却是阳奉阴违，只知恃强凌弱，横行霸道。班氏兄弟的名字，则是南夏雷和他说过的，南夏雷所说的那几个新近崛起，黑白两道全不卖账的人物之中，班氏兄弟就是其中的两个，比帅万雄更难对付。

帅万雄一听这个“乳臭未干”的娃娃，竟然一口道破他们的来历，不觉大吃一惊，连忙问道：“你是谁家孩子？”

话犹未了，只听得一个磔磔怪笑道：“帅万雄，枉你也算得是绿林中的前辈，连你们盟主的小少爷都不知道么？”

笑声宛如金属交击，刺耳非常，似是远处传来，人影却还未见。铁铮心道：“这人功力倒是不弱。怎的却知我的身份？”

帅万雄脸上变色，道：“卜老爷子，你也来了？怎么，这小子竟是铁摩勒的儿子么？”这人带来的消息固然令他吃惊，而这人突如其来，也是大大出他意外。

就只这几句话的工夫，只听得“叮叮”几声铁杖触地之声，那不速之客已经是走入群盗包围的圈子。

铁铮定睛一看，只见是一个秃头老者，但也不见得比帅万雄年纪更大，不知何以帅万雄以小辈自居，称他做“老爷子”。

原来这秃头老者是一个黑白两道全不卖账的大魔头，名叫卜仇天，少年时候不知受了什么挫折，销声匿息了二十年，前几年方始出山，在江湖上独来独往，心狠手辣，喜怒无常。谁要是在他不高兴的时候碰上他，十九遭殃。论年纪他未满六十，其实比帅万雄还小两岁。但帅万雄惧他几分，为了讨好他，遂不惜自居小辈，见了面总是以“老爷子”尊称。

卜仇天一顿铁杖，翻着一双白惨惨的眼珠说道：“一点不错，这两个娃娃是铁摩勒的子女，那个娃娃的死鬼父亲是展元修。怎么，你们害怕了吧？还敢不敢动手？不敢动手，就赶快夹着尾巴走吧，别在这里碍我手脚。”

班老大气往上冲，心道：“你姓卜的虽然厉害，我们兄弟联手也未必就输给你。”当下冷冷说道：“管他铁摩勒还是铜摩勒，我们兄弟可没有奉他作盟主，我们也用不着怕谁！这票财物是我们先圈了的，对不住，这到口的馒头我们是吃定的啦！”言下之意，即是不许卜仇天来“黑吃黑”。

卜仇天侧目斜睨，冷笑说道：“很好，很好。只怕这馒头有点烫手。我不和你们抢，你们要是吃不了我再去捡。好吧，你两兄弟就去吃馒头吧，我等着瞧。”

班老大怒道：“好，你就瞧着吧！君子一言，快马一鞭，可不许反悔！老二，上！”他们不愿给卜仇天看小，不要部下喽兵以多为胜，兄弟两人亮了兵刃，就扑上去抢车。班老大用的是一柄三尖两刃刀，班老二用的是一根小花枪。正是：

强中更有强中手，烫口馒头也要吞。

欲知后事如何？请听下回分解。

第九回　大盗横刀图劫宝
娇娃谈笑戏群豪

班氏兄弟的一刀一枪近年来在江湖上闯出了很大的名头，哥哥名叫“断魂刀”，弟弟名叫“夺魄枪”，厉害可想而知。兄弟俩刀枪联手，江湖上又称之为“两刀三枪双豹子”，即是说敌人在他们手下，绝躲不过哥哥的两刀，弟弟的三枪。

以班氏兄弟的身份，本来不应联手对付小辈的，但他因为铁铮兄妹是铁摩勒子女，展伯承之父又是大名鼎鼎、邪正兼擅的展元修，生怕有失，给卜仇天耻笑，是以不顾身份，兄弟齐上。

说时迟，那时快，只听得呼的一声，班氏兄弟就似两头大鸟一般，同时扑上车来，铁凝蹲在车顶，班老大身子在前，脚尖还未踏着宝物，铁凝便倏地跃起，一剑刺他膝盖！

铁凝师父剑法，奇诡无伦，班老大眼看着她当胸刺来，倏然间剑尖指到了膝盖。班老大武功也好生了得，一刀劈空，虽惊不乱，趁势刀尖往前一挺，顶着车辕，身体重心稍为稳定，腾地便飞起一脚，要想踢落铁凝的利剑。

铁铮最初本来还想和他们讲讲绿林道义的，但见班氏兄弟知道他们兄妹的来历之后，还是要来抢劫，如今又用狠毒的招数对付他的妹妹，不禁心头火起，大喝一声：“下去！”

这一剑用的是他父亲铁摩勒的独门剑法，长剑抡圆，当作大刀来使，一剑劈出隐隐带着风雷之声。班老二人在半空，疾冲而下，替他哥哥接招。

只听得“当”的一声，剑枪交击，火花飞溅，铁铮这一剑余势未衰，剑锋一偏，斜削班老大手腕。

班老大缩腿扭腰，拔出尖刀招架，铁铮陡地身形拔起，抢先占了车顶边缘位置，班老二正向着这个位置落足，给他一剑霍地扫来，小花枪点穴的绝招还未能使出，为了避他这剑，只好在半空中一个筋斗，跌下地来。

班老大也还立足未稳，铁铮喝道：“你也下去！”剑光飘忽，似是刺他咽喉，又似刺他胸腹，班老大单掌一按车辕，矮下了半截身子，还了一招“天王托塔”，铁铮平剑拍下，论功夫，其实还是班老大稍高，但铁铮居高临下，气力好使，班老大凭一掌之力，定着身形，劲道却使不出来，手中兵刃，竟给铁铮一剑拍落，班老大连忙缩手，落在驾车的位置。展伯承正坐在车中，保护宝箱。

班老大不甘服输，心念一动，想道：“我且把这姓展的小子俘虏过来，既可挽回面子，又可拿来勒索。对，就是这个主意。”这时他刚好落在驾车的位置，念动即行，陡地大喝一声，撕破车帘，长臂一伸，就向展伯承抓去。

班老大只道展伯承较易欺负，哪知展伯承身兼父母与褚遂三家之长，武功实是不在铁铮之下，班老大伸进手来，他并不拔剑，也只凭一双肉掌与对方较量。

班老大这一抓又狠又准，满以为一抓就可抓裂展伯承的胸膛，不料车帘一破，展伯承已是一个肘底穿掌，掌背托起对方肘尖，反扭对方手腕。他是以褚遂所教的小擒拿手法来对付班老大的“大力鹰爪”功夫，而掌中又蕴藏着家传的小天星掌力。

班老大大吃一惊，这才知道展伯承也是一个劲敌，近身肉搏，双方都是不能躲闪，班老大功力较高，但展伯承却占了以逸待劳的便宜，只听得“蓬”的一声，“喀喇”一响，展伯承跌倒车中，班老大的一条手臂却给他扭得脱了臼，铁凝喝道：“好不要脸！”一剑刺下，班老大手臂脱臼，痛彻心肺，哪里还敢抵挡，饶是他跳得快，肩头也已给铁凝的剑尖划开了一道三寸多长的口子，幸而未曾伤及骨头。

卜仇天冷笑说道：“两刀三枪双豹子，你们已不止动了两刀三枪啦，如今连豹爪也给人家打断，还好意思再打下去吗？”

班氏兄弟很不服气，论本领，他们其实并不输给铁铮、铁凝兄妹，也不输给展伯承，但他们却吃亏在跳上车去搏斗，铁铮兄妹一来可以逸待劳，二来可以发挥轻功的特长，班氏兄弟的看家本领还未曾拿得出来，就已一败涂地了。

班老二给哥哥接好了臼，班老大冷冷说道："好，我们暂且认输，且看你的。"两兄弟退回本队，但他们所带的这队喽兵，仍是对大车采取包围态势，不肯撤退。

卜仇天"哼"了一声，心道："你们不肯死心，也好，且待我得手后，再慢慢收拾你们。"遂不再理会班氏兄弟，却回过头来对帅万雄冷冷说道："帅舵主，你呢？这到口的馒头，你是吃也不吃？你先来，我可以让你先吃。"

帅万雄老奸巨猾，胸中已有成竹，拱手说道："卜老爷子，我只想分润你一点余沥，岂敢与你老争先？"

卜仇天得意之极，心中想道："这老儿想是也怕了铁摩勒的子女，要我出头，他却拣个现成。也好，我正好趁此笼络他。"遂傲然一笑，说道："帅老儿，你倒乖巧。但只要你今后听话，我便分你一箱珠宝，也算不了什么。"

铁铮冷笑道："这几箱珠宝，你未曾问过我，就敢擅自作主了么？"

卜仇天哈哈笑道："你还要与我动手么？你别以为你爹爹是绿林盟主，我就不敢奈何你们！识相的赶快走开，我可以让你回家，告诉你的爹爹，就说是我卜仇天劫的。我可以按照黑道的规矩，以一月为期，等他前来讨取。"

铁铮怒道："好，你就把这当作镖车，我们是保镖的吧。按江湖规矩，你胜得我们，劫了镖就是。不必牵涉我的爹爹。"

卜仇天道："小娃儿，好大的口气！我不能占你便宜，好，你们三个娃娃都上来吧！"

铁凝小声问道："展大哥，你有没有受伤？"展伯承道："没事，刚才不过摔了一跤，连皮肉也没伤着。"铁凝道："好，你仍然留在车中看守吧。哥哥，咱们去会这老儿。"

卜仇天道："怎么，你们商量好了没有？"铁铮道："我们兄妹二人，年纪加起来也不到你的一半。”卜仇天道：“这又怎样？你不敢打？”

铁凝道：“这就是说，我要与哥哥揍你，不能算我们占了你的便宜。若再加上展大哥，你就吃不消了。看剑！”

他们兄妹二人，本来是站在车顶的，说到“看剑”二字，已是连人带剑，化作了两道银光，疾掠而来！

卜仇天想不到他们来得如此快，喝道：“好！不愧是空空儿的徒弟！”铁凝笑道：“你也知道厉害了么？”

声到人到，铁铮长剑抡圆，以刚猛无伦的剑法凌空劈下，铁凝则使出刺穴绝招，青钢剑横空挥了半道圆弧，一招之间，连刺对方阳谷、少府、玉龙、冷渊、中平五处大穴。功力不及她的哥哥，招数则更为奇诡狠辣！

只听得“当”的一声，卜仇天铁拐一举，一招“举火燎天”，把铁铮的长剑磕开，杖尾陡然一转，又已向铁凝拦腰扫到！冷笑说道：“不错，你们两个娃娃的本领很是不错，但要对付我们，那还差一截儿！”这一杖隐隐带着风雷之声，就似在身前布下了一道铁壁铜墙，进可以攻，退可以守。

铁凝身子未曾着地，卜仇天的拐杖已经扫来，拐长剑短，铁凝自忖无法冲破对方的防御，青钢剑刺不到对方身上，而对方的铁拐却有把自己打落的可能，百忙中人急智生，剑招一变，只听得“叮”的一声，剑尖在铁杖上轻轻一点，借对方的那股猛劲，已是使出了绝顶轻功，倒纵出三丈开外！

铁铮抡剑急上，与卜仇天硬碰的拆了三招，金属交击之声，震得众人耳鼓嗡嗡作响。铁铮手腕阵阵酸麻，兵刃却未曾脱手。他用的是段珪璋当年所用的那把宝剑，有断金截铁之能，卜仇天镔铁拐杖，给他劈了三剑，也损了一个缺口。卜仇天虽然还是占了上风，但见他小小年纪，功力已是如此不凡，心中也是好生骇异！

铁凝脚踏实地，立即又扑上来，她气力不及哥哥，便用绕身游斗的法子，一口青钢剑指东打西，指南打北，剑招奇诡绝伦，也给了卜仇天以很大的威胁。

转眼间过了五十多招，铁铮兄妹固然是使出了全副本领，卜仇天也不敢稍有大意。铁铮兄妹胜在轻功超卓，身法灵活；卜仇天则胜在气力悠长，经验丰富。双方打得难分难解，谁若稍有不慎，都有血溅黄砂之险！

班老大上好伤药，接好脱臼，右臂虽然稍有不便，大体已是恢复如初。兄弟二人凝神观战，心中又是惊骇，又是喜欢。惊骇的是铁铮兄妹与卜仇天的本领，两兄弟都是想道："要是换了我们上去，只怕还未必打得赢这对兄妹呢。卜仇天以一敌二，看来还是他稍占上风，功夫确实是比我们强得多了。"这两兄弟刚才未展所长，便给铁铮兄妹打下车来，心里本来还不服气的，如今目睹他们勇战卜仇天的本领，却是不能不服了。

惊骇之外也有喜悦，原来卜仇天虽占上风，但过了五十招之后，亦已额头见汗，气喘微闻。班老大笑道："但愿他们两败俱伤！"

帅万雄忽地悄悄地来到班氏兄弟面前，轻声笑道："此时还不动手，更待何时？"班老二尚自愕然，说道："什么，这老魔头如此轻视我们，你还要帮他，我可不愿！"帅万雄笑道："谁要你帮他啊？"

班老大道："帅大叔，你的意思可是要趁此机会，劫那辆车？"帅万雄道："不错。车上只有一个姓展的小子把守，咱们还怕对付不了吗？让卜仇天去拼命，咱们给他来个先下手为强！"

班老大眼珠骨碌碌地转了一转，盯着帅万雄淡淡说道："你就不怕你那'卜老爷子'了么？"

帅万雄面上一红，说道："你以为我当真甘心听他指使，只想分享他的余沥？只要你们有胆，咱们劫了车子，再干掉这姓卜的！"

班氏兄弟与帅万雄虽有嫌隙，但在利害的关头上，与帅万雄联手，总胜于让卜仇天独吞财物。班老大本来就动过念头，想趁卜仇天与铁铮兄妹两败俱伤之后，就干掉他的，卜仇天武功实在太强，即使是强弩之末，班氏兄弟也未有必胜的把握。如今帅万雄自愿与他联手，正是利害相同，双方一拍即合。

班老大道："好，这碗水咱们三份喝啦！"于是三人同上，抢那宝车。

卜仇天恶斗铁铮兄妹，正在吃紧的时候，见他们已去抢车，大怒喝道：“你们要干什么？”

帅万雄笑道：“没什么，我们只不过是替你效劳，先把东西拿到手中，免得夜长梦多！”

班老大道：“帅大哥，你说得不错，这馒头烫手，一个人是独吞不下的。我们给你干掉这姓展的小子，让你可以专心对付这两个娃娃。咱们虽有言语冲撞，也总还是自己人。自己人可千万不能火并。”班老大此时还要卜仇天尽力，故意说这一番漂亮说话，安他的心。

卜仇天当然不会相信他们的说话，可是班老大的说话也并非全无道理，他与铁铮兄妹此时正相持不下，若然“自己人”火并起来，只有让铁铮兄妹占了便宜。即使胜得他们三人，自己也是吃亏定了。

铁凝道：“哥哥，不好，他们去抢车啦！”铁铮道：“不可分神，应付面前的敌人要紧！”话犹未了，只听得“当”的一声，卜仇天一拐把铁凝的青钢剑打飞，幸而铁凝轻功超妙，一个倒纵避了开去，铁铮使出浑身解数，阻止了卜仇天向他妹妹追击。

卜仇天是想速战速决，赶过去参加抢车，至于如何对付班老大他们，事后再见机而作。不料他对铁凝虽然突击成功，铁铮也还是不易打发。

铁凝并没受伤，身形疾起，那柄青钢剑未曾落地，已给她接下。铁凝性情好胜，偶一疏神，吃了卜仇天的亏，心中大为恼怒，接下青钢剑，立即又向卜仇天展开攻击，卜仇天心烦意乱，险险中了铁凝剑招，饶他解拆得宜，衣襟也被削了一幅。

铁铮不是不为展伯承着急，但因卜仇天是对方武功最强的一个，要是放他过去，只怕展伯承更难应付。所以只好紧紧将他钉住，希望能够侥幸将他杀伤，才腾出手来援助好友。

双方都想速战速决，卜仇天究竟胜在临阵的经验较丰，遇了两次险招之后，便即冷静下来，沉着应付。铁铮兄妹意图侥幸，反而给他频频反击，险象环生。

激战中只听得“叮”的一声，铁凝冒险进攻，给卜仇天杖尾一撩，将她的青钢剑反弹回来，把插在头上的一根玉簪碰落。不是铁凝收剑得快，几乎就要斫伤额角。铁铮大吃一惊，连忙叫道："妹妹，你用绕身游斗，只要将他阻住，暂且不要贪功。"卜仇天武功实在太强，铁铮也只好改变战略了。

这一边铁铮兄妹双战卜仇天不下，那一边展伯承已遭了围攻。

班老二刚才吃了大亏，一肚皮闷气要在展伯承身上发泄，挺着小花枪先扑上来。他的小花枪善于刺穴，枪花一抖，一招之间，连刺展伯承的五处穴道。

展伯承喝道："来而不往非礼也，就只你会刺穴吗？看剑！"横剑一封，叮当之声不绝于耳，瞬息之间，枪剑已经碰击了五下。展伯承不但把班老二的招数尽都化解，而且剑势未衰，反刺他胸口的璇玑穴。

班老大喝道："小子，休得逞强！"一刀当中斫下，两人功力半斤八两，展伯承的长剑给他磕开，班老大也退了一步。

班老大一条右臂刚刚接好了臼，如今是改用左手刀，使起来稍欠灵活。展伯承看出破绽，闪电般一剑就刺他受伤的右臂。班老大身躯一矮，在地上打了一个六翻，十分狼狈。

帅万雄笑道："班老大，你歇歇吧，让我来！"他使的是一对链子锤，三丈之外打出，正碰着展伯承的剑锋，"当"的一声，火花飞溅，展伯承的青钢剑损了一个缺口。

班老大一个"鲤鱼打挺"，从地上跃起，大怒喝道："好小子，今日我不杀你，誓不为人！"不顾右臂的疼痛，反而抢在帅万雄的前头，与他兄弟联手，合使"断魂刀"与"夺魄枪"的绝技。

帅万雄见他如此好胜，笑了一笑，心道："且让你多吃一点苦头，我再把这小子击倒！"

班氏兄弟联手，本来要胜过展伯承，但一来因为班老大只能使用一条左臂，二来展伯承又是豁了性命，使的全是狠辣招数，班氏兄弟反而只有招架之功。

班氏兄弟给展伯承杀得汗流浃背，帅万雄这才高声喝道："好小子，休得猖狂！看我取你，撤剑！"呼呼风响，一对链子锤流星般打去。

展伯承经过一场激战，气力亦已大不如前，只听得“当”的一声，手中的长剑果然给帅万雄的链子锤打落。迫不得已，只好施展轻功绕着车子躲闪。

帅万雄哈哈笑道：“还想逃么？”一纵身跳上车顶，他的这对链子锤舞动开来，可以笼罩三丈方圆之内。班氏兄弟也一人一边，携刀舞枪，分头堵击。决意要把展伯承置于死地。

展伯承既不肯舍弃宝车，更不肯独自逃跑，但在两帮强人包围之下，要想冲出去与铁铮兄妹会合亦已不能。眼看形势越来越险，就要丧命在班氏兄弟刀枪之下。

正在这紧要的关头，忽听得一声长啸，震得众人耳鼓嗡嗡作响。帅万雄在车顶望去，只见是一个年约四旬开外书生装束的中年汉子，携着一个不过十六七岁的小姑娘，箭也似地奔来，当真是声到人到，快速无比！

帅万雄吃了一惊，喝道：“哪条线上的朋友？止步，说话！”

那中年书生冷笑说道：“好不要脸，三个大人打一个小孩子！”脚步不停，便见闯进人丛。也不见他举手抬足，挡道的喽啰已是纷纷向两旁跌倒，让出了正中间的路。

帅万雄在车顶看得分明，识得这是“沾衣十八跌”的上乘内功，更是吃惊，连忙说道：“阁下意欲如何，有话好说！”

那中年汉子道：“你们为什么来的？这何须问我来意！”

帅万雄大喜道：“哦，原来阁下也是为着这辆车子而来，这个好商量，好商量！”

他最害怕的是这个人是铁摩勒的朋友，前来给铁铮兄妹助阵的。如今听说他也是想劫宝车，心想最多给他一份，倒不怎样担忧了。

那小姑娘喝道：“我爹爹不许你们欺负弱小，你们怎么还不停手？”听她的口气，倒像是个以保护弱者为己任的大人一般。帅万雄道：“是。谅这小子也逃不到哪里去，就凭阁下处置便是。”

展伯承暂脱险境，喘过口气，心里又是惊奇，又是觉得好笑。这还是第一次有人以“弱小”称他，而这个人却是个年纪还没他大的小姑娘。心想：“这两个人不知是什么来历，既要劫车，却又为何不许他们伤我？这小姑娘也不知有什么本领，口气如此之大？”

那中年书生双眼朝天，慢条斯理的淡淡说道：“好，我这个人最易说话，你们要怎地商量？”

帅万雄忍住了气，赔着笑脸说道：“你们父女算是一份，这里八口箱子，每份两箱。阁下总可以满意了吧？”

那书生双眼一翻，道：“不行！”

班氏兄弟怒道：“你迟来后到，我们让你平分，已经是给了你天大的面子，你还想多要么？”

帅万雄不想多树强敌，摇手说道：“不用争吵，有话好说，有话好说。然则阁下之意如何？”

那中年书生说道：“你们都给我滚开，我便饶了你们性命。”

帅万雄大惊道：“你要独吞？”那书生冷笑道：“饶了你们的性命，已经是给了你们天大的面子了！”他套用班氏兄弟的说话，而语气的冷峭犹有过之。

班氏兄弟大怒，重新亮出兵刃，齐声说道：“没那么便宜的事，阁下要想黑吃黑，那也得照黑道规矩，让我们看看你的功夫。”

那中年书生仍是冷冷说道：“你们是什么东西？值得我亲自出手？你们不是惯会欺负孩子的么？好，虹儿，你替我教训教训他们！”

那小姑娘眉飞色舞地说了一个“好”字，便即上前。那中年书生又道：“且慢，他们之中，有一个右臂已经受伤，咱们不屑杀受伤的人。你把他们的兵器缴了，也就算啦。”

那小姑娘道：“是，女儿晓得。这两个臭贼，即使没有受伤，我也不屑杀他！”说话之时，已经到了班氏兄弟面前，而且居然没有亮出任何兵器！

班氏兄弟乃是一方之雄，本来应该顾住身份，不能与一个双手空空的小姑娘厮杀的，但一来他们已是给气得七窍生烟，二来那小姑娘又似有恃无恐，班氏兄弟若不动手，只怕她当真就要上来赤手缴械。

班老大喝道：“阁下欺人太甚，可别怪我们以大欺小了！”两兄弟心意相通，同时出手，一刀一枪，朝着那小姑娘的要害劈刺！

就在这刹那之间，平地便似突然飞起一道彩虹，原来是那小姑娘解下了一条束腰的红绸带，只是轻轻一抖，绸带夭矫如龙，疾的便向班老二的那根小花枪卷去。

小姑娘纵声笑道：“臭贼，说什么以大欺小，你欺得了我么?”话犹未了，只听得叮的一声，红绸卷着了枪，轻轻一带，弟弟的枪碰上了哥哥的刀，小姑娘喝声：“撒手!”一刀一枪，同时落地!

本来若论真实的本领，班氏兄弟虽然在激战之后，其中一个又已受伤，这小姑娘还是打不过他们的。只因这小姑娘的招数用得十分巧妙，而且是突然发动的，出其不意，借力打力，叫他们兄弟的刀枪自相碰击，这才能够在一个照面就缴了他们的兵器。

班氏兄弟输得莫名其妙，可是到了这步田地，他们亦已无颜再留此地了。对方是个小姑娘，他们连什么“三年之后报仇”之类的江湖门面话也不好意思多说，刀枪落地，掩面便逃。豹子岗的喽啰也跟着他们的寨主一齐走路。

展伯承暗暗称奇，心里想道：“这小姑娘虽是取巧，究竟不失为上乘武学。怪不得她夸口，本领果然不小，只怕我也未必胜得了她。”

那中年书生指着帅万雄道：“你怎么样? 要不要和我的小女儿也过两招?”

帅万雄自忖决计胜不了这个书生，但又舍不得一车珍宝，听他这样一说，连忙执住话柄说道：“阁下只要令嫒出手，不愿亲自下场指教么?”

那中年书生冷笑道：“你的功夫比班氏兄弟是胜过一筹，可还不值得我和你动手。你只要胜得我的女儿，这一车珍宝让你拿去，我决不阻挠。”

帅万雄大喜道：“好，就冲着阁下这句话，我只好献丑了。小姑娘，咱们是点到即止，免得伤了同道的和气，如何?”他自忖可以胜得这个小姑娘，但却不能不顾忌她的父亲报复，是以说话十分客气。而言中之意，也在向那书生暗示：不敢伤他的女儿。

那小姑娘却听不懂他这一层意思，“噗嗤”一笑，说道：“爹爹，这人怕我伤他，在向我求情呢！你说饶不饶他?”

那中年书生道："一视同仁，把他的兵器也缴了吧。免得班氏兄弟说咱们厚此薄彼。"

那小姑娘应了一声"是!"绸带迎风一抖，重施故技，来卷帅万雄的链子锤。

帅万雄心道："我不让你有借力打力的机会，看你如何缴得了我的兵器?"他用一柄链子锤防身，只把右手的一柄发出去打那小姑娘。

链子锤是刚柔兼备的奇门武器，那小姑娘一卷没有卷着，链子锤霍地朝她的下三路扫来。小姑娘一个旱地拔葱跳起，挥舞红绸，霎地到了帅万雄面前，便要卷他颈项，帅万雄想不到她来得如此之快，连忙把左手的链子锤打出，这一下可给她卷着了。

帅万雄内力沉厚，猛地将链子锤一收，心中想道："看你如何夺得我的铁锤?"他用的这招"顺手牵羊"，不单是防止兵器被夺，而且想把那小姑娘摔一大跤。

就在此时，那中年书生蓦地喝道："撒手!"这一喝俨如晴天起了个霹雳，帅万雄心头一震，那柄链子锤已给小姑娘的红绸卷去，"当"的一声，双锤交击，又把他另一柄链子锤也打落了。

原来这中年书生用的是佛门"狮子吼功"，令得帅万雄骤然受惊，失魂落魄，他刚在运气的当儿，这口气一松，内力也使不出来了。

帅万雄双锤被夺，狼狈万分，但比之他的手下的几个头目已是好得多了。那几个人是准备给他们的寨主接应，恐防那中年书生对他们的寨主暗算的，他们在那书生面前排成一列，距离很近，给"狮子吼功"一震，全都跌倒，耳鼻流血。

帅万雄垂头丧气，拱手说道："佩服，佩服!阁下请留个万儿!"

中年书生冷笑道："凭你也配问我的姓名?快滚!"说到一个"滚"字，又如舌绽春雷，震得帅万雄耳鼓嗡嗡作响。帅万雄情知与对方的武功差得太远，只好忍气吞声，叫部下喽兵将那几个头目抬了起来，慌忙逃跑。

展伯承学的是正宗内功，功力或许不及帅万雄之深，但却比他纯厚。这中年书生的“狮子吼功”只不过令他耳朵难受而已，倒没有受到任何伤害。不过他心中亦已是惊奇不已，暗自想道：“这书生不知是什么人？他这狮子吼功，我爹爹也会，但似乎也还没有他这么深厚的功力。这小姑娘虽说是得她父亲之助，但她仅凭绸条一带便夺去了帅万雄的双锤，小小年纪这份本领，也是确实不凡了！”

展伯承心念未已，只听得小姑娘又在笑道：“爹爹，还有一个老贼不肯罢手，要不要我去把他的兵器缴了？”

小姑娘口中的“老贼”即是指卜仇天。此时卜仇天和铁铮兄妹还在酣战中。他本来已占上风，但因这中年书生父女一来，他不免分了分神，给铁铮兄妹扳成平手。

中年书生笑道：“虹儿，这个老贼的兵器可不是你所能缴的了。待我来打发他！好，你们这两个娃娃可以歇歇了。”

铁铮兄妹也不知道这书生是什么人，但铁铮懂得绿林规矩，这书生既然要来插手，他在友敌未分之际，当然只好暂且退下，再看情形。

中年书生双手拢在袖中，宛如闲庭信步，根本就不当作一回事儿，意态潇洒，漫不经意地走到卜仇天面前。

卜仇天铁杖一顿，插在地上，却取出了一对判官笔，笔锋一指，朗声说道：“阁下意欲何为？”

中年书生淡淡说道：“你没有听见我与帅万雄他们说的话么？如今我只是问你意欲何为？”

卜仇天道：“这是我到口的馒头，阁下若然定要虎口抢食，嘿，嘿，我卜仇天也不是好惹的！没话说，只好请你向我这一对判官笔讨食吧！”

那小姑娘“噗嗤”笑道：“这不叫虎口抢食，这是犬口夺食。我再告诉你吧，你要用判官笔对付我的爹爹，这又应了一句老话，这叫做鲁班门前弄大斧！”

那中年书生笑道：“虹儿，还没动手，你别吓他。”

卜仇天大怒道：“我姓卜的岂是怕人吓的？你女儿这么说，想必你也是善于用判官笔的了，难得遇上会家，咱们就较量较量！”

要知卜仇天自从再度出山以来，还从未遇过对手，这中年书生刚才只不过露了一手“沾衣十八跌”的内功，虽然也令他不免有点吃惊，但未曾交手，岂肯甘心认输。

中年书生哈哈一笑，说道：“你别听我女儿的说话，我封笔已经十年，没遇上真正的对手，怎会轻易动笔？而且你又打了一场，我更不能占你便宜。所以你不必惊慌，只要你这对判官笔能在我这双肉掌之下，应付得了三招，我父女抬脚便走，让你去捡你到口的馒头。”

卜仇天怒不可遏，喝道：“好呀，我姓卜的会过多少英雄好汉，可从未见过如此强横的人！你既然这样狂妄，我倒要看看你的本领！”

中年书生皱眉道：“那就来吧，别尽是说了。嘻嘻，三招，只有三招！”

卜仇天怎受得了如此轻蔑的态度，大吼一声道：“我看你三招怎样胜我？”双笔一分，立即便下杀手。

这一招名为“双龙出海”，分点对方两胁的四处穴道，委实是极高明的点穴功夫。那书生双手尚自拢在袖中，只见他滴溜溜一转，蓦地大袖飞扬，啪啪两声，那衣袖竟似变作了铁板一般，卜仇天双笔戳在他衣袖之上，连一个小孔也没戳穿，那对判官笔已自给他的衣袖拂开。卜仇天只觉劲风扑面，连忙闪开三步。

那小姑娘屈了一指，嘻嘻笑道：“这是第一招。”

卜仇天一个“搂膝绕步”，双笔霍地又到，左点“期门”，右点“精促”，这两处乃是人身“死穴”，卜仇天运了内家真力，笔尖发出嗤嗤声响，倘若给他戳个正着，只怕有护身神功，也难以抵挡。

中年书生仍是意态闲散，待他双笔堪堪点到，这才蓦地喝声：“来得好！”猿臂疾伸，一抓抓向对方的“曲池穴”。

这一抓手法妙绝，竟是从对方绝对意想不到的方位抓来，而且手臂一抬，恰恰又避开了卜仇天的笔尖。

卜仇天功夫也委实了得，在这危机一发之间，倏地变招，身躯一矮，将判官笔横打出去，敲击对方手腕。这一招不是点穴招数，而是棍棒的使法，原来卜仇天身具两门武林绝学，一是“天魔杖法”，刚才他用铁拐迎战铁铮兄妹，就是这门功夫。一是“双笔点脉”的功夫。

卜仇天因为这书生空手前来斗他，一来恐怕这书生已见过了他的天魔杖法，有了破解之方；二来近身肉搏，铁拐不够灵活，因而才舍拐用笔的。却想不到这中年书生也是个点穴的大行家，自己反而受他所制。如今这中年书生已堪堪抓到了他的曲池穴，他的第一套功夫抵挡不了，只好再用另一套功夫。

这一招变化得宜，是个“两败俱伤”的打法。中年书生微微一笑，说道：“不错，可惜你是碰上了我！”手腕一拧，转了个弯，卜仇天铁笔横扫，连他的衣袖也没沾着。可是中年书生那一抓也落了空，让他也避过了。

小姑娘再屈一指，数了个“二”字说道：“三招只剩一招了。”中年书生笑道：“虹儿，你急什么？等着瞧吧！”

卜仇天拆解了两招，胆气陡壮，喝道：“你又怎样？”他是恨这书生刚才说话的口气，故此反唇相稽。口中说话，双笔已是第三次出招。这一次当真用尽了平生所学，左笔是点奇经八脉的手法，右笔则是从天魔杖法中变化出来，笔挟劲风，点、戳、敲、扫几个动作一齐施展、一气呵成。

中年书生淡淡说道：“也没什么，只不过你的兵器可要留下了。”话犹未了，只听得“铮铮”两声，卜仇天的判官笔飞上了半空，果然不过三招，便败得一败涂地！原来这书生前两招乃是试探他的虚实，待到把他的功夫深浅摸清楚之后，第三招才出手，一举将他击败。

卜仇天面色灰白，茫然问道：“阁下可是笔扫千军的华宗岱么！”正是：

名不虚传今始识，一支铁笔扫千军。

欲知后事如何？请听下回分解。

第十回　有心比武求佳婿
不料飞骑遇寇兵

中年书生傲然说道："你不是四下扬言，要与我一决雌雄的么？如今应无遗憾了吧？嘿，嘿，你能够接我三招，未曾受伤，也算是很不容易的了，你的兵器让你带走。滚吧！"

卜仇天听得他果然是华宗岱，不由得满面羞惭，气沮神伤，哪里还敢多说一句。当下拾起了那判官笔，拿起那根插在地上的拐杖，长叹一声，转身便走。

铁铮等三人，都是第一次听见"华宗岱"这个名字，不由得暗暗纳罕。铁铮心想："听那卜老贼之言，这笔扫千军华宗岱应该是个武林中响当当的人物，何以我从未听过爹爹提及他的名字？"

卜仇天一走，铁铮等人遂上前以晚辈之礼相见说道："多谢华大侠援手之德。"在铁铮的心目中，这华宗岱既然给他们赶跑了劫车的强人，即使不是他爹爹的好朋友，恐怕也是冲着他爹爹的面子才来给他们解困的，至少总是一番好意。

哪知华宗岱却哈哈笑道："铁少寨主，你错了。我赶跑这些人，只是为我自己，并非为你。我刚才和这些人说的话你没听见么，我也是要劫你的呀！"

铁铮惊疑不定，说道："华大侠可是和晚辈开玩笑么？"原来铁铮一直以为这中年书生乃是游戏风尘的奇人侠士，所说的什么劫车之话，是戏耍那些强人的，并不信以为真。

华宗岱一脸正经地说道："谁耐烦和你们这些孩子们开玩笑？我不是为了这八箱珍宝，来这里做什么？"

铁铮亢声说道："华大侠要这几箱东西，我们本来可以奉赠，可是——"

华宗岱只听了一半，便打断他的话语，说道："不必啰唆，你所要说的，我早已知道啦。这是王伯通留下的宝藏，你们要拿回去给你爹爹做粮饷的是不是？哼，我可管不了这么多，就是你爹爹在此，我也一样要劫！我也不是什么大侠，你别这么叫我！"

铁铮道："华先生，你武功高明，我们几个小孩子自然不放在你眼内。但你既然不讲绿林义气，定要劫车，请恕我们也不能双手奉送。"

华宗岱哈哈笑道："对啦，对啦！这可说到正题了。我当然不会以大欺小，铁少寨主，你就和我这小女儿过过招吧。你们是一般年纪，这可公平得很了吧？只要你胜得了我的女儿，我就放你过去！"

铁铮正要答话，铁凝已跑上前来，抢着说道："女孩子找男孩子打架，不害臊么？最公平还是我和你打！"

铁铮道："凝妹，别乱说话。这不是小孩子打闹着玩的，你不是人家对手。"

铁凝道："这你就更应该让我打了。你是男子汉，气力大，难道好意思欺负比你小的女孩子么？武林高手，讲究是旗鼓相当，不失身份，这规矩我也懂的。她的父亲不愿意占咱们的便宜，咱们也不能占她的便宜。"她说的虽然是孩子气的说话，但却颇有江湖豪侠的气概，不失是铁摩勒女儿的身份。

那小姑娘见铁凝天真烂漫，不觉也有点惺惺相惜之意，笑道："小妹妹，我怕你已经打了一场，气力不够。"

铁凝道："华姑娘，你今年几岁？"那小姑娘道："十六岁了。"铁疑道："你和我哥哥倒是一般年纪，但也只比我大两岁罢了。这'小妹妹'的'小'字应该去掉。这样吧，你打赢了我，再和我哥哥打吧。因为你若能胜了我，才算得与我哥哥是旗鼓相当的一对。"

铁凝是言者无心，那小姑娘却是听者有意。脸上一红，说道："好，我瞧你的本领很是不错，我也不一定打得过你。我先领教领教你的高招吧！"

铁凝“噗嗤”一笑，说道：“不必客气，接招！”她见这小姑娘刚才对班老大他们那么骄傲，对自己却似另眼看待，不觉颇为得意。

铁凝却有所不知，这“笔扫千军”华宗岱带了女儿来此，不但是为了行劫，另外还有一重用意的。他要为女儿物色佳婿，因此才叫她与铁铮比武。他们对铁铮才是“另眼相看”。

父亲的用意，女儿隐隐知晓。故此铁凝那么一笑，这小姑娘不觉满面通红。一个分神，铁凝来得快极，倏地一剑已指到她的胸前。

这小姑娘吃了一惊，连忙躲避。铁凝蓦地收剑，说道：“你怎么不亮兵刃，你忒也小觑我了！”

这小姑娘见铁凝如此敏捷的身手，知道若是仅用红绸，决不能夺了她的兵刃，当下赞了一个“好”字，笑道：“你来得太快，我还未来得及亮兵刃啊！好，我可要还招了，你留神吧！”笑声一收，手中已拿了一条软鞭，轻轻一抖，刷的便向铁凝打去。鞭势俨如毒蛇吐信，闪缩不定，指东打西，指南打北。

武学有云：枪怕圆，鞭怕直。这小姑娘能把一条软鞭抖得笔直，使得大枪也似而又不减其轻灵翔动之势，这份功力，也就可想而知的。

铁凝心中想道：“看来她的功力似乎比我高些，但身手矫捷，她却未必如我。我索性和她来个以快斗快！”她刚才照面一招，便几乎毁了对方措手不及，遂以为自己的轻功胜过对方，却不知对方乃是让她三分的。

不过铁凝跟空空儿夫妇学来的这身轻功，的确也是武林罕见的绝学。施展开来，只见冷电飞空，寒光匝地，一口青钢剑就似化成了数十百口，四面八方都是她的影子。

那中年书生笑了一笑，赞道：“辛芷姑的关门弟子，果是不凡。虹儿，你要小心对付了。”

那小姑娘笑道：“孩儿不敢折了爹爹威名。”话犹未了，鞭法一变，陡然间，便似有千百条青蛇在空中飞舞，那都是她一条软鞭幻化出来的鞭影，攻势越来越急，当真是有如水银泻地，无孔不入。

铁凝心中微凛，这才知道哥哥常说的“天外有天，人外有人”不是虚言。她败给窦元、卜仇天等人还有可说，这姓华的小姑娘只不过比她大了两岁，武功却也胜过了她。这小姑娘不但功力深厚，轻功身法，也决不在她之下。

铁凝一急，全副本领拿了出来。辛芷姑所传的剑法奇诡无伦，配合了超妙的轻功，相得益彰，更见凌厉。这小姑娘也是暗暗佩服，心道：“要是在前两年我和她一般年纪的话，只怕我还当真赢不了她！”

铁凝一口气攻了七七四十九剑，剑剑凌厉。可是这小姑娘的鞭法也是虚实莫测，变化繁多。铁凝使出了全副本领，仍然占不到对方半点便宜。

铁铮看得暗暗称奇，心道：“她的这门轻功虽然未必比得上我的师父，却也是独创一家的了，妹妹轻功未到火候，和她仅是旗鼓相当。其他真实的本领，则颇不如她，看来只怕要糟！”

心念未已，场中两人已到了胜负立决之际，只听得“刷”的一响，那小姑娘的鞭梢透过了重重剑影，已是向着铁凝的虎口“刷”了下来。

鞭梢抖得笔直，就似判官笔的笔尖一样，铁凝的师父是点穴的顶尖儿的高手，铁凝虽未尽学所传，也是行家，一看就知道对方是来点她穴道。

可是铁凝的身形已在对方的鞭势笼罩之下，虽然明明知道这小姑娘是用鞭梢来点她的穴道，亦已无法闪避。

铁凝正在心想：“糟了，糟了！这回可要栽个大大的筋斗了！”心念未已，那小姑娘的鞭梢已如蜻蜓点水，倏地掠过。铁凝只觉虎口微微一麻，但奇怪得很，却不似穴道被封的迹象，她的手腕还能挥剑自如。

双方动作都快，铁凝本能的挥剑往前一冲，就在这电光石火之间，只听得嗤、嗤两声，那小姑娘长鞭一收，扯去了她一幅衣襟，而铁凝的利剑，也割断了对方一截衣袖。

那小姑娘跳出圈子，收鞭笑道：“铁姑娘剑法不凡，佩服，佩服！我侥幸与铁姑娘打个平手，咱们可以不必再比试了吧？”

铁凝知道是对方故意让她，否则，她早已给点了穴道，还焉能有削断对方衣袖的一剑？铁凝心里又是难过，又是感激，说道："你比我大两岁，果然是比我高明一些。好，我不是你的对手，现在你可以和我的哥哥过招了。要是你能打败我的哥哥，我才真的佩服你。喂，你叫什么名字？"她不肯作伪，勇于认输，但又不是怎么甘心认输，一副孩子口吻，听得那中年书生也不禁发笑。

那小姑娘道："小妹妹，你并没输，只是吃亏在年纪太小。说老实话，倘若早两年，我一定不是你的对手。我姓华，名叫剑虹。咱们不打不成相识，就交个朋友吧。"

铁凝很满意华剑虹对她的态度，说道："很好，我愿意和你结交。但你要劫我们的车子，这一架我们还是要和你打的。你若能凭本领胜了我的哥哥，劫了珠宝，我也不会怪你。"

铁凝走回来说道："好，我都已经把话说清楚了。哥哥，该轮到你出阵啦。"停了一下，忽地又在铁铮耳边低声说道："哥哥，我希望你给我出这口气。但她曾经让我一招，等下你也让她一招吧。可不要把她打伤了。"

铁铮笑道："我理会得。咱们岂能失了爹爹的身份。"华剑虹听不到铁凝的耳语，心想："这小鬼不知和她哥哥说些什么？难道他们已是识穿我爹爹的来意？"十六岁的女孩子是刚刚懂得注意异性、情窦初开的年纪，那小姑娘想至此处，不觉双颊晕红。

铁铮心中则在怀疑不定，暗自思量："看来他们不似恶意，但却又为何定要劫车？到底他们是好人呢还是坏人？"

铁铮抱剑一立，说道："华姑娘，我来领教你的高招。"

华剑虹道："铁公子客气了，应该说是我向你讨教才对。"

铁凝叫道："你们两个都不必客气了，我等着瞧呢。出招吧！"

华剑虹面上一红，说道："好，那就请恕我僭越了。"当下软鞭一抖，呼的卷起一团鞭影，便向铁铮打去。她知道哥哥比妹妹高强得多，生怕一个抵敌不住给铁铮看小，故而一出手便是家传的上乘武学，绝妙神鞭。

铁铮看她把一根软鞭使出了枪剑笔三种招数，卷腕扫胫之外，还夹有点穴功夫，也不禁心头微凛，赞了一个"好"字。

说时迟，那时快，只见铁铮身形疾起，剑光暴长，喝道：“还招！”一招“力劈华山”，已是使了出去。

这一招是铁摩勒的家传剑法，招数倒不见得如何精巧，但却以雄劲见长。华剑虹的鞭梢正要缠上他的剑柄，忽听得父亲说道：“虹儿，你也太不自量力了，你的内力怎比得上铁公子？”

华剑虹得她父亲提醒，倏地变招，鞭梢只是在无锋的剑背轻轻一点，身形已是倒纵出一丈开外。她恃着鞭长剑短，霍地一鞭，又是卷地扫来。

铁铮这一剑本是想削断她的长鞭的，见她变招得快，也不禁暗暗佩服。心道：“她虽是得了父亲指点，但这一招变化得确实也是精妙之极，我这么刚猛的剑法，居然给她消去了几分劲力，这份以柔克刚的功夫，却是在我之上。好，我现在且再与她比试轻功。”

铁铮脚尖未曾点地，华剑虹的长鞭已经向着他的下三路卷来，好个铁铮，在这瞬息之间看来已是无法躲闪，只见他腰肢一拧，平空转了一圈，华剑虹长鞭打空，铁挣早已脚尖沾地，一个滑步纵身，到了她的面前。

铁铮的轻功是空空儿的衣钵真传，华剑虹虽也不错，但给他一比，却是相形见绌。铁铮喝声“撒手”，剑锋一个“顺水推舟”，削她手指！

铁铮先喝一声，那是不愿伤她，要迫她弃鞭的意思。哪知就是这么稍微缓了一下，华剑虹已经腾出手来，一声笑道：“不见得！”蓦然间她左手又已多了一柄短剑，原来这是她早已藏在袖中，救急用的。这一下大出铁铮意外，双方距离太近，华剑虹短剑迅捷，剑锋先刺到铁铮掌心。

铁铮这一招本来是个跨步进剑的式子，这一剑若然斩下，就是两败俱伤之局，好个铁铮，就在这危机瞬息之间，蓦地将身形煞住，掌心一缩，反手抓着了华剑虹的长鞭，脚眼一旋，华剑虹身不由已的跟他转了半圈，刺他掌心的那一剑自然而然的也就落了空了。

危机一过，铁铮不待她变招刺到，已是闪过一边。华剑虹也不敢追击，同一时间，各自退了两步。

铁铮与华剑虹比武，旁观的展伯承和铁凝两人目定口呆，华剑虹的父亲却是神色自如。

这几下兔起鹘落，各出险招，当真是惊险绝伦。此时幸得化险为夷，但双方想起刚才的险状，方始知道吃惊，不由得都吓出了一身冷汗！

不但他们本身吃惊，旁观的展伯承与铁凝二人，刚才也看得目瞪口呆，此时方始“啊呀”一声，叫了出来！

只有华剑虹的父亲始终神色自如，在展、铁二人失声叫喊的时候，他却哈哈一笑，赞道：“好轻功，好剑法！解得真是妙呀！”并非他不为女儿担忧，原来他掌心早已扣了一枚石子，倘若女儿当真有性命之忧，他自会在最紧张的关头，发石救人。

铁铮喘过口气，转而态度从容地答道：“多谢前辈夸奖，愧不敢当。”

华剑虹惊魂稍定，争胜之心又起，微微一笑，说道：“休要得意，胜负还未定呢。接招！”左一招“挑灯看剑”，右一招“霸王鞭石”，右鞭左剑，同时施展，再次与铁铮对攻。

再度交锋，双方都不敢有丝毫大意。华剑虹一鞭一剑，配合得妙到毫巅，招数奇诡，瞬息百变。鞭梢可以点穴，剑尖也可以刺穴，两般兵器，一长一短，远攻近守，两皆利便。使到急处，但见鞭影如林，剑光似练，看得铁凝目眩神迷，这才知道华剑虹刚才与她交手，只是用鞭，最多不过出到五成本领。

铁凝最初本是担心她哥哥万一失手，伤了华剑虹的。此时却不由得转而为哥哥担心了，心中想道：“想不到这丫头不但擅于用鞭，剑法也这么了得，糟糕，哥哥只是使一些平平常常的招数，只怕会败在她的手下。”

这一边，铁凝在为她的哥哥担忧；那一边，华宗岱则已看出了他的女儿不妙。原来铁摩勒的剑法与众不同之处，正是“重，拙，大”三字。剑法大开大阖，势捷力沉，似笨实佳。这种不以招数精巧见长的剑法，却正是最难学的上乘剑法。铁铮虽然火候未到，亦已得了家传剑法的神髓。

铁凝因为太过熟悉这路剑法，所以觉得平平无奇。同时又因兄妹关心，而关心者乱，故此只看到对方的表面优势，却不知道实在是她哥哥占了上风。但华宗岱是旁观者清，加上他的武学造诣，因此，甚至比铁铮本人，更能领略到他这一路家传剑法的好处。

华宗岱暗暗称奇，心里想道："素闻铁摩勒与空空儿是当今两大高手，如今从他们的传人看来，果然是言下无虚。可惜虹儿只怕难以招架到百招开外，我还是不能尽睹这两大家的武学精华。"

心念未已，只听得"铮"的一声，华剑虹手中那把短剑飞上了半空。但铁铮把她的短剑击出手后，随即把自己手中的长剑也向上一抛，身形箭一般的窜出圈子。

华剑虹怔了一怔，只见铁铮所跑的方向，正是他那柄长剑落下之处，及时赶到，剑未落地，便给他接下来了。

华剑虹那一柄短剑是笔直地落下来的，华剑虹心念一动："莫非他是有意让我一招？"一伸手也把短剑接了下来。只听得铁铮果然说道："华姑娘，咱们的兵刃同时脱手，可算得彼此都没吃亏。不用再比试了吧？"

铁铮这次让招做得恰到好处，比华剑虹刚才让他妹妹那招更为自然。但他料想至少华剑虹是会心中明白，而以华宗岱的武学造诣，也没有看不出来的道理。因此，在他的想法，华剑虹定然自己认输，而华宗岱也要遵守诺言，放他们过去了。

不料他只猜对了一半。不错，华剑虹是想认输的，可是当她正要开口认输的时候，华宗岱却已抢着说道："你们既然打成平手，那就不必再比试了。这第二阵待我来吧，当然我不能占你们小辈的便宜，你们三人，可以并肩子齐上！"

铁铮大为惊愕，说道："华老前辈，这个，这个——"华宗岱道："什么这个那个的，你不与我交手也成，这辆车子我可是要拿走的了。"

铁铮心道："你女儿明明输了，你却又来作难，这不是自食前言，胡赖了么？"可是"打成平手"这一句话，又是他亲口说的，他心中的说话，可不得吐出口来。

铁铮不愿反口，但心中有气，还是稍稍地刺了他一下，说道："晚辈无知，要向华老前辈请教，江湖上是否要讲究信义两字？"

华宗岱哈哈笑道："信义两字当然是要讲的，但这与今日之事，可扯不上啊！我说过你胜得过我的女儿，我就放你们过去。如今你们打成平手，可就要再闯我这一关了。”

华宗岱定要为难他们，不但铁铮感到惊愕，华剑虹也觉得有点过意不去。但她刚叫了一声“爹爹”，华宗岱已经禁止她再说下去，“虹儿，你站过一边，留心看看，也好学点功夫!”华剑虹心中一动，明白了父亲的意思。不再劝阻，退过一旁。

原来华宗岱是个嗜武成癖的人，凡有他未曾见过的上乘武功，他都要设法看个全套。这次他在隐居十年之后，再到中原，本来是想找空空儿与铁摩勒比试比试的，但他为人又极好胜，深怕万一比试下来，是自己打不过人家，那就有失面子了。

恰巧铁铮既是铁摩勒的儿子，又是空空儿的徒弟，身兼两家武学，是以华宗岱有心亲自试他，引他尽展所学。试探之后，华宗岱心中有数，将来再找铁摩勒与空空儿比试，就可以知己知彼，不至吃亏了。

另外他也知道展伯承是展元修的儿子，铁凝也得了辛芷姑的剑法真传。展元修、辛芷姑两人在他心目中的地位虽然较次，也是武林中顶儿尖儿的角色，各具一家之长的人物。所以他乐得趁此机会，叫这三个少年都来和他比武，好窥探中原四大名家的武学之长。

华剑虹则是另一个想法，她败在铁铮剑下，她以为父亲是为了教她如何解拆铁铮的招数，才要和铁铮动手的。却不知道她父亲虽然也有这个意思，却还不是最主要的目的。

不过华剑虹虽然没有完全猜对父亲的心思，但华宗岱决不会伤害铁铮他们，也不是企图劫宝，这个华剑虹却是料准了的。故此她当然不会为铁铮担心。

铁铮可是毫不知道对方来意，这八箱珍宝价值连城，他只道华宗岱当真是见财起意，不惜自毁诺言。

少年人总是有几分火气，华宗岱既然咄咄迫人，铁铮不由得也起了反感，当下说道：“老前辈既然定要伸量我们，晚辈明知不敌，也只好遵命奉陪了。凝妹与我联手，展大哥暂且掠阵吧。”铁铮很有几分傲气，不愿一来就是三人齐上。

华宗岱哈哈笑道：“你怕我女儿乘机劫车吗？不用担心，还是三个人齐上的好!”

展伯承年龄较长，也较慎重，他也不愿袖手旁观，当下按捺不住，便道:“既然如此，咱们是恭敬不如从命。华先生是前辈高人，咱们若是拘泥江湖规矩，那倒是有失尊敬了。”话中之意，即是叫铁铮不要认为以三敌一于颜面有亏，当前最紧要的还是要保住宝车，击退强敌。

华宗岱笑道:“对，这才爽快！我不占你们的便宜，你们也别客气了。”

铁铮依照武林礼数，剑尖下垂，手按剑柄，这是表示晚辈向前辈请教的意思，说道:“老前辈请亮兵刃。”

华宗岱哈哈一笑，说道:“你不是听我说过了吗?我已有十年没动过兵刃了。对卜仇天我尚且空手，岂能动兵刃欺负你们?”

其实以铁铮兄妹与展伯承三人联手之力，当然要胜过卜仇天。铁铮等人少年气盛，听了此言，心里都是很不服气，铁凝首先按捺不住，说道:“好吧，你就空手接招吧！我的剑上可没长着眼睛，你小心了。”一招“玉女投梭”，平胸便刺过去。

这一招看是平刺过去，中间却藏着几个变化，剑势极是奇诡。华宗岱笑道:“好，各家剑法之中，以你这家最为奇诡了！但你剑上虽没长着眼睛，却也刺不着我!”说话之间，随随便便地走了几步，铁凝的一招三式，全都落空。展伯承剑中夹掌，赶忙抢在铁凝前面发招，防备他趁铁凝招数使老之际反击。

华宗岱衣袖一挥，展伯承一掌击去，如击实物，竟然发出“砰”的一声响，震得他虎口隐隐作痛，展伯承立即一剑削下，这一回他的衣袖又似柔若无物，剑锋一触，便轻飘飘的荡了开去。

展伯承无从着力，对方的衣袖未损分毫。展伯承吃了一惊，想不到对方的内功如此深湛，居然在瞬息之间，便能刚柔互易，随心所欲。他这剑中夹掌，本来还有后着的，一击受挫，不敢躁进，连忙煞住脚步。

华宗岱又笑道:“你这剑中夹掌，已是融会正邪武学之长，也算得是武林罕见的功夫了。可惜剑势过柔，而掌力则霸道有余，王道不足。还应该更求精进。”

原来展伯承的剑法是他母亲所教，乃是展大娘的内家剑法，属于正派武功。但因展大娘所创的这路剑法是适合于女子使用的，男子用它，就稍嫌柔弱了。但展伯承的掌法则恰恰相反，是他父亲的家传武学，十分霸道，属于邪派中的上乘功夫。

展伯承道："多谢指教。"铁铮接声道："我也请老前辈指点指点。"长剑抡圆，隐隐挟着风雷之声，把长剑当作大刀来使，一剑劈下。华宗岱喝声："好！"蓦地中指一弹，"叮"的一声，竟把铁铮那么刚猛的一剑弹开了。可是铁铮虽然后退三步，华宗岱也不由得晃了晃。

华宗岱道："好！你的剑法已得了重、拙之长，所差的就只是几分火候了。"

这么一来，倒像是华宗岱指点他们的武功，不似是强盗打劫了。铁铮惊疑不定，按剑停招，正想再问他的用意。铁凝已先说道："喂，这一场咱们和他到底是真打还是假打？"

要知他们三人虽然与华宗岱都交上了手，但却是此去彼来，还不是真正的三人联手。而华宗岱对每一个人都占了上风，也没有还击。在铁凝的想法，若是真打，就该合力攻他。以三人之力，也料想可以胜得了华宗岱。她这话是催促哥哥早点决断。

华宗岱哈哈一笑，说道："我已让了你们每人一招，现在可要还招了！"话犹未了，倏地就欺到铁凝身前，双指一伸，竟然作势挖她的眼睛！

铁铮大惊，连忙扑救，出剑刺他背脊的"大椎穴"。华宗岱背后如长眼睛，反手一掌，避招还招，掌如刀削。他比铁铮高半个头，这一掌朝着铁铮的颈项削下，又是一招致命的杀手！

展伯承大叫道："休得伤人！"剑中夹掌，飞快来援，华宗岱一个转身，"啪啪"两腿，连环飞脚踢展伯承的太阳穴，展伯承那一剑未必刺得着对方，但若给对方踢中太阳穴，可就要立即丧命！

展伯承这一惊非同小可，幸在他家传的五禽拿法乃是武林一绝，百忙中单掌一引，身形已是平地拔起，堪堪避开。铁铮、铁凝亦已双剑齐到，助友攻敌。铁铮大叫道："老前辈手下留情！"

华宗岱纵声笑道："我为什么要手下留情？你以为我是和你们

戏要的么？谁叫你们这三个娃娃不知天高地厚，胆敢抗不遵命，与我动手？现在后悔亦已迟了！”说话之间，又已向每人攻出三招，三三九招，每一招都是杀手！

铁凝生气道：“哥哥，你怎可向强盗求情？”铁铮迭遇险招，亦是心头火起，说道：“好，咱们与他拼了！”兄妹俩双剑齐出，一柔一刚，一奇一正，配合得妙到毫巅，挡住了华宗岱的攻势。展伯承也使出了平生所学，奋勇向前。

华宗岱叫道：“好，这才打得痛快！”衣袖飘飘，在三柄宝剑围攻之下，掌劈、指戳、脚踢、袖拂，浑身上下，处处都见功夫，任凭三人合力攻他，他仍是攻多守少。

原来华宗岱是故作心狠手辣的姿态，激起他们同仇敌忾之心，否则怎能把他们三人的全副武功都引出来？

铁铮三人哪知道华宗岱是这番用意，只恐遭了他的毒手，都是尽展所学与他厮拼。三道剑光，交叉穿插，招招都是指向对方要害。华宗岱接连遇了几次险招，心头一凛，亦已不敢有丝毫大意。双方越斗越烈，只见剑光人影，混作一团，看得华剑虹目眩神迷，几乎喘不过气来。

铁铮身形疾起，蓦地凌空刺下，使出空空儿所传的刺穴功夫。他年纪尚轻，未曾练到空空儿那般一剑刺九穴的境界，但亦已可以在一招之间，刺对方七道大穴。华宗岱赞道：“好剑法！”刚刚挥袖拂歪他的剑点，展伯承已施展“绵掌击石如粉”的功夫打来，华宗岱用了个“卸”字诀，掌心一引一粘，刚化解了展伯承的掌力，铁凝的一招“玉女投梭”，又已指到了他背心的“风府穴”。

华宗岱初时只是“试招”，打到后来，兴会淋漓，在三人围攻之下，也不由得他不使出浑身本领。好在他的武功已练到收发随心的境界，虽然是认真较量，不敢让招，但却能点到即止，不至于误伤了对方。

不知不觉已厮杀了一顿饭的光景，铁铮等人的功夫差不多都已使了出来，华宗岱从化解他们的招数之中，不但对他们的剑法掌式了然于胸，连他们内功的门道，也大致摸了个“底”了。

华剑虹心中明白她父亲绝计不会伤害对方，但看他们打得如此激烈，也不禁心惊胆战，忍不住叫道：“爹，爹，你——”

华宗岱瞿然一省，心里想道：“这三个娃娃功夫确是不弱，倘若我真要打胜他们的话，只怕也得在千招之外。但他们的功夫我都已见到了，又何必挫折他们？”

华宗岱默运玄功，使出九分内力，双袖一挥，将三口宝剑荡开，跳出圈子，哈哈笑道：“对，打了这么多时候，咱们也可罢手啦！”

铁铮三人愕然止步，华宗岱笑道：“我胜不了你们，你们也胜不了我。这一场也算是平手吧。”

铁铮怀疑不定，道：“那么我们这辆车子，你是让不让走？”

华宗岱笑道：“既是打成平手，我还能与你们耍无赖、再纠缠吗？你们放心走吧，经过了今日一战，黑道上的人物，大约也没有谁再敢对你们拦途截劫了。”

铁铮三人这才知道华宗岱确是并无恶意，而且手下留情了。原来他们都已打得相当疲倦，心中都是明白，再战下去，定然落败。华宗岱说“打成平手”，那只是给他们面子的。

这么一来，连铁凝对华宗岱也是大为感激。她稚气未消，想到什么，立即便说了出来：“华老前辈，我要多谢你，但我又要骂你！”

华宗岱故意问道：“这却为何？”

铁凝道：“我哥哥说得不错，一山还有一山高。你武功确实是比我们高明得多，我知道你是让我们的。不但如此，你还替我们赶跑了几个魔头。这不该多谢你吗？可是你又将我们作弄，害得我刚才心惊肉跳，生怕给你劫物伤人。这岂不是又应该骂你吗？”

华宗岱道：“多谢我不敢当，骂我也未免冤枉。我并非作弄你们，是有心和你们切磋武功的。”

铁铮道：“华老前辈用到切磋二字，我们更不敢当了。请问华老前辈府居何处？回山之后，我当禀明家父，答谢前辈。”

华宗岱笑道：“我是闲云野鹤之身，居无定所的。不敢劳烦令尊，日后若有机缘，我自当到贵寨拜访。”

铁凝道：“华姐姐，你不是说愿意和我做朋友的吗？何必等待他日，不如现在就和我们同走，到我们那儿玩个十天半月吧？你可以和我哥哥切磋武功，让我也好学些本领。”

华剑虹面上一红，微笑说道：“多谢铁姑娘盛情，但我爹爹有事。”

铁凝道：“你爹爹有事，你一个人去不行吗？”

华宗岱忽道：“不好！”

铁凝嗔道：“什么不好？咱们既然化敌为友，难道你还不放心你的女儿和我们一起？”

华宗岱道：“不是的。有大队人马杀来了。”

话犹未了，果然听得人马驰骋之声，远远传来。华剑虹道：“你们快逃吧！”

铁铮道：“这辆车子所载过重，跑也跑得不快，一定会给追上的。”

华宗岱道：“也许未必就是来打你们主意的。且看看来的是哪一路人马？”心想若是来的绿林豪杰，有他出面打个招呼，并说明这是铁摩勒的财物，料想对方总得有点顾忌，不敢轻易动手。

议论未定，那队人马前锋已到，打着一面大旗，上面绣的是：“魏博节度使田”几个大字。

来的原来是魏博节度使田承嗣的“牙兵”，他是当时最强大的一个藩镇，手下有数千“牙兵”，是特别从军中精选的勇士组成的，等于皇帝的“羽林军”一般，而战斗力之强，甚至还胜过羽林军。也不知风声怎地泄露到他那儿，他也来参加“夺宝”，叫他的儿子田悦作为统带，把大队的牙兵开来。

说时迟，那时快，牙兵的前锋已到，数百铁骑散开，把华宗岱等人团团围住。一个军官喝道：“大胆强人，胆敢白日青天，公然运赃物过境，目中还有王法么？把这一众强徒都给我拿下了。”

官兵们早已听说这批“赃物”价值连城，若能截下，只要得到些许犒赏，也可以发笔横财了。因此听得长官一声令下，登时欢声雷动，争先恐后的上来夺宝拿人。

铁铮大怒道：“什么王法？分明是田承嗣这老混蛋，刮削民脂民膏，还嫌不够，见钱眼开，指使你们给他抢劫！你们却何苦为几个钱给他卖命?”

那军官道:“胡说八道,先把这小贼拿下!”铁铮大怒,拔剑斫翻了数人,但寡不敌众,仍然是给官兵围住。

混战中一个军官快马驰来,看了一眼,说道:“怪不得这几个小贼如此猖狂,原来是绿林盟主铁摩勒的门人子女。好,且待我来会会铁家剑法。”挥舞一条水磨钢鞭,就在马上,向铁铮劈头打下。

铁铮挥剑一迎,“铮”的一声,鞭剑相交,火花四溅,铁铮心道:“这人好大的力气。想不到田承嗣手下也有如此武功高强之人。”

其实铁铮的内力在这军官之上,只因他先后与卜仇天及华宗岱恶斗了两场,气力损耗不少,反而给那本领原是比不上他的军官稍稍占了上风。

展伯承、铁凝双剑齐上,铁凝最是刁钻,刷刷两剑,斩断那军官的马足,那军官也好生了得,就在马背上一个“鹞子翻身”跳了下来,脚未着地,水磨钢鞭已经打下,使的竟是“尉迟鞭”中一招最精妙的招数,名为“八方风雨会中州”,钢鞭打出,便似一圈圈波浪向前推开,居然把展、铁二人的两柄青钢剑都荡开了。

原来这个军官名叫尉迟俊,乃是羽林军副统领尉迟北的族弟,此人功名利禄之心甚重,他见魏博节度使是第一强藩,炙手可热,权压朝廷,因此,宁愿依附田承嗣,而不愿在朝为官。

展伯承道:“凝妹,别慌,我给你开路。”抢在前头,掩护铁凝,一招“巧破连环”,剑中夹掌,剑尖挑开了尉迟俊的钢鞭,掌力震翻了两个从侧翼袭来的武士。

铁凝道:“我才不慌呢。”使出迅捷无伦的剑法,刷刷两剑,也刺中了两个武士的穴道。她毕竟是个还未成年的女孩子,又从未有过对敌厮杀的经验,如今初次出道,就遭受这许多如狼似虎的官兵围攻,口中虽说不怕,其实却是胆怯的。不过,她倒并非畏惧官兵,而是不敢杀人,甚至连见血也有点儿害怕。故此她只是以剑刺穴,不愿多所杀伤。

尉迟俊给他们联剑杀退,可是他占了兵器的便宜,他的水磨钢鞭长一丈有多,展、铁二人的青钢剑不过三尺六寸,尉迟俊退到了他们剑所不及的距离，长鞭挥舞，打得他们只有招架之功。

众武士纷纷拥上，终于把他们与铁铮隔断，三个人分开了两堆厮杀。尉迟俊看到合围之后，又抽出身来，去对付铁铮。

铁凝跟辛芷姑所学的本领，是以剑招奇诡和轻功超妙见长的，但在重重围攻之中，她的轻功无从施展，而敌人所用的兵器，又多是长枪大戟之类的重兵器，时间一长，女孩子气力不足的弱点就露出来了。幸亏有展伯承在她旁边，奋不顾身的掩护她，才使她好几次转危为安。

铁凝心里暗暗感激，想道："怪不得爹爹常夸赞他，可惜褚葆龄却是有眼无珠，把他抛弃。哼，要是我将来见着她，一定要骂她一顿，她怎可以这样伤了展大哥的心？"由于受到展伯承的勇气鼓舞，铁凝也渐渐镇定下来，虽然还是不敢杀人，见血已是不害怕了。

铁铮单独对付许多武士，其中还有一个本领高强的尉迟俊作他劲敌，处境比展伯承这边还见凶险。

华宗岱拉着女儿远远地躲在一个土堆后面，一直袖手旁观，官兵忙于劫车、捕"盗"，也未曾注意到他们父女。

华剑虹埋怨道："爹爹，要不是你试他们的武功，他们早已走得远了。这都是你连累他们的，你怎可置身事外？"

华宗岱微笑道："虹儿，你是为了道义二字，还是为了那铁公子？"华剑虹嗔道："爹爹，这个时候你还开玩笑？好，你不去我去！"

华宗岱一把拉着她，笑道："别忙，时机未到！"华剑虹道："你要等什么时机？"话犹未了，华宗岱忽地一跃而出，笑道："虹儿跟我来，时机到了！"正是：

射人先射马，擒贼先擒王。

欲知后事如何？请听下回分解。

第十一回　千军辟易夸豪杰
长夜筹谋访故交

此时魏博的“牙兵”已是全部杀到，“帅”字旗下一个全身披甲的将军，正在马上扬鞭，指着那辆装满珍宝的车子哈哈大笑。

华宗岱一跃而出，说道：“这是田承嗣的儿子，咱们擒贼先擒王！”华剑虹这才明白了父亲的用心。

要知魏博“牙兵”有数千之众，即使华宗岱武功多好，也绝不能杀退这数千“牙兵”，只有擒了他们的主帅，才有希望可以解围。

华宗岱带领女儿，闯入乱军之中，逢隙即钻，尽量避免交锋，倘若认真闯不过去，这才施展大摔碑手的功夫，把挡道的武士摔个头破血流。

田悦手下将士哗然大呼，说时迟，那时快，华宗岱已是突破他的第一道亲兵防线，杀到田悦马前距离不过十数步了。

田悦身边的一个军官蓦地一声大吼，跳下马来，喝道：“好猖狂的强盗，敢小觑我军中无人么？”

这军官用的兵器十分古怪，是个独脚铜人，打出来呼呼风响，是大铁椎家数，但铜人的手指，却又是指着对方穴道，好像那铜人也是活的，捏着两支点穴橛一般。大铁椎是重兵器，而点穴则要用灵巧的手法。如今这军官用的独脚铜人，却使出了两种截然不同的兵器性能，刚劲轻巧兼而有之。饶是华宗岱武学深湛，见多识广，也不禁暗地皱眉，心头一凛：“想不到田承嗣手下也居然有如此能人！”

华宗岱未知虚实，不敢硬接，身形一晃，闪过一边。那独脚铜人指东打西，倏地变了方向，来点华剑虹穴道。华宗岱衣袖一带，将女儿轻轻的带过一边。信手抢了武士的一支长矛，一招“苍龙出海”，疾的刺出，只听得“咔嚓”一声，铜屑飞溅，火花点点。华宗岱的矛头折断，铜人身上，也伤痕斑驳。原来就在这一瞬之间，这支长矛已在铜人身上戳了十七八下。

华宗岱试出对方的功力竟然与自己不相上下，不过对方却占了兵器的便宜。华宗岱心里想道：“要是我有判官笔在身，倒可以与他一斗。如今双手空空，且又是敌众我寡，要想胜他，可就难了。”

那军官喝道：“好功夫！”铜人一收即发，又是横扫过来。华宗岱喝道：“来而不往非礼也，你也看看我的打穴功夫！”

蓦地将长矛拗折，拿了一小段矛头在手中一捏，把手一扬，那段矛头已化作十几块碎铁，华宗岱就以“天女散花”的手法，将铁碎撒出，当作了打穴的暗器，霎时间便似冰雹乱落，带着刺耳的啸声！

那军官见了华宗岱抖露的这手功夫，也不由得心头一震，急忙把独脚铜人，舞得个风雨不透，只听得叮叮当当之声，不绝于缕，但还是有两块碎铁，他未能打落，从他的头顶飞过去，将田悦跟前的两个卫士伤了。这两个卫士都是有护心镜的，但还是给碎铁击破，伤得血流满地。田悦吓得面如白纸，连忙纵马走避。

那军官哼了一声，道：“你可是笔扫千军华宗岱么？”

华宗岱道：“你可是雪山老怪的弟子北宫横么？哼，哼，可惜了你这副身手，却做田承嗣的鹰犬！今日我是寡不敌众，有种的咱们约期再单打独斗一场。”

原来雪山老怪乃是三十年前与华宗岱师父齐名的一个介乎正邪之间的魔头，华宗岱知道他有这么一个弟子，不过两人以前从未会过。待到见了对方的功夫之后，才猜出对方的来头。

北宫横道：“我随时在节度使衙门候驾。”他如此说话，已是露出怯意，不敢爽快答应与华宗岱约个无人之处单打独斗。

华宗岱冷笑道：“谅你也不敢。虹儿，咱们走！”

北宫横心道：“华宗岱内功已臻化境，非我所及。看来只有求我师弟下山，才能胜得他了。”

原来北宫横师父已死，他师父只有一个儿子，年纪比他小几岁，但因自小就跟父亲练武，父亲传授儿子，当然特别用心，所以师弟的功夫要比他这个当师兄的高明得多。

北宫横不敢去追华宗岱，装作要去保护主帅，匆匆忙忙走开。华宗岱也带着女儿，再次杀出重围。

华剑虹道：“爹爹，擒不了田悦，咱们怎么办？”

华宗岱道：“把他们接应出来。”华剑虹道：“那一车财物呢？”那辆车子，此时已给田悦的手下驾走，正在大队骑兵保护之下，离开战场。但铁铮兄妹与展伯承三人还是陷在包围之下，也未曾会合。

华宗岱叹口气道：“救人要紧，失了的财物以后再说吧。”他知道有北宫横在田悦身边，擒贼擒王的计划是行不通了，目前只有希望能杀出重围而已。

幸而北宫横不敢离开田悦。华宗岱杀开一条血路，先去接应铁铮。他知道女儿最关心的是铁铮，而且铁铮的处境在被困的三人之中也是最险。

尉迟俊在包围圈的最内一层，听得外围士卒的呼喊，知道了有敌人杀进。他是惯经阵仗的将军，立即指挥手下得力的武士结成方阵，增强防御，他本人仍是不慌不忙的对付铁铮。

铁铮激战了大半天，早已气力不加，尉迟俊一见有机可乘，立即便是一招杀手神鞭，霍地向铁铮卷去。他是意欲擒了铁铮，作为人质，再斗强敌。

眼看尉迟俊这一鞭有如狂风扫叶，就要卷着铁铮的身子，忽听得“呼”的一声，一团黑影端的似从天而降，恰恰替代了铁铮，被他的长鞭卷上。原来是华宗岱活擒了一名武士，抛掷进来，替铁铮解了这招。

尉迟俊被华宗岱这个恶作剧弄得啼笑皆非，又惊又恐，说时迟，那时快，他刚刚甩开了这个武士，只听得又是“呼”的一声，这回是华宗岱自己从众武士的头顶飞过，跳进内圈来了。

急切间尉迟俊哪里看得分明，只道敌人又是重施故技，将他的手下抛进来。尉迟俊骂了一声，回转鞭梢，想要避开，并侧袭铁铮。华宗岱怎容他避开？凌空一抓，已是把他的鞭梢抓住。

华宗岱大喝一声“撒手”，尉迟俊只觉虎口如割，果然应声便倒，长鞭脱手飞出。

尉迟俊手下忙着将他扶起，拥到他身边保护。华宗岱志在救人，也无暇去伤害他。尉迟俊受伤，阵势已乱，华宗岱带着铁铮，从容杀出。

包围展伯承与铁凝的那队官兵，其中并无尉迟俊这般的高手，可是却有数十名披着重甲的“藤牌兵”在内。

田承嗣的“牙兵”是军中精锐，而这“藤牌兵”又是“牙兵”的精锐，身披的重甲，刀枪不入，一手持刀，一手舞牌，最适宜于阵地上要活捉俘虏的包围战，缺点则是身披重甲，跳跃不灵。

华剑虹与铁铮并肩杀进，碰着了藤牌兵，利剑刺在他们的身上，只听得当当声响，那些藤牌兵丝毫无损，仍然一排排地推挤过来。

华宗岱道：“待我破他！”夺过了一支铁枪，刷刷几枪，每一枪都是刺着一个藤牌兵的膝盖，藤牌兵虽然披着重甲，却怎禁得住华宗岱的内家真力，膝盖关节部位被铁枪刺着，登时都是站立不稳，跪倒地上。

藤牌兵是一排排向前推进的，只倒下了几个，立即便变成队友的绊脚石，登时阵形大乱，有许多藤牌兵收不住脚步，前面的给绊倒，后面也跟着倒了。

华宗岱冲开了一个缺口，不怎么费力已把展伯承与铁凝接应出来。

铁凝感激得很，说道：“华姐姐，多亏你们父女了，请你一定要做我的客人。”华剑虹道：“这本来是我们连累了你的。咱们同舟共济，理所应当。如今尚未冲出包围呢，还不能欢喜得太早了。我们是要到贵寨拜访的，脱险之后再谈吧。”

田悦手下的“牙兵”有数千之多，铁铮等人只是冲出了小包围圈，四周围还是敌人。不过数千人总不能在一个小地方挤压，杀出垓心之后，可以供他们活动的范围则是较大了。

铁铮等人都已相当疲乏，要杀出去亦非易事。杀了出去，两条腿只怕也跑不过追兵的马匹。铁铮想到此层，说道：“咱们可得先找坐骑。”他们三人的坐骑，都是素经训练的骏马，从前秦襄送与他们的父母的。

三人撮唇长啸，他们的坐骑听得主人呼唤，也发出嘶鸣呼应，原来田悦手下的一班武士，识得这是千金难买的三匹骏马，早已抢了去准备献给田悦。

但这三匹骏马只知服从主人，不肯陌生人骑的，那些武士骑不动它们，只好用蛮力牵着走，走得还不很远。它们听得主人呼唤，要跑回来，踢翻了两个武士。其他武士，连忙合力将它们制服。

就在此时，忽见军中分成两队，一队保护田悦离开，另一队却以北宫横为首，又向着他们所在之处杀来。

原来田悦见宝车已经夺获，此来的主要目的已经达到，他也不放心让手下押解宝车，是以率领一部分队伍先行回去，却吩咐北宫横率领剩下的牙兵捕“盗”。田悦来时带领了这许多牙兵，本来准备碰上大批“强盗”的，哪知和他们对敌的只是四个少年男女和一个大人，当然无须再用那么多人对付他们了。虽然华宗岱的武艺高强，也颇出他意料之外。

田悦离开之后，北宫横倒是少了一重顾忌，心里想道：“单打独斗，只怕我多半不是华宗岱的对手。趁此机会，将他除了也好。虽然难免为江湖好汉耻笑，但我这是奉命行事，大有借口可以不遵江湖规矩。对，就是这个主意！”

华宗岱道：“你们先走，我来抵挡追兵。”铁凝年纪最小，激战了半天，比她哥哥更为疲乏，心中想道：“你倒说得容易，我可是连跑也跑不动了。”但她也是个倔强的姑娘，可不愿在人前示弱，当下，咬了咬牙，说道：“哥哥，咱们闯！咱们拼！”心想：“即使跑不动，也决不能叫人看轻了！”

心念未已，只见华宗岱有如饿虎擒羊，一个起落，扑翻了两个牙兵，夺过了他们手中的长矛。“呼呼”两声，两支长矛一齐掷出。普通暗器，最多不过在百步之内伤人，他这两支长矛，却直飞出半里之外，那儿正有一班武士在企图制服铁铮他们的三匹坐骑，这两支长矛掷得奇准，便似两道催命符似的，恰恰从两名武士的后心插入，前心穿出！

北宫横大怒，拍马赶来。华宗岱不慌不忙，转眼之间又夺了两支长枪两支大戟，长枪飞出，又杀了两名伏马的武士。另外那两支大戟则向着北宫横飞去。北宫横挥舞铜人把两支人戟打断，可是他胯下的战马，一条腿亦已伤着，倒了下来。

北宫横飞身下马，来追华宗岱。大队骑兵，也跟着他冲杀过来。

那一班武士被杀了四人，余众纷纷躲避，铁铮他们的坐骑无人管束，登时向着主人，飞奔回来。

铁铮等三人得回坐骑，喜出望外。照铁铮的意思，本来还想等华家父女一同走的，华宗岱已是连连挥手，叫道："快跑，快跑，避开驿道，日后我自会来寻找你们。"

铁铮一想，华宗岱身具绝世武功，不在他师父空空儿、父亲铁摩勒之下，凭他这身武功，料想可以保护女儿杀出重围。他们三人差不多都已筋疲力竭，留下来也帮不了他们父女什么忙，甚至反而会变成他们的累赘。倒不如听从华宗岱的主意，先杀出去。

铁铮道："好，那我们就恭敬不如从命了。华老前辈，后会有期！"他们的坐骑都是久经训练的战马，不须主人驱策，自会选择敌人比较稀疏的地方逃跑。

华宗岱也向着他们逃跑的方向杀出，不断夺取敌人的枪矛，刺杀追赶铁铮的骑兵。他们的坐骑跑得快，不多一会，已是跑出峡谷，摆脱了追兵。

铁铮等三人一口气跑了二三十里，天色已是入黑时分，这才策马缓行。又过了大半个时辰，月亮已经升起，却不见华宗岱和他的女儿踪迹。

铁凝嘀咕道："怎地还不见他们？华老前辈不是叫咱们避开驿道的吗？他应该想得到咱们是抄这条小路的。咱们已经放慢坐骑等了这许多时候，以他们父女的轻功，照理也应该赶到了。"

铁铮道："华老前辈说过日后才到咱们山寨来的，也许他突围之后，另走一条咱们不知道的小路去了。华老前辈神功绝世，想不至于不能脱险的。”话虽如此，心中也不免忐忑不安。

展伯承道：“咱们找个地方先歇歇吧。人不疲马也累了。”

铁凝笑道：“谁说人不疲？你不提起还好，你一提起，我可真是觉得又渴又饿了。饿还好受，大半天滴水不进，喉咙却似要冒出烟来一般，难过死了。”

铁铮道：“好，咱们今晚就在这座林子歇宿吧。”三人之中，他的内功较厚，但紧张一过，亦觉疲累不堪。

进了树林，他们先在一道山溪边停下，人和马喝了一顿清泉，精神稍稍恢复。

铁凝把头浸入水中，抹了一把脸，理好头发，笑道：“好舒服，好舒服！但现在不渴了，肚子可又饿啦。”

他们的运气还算不错，不久就捉到一只黄麇。展伯承是在山中长大的孩子，熟悉各种野果，又采摘了许多可以供人食用的野果。

回到原处，只见已经燃起一堆篝火，铁凝却在篝火旁边盘膝低头，打瞌睡的模样。

铁铮推了她一下，道：“傻丫头，你一个人怎么就可以睡着了？蛇来咬你怎么办？火烧着你怎么办？”

铁凝一下子就张开眼睛，道：“谁说我睡着了？我是在想事情呢！”

铁铮道：“哦，原来你会用心思、想事情，你想什么？”

铁凝道：“你别小看我，我正在盘算一条妙计呢。吃饱了才告诉你。”

三人把黄麇烤熟了分食，黄麇是野味中最好吃的一种，铁凝吃饱了肚子，抹抹嘴道：“可惜少了一点盐。”

铁铮笑道：“馋嘴的姑娘，你想的什么妙计，现在可以说了吧？”

铁凝却先叹了口气，说道：“咱们失了展大哥的财宝，山寨的粮饷也没着落了，咱们还好意思回去见爹爹吗？”

铁铮笑道：“你不必绕着弯儿说话了，我早知道你是想的这一件事啦。”铁凝道：“不错。咱们总得想个法儿把那一车珍宝夺回才好。”

铁铮道："但咱们只有三个人呢。华家父女和咱们只是一面之交，即使能够找着他们，咱们也不好求外人相助。"

铁凝道："求外人相助，那还有什么面子？当然只能靠我们自己的力量。不能力敌，难道不可以智取吗？"

展伯承道："对，咱们先听听凝妹的妙计。"

铁凝道："哥哥，你别作出笑话我的神气，这妙计不是我想出来的，是我向一个人偷师的，她也是你佩服的一个人呢。"

铁铮道："你越说越奇怪了。是什么人？难道他也有相同的遭遇？"

铁凝道："你还记得爹爹说过的，段表婶的故事么？当年段表婶是潞州节度使薛嵩的义女，魏博节度使田承嗣一要勾吞潞州，二要迫她嫁给自己的儿子，也正是今天领兵来劫咱们的那个田悦。后来段表婶偷进魏博节度署，夜盗金盒，那金盒是压在田承嗣枕头底下的，这才吓得田承嗣不敢胡作妄为。那次田悦非但未得娇妻，还失了聘礼，只好自叹晦气。"

铁凝所说的"段表婶"即是段克邪的妻子史若梅，她在薛家之时，芳名"红线"。"红线盗盒"的故事传播江湖，不但铁铮兄妹知道，展伯承也是早就听得父母说过的。

铁铮道："哦，原来你是要师法段表婶的故智。但当年段表婶有段表叔帮她，而今日的田承嗣，帐下高手如云，也恐怕要胜过当年呢。好像那个使尉迟鞭法的军官，就是一个劲敌。"

铁铮还未知道北宫横比那尉迟俊更强十倍，因为当华宗岱与北宫横交手之时，他们三人都是陷在重围之中，未瞧见北宫横的本领。

铁凝道："段表叔、表婶当年也不过十七八岁的少年，比咱们也大不了多少，咱们还比他们多一个人呢。他们敢干的咱们为什么不敢干？"

铁铮比妹妹稍微老成持重，但决非胆小。他的性情是一旦有了决断之后，即使前面是刀山火海，他也要向前闯的。在他妹妹说话之时，他也早在心中反复思量过了。

最"稳当"的办法当然是先回山寨报讯，但伏牛山与魏博相隔千里之遥，山寨决不能调动大兵来攻魏博。

铁铮心里想道：“爹爹与杜叔叔要在寨中坐镇，其他头目，本领还不如我们。我若回去报讯，爹爹也派不出能人相助，何必令他们操心？”

铁凝话声一落，展伯承被她激起了豪情，首先附和，说道：“好，铁家妹子，你敢去闯龙潭，我也何惧去探虎穴！”

铁凝道：“展大哥已赞同了，哥哥，你呢？”

铁铮筹思已熟，微笑说道：“你这条计策不是不可行，但也还要从长计议。”

铁凝道：“计议什么？”

铁铮笑道：“魏博的牙兵都是认识咱们的人，咱们总不能这样骑着马大摇大摆地进城吧？我看先得有个歇脚的地方，把坐骑寄在那儿，咱们半夜再潜入魏博。还有田承嗣的节度署，我想最少也有几百间房屋，咱们也应该预先知道里面的地形和布置，否则盲摸盲撞，就只能凭运气了。”

这些都是铁凝未考虑到的，不觉一呆，硬着嘴道：“凭运气就凭运气，总胜于什么也不干。”

展伯承道：“铁兄弟想得这样周到，想必心中已经有数了。”

铁铮道：“我倒想起了两个人来。凝妹，这也是你提醒我的。”

铁凝得她哥哥一赞，才又欢喜起来说道：“是哪两个人？我还没想起呢。”

铁铮道：“段表婶最要好的朋友是谁？”

铁凝道：“哦，你是说聂姑姑？对啦，她的丈夫又正是咱们的师叔呢。可是他们夫妇乃是江湖游侠，行踪无定，你怎知道他们此刻是在哪儿？”

铁铮兄妹所说的这对夫妇乃是方辟符与聂隐娘。方辟符是磨镜老人的关门弟子，与铁摩勒同一师门，因此在辈分上是铁铮兄妹的师叔。聂隐娘和他家的渊源更深，她与段克邪的妻子史若梅是异姓姐妹，自小一起长大的。她的父亲聂锋本是朝廷大将，且曾在魏博节度使辖区之内做过镇守使，和田承嗣常有往来的。后来聂锋因事不能如朝廷之意，被削职为民（事详《龙凤宝钗缘》），前两年亦已去世了。

聂隐娘嫁了方辟符之后，尽散家财，和父亲旧日在官场中的一班亲友都断绝了往来，夫妻俩双双行侠江湖。

铁铮说道："方师叔和聂姑姑不比外人，咱们可以求他们相助。聂姑姑从前是时常在魏博节度署中进出的。咱们不必劳烦她亲自出马，但至少也可以给咱们作一个指路人。"

铁凝摇了摇头，说道："能够找得着他们，当然是最好不过。可是他们行踪无定，你怎知道他们如今身在何方？"

铁铮笑道："我当然知道，否则我也不会提起他们了。他们就住在离魏博城不过五十里的一条村子里。离城不远，但地方却很偏僻，是一个山沟里的村子。"

铁凝道："你说的可是二龙沟？"

铁铮道："不错，方师叔的老家就是在二龙沟的。"

铁凝道："这个我知道。但你怎知道他们准在家中？"

铁铮道："南叔叔上月曾在潞州道上碰见他们，方师叔告诉他要回老家住三几个月的。南叔叔为了怕咱们路上失事，曾把这一条路上的可以信赖的几位爹爹的好朋友告诉我，第一个就是方师叔。我本来想告诉你的，这几日在路上心情紧张，就忘记说了。"

铁凝年纪虽小，心思却很灵敏，说道："咦，这里面有点奇怪之处。"

铁铮道："有什么奇怪？聂姑姑不愿和娘家那班亲戚往来，她父亲所留下的那间将军府她早已不要的了。她不是贪慕富贵的人，难道不能和丈夫住到山沟里吗？"

铁凝道："不是这个意思。南叔叔不是要到江南劫漕运的吗？他为什么不拉方师叔和聂姑姑帮手？方师叔自幼父母双亡，为什么突然间又想到要回老家去住几个月？"

铁铮过后也曾想到这两个问题，但当时却因南夏雷行色匆匆，没有细问。当下说道："南叔叔是绝不会骗咱们的，方师叔和聂姑姑与咱们就像一家人一般，更是绝对可以相信。他们回老家住必有缘故。先去见了他们，你再问聂姑姑吧。"

铁凝笑道："要是方师叔和聂姑姑也不能相信，天下就没有可信之人了。我当然信得过他们，我只不过好奇而已。好吧，那么咱们不必等华家父女了，明天早上就去。”

铁铮道：“不，现在就去。天亮了路上怕会碰到官兵，露了风声。你已经吃饱了肚子，该有精神了吧。”

铁凝笑道：“就是有点儿想打瞌睡，也好，我且撑着眼皮，待到了方师叔家里再睡。走就走吧！”

少年人有一股劲，说干就干，尽管十分渴睡，一骑上马背，精神也就来了。好在这晚月色明亮，铁铮虽没去过二龙沟，却知道是在魏博城东五十里的一座山下，从他们现在的这个地点前往，则大约有七十里路。

当下铁铮在前引路，三人三骑，就朝着那个方向夜行。他们的坐骑都是久经训练的战马，夜间走在崎岖的山路上，也懂得自行避开凶险之处，选择合走的路，简直不须主人分神照料，而且比普通的马匹白天在平地上走还快得多。

有一座山作为目标，不至于迷失方向，他们是三更过后出发的，七八十里路程，天亮没多久便已到了。

他们找到了一个一早出来斫柴的樵子，问起了二龙沟方家，这樵子正好是自小熟识方辟符的，虽然觉得这三个少年来得有点奇怪，也还是给他们指了路向。

方家的屋子是泥砖所砌，外面围有一道仅仅高逾人头的矮墙，看得出是刚不久前粉刷过的。这座住宅比之富贵人家的青砖大屋当然差得很远，但在一条穷山沟里，却已有如鹤立鸡群。铁铮等人不必再问，已知道是方家了。看这情景，方辟符夫妇料想也在家中，而且要住一段较长的时间，否则他们不会多花工夫粉刷。

这道矮墙，铁铮他们要跳进去乃是易如反掌。但他们是小辈，可不能这样。

铁铮拍了会子门，里面无人答应。铁铮与展伯承道：“咱们好不好通名禀报？”要知铁铮颇懂江湖避忌，他是绿林盟主铁摩勒之子，由于父亲的关系，江湖上有许多人是知道他的。这地方虽然偏僻，也得提防隔墙有耳，泄漏了风声。

话犹未了，忽觉微风飒然，墙内突有暗器袭来，铁铮吃了一惊，连忙使个“龙翔凤舞”的身法避开。

铁凝心中有气，说道：“方师叔，你怎么打起我来了。”把那暗器接下，却原来是两颗熟透了的龙眼。

大门打开，走出来的果然是方辟符，笑道：“你们这两个小鬼长得这么高了，叔叔都几乎认不得你们了呢。这位是——”

铁铮道：“他是展大哥。”方辟符道：“哦，知道了，进来吧。”

铁凝这才知道方辟符是用龙眼充作暗器，试出他们的家数的。聂隐娘与铁、段两家的交情在先，他们小时候与聂隐娘常在一起，方辟符出道在后，虽是他们的师叔，见面的次数却不多。一别五六年，小孩子长得快，也难怪方辟符不敢立即相认。

铁凝剥了壳，把两颗龙眼送入口中，笑道：“多谢方叔叔的龙眼，聂姑姑呢？”

方辟符道：“你聂姑姑还未起床。”其时已是日上三竿的时分，普通练武的人，习惯都是起得很早的，铁凝心里想道：“聂姑姑这个时候还未起床，难道是患了病？”可是刚刚踏进人家的门口，却不好就这样探问。

方辟符带他们进了屋子，叫道：“隐娘，你看是谁来了？”

聂隐娘刚好梳洗完毕，走了出来，笑道：“哪里来的这位标致姑娘？哦，原来是阿凝。走近来让姑姑瞧瞧，几年不见，你可把姑姑想死了。嗯，还有铮侄和展世兄，你们也长得这么高了，都变成了大人啦。什么风把你们吹来的？真是难得！”

铁铮兄妹小时候常与聂隐娘一起，尤其铁凝，更是常常跟在她的身边，十分稔熟，就像一家人一般。故此聂隐娘一见他们，就与铁凝先开玩笑。

铁凝仔细一瞧，只见聂隐娘面色焦黄，略带浮肿，腰肢粗大，腹部隆起，但双眼有神，神情也很愉快，却又不似有病的模样。

铁凝纳罕道：“聂姑姑，你可真是发福啦！”她记得聂隐娘从前是一副杨柳腰肢，十分苗条的。

聂隐娘“咕”的一笑，道：“是么？”她的一个侍女正端上茶来，这侍女是聂隐娘从前的手下女兵，与铁家兄妹也很熟的，听了铁凝那句话，更是笑得弯下了腰。

铁凝道："咦，你们笑些什么？我说错话了？"那侍女道："铁姑娘，你们多住两天，就可以吃上你姑姑的红蛋啦。"

铁凝这才知道原来聂隐娘不是发胖，而是怀孕，不禁也笑了起来，道："我真是糊涂。姑姑，恭喜你啦。"

方辟符道："我就是因为你姑姑有了喜，不能在江湖走动，我们才回老家住的。但你们却怎知道我们在这儿？"

铁铮道："十多天之前，我们碰到南叔叔，南叔叔告诉我们的。"

方辟符道："南夏雷要到江南去劫漕运，可惜你姑姑身子不便，可帮不上他的忙。你们是为了他的事来么？"

铁铮道："不是。"心想："聂姑姑是就要生产的了，可好不好告诉他呢？"铁铮虽然懂事，但也不过是个十六岁的大孩子，对妇女生产的事情，连一知半解也谈不上，他倒是怕聂隐娘为了他们的事操心，影响了腹中胎儿。

方辟符吃了一惊，道："是山寨中出了事么？"聂隐娘笑道："你不用顾忌，说吧，我即使帮不了你们的忙，也可以给你们出出主意。"

铁凝素来知道这位聂姑姑计智过人，是一位女中诸葛，平生也不知经历过多少风浪，决不至于临事慌张。她心里藏不住说话，便说出来道："不是山寨有事，是我们遭了意外。我们有一车金银珠宝，给田承嗣的手下抢去了。"

聂隐娘道："哦，有这样的事吗？你们哪儿来的这许多珠宝，又是怎样给田承嗣抢去的？"

铁铮简单地说了经过，铁凝便抢着说道："姑姑身子不便，我们不敢劳烦姑姑与方师叔，只是来求姑姑指点的，我们想今晚进他的节度使衙门，但地方还不熟悉。"

聂隐娘笑道："原来你们是师法你们段表婶的故智。勇气倒是可佩，但恐怕还要从长计议。田承嗣帐下颇有能人呢！"

铁凝道："我们都想过了。只有这个办法可行，我们不怕危险。"

聂隐娘道："好吧，少年人也应该多经一点风浪，今晚就让你们的师叔陪你们去吧。”

铁铮道：“不，方师叔应该留在家中照料姑姑。我们今日到来，一路上虽没遇见形迹可疑之人，但也不能不提防意外。万一有狗腿子到此搜查，有方师叔在家也好对付。”铁铮性格最似他的父亲，凡事都惯于先替别人设想。

聂隐娘笑道：“这真是一代胜于一代，辟符，你看他们这几个娃儿，比我们当年又强得多了。好吧，你们先吃点东西，让我给你们安排。”

铁凝见聂隐娘赞同她的意见，松了口气，笑道：“我们昨晚三更吃了一只黄麋，肚子倒不饿，只是想睡觉。”她精神一松下来，不觉连打呵欠。

聂隐娘道：“好，那你们就先去歇息。放开心事，好好睡吧，今晚没有精神可是不行的呢！”

这一觉直睡到黄昏时分，聂隐娘叫他们起来，吃过了晚饭，便给他们安排今晚的行事。

聂隐娘已经绘好了一张地图，说道：“我也已经有将近十年，未到过田承嗣的衙署了。不过相信里面的建筑虽有增加，大致不会有太多的变动。田承嗣从前是住在东面这间暖香阁的，他的儿子田悦则住在西面这座挹翠楼。你们不妨先到这两处地方试试，倘若能擒得他们父子任何一个，就不愁他们不还你们的珠宝了。”

聂隐娘接着道：“我知道你们都已练成了一身功夫，但田承嗣帐下，高手甚多，总之是要加倍小心才好。你们进了他的节度府之后，不要走在一起，三个人可以各走一个方向，一个去暖香阁，一个去挹翠楼，还有一个在这两地之间的假山上策应。这样有个好处，倘若有一处给发现了，其他两处也可以出来扰敌，使得敌人风声鹤唳，不知你们来了多少人。你们就可以减少被围困的危险，必要时也可以多些逃脱的机会。”

聂隐娘思虑周详，许多铁铮他们想不到的细节，聂隐娘都一一加以指点。她把那张地图详加讲解之后，又拿出了三套衣裳，三个暗器囊，说道：“今晚有几分月色，你们都换上夜行衣吧。这暗器囊里除了有梅花针，铁莲子之类的暗器之外，还有火石，我是准备给你们必要的时候放火的。”

铁铮三人这才知道在他们睡觉的时候，聂隐娘已经给他们赶裁了三套夜行衣。聂隐娘不过比他们大十岁左右，却不但像他们的大姐姐，还简直像他们的慈母了，三人都是深深感激。

三人回房中换好了衣裳出来，已是二更时分，聂隐娘道：“地图由铁铮携带，你们两人把这张地图再看一遍，尽可能默记心中。进了衙署，你们要分开来走，就不能再看地图了。好了，你们可以走了，祝你们顺风。我在家中静候你们的佳音。”

三人出了方家，立即施展轻功，奔往魏博城。路上，铁铮说道：“聂姑姑真是替我们准备得十分周到，只是有一件事情，却有点出我意外。”铁凝道：“什么事情?”铁铮道：“方师叔不是说要护送咱们的吗？我以为还要费一番唇舌才能将他劝阻的，谁知聂姑姑和他都不再提此事了。”

铁凝笑道：“这不好吗？这就是表示聂姑姑已经放心得下咱们，所以她和方叔叔也就无须再和咱们客气了。”

铁凝哪里知道，就在他们说这些话的时候，方辟符与聂隐娘正在家中提出这件事情。

原来他们夫妻早已商量定妥，由方辟符暗中保护他们，却不让他们知道，免得他们于心不安。

他们一出门，方辟符也立即换了夜行衣，并多戴了一张面具，因为他还是要在家中住几个月的，恐防给人认出他的面貌。此时他将要出门，但又放心不下妻子，欲行又止。正是：

仗义犯难出门去，拔剑四顾心茫然。

欲知后事如何？请听下回分解。

第十二回　夜探重衙遭暗算
火焚节署伏高人

聂隐娘道："你可以走了，再迟就赶不上他们啦。"方辟符道："你刚才不是感到肚子有点痛吗？会不会就在今晚——"

聂隐娘笑道："早已止痛了，不会有这么巧的。而且即使真是有事，你也帮不上我忙。"方辟符哑然失笑，说道："我将要做第一任父亲，难免紧张一些。不知怎的，我的眼皮直跳，我担忧有别的意外发生。"

聂隐娘笑道："男子汉大丈夫也信邪么？去吧，去吧，我会自己照料自己的。"其实方辟符也是早已下了决心去的，不过在这样情形下抛下待产的妻子，家中又没有一个得力的人照顾，总是难免有点牵挂。

方辟符下了山，走到了大路上，这时已是将近三更时分，忽见有三匹马从另一条岔路跑来，方辟符躲在一棵树后，让他们过去。朦胧的月色之中，隐约看见骑在马上的是三条大汉，都带着兵器。

方辟符心道："这几个人不知是什么来历，他们穿的是便衣，该不至于是田承嗣派来的鹰爪孙吧？"

转瞬之间，这三匹快马已去得远了。但它们跑的却正是从山下经过的一条小路，方辟符忽地起了一个可怖的念头，"倘若他们是去我的家里搜查，这可如何是好？"随即想道："外人根本不知我的老家是在那儿，铁铮他们是昨晚夜间来的，风声也决不会就这么快泄漏出去。我何用瞎起疑心？"

方辟符虽然放心不下妻子独自在家，但他更重视江湖义气，心里又再想道："铁铮兄妹还是初出道的大孩子，我不知道此事还可，如今知道此事而不暗中保护他们，倘若他们失陷在节度府中，叫我如何有面见我的铁师兄。"想至此处，只好把对妻子的挂虑暂且搁在一旁，加快脚步，向前赶去。直到远远的瞧见铁铮等三人的影子，这才松了口气。

铁铮等人没有碰上那三骑快马，也不知道方辟符跟在他们后面。少年人都是一股急性子，只怕耽误了时候，恨不得插翼飞进魏博城。铁铮轻功最好，铁凝与展伯承差不多，但在江湖上也算得是一等的轻功了。五十里路程，一个更次便即赶到，到了魏博，三更刚过，正是夜行人活动最好的时间。

魏博城墙有二丈多高，城门也有卫卒看守。但却挡不住这三个轻功超卓的少年。进城之后，三人便直奔田承嗣的节度府。

根据聂隐娘那张地图的指示，他们从节度府后花园的西北角进入。田承嗣做了几十年节度使，号称当时天下的第一"强藩"，当真是富可敌国。只是这座后花园，便占地数亩，屋宇连云，园中树木，苍郁成林，有十数株参天大树，高出墙头。铁铮捏了一把碎泥，用内家真力，向一棵树上一洒，栖宿在树上的几只乌鸦，吓得惊飞起来。

这是比"投石问路"更好的法子，投石落地有声，守卫会知道是夜行人来到；碎泥洒落却是无声无息，他们听到的就只是乌鸦的叫声了。

从前人迷信乌鸦是"不祥"之鸟，附近巡逻的卫士赶了过来，看见乌鸦飞起，大叫倒霉，有一个神箭手索性发出连珠箭，把这几只乌鸦全部射落。咒道："我还以为是夜行人来呢，倒吓了老子一跳。"这人的同伴笑道："有谁敢潜入园中，除非他不想要命！"

那神箭手道："你不知道昨天那些小贼本领都是十分厉害呢，我当时是在场亲眼见到的，几千牙兵，都捉不到他们一个。主公就是因为怕这几个小贼前来报复，才叫咱们加强巡逻的。"

那同伴笑道："如果我是贼人，我也不会这样笨，昨天刚闹了事，今天又来。最少我也要等到风头过后才来。这几日咱们会加强防卫，这个难道他们不会想到？"这一群巡逻的卫士，哪想得到，

铁凝的脚尖刚刚点着栏杆，那栏杆突似纸扎一般倒塌！

就在他们喧闹之时，铁铮他们早已从另一角翻过墙头，进了花园了。

按照他们原定的计划，铁铮往探东面的暖香阁，铁凝往探西面的挹翠楼，展伯承居中策应。他们是从西南进入，距离暖香阁较远，暖香阁是田承嗣的住处，料想守卫也可能较为严密，铁铮就是因为这个缘故，才要亲自去探较难的一路的。

三人分道扬镳，但展伯承却比较不能放心铁凝，所以他的任务虽是居中策应，但却暗中对铁凝照顾多些。他选择了一座离挹翠楼较近的假山躲藏。

园中处处都有假山、树木，铁凝仗着轻灵的身法，避过了穿梭来往的巡逻耳目，居然给她神不知鬼不觉地摸到了挹翠楼前。

只见那座挹翠楼是在两块玲珑山石的中间，上面异草纷垂，把屋檐遮过。这时已是三更过后，楼中却有灯火透过纱窗，隐约可见翩翩舞影，可闻细细笙歌。

铁凝又喜又怒，心中想道："好个祸国殃民的贼子，搜括了民脂民膏，半夜三更，兀自在这里荒淫逸乐！且叫他落在我的手上，吃点苦头！"此时铁凝已经跳上了挹翠楼侧边的那块玲珑山石，石与楼齐，里面的情形更是看得清楚。

只见田悦手持金杯，醉态可掬地坐在当中，在他面前的是一队翩翩起舞的歌女。田悦眯着眼睛，乱打节拍，怪声叫好。身旁并无卫士，这正是下手的绝好时机。

如果是一个有经验的夜行人，一定会起疑心，"挹翠楼既是田悦所居之处，岂能如此疏于防卫?"但铁凝却是个初出道的雏儿，一见田悦在这楼中，大喜之下，全无考虑。"嗖"的一声，立即施展"一鹤冲天"的轻功，从玲珑山石，扑上挹翠楼。同时一手三暗器，袖箭、飞蝗石、铁莲子，都朝着当中的田悦打去。

不料变生意外！铁凝的脚尖刚刚点着栏杆，那栏杆突然似纸扎般倒塌！连房间外面的那一层楼板也倏地裂开，发出了轰天价的一声巨响。而铁凝所发的袖箭、飞蝗石、铁莲子三般暗器，分明已是从窗口打了进去的，也似碰着了一堵无形的墙壁，叮叮叮三声响过，全都碰了回来。

原来这座挹翠楼乃是经过巧手工匠改建，装了机关的。改建的原因，就是由于当年段克邪与史若梅在节度府的那场大闹。田承嗣失了床头的金盒，过了许久，还是吓得坐卧不安，于是请来巧手匠人，将他们父子两人的住处，全都装上机关。

这座挹翠楼在卧房外面的一层楼房连着栏杆都是活动的，只要被任何东西一碰，就会栏杆倒塌，楼板翻开。只有从地下正中的楼梯上去，可以安然无事。而田悦卧房的窗口处又装有一层透明的白玉屏风，可以抵挡暗器。这座白玉屏风比梳妆用的镜还更薄、更透明。在黑暗里除非走近来摸，否则看不出来。由于这是“红线盗盒”事件之后所改建，所以连聂隐娘也丝毫不知其中秘密。

但铁凝还算是不幸中之幸了，要是她踏着楼板，坠下去就是水牢，那更不堪设想。如今她只是触着栏杆，栏杆倒塌，她虽因蓦地受惊，失足跌落地上，但幸而她也十分机伶，一着地便立即打了个滚，没有给随她倒塌的巨木压着。

田悦大叫：“捉刺客，捉刺客！”其实无须叫喊，这一闹早已惊动了满园侍卫。假山石后，花树丛中，隐藏的卫士纷纷跳出。

铁凝一个打滚，避开了一口大斫刀，还未来得及跃起，又是两根长矛朝胸刺下，铁凝横剑当胸，可是她躺在地上，使不出力气，架不住长矛，眼看发着闪光的矛头，就要刺到她的咽喉。而四面八方的脚步声，又不知还有多少武士赶来！

铁凝正自心慌，忽听得一个使长矛的武士大叫一声，“卜通”倒地。另一个武士大吃一惊，长矛刺下去的力道骤然减弱，给铁凝一招“顺水推舟”，将他的矛头削断。原来是展伯承发出暗器救她，但因距离尚远，又是在黑暗之中，瞄准不易，只打中一个武士。

铁凝一跃而起，精神陡振。要知她的长处乃是在于超卓的轻功与奇诡的剑法，短处则在年纪小气力弱。躺在地上长处不能发挥，一跳了起来，几个普通的武士还焉能是她对手？

铁凝刷的一剑，先刺翻了那使矛的武士，接着指东打西，指南打北，又刺中了两个刚刚追来的武士的穴道，那两个武士也像两根木头似的“卜通”倒了。

一个使刀的武士叫道：“咦，是个小姑娘！”铁凝道：“小姑娘又怎么样？叫你知道我的厉害！”一剑刺去，那武士长刀挥了一道圆弧，居然解了她两招凌厉的剑招，叫道：“这么横的小姑娘还是少见。哥哥，快来！”

铁凝道：“叫你姐姐来我也不怕。”话犹未了，只听得一个人“哼”了一声道：“我道是谁？原来又是你这个不知死活的小丫头！你不是我的对手，快投降吧！”来的这个军官乃是尉迟俊。

铁凝怒道：“你的本领也没有什么了不起，你们哥儿俩并肩上吧。”

她只道尉迟俊是那使刀的哥哥，那使刀的却笑道：“尉迟将军，这小妞儿想要斗我们兄弟，将军你也不在乎这个功劳，就让了我们吧！”铁凝这才注意又已来了一个军官，左手持刀，和说话这个军官长得一模一样。

敌方的三名高手业已聚拢，对铁凝采取了包围态势，铁凝这边，展伯承亦已如飞赶至，大叫道：“尉迟俊，你敢不敢单打独斗，与我再见个高低？”他知道尉迟俊是个颇为骄傲、很有身份的军官，便指名向他挑战，以便减少铁凝的强敌。

尉迟俊冷笑道：“你这小贼也懂得使用激将之计，也好，反正你们已是跑不了的，就让你输得心服吧！”

尉迟俊挥鞭迎战展伯承，一面吩咐那两兄弟道：“好，这小姑娘就交与你们了。你们可得小心点儿，要活捉的。”那两兄弟道：“尉迟将军你放心吧，决错不了。”于是五个人分成了两堆厮杀。

展伯承趁对方说话的当儿，倏地一招“明驼千里”，飞身扑上，剑锋直刺到尉迟俊的面门。尉迟俊使个“大弯腰——斜插柳”的身法，硬生生把身形一拧，恰似陀螺疾转，恰恰避开。展伯承如影随形，刷的一剑又刺到他背后的“风府穴”。尉迟俊叫道：“吓，来得好快！”反手一鞭，使出了“迎风扫柳”连环三鞭的绝技，这才堪堪把展伯承这一招凌厉的剑法解开。

鞭影翻飞，剑花错落。两人打得个难分难解。但尉迟俊失了一着先手，总是展伯承隐隐占一点上风。但这一点上风，不是高手却看不出来。尉迟俊手下都知道长官的脾气，只怕上前相助反而给他见怪，乐得袖手旁观。

尉迟俊起初看不起展伯承，待到数十招过后，他还未能拉成平手，这才暗暗叫苦。但他骄傲惯了，可不好意思叫手下相助。原来展伯承昨日与尉迟俊交手之所以稍稍吃亏，那是因为他先已激战了一场的缘故。论起真实的本领，他身兼父母与褚遂三家之长，比尉迟俊却是要高出一筹。只可惜他临敌的经验尚差，要不然就不止稍占上风，而是应该在五十招之内便能取胜的了。

展伯承这边稍占上风，铁凝那边的形势，却是颇为不妙。

与铁凝交手的这对兄弟，哥哥名叫石攻，弟弟名叫石错。论本领石家兄弟本来不及铁凝。可是他们却练有一套配合得妙到毫巅的古怪刀法，两兄弟联手，铁凝可就打不过他们了。

石家兄弟，哥哥用左手刀，弟弟用右手刀，彼此呼应，虚实相生，毫无破绽可寻。而且弟弟的右手刀也还罢了，哥哥的左手刀，路数和正常的刀法恰恰相反，铁凝招数虽妙，经验则比展伯承更差，又不习惯这路左手刀法，结果就只有招架的份儿。

幸而铁凝的轻功身法远在石家兄弟之上，一觉形势不妙，便使出了腾、挪、闪、展的小巧功夫，石家兄弟的快刀斫出了数十刀，却也还没有一刀斫得着铁凝。往往看起来就要斫中了，还是给她闪开。

但石家兄弟乃是惯经阵仗的会家，一看出铁凝的长处和短处，刀法倏地又是一变。

石攻左手刀一起，自左至右，划了一道圆弧，石错的右手刀则自右至左，也划了一道圆弧。两道弧形合成了一个圆圈，登时把铁凝裹在当中。铁凝一口剑指东打西，指南打北，几乎把吃奶的气力都使了出来，仍是不能突围。

石家兄弟双刀合璧，一个个刀光组成的圆圈就似波浪般层层推进，圈子越缩越小，铁凝应付得越来越是吃力。圈子一小，她的轻功身法也就无从施展了。

展伯承刚刚占了一点上风，看见铁凝形势危险，大为着急，要想冲过去与她联手。可是尉迟俊也非弱者，他的水磨鞭又是长兵器，挥舞起来，三丈方圆之内都在他的鞭势笼罩之下。尽管他的本领比展伯承稍有不如，但要拦阻展伯承却还足够有余。展伯承终是经验较差，一着急剑招便有疏乱，尉迟俊乘机抢回了先手，反客为主，杀得展伯承只有招架。

展伯承不但在为铁凝着急，同时还要为铁铮担忧。他们是说好了的，哪一个倘遇意外，其他两人就要赶来接应，即使计划不能实现，那也是先救人要紧。

如今铁凝在挹翠楼失事，他们与敌人厮杀也已有一支香的时刻了。满园子人声鼎沸，铁铮所去的暖香阁，虽然与挹翠楼有一里多路的距离，也断无听不到这边厮杀之声的道理，而以铁铮的轻功本领，一里多路的距离转瞬即到，也应该早就赶回来救应了。

可是铁铮的踪迹还是杳然。一支香的时刻过去了，铁凝的处境也越来越危险了，铁铮仍是未见回来。“难道他在暖香阁那边也出了事?”

展伯承想到的铁凝当然也想到了，她处于劣势，不见哥哥回来，自是比展伯承更要心慌，一个疏神，给石错刷的一刀，削落她头上的一支玉簪，幸而她还算闪躲得快，要不然天灵盖即使不被劈穿，至少也要削去一层头皮。

石错这一刀用意其实还是在吓她的，因为他要捉活的领功，非是迫不得已，他还不愿意将铁凝杀死呢。一刀削落了铁凝玉簪了后，石错哈哈笑道：“小姑娘，别倔强了，快快投降，饶你一命。你跟田公子做一名女俘比你做女强盗要享福得多呢!”

铁凝柳眉倒竖，“呸”了一声道：“放屁，放屁!”一怒之下，反而没有那么慌了。拼着豁了性命，狠狠的对敌厮杀。

铁凝的剑法本来是第一流的剑法，尤以奇诡见长，一旦拼了性命，招招都是杀手。石家兄弟反而有了顾忌，十招之中，倒要用了七招防守。可是铁凝虽然暂时挽回颓势，究竟是气力不加，仍然冲不破石家兄弟双刀的封锁。石家兄弟打定了主意，只待耗尽了她的气力之后，不愁不手到拿来。

展伯承关心铁凝，精神分散，心慌意乱之中，给尉迟俊抽着一鞭，背脊火辣辣作痛。展伯承大怒，正要不顾一切，硬冲出去，忽听得有人鸣锣大叫道：“快来救火，快来捉贼!”

声音来自北方，不久南面又有人叫道：“不好，白虎堂那边也起火啦!”白虎堂是节度府中的军机重地，机密文件和节度使的印信都是放在那里的。众卫士大惊，登时乱成一片。

哪知骚动未已，东面又响起了锣声，有人大叫道：“暖香阁那边也起火啦!”暖香阁是田承嗣所居之处，众人更是心慌。

展、铁二人大喜，心中都是想道：“一定是铁铮到处点火，怪不得他迟迟未来。”敌人一慌，他们二人却是精神陡振了。

他们是在西面，转眼间东、南、北三处的火光都已经可以看见了。

尉迟俊大叫道：“不许慌乱，分一部分人去救火。这两个小贼还是不能让他们跑了!”

他这么一叫，即是要一部分人也来帮他“捉贼”。他正担忧独自战展伯承不下，此时正好抓着一个最好的借口，可以叫部下帮忙。为了要拿下敌人才好全力救火，当然不必再顾江湖规矩。要人帮忙，也不致损伤他的面子了。

众武士一拥而上，展伯承长剑舞得风雨不透，暂时间还勉强可以支持，铁凝却是危险万分，急得大叫道：“哥哥，快来!”

话声未了，忽听得“叮”的一声，石错的钢刀正朝着铁凝劈落，蓦地里不知从哪里飞来一颗石子，把石错的钢刀打得飞上了半空。

石家兄弟的刀法本是互相配合的，弟弟钢刀脱手，哥哥的刀法未来得及变招，只是划了一道弧形，右边露出老大一个破绽。铁凝剑法何等敏捷，刷的一剑，就刺进他的右臂。铁凝前两天还是害怕见血的，此时在生死存亡的关头，招数唯恐不狠，却是一点也不知道害怕了。

石家兄弟一失刀，一受伤，双双逃跑，铁凝杀出重围，只听得众武士大叫道：“贼人在那一边，去捉贼，捉贼呀!”

铁凝抬眼望去，月色朦胧之下，只见在荷塘对岸的那座假山上，有一个黑衣人一声不响的只是向这边掷石。

附近已有七八个武士向他跑去，可是还未曾到得那座假山，已经全都给他的石子打中了穴道，一个个变成了滚地葫芦，“哎哟哟”之声不绝于耳。

铁凝大喜叫道:“哥哥!”那黑衣人还是没有回答。“呼呼”数声，几块石头飞了过来，把堵着铁凝的几个武士打翻，似是有意给她开道。

那座假山的距离至少也在三十丈开外，铁凝看不清楚那人的形貌，心中想道:“哥哥的内力虽然比我强得多，可是平日与他练习暗器，他似乎也还未有打到三十丈开外仍可伤人的本领?”心里开始有点怀疑不是哥哥。但反正此人是来援救他们的，铁凝也就无须多所推究他是谁了。此时展伯承也正在突围，铁凝赶忙过去接应。

那人的石子改了方向，向尉迟俊那边打去，尉迟俊手下给他打翻了两个。尉迟俊大怒道:“躲在暗处冷箭伤人，算得什么好汉?有本事的出来与我较量较量。”话犹未了，“呼”的一颗石子已是打中他的手腕。尉迟俊也算了得，反手一挥，虽给石子打中，却没打着他的穴道。

可是他的手腕一阵酸麻，水磨钢鞭都几乎把握不牢，心中不由得大吃一惊，暗自想道:“一颗小小的石子从这么远打来，居然还有这么大的力道，此人的本领看来乃是在我之上，偏偏北宫横又不在这儿，好汉不吃眼前亏，只好先去救火吧。”

展伯承趁机抢攻，也杀伤了几个武士，尉迟俊手腕受创，架不住他的剑招，又害怕那黑衣人杀来，哪里还敢恋战?

展伯承杀了出来，与铁凝会合。两人一同向那座假山跑去。那黑衣人一面发石阻敌，一面也离开了那座假山，在前面给展、铁二人带路。

众武士虚声呐喊，可还不敢当真追去。此时东、南、北三处的火头都已越烧越大，满园子的人都向着起火之处跑去。黑衣人却钻入了花树丛中，专挑僻静的黑暗的角落逃走。

黑衣人与展、铁二人都是一身超卓的轻功，转眼间就把追兵甩在后面。黑衣人带领他们，跑到了一座假山背后，四顾无人，这才停下脚步。

铁凝已看出他不是哥哥，起初怀疑是华宗岱，但华宗岱身材颀长，却又与此人不像。正要动问，那人已回过头来问她道:“你哥哥呢?”

铁凝又惊又喜，说道："方叔叔，原来是你！咦，你怎么可以抛下聂姑姑，让她独自在家？"

方辟符道："我就是因为放心不下你们这几个小家伙呀！聂姑姑你不用担心，现在着紧的是要找你哥哥，他是不是到暖香阁去了？"话虽如此，其实方辟符也是十分牵挂家中待产的妻了，尤其是想起在路上碰见的那三骑怪客，更增忧虑。不过他不愿意两个小的也陪他担忧，所以没有告诉他们。

铁凝吃了一惊，说道："那几处火不是你点的吗？你不是已经到过暖香阁了，怎么没见着我的哥哥？"

方辟符道："不错，那几处火是我点的。但东面那一把火，我烧的可不是暖香阁，而是暖香阁附近的一幢房屋。那时我已经知道你们这边出事了，放火的目的只是想分散敌人，暖香阁守卫森严，犯不着去打草惊蛇。"

展伯承连忙问道："这么说，当你在暖香阁附近点火的时候，暖香阁那边还没有闹起来？"

方辟符道："那儿静悄悄的，不像是有夜行人去过的模样。"

铁凝大为着急，说道："这可奇怪了，我哥哥若不是到暖香阁，却又去哪里了？我们说好了一出事，大家就要赶来会合的。哥哥现在都还未见踪迹，哎呀，一定是他不知在什么角落也出事了。"

方辟符安慰她道："你先别着急，待我出去打探打探。你哥哥身具绝顶轻功，人又机警，想不至陷落敌人手里。"

铁凝道："好，我同你一起去。"

方辟符道："不，你们在这里等我。如今满园子都是敌人，人多去反而不便。这里地方僻静，你们耽着不要走动，非不得已切莫动手。"铁凝拗不过方辟符，只好依从。

这时候那几处火头已经快要扑灭了，但园子里还是乱糟糟的，尤其是暖香阁那边，够得上可以向田承嗣请安的人，差不多都已去了。但人多势乱也有好处，方辟符仗着巧妙的身法，随着众人奔跑，倒也没有引起特别的注意。田承嗣的手下经过一场大闹，都以为敌人已经逃跑了，谁都想不到他居然这么大胆，非但留在园中，而且还敢朝着人多处挤。

方辟符走近暖香阁，没有发现铁铮。他偷听那些卫士的谈话，也没有人说及暖香阁曾来过刺客，方辟符打探不出一个结果，心里也不禁有点儿忐忑不安了。

方辟符心里想道："或许他是迷了路了。这园子大得很，却不知他躲在哪儿。"正自踌躇，忽听得有个声音喝道："什么人?"旁边闪出一个军官，蓦地里一把向他抓下！

方辟符惯经大敌，毫不慌张，双掌一圈，使了一招"拨云见月"的"推手"，要把那人甩开，不料双掌一交，只觉一股大力推来，如牵似引，竟把他这一招推手破了。方辟符不由得脚步一个踉跄，差点儿跌倒，那军官也是晃了一晃，接连退了三步。

方辟符这才吃了一惊，心道："田承嗣手下竟有如此高人，但愿铁铮不要碰上了他才好。"心念未已，那军官已是又扑过来，呼的一声，双掌齐发。

方辟符怒道："你以为我当真怕了你么?"使出一招"云麾三舞"，双掌虚抱，接连翻了三个圆圈，只听得"啪、啪、啪"三声响过，两人竟是功力悉敌，谁都不能向前跳进一步。原来方辟符刚才那招"推手"未尽全力，是以稍稍吃亏。

这军官"噫"了一声，似乎也是颇为诧异。原来这军官不是别人，正是田承嗣帐下的第一高手北宫横。他与方辟符接连硬碰四掌，虽然并不吃亏，虎口已是感到有点儿火辣辣作痛。

方辟符亦自感到气血翻涌，但他察觉到对方已是微有怯意，立即又是一掌横扫过去，北宫横果然不敢硬接，向旁一闪，使了一招"拂云手"，如封似闭，用刚柔兼济的手法，化解对方的掌力。方辟符这一招正是要迫他闪开，不待对方还招，立即逃跑。他已知北宫横是个劲敌，若不将他摆脱，敌人一拥上来，只怕连自己也逃跑不了。

有几个武士不知厉害，跑来拦截，方辟符大喝一声，使出"大摔碑手"的功夫，一手一个，把两个武士抓了起来，向北宫横掷去。北宫横接下了这两个武士，方辟符已是逃进暗处，与北宫横的距离拉得远了。

北宫横气得哇哇大叫："晦气，晦气！连一个小贼也抓不住！你们快给我满园大搜！"他虽然气怒交加，可是他身负保护田承嗣的重责，可还不敢离开这暖香阁，只能指挥手下去搜。

方辟符听得北宫横的说话，心中一动，暗自想道："他说连一个小贼也抓不住，那么就一定是还有别的'小贼'来过了，那是谁呢？倘是铁铮，那倒好了。"

此时已是五更时分，玉兔西沉，残星明灭，眼看就快要天亮了。方辟符暗自思忖："天若一亮，铁凝他们可就不易躲藏了。我不打紧，可不能连累他们。看这情形，铁铮似乎还未落在敌人手中。我且与铁凝、伯承二人先出去再说。"

且说展伯承与铁凝躲在假山背后，他们遵守方辟符的吩咐，不敢走动。铁凝心里闷得慌，忍不住和展伯承悄悄说话，说的当然是有关她哥哥的话题，不知方辟符能不能找着她哥哥。

展伯承一面安慰她，一面却又叹了口气，说道："我外公的这批宝藏真是不祥之物，自从发现以来，就惹了不少灾殃。今日又还要咱们为它大吃苦头。"

铁凝何等聪明，一听就知道他是有感而发，笑道："展大哥，你可是又想起了龄姐了？依我看罪过不在宝藏，灾殃都是贪心的人惹出来的。咱们今日虽然吃了苦头，但灾殃最后必是降在田承嗣身上。"

铁凝这话其实也是借题发挥，对褚葆龄勾结"外人"谋夺宝藏之事有所非议的。不过她知道展伯承十分偏袒褚葆龄，她不愿引起争论，是以没有点出褚葆龄的名字，只是说的田承嗣。

展伯承听出了她双关的说话，红着脸道："凝妹说笑了，这个时候，我哪有心思想别的事情？"

正说话间，忽听得有脚步声向他们这边走来，那两个人也正在说着话。

展伯承记着方辟符的吩咐，怕铁凝忍不着要动手，连忙将她拉进山洞。

只听得行先那个人道："已经发现五名刺客了，一个也捉不到，明天可该咱们受罪了。"

另一个笑道："你担忧什么，天塌下来也有长人顶呢。连北宫横都捉不到一个小贼，主公要降罪也还轮不到咱们承当。"

铁凝咬着展伯承的耳朵道："他们所说的那个小贼莫非就是哥哥？但连方叔叔在内，也不过四人，却哪里来的五个刺客？咱们再留心听他们的说话。"

可是那两个人已不再说话了，而脚步声却越来越近。这假山的山洞是人工布置的，又浅又窄，两个人挤在洞中，不免肌肤相贴，气息相闻。

铁凝虽然不过是一个十四五岁的小姑娘，但也是个说大不大说小不小的女孩儿家。展伯承有生以来，除了与褚葆龄之外，还从未曾与第二个女孩子这么亲近过。他想起从前与褚葆龄相处的情景，禁不住面红耳热，尽量把身体移开，不知不觉就发出了轻微的声响，正是：

情窦初开小儿女，怎堪耳鬓两厮磨？

欲知后事如何？请听下回分解。

第十三回　几许少年称闯将
敢凭一剑斗魔头

那两个武士是节度府中有数的好手，也是江湖上的行家，一听得声响，立即察觉是有人躲在山洞。他们却毫不声张，待走到了适当的距离，这才蓦地把手一扬，发出了歹毒的暗器。

展铁二人听得“蓬”的一声，突然间火光一亮，展伯承大吃一惊，连忙舞剑防身，先跳出来，只见山洞前面，有两具尸体，正是刚才说话的那两个武士，假山上的野草已经着火燃烧，岩石缝中插有一支黑漆的也是正在燃烧着的箭杆，展伯承懂得各种奇门暗器，认得这是可以发火的蛇焰箭。

铁凝亦已跟着跳了出来，看了一看，诧道：“这是怎么回事？你瞧，这两个人的天灵盖都穿了个洞，总不会是自己跌破的吧？但周围却又没人。”

展伯承抹了一额冷汗，说道：“这两个人用蛇焰箭射进山洞，想烧死咱们。幸亏有高人搭救，杀了他们。他们是给透骨钉射穿天灵盖而死的。大约是他们一出手便中了这位高人的暗器，所以蛇焰箭射歪了。”

铁凝道：“莫不是方师叔回来了？方师叔，你出来吧，别开我们的玩笑了。”

她没有叫来方辟符，却把在附近巡逻的卫士唤来了。不过，即使她不出声，那些巡逻看见这边的火光，也会赶来的。

展铁二人因与方辟符有约，不敢离开此地，幸亏那几个巡逻的卫士武艺平平，不是他们对手。展铁二人并不怎么费力，就点了这些人的穴道。而在大批武士尚未赶到之前，方辟符也先回来了。

铁凝怕方辟符见怪，连忙说道："不是我们先出手引来敌人的。哥哥呢？"方辟符道："还没找着，但据一些迹象推测，他大约不至于是落在敌人手中。咱们出去再说。"

方辟符还怕铁凝执拗要见了哥哥才走，铁凝却点头道："是，我也这么猜想。有一位大有本领的高人暗地里帮助咱们呢，出去我再告诉你吧。"

他们三人展开绝顶轻功，那些卫士怎追得上他们，只有胡乱放箭。方辟符抓了一把石子，打倒了几个距离较近的弓箭手，后面的人连发箭也射不到他们了。

不一会三人已是越过围墙，出了节度府。到了路上，一口气再跑了十余里，这才缓下脚步，彼此交换消息。

方辟符听了铁凝所说的刚才之事，也是很感诧异，说道："这么说来，确是有高人暗中相助了。只不知是谁？"

展伯承沉吟道："莫非是笔扫千军华宗岱？"

方辟符吃了一惊，道："你们怎么识得这位前辈高人的？"

展伯承与铁铮兄妹，昨日到了方家之后，因为实在太过疲倦，所以只说了珠宝被田承嗣所劫之事，便睡觉去了。一直未有机会谈及华家父女。此时始得余暇补叙。

铁凝讲了结识华家父女的经过之后，说道："我本来也疑心是华老前辈，可是想了一想，又觉得奇怪。若然是他，他救了我的哥哥，为何不与我见面？甚至连消息也不告诉一声？他的女儿和我已经是很要好的朋友，她还说将来要到爹爹的山寨，和我同住一些时候的呢。"

方辟符道："这位老前辈行事怪僻，往往出人常理之外。也许他是另有原因。但愿铁铮是他救去的才好。"

铁凝忽地笑道："方叔叔，你怎么也称华宗岱做老前辈？"

展伯承也问道："方叔叔，听你的说话，你一定是知道华宗岱的来历了？"

方辟符道："不错，我从前虽没见过华宗岱，但却稍微知道他一点来历。你们是刚在昨天见过他的，依你们看，他有多大年纪？"

铁凝道:“我看最多不过四十岁刚出头,他的女儿和我哥哥同年,也才不过是十六岁零几个月呢。”

方辟符笑道:“你看错了,他的女儿岁数是真的,但他的年纪决不止四十岁,依我估计,恐怕最少也靠近六旬。若论武林辈分,他与你爹爹的师门虽没渊源,却比你爹爹还长一辈。”

内功深湛之士不易衰老,六十岁的老人望之仍似壮年并非奇事。铁凝笑道:“咱们不必管他年纪。我只想知道他的来历。我一直在奇怪,他武功这么好,我爹爹却从没提过他的名字?”

方辟符道:“你们兄妹的师父也没提过他的名字吗?”

铁凝道:“没有。为何你特别提起我们的师父?”

方辟符道:“因为华宗岱与你们的师父有点小小的‘过节’。不,‘过节’二字还是用得不太恰当,只能说是在某一件事上,有点小小的关连。他们也始终没有见过面,动过手。”

铁凝笑道:“你越说我越糊涂了,究竟是怎么回事?”

方辟符道:“这位华老前辈是隐居西域的一位异人,据说他的先祖本是中原望族、书香之家,国朝之初,因避战祸,举家迁移西域的。是以华宗岱秉承家学,文武全才。虽然久已作了‘化外之民’,仍然喜爱中原的儒冠儒服,总是一身书生打扮。

“西域与天竺接壤之处,有个灵鹫山,山上有个武功奇高的和尚,自号‘灵鹫上人’,在西域开创了灵山一派,广收门徒,不分僧俗。西域的武林人士,大都与灵山一派有点渊源。华宗岱也是灵鹫上人的方外知交。

“三十年前,华宗岱曾到过中原一次,在一次群雄聚会之中,彼此较量武功,他曾用一双判官笔连败十八名好手,因此得了个‘笔扫千军’的雅号。那时段克邪的父亲段珪璋段大侠刚出道未久,以六十四路飞龙剑法与他打成平手。两人惺惺相惜,遂行缔交,可惜华宗岱只是匆匆游了一次中原,又回西域。

“其后段大侠也曾两次到西域访他,都没见着。因为他只到过一次中原,而那次群雄聚会,又只是一流高手彼此切磋武功之会,亦即是私人交往的聚会,与绿林的英雄会不同,江湖上的一般人物是不知道的。过了三十年,当年聚会的前辈高手,死的死,散的散，更没人提起他的名字了。

“但你们兄妹的师父是知道有华宗岱这个人的。大约是距今十年前，你的师父辛芷姑因与灵山派结下冤仇，闹出了一件惊动武林的大事。你知道此事么？”

铁凝道：“我听爹爹说过，听说是灵鹫上人的一个徒弟得罪了我的师父，我师父把他杀了，后来灵鹫上人约我师父比武，又败在我师父的剑下。”

方辟符道：“那次的比武，是空空儿暗中助你师父才把灵鹫上人打败的，灵鹫上人输得很不服气，但格于武林规矩，不能再来挑衅。据说他曾想请华宗岱代他出这一口气。斗一斗你们兄妹的师父。空空儿得知这个消息，他是恨不得有高手与他比试的人，不待华宗岱找上门来，便先到他隐居之处挑战。可是却扑了个空，华宗岱又不知搬到什么地方去了，从此销声匿息，也没有在江湖上再露过面。有的人以为华宗岱是怕了空空儿，有的人以为灵鹫上人央求华宗岱替他报仇这个消息乃是假的。总之这件事就只是传了一阵，便云散烟消了。所以说还不能算是‘过节’。”

铁凝忽道：“方叔叔，你说起这件事来，我倒是觉得有点奇怪了。”

方辟符道：“什么奇怪？”

铁凝道：“我曾问过师父与灵鹫上人比剑之事，师父和师公空空儿都好似很不愿意谈及此事。师父还把我骂了一顿，说我不用心学武，爱管闲事呢。那晚我偷听师父和师公吵嘴，师公说：‘你心里不舒服，何必拿孩子出气。’师父说：‘我有什么不舒服的？我倒是怕你还在妒忌人家呢！’师公笑道：‘哪儿的话？我从前是不知道这重公案，才想去找那人比试的。看来他不敢和我比试，这才是有着心病呢。’我听了这么一段摸不着头脑的对话，怕给师父发觉，就不敢偷听下去了。

“方叔叔，你如今说了华宗岱的这段故事，我倒突然想起来了，师父师公说的那个人，会不会就是华宗岱呢？”

方辟符也是摸不着头脑，但已隐隐感到华宗岱与空空儿夫妇之间，恐怕存有什么秘密。当下笑道：“你师父说得不错，小孩子是不该多管大人的事。咱们还是快些赶回家吧，你聂姑姑等得心急了。”

铁凝撅着小嘴儿道：“师父打败灵鹫上人，师公吓走华宗岱。这对他们都是很光彩的事呀，我问问他们，又怎能算是多管闲事了？”不过，铁凝虽然不服气，但还是听从方辟符的话，加快脚步，重新施展轻功了。因为她也的确在记挂着她的聂姑姑。

这时已是曙色初开，东方既白。他们刚走上山坡，只剩下五六里的路程就可以到家了，忽然隐隐听得马蹄之声，方辟符一看面色大变，铁凝与展伯承也禁不住“啊呀”一声惊叫起来。

方辟符看见的正是他在路上碰见的那三个人，此时他们正在快马疾驰，翻过方家屋后的那个山岗。看这情形，只怕他们是已经到过方辟符家里的了。

展伯承喘着气道：“方叔叔，这三个人我都认得。其中有一个是杀我父母的仇人！”这三骑马此时已是走得无踪无影了。

方辟符大吃一惊道：“是窦元吗？”展伯承道：“不错。另外那两个人，一个是卜仇天，一个是帅万雄。这两个人是前天在路上要抢我们的宝车，和我们动过手的。”

这三个人都是本领高强，心狠手辣的黑道强人。方辟符从前虽没见过，却也知道他们的名头。这一惊更是非同小可，顾不及细问情由，连忙叫道：“快，快，快回去看！”铁凝与展伯承也吓得面无人色，只怕聂隐娘已遭毒手。

聂隐娘有没有遭了毒手呢？花开两朵，各表一枝，现在且先补述聂隐娘遇险之事。

且说聂隐娘在家中挑灯独坐，等到了将近五更时分，未见丈夫回来，肚子已是开始“阵痛”，这是临产的“朕兆”。聂隐娘是第一次生育孩子，但关于产妇的常识她是早已向有经验的“稳婆”（接生妇）请教过的，知道“阵痛”是间歇性的，初时隔半个到一个时辰发作一次，渐渐越来越是时间缩短，到了频频作痛之时，那就是要分娩了。

第一次将要作母亲的人，心情总是难免又欢喜又害怕的，女中豪杰的聂隐娘也不例外。这时要准备的东西都已准备好了，聂隐娘心里想道："现在开始阵痛，大约可以等到辟符回来吧？但愿不是难产才好。"每个产妇都是同样心情，希望丈夫能在身边，至少也是留在家中照料，即使帮不上忙，也可以给她增加勇气。

聂隐娘为着"侠义"二字，要丈夫夜闯节度府，接应铁铮他们。此时她担着两重心事，独守窗前，每次听到竹梢风响，她都忍不住要张望一下。

正在她苦苦盼望丈夫回来的时候，忽听得马蹄声响。聂隐娘此时阵痛刚刚过去，她是个自小就与千军万马作伴的大行家，凝神一听，听出了来的乃是三骑快马。

聂隐娘惊疑不定，心里想道："难道是他们夺了敌人的马匹，骑回来的？但为什么只是三匹马？难道有一人失陷在节度府中了？"

心念未已，只听得马蹄声已在她门前停止，随即听得有人敲门叫道："方辟符方大侠可在家吗？"是陌生人的声音。

聂隐娘的女仆是从前跟随她多年的女兵，颇有胆识，亮了火把，从门缝张望出去，见是三个相貌凶恶的陌生人，便喝问道："是什么人？干什么来的？"

那三人同声答道："江湖上的朋友，江湖上的事情，见了方大侠我们自然会说。"

女仆道："半夜三更，我们的主人不见客，有事明天来说。"

那三人哈哈大笑，一个说道："方辟符，你也算得是江湖上的一个人物，怎的如此不明事理？我们是给你面子，才来以礼求见。我们也不是没来头的人，你怎可如此傲慢？难道当真是要敬酒不吃吃罚酒么？嘿，嘿，哼！哼！你不开门，难道我们就进不来了？"另一个道："莫非方辟符不在家中？"第三个道："不在家中，咱们也要进去一搜！"

其中一人拍门问道："你主人究竟在不在家？"那女仆正要回答，忽听得聂隐娘的声音传了出来："阿凤，开门让他们进来！""远来是客，愚夫妇自当稍尽地主之谊。踌躇什么？请进来吧！"

原来聂隐娘已知道三人不怀好意，倘若给他们知道方辟符不在家中，只怕更要肆无忌惮。在这样情形下只有不能示弱，"请"他们进来了。

这几句话是聂隐娘强运真气，用上乘的内功，将声音远远送出去的。隔着几重房间，声音也并不特别提高，却就似在他们耳边说话一般。不过，这几句话却也说得甚是含糊，没有明言方辟符是否在家。尤其“稍尽地主”这一句话，更可以作正反两面的解释。

门外这三个大盗听了聂隐娘抖露的这手上乘内功，都不由得心头一震，面面相觑，各自思量：“方辟符夫妇果然名不虚传。聂隐娘一个妇道人家，也这么了得，方辟符只怕更厉害了。”“听这婆娘的言语，只怕屋中早已有了准备。他们两夫妇加上那三个小子，咱们三人能否取胜，可就难以预料了。”

这三个大盗初来之时，估计过双方实力，本来是认为很有把握的。但聂隐娘所显露的内功，却出乎他们的估计。而且屋中有何准备，他们不知。一时间倒是颇为踌躇，患得患失，不敢莽撞。

但这三人虽是各怀鬼胎，却又不甘在同伴面前示弱。踌躇片刻之后，其中一人悄声说道：“好坏进去看看。见机而作。”

其他两人领会了他的意思，心中想道：“不错，咱们是按江湖道的规矩以礼求见的。方辟符是个大侠身份，总不能一见面便打。咱们先进去看看，倘若方辟符是在家中，倘若察觉他们是有准备，那时再找个借口告罪便是。”三人主意既定，于是一同进去。

聂隐娘摆下了空城计，本欲将对方吓走的，不料这三个大盗都是老江湖，虽然心怀戒备，却没给她吓退。

聂隐娘早已点燃烛火，大马金刀地坐在客厅当中，见这三人进来，冷冷说道：“请恕我未曾出迎。三位朋友高姓大名？所来何事？”

这三人见聂隐娘宽袍大袖，小腹隆起，似是孕妇模样，不觉有点意外之感。同时又见她说话从容，神色自如，一时也摸不着她的深浅。

这三个大盗倒也不敢失礼，依次报了姓名。这三个名字乃是：卜仇天、帅万雄与窦元。

原来那日卜仇天、帅万雄与班氏兄弟给华宗岱赶跑之后，班氏兄弟因受了伤，带领喽啰，先回他们的山寨。卜仇天和帅万雄乃是独行大盗，失败之后，心有不甘，仍然藏在附近山头，窥探动静。

他们看到了铁铮等人被官军包围，也看到华宗岱掩护他们突围。但铁铮等三人马快，先脱了险；华宗岱父女杀出重围之后，却是向着不同方向走的。

卜仇天和帅万雄虽是有点嫌隙，但因遭遇相同，也早已言归于好了。当下就和帅万雄商议道：“你看见官军中使独脚铜人的那个军官么？这人就是从前横行西北的武林怪杰北宫横，不知怎的，却被田承嗣网罗到他的节度府了。”

帅万雄道：“不错。这北宫横的武功果然是好得出奇，华宗岱也不过和他打个平手。”其实两人交手之时，北宫横是稍稍吃亏的，但因是在千军万马之中，卜、帅二人又是在距离颇远的山上偷看，故此看得不很真切。而帅万雄也是顺着卜仇天的口气捧一捧他。

卜仇天道：“这北宫横和我倒有一点交情。咱们这次夺宝不成，已是结怨于铁摩勒了。这三个小子回去一说，只怕铁摩勒要找咱们的麻烦。虽说咱们本来就拼着与铁摩勒作对，也不必就因此怕他，但他们那边能人众多，结上了这么一个厉害的仇家，总是祸患。

“依我之见，不如去投奔北宫横，暂且托庇于节度府。以后再见机行事，要是田承嗣待咱们好，咱们就给他效力。否则待避过了风头之后，咱们养成羽翼，索性连北宫横也拉出来，在绿林中自张一军，别树新帜。你看如何？”

帅万雄道：“好虽是好，但咱们空手去投奔人家，难免受人轻视。依我之见，一定要带点见面礼去才好。”

卜仇天笑道：“不错，我也正是这样心思。咱们捉这三个小子去作见面礼，顺便也可报了咱们今日一败之辱。”

这两人遂暗暗跟踪铁铮兄妹，铁铮他们马快，这两人当然是追不上。可是却给他们看见铁铮等人跑入那个山谷，而且给他们探听出是躲在方辟符的家中。

方辟符夫妇是江湖上闻名的游侠，卜、帅二人不敢轻举妄动，但又不甘心放弃这个计划，想去再找帮手，无巧不巧，在路上遇见自盘龙谷中铩羽而归的窦元。

窦元倒不想投靠田承嗣，但他暗中却另有一番打算，那批宝贝，他认为是属于窦家的，他意欲混入节度府，伺机盗回。于是三人一拍即合，联同行事。

这三人进了方家，既不见方辟符出来，也不见铁铮兄妹与展伯承，都是有点惊疑不定，恐防他们在暗中埋伏。卜仇天首先发话，说道："方大侠呢？我们是专诚来拜访他的。"说话之时，游目四顾，察看有无埋伏迹象。

聂隐娘虽然没有见过他们，但这三个人的名头，她却是听人说过的。不由得暗暗吃惊，暗自想道："听说展元修夫妇就是死在这窦元手下的，卜仇天与帅万雄也是黑道上极为厉害的人物，我即使没有怀孕，只怕也打他们不过。"

但聂隐娘乃是女中诸葛，智勇双全，心内吃惊，神色不露，淡淡说道："朋友们远道而来，先歇一歇。阿凤，给客人倒茶。"心想："只有拖得一时算一时了。天亮之后，辟符他们也应该回来了。"

但这三个人也都是老江湖，哪能让聂隐娘拖延时候。帅万雄在门口一站，说道："茶不用喝了，还是先请主人见面吧。"

聂隐娘道："我也是主人啊。你们有什么话说给我听不行么？"

卜仇天怫然道："方大侠是不在家中还是认为我们不配和他见面？"

对方越迫越紧，聂隐娘只好说道："好，你们稍坐一会，我当家的马上就来！阿凤，你去请主人回来吧！""他在村头一位朋友家中，用不到一盏茶时刻就会回来的。"后面这段话是有意说给对方听的，好叫对方有所顾忌。

聂隐娘支使女仆出去还有一层用意，那是准备万一要动手之时，可保全女仆的性命。

这女仆却是忠心耿耿，不愿在这样紧要的关头离开主人。

卜仇天欣然色喜，说道："哦，原来方大侠当真是不在家。好吧，那也就不必去催他回来了。我们的事情很简单，只是想向你讨几个人。"

聂隐娘道："什么人？我不懂得你们的意思。"

窦元打了一个哈哈，说道："方夫人，咱们都是江湖道上的人物，不妨打开了天窗说亮话！我有两个晚辈，是铁摩勒的子女铁铮和铁凝，他们目无尊长，得罪了我，我要教训教训他们。还有一个仇人之子名叫展伯承，我也要与他算账。这三个人我们已打听得十分清楚，是躲在你的家中。只要你把这三人交出来，我们绝不敢冒犯你们夫妇。”

聂隐娘冷冷一笑，说道：“你们只知其一，不知其二。不错，这三个人是到过我家，但他们早就已离开了。”

窦元“哼”了一声道：“我不相信。聂夫人，我劝你还是把这三个小子交出来的好！”

聂隐娘忍无可忍，倏地柳眉一竖，说道：“你不相信，又待怎样？哼！莫说他们确是走了，就是还在此地，我也不能就交与你们！”

窦元见她一副有恃无恐的模样，倒是有点怀疑不定。卜仇天嘻嘻一笑，作好作坏地说道：“方夫人，我们说过，我们是绝不敢冒犯你的。但这三个小子，我们又是非抓到不可，怎么办呢？这样吧：既然是他们走了，就请夫人与我们带路，一同去抓这三个小子吧。”这话说得“客气”，其实，即是要把聂隐娘掳为人质。笑里藏刀，迫得更加紧了。

那女仆突然“呸”的一口，啐得个卜仇天满头满面，骂道：“你不见我们夫人大着肚子么？欺负孕妇，好不要脸！”卜仇天大怒，一掌拍出，就要取那女仆性命。

聂隐娘冷笑道：“好威风啊，好威风！”卜仇天自负是黑道上响当当的人物，给聂隐娘这么一说，倒不觉脸上一红，掌上减了几分劲力，“砰”的一声，把那女仆打下台阶，说道：“不错，你的奴婢，我不值得杀她。但方夫人，你可是成名人物，你不交人，可恕我姓卜的不客气了。”他知道了方辟符不在家，又知道了聂隐娘怀孕，已是毫无所惧，咄咄迫人。

窦元却有点不好意思，心想：“欺负孕妇，传了出去，只怕坏了名头。”这回轮到他作好作坏地劝道：“卜兄慢来。看在方夫人怀孕的份上，不便走动，就让她留在家里吧。你看守着她，咱们两个去搜。”

卜仇天道：“对不住，方夫人，可要让你受点委屈了。”拔出判官笔，就要来点聂隐娘穴道。

窦元眉头一皱，但一想聂隐娘本领不凡，虽然怀孕，但只留一人看守，亦恐防有甚意外。点她穴道，虽会伤害她的胎儿，也顾不得了。因此，窦元虽觉得欺负孕妇不很光彩，但也不加拦阻。

眼看卜仇天的笔尖就要点到聂隐娘身上，聂隐娘忽地叫道：“大哥，出来把他们杀了！”说话之时，呼的一掌把烛光打灭，同时避开了卜仇天的一笔，她虽然身子不便，要避开卜仇天的三五招还不很难。

窦元等三人本来就一直提心吊胆，疑有埋伏，突然听得聂隐娘这么一嚷，又听得房中似有声响，都不由得心中一凛，本能地往屋角一闪，先防敌人偷袭。就在这一刹那，黑暗中嗤嗤声响，聂隐娘已是撒出了一把梅花针。

窦元武功最高，听风辨器，舞起铁牌，滴水不进；卜仇天使的双笔，不易遮拦，但他机警得很，一觉不妙，立即一个“金鲤穿波”，穿出窗外。帅万雄却是动作较慢，一个筋斗没有避开，左臂上着了一枚梅花针。

帅万雄是个行家，臂上没有麻痒的感觉，知道梅花针无毒，一颗心才定了下来。可是这枚梅花针正射进他的“曲池穴”，他的一条左臂，已是转动不灵。黑夜之中，聂隐娘认穴如此之准，帅万雄也不由得不暗暗吃惊了。

卜仇天擦燃火石，只见聂隐娘已经关紧房门。卜仇天冷笑道：“方夫人，你藏在房中就躲得了么？”

聂隐娘一声不响，突然又是一把梅花针撒了出来，但这一次他们已是有了防备，窦元、卜仇天双掌齐出，以劈空掌力，荡开了那把梅花针。

窦元道：“帅大哥怎么样？”帅万雄面上一红，道：“没什么，只是臂上着了一支梅花针。”

窦元取出一块磁石，在他曲池穴一贴，将那支梅花针吸了出来，板着脸孔说道：“小心点儿，幸亏这不是死穴。”

帅万雄老羞成怒，提起了厚背斫山刀，贴着墙悄悄走过去，到了聂隐娘卧室门口，猛地一刀劈下，喝道："臭婆娘，滚出来！"暗器打远不打近，他已冲到门口，无须顾忌。

哪知话声未了，帅万雄忽地脚底一滑，一刀劈出，身体重心又向前倾，立足不稳，竟然一跤滑倒。聂隐娘突然开了半扇门，刷的一剑刺出，帅万雄在地上拼命一个"滚地葫芦"，饶他打滚得快，肩头亦已给剑锋划伤一处，大刀亦已跌落，狼狈之极。原来聂隐娘是早有布置，在门口洒了香油的。

待到卜仇天也冲上去时，聂隐娘又早已退回卧房，关上房门了。卜仇天正要砸门，聂隐娘的暗器又打出来，这次不是梅花针而是透骨钉，透骨钉分量较重，卜仇天的劈空掌力不易打落，只好用判官笔招架。

聂隐娘躲在房中用暗器拒敌，卜仇天一时间倒是无法冲门。不久，天色已亮，帅万雄道："窦大哥，你不赶快出手把那臭婆娘揪出来，方辟符他们一回来，更不易对付了。"

窦元倒是有点儿顾住身份，不大愿意和他们联手去制服一个孕妇的。但给帅万雄这么一说，他也不禁改了主意，心里想道："不错，听说方辟符武功比妻子更为厉害，他若回来，只怕我也没有把握胜他。看来也只有捉着他的妻子，才能迫他就范了。"于是窦元也不要面子，舞起铁牌，上去砸门。

窦元手舞铁牌，上去攻门，聂隐娘打出的暗器，纷纷给他磕落，转眼间已给他抢到了门口。窦元冷冷说道："方夫人，你还是自己出来吧。揪你出来，可不好看！"

聂隐娘用了许多气力，忽地腹中剧痛，只觉胎儿似是在肚子里伸拳踢腿似的，痛得实在难以抵挡，不由得"哎哟"一声，倒在床上。

窦元听得她的叫声，倒是吃了一惊，心道："闯进去莫要刚刚碰上，那可就倒一辈子的霉了！"

帅万雄给聂隐娘刺了一剑，气恨未消，说道："窦大哥，你怕晦气，我不忌讳。哼，这臭婆娘多半是诈死，待我揪她出来！"他言出即行，果然一刀劈下，把房门劈开了一道裂缝！

就在此时，忽听得有人厉声斥道："你们三个狗贼，要不要脸!”

卜仇天守在门口，只觉劲风飒然，大吃一惊，连忙躲闪，只见一男一女已经进了屋子。身法快得真是难以形容。

窦元喝道:“什么人多管闲事?”把眼望去，此时东方既白，看得分明，只见来的一男一女都不过二十多岁年纪，男的眉宇之间英气迫人，女的长眉入鬓，容光艳发。

窦元一见不是方辟符，虽然惊奇于他们轻功超卓，倒也不怎样畏惧。哪知这少年出手快极，喝道:“我偏要管!”声还未了，刷的一剑，剑锋已指到他的咽喉。

窦元铁牌一磕，左手月牙钩便刺那少年的小腹，少年只是一飘一闪，窦元钩牌两式全都落空。那少年明晃晃的剑尖，仍是如影随形的紧迫着他。

窦元好不容易才解开这少年的一招，已是给他迫得离开房门三步。说时迟，那时快，那女子亦已来到，说道:“克邪，让我去照料隐娘姐姐，你把这三个狗贼杀了，暂且不要进来!”

原来来的这对夫妇正是段克邪与史若梅。

帅万雄刚刚抽出劈在房门的那一刀，歪眼盯着史若梅笑道:“小娘子，你进去做什么，不怕惹晦气吗?你还是走开吧，我可舍不得伤你!”

帅万雄尚未知道他们就是名震天下的夫妻双侠段克邪与史若梅，见史若梅美艳如花，竟然不知死活，心存调戏。

史若梅柳眉一耸，斥道:“滚开!”口中只说了两个字，手中的青钢剑已是闪电般的攻出了三招!

本来，论本领帅万雄虽然不及史若梅，也还可以抵挡三五十招，但因一时大意，不知对方来历，掉以轻心，给史若梅快如闪电的剑法攻得手忙脚乱，只挡了三招，已是招架不住。史若悔恨他轻薄，冷笑道:“瞎了你的狗眼!哼，你有眼无珠，废了也罢!”刷的一剑，剑光起处，血花飞溅，帅万雄的一颗眼珠已是给她挖了出来。

帅万雄倒在地下，痛得杀猪似的叫。史若梅无暇再去杀他，赶忙入房去看聂隐娘。

她们二人是自小一起长大的，情如姐妹，史若梅在这最危急的关头突然来到，聂隐娘自是喜出望外。可是她只叫了一声："梅妹子！"却又禁不住腹中剧痛，"嘤"的一声，刚坐起重又躺下。

史若梅吃了一惊，道："隐娘姐姐！你怎么啦？"聂隐娘晕红双颊，指了指自己的肚子，低声说道："没什么。你的侄儿恐怕就快出世了，你先帮忙我把这房门堵上。"

史若梅大喜道："原来如此。好，你躺着，别动！"连忙关上房门，搬来一张长凳，挡着裂缝，叫道："克邪，克邪！怎么你还未能将这几个臭贼打发么？杀了也好，赶跑也好，总之要快！"

此时卜仇天已加入战团，与窦元联手，以二敌一。窦元本领高强，卜仇天亦非庸手。段克邪在急切之间，还当真不容易将他们打败。

段克邪听得妻子催他，心中抱愧，应了一个"是"字，剑法倏的一变，施展出袁公剑法中一剑刺九穴的绝技，配合了他超卓的轻功，向敌人狠狠展开攻击！

这次史若梅接连叫了两声段克邪的名字，窦卜二人听得分明，吃了一惊。窦元喝道："你真的是段克邪么？"

段克邪笑道："大丈夫行不更名，坐不改姓，段克邪也不是什么奢拦人物，难道我还会假冒是他？"口中说话，剑法丝毫不缓，只听得叮叮当当之声，震耳欲聋，说话之间，段克邪已攻出了六六三十六剑，剑剑都是指向对方要害穴道，窦元竭尽平生本领，堪堪抵挡过去。卜仇天却接连遇了几次险招，最后一剑，段克邪的剑锋恰恰从他头顶削过，卜仇天只觉头皮一片沁凉，一蓬头发已似乱草般的给他剑锋削去，随风飞散。

段克邪年纪虽轻，但出道甚早，早已是江湖上成名侠客，这几年更是声威远播，与他师兄空空儿、表哥铁摩勒鼎足而立，并称"三大剑客"。论本领、论声名都远远超过方辟符。卜、窦等人对方辟符已是心存顾忌，如今碰上了段克邪焉得不惊？

帅万雄躲在屋角，刚刚裹好了伤，惊魂未定，听得段克邪的名字，又是一惊，连忙挣扎起来，撒腿便跑。

段克邪纵横江湖，罕逢对手，这次给窦卜二人接了他的十数招，颇为惊诧，心道："方大哥哪里招惹来的这两个强敌？哎呀，这两人本领如此高强，只怕聂大姐已是给他们伤了？"

段克邪挂念着聂隐娘的安危，又给妻子催促，心头一急，剑法越发凌厉。窦、卜二人虽是绿林中一等一的高手，但却怎比得上段克邪这等精妙的武功？转瞬间两人都已在他剑光笼罩之下！

其实这两人心中已是隐有怯意，段克邪倘若稍为放松一些，给他们逃跑的机会，他们早已逃了。如今他们在剑光笼罩之下，要想逃跑也难，只好再行硬拼。

窦元将铁牌舞得个风雨不透，兀是觉得冷气森森，寒光耀眼，段克邪那口明晃晃的剑尖，好像随时都可以破关而入，在他身上刺个透明的窟窿。

窦元吓得连忙叫道："咱们是自己人，我与你的表哥铁摩勒有两代交情！"

段克邪喝道："胡说八道。谁知你从什么地方钻出来的，我的铁大哥与你焉能有什么交情？"窦元道："这是真的，你听我说……"话犹未了，史若梅在房中已在喊道："克邪，别和他啰唆了！快快把贼人赶跑。聂姐姐不能让这两个留在她的屋子里，你明白么？"

段克邪最听妻子的话，连忙应道："是。我明白了！"

段克邪刷、刷、刷又是连环三剑，喝道："你跑不跑？你再不跑，纵有三代交情，我这口剑也不能和你客气。"

卜仇天本领稍弱，急于逃跑，冒险抢攻，作为掩护，他的点穴手法颇也了得，一招"双龙出海"，双笔交叉穿，点戳段克邪的四脉八穴。段克邪冷笑道："来而不往非礼也，你也看看我的！"剑光一闪，一招之内，连刺卜仇天九处穴道，而且剑锋还斜削窦元膝盖。

窦元大叫道："你叫我跑，你也得让我跑啊！"到了生死关头，连窦元这等骄傲的绿林大盗也只好不顾体面，说出来了。

话犹未了，卜仇天已是着了一剑，登、登、登的接连退出了六七步。段克邪哈哈一笑，剑势一收，闪开正面，说道："不错，这我倒没有想到。好，你们现在可以跑了，快快给我滚吧！"还幸亏他收剑得快，要不然卜仇天至少要有三处穴道给他刺着，那就不仅是轻伤了。正是：

剑气森森寒敌胆，少年英侠显奇能。

欲知后事如何？请听下回分解。

第十四回　龙泉出匣逢强敌
　　　　　荒谷驱车押宝来

窦元拉了卜仇天一把，匆匆而逃。段克邪插剑归鞘，连忙问道："我把几个臭贼都轰出去了。聂大姐怎么样啦？是受了伤么？要不要我来帮忙？"此时聂隐娘已是即将分娩的时候，断断续续地发出呻吟之声。

史若梅笑道："这是女人的事情，你们男人帮不了忙的。你快去把阿凤叫来吧。"段克邪听着史若梅带笑说话，放下了心，应了一个"是"字，便即叫道："阿凤，阿凤！咦，阿凤到哪里去了？"

聂隐娘忍着疼痛说道："她刚才给贼人打了一掌，你去看看，是不是在院子里晕倒了还未醒来？"

话犹未了，只听得彩凤的声音已在应道："大小姐，我来啦。段公子，多亏你给我们赶跑了贼人。"彩凤是聂隐娘的贴身侍女，与段克邪夫妇一向是熟悉的。她刚才给卜仇天一掌打下台阶，晕过去约有半支香时刻，但因体格强健，在段克邪未到之前，早已醒了。

段克邪见她手上提一个大铜壶，冒着热腾腾的白气，不觉怔了一怔，说道："你家小姐在叫你呢。你不用忙着给我冲茶。"彩凤噗嗤一笑道："这是准备给小少爷洗身的，段公子，你快要有人叫你叔叔啦。"段克邪这才明白，原来他正巧赶上迎接聂隐娘的第一个孩子降生。

段克邪独自在客厅守候，心里有许多疑团，最急切想要知道的是："方辟符到哪里去了？"可是那女仆正在忙着准备接生，段克邪当然不便向她发问。

朝阳已经射进屋子，聂隐娘尚在断断续续地呻吟，婴儿尚未出世。段克邪正在来回踱步，忽听得有三个人的脚步声匆匆跑来，段克邪心道："难道是那三个贼人又回来了？"

心念未已，方辟符、铁凝、展伯承三人已经出现在他的面前。彼此都是又惊又喜。

双方都无暇细问情由。方辟符道："对不住，我要先去看看你的聂大姐。隐娘，我回来了。你没事吧？"

忽听得"呜哇"一声，房中传出初生婴儿的第一声啼声！史若梅在里面欢喜得大叫道："方大哥，你回来得正是时候。恭喜，恭喜，是个胖小子。你等一会儿，好，你可以进来啦！"

段克邪笑道："这孩子在灾难中降生，将来一定是个好汉。阿凝、伯承，你们两人怎么也到这里来了？你们昨晚和方叔叔去了什么地方？"他们留在客厅，此时方有空暇叙话。

展伯承道："此事说来话长。"段克邪道："反正现在闲来没事，你就从头说起吧。"

展伯承道："刚才我们看见三个贼人，骑马翻过屋后的山坡，那三个贼是不是给叔叔赶跑的？"

段克邪道："不错。你认得他们？"

展伯承道："其中有一个名叫窦元，正是杀害我父母的仇人。"

段克邪吃了一惊，说道："我在江湖上也隐有所闻。听说你的父母死得不明不白，却想不到就是这姓窦的下的毒手。可惜我刚才不知，把他放走了。"

展伯承叹口气道："可是我母亲却不许我报仇呢。"

段克邪诧道："这却为何？"

展伯承从窦元杀害他父母之事说起，说到投奔褚家，在褚家发现外公的宝藏，窦元又来夺宝，褚遂力战而死等等事情。不过却略去了他与褚葆龄的一段私情不谈。末了说道："追源祸始，都是窦元这厮干的勾当。我现在也不知这一深仇是报呢，还是不报？"

段克邪是知道王、窦、铁三家的恩怨纠纷的，心中想道："想不到内情如此复杂，怪不得窦元说与我的摩勒表哥大有渊源了。"

当下说道：“我以为上一代的恩怨可以撇开，但是非曲直则必须分个清楚。报不报仇，要看这窦元的今后行事而定，他若是在江湖上多行不义，你为什么不可杀他？”

段克邪着重地说出“要看窦元今后的行事”，那即是认为展伯承的外公、母亲与及褚遂等人，平生行事也有不是的地方，不能单怪窦元下的辣手，不过他没有明言罢了。

但段克邪这一番有原则性的回答却是十分明确，解除了展伯承心中的困惑。展伯承道：“多谢段叔叔的教言。凝妹，窦元夺宝以后的事情，你接着说吧。”他要腾出心思，思索段克邪的话语。

铁凝接着从他们兄妹与展伯承三人押运宝车说起，说到途中被劫、华宗岱助他突围、宝车落在田承嗣的“牙兵”之手，直至昨晚夜闯节度府，铁铮失踪为止。说了差不多半个时辰，前因后果才算交代清楚。

聂隐娘产后疲倦，方辟符看过了孩子，不想她太劳神，遂让她睡觉，留下那女仆在房中照料。

方辟符与史若梅在卧房里也听得外面的谈话，此时走了出来，铁凝刚好告一段落。史若梅笑道：“原来你们这几个小鬼，是学我当年盗盒的行事。”铁凝红了脸道：“段婶，你当年一举成功，我们却是失败了。”

史若梅笑道：“这算得了什么？你们都不过是初次出道呢！哪有一出道便一帆风顺的道理？你们的段叔叔和我在江湖上也是曾经受过许多挫折的。”

方辟符谢过了段克邪，问道：“段贤弟，你们怎么来得这样凑巧？”

段克邪道：“我们去了一趟师陀国，回来之后，到霜姨家中请安，听说夏雷兄弟应扬州周寨主之请，助他劫漕运去了。我怕霜姨不放心，自告奋勇去助他一臂之力。若梅又听说你们已经回家，因此顺道来探访你们。想不到来得这么凑巧，刚好碰上那几个贼人。”

段克邪口中的“霜姨”即是南夏雷的母亲夏凌霜。夏凌霜的丈夫南霁云与段克邪的父亲段珪璋昔年同在睢阳死难，段克邪由夏凌霜抚养成人，所以他一向是把夏凌霜当作母亲的。这次他本来是想邀方辟符夫妻一同去帮忙南夏雷的，但聂隐娘刚刚生产，这话当然不好再提了。

方辟符道："这么说，却是耽搁你们的行程了。"

段克邪道："江南漕运使解京的贡银，听说是八月中经过扬州。还有差不多二十天呢，就是多耽搁几天，相信也赶得上的。"

史若梅笑道："夏雷兄弟和铮侄、凝侄都是一样的亲，事有缓急，既然我们刚好碰上，哪有袖手旁观之理？当然是先了结这件事情再去扬州的了。"

方辟符道："铁铮昨晚失了踪，不知是否陷落节度府还是给人救去？未得他的消息，总是不能安心。还有那批珠宝运回山寨可作大用，如今给田承嗣强夺了去，也是令人不能甘心。"

史若梅道："这两桩事情都着落在克邪身上好了。克邪，我给你三天期限，要你把珠宝取回，把铁铮找着。你可能够？"

段克邪道："向田承嗣要回珠宝这还容易，找回铁铮，可就得碰运气了。不过就是多花两天功夫，也是一定要找着他的。否则我哪有面目见我表哥？"

史若梅道："好，那咱们就先办容易的，今天晚上，我和你再闯节度府。"

段克邪笑道："想不到十年之后，旧事重演。好，今天晚上，你再来一次红线盗盒，我也再来一次寄柬留刀！"

刚说得一个"刀"字，段克邪忽地似是听到屋顶上有轻微的声响，段克邪喝道："是谁？"陡然间只见白光一闪，竟然是一柄利刀从窗口飞进来！

"咔嚓"一声，刀锋陷入墙壁，刀柄兀自颤动不休。段克邪他们围在客厅当中说话，那柄飞刀所陷的墙壁在他们左方，距离一丈有多。来人显然不是有意伤人，而是飞刀示警。这在江湖道上是一种挑战的表示。

刀光一闪，段克邪即飞身跃起，但因飞刀不是对着他们的方向掷来，段克邪一把没有抄着。但虽然如此，以段克邪轻功的超卓，居然没有接着飞刀，那人出手之快，也就可想而知了。

段克邪大怒，登时拔剑出鞘，舞起一个剑花，便从窗口穿出。

他舞剑防身，那是防备敌人再发暗器的，可是敌人却没有再发暗器。段克邪在屋顶望去，只见一条黑影，已是到屋后的山坡，淡得几乎看不见了。段克邪心头一凛，“这人轻功倒是不俗。”

史若梅、展伯承、铁凝等人相继追出。段克邪道：“不要中了敌人调虎离山之计，待我去把他揪回来！”

史若梅见来的只是一人，以段克邪轻功的超卓，武艺的高强，相信定然可以手到擒来，因此也就放心让段克邪独自去追了。

不料段克邪展开“八步赶蝉”的绝顶轻功，追了约一支香时刻，虽然已见到那人的背影，但两人之间也还保持着十来丈的距离。

当世若论轻功之高，自是以段克邪的师兄空空儿第一。但段克邪近年进步神速，与师兄亦已相差不远。他追了一支香时刻，还未追上那人，这是他自从出道以来，从未有过的事情，不觉暗暗诧异。当下扬声喝道：“是哪条线上的朋友，你既敢飞刀挑战，就请报上名来，咱们比划比划！”

那人一声不响，反而加快脚步，一味飞奔。段克邪争胜之心陡起，冷笑道：“好，我就先与你赛赛脚力，比比轻功。”

两人风驰电逐，不多一会，追进了一个山谷。段克邪心想：“难道他是有意将我引入绝谷，埋伏党羽，意图围攻？哼，即使如此，我也不怕。”

段克邪艺高胆大，他已准备好即有围攻，亦可脱身。毕竟是段克邪的轻功高明一些，此时已是追到那人身后，剑刺可及的范围了。

段克邪不愿在他背后袭击，喝道：“你逃跑不了的了，还不亮出兵刃，与我较量一场。”

那人倏地停下脚步，回过身来，一招“玄鸟划砂”，五指并拢如刀，来削段克邪手腕，竟是意图以空手入白刃的功夫夺他宝剑！

段克邪身手何等矫捷，焉能让他得逞？剑尖一颤，刷的便是一招“乘龙引凤”，避招进招。那人跨上一步左拳右掌，掌势如刀，拳风虎虎，居然以攻为守的解了段克邪一招。

段克邪一剑刺空，便即收剑，打量那人。只见是个年约五十左右、儒生装束的汉子。双眼神光湛然，一看便知是个具有上乘内功的武林高手。

段克邪见他双手空空，正想也把宝剑纳入鞘中。不料那人倏地又扑过来，纵声笑道："久闻段小侠美名，今日难得相逢，不必客气。请让我见识见识你的天下第一的刺穴剑法！"口中说话，手底丝毫不缓，"弯弓射雕"、"金鸡啄粟"、"龙顶夺珠"，连环三招，招招都是空手入白刃的上乘手法。

段克邪心中有气，喝道："原来你是有意较量我的。好，若是不能胜你，我终生不复使剑！"

那人笑道："这又何必？"话犹未了，陡然间只见剑花朵朵，耀眼生缬，四面八方都是段克邪的影子。

那人赞道："好，一剑刺九穴。袁公剑法，果然名不虚传！"说话之间，接连用了六七种身法，这才避开了段克邪的追击。

那人应付得十分吃力，赞的这个"好"字乃是衷心佩服。但段克邪一击不中，听了他的这个"好"字，却变成了刺耳的嘲讽，不由得面上热辣辣的，心里想道："我若是用袁公剑法也胜不了他的一双肉掌，还有何面目行走江湖？"

段克邪本有惺惺相惜之意，见对方空手，不愿杀伤对方，所以初上来时，只用了六成本领。此时见这汉子实在了得，大话已然说了出来，只好抖擞精神，使尽本事，与对方决一雌雄。

段克邪轻功超卓，剑法一展，登时如影随形，将那人罩在剑光之内。那人以劈空掌力与腾、挪、闪、展的小巧身手，半守半攻，勉强又应付了二三十招。但任凭他使出浑身本领，也总是无法突围。

那人心中暗暗叫苦，悔不该一念轻敌。段克邪剑法越催越紧，激战中段克邪使到袁公剑法中的一招杀手绝招"龙飞九天"，剑光当真是矫若游龙，凌厉无比。眼看就要刺着，那人陡地一声大喝，声如霹雳，冒险进招，双指一弹，铮的一声，把段克邪的宝剑弹开。

那人跳出圈子，说道："好高明的剑法！"话虽如此，心中实是暗暗得意。不料段克邪说出一句话来，登时把他的高兴化为乌有。

那人正在心中得意，忽听得段克邪淡淡说道："多承你让了一招，我总算可以保得住这一把剑了。"

那人怔了一怔，但他毕竟是个武学的大行家，回想刚才弹开段克邪宝剑之时，那剑势是斜削而出，幸亏自己另一只手缩手得快，没有给他伤着。"但当真是因为闪避得快才没有给他伤着的么?"想至此处，连忙低头一看，只见衣袖上已被剑尖刺破了一个小孔。那人不由得满面通红。

那人固然是感到羞惭，殊不知段克邪却比他更为难过。要知段克邪用的是一把宝剑，对付敌人的一双肉掌，竭尽所能，也还要斗到五十招开外才能够侥幸胜了一招，而胜这一招也只不过是刺破对方的衣袖而已。段克邪自出江湖，罕逢敌手，少年气盛，当然觉得胜来极不光彩。

那人正要通报姓名，段克邪已抢先说道："来，来，来！你我再来比过!"那人皱眉说道："怎么，段小侠你已赢了一招，还要比么?"

段克邪道："刚才我是占了兵器上的便宜，赢的一招不能算数。咱们再来公平比过。"

那人见段克邪如此好胜，不觉有点好笑，心道："也好，我乐得趁此机会，试探你这一派武功的虚实，日后倘若与空空儿比武，心中也可以有个底儿。"当下笑了一笑，说道："反正输一次是输，输两次也是输。段小侠既然雅兴不浅，我也乐得奉陪。"

段克邪舍剑用掌，十数招后，不由得心中暗暗叫苦。他本来早已看出这人是个内家高手，但却想不到他的功力还在自己的估计之上。

那人用的是一套"绵掌"功夫，掌法上倒没有什么特别新奇之处，但经他使出，却是每一掌都暗藏柔劲，段克邪攻出去的掌力，不但给他化解于无形，而且他掌心似乎还另有一股黏粘之力，十数招一过，段克邪的拳脚竟是渐渐施展不开。

段克邪心中一凛，连忙凝神静气，默运玄功，以金刚猛扑的掌力，破解对方的柔劲。形势似乎渐渐好了一些。但段克邪是全力以赴，大汗淋漓，而那人却似闲庭信步，衣袂飘飘，身法掌法潇洒之极。

正在斗到紧处，忽听得一个少女的声音笑道：“好呀，爹爹今日可是碰着了对手了！”声还未了，另一个少年的声音已在急促叫道：“段叔叔，段叔叔！喂！都是自己人，不要打了！”

段克邪蓦地一怔，就在此时，双掌已是给那人粘上。

此时，段克邪尚未知道此人是友是敌，双掌给他粘上，不由得大吃一惊，暗叫不妙。要知内功的较量，力强者胜，力弱者败，那是丝毫也不能取巧的。段克邪就是因为已经试探出对方功力胜他一筹，所以刚才比掌之时，使出全副轻功，一直不敢让对方粘上。

身具上乘内功的人遇到危险，本能的便会运功反击。段克邪双掌给他粘上，明知不敌，掌力也立即发了出去。哪知掌力发出，却似泥牛入海，既没碰到阻力，对方也无反应，就似大海把泥牛溶解一般。

段克邪更是吃惊，那人蓦地哈哈一笑，说道：“段小侠好功夫，咱们是不必再比试了。”双掌一松，段克邪却还禁不住在地上打了一个圈圈，才稳得住身形。

段克邪知道对方是有意让他一招，适可而止的。心里想道：“我刚才没有伤他，他现在没有伤我。彼此不必领情，倒是扯了个直。但我刚才是用宝剑胜他空手，若论真实功夫，毕竟是他在我之上。”

此时铁铮与那少女已经来到，段克邪见铁铮面如黄蜡，见那少女扶着他走来的，不觉又是大吃一惊，连忙问道：“铮侄，你怎么啦？受伤了？”

铁铮道：“我昨晚在田承嗣的节度府中受了暗算，险些送了性命，幸亏这位华老前辈救了我。现在已没事了。段叔叔，你又是怎么来到这儿，与华老前辈打起来的？”

段克邪恍然大悟，说道：“阁下想必是笔扫千军华宗岱吧？”

华宗岱笑道：“不敢。说起来，我这虚名还是多亏令尊给我揄扬的。不知段小侠可知此事？”

段克邪道：“三十年前，先父曾与华老前辈缔交。那时我虽然还没出世，但也曾听得鄙亲铁摩勒提及此事。不想今日得遇父执，

另一个少年的声音急促叫道:“段叔叔，段叔叔！喂！都是自己人，不要打了！”

请前辈受我一拜。”

华宗岱还了一礼，将他扶起，笑道：“段小侠名满江湖，我今得见故人之子，也是十分欣慰。江湖上是各自论交，段小侠不必客气。”

铁铮道：“段叔叔，这么说你是见过了凝妹与展大哥了？他们没事么？”

段克邪道：“他们都是安然无恙。今朝已经回到方叔叔家中了。华老前辈日前在路上拔刀相助你们，铁凝也已经对我说了。他们也猜测你昨晚是给华老前辈救走的。我也真是糊涂，其实早就应该想到是华老前辈的，却还和华老前辈动手。”

华宗岱笑道：“倘不如此，我怎能见识贵派神奇的刺穴剑法？”

段克邪也笑道：“我这次可真是班门弄斧了。华老前辈号称‘笔扫千军’，双笔点八脉的功夫天下无双，岂是我这点微末之技所能比拟？嗯，说起来我倒也有点要怪华老前辈了。我的全副本领都给华老前辈迫了出来，华老前辈的双笔点穴功夫却还未曾施展。教我失了眼福，这不是有点不公平么？”

华宗岱笑道：“我已有许多年没用兵器了，这次双笔也未带在身边。不过，我刚才也很后悔未带双笔呢。说老实话，我当真还未料到段世兄剑法如此厉害，倘不是你剑下留情，我这双肉掌无论如何应付不来。”

其实，未携兵器，这只是华宗岱表面的理由，说老实话，他的看家本领是要留待与空空儿比武才肯用的。

段克邪随着华宗岱走进那间石屋。华宗岱道：“这里本来住的一户猎户，只有祖孙二人，老爷爷半个月前给猛虎咬死，孙儿不过十八岁，未能一人打猎。前几天恰巧我来此投宿，得知情形，我给了那孙儿一些银子，叫他到城里找点小买卖做，就当这间石屋暂时租给我住。这里地方偏僻，可是离魏博城却又不远，只有四十里路，真是方便极了。说不定我还要利用它招待贵宾呢。”段克邪不知他要招待什么“贵宾”，不便插口，遂转过话题，问铁铮昨晚出事的详情。

铁铮却说得十分简单，先道了一声“惭愧”，说道：“我昨晚是去探田承嗣所住的挹翠楼，还未曾进入，刚跳上围墙，就触动机关，着了毒箭。北宫横提着铜人，要来杀我，我心里一慌，要想拼命抵敌，一口气运不过来，就晕厥了。待到醒来，已是在这石屋之中了。这才知道是华老前辈救了我的性命。”

华宗岱接着说道：“我救了铁铮之后，见暖香阁那边火起，我暗里偷窥，看到方辟符已经来到，料想铁凝他们可以无妨。铁铮中的毒必须及时解放，我就无暇与他们相见了。

“今朝一早，我给铁铮换药之后，先进城一趟，这才赶到你们那儿。我本来是打算正式拜访，把铁铮的消息告诉方辟符的。但刚好听得段世兄正在那儿说及‘留刀寄柬’，我一时起了童心，故意和段世兄开开玩笑，引你出来。趁这机会，领教领教名满江湖的段小侠的功夫。”

华剑虹笑道：“爹爹，你开玩笑不打紧，却叫凝妹和方家的人等得心焦了。”

段克邪倒是有点诧异，心里想道：“事有轻重缓急，华老前辈当然是知道我们记挂铁铮，这才跑来报讯的。但他为何在报讯之前，先跑一趟魏博城？难道另外有更为紧要之事，不能押后么？”

华宗岱笑道：“我开了这么一个玩笑，是有点不大应该。但好在我可以将功赎罪。段世兄，我还想请你在这里住一天呢。”

段克邪道：“那么，我就先回去捎个信儿，免得他们挂虑。”

华宗岱笑道：“说不定今天这里还有一场好戏上演，我怕你错过机会。你若是明天回去，我还可以让你带点东西回去，叫方辟符他们惊喜一番！”

段克邪心中一动，说道：“我带铁铮回来，他们也一定会感到意外的惊喜了。难道还有什么东西胜得过带人回去么？”

华宗岱道：“当然任何宝贵的东西都比不过铁贤侄。但铁贤侄的伤大约还要我给他调理几天，明天恐怕他还不能随你回去呢。”

段克邪道：“那么，华老前辈要我带回去的是什么东西？”

华宗岱笑道：“段世兄，你们最想要回来的是什么东西？”

段克邪恍然大悟，说道：“华老前辈，你是说那一车珍宝？但你却怎能在今天便要回来？”

华宗岱笑道："不必我亲自去向田承嗣讨取，他自会给我送来！"

段克邪莫名其妙，道："恕我愚昧，我实在是猜不透华老前辈的神机妙算，请老前辈给我揭开这个闷葫芦，免得我瞎猜了。"

华宗岱道："这也不是什么神机妙算，只能说是一个偶然的侥幸。昨晚我救了铁铮之后，曾悄悄地到暖香阁那边打了个转，我是知道了方辟符已经到来，我这才放心带铁铮逃走的。"

段克邪道："是。老前辈刚才已说过了。"

华宗岱道："不错，但我还没有告诉你一件事情，我从暖香阁附近经过，正巧遇上田悦在众武士围拥之下，遥遥观战。我躲在假山后面，我看得见他们，他们却看不见我。

"我看了方辟符的武功，我知道他是不必我帮助他的，但他们已给发现，众寡悬殊，方辟符武功虽高，要想活捉田悦，我看也是绝不可能。我既然恰遇上田悦，我当然不肯把他放过了。"

段克邪猜疑不定，心想："难道华老前辈把田悦活捉了？可是他纵然本领高强，也绝不能把两个人带出节度府呀？"

华宗岱笑道："我当然不能活捉田悦，但我因铁贤侄中的毒箭，却忽地触动灵机。何不即以其人之道还治其人之身？

"我平生不用毒药暗器，但事有凑巧，这次我重履中原，临行之前与一位朋友告别，这位朋友是善于使毒的，谈及天下各种毒药暗器，他说他新近制炼的一种毒针，论毒性虽不是顶厉害，但却极为古怪。初着针时，毫无所觉，要过一个时辰之后，毒性方始显露。毒性一发，奇痒难当，要过七七四十九天，方始死亡。最合于惩戒恶人之用。我听他说得这么有趣，遂向他讨了几枚，连同解药，藏在身上，不想晚昨刚好派上用场。

"我躲在假山背后，悄悄地把毒针射出，距离十数丈外，好在未失准头，毒针射进了田悦肘尖的'鼠窦穴'，那是人身最易感觉麻痒的地方，一旦发作起来，比别的地方更为厉害。

"但当时由于我用的力度恰到好处，田悦这厮却是毫无知觉，我见他揉了一下手臂，大约他还以为是什么小虫叮了他一口呢。哈，哈！"

段克邪听得也不禁骇然，心中想道："一枚分量极轻的梅花针，打到十丈开外，黑夜之中，认穴不差毫厘，且又要对方毫无知觉，这样高明的暗器功夫，只怕我的师兄也未能够这样恰到好处。"当下笑道："痒比痛更难抵受，田悦这厮现在恐怕已在坐卧难安了。"

华宗岱笑道："何止坐卧不安，这毒性一发作，他不满地打滚才怪。他是昨晚四更中的毒针，天一亮就要发作了。"

段克邪恍然大悟，说道："华老前辈，你今朝一大清早进城，莫非就是向田承嗣送信？"

华宗岱道："不错。我把信射入节度府中，告诉田承嗣，他若是还要他这个宝贝儿子的性命，就赶快将那一车珍宝拿来交换解药。信中附有地图，要他派人把那辆宝车给我送到这儿。我还告诉他，珠宝要原封不动交来，倘若少了一颗，我就少给一分解药。"

段克邪笑道："痛快，痛快！田承嗣只有这一个宝贝儿子，一颗解药换一车珍宝，谅他不敢不依。"

话犹未了，已是隐隐听得车马之声，华宗岱笑道："来得好快啊！"当下众人一同走出门外，只见尘沙滚滚，果然有一队官军押着一辆大车走进山谷。走在最前面的是一个提着独脚铜人的军官，正是节度府中的第一高手北宫横。

华宗岱哈哈笑道："北宫将军，难得，难得，咱们今日又会面了。真是人生何处不相逢啊！"

北宫横道："华宗岱，今日暂且让你得意，算你手段高强，我奉命来与你交换解药了。"

段克邪道："华老前辈，且慢交换，待我与铮侄先看一看，看他们有否弄假。"

段克邪拉着铁铮，就要登车检查。车上本来有四个护送的军官，都是节度府中的出类拔萃之士，这次田承嗣被迫将已经到口的馒头又吐出来，连他们预定可以分得的一份赏赐也断送了，他们心中正在气愤，此时见段克邪大模大样的要来检查，焉肯顺从？

四个军官排列车前，明晃晃的刀枪剑戟一齐指着段、铁二人，为首的喝道："解药未曾交出，你就要先来启封查看么？哪有这个规矩？"

段克邪冷冷说道：“你们懂不懂江湖规矩？这是你们来求交换，当然得让人家验货。老实说，我也相信田承嗣不过，非得查看不可，快快让开！”

铁铮满面病容，一看就知伤还未愈。段克邪也不过二十多岁的俊秀少年，这四个军官不知他的来历，哪里将他放在心上？

北宫横乃是奉命来交换解药的，本来不想节外生枝，误了正事，但转念一想，“这少年意态骄横，让手下挫挫他的威风也好。”北宫横也不知道段克邪是何许人，是以并不出声拦阻。

北宫横以为段克邪受到阻吓，定然不敢登车。哪知段克邪一手拉着铁铮，仍是若无其事就要从那四人中间硬挤过去！

就在这一瞬间，只听得一片金铁交鸣之声，空中刀枪飞舞，北宫横大吃一惊，定睛看时，只见四个人都已跌倒一丈开外，在地上爬不起来！

原来是段克邪以迅雷不及掩耳的分筋错骨手法，把这四个人都打得变成了滚地葫芦。这四个人所持的刀枪剑戟，连段、铁二人的一根汗毛都未碰着，就脱手飞出去了！

北宫横身旁有个短小精悍的中年汉子，双目圆睁，骂道：“岂有此理？”一手就要扬起，北宫横连忙摇头示意——叫他不可鲁莽。

华宗岱道：“我收了你们交来的东西，解药自然给你。你们先要动粗，这可怪不得我这位小兄弟。”

北宫横打了个哈哈，说道：“这四人不知江湖规矩，华老莫怪。请这位小兄弟快快查看吧。”他欲求解药，只好暂且忍气吞声。

段克邪道：“你急什么？田悦那厮一时也死不了。”扶着铁铮，慢条斯理地跨上大车，一个箱子察看。

只见八个箱子仍是像原来的样子叠着，箱盖的朱漆封条也是完整如初，果然是原封不动。

铁铮打开了一个铁箱，说道：“这个箱子里装的都是金银珠宝，想来不至于弄假。就不知其他的箱子如何？段叔叔，你看要不要一个个箱子查验？”

段克邪明知田承嗣因要换他儿子的性命，绝不至于掉包弄假，而且原封不动，更是可以不必怀疑。但段克邪却要趁这机会，卖弄一下功夫，好震慑官军，免得他们在解药到手之后，又生歹念。

段克邪的师兄空空儿是天下第一神偷，段克邪自小跟他师兄，虽没干过偷窃之事，也是这一方面的大行家，神偷的本事之一，就是善于鉴别珠宝并能从重量测知箱子装的是什么东西，例如金银珠宝因为体积小而比重大，假如里面换了一块石头，他只要一上手便能识破。

当下段克邪笑道："不必这样麻烦，我只要每一个箱子拿一下就可以知道它是真是假了。"拿起了一个箱子，又笑道："看他们等得心焦，我就同时查验两个吧。"左手又提起一个箱子。

这几个箱子可不是普通的箱子，而是盛满金银珠宝的大铁箱，即使只是空箱，也有百多斤重，盛满了金银珠宝，怕不有四五百斤？也即是说，段克邪提起两个箱子，双臂已有将近千斤之力。

仅仅如此，还不稀奇。就在一众官军瞠目而视之下，段克邪蓦地把两个大铁箱作个旋风急舞，抛上空中，又接下来，面不改容，而且是用金鸡独立之势，单足站在车把子上。刚才他举手击倒四个军官，已足令众人震惊，如今抛舞铁箱，又再显示了他的神力，更能惊世骇俗！

片刻之间，此上彼落，段克邪把八个大铁箱全都抛舞过了，这才一笑说道："查验过了，并无作弊。华老前辈，你可以和他们交换了。"

一众官军目定口呆，这时才情不自禁的"啊"的一声叫了出来，也不知是喝彩还是惊呼。

可是在众人哗叫声中，却有一个冷峭的声音说道："这小子倒是有几斤蛮力，可以吓吓无知之辈！"发话的就是刚才那个短小精悍的汉子。

段克邪把眼光射去，找寻这个说话之人。北宫横怕多生枝节，连忙说道："华先生，解药可以给我了吧？"

华宗岱道："好，段世兄，你把车子赶过来吧。这车子上的东西本来是我们的，给你们的节度使扣留了几天，这拉车的四匹马就当作利息了，你们不反对吧？好，银货两讫，我就给你解药。"

北宫横听得一个"段"字，心头一凛，说道："原来这位小兄弟姓段，未敢请教大名？”

华宗岱哈哈一笑，说道：“也许你曾听过他的名字，他就是段克邪。空空儿的师弟，铁摩勒的表亲。”

北宫横吃了一惊，心道：“原来是他，怪不得这么了得！”

段克邪吆喝一声，便即扬鞭赶马。那短小精悍的汉子忽地出头拦阻，叫道：“且慢！”

段克邪道：“怎么？”那汉子却向着华宗岱道：“我们怎知你的解药是真是假？”

华宗岱面色一变，冷笑说道：“华某平生说话，还从未有人疑过。你们既是不敢相信，那也就不必交换了。”

北宫横连忙说道：“华先生请别误会，华先生是武林高人，我们岂敢不信？只是我们的大帅却要有个交代，请恕冒昧，我倒有个办法，不知华先生是否认为可行？”

华宗岱道：“什么办法？”

北宫横道：“请令嫒随我们走一趟，我们这辆车子留在你们这儿。要是解药见效，立即便放令嫒回来。这公平吧？”

华宗岱勃然大怒，说道：“你们要想把我的女儿当作抵押吗？岂有此理！你把车子赶回去吧，不交换了！”

段克邪笑道：“华老前辈不必动怒，他们要抵押么？那就让我去作抵押吧！嘿！嘿！却只怕田承嗣不敢见我！”

北宫横一看事要弄僵，只好忍着口气道：“我早已说过，这不是我的意思，这是我们大帅的意思。既然华先生不愿俯允，那就由我一力担承吧。我当然信得过华先生，咱们现在就进行交换，并请华先生恕我失言之罪。”

华宗岱“哼”了一声，道：“这才像个人话。”于是段克邪把那辆大车赶进院子，华宗岱也把一个瓶子拿了出来，说道：“瓶子里是三颗解药，每三天服一颗，便可断根。”

北宫横接过药瓶，交给一个军官，说道：“你们先回去，可要小心保护，失了唯你们是问！”那军官诺诺连声，率队便走，那四个受伤的军官当然也一同带走了。

可是北宫横和那短小精悍的汉子却没有走。华宗岱冷冷说道：

"北宫将军还有何指教?"正是:

宝气珠光迷盗眼，一波未静一波生。

欲知后事如何?请听下回分解。

第十五回　终须正气消邪气　岂只魔高道更高

北宫横道：“华先生，咱们也算得是不打不成相识了。只可惜两次交手，华先生都是匆匆来去，教在下未得尽睹所长。”

华宗岱剑眉一竖，说道：“北宫将军可是想作第三次交手么？好，反正华某闲着没事，奉陪就是！”

不料北宫横却道：“不，我这次只是意欲袖手旁观。”

华宗岱怔了一怔，道：“那么是谁赐教？”北宫横道：“是我师弟。”

那短小精悍的汉子亦已同时应声说道：“是我！素仰华先生绝世武功，我也想见识见识，不知华先生可肯指教么？”

这汉子不过三十多岁光景，但双目神光湛然，行家眼中，一看就知是个内家高手。华宗岱心头微凛，说道：“哦，你是北宫将军的师弟么？那么，雪山司空前辈是令尊还是令师？”

这汉子傲然说道：“正是家父。但华先生你可不必有什么顾忌，我与你比武，胜败我都不会告诉父亲。”

原来雪山老怪司空图乃是当今辈分最高的邪派大魔头，今年已有八十多岁了，但因一生隐居在大雪山上，足迹未出过玉门关，故此中原的武林人士，知道他的人极少。这汉子名叫司空猛，是司空图晚年所得，也是他独一无二的儿子，宠爱非常。故此司空猛虽是北宫横的师弟，但因得他父亲的衣钵真传，武功却是要比师兄高明。北宫横正是因为恐怕自己敌不过华宗岱，特地邀他来助阵的。恰巧他在今天赶到。

司空猛话虽如此，华宗岱却是不能不有所顾忌，心中想道："雪山一派的武功极为邪恶，我虽然不惧，但一交上手，若不伤他，他必伤我，要想两全只怕不易做到。雪山老怪只此一子，我若重伤了他，雪山老怪岂肯与我干休？即使雪山老怪也未必能取我性命，但总是麻烦。更何况这小子不过三十出头，年纪与我差一大截，我与一个小辈较量，胜之不武，不胜为笑！"

华宗岱正在踌躇，段克邪忽地一声长笑说道："你要与华老先生比武，辈分似乎有点不对，还是与我玩玩几招吧。你不是说我只有几斤蛮力，只可以吓吓凡夫俗子么？好，那就让我看看，你到底有什么不凡的本领，出奇的武功？"

段克邪的师父与雪山老怪同一辈分，而段克邪的年纪又比司空猛轻得多，他出来迎战倒是最为合适不过。但司空猛却自高自大，冷笑说道："你这小子也配与我比武么？"

段克邪冷冷说道："配与不配，试过方知。你口出大言，好，我让你十招！"

司空猛大怒，喝道："你这小子想是活得不耐烦啦，我三招便要送你性命！"声到人到，向段克邪一掌劈下。

这一掌打出，隐隐挟着风雷之声，段克邪心头微凛，"此人口出大言，果然是功力不凡！"不敢大意，使出上乘轻功，一个"金鲤穿波"，从他掌底穿过。

司空猛一掌劈空，也是心头一凛，"噫"了一声，迅即反手擒拿，双掌齐出。

这一招大擒拿手法更见凌厉，掌如刀，指如戟，段克邪上身的三处关节七个穴道都在他掌指擒拿之下。段克邪是个点穴的大行家，也不禁赞了个"好"字！

司空猛使出这样厉害的擒拿手法，满以为段克邪躲得再快，也难逃分筋错骨之灾。哪知段克邪身法之快，更出乎他意料之外，一声笑道："好厉害！没抓着！"身形只是一飘一闪，司空猛这一招大擒拿手又落了空。

司空猛又惊又怒，大步赶上，喝道："往哪里逃？"段克邪笑道："我说过让你十招，哪有逃跑之理！"身形一定，等待司空猛

只听得段克邪一声长啸，身形已是平地拔起，从千重掌影中飞出！

发招。

段克邪表面上谈笑自如，心中却已是暗暗戒惧。原来他刚才那一飘一闪，看来虽是闪得从容，实际则是展尽平生所学！

说时迟，那时快，司空猛第三招接续发出，前面两招虽然厉害，还远不及这一招的威力惊人。只见掌影千重，砂飞石走，掌力有如排山倒海，从四方八面攻来。当真是有万马奔腾之势，千军陷阵之威！华宗岱父女站在十数丈外，也自感到劲风扑面！

此时连华宗岱也不禁捏了一把冷汗，只恐段克邪有失，连忙走上两步，准备倘有意外，可以及时接应。

北宫横提着独脚铜人，监视着华宗岱的行动，笑道："华先生，咱们说好了是袖手旁观的啊！"

话犹未了，只听得段克邪一声长啸，身形已是平地拔起，从千重掌影之中飞出！北宫横做梦也想不到他轻功造诣如此深湛超妙，情不自禁的也要赞了一声："好功夫！"

段克邪这次是接连用了七种身法，最后才侥幸突围的，对方赞他，他却是不禁心中苦笑。

段克邪还未知道司空猛的掌力专伤奇经八脉：倘被打着，不死也成残废。华宗岱就是因为知道他的掌力的歹毒，才捏了一把冷汗的。

华剑虹看得有趣，说道："你这矮汉不是说要在三招之内取人家性命的么？三招已经过去了！"

段克邪笑道："三招是他说的，我说的是让他十招！来吧，还有七招可以任你施展呢！"

司空猛面红耳赤，喝道："谁要你让，你为什么不敢当真与我较量？"

段克邪大笑道："你打不着我，这是你自己本领不济，怎能说不是较量？"

华宗岱眉头一皱，心道："段克邪怎么如此好胜，还要让足他十招？"不知段克邪却也有他自己的打算。段克邪试过了三招，已知对方的功力实胜于他，若然硬碰硬接，只怕未必接得了十招。但若只是闪躲，凭着自己绝顶的轻功，要避他十招，谅还可以做到。

到了十招之后，他就大可以奚落对方，不必当真与对方较量了。

司空猛老羞成怒，心想反正已给对方让了三招，丢脸早已丢了，无论如何，非迫得对方还手不成。

司空猛喝道："好，你要找死，这可是你自己说的!"扑上前去，登时又展开了暴风雨般的攻击!

段克邪身法如电，对方攻得快，他闪得更快。华剑虹口中数着数目，转眼间段克邪又已避过了三招，华剑虹说到了个"六"字。

司空猛狂攻三招之后，稍缓一缓，段克邪也趁机会喘一口气。忽觉身上颇有寒气，真气的运转，也似乎稍感迟滞。原来司空猛的掌力专伤奇经八脉，段克邪连接六招，已是稍受侵害。幸而段克邪练的是童子功，内功根基极好，而且未曾给他真个打着，是以尚无大碍。

段克邪发觉情形不妙，方自吃惊，司空猛一个转身，掌劈指戳，攻势又发。段克邪元气损耗了一两分，这一两分之差，登时令他有力不从心之感。不论他避到哪个方向，都感到对方狙击的力道。这点微妙的转变，华剑虹当然看不出来，还在兴高采烈地数着"七、八、九……"但她的父亲华宗岱却是看出来了，心中暗暗吃惊，想道："雪山老怪之子，果然非同小可！我若与他交手，只怕也不容易胜他。"

可是段克邪虽然应付维艰，毕竟又避了三招，已经是第九招了。司空猛心中也是吃惊不小，他不知道段克邪最擅长的乃是轻功，心道："这小子居然能避我九招，最后一招料想是不能伤他的了。他若还手，只怕我还未必能够敌他。"

尚有一招未发，就在此时，忽见一个女子疾奔而来，扬声说道："克邪，你在和谁打架?"

来的正是段克邪的妻子史若梅，她在方家等了许久，不见丈夫回来，恐防有甚意外，故而出来寻找的。

段克邪笑道："这位朋友要较量我的武功，看我能不能让他十招。现在只剩下最后一招了，你等一等。"

史若梅"噗哧"一笑，说道："要人让到十招，这还充什么好汉？克邪，你也真是的，大家等你等得心焦，你却还有闲情逸致和人较量武功？既非高手，不比也罢！”

史若梅没有看到刚才动手的情形，她哪里知道，与她丈夫比试的这个司空猛，武功还在她丈夫之上。段克邪看似谈笑自如，其实已是筋疲力竭，最后这招能否安然避过，段克邪心中也没把握。幸亏司空猛亦有怯意，最后一招，不敢轻发。段克邪得了个喘息的机会，此时正在默运玄功，凝聚真力。

铁铮本来已在屋内躺着，华剑虹要他休息，不许他出来的；此时听得史若梅的声音，大喜之下，不顾一切，跑了出来，扬声叫道：“史姑姑，史姑姑！”

史若梅一见铁铮，更是喜出望外，连忙过去，拉着铁铮的手说道：“好了，你没事就好了。我们都在寻找你呢。咦，你的面色好像有点不对？”铁铮道：“失去的东西也要回来了。这位是华老前辈。”

华宗岱道：“史女侠，咱们等会再谈。段世兄，你的夫人等着你呢。你让了十招，就待我来吧！”他是个武学大行家，早看出了段克邪元气颇有损耗，十招之后，决敌不过对方，故而立即抓着这个借口，使段克邪好趁此收篷。

司空猛猛烈地攻击了九招，气力亦是耗损不少，听得华宗岱此言，暗叫“不妙”。深怕华宗岱乘他之危，最后一招更是不敢轻发。

北宫横打的如意算盘本来是想让师弟敌住华宗岱，而自己则去夺回珍宝的。哪知平白里杀出一个段克邪，较量的结果，他的师弟似乎连段克邪也对付不了，他还如何敢去惹华宗岱？何况现在又来了一个史若梅，段、史夫妇双侠，江湖上谁个不知，哪个不晓？段克邪这么了得，他妻子料想也不会弱到哪里去。敌强己弱，形势分明，北宫横也不敢强横了。

司空猛青筋暴涨，盯着段克邪迟迟不敢发招，段克邪道：“你再不发招，我可没工夫奉陪啦！”

北宫横哈哈笑道：“切磋武功，适可而止，又不是真的较量。师弟，段少侠既是有事，咱们可别阻他夫妻相聚了。走吧！”形势不妙，他已打定了“三十六计，走为上计”了。

司空猛也正是要找个借口自下台阶，听了师兄的话，便即说道："好，青山绿水，后会有期。日后倘有机缘，我再向两位请教。"前倨后恭，飞扬跋扈之气已是一扫而空。

段克邪哈哈一笑，说道："不送，不送。请你们回去转告田承嗣，可别再打什么主意了。否则我要取他父子性命，易如反掌!"司空猛领教过他的轻功，不敢答话，跟上师兄，匆匆便走。

敌人去后，段克邪方始笑道："好险，好险！倘若他发了那最后一招，我纵然可以躲闪过去，只怕也得小病一场。"对敌之时，他一直是神色自如，面不红，气不喘的，此时才见他大汗淋漓，头上冒出热腾腾的白气，一副狼狈的模样，和刚才相比，简直是判若两人。

原来司空猛的掌力能伤奇经八脉，刚才对敌之时，段克邪是以纯厚的内功强行忍住，教敌人摸不住他的深浅。此时敌人已去，他才默运玄功，把体内所受的阴寒之气发散出来。

众人相顾骇然，史若梅这才知道那司空猛的厉害，埋怨段克邪道："谁叫你这么好胜的？好在没有受伤，否则更加不值了。"段克邪笑道："我只能让他十招，倘若和他真个较量，只怕更不是他的对手。"

华剑虹道："铮哥，你怎么不听话，又跑出来。你刚刚服了药，应该躺一躺的。"铁铮笑道："我听得史姑姑来了，还怎能闷在屋子里头？"华剑虹道："好，那么现在快回去吧。"

史若梅听她叫得亲热，心中已是明白几分，笑道："铮侄，你几时结识的这个妹妹？"

铁铮面上一红，说道："我以为凝妹已经告诉你了。这位华老前辈帮了我们许多忙，昨晚在田承嗣的节度府中了毒箭，也是多亏华老前辈救了我的性命。"

众人进了屋子，华宗岱说道："铁铮中的毒还未曾拔清，须得我亲自照料，恐怕还要在这里静养几天，不能和你同回山寨。"

史若梅道："田承嗣不知会不会再派人来？"华宗岱道："他好容易才向我讨了解药，又给克邪吓了一吓，料他不敢再来惹事。何况他们也一定以为我们得了宝物，必然远走高飞，要找也不会到这儿来了。倒是你们可得赶快把这一车珍宝运回山寨，免得夜长梦多，又生意外。”

段、史二人知道华宗岱武功极为深湛，他们父女二人对铁铮又如此爱护，当然可以放心得下。

段克邪道：“这样也好，那么我们告辞了。”华宗岱道：“我一待铁铮治好了伤，便把他送回伏牛山，请你代我向铁寨主致意，叫他可以放心。”

段克邪笑道：“有华老前辈照料他，还有什么不放心的？铁寨主自小随着先父闯荡江湖，对华老前辈的大名，也是早已知道了的，他要是见着了华老前辈，更不知多高兴呢？但盼华老前辈早日到来。”

华宗岱若有所思，笑道：“好说，好说。铁摩勒得你父亲与磨镜老人的真传，是当今第一位英雄人物，我此次重履中原，本来也是想去拜会他的。”

段克邪夫妇上了大车，正要道别，华宗岱忽道：“段世兄，令师兄空空儿现在哪儿？”

段克邪道：“我的师兄师嫂在江湖上行踪无定，我也不知他们下落。华老前辈和他们可是相识？”

华宗岱道：“你的师嫂是否人称‘无情剑’的辛芷姑？”段克邪道：“不错。”

华宗岱道：“你的师兄我是闻名已久，尚未会过。你的师嫂，三十年前，我倒是曾经见过。”

段克邪道：“好，那么我倘若见着他们，我就和他们说说。我师兄最喜欢结识有本领的高人，想必乐意来与前辈相会。”

华宗岱沉吟片刻，说道：“还是不必在你师兄面前提起我的名字的好。倘有机缘碰上我们再行缔交，却不必特别麻烦你的师兄来找我了。现在天色不早，你们可以走了！”

段克邪并不知道华宗岱是曾经追求过辛芷姑的人，觉得他的说话有点奇怪，但大凡是高人异士，脾气多少是有点怪的，段克邪又急着回去，也就不再多问了。

段克邪赶车回到方家，已是午夜时分。方辟符、展伯承、铁凝等人都还未睡觉，正在等他，听得车马之声，连忙出来迎接。

铁凝喜出望外，尖声叫道："段叔叔，你真是好本事，难怪你去了这许久，原来已经把珍宝夺回来了！"

段克邪笑道："这是华宗岱给你们要回来的。你的哥哥也在那儿。"铁凝道："我哥哥为什么不跟你回来？"

段克邪道："你别担心，他在那边有华姑娘照料，舒服得很呢。到屋子里说吧。"

段克邪说明原委之后，方辟符道："我这里也是住不得了，既然得回了珠宝，明天咱们就一起走吧。"

段克邪喜道："有你沿途照顾，我可以放心前往扬州了。我答应了夏姨，要去助南夏雷一臂之力。"史若梅最关心聂隐娘，却道："只不知隐娘姐姐刚刚在产后，可方便赶路？"

话犹未了，忽听得"呜哇"一声，聂隐娘抱着婴儿，揭帘而出，笑道："若梅，你也把我看得太娇弱了。跑路也许我还不能，坐上车子走那还不行么？乖乖，别哭，史姑姑疼你。"

史若梅接过婴孩，哄他止了哭声，笑道："这孩子真有趣也真听话，他好像认得我是把他接到人间来的。隐娘姐姐，养孩子的事情我可是全无经验，我只道你产后需要休养，既然你认为可以带得他走，那还是早早离开此地的好。"

聂隐娘道："你这么喜欢孩子，那你赶快也养一个呀，要是一个女的，咱们就正好结成亲家。"史若梅"啐"了一口道："做了母亲，还是说话毫不正经。"

一宿无话，第二日一早，大家分道扬镳，方辟符夫妇与展伯承、铁凝押运宝车前往伏牛山，段克邪、史若梅则联袂奔赴扬州。

车中铺了被褥，四面堆着八个大铁箱，正好作为屏障，间成一间卧房，可供聂隐娘母子安歇。方辟符担任驾车，展伯承与铁凝骑马在前头开路。

展、铁二人并辔而行，展伯承道："凝妹，你不去看你的哥哥了么？"铁凝笑道："他有华家姐姐照料，我去了反嫌多事了。"

铁凝笑了一笑，忽地又道："展大哥，我告诉你一个秘密。"展伯承道："什么秘密？"铁凝道："小时候，我偷听我爹和我妈商量，妈很想把南家的小阿姨要作媳妇，说是两人年纪相当，辈分差一辈也不打紧。但爹说还是让孩子大了自己看上的好。想不到我哥哥现在果然自己看中了人了。”

铁凝所说的“南家小阿姨”，即是南霁云的女儿，南夏雷的妹妹南秋雷。南霁云与段珪璋同辈，比铁摩勒大一辈，岁数却大不到十年，又因他是过了三十岁才结婚的，他唯一的女儿南秋雷排行第三，前面有两个哥哥南夏雷与南春雷。今年才不过十八岁，仅仅比铁铮大一岁。唐代的婚姻制度并不如后世之严格讲究辈分，南霁云与段珪璋也只是朋友关系，而非亲戚，铁摩勒是段珪璋舅父的义子，与南家关系更疏，友情之好那是另外一回，南霁云生前也是以“小兄弟”称呼他的。故而铁铮的母亲曾有与南家论婚之议，并不觉得这是违背世俗之事。

展伯承心道：“凝妹说话就是欢喜夸张，这算得了什么秘密？”当下笑道：“你怎么知道你哥哥就是看中了人家？他今年已经十七岁了，结交一两个朋友，那也很平常呀！”

铁凝道：“你别以为我年纪小，不懂事。那日华家姐姐定要与我哥哥较量，我已看出有几分‘阵上招亲’的意味了。还有后来，我每次和哥哥提起了华姐姐，我哥哥的神情就似你一般……”

展伯承道：“你怎么说呀说的，忽地扯到我的头上来了？似我什么？”

铁凝笑道：“就似我每次和你提起褚姐姐那样呀，你的神气不是又想提起又怕提起的模样么？嘿，嘿，也许你自己还不知道呢！”展伯承给她触动心事，黯然不语。

铁凝道：“是不是？我刚提起，你又着恼了。呀，展大哥，不是我说你，褚葆龄既是那么待你，你又何苦自寻烦恼？呀，还是小时候的好，小时候，你、我、哥哥、褚姐姐大家一同玩耍，你待我们都是一样，决不会有这许多烦恼！”

铁凝正是十五年华，对男女之情，说懂不懂，不懂又懂的年纪。既是“孩子”，又要充作“大人”。展伯承本来满肚皮烦恼的，听了她那孩子气的说话，不觉给她逗了笑来，说道：“我几时冷淡了你，我现在对你，不也是像小时候一样？”

铁凝道："总是不及你的褚姐姐吧？"展伯承道："凝妹，你不是劝我不要再提她么？为什么你又提了？你不懂的，我现在之所以关心葆龄姐姐，只是为了报她家对我之恩。好，说过今次，以后可别再提了。"

铁凝一双漆黑明亮的眼睛滴溜溜一转，似乎想说什么，却没有说，过了一会，才"噗嗤"一笑，说道："好吧，只要你不要提起她，我也不会故意来挑起你的烦恼了。"

展伯承一直把铁凝当做"小妹妹"看待，虽然觉得她有点孩子气，却也很感激她对自己的关心。但展伯承却哪里知道，这个"小妹妹"已是情窦初开，并非完全不懂事的小孩子了。她对展伯承起初是同情，到了后来，则已是有点"朦胧"的爱意了。

展铁二人一路并辔同行，谈谈笑笑，倒是不感寂寞。这辆车子，由于载得过重，走得很慢，走了将近一个月，才到达伏牛山。但在铁凝心中，却觉得日子过得很快。

一路提心吊胆，幸得平安无事，回到了伏牛山，大家都松了口气。可是当他们进入山区，走了两日之后，又感到情形有点不对了。

他们本来预计会有巡山的喽兵迎接他们的，不料走了两天，却一个喽兵也没碰着。到了第三日，距离大寨只有四五十里了，山路越来越险，马车不能再上，此时最好是有喽兵来给他们搬箱子，可是一路之上仍是静悄悄的杳无人影。

铁凝道："咦，怎么还不见巡山的喽兵，上不去了，怎么办？"他们一共只有四人，铁凝年纪轻气力弱，聂隐娘则在产后刚刚复原，也不宜过于用力，要把八口大铁箱搬上高山，只靠方展二人，那是决难办到之事。

方辟符道："我在这里看守，你们上去看看。"似此情形，方辟符已知定有意外，心中惴惴不安。

展伯承与铁凝作伴，施展轻功，飞奔上山，到了山寨旧址，不由得叫声"苦也！"只见昔日连绵数里的山寨建筑，如今都已变成了一片瓦砾！

铁凝吓得六神无主，展伯承安慰她道："纵有意外，以你爹爹的武功，也决不至于遭难的。咱们各处找找，看看还有没有人留下?”

话犹未了，忽听得有人叫道：“是小寨主回来了么?”铁凝应道：“是我和展伯承大哥!”

只见十数个人从树林里出来，走在最前头的一个人，三绺长须，背负药囊，正是铁摩勒最得力的助手，在武林中的辈分比铁摩勒还长一辈的“金剑青囊”杜百英。

铁凝连忙跑上前去，颤声问道：“杜公公，这是怎么回事，我爹爹呢?”

杜百英叹了口气，说道：“山寨是一个月前被官军攻破，一把火烧成了平地的。还幸伤亡不大，你爹爹已率领大伙儿逃出去了。”

铁凝稍稍放心，说道：“以前几次都平安度过，怎么这次却给官军攻破了?”

杜百英又叹了口气，说道：“今年咱们种的梯田失收，粮食困难。范阳、平野、庐龙三镇乘机合兵攻打山寨。本来也还可以据险固守的，却不料有一部分弟兄，是今年初新入伙的，在每天只能吃一顿稀饭的情形下，挨不住苦，又有几个头领受了敌人收买，竟然煽动这些挨不住苦的弟兄，叛变起来。一夜之间，几处险隘，同时失守，敌人在叛徒带路之下，长驱直入，你爹爹只好当机立断，放弃山寨。”

铁凝道：“我爹爹哪里去了?”

杜百英道：“你爹爹以前本来是和辛寨主在金鸡岭内的，八年前金鸡岭被官军攻破，才搬到伏牛山。但在这八年中，辛寨主的旧部又已在金鸡岭恢复了部分基业。这次你爹爹临走之前曾与我商量，我们商量好的计划是由你爹爹率众下山之后，便叫弟兄分散，陆续再回到金鸡岭去重建基业。但因路途遥远，他们是否已经到达了金鸡岭，现在还未接到消息。”

杜百英接着说道：“我与你爹爹各挑一副担子。你爹爹挑的是重担子，带领大队弟兄突围；我挑的是轻担子，和一小队弟兄留下来，照料受伤的伙伴。摩天崖下有个秘密的岩洞，可以容纳得数百人，我们就住在那儿，叛徒并不知道这个秘密。

“幸亏我们隐蔽得好，敌人几次搜索，都没发现。他们把山寨烧成平地之后，自身亦难立足，终于也撤走了。

“我们这一小队总共百人，其后陆续收容了三百多受伤的弟兄，现在已有了将近五百人。山洞里有点存粮，勉强可以支持，不够的就靠打猎和可吃的野草补充。受伤的弟兄大部亦已医好，今天我们正想下山觅食，想不到就遇见你们。嗯，阿凝，你不是与你哥哥同在一起的么？怎的却不见他？”

杜百英自谦挑的是“轻担子”，其实他们在山中留守，只怕比突围的弟兄更为艰苦得多。

铁凝和展伯承看见杜百英鬓边添了许多白发，不禁热泪盈眶，说道：“杜公公，你辛苦了！铮哥一时未能回来，此事慢慢再说。今天我们是和方师叔夫妇一同来的。还带了一点东西回来。”

杜百英喜出望外，说道：“方大侠夫妇也来了么？在哪儿？你们又带了什么东西回来？”

铁凝道：“好教杜公公得知，我们是带了展大哥外公的宝藏回来的。一共八大箱珠宝呢！”说至此处，不禁叹口气道：“可惜我们来迟了，要是早两个月能够运来，倒可以给山寨补充粮饷。”

杜百英大感意外，说道：“怎么，你们把王伯通当年的宝藏寻获了？不迟，不迟，现在来的正是时候。好吧，现在先把方辟符夫妇接来，我再告诉你们我的计划。”

展伯承道：“马车上不来，方大侠在黄蜂腰山拗，离此约有二十里。”

杜百英立即挑选了二十名体力较强的小伙子，和展铁二人一同去接方辟符夫妻。

双方会合，方辟符与聂隐娘得知山寨遭劫的情形，十分难过。杜百英道：“留得青山在，哪怕没柴烧？咱们是杀不尽、烧不灭的，只要有人，就用不着丧气。”

这八个大铁箱每个有四百多斤，二十个小伙子，四个人合扛一个，走得还很吃力。剩下三个，杜百英、方辟符、展伯承一人拿起一个。杜百英老当益壮，健步如飞，走在前头。

杜百英老当益壮，功力弥深，不但展、铁二人自愧不如，连方辟符夫妇也是暗暗佩服。

进了岩洞，留在洞中养伤的弟兄见铁凝回来，还带来了七八大箱珠宝，都是围拢了来欢呼跳跃，七口八舌的探问外间情形。

喧闹了一阵，杜百英方得静下来与方辟符他们说话。

杜百英道："我们这里连一片茶叶都没有了，只好委屈方大侠喝喝开水啦。"

方辟符道："我不能与你们共同患难，已经十分惭愧。都是自己人，杜老前辈不必客气了。杜老前辈今后打算如何？若有需要晚辈效力之处，赴汤蹈火，在所不辞。"

杜百英道："你的铁师兄想来现在已到金鸡岭了，金鸡岭骤然增加了许多兄弟，一定也感困难，我打算把一部分珠宝先给他们送去，让他们变卖了也好购粮。

"另一部分珠宝，我打算叫人拿下山去秘密变卖，给有家室之累的弟兄作安家费用。摩勒这次和大伙儿前往金鸡岭，是分散了走的，有的早去，有的迟去，那些有家室之累的将是最后一批，恐怕现在未曾动身。那些人的名册住址，只有我知道，给他们送安家费和路上的盘缠，这件事情，只有由我带人去办。"

方辟符道："金鸡岭离此数千里之遥，要不要我帮忙护送？"

杜百英道："我的计划是这样，送去金鸡岭的珠宝，我分开来让一百个人携带，每人一个小袋，扮成逃荒的难民，相信可以瞒过官军耳目。而且分散了走，即使有一两人被捕，损失也很有限。胜于整车搬运。

"我倒是想请方大侠夫妇留在这里帮我们的忙。我要下山与弟兄联络，总得十天半月才能回来。官军将山寨烧成平地之后，料想短期内不会再来，但也不能不防意外。方大侠若能替我担任留守之责，我就可以放心了。只是却要委屈你们夫妇住在寒窑，挨挨苦了。"

方辟符知他是有心照顾，不想令聂隐娘在产后带着刚满月的婴儿再度奔波。但他既不能替代杜百英下山办事，虽然过意不去，也只好同意如此安排。

聂隐娘笑道："让孩子自小多吃点苦，对他的将来会有好处。

我就是因为出生在富贵人家，出生之后，要经受许多磨炼，方才习惯江湖的生涯。”

杜百英点点头道：“这也说得是。阿凝，你和伯承又打算如何？是留在这里还是去找你父亲？”

按照展伯承的意图，他把外公的宝藏交到了山寨之后，已是了结一桩大事，以后就可以去找寻褚葆龄了，可是当着众人，他却不方便出口。

展伯承正自心思不定，铁凝已在说道：“我们在这儿帮不上什么大忙，我想我们还是去金鸡岭找我爹爹的好。”她一句“我们”，把展伯承也包括在内了。

杜百英点头道：“对，我也正是意欲如此安排。你们和那一百名携带珠宝的弟兄，可以各走各的，但既然是同一条路，倘有什么风吹草动，彼此也可以有个照应，凡事应当作最坏的打算，也应该作最好的安排，我是希望这一百名弟兄，都能安然到达，一个也没遭受损失的。”

杜百英这么一说，展伯承当然更不好意思提出异议了。

铁凝道：“我哥哥倘若回来，请杜公公告诉他一声，叫他务必邀请华家父女到金鸡岭来与我们相会。”

铁铮由华宗岱照料养伤之事，铁凝在上山的时候已经告诉了杜百英。杜百英说道：“好的。那位华老先生既是段大侠当年的好友，他若到来，我也自会替你爹爹促驾的。”

说至此处，杜百英忽似想起一件事情，说道：“我也有一件事情，要托你们代办。”铁凝道：“什么事情？”

杜百英道：“凝儿，你还记得那位绰号神箭手的吕叔叔吗？”

铁凝笑道：“你是说的吕鸿春叔叔吗？我怎么会不记得？他有个妹妹绰号金铃女侠吕鸿秋，吕家兄妹双侠和独孤宇、独孤莹兄妹双侠齐名，这两对兄妹互为婚嫁，吕鸿春娶了独孤莹，吕鸿秋嫁了独孤宇，传为武林佳话。你看我可记得不错吧？”

杜百英笑道：“一点不错。你这小妞儿对人家这些‘佳话’倒很是留心呢。哎呀，公公和你开开玩笑，你可别扯公公的须呀。现在公公可要和你们说正经的事了。”

铁凝停下了手，笑道："谁叫你为老不尊，你说正经的事，我就不扯。"

杜百英说道："在这山寨被烧之后，大约是在半个月之前，吕鸿春派了一个人来山寨送信，到得山下，他已知道山寨被毁之事，不敢上来。后来他好在碰到一个在山下开茶店的弟兄，这才把吕鸿春的那封信，转送到我的手中，但这封信却是写给你的爹爹的。"

铁凝道："这封信说的什么？"

杜百英道："信封里只有一张吕鸿春夫妻具名的请柬。"

铁凝道："吕鸿春何事发此请柬？"

杜百英道："就是有点奇怪。一般的请柬都会写明事由的，就是这封请柬不但没写事由，连个确实的日子也都没有告诉人家。"

方辟符诧道："此话怎说？难道请宴的日期也可以模棱两可的吗？"

杜百英笑道："我还是把这张请柬拿出来让你看看，你就明白了。"

原来请柬在"敬备薄酌候光"之后，有一行小字注道："请吾兄在接获此柬之后，一个月内，光临寒舍一叙。"既然是一个月内任何一天都可以，这就与普通请柬定实日子的不同了。

方辟符沉吟道："看来吕鸿春定是有甚事情，要与铁师兄商量。但他知道铁师兄事忙，所以只能希望铁师兄在一个月内到他家里。有事商谈之'事'，与普通的婚葬嫁娶之事不同，无须有一个固定的日子，只要铁师兄能来就行了。"

铁凝笑道："吕鸿春之事，我倒可以猜得几分。"

杜百英道："哦，你既知道，那就说吧。"

铁凝道："这件事展大哥是局中人，展大哥，还是由你说吧。"

展伯承道："凝妹，你猜想的可是为了独孤宇那件事么？"

铁凝道："我想除了这件事，也没有别的事了。"

杜百英道："独孤宇又出了什么事？你们别只打哑谜了，快快说吧。"

展伯承道："独孤宇曾与潜伏在盘龙谷中的大盗刘振、刘芒父子联手，谋夺我外公的宝藏。那一晚我与褚公公曾和他们激战一场。”当下将这件事的经过简略地告诉了杜百英。至于刘芒私恋褚葆龄，褚遂因此与他们结仇等等，他就没有说了。

杜百英道：“这么说，吕鸿春敢情就是为了此事要向摩勒解释，免得他与独孤宇不和。奇怪，独孤宇和山寨的交情不薄！这次何以反去相助刘振谋夺你的外公的宝藏。”

方辟符道：“也说不定这本来就是独孤宇的意思，却叫他的妹夫出面，央求我的铁师兄来给两方作个调停。”

杜百英道：“不管是否因了此事，以你爹爹和吕鸿春的交情，他既有请柬到来，就不能置之不理。吕鸿春家住涿县槐树庄，你们这次正好路过。阿凝，你就代你爹爹去见一见这位吕叔叔吧。伯承，你年纪大些，较为懂事，此事又可能与你有关，你也正好陪你凝妹同去。”

展伯承不能推辞，当然只好答应下来，第二日一早，便与铁凝一同下山。临别之时，杜百英与聂隐娘自是免不了对他们有一番叮咛嘱咐，这也不必细表了。

这次他们不用押运珠宝，轻快得多。到了山下平地，铁凝笑道：“咱们的坐骑本是龙驹，这两个月来，为了要跟着大车，每天只能跑个一百几十里，想来也把它们闷得够受的了。今天我可要让它舒舒筋骨，尽情驰骋一番！”说罢，“刷”的扬空虚打一鞭，催得胯下坐骑，如飞奔跑。

展伯承经过来时旧路，想起去年曾在此处遇见铁铮兄妹，如今才不到一年光景，却已发生了许多意想不到的变化，思之不禁惘然。

铁凝发觉展伯承没有跟上，勒马回头，笑道：“展大哥，你又在想什么心事了？”

展伯承赶了上来，说道：“没什么。我不过不想跑得太快而已。杜公公不是吩咐过咱们，要咱们在路上照应那些携带珠宝的弟兄么？”

铁凝笑道：“他们昨晚早已下山，现在咱们还未赶过他们呢。而且，杜公公的意思是要咱们在前头开路，倘遇意外，比如说发现官军的话，就留下暗号，让他们知所趋避的。”

展伯承道：“咱们的马快，不怕赶不过他们。好吧，你既喜欢驰骋，我就陪你一程。”

铁凝却又改了主意，不再放马疾驰了。她若有所思似的，忽地对展伯承笑道：“你当真没有想什么心事么？我倒想起一桩旧事来了。”展伯承道：“什么旧事？”

铁凝道：“你记不记得，咱们去年就是在这里相遇的？当时我与哥哥邀你上山，你却行色匆匆，急着要赶去盘龙谷见你的褚姐姐。想不到今天你还是与我同行。”

展伯承道：“你不是说过不再与我提起她的？”铁凝笑道：“对不住，只提这一次。我知道你在你褚公公墓前许下誓愿，总要打听到你褚姐姐的下落，才能了却一件心愿，是么？”展伯承不能不承认道：“不错，但这也只是为了报答我褚公公对我的恩情。”

铁凝笑道：“我并没有说你是另有企图呀，你不必忙着辩解。展大哥，这次我给你找了这个差事，你应该感谢我才对。”

展伯承怔了一怔道：“你说的什么意思？”铁凝道：“我不信你还不明白？吕鸿春是独孤宇的妹夫，独孤宇是刘芒父亲的好友，你不是疑心你的褚姐姐跟刘芒跑了的么？到了吕鸿春那儿，你就可以打听到确实的消息了。”

展伯承给她说中心事，颇是尴尬。铁凝一笑说道：“我虽然不齿龄姐所为，但她总是和咱们小时候一同玩耍的好朋友，我也但愿你早日了却这重心愿。好，走吧，我以后不再提了。”

两人马行迅速，第二日就赶过那班打扮成各式各样难民的山寨弟兄。不出杜百英所料，三镇的官兵，在烧了伏牛山的大寨之后，以为祸患已除，都已分别回防，另到他处“袭匪”去了。他们一路平安无事，第十二天就到了涿县。

展伯承问了槐树庄的路，知道再往西走，不过是五六十里路程，心里又是高兴，又觉紧张。铁凝说道：“吕鸿春约我爹爹一月为期，咱们总算及时赶到，未过期限。”

说话之间，忽见对面两骑快马风驰电逐的从他们身旁驰过，铁凝“咦”了一声，说道：“这是两个胡人。”展伯承想着自己的心事，不怎么留意，说道：“是么？”

铁凝道："现在不过是凉秋九月，他们又披着狐裘，汉人不会如此的。还有他们的皮帽子和腰悬的月牙弯刀，这些都是胡人的服饰。"

早十多年安史之乱的时候，唐朝请回纥相助平乱，中国的北方随处都可见着胡兵。如今在长安、开封等地的胡人还是很多，但在内地带刀的胡人武士却是不多见了，所以铁凝感到有点奇怪。

走了一会，后面马铃声响，又是两个胡服武士的快马越过他们前头。铁凝道："又不是刚才那两个人了。咦，怎么今天碰到这许多胡狗？"

展伯承道："胡人中也有好的，不要随便骂人。"那两个胡服武士似是隐约听得铁凝的骂语，回头瞧了瞧她。也许是因为见她不过是个小姑娘，也许是为了忙着赶路，倒没有生事。转眼之间，这两骑快马又是去得远了。他们走的是三岔路中的另一条路。

展伯承想起一事，说道："段叔叔曾谈及他到过师陀国探访了楚大侠楚平原，可惜后来忙于别的事情，他只提了这么一句，就没有再说了。楚大侠是我爹爹生前的好朋友，我小时见过他，我也很想念他的。"

铁凝道："哦，你是因为碰见这些胡人就想起楚大侠来么？但这几个胡人依我看都不是师陀国的人，未必能够从他们口中打听到楚大侠的消息，咱们还是赶紧到槐树庄先办正事吧。"

展伯承道："当然是先到槐树庄。我不过因为想起这件事，随便和你说说而已。"正是：

胡骑又践中原土，异国英豪尚未回。

欲知后事如何？请听下回分解。

第十六回　何来胡虏欺豪杰　岂有英雄惧寇仇

两人催马疾行，四五十里的路程，不久便即到了。吕家在涿县颇有名望，他们在路上已经打听清楚，门前是有一棵大槐树和两只石狮子为记的。

这时已是红日西斜，但距离黄昏，则还有一段时间。两人到了吕家门前，只见大门紧闭。

铁凝年纪虽小，但因自幼跟随师父，父亲又是绿林盟主，因此对江湖之事倒是有些见识，见此情形，不觉颇感蹊跷，"咦"了一声，说道："天色未晚，怎的他们这样早便把大门关上了？"

展伯承也看出一件奇怪的事情，说道："凝妹，你看这棵槐树，现在不过是凉秋九月，还未到树木凋零的季节，这棵槐树怎的便如此枝叶稀疏？几乎是只剩下光秃秃的树干了。"

铁凝踏上檐阶，叫道："展大哥，你快来看，这两只石狮子更奇怪了！"

只见门前这两只石狮子方向恰恰相反，一只狮子的头朝着大门，另一只狮子的头则朝着外面，显然是给人移动过的。这两只石狮每只没有千斤也有八百，铁凝道："不知是谁作弄的这恶作剧，气力倒不小。"

展伯承也是颇感诧异，说道："吕鸿春夫妻双侠，在江湖上的名气虽然比不上你的师公，你的爹爹和段叔叔这三对夫妻，但也很不小了。是谁敢在他的门前和他开这么一个玩笑？"

铁凝一时起了孩子气，说道："我搬不动这石狮子，展大哥，你试试看。或许屋内主人还未知道这个恶作剧，那咱们倒可以替他掩盖了这个失掉面子的事情。”

展伯承本来不想逞能，但听她说得有理，便把这两只狮子搬回原状，铁凝在旁边也助了他一把力。可是在搬动石狮之时，又发现了一件更令人惊奇的事。两只狮子的头部都有裂痕，隐隐看出乃是掌印。

展伯承通晓各派武功，吃了一惊，说道：“这是大力金刚掌的功夫，功力很是不弱。吕鸿春可并不是以掌力著名的呀！”

铁凝道：“我只知道吕鸿春以神箭驰誉江湖，并未听说他练过内家的金刚掌。而且即算他有此惊人掌力，也不会拿自己门前的石狮子试掌的。”

两人惊疑不定。展伯承道：“且别管它，见了吕鸿春再说。”于是铁凝上去拍门，拍了半天，还未有人开门。展伯承更是惊疑，悄声说道：“好不好从屋顶跳进去？”就在此时，忽听得里面似有脚步声响，但又过了一会，那两扇大门，方始打开。

展、铁二人江湖的经验虽然说不上如何丰富，也可以猜想得到：屋内的人必然是在门边停留了一下，从门缝里张望清楚，这才敢于开门的。否则就不会待了这许久才开门。他们心里都是不禁更有怀疑：“以吕鸿春夫妻的武功，白日青天，为什么还要如此防范森严，小心翼翼？”

两扇大门缓缓打开，走出一个中年美妇，正是吕鸿春的妻子独孤莹，只见她脂粉不施，鬓云不整，颜容憔悴，若有重忧，是似无心打扮。又见她衣裳鼓起，一看就知是内藏暗器，似乎是随时准备和敌人厮杀的模样。

独孤莹走了出来，仔细地打量了他们一番，说道：“你们是谁？来此作甚？”她是当铁凝五岁的时候见过铁凝的，如今铁凝已经是十五六岁的姑娘了，她只觉得这小姑娘很是眼熟，一时间却想不起就是铁摩勒的女儿。

铁凝笑道：“莹姑姑，不认得我了么？我是铁凝！”

独孤莹“啊呀”一声叫起来道：“你就是铁凝么？”有点惊喜交集的样子。

展伯承说道：“这是大力金刚掌的功夫，功夫很是不弱……”

铁凝把那张请帖亮了出来，说道："我是代我爹爹来的。"独孤莹见了请帖，确信她是铁凝，放下了心。但另外一桩心事却随之而来，令她更是愁眉不展。

独孤莹看了一看请帖说道："怎的你爹爹不是与你同来？这位是你哥哥吧。"

铁凝道："不是，他是展大哥。他爹爹展元修，莹姑姑你大约知道？"

独孤莹怔了一怔，展伯承之来，似乎颇出她的意外，说道："哦，原来是展世兄。听说你父母亡故，请恕我们知道得迟，未来吊唁。"

铁凝说道："伏牛山山寨被官军攻破，我爹爹到金鸡岭去了。这张请帖是在我爹爹走后才送到的，杜公公叫我们代我爹爹赴约，拜候吕叔叔，莹姑姑。"

独孤莹好生失望，不觉叹了口气，道："真想不到你们那儿也出了事情，你爹爹竟不能来。"

展伯承有点疑惑，心想："送信的人比我们先走半个月，按说也应该回来了。怎的她还不知道山寨被官军攻破之事？"他怎知道那送信的人在回途上给人杀了。

独孤莹定了定神，发觉自己忘了招呼他们，有点不好意思，说道："难得你们到来，请进屋子里再说。"

展、铁二人跟她进去，偌大的屋子，却不见一个仆人，显得冷冷清清。吕家本是有点钱的人家，按说是应该雇有花匠与佣人的。

进了客厅，独孤莹招呼二人坐下，苦笑说道："我的丫环都已走了，你们坐坐，我去冲一壶茶。"

铁凝忙道："我们不渴，还是请吕叔叔出来，让我们先拜见吧。"

独孤莹迟疑片刻，吞吞吐吐地说道："这个，嗯，你们可来得不大凑巧……"铁凝性急，问道："吕叔叔不在家么？"独孤莹道："在倒是在家的。可是，可是……"

铁凝惶惑道："吕叔叔不愿意见我们么？"独孤莹道："这怎么会？当然不是。不过，不过，我也不知道他能不能够见你们。"似乎是颇有难言之隐。

客厅东侧有一间半掩的厢房，对着窗口。铁凝说话之时，忽闻得一股氤氲的香气，定睛看时，只见有缕缕轻烟，从东边的窗户透进来。铁凝好奇心起，也顾不得礼貌不礼貌，便站到窗口去看。

这一看不由得铁凝吃了一惊，只见那间厢房当中有一具棺材，还有一张供桌，供桌上有个香炉插有三炷香。除了这两样东西之外，就什么也没有了。那缭绕的香烟，就是从那间厢房中来的。

铁凝一惊之下，失声说道："怎么？吕叔叔，他，他……"说犹未了，忽听得脚步声响，跟着是吕鸿春的声音，喘着气说道："我侥幸还活着。是铁姑娘和展世兄来了么？"

独孤莹吃惊道："你怎么就下床了？"连忙过去扶他。

铁凝松了口气，不觉失笑，心道："莹姑姑没有戴孝，死的当然不会是她的丈夫。我是瞎疑心了。可是这死的又是谁呢？"

铁凝回转过身，与展伯承一同上去行礼。只见吕鸿春面如金纸，显然是在病中。

铁凝道："吕叔叔玉体违和么？得的是什么病？请别客气，你还是进房躺着和我们说话吧。"

吕鸿春并没进去，却咳了一声，淡淡说道："是给人打伤的！"

铁凝大惊道："是什么人？"

吕鸿春道："你们的说话我已经听见了。你的爹爹既不能来，你也就不必再问了。快走，快走！"

主人要把客人赶走，这是大出常理之事。展、铁二人呆了一呆，却不肯走。

吕鸿春埋怨妻子道："你也真是的，既然知道铁摩勒不能来了，你还把他们请进来作甚？你想连累铁姑娘和展世兄么？"

铁凝颇有父风，听了吕鸿春的这番话，更不肯走了，说道："吕叔叔有甚为难之事？我虽然年轻力薄，帮不了吕叔叔什么忙，却也不怕牵累。"

吕鸿春皱了皱眉，挥一挥手道："不是我不想留你，老实告诉你吧，我有个大对头十分厉害，除非是你爹爹在此，方可对付。你们虽然不怕受累，我却怕你们冤枉送了性命，叫我怎对得住你的爹爹。”

铁凝性子一起，非得寻根究底不行，缠着问道：“叔叔的仇人是谁？什么时候来？你们不说，我们是不会走的！”

独孤莹心头一动，泫然说道：“鸿哥，仇人至早也要过了今晚子时才来。还有四个时辰呢。咱们虽然拼了一死，但死了也希望有人知道。难得铁姑娘恰巧到来，就让她替咱们捎个信儿给铁摩勒吧。”

吕鸿春叹了口气，说道：“好吧，那你就替我告诉他们吧。可是我可得有话在先，你们知道之后，便该立即走了。”

铁凝心里想道：“只要你肯告诉我，到时走不走就要由我了。”展伯承也是抱着同样心思，于是两人都答应下来。

独孤莹把丈夫扶回卧房，吕鸿春苦笑道：“咱们夫妻也恐怕只有四个时辰相聚了。你不必费神多照料我了，还是赶快把应该说的告诉铁姑娘吧。”

独孤莹心里辛酸，强自忍着眼泪，拿出了一些肉脯，说道：“请你们恕我不替你们弄饭了，就用一些肉脯权且充饥吧。”铁凝道：“莹姑姑你不必忙着给我打点了，请你就告诉我们吧。”

独孤莹定了一定心神，说道：“刚才你们已经看见厢房里那具棺材了？”铁凝道：“死的是谁？”独孤莹道：“说起来倒是展世兄的相识，他就是你在盘龙谷的邻居，曾经谋夺过你外公宝藏的那个刘振！”

展伯承大感意外，吃了一惊，说道：“刘振怎的死在这儿，他的儿子刘芒呢？”

独孤莹道：“刘芒本来也住在这儿的，前几天走了，他也还未知道他父亲的死讯。嗯，刘芒倒是曾和我们提及你的，他说他们父子是你褚公公痛恨的人，但他却称赞你很够朋友。”说至此处，歇了一歇，把眼睛望一望展伯承。

展伯承说道：“我相信刘芒不是坏人，虽然有点过节，但我是不冤恨他的。”

独孤莹放下了心，说道：“好，那我就不妨对你说了，这件祸事就是由于刘振父子谋夺你家的宝藏而惹出来的。”

展伯承吃了一惊，说道："刘振是因伤重而死的么？"那晚夺宝之战，刘振伤得极重，而在混战之中，展伯承也曾刺了他两剑，想起此事，心中不无歉意。

独孤莹摇了摇头，说道："祸事是因夺宝而起，但刘振之死，却不是由于那次受伤。在谈起此事之前，我得先说一说来龙去脉。

"你们想必也曾怀疑，为什么我的哥哥会与刘振联手，谋夺展世兄外公的宝藏？

"我的哥哥有两个结义兄弟，一个是刘振，另一个是近几年来在绿林中独树一帜的夏侯英。刘振居长，夏侯英是二哥，我的哥哥排行最后。

"夏侯英是在上次绿林大会之后崛起的，他没有固定的山寨，却有一套很特殊的做法。他们这一股绿林好汉专门挑选几个藩镇的交界之处活动，由于藩镇的节度使与节度使之间，大家都是争权夺利，经常有互相冲突，甚至互相吞并之事发生，这就对于他们的活动，提供了一个有利的条件。

"哪一处地方有机可乘，他们就攻进那个地方，大掠富户、官仓之后，又立即搬走，叫各镇官兵难以捕捉。官方称他们为'流寇'，提起夏侯英的名字，都感到头痛。这几年来他们的队伍发展得很快，虽然还不足与铁摩勒的大寨相比，但已凌驾其他各路绿林。"

夏侯英名义上仍然尊奉铁摩勒作绿林盟主，实际却非铁摩勒号令之所能及。铁凝也曾听得父亲提过他的名字，称赞他是绿林中的一位杰出人物。

独孤莹接着说道："他们三人志同道合，颇有做一番大事的心意。他们认为铁寨主只是株守山寨，缺乏重整乾坤的壮志雄心，他们不赞成这种做法，因此要自己开创事业。但他们也并不是反对你的爹爹，他们是准备事业稍有基础之后，就与你的爹爹共商大计的。

"他们与你的爹爹做法不同，看法不同，我是见识低微，难以判断孰非孰是。我只想请铁姑娘把他们的心迹转告你的爹爹。"独孤莹为免铁摩勒对她的哥哥误会，所以先把夺宝的起因解释了一番。

这等策略上的大问题，当然更非铁凝这样一个小姑娘所能理解，当下，只能点头答应。

独孤莹继续说道："夏侯英这支队伍流窜四方，经常也是在艰难困苦之中。他们前几年打听得王伯通的宝藏极可能在盘龙谷，因此，遂定下计策，叫刘振退出绿林，搬到盘龙谷居住，装作是金盆洗手，闭门封刀，实际则是要取这批宝藏。"

展伯承叹了口气，说道："刘振父子倒是用心良苦，可惜他们没有和我早说，否则我就分他一半，也算不了什么。"

铁凝笑道："你倒好心、大量，但你那褚爷爷可肯答应吗？"铁凝心里有点奇怪，"刘芒抢了他的龄姐，他却似乎一点也不恨刘芒，难道他对褚葆龄喜欢另一个人，当真是处之泰然了？"

独孤莹没心思与他谈论刘芒之事，继续说道："我的哥哥虽然与刘振、夏侯英二人结义，但此事外人不知，我的哥哥也没有公开加入绿林，他在江湖上仍然是个游侠的身份。刘振搬到盘龙谷佯作隐居之后，我的哥哥就担任他与夏侯英两人之间的联络。

"这次我哥哥到了盘龙谷偷会刘振，恰巧刘振得了藏宝地图，我哥哥只好与他联手。不料夺宝不成，刘振父子都受了重伤。

"我哥哥护送他们出走，本来是要把他们送到夏侯英那儿的。但夏侯英行踪无定，只知他那一股在幽州、凉州接壤那一带活动，一来是路途遥远，二来就是到了那一带，也未必便能碰上。

"此时江湖上已是传出风声，有谣言说刘振与褚遂成了儿女亲家，已分得了一半宝藏，刘振从前是江湖大盗，本来就有不少仇家，又加上这个谣言，于是就有人追踪他们了。"

展伯承心想："这谣言大约是窦元传出去的，那晚刘振父子曾与我们联手对付窦元，这谣言虽然不符事实，但也不是全无根据。"

独孤莹接着说道："我哥哥自忖没有把握保护刘振父子到夏侯英那儿，于是只好就近把刘振父子送到我们家里来。他说明原委，请我们收容刘振父子，让他们在我们家里秘密养伤。

"我哥哥因为此次夺宝之事，怕引起铁寨主的误会，是以求我夫妇出面，请你爹爹前来。那张请帖就是刘振父子到我们家中之后，第二天发出的。”

铁凝心想：“杜公公所料果然不差。但却没想到刘振父子是在他们家中养伤。”

独孤莹接着说道：“哥哥将刘振父子安顿在我们家中之后，他便单独去找夏侯英了。本来是说好一个月内回来的，但直到现在还未见他回来。

“刘振伤得很重，刘芒则伤得较轻，在我们家中调养了半个月多点，便痊愈了。刘芒见我哥哥迟迟未归，心里很急，于是他也赶去找夏侯英打探究竟。

“到了三天之前，刘振的伤也已好了七八分了，不料就在那天晚上，来了他的大仇家！”

展伯承问道：“刘振这大仇家是什么人？”

独孤莹道：“是一个我们看不出他的武功来历的蒙面人。

“大前天晚上，那个蒙面人突如其来，指名要见你的吕叔叔。我们不愿意让他进屋，就出去会他。当时以为是什么江湖上的朋友来借盘缠的，哪知完全不是这一回事。

“那蒙面人一开口就说：‘我已经知道刘振父子在你们家中养病，请你们将他交出来。’

“你的吕叔叔当然不肯承认。那蒙面人冷冷一笑，也不说话，却显露了两手惊人的武功。首先他以金刚掌力击裂了两只石狮子，跟着又在那大槐树身打了一掌。

“那天晚上，月色很好。掌击槐树之后，不过一会，只见树叶纷纷落下，有几片树叶飘到我们面前，看得清楚，树叶都已变了枯黄。”

展伯承家学渊源，懂得颇多正邪各派的武功，吃了一惊道：“这竟是一人所为么？这人的武功当真是深不可测了。”

铁凝道：“这人的掌力虽然厉害，也不见得怎么了不起，难道还能胜得过华宗岱和我的爹爹么？”

展伯承道：“话不是这么说，你要知道金刚掌是佛门的正派武功，源出少林，称为少林三大神功之一，是最刚猛的掌力；而打在槐树的那一掌，却是邪派中一种最阴毒的掌力，称为腐骨掌。这两种掌力，一正一邪，一刚一柔，以我爹爹的见闻之广，也从没听说过有一个人能够兼具这两种正邪掌力之长的。怪不得吕叔叔说是看不出他的武功来历了。”

独孤莹接着说道：“铁寨主当时倘若在此，想来不致输给他。但我们自问却是远远不如。

“那蒙面人显露了这两手功夫之后，又威胁我们道：‘你们愿意像槐树还是像石狮子？倘若你们两样都不愿意的话，我劝你们还是快快的把刘振交出来！’他的意思很明白，他可以用金刚掌像击碎石狮一样的打裂我们的头颅，或者是用腐骨掌使我们深受内伤，像那棵槐树一样慢慢凋零，终于死亡！

“我们自问不是他的对手，但也决不能屈服于他的威胁。于是坚决地拒绝了他。

“我们正在准备和他动手，刘振忽然出来，说道：‘刘某现在这儿，要杀要剐，任随尊便，你可不能难为我的朋友！’

“你的吕叔叔当然不肯让那人把刘振捉去，于是他拦在刘振面前。不料就在此时，一件意想不到的事情发生了！”

展、铁二人虽然早已知道结局，但听她讲到紧张之处，仍是不禁提心吊胆，同声问道：“怎么样？”

独孤莹说道：“你的吕叔叔正要与那蒙面人动手，刘振突然叫道：‘且慢！’只见他拔出佩刀，忽地一刀插进自己的心窝！”

展、铁二人吃了一惊，失声叫道：“刘振自杀？”他们只道刘振是给蒙面人打死的，这一下倒是他们意想不到的事情。

独孤莹叹了口气，说道：“不错，那蒙面人武功太高，刘振知道决计躲避不了，他一来不愿连累我们，二来也不愿自己落在那人手上，多受折磨，故而自杀的。

“刘振一刀插进了自己的心窝，我们夫妇抢救已来不及。刘振临死之前，厉声说道：‘好汉作事一人当，你与我有仇，我如今把性命交你，总可以遂了你的心愿了。吕大侠与我不过是萍水之交，只因一念慈悲，让我在他家养伤的。其实他与我并无牵连，你可不能伤害于他。’他拼着最后一口气，说了这一段话，就死去了。”

展伯承听得毛骨悚然，心道：“刘振倒是很讲义气，却只怕那人未必就肯听他说话？”

果然独孤莹接着就说：“可惜刘振白白送了一条性命，那蒙面人却是不肯干休。

“这一边刘振刚刚断气，那一边这大魔头就哈哈笑道：‘一死就算了吗？哪有这样便宜的事？我不但要刘振的性命，更紧要的还要刘振巧取豪夺的那批宝藏。嘿，嘿，刘振死了，还有你们，宝藏何在，我可要追问你们啦！’

“我竭力分辩我们根本不知宝藏之事，那大魔头又狞笑道：‘你以为我会相信刘振的鬼话？刘振也决不是一个讲义气的人，他是深知我的手段毒辣，我已找上门来，他反正难逃一死，乐得临死也充个英雄。他这一死，不过是妄想我放过你们，并保全他那批宝藏罢了。嘿，嘿，我怎会上你们的当！’

“你的吕叔叔本来就因刘振之死义愤填胸，此时又受他诬捏，哪里还能忍受？我们夫妇终于还是和那大魔头交上了手。

“说来惭愧，我们以二敌一，却不过三十招，你的吕叔叔便着了那人一掌。你的吕叔叔本来是拼了一死的，不料那人却不杀他，一掌击中，便即退开，哈哈笑道：‘吕鸿春，你着了我的腐骨掌，只有我的独门解药才能活命，我给你三天期限，三天之后再来！’”

展伯承心里想道：“这魔头所用的方法和华老前辈迫田承嗣交出宝藏的方法倒是如出一辙。但一正一邪，一是实有其事，一是轻言谣言，这其间可就大不相同了。”

独孤莹接着说道：“那魔头不但拿你吕叔叔的性命来作威胁，还准备有更毒辣的手段呢。他临走之时，声言三天之后再来，到时就要着落在我们身上，取得那批宝藏，否则的话。他就要把我们全家上下，大大小小，全都杀光！却让你吕叔叔独自一人苟延残喘，变成废人。要他求生不得，求死不能，多受数十天的无穷苦痛！”

展伯承听得毛骨悚然，心道：“这魔头的手段可又比华老前辈毒辣得多了。”当下忍不住就愤然说道：“岂有此理，这简直是欺人太甚，我们就是豁了性命，也非得和他一拼不可。”

吕鸿春坐了起来，说道：“千万不可，你们一定要在午夜之前离开。”

独孤莹道：“是啊，我们已是拼着与那魔头同归于尽的了。赔上你们两条性命，于事无补，反而失了可以给我们报讯的人。”

吕鸿春又再加重语气说道：“那魔头的武功实在厉害，依我看来，当今之世，恐怕也只有铁凝的爹爹才能与他抵敌。我就是因为怕他滥杀无辜，这才把家人遣散的，怎能再连累你们？我只求铁姑娘把我们的死讯带给铁寨主，请他打听出这魔头是谁，告诉我的妹夫，我就感激不尽了。我也不敢强求铁寨主给我们报仇。”

展伯承还想说话，铁凝悄悄向他打了一个眼色，说道：“既然如此，但愿吕叔叔、莹姑姑吉人天相，遇难成祥，我们告辞了。”

独孤莹送他们出去，看他们踏上了马，这才关上大门。

展伯承出了村口，就勒住马缰，说道：“凝妹，我可不能见死不救。不如你回去向你爹爹报讯，我去助他们夫妇一臂之力。”

铁凝笑道：“要去咱们当然是一同回去。那魔头虽然厉害，但咱们联手也不见得就不能抵挡一阵，再加上莹姑姑，说不定还可以将他杀退呢！”

展伯承沉吟道：“总是留下一个人的好。”

铁凝佯怒道：“就只许你充当好汉么？展大哥，你别害怕，你我二人联手，我相信总胜得过吕鸿春的。不见得就准要丧命。”

铁凝定要和他作伴，展伯承拗不过她，只好和她回去。两人将坐骑放在山坡，就悄悄地重到吕家门前，爬上那棵槐树。正是：

初生之犊不畏虎，要将锐气折魔头。

欲知后事如何？请听下回分解。

第十七回　有胆识夸小豪杰
无情剑逐大魔头

这天晚上，天色阴沉，月光黯淡，展、铁二人躲在树上，也不知过了多少时候，仍未见有风吹草动，正自提心吊胆，展伯承眼利，忽地发觉远处现出一个黑点。

展伯承悄声说道："来了，来了！赶快准备。"铁凝大为紧张，掌心里握了一把梅花针，只待那人来到门前，就发梅花针射他双目。即使不能将他射瞎，但给他一个下马威，也是好的。

那黑点越来越大，转眼之间，已清清楚楚的现出身形，展伯承心道："这人轻功竟也这么了得，看来还在凝妹之上。倘若不幸战败，只怕要想逃脱也难。"展伯承倒并非胆怯，而是关心铁凝之故。他是希望在迫不得已时，铁凝能够仗着超卓的轻功，独自逃生的。

心念未已，那黑影又近了许多，铁凝忽地悄声说道："咦，不对，是个女人！"

这棵大槐树虽然树叶稀疏，但因夜色朦胧，展、铁二人又并非身躯粗壮的大人，躲在树干背后，也是很不容易发觉。那黑衣女子匆匆而来，似乎急于会见屋子里的主人，到了门前，片刻也不停留，就越过墙头，跳进去了。

来人既然不是独孤莹说的那个"大魔头"，铁凝那一把梅花针当然也就没有发出。展伯承见这女子跳过墙头的时候，中途要用手掌一按墙壁，才能腾身翻过，已知她轻功虽然不弱，但气力却不是怎么充足，所以跳不了那么高，非得用手帮助一下不行。心里想道："这女子即使是吕家的敌人，料想独孤莹也还可以应付。"

铁凝在展伯承耳边小声说道："奇怪，这女子的轻功身法和师父教给我的竟是一模一样！我在怀疑，莫非是我那个未曾见过面的师姐来了？"

铁凝的师父辛芷姑本来有三个弟子，二徒弟史朝英已死，铁凝是她最宠爱的关门弟子，还有一个大徒弟龙成香，早已嫁给冀东大豪穆安之子穆康为妻，年龄比铁凝长一倍有多。这个大师姐铁凝是从未见过的，她怕认错了人，故而不敢冒昧出声。

展伯承道："估计现在已过子时，那魔头不知什么时候才来，不如你进去看看是不是你的师姐？"

铁凝道："不好，吕鸿春发觉我们未走，又要赶我们了。"展伯承道："你师姐一定见识多些，认了师姐，咱们也可以合计合计。"铁凝也很想会一会这一位未曾见过面的师姐，可是又怕吕鸿春赶她，心中踌躇未决。

就在此时，忽听得一声长啸，啸声未歇，一个蒙面人已到了树下，来势之速，更胜于刚才那个女子。

铁凝恐防打错了人，正想看清楚对方是男是女，那人已到了树下，蓦地抬头喝道："什么人躲在树上，快给我滚下来！"

铁凝一听是男子的口音，一把梅花针便撒了下去。陡然间只见金光闪烁，也未见那人扬掌，这一把梅花针已是反射上来。幸喜展、铁二人的轻功都很了得，梅花针一撒，他们也立即腾身而起，从树顶上跳下去，数十口金针都插在树上。

那蒙面人哈哈笑道："我只道吕鸿春请来了什么样有本领的人物，却原来是两个乳臭未干的小儿。"

话犹未了，展伯承已在半空中一个翻身，使出"鹏搏九霄"的身法一剑刺下。那人"咦"了一声，道："小小的年纪，居然会使五禽身法，也算难得了。展元修是你何人？"

蒙面人口中说话，劈空掌同时发出。展伯承急降之势给他掌力一阻，这一剑便失了准头。那人抢先一步，占了展伯承将要降落的位置，想趁展伯承脚未着地，便用擒拿手法抓他脚踝。他所在的位置算得非常之准，恰恰是在展伯承的背后，此时展伯承离地不过丈许，在半空中已是难以再次翻身，改变方向。

好在铁凝轻功了得，后发先至。那蒙面人正以守株待兔之势要抓展伯承；另一边铁凝已以“黄雀捕蝉”的身法在半空中抖起一朵剑花，向他刺下。

这蒙面人是个武学的大行家，一听背后金刃劈风之声，已知铁凝是要刺他脊梁的“天柱穴”，这是人身十二死穴之一，这蒙面人虽然练有闭穴的功夫，也不敢让她刺中。百忙中只好身形略闪，挥袖拍出，铁凝一剑刺着他的衣袖，只听得“嗤”的一声，那人的衣袖不过穿了一个小孔，铁凝的剑尖却似刺中一种十分坚韧的东西，剑锋也给反弹回来，要不是收势得快，险险就要斫伤自己的额角。

双方都是只争瞬息之机，蒙面人那么一闪，展伯承脚尖已是着地，挥剑横斩那人肋胁。那蒙面人喝声：“好剑法！”陡然间已是步换身形，中指一弹，“铮”的一声，恰恰弹中展伯承的剑脊，同时又挥袖拂开了铁凝的一剑。

展伯承虎口隐隐发热，吃了一惊，心道：“这蒙面人的功力看来不在华老前辈之下。”他可并不怯惧，立即又再挥剑猛攻。

那人见展伯承的长剑并未给他弹得脱手，也是似乎颇感意外。笑道：“你们这两个小娃娃倒是有点来历，我本来是非成名的人物不斗的，今天就破一破例，让你们试试几招吧。”

这蒙面汉子口气极大，武功也的确超卓不凡，他只凭着一双肉掌，掌劈指戳，对付展、铁二人的两把利剑，也不过是十来招，便迫得展伯承与铁凝只有招架之功。但展伯承剑法的狠辣与铁凝剑法的奇诡，都是武林罕见的上乘剑法，那蒙面人也不敢小觑。

蒙面人使出大力金刚掌的劲道，一掌迫退了展伯承，却向铁凝笑道：“你这女娃子是谁人门下？快说出来，以免自误！”铁凝道：“你管我是谁人门下，你想要杀害我的吕叔叔，我就要与你拼过。”

蒙面人哈哈一笑，说道：“你不说我也猜得着你的来历。你的剑法有几招是段家的飞龙剑法，段珪璋只有一个儿子，没有女儿，另外就只有一个铁摩勒懂得飞龙剑法。你一定是铁摩勒的女儿！”但他也只是看出了铁凝的飞龙剑法，却看不出她本门师父辛芷姑所授的剑法。

铁凝道："是又怎样？你怕了我的爹爹你就快快滚开！"

那蒙面人大笑道："我正是要把你的爹爹引来，挫挫他的威风。好吧，你既是铁摩勒的女儿，我可以收你作我的弟子。你拜师之后，你就可以知道我的武功胜于你的爹爹了。"

铁凝骂道："放屁。莫说你的武功决计胜不过我的爹爹，就是胜得过又怎么样？武林高手都死绝了，我也不能拜你这样的邪派魔头为师。"

那蒙面人又大笑道："你爹爹是强盗头子，和我其实也差不多。有人说他是大侠，也有人说他是魔头。正邪之际，本就难明。"

铁凝道："那要看说他是魔头的是什么人？像你这样的坏人，当然要骂我的爹爹了。"

那蒙面人面色一沉，道："小小年纪，倒是伶牙俐齿！你这样倔强，不怕死么？"

铁凝道："怕死我们就不会在这里恭候大驾了。看剑！"展伯承一退即上，两人都是拼了性命与强敌恶战。

那蒙面人老羞成怒，冷笑说道："好，你不肯做我的徒弟，我偏要你做我的徒弟。"他双掌分敌二人，对付展伯承用的是金刚掌力；对付铁凝则是一套极为古怪的擒拿手法。也幸而他只是意欲活捉铁凝，铁凝仗着轻灵的身法，居然又闪过了他的十来招。

但那蒙面人武功委实太高，时间稍长，展、铁二人更是难以抵挡。正当铁凝岌岌可危的时候，吕家的大门打开，走出了两个中年妇人。一个是独孤莹，另一个则是刚才来的那个女子。

独孤莹叫道："你们两人退下，我来会他！"

铁凝当然不肯退下，那蒙面汉子也不容她脱身，不过，却暂时不使杀手，只是以凌厉的掌势把展铁二人的身形罩住。

蒙面人胜券在握，意态悠闲地说道："吕夫人，你要代丈夫来会我么？我早已有言在先，现在也不用多说了。你把那批宝藏交出，我就给你解药，换你丈夫一命。"

独孤莹道："宝藏没有，要命倒有两条！但你只能杀我夫妇二人，却不能欺负这两个孩子。"

蒙面人狞笑道："这是两件事情，不必牵在一起。你放心，我不会杀这女娃儿的，我还要收她做徒弟呢。只要你交不出宝藏，我可就要先取你的性命了。"

独孤莹豁了性命，拔剑就刺过去。蒙面人哈哈一笑，横掌如刀，一掌便劈过来。独孤莹一剑刺空，只觉头皮一片沁凉，那人的手掌几乎是贴着她的头皮平削过去，赛于利刃，竟把她的头发削去了一大半，青丝如乱草，随着掌风飞散，登时把一个长发覆额的独孤莹变作了个尼姑。这还是那蒙面人意在宝藏，故而先给独孤莹一个厉害瞧瞧，而不是想马上取她性命的。

三人之中，展伯承武功最高，见势不妙，连忙从侧面猛攻，以解独孤莹之危。却不料这么一来，铁凝失了联手的相互照顾，又给了蒙面人以各个击破的机会。那蒙面人倏地一个"移形换位"，又到了铁凝面前，再施擒拿手法，抓她的琵琶骨。

与独孤莹一同出来的那个女子忽地叫道："休得伤我师妹！"声到人到，抖起了三朵剑花，闪电般的连袭那蒙面人上中下三路。

蒙面人虽然不惧，可是也不能不分出精神，先解她这招凌厉的剑法，只听得"铮、铮、铮"三声连珠声响，黑衣女子连退三步。但铁凝之危亦已解了。

那黑衣女子松了口气，说道："你是铁凝师妹吧？我是龙成香，我是你的师姐！"原来龙成香是看出了铁凝的本门剑法，这才冒险来救她的。

龙成香年纪比铁凝大一倍有多，使的虽然是同一剑法，威力却是不可同日而语。独孤莹本领稍弱，但亦非庸手，她之所以被蒙面人一招削去头发，固然是由于对方武功委实太强，另一方面也由于她心绪不宁，因此应付不了对方那突如其来的古怪手法。

如今她与龙、展、铁共是四人联手，情形便大不相同了。当然那蒙面人的武功还是远远胜于他们任何一人，但他们四人联手，四方照应，蒙面人要想伤其中的一个，可也不那么容易了。

独孤莹起初很为铁凝担心，恐怕她不自量力，遭了对方毒手。待到联手斗了一会，独孤莹发觉展、铁二人年纪虽小，本领却似乎比她还要高强，这才放下了心，暗暗叫声"惭愧"。

独孤莹放下了心，精神陡振，四人配合得宜，有攻有守，差不多与那蒙面人打成了平手。

那蒙面人以一双肉掌对付四柄长剑，稍占一点上风。但他必须用劈空掌力震歪剑点，所耗的气力却要比这四人为多，虽然他内力深厚，但久战下去，势必占不到便宜。

独孤莹看到了这一点，希望更增，心里想道："说不定今晚就可以杀退强敌，渡过难关。只要这魔头不敢再来，我的丈夫就有活命的机会。我可以向金剑青囊杜百英求医，不见得就非要这魔头的解药不可。"

独孤莹正自逐渐增加希望，却不料她的丈夫吕鸿春忽然在这个时候出来。

吕鸿春受腐骨掌所伤，倘无解药，十天之后，肌肉筋骨便要逐渐腐烂而亡。但这种毒伤虽然厉害，却是慢性毒伤。吕鸿春中毒不过三天，还保有两三成功力。

吕鸿春也是像他妻子一样，因为不知展、铁二人的实力，恐怕敌手太强，连累了两个无辜的孩子，故而出来助阵。他一副义侠心肠，本来就准备今晚与敌人拼一个死的。

独孤莹夫妻情重，分外关心。本来打得好好的，见丈夫抱病出来，大惊之下，不由得就乱了章法，连忙叫道："鸿哥，我们对付得了，你快快回去。"

吕鸿春既已出来，哪里还肯回去。何况这时还是那蒙面人占着上风，独孤莹他们尚未扳成平手。吕鸿春刚刚出来，看不出胜负的转机所在，只道妻子是空言安慰，骗他回去。

吕鸿春沉声说道："莹妹，咱们不是说好了吗？生则同生，死则同死！但好坏也得与敌人一拼！"说罢立即张弓搭箭，"嗖"的一声，向那蒙面人射去。

吕鸿春号称"神箭手"，别样本领不怎样高强，箭法却是十分了得。这一箭对准了那蒙面人的咽喉射去，当真是又狠又准。

那蒙面人本来可以用劈空掌力将箭打落，但他在四柄长剑围攻之下，倘若腾出掌来，应付暗器，定然要受利剑之伤。这情形正等于一个天平，蒙面人所在的一边稍重一些，但只要在另一边加上一颗小小的石子，就能胜过他。

说时迟，那时快，那枝利箭已是射到他的喉头，蒙面人急中生智，忽地一张口将箭尖咬住。

蒙面人把短箭吐出，冷笑说道："米粒之珠，也放光华。你敢情是活得不耐烦啦!"这枝短箭从他口中吐出，胜于腕力所发，恰好与吕鸿春射来的第二枝箭碰个正着"嚓"的一声，两枝箭都倒飞回去。

吕鸿春本来是要发三枝连珠箭的，发了两枝，气力不加，第三枝箭尚未拉满弓弦，已给飞回来的这两枝箭射中，登时抛了铁弓，"卜通"跌倒。幸而这两枝箭在中途曾互相碰击，吕鸿春所发的后一枝箭力道全已消失，只靠蒙面人所吹的前一枝箭将它"顶"了回去，射到了吕鸿春身上，已成强弩之末，伤得不重。

独孤莹夫妻情重，分外关心，一见丈夫出来，已是心惊，此时又听得吕春鸿跌倒的声音，剑法更乱。

这蒙面人何等厉害，见机即乘，有隙即钻，一声喝道："撒手!"独孤莹只觉虎口一麻，已给蒙面人用空手入白刃的功夫，将她的长剑夺了过去。

蒙面人打开了一个缺口，纵声大笑，手握剑柄一抖，那柄青钢剑断为两截，蒙面人震臂一抛，加上了一记劈空掌，两截宝剑变作了他的信手拈来的暗器，分别向展伯承与龙成香射去。

展伯承横剑一磕，吃不消那人的一掷之力，半截断剑虽然磕落，自身却也不由自已的接连退出了六七步，才勉强稳得住身形。龙成香内力不及展伯承，不敢硬碰，只好施展轻功跃避，饶是她跳跃得快，也给断剑的刀尖触着，在她手臂上刺穿少许，衣袖上登时便似缀上了几朵桃花。

蒙面人迫退了独孤莹与展伯承，又伤了龙成香，大笑声中，身形一掠，已如饥鹰逐兔般的扑到了铁凝身前，哈哈笑道："女娃儿往哪里跑，乖乖的跟我做徒弟吧!"

笑声未已，忽听得一个女子的声音峻峭之极地说道："什么东西，胆敢欺负我的徒弟?"人还未见，声音却是如在他的耳边斥责一般。这是上乘的"传音入密"的内功。

蒙面人心头一凛："怪道吕鸿春敢于抗不遵命，原来他还埋伏有这样一位高手。天下有本领的女人寥寥可数，难道是妙慧神尼来了。"

蒙面人极为自负，他倒也不是害怕妙慧神尼，但既有高手出头，他抓向铁凝的一招就暂时收手，以免欺负弱小之讥。

说时迟，那时快，一个黄衣妇人已经来到，打扮得十分古怪，似是道姑又梳有高髻，背插拂尘，腰悬长剑。看来不过四十多岁模样。妙慧神尼是武林中最老的一辈，至少也应在七十开外，服饰不同，年纪不对，那么这妇人当然不是妙慧神尼了。

铁凝跑到那女人前面，一副撒娇的神气说道："师父，这厮伤了龙师姐，又要迫我作他徒弟。你老人家一定要给我们出这口气！"

江湖上具有第一流武功的女人寥寥可数，这蒙面人猛地想起一人，心头一凛，失声说道："你可是无情剑辛芷姑么？"

这蒙面人本来并不知道辛芷姑与铁凝的师徒关系，但空空儿是辛芷姑的丈夫，他却是知道的。他之所以心头一凛，倒不是害怕辛芷姑，而是害怕空空儿再加上辛芷姑。

蒙面人心里想道："空空儿与辛芷姑是中原武林之中出了名的难惹的人物，他们成为夫妇之后，更加如虎添翼，谁也不敢去碰他们。想不到铁摩勒的女儿，竟是他们的徒弟？糟糕，这一回，我和他们夫妇的冤仇可是结定的了！"

心念未已，果然便见辛芷姑亮剑出鞘，冷冷说道："哦，原来阁下要抢我的徒弟么？嘿，嘿，那也无妨。我虽然号称无情剑，但只要阁下胜得过我这口剑，我也可以情商。"

蒙面人见辛芷姑单身一人，胆气复壮，心想："只要空空儿不是与她同来，单打独斗，我又何须惧她？"蒙面人知道辛芷姑的行事是睚眦必报，这场恶斗要避也避不开的了，便道："我并不知道这小姑娘是你徒弟，你既然把她当作宝贝，君子不夺人之所好，我又何必与你争她？"

铁凝冷笑道："你是什么君子？你分明是怕了我的师父。师父，他刚才凶得很呢，你可不能因他讲了好话，就饶他。"

蒙面人打了一个哈哈，说道："辛芷姑，我虽然不想和你争夺徒弟，但难得今日在此碰上，我倒也想领教领教你的剑法。”他主动向辛芷姑挑战，等于是间接答复了铁凝的讥嘲。

辛芷姑道：“成香，你伤得如何？”龙成香道：“没什么，只是一点轻伤，师父放心。”

辛芷姑道：“好，凝儿，你给师姐裹伤，退后一些。”吩咐了徒弟之后，这才转过身来，盯着那蒙面人道：“算你运道不错，我的徒弟只是受了轻伤。我平生是一报还一报的，你怎么样伤了我的徒弟，我就怎么样伤你。所以你今晚可以不必担忧丧命了。”

蒙面人这才知道辛芷姑中途查问徒弟伤势的用意，不由得勃然大怒，喝道：“辛芷姑，你太过目中无人了。好吧，咱们就认真一斗，你有本领，你杀了我，我伤了你，你也别怨！”

辛芷姑冷冷说道：“说完没有？看剑！”剑光一闪，倏地便直指蒙面人的心窝！

同样的剑法在辛芷姑手中使出，比之龙成香、铁凝又不知厉害了多少，蒙面人“噫”了一声，脚未离地，身子已似游鱼般的滑出一丈开外，辛芷姑那么迅捷的剑法居然给他避开，可是也不过只差半寸未曾追上而已，剑锋上的寒意那人却已感觉到了。

辛芷姑一剑刺空，第二剑第三剑连环而至，当真是前招未收，后招续发，宛如剥茧抽丝，绵绵不绝，中间连个稍微换招的间歇都没有！蒙面人喝道：“无情剑果然名不虚传！但却也未伤得了我。来而不往非礼也，接掌！”

就在他说这几句话的时间，辛芷姑已是连攻七剑，最后一剑“嗤”的一声刺穿了他的衣襟，但依然是未伤及他的毫发。

蒙面人说到一个“掌”字，身形骤起，双掌俨如张弓搭箭，左掌以泰山压顶之势径劈下来，右掌则骈指如戟，又如利箭一般射出，直指辛芷姑的面门，指尖所指之处，竟是对准她的双目！

辛芷姑一生闯荡江湖，会的高手不知多少，却也未曾见过似他这样凶狠而又怪异的掌法。而且还不仅是招数的凶狠而已，他双掌所发的掌力，竟也是一刚一柔，截然不同！辛芷姑只识得他左掌发的是金刚掌力，至于右掌所发的略带腥风的阴柔掌力，她却不知道这是腐骨掌了。

辛芷姑恐防他是毒掌，不敢给他沾上。此时辛芷姑剑已刺出，回剑防守已来不及。好个辛芷姑，在这危机瞬息之间，显出了超妙卓绝的轻功，身形一沉一纵，使出了“燕子钻云”的身法，便似长了翅膀一般，在半空中一个倒翻，斜掠出三丈开外！

蒙面人喝道：“往哪里走？”辛芷姑冷笑道：“且看是谁要逃？”衣袂风飘，手中又多了一柄拂尘，一尘一剑，凌空击下。拂尘罩着他的顶门，剑锋自上而下，刺他双目。辛芷姑恨他刚才双指挖目，迹近欺负的毒招，故此有意用剑代指，以其人之道还治其人之身。

辛芷姑的“尘剑双绝”功夫，也是武林独步的奇招，蒙面人一个“阴阳双撞掌”劈出，意欲以掌力荡开对方兵刃，哪知辛芷姑来得太快，剑锋受震，倏地反弹，便刺到了蒙面人腋下的“期门穴”。

蒙面人大吃一惊，身形陡然一缩，算是他闪避得宜，堪堪的避开了辛芷姑的这一招杀手。

双方各避一招，算来仍是各不输亏。辛芷姑双手同使两般兵器，也是一刚一柔，这才与那蒙面人的双掌打成了旗鼓相当的局面。虽是旗鼓相当，辛芷姑已是不由得暗暗叫声“惭愧！”

辛芷姑越打越是惊疑，这还不仅仅是为了那蒙面人武功太高之故，而是辛芷姑根本就摸不透他的来历。

要知空空儿乃是武林中见闻最广博的一个，辛芷姑会过的高手也不少，他们二人成婚之后，彼此交换见闻，纵然还不能说是对武林中的任何门派任何高手都了如指掌，但碰到第一流的高手，至少也可以摸到他一点底子，如今辛芷姑与这蒙面人动手已过百招，非但不知他是谁，而且连他的家数也未曾看出，只觉他的武功怪异，兼有正邪两派之长，却又与各大门派的家数全不相同。这是辛芷姑从未碰过的怪人怪事，怎不令她暗暗惊疑。

辛芷姑心里想道：“这人武功如此之高，却为什么还要蒙着脸孔，不敢见人？他在害怕什么呢？”

江湖上的“蒙面贼”，一般都只是二三流的角色，真正有本领有身份的高手，不论是正是邪，行事都是明来明去，决不会遮遮掩掩，藏头蒙面的。

辛芷姑百思不得其解，只好凝神应敌，不知不觉过了半个时辰，斗到了三百招开外。

在这半个时辰之中，双方兔起鹘落，互争先手，当真是招招透着凶险，处处隐伏杀机！两人虽然一直是旗鼓相当，但辛芷姑却无形中占了两个便宜，一个是那蒙面人先与龙成香等四人斗了一场，真力已是颇有耗损；再者他毕竟是凭一双肉掌应付辛芷姑的两般兵器，这一晚又是月色朦胧，虽然不至于看不见东西，但单靠目力，却是不能解拆辛芷姑那闪电般的剑法，而必须加上听风辨器的本领才行。这也就是说那蒙面人必须心、眼、耳、步、手都得用上，处处留神。所用的精神当然是比辛芷姑耗得多了。有这两个原因，所以时间越长对辛芷姑越是有利。

但虽然如此，辛芷姑斗到三百招开外，兀自占不到丝毫便宜，也不由得暗暗心慌。辛芷姑是个极为好胜的人，她已经夸下海口，定然要为徒弟报一剑之仇，照样伤那蒙面人的，倘若不能兑现，如何落得了台？

辛芷菇一急之下，使出险招，拂尘一引，横剑平削出去，蒙面人只道她使的是达摩剑法中的“横江飞渡”，立即先发制人，反手拿她手腕。哪知辛芷姑的剑法似是实非，方到中途，剑势忽变，正正向对方所避的方位削去，蒙面人大吃一惊，幸他武功精湛，变招迅速，脚跟一旋，左掌骈了中食二指，反点辛芷姑肩后的“凤眼穴”。辛芷姑剑势疾转，以攻对攻。双方短兵相接，形势险恶之极！

且说旁观的独孤莹、龙成香、铁凝诸人，凝神观看这场恶战，心中的惶恐焦虑，只有比局中人更甚。辛芷姑已经略占上风，只不过担心伤不着对方，失了自己的面子而已。他们却担心辛芷姑万一战败，只怕吕鸿春夫妇就难以活命了。

铁凝甚是精灵，她一面观战一面苦苦思索怎样可以助师父一把。她当然知道自己的本领与对方相差太远，倘要使用武功的话，那是帮不上师父什么忙的，师父的脾气，也决不容她帮忙。是以只能智取，不能力敌。

场中斗得最紧张的时候，铁凝忽地想到一个吓唬对方的办法，悄悄地拾起地上的几片槐叶。吹一口气，树叶飞扬，裂出了轻微的沙沙声响。

蒙面人听风辨器的本领极是高明，这轻微的沙沙声响声在他的耳中，却给他当作了夜行人的声息。

铁凝悄悄地吹出树叶，随时裂出惊喜交集的声调叫道：“师公，你来了么？我们在这里，你出来吧！”

这正是铁凝聪明之处，她不用抛石之法，而用口吹树叶，目的就是要那蒙面人相信来的是空空儿。要知空空儿的轻功天下第一，他若到来，是不应发出常人可以听得见的声响的。

空空儿夫妇一向形影不离，这蒙面人是早就听人说过的了。今晚辛芷姑单独到来，他已疑心空空儿只怕随后就要跟着到的，所以一直都是有点惴惴不安。

正因为他早有疑心，故此一听得那极轻微的沙沙声响，果然便以为是空空儿偷偷来了。

此时双方正在短兵相接，形势最凶险的时候，蒙面人一听得铁凝叫出“师公”二字证实了他的怀疑，这一惊自是非同小可！

高手比斗，所争不过瞬息之机。蒙面人陡然一惊，辛芷姑已是闪电般的乘虚而入，只听得“嗤”的一声，饶是那蒙面人躲闪得快，那块蒙面巾已给辛芷姑的剑尖挑开，左颊也给剑锋划过，破了一道三寸多长的伤痕。蒙面人大吼一声，转身便逃。

月色虽然黯淡，但当那蒙面巾给挑开之际，辛芷姑亦已见着了他的庐山真面，虽不容她仔细看清面貌，但这人高额鹰鼻，只一看就知他决计不是汉人了。

辛芷姑这才恍然大悟，原来正因为这人是个胡人，所以他在与汉人交手之时，不愿意让对方看见他的面目。

那一刹那，铁凝也看见了这人的面目，不禁“咦”了一声。

展伯承道：“这蒙面汉子不就是咱们日间所见的那四个胡人之一吗？”

铁凝道：“是呀，你也认出来了？这四个人贼眉贼眼，我早已感觉他们不是好人了。当时你还替他们辩护呢。”

展伯承笑道：“我又没有先知之明，当时他们是向南走的，我怎知道他们之中有一个又会回来，而且就是要来伤害吕叔叔的大魔

瞬息之间，蒙面人的面巾已给辛芷姑的剑尖挑开，左颊也给剑锋划过。

头？”铁凝道：“另外三个胡人不知哪里去了？幸亏他们今晚来的只是一人。”

辛芷姑插剑归鞘，想起刚才搏斗的凶险情形，犹有余悸，心想：“要不是铁凝这鬼丫头故弄玄虚，吓他一下，只怕鹿死谁手，还真难料！另外那三个胡人本领不知如何？倘若都是和这人一样，他们再来，我可就难以抵敌了。”

独孤莹夫妇上前道谢，铁凝也向师父贺喜。辛芷姑瞪眼道：“贺喜什么？我本来要在他的手臂上照着你师姐的伤痕划他一剑的，如今却只能在他脸上留下一道疤了。这还是我出道三十多年以来的第一次失手呢！”

铁凝笑道：“不管伤他哪里，这魔头总是折在你老人家手下了。师父，你还何必生气？”

辛芷姑“哼”了一声道：“你知道我生的是什么气？我是生你的气，你这丫头刚才弄鬼作怪，你当我不知道么？这次念你是出于爱师之诚，不责罚你，下次不许！”

辛芷姑和她丈夫空空儿是同样的脾气，不论胜败，都要只凭自己的本领的，故此心里虽然也有几分赞赏铁凝的“鬼聪明”，口头上却不能不责备她几句。铁凝知道师父的脾气，装作委委屈屈的样子，答了一个“是”字。

众人回到吕家的客厅坐定，此时已是天光大白了。辛芷姑朝吕鸿春的脸上一看，说道：“吕庄主，你是受了伤么？”

吕鸿春道：“不错，正是三天之前给那魔头的毒掌打伤的。据说他这毒掌名为腐骨掌，只有他的独门解药才能救治。”

辛芷姑道：“什么腐骨掌？我不信就有那么厉害，非他解药不可！”

独孤莹大喜道：“辛女侠，你这么说，你一定是另有解药了。请你救鸿春一命。”

辛芷姑道：“我是不懂治病救人的，但我相信少林寺方丈秘制的小还丹能解此毒。”

少林寺所在的嵩山离此千里之地，吕鸿春夫妇大失所望，心里想道：“我若是能到嵩山求医，就不如上伏牛山求金剑青囊杜百英了。”

辛芷姑笑道：“你是嫌远水不救近火么？不用担忧，少林寺的老方丈，我虽然不能马上请来，但他的小还丹，我的身上却有。”

吕鸿春夫妇又惊又喜，说道：“杯渡禅师竟肯把他秘制的小还丹送给你们么？当今之世，也只怕只有贤伉俪才够这个面子了。”原来少林寺的方丈杯渡禅师平生崖岸自高，向来是不与江湖人物来往的。

辛芷姑笑道：“哪里是他心甘情愿送的？是空空儿和杯渡禅师赌赛，要盗他的小还丹，杯渡禅师限他三日为期，空空儿第二天晚上，就偷到手了。不过，经此一来，这老方丈倒是和空空儿交了朋友。”

独孤莹仍是担忧，说道：“只不知小还丹能不能解腐骨掌之毒？”

辛芷姑道：“杯渡禅师曾夸口他的小还丹能解百毒，又能固本培原。要是不见效的话，我就去少林寺摘他招牌。”

吕鸿春服了小还丹之后，便回卧室静坐运功，帮助药力运行；独孤莹向众人告了个“罪”，陪丈夫进去，一旁照料。

铁凝这才得有机会与师父师姐叙话。铁凝问道：“师父、师姐，你们怎会来的？难道是早已知道有今晚之事么？”据铁凝所知，她的师父与吕鸿春不过是泛泛之交，所以有点奇怪。

辛芷姑道：“你师姐来这里寻她妹妹，我是放心不下，所以也跟着来了。嗯，对了。展贤侄，听说你在褚遂家中住了大半年，或许这件事情你也知道一二。成香，你先把你妹妹的事情告诉他们吧。”

原来龙成香的妹妹龙成芳就是展伯承从前在刘家曾见过的那个女子。

龙成香的丈夫穆康与刘芒乃是表兄弟，两家比邻而居，龙成芳、刘芒青梅竹马，两小无猜，不过未曾定亲而已。后来刘芒跟了父亲闯荡江湖，投身绿林，两家音信隔绝。

龙成香叹了口气，道：“我的妹妹与刘芒隔别多年，对他仍是念念不忘，我本来要将她另许人家的，她总是不允，我也没有办法。不知怎的，今年春间，给她打听到刘家是在盘龙谷隐居，她就瞒着我私自去找刘芒了。不久，南夏雷有事前往扬州；经过我家，我曾托他顺道到盘龙谷一行，打听我妹妹的消息。如今已经三个多月过去了，我的妹妹尚未回家，南夏雷也没有派人送来消息。”

说至此处，龙成香显得有点尴尬的神气向展伯承问道：“我曾听得一些风言风语，说是刘芒在盘龙谷中与褚遂的孙女儿过从甚密，两人早已是私订鸳盟了。不知此事是真是假?”正是：

自来情海多风浪，姐妹关心怎不惊。

欲知后事如何？请听下回分解。

第十八回　岂惜芳馨遗远者　只伤夜气压重楼

展伯承更是尴尬，含糊说道："他们的事情我也不大清楚。但就我在褚家所见，'过从甚密'这四个字，却是说不上的。"

铁凝"噗嗤"一笑，说道："展大哥，你又何必为他们隐瞒？你外公那张藏宝图，不就是褚葆龄偷偷拿去献给刘芒的吗？嘿，嘿，只要心心相印，又何须过从甚密？"

辛芷姑笑道："小小年纪，你又懂得什么叫做心心相印了？"

龙成香叹口气道："刘振父子到褚家夺宝之事，我也已经知道了。不管刘芒是否移情别恋，总之我的妹妹是给他害苦了。就我来说，我倒是愿意刘芒早日另订鸳盟，好让我的妹妹死了这条心的。"原来龙成香最希望的是妹妹能够嫁给南夏雷。

龙成香继续说道："我一直得不到妹妹的消息，很是放心不下。后来夏侯英派人给我送来了一封信，我才知道刘振父子在吕大侠家中养伤。夏侯英说是恐防有人与刘振为难，因为我们和刘家是亲戚，所以通知我们，希望我们能够去探望他，并助他一臂之力。我也希望能够从刘芒这儿，查得到我妹妹的下落，因此我就匆匆来了。"

夏侯英是刘振的结义兄弟，展伯承听说龙成香接到了夏侯英的书信，已知独孤宇也已到了夏侯英那儿了。

辛芷姑道："我和你的师公是五天前从幽州经过，碰见夏侯英的一个手下。我本不认识刘振，但我放心不下成香，因此也就来了。本来我是要你师公和我一同来的，但他却说要到魏博去找另外一个人，我和他就只好分道扬镳了。他以为不管是什么人与刘振为难，我总可以应付得了。哪知昨晚来的那个胡人，却是这么厉害！”

展伯承道：“我在离开盘龙谷的前一天，曾在刘家碰见令妹，后来南夏雷叔叔又恰好赶到。不过其时刘家父子早已离家了。令妹听说刘芒受了伤，立即便去追他。看来是没有追上，要不然她不会不来此地探病的。”

龙成香道：“南夏雷又去了哪儿？”

展伯承道：“听说南叔叔是去扬州助一位绿林朋友劫夺官银。”

龙成香又叹口气道：“这么说来，我又得再费许多心力去寻找我的妹妹了。嗯，铁师妹，你又是怎样来到这儿的，现在该轮到你说了。”

铁凝若有所思的神气，忽地向辛芷姑问道：“师公到魏博找的是谁？”

辛芷姑道：“你师公临走匆匆，他忘了告诉我，我也没有问他。”

铁凝觉得有点奇怪，心里想道：“师父一向对师公管得很严，师公要找的什么人，她怎会不问他的？问一个人的名字，只需开口便是，当时即使他忙，开一开口，也并不费事呀。”

展伯承道：“空空前辈是到魏博去么？两个月前，我们曾从那里经过。我们走的时候，铁铮还留在那儿。不过，现在也恐怕已经离开了。”

辛芷姑道：“对啦，听说你们在魏博遇上田承嗣的牙兵，是么？铁铮又为什么留在那儿？”

铁凝心念一动，说道：“我们不但在魏博碰上官军，还碰上一位身具绝世武功的高人呢。”

辛芷姑微笑道：“这个人是谁？居然能够令铁摩勒的女儿也佩服他？”颇似有点不以为然的神气。说罢，心中也忽地一动，想道：“难道当真就是那人？”

铁凝道：“那人还说是认识你的呢。”当下将遇见华宗岱的经过，以及在魏博的这一段事情，原原本本地告诉了辛芷姑。

辛芷姑又惊又喜，心想：“怪道空空儿要往魏博，原来果然是他。”

铁凝道：“哥哥那晚在田承嗣的节度府中了毒箭，就是亏得华宗岱救了他的。我们走的时候，哥哥因为余毒未曾拔清，故此留在山中养伤，由华家父女照料他。师父，我还忘了告诉你呢，那位华姐姐待我哥哥十分之好。”

辛芷姑微笑道：“是么，那位华姑娘好不好看？”

铁凝道：“长得花朵似的。我瞧她九成对我哥哥有意思。”

辛芷姑笑道：“你这鬼丫头倒是人细鬼大，专门注意这些事情。‘十分之好’，‘九成有意’。倘若当真如此，那倒真是十分之好了。”

铁凝又道：“这位华老前辈可有点怪，他说认识你，又说想会见师公。但我们和他分手的时候，他又叮嘱我不要在师公面前提起他的名字。不知什么缘故？”

辛芷姑道：“怎知他是什么缘故。不过这人的脾气是有点怪的，或许他与你师公有甚过节，未曾化解吧？”

其实，辛芷姑是知道缘由的，不过不方便和小辈说而已。原来华宗岱是她少年时候的朋友，对她十分倾慕，而且曾经向她求过婚的。但因辛芷姑心上只有空空儿，没有答允他的求婚，后来两人就没有见面了。

辛芷姑早年性情乖僻，除了空空儿之外，算得上是她的朋友的，就只有华宗岱一人了，所以她虽然没有答允华宗岱的求婚，但失掉了这样一位朋友，也不无感到有点惋惜。过了几年，辛芷姑听说华宗岱结了婚，这才放下一重心事，对从前这段事情，也就渐渐淡忘了。

空空儿起初并不知道他们这段事情，不过他与华宗岱则是彼此闻名的。华宗岱与西域灵山派的灵鹫上人颇有交情，空空儿、辛芷姑则与灵鹫上人结有梁子（事缘《龙凤宝钗缘》）。不知怎的，武林中忽地无中生有，传出风声，说是灵鹫上人要请华宗岱出马，报他被空空儿所辱之仇。

空空儿早就想找华宗岱比一次武，听得风声，便独自找上门去，却不料华宗岱避而不见，叫空空儿扑了个空。后来空空儿继续找他几次，也都没有见着。过后不久，空空儿与辛芷姑也成婚了。

空空儿是天下第一神偷，所交的朋友品流复杂。在他结婚之后，江湖上一个多嘴的朋友无意中向他透露出华宗岱的几句说话，说是华宗岱并非不知道空空儿要找他比武，也并非怕空空儿才躲避他，而是因为他当时知道空空儿即将与辛芷姑成婚，为了不想令辛芷姑伤心，才不愿与空空儿比武的。这话可以解释为华宗岱仍然爱着辛芷姑，怕伤了空空儿以致令辛芷姑伤心。空空儿听了，当然极不高兴。对华宗岱过去曾向他妻子求过婚的这件事情还在其次，最忍受不了的，是空空儿平生眼高于顶，他认为华宗岱说这样的话是小视他的武功，非要找他晦气不可。

空空儿也曾因此与妻子吵了一场，经过辛芷姑的解释，这才言归于好。不过也多少在心中留下一点疙瘩了。经过那场吵架之后，他们夫妻就绝对避免提起华宗岱的名字。

这次空空儿说要去魏博找一个人，而又没有说出这个人的名字。辛芷姑当时已有猜疑，现在听得铁凝一说，更证实了她的猜疑：空空儿是听到华宗岱曾在魏博出现的消息，才赶去魏博找他的。

辛芷姑心里想道："华宗岱这次重履中原，不知为的什么？听凝儿所说，显然他还没有忘记我。但愿他们两人不要碰上才好。否则两虎相斗，必有一伤，总是令我难堪。"又想道："原来华宗岱的女儿都是这么大了，但愿她与铁铮真的相好，两家徒弟成亲，这段过节说不定也就可以不解自解了。"

铁凝说道："我们临走之时，曾与华家父女相约，只待我哥哥伤好，就请他们送我哥哥回伏牛山山寨的。那时我们还未知道山寨已被官军攻破。如今已差不多有两个月了，想来我的哥哥早已伤好，他们也应该早已离开魏博了。"说至此处，歇了一歇，接着笑道："不知师公是到魏博找谁？可惜时间不对，若是去早一些时候，师公就可以见着他们了。"

辛芷姑放下了心上一块石头，想道："只要他们不碰上就好，以后可以慢慢设法化解。"

此时朝阳已出，是第二天的白天了。辛芷姑道："凝儿，你们打算上哪儿?”

铁凝道:“我和展大哥想去金鸡岭找我爹爹。伏牛山山寨被官军攻破之后，爹爹和山寨里的人又回到金鸡岭辛寨主原来的老地方了。师父，你呢?和我们一同去金鸡岭好不好?我的爹爹、妈妈很是想念你们。”

辛芷姑道:“我是想去会会你的爹娘的，不过，我要先到魏博一行，然后和你的师公一同去。”原来辛芷姑虽然料想华宗岱已经离开魏博，但总还是放心不下，恐防有甚意外，心中想道:“万一他们碰上，两虎相斗，必有一伤，必须我去及时阻止。”为了这个缘故，因此，她要先往魏博，见着了空空儿她才能够安心。

铁凝道:“师姐，你呢?你是富家少奶奶的身份，大约不方便到我们的山寨吧?”

龙成香面上一红，说道:“我们和江湖豪客也是常有来往的，我倒不是避忌这个。不过，我还未曾找着我的妹妹，恐怕还不能去作你的客人。我是想往扬州一行，希望能够见着南夏雷，说不定可以打听我妹妹的消息。”

龙成香始终是想南夏雷做她妹夫，虽然在南夏雷那儿要想打听她妹妹的消息，这希望十分渺茫，但她还是想去见南夏雷一次。

辛芷姑道:“不知那小还丹灵效如何?只要吕鸿春无事，咱们也就可以走了。凝儿，你去看一看。”

铁凝正要进去，忽听得脚步声响，吕鸿春夫妇已经走出来了。

独孤莹喜滋滋地说道:“这小还丹真是灵效无比，鸿春的毒已经解了。”

吕鸿春上前向辛芷姑道谢。辛芷姑道:“不必客气，小还丹是空空儿偷来的，我不过借花献佛而已。好，你既然无事，那我们可要走了。”

独孤莹道:“先吃点东西吧，我们也要走呢。”

辛芷姑道:“不必客气，我们在路上吃吧。”

独孤莹道:“家里有现成的面，不用费什么工夫的。”

铁凝笑道:“那我就不和莹姑姑客气了。对啦，你们昨晚的那个肉脯很好吃，用肉脯送面就行，无须再弄菜了。”铁凝与展伯承昨晚只吃了少量东西，闹了一晚，委实也感到有点肚饿。

吃面之时，铁凝问吕鸿春夫妇计划上哪儿，独孤莹道："我们想到幽州去投夏侯英，我哥哥在他那儿。"铁凝笑道："这么说，你们也终于要投身绿林了。"

吕鸿春苦笑道："有什么办法，这里是不能再住了。"他们夫妇是怕那魔头再来寻仇，迫得举家远避，托庇于夏侯英。心里可还有点不大愿意。

独孤莹道："夏侯英是我哥哥义兄，所以我们必须到他那儿。这次我哥哥助刘家夺宝之事，请你在你爹爹面前代他善言解释。夏侯英的心意也请你一并代为转达了。"独孤莹担忧铁摩勒可能对她哥哥有所误会，是以不厌其烦，将昨晚提过的话，对铁凝又再重说一遍。

铁凝道："莹姑姑放心，我爹爹并非量窄的人，他也称赞过夏侯英是个绿林豪杰的。"

说话之间，忽然隐隐听得马蹄之声，正是向着他们这条村子而来。辛芷姑面色凝重，"咦"了一声，说道："来的有四五骑之多，从蹄声听得出都是骏马，莫非是昨晚那个胡人又邀他的同伴来了？"

辛芷姑本来是个极其骄傲的人，但昨晚与那胡人一战，胜得甚为侥幸，过后也自是忐忑不安。铁凝在路上碰见的共是四个胡人。辛芷姑只怕其他三个胡人，倘若也是一般本领，会同而来，那就不是她所能应付的了。

那几匹马来得好快，初时蹄声还只是隐约可闻。待得辛芷姑刚刚说了几句话，蹄声已是到门前了。

辛芷姑虽然忐忑不安，却也不肯示弱，说道："好，他们既然找上门来，咱们就出去迎接他们吧。"辛芷姑估计一下实力，双方人数都差不多。当然，倘若对方来的都是一流好手，他们这边自是必败无疑！但若来人的武功是参差不齐的话，谁胜谁负，就是一个未知数了。

铁凝等人都跟着辛芷姑出去，到了门外，刚好碰上那几个人。辛芷姑抬头一看，不禁又"咦"了一声，只见一马当先的竟是个十分美貌的胡女。

辛芷姑正自觉得这胡女似曾相识，只听得展伯承已在叫道：“来的不是宇文姑姑么?”

那胡女“啊呀”一声，跳下马来，说道：“哦，你不是展家的小承子么？这么高了！这位是辛老前辈吧？别来多年了!”

原来这个胡女乃是师陀国的宇文虹霓。当年她因为误会楚平原是她杀父仇人，曾到中原追踪觅迹，有一次在伏牛山上中了桃花瘴之毒，幸亏展伯承与褚葆龄将她救回家中，在褚遂的故居，做过客人的。故此她和展伯承最熟。其他诸人，辛芷姑与铁凝也曾与她见过一面，吕鸿春夫妇则是初次相会。

辛芷姑大感惊奇，心道：“听说宇文虹霓早已做了师陀国的女王，今非昔比，怎的她会抛开宝座，重履中原?”

展伯承道：“你还认得铁凝么？凝妹的爹爹铁摩勒和段克邪是表兄弟。”段克邪和楚平原是手足之交，也是中原武林人物之中宇文虹霓比较熟悉的一位，故此展伯承说出段克邪的名字，提醒她的记忆。

宇文虹霓握着铁凝的手笑道：“都变了漂亮大姑娘了。要不是你说，我还当真不敢相认呢。”

展伯承道：“宇文姑姑，什么风把你吹来的？听说你已经做女王了，可是真的?”

宇文虹霓道：“哦，你们在中原也听到我的消息么？不过我这次却不是以女王的身份来的，你们别给我张扬出去。”

宇文虹霓行色匆匆的样子，跟着说道：“能够碰见你们，这真是巧极了。展兄弟，我正要向你打听，你可曾见过你的楚叔叔么?”

展伯承道：“你是说楚平原叔叔么？怎么，他不在师陀国了?我还想向你打听他呢。”

铁凝忍不住好奇，说道：“宇文……嗯，我不知该称你宇文姑姑还是称你楚婶婶?”她不便直言相问，却故意绕了个弯儿，探问宇文虹霓是否已经和楚平原成了夫妻。

宇文虹霓面上一红，说道：“随便你喜欢哪一个称呼。我，我这次是来找他回去的。”

她这么一说，等于是告诉大家，她和楚平原早已成婚。众人更加觉得奇怪了。铁凝心想：“难道她是和楚平原吵架了？”众人虽然都感奇怪，但与她的交情不深，也不好意思探听人家夫妻的私事。而且她一副行色匆匆的样子，看来也不想在此地多作逗留。跟随她的那四个武士都还未曾下马。

铁凝道：“楚叔叔的消息我们毫无所知，段叔叔则是我们最近见过的。”

宇文虹霓道：“对啦，我也正想问你，段克邪在哪儿？”

铁凝道：“他与史姑姑两个月前到扬州去了。此时大约还在扬州。你可以找扬州的淮南帮帮主周同打听打听。”

宇文虹霓谢过铁凝，正要上马，却忽地如有所见，脸上现出诧异的神情，手按马鞍，却没有腾身上马。

铁凝发现她是注意着那棵槐树，心中一动，想道：“莫非她也发现了令这棵槐树凋枯的腐骨掌功夫？师陀是西域一个小国，她是师陀国的女王，对西域各国的高手，她当然会比我们清楚。说不定她知道那四个胡人的来历？”

跟从宇文虹霓的那四个武士，此时也在马背上叽叽咕咕的谈论，铁凝虽然听不懂他们说些什么，但看他们有的指着那棵凋枯的槐树，有的指着那两只被击裂的石狮，显然也是在谈论着这桩事情。

铁凝心念未已，果然便听得宇文虹霓问道：“这是谁干的事情？”

铁凝道：“我昨日在路上碰见四个胡人，这桩事情就是他们之中的一个鹰鼻汉子干的。”

宇文虹霓“啊呀”一声，说道：“原来他们果然是从这条路经过。”

铁凝道：“他们是些什么人？”

宇文虹霓道：“你说的那个汉子是回纥数一数二的高手，名叫泰洛。另外那三个人也是横行西域的成名人物，其中有一个母亲是汉人的名叫丘必大，武功与泰洛不相上下。我正要追踪他们。那个泰洛为什么在这里闹事的？”

铁凝简单地讲了原由，便即问道：“你为什么要追踪他们？”

宇文虹霓道："因为这四个人都是意欲对你的楚叔叔有所不利。他们在中原出现，想必是已知你楚叔叔的行踪，故而联手追他。他们追踪你的楚叔叔，我就必须追踪他们！对不住，这件事我无暇细说了。待我找着了你的楚叔叔，我们再到伏牛山拜会你的爹爹吧！"

铁凝道："我爹爹在金鸡岭，楚叔叔知道那个地方的。祝你早日找着他。"

宇文虹霓说了一声："后会有期！"便与那四个武士疾驰而去。他们的坐骑也都是追风逐电的良驹。

辛芷姑笑道："有宇文虹霓他们'以胡制胡'，倒是间接助了咱们一臂之力。吕庄主，你也不用担心那个魔头再来找你的麻烦了。"

铁凝却道："宇文虹霓的人未必打得过他们吧？"

辛芷姑道："宇文虹霓的剑术自成一家，空空儿曾见过她的功夫，据说与她的丈夫楚平原不相上下。她那四个随从，据我看来，个个眼神充足，在长途跋涉之余，都没丝毫疲态，也可以看得出都是内功颇有根底的人。他们既然敢去追那四个胡人，想来也不至于相差太远。"楚平原早已是中原武林的第一流高手，当年是与段克邪齐名，并称武林中后起的"双秀"的。

铁凝听了道："这么说来，我倒不必为他们担心了。"辛芷姑笑道："你是我的徒弟，脾气却更似你的师公，爱抱不平，爱管闲事。你有工夫去替外人担忧，我倒是怕你们路上出事呢，你还是先小心自己吧。"辛芷姑最疼爱这个关门徒弟，其辞若有憾焉，其实却深喜之。

铁凝笑道："宇文虹霓虽然做了外国的女王，但她是楚平原叔叔的妻子，那也就不能算是外人了。师父放心，从伏牛山去金鸡岭，至此地已是过了一半路程了。前一半路程我们都没出事，后一半路程接近金鸡岭，更不会出事了。再说，师父你的功夫，我也学到了几成，也不会让别人那么容易就欺负得了的。"

辛芷姑笑道："你算是夸自己呢还是夸师父呢？好在这里都是自己人，要不然就教人笑话了。但愿你们不出事就好，但不可太骄傲了。"

辛芷姑端起师父的身份，说了徒弟一顿，心里却很得意：“凝儿这点脾气倒是和我少年时候一模一样。骄傲虽然不好，但不畏强敌的精神却是好的。”

当下各人分道扬镳，辛芷姑去魏博会夫，龙成香往扬州寻妹，吕鸿春夫妇到幽州去投夏侯英，铁凝则与展伯承到金鸡岭去见父亲。

按下其他各人不表，只表铁凝与展伯承这路。

他们已经了结了槐树庄吕家的这桩事情，从此可以专心赶路。他们的坐骑是秦襄昔年所赠的宝马，脚程迅速，三天工夫，走了一千多里，果然一路没有出事。至此他们已走了全程的四分之三。

铁凝道：“照这样走法，最多还有四天，咱们就可以到金鸡岭了。今晚还是找一间客店好好睡一晚吧。前两晚咱们忙着赶路，错过宿头，在林中野宿，我睡得很不舒服。”

展伯承对她像哥哥对妹妹一般爱护，当然表示同意。于是在日落之前，便到一个小镇上找到了一家客店投宿。他们照过去一样，以兄妹相称，要了两间相邻的房间。

铁凝在展伯承房间里和他一同吃过晚饭，谈了一会，天色已晚。展伯承道：“你连日疲劳，未得好睡，今晚早些安歇吧。”铁凝正想过自己的房间，忽听得外面有吵闹的声音。

说话的人腔调很怪，每个字音听得清楚，但却十分生硬，南腔北调混在一起，阴阳怪气，刺耳非常。

只听得“乒”的一声，这个人似乎是拍着柜台骂道：“老子有的是银子，你敢不让我投宿！”

掌柜的声音说道：“客官见谅，生意上门，我若然还有房间，哪有把财神爷推出去的道理，委实是已经客满了。”

那人道：“我不管你客满不满，镇上只有你这家客店，我踏了进门，就是要住定的了！客满你也得腾一间房子给我。否则，哼、哼，惹得老子动了火，我把你的客人全赶出去！”

展伯承动了打抱不平之心，说道：“这个恶客也真是太过满不讲理了！我倒想等着他来赶我。”

铁凝忽道：“展大哥，你听这个人的口音，敢情是个胡人？”

展伯承正要开门出去看看，那个掌柜已先来拍他的房门。

展伯承还道是那恶客要来闹事，猛地把门拉开，掌柜一个踉跄，险险跌倒。展伯承看见是掌柜，连忙将他扶稳，向他道歉。

大堂上点有油灯，门一拉开，那恶客的面貌也见着了。铁凝抬头一看，先是怔了一怔，她以为是胡人的，但这恶客却是汉人武士的装束。额不高，鼻不勾，相貌也是汉人的样子。但却似在哪儿见过似的。

这恶客身躯高大，腰上挂着一口长刀，跨开两腿，站在大堂中间，凶神恶煞的模样瞅着掌柜。正因为他是带着刀而又相貌凶恶，所以其他房间的客人，听了他的话虽然生气，却都只敢在门缝里偷望，谁都不敢开门出去惹他。

那掌柜的进了展伯承的房间，打躬作揖地说道："请客官帮个忙，你们是兄妹，同住一间房间不打紧，让出一间房给我招待这位贵客吧。"

展伯承面上一红，说道："不行，不行！"那掌柜的又再打躬作揖道："客官，你行行好吧，救我一救！"说至此处，压低了声音说道："你瞧那位客官的凶样，简直是可以把我吃掉的神气！"

展伯承不便对这掌柜说明他们是假的兄妹，十分为难。铁凝则按捺不住，发作起来了。

铁凝大声说道："恶人我见过不少，你怕他我不怕他！他发恶这房子我就偏不让给他，看他能够把我怎么样？莫不成当真把我吃了？"说话之时，铁凝已经打开房门，站了出来。铁凝在房间里说话的时候，那恶客已听得出她是一个尚未成年的女孩子，一个小姑娘竟有如此胆量，不禁令他好生诧异。此时铁凝站了出来，那恶客看清楚了她的相貌，怔了一怔，忽地跨上两步，面向铁凝，发出嘿嘿的冷笑。

铁凝怒道："你笑什么？你待怎样？"展伯承怕铁凝吃亏，跟了出来，站在她的旁边。

那恶客瞪着眼睛，向展、铁二人直上直下地打量了片刻，忽地"哼"了一声，冷笑说道："原来又是你这个野丫头。哼，前几日在路上出口伤人的是你不是？这笔账我还未曾与你算呢！"

铁凝听了这话，这才蓦地想起，原来这个恶客就是那日他们在路上所遇见的四个胡人之一。只因这个胡人面貌颇似汉人，穿的又是汉人衣裳，所以刚才在黯淡的灯光之下，铁凝认不出是他。

铁凝心中一动，想道："这厮想必就是宇文虹霓所说的那个母亲是汉人的丘必大。"当下冷笑说道："不错，那日把你们骂作胡狗的就是我，我一看就知你们不是好人，所以才骂你的。如今看来，我是的确没有骂错了！"

这个恶客果然是回纥国中的第三名高手丘必大，给铁凝一骂，气得哇哇大叫，喝道："臭丫头，你是谁家女儿？我不屑杀你，说出你父母的名字来吧！"

铁凝道："俗语说'狗仗人势'，你的主人是谁？说出你主人的名字来吧！"针锋相对，气得丘必大更是七窍生烟。

丘必大本来是想查出铁凝的来历之后，然后折磨她的。此时给她骂得七窍生烟，不由得恶念陡生，喝道："好个刁嘴的臭丫头，那日我无暇理会你，今日你撞在我的手上，非叫你知道厉害不可！哼，哼，到了我的手中，怕你不吐出你父母的名字？"原来他早已看出铁凝不是寻常人家的女儿，他不但要折磨铁凝，还要加害她的父母，免除后患。

铁凝是初生之犊不畏虎，人家怎么骂她，她也这么骂回人家，冷笑道："丘必大，看在你母亲是汉人的份上，我倒也不想杀你。但你若是总是狗性不改，你的狗爪子我非斩断不可！"

丘必大正要扑将过来，听得此言，不觉又是一怔，心道："这臭丫头怎知道我的姓名来历？"

可是丘必大虽然吃了一惊，动作却没有因此缓慢，要想杀害铁凝之心反而是更加强了。须知丘必大之所以换上汉人服饰，为的就是不想给人看出他是胡人。如今铁凝不但知道他是胡人，还识破他的来历，他还怎能放过铁凝？

铁凝揭了丘必大的底细，正自骂得得意，陡然间只觉劲风扑面，丘必大已是一掌打来。铁凝本也准备好他打来的，却想不到来得如此之快，招架已来不及，百忙中一个"风刮落花"的身法，斜闪三步，丘必大的手指只差一寸距离，就要抓着她的琵琶骨。

可是铁凝虽然闪开，受了他的掌力一震，却也不禁一个踉跄，险险跌倒。说时迟，那时快，就在电光石火之间，丘必大正要跨上一步，展伯承已是一声大喝，五指如钩，疾抓他的虎口。

展伯承这套小擒拿手法是跟诸遂学的，每一招都是毒辣异常的伤残手法。丘必大的武功虽然比他高得多，但在近身肉搏之时，许多上乘的武功都用不上，只能像市井之徒打架一样，与展伯承扭打。

双方电光石火的拆了三招，近身缠斗的小擒拿手法是展伯承高明一些，双方滚作一团，展伯承拿着他的手腕。

展伯承正想用力拗断他的手臂，哪知不用力还好，内力一发，陡然间只觉得对方身上也生了一股抗力，本来是他拿着对方的虎口的，一受了对方的反弹力，反而是他的虎口隐隐作痛了。原来丘必大练的是一种邪派的护体神功，受了外力，立即生出反应，展伯承功力既不如他，当然就要吃亏了。

丘必大双臂一振，一个翻身，转而把展伯承压在下面。但此时铁凝已是稳了身形，拔出宝剑，刷的一剑，直刺丘必大背心的“大椎穴”。

这“大椎穴”是人身十二死穴之一，丘必大虽有护体神功，也不敢让利剑刺中。一觉背后金刃劈风之声，连忙滚开，却把展伯承翻了上来，喝道：“你刺！”

铁凝的剑法快到极点，倏地剑锋一转，又指到了丘必大背后。丘必大脚步未稳，挥袖一拂，只听得“嗤”的一声，接着“当”的一响，丘必大的衣袖给削去了一截，但铁凝的宝剑却给他的袖子拍落。

展伯承疾忙跳起，亦已拔出剑来，上前冲刺，丘必大双臂一掀，接着连环飞脚，双臂掀翻两张桌子，双脚也踢起两张桌子，四张桌子都向着展伯承打去，展伯承难以上前，急忙闪避。

那掌柜的吓得躲在房中颤声叫道：“你们行行好、行行好，别毁了我的这爿小店。”

铁凝拾起宝剑，正要上前助阵，展伯承刚好退到她的身边，忽地将她一拉，说道：“咱们应采上计！”古语有云：“三十六计，走为上计!”展伯承这句话即是叫铁凝快跑，但为了面子，所以绕个弯儿说个“走”字。这人本领太强，铁凝自忖不是他的对手，也就不敢再恋战了。当下作势向前扑击，口中说道：“不错，是要采用上计!”身子却倏地一个倒纵，从前进改为后退，与展伯承出了店门。

丘必大虽是半个汉人，却听不懂这句绕了个弯的汉人成语，他掷出了四张桌子，冷笑道：“我倒要看你们有什么上计!”心想：“两个小娃儿打不过我，难道还能有什么计谋?”

话犹未了，只见展、铁二人已经跑了出去，丘必大这才恍然大悟，原来是“三十六计，走为上计”!

展、铁二人正要到马厩去取坐骑，这间小客店所附设的马厩，是一间茅房，在客店后面。他们刚要绕过一道墙壁，忽听得“轰隆”一声，墙壁洞穿，丘必大钻了出来，喝道：“往哪里跑?”

原来丘必大在店内被满地翻倒的桌椅阻住去路，倘若是跟在他们后面，从大门追出，恐防追赶不上，一时性起，索性用硬功撞穿墙壁，来个半途堵截。他是算准了他们要到马厩取马的，撞穿的是后墙，一出去就恰好是马厩的前面。

铁凝道：“好，跑不了只好再打！你当姑娘就是怕了你么?”不待丘必大跑来，一剑先刺过去。她是意欲先发制人，杀对方一个措手不及。

丘必大大喝道：“撒剑!”左手一勾，右掌拍出，这一招“空手入白刃”的功夫，拿捏时候，使得恰到好处，满以为这一下铁凝的宝剑非给他夺了出手不可，哪知铁凝因为刚才已经领教过他的功夫，这次根本就不是打算和他硬碰的。她这一招剑法指东打西，实中套虚，丘必大一掌拍出，铁凝的剑锋已经倏地转了个方向，绕到他的侧面去了。

铁凝叫道：“大哥，快去抢马!”口中说话，剑势丝毫不缓，侧面刺他胁下的“愈气穴”。

丘必大暴跳如雷，脚跟一旋，双掌齐发，只得“轰隆”一声，那茅草搭盖的马厩塌了半边，可是铁凝极为机灵，她用的是穿花扑蝶的游身剑法，早已避开正面，丘必大的掌力并未打到她的身上。

铁凝的功夫虽是与对方差得甚远，但她身法轻灵，剑招奇诡，在十招八招之内，却是有把握可以应付过去的。

本来只要铁凝能够对付十招，展伯承就有足够的时间可以到马厩取马，他们的坐骑是日行千里的名驹，一上马背，丘必大就追他们不上了。可是展伯承见敌人的攻势如此凶猛，却怎敢抛下铁凝？

丘必大眼观四面，耳听八方，向铁凝一击不中，回过身来，恰好迎上了展伯承。铁凝道："唉，大哥，你怎么不听我的话？"话犹未了，陡然间只见刀光耀眼，金铁交鸣，丘必大也已拔出刀来，就在铁凝说那一句话的时间，双方的刀剑已经接连碰击了七下。

这闪电般的七招刀剑交击之中，丘必大接连用了劈、斫、牵引、黏绞、击、刺六种手法，展伯承虽然也是所学甚杂，邪正兼通，但武学造诣，毕竟不如对方深厚，双方刀剑第七次交击之时，展伯承的长剑给对方一翻一绞，险险脱手。丘必大喝声："着！"第八刀横腰截斩。

这一刀名为"夜战八方"，刀光闪闪，把展伯承前后左右的退路全都封闭，丘必大满以为展伯承非中刀不可，哪知展伯承还有家传的五禽身法未曾施展，在这危险绝伦之际，身躯平地拔起，在半空中一个翻身，宛如大雁展翅，丘必大的月牙弯刀恰恰从他的脚底削过。

丘必大吃了一惊，喝道："你是展元修的什么人？"原来展元修少年时候曾到过西域，连败西域十三名高手，丘必大当年也是他手下败将之一。

说时迟，那时快，铁凝早已是一招"玉女投梭"，剑走偏锋，冒险攻敌，来解展伯承之危。展伯承一个筋斗翻了下来，立即冲上去与铁凝联手。展伯承虽然得免受伤，心里也不由得暗暗叫声："好险！"刚才他那一跃，倘若稍迟片刻，或者跳得稍低几寸的话，脚踝就有给利刀斩断的危险。

铁凝笑道："你这胡狗说出我展大哥父亲的名字，是想要攀亲道故么？"丘必大大怒道："好呀，原来你是展元修的儿子，那你们两个都休想活了！"

铁凝正要反唇相稽，丘必大已经展开疾风暴雨般的快刀刀法，把他们的身形罩住。展伯承的本领虽然不逊于他父亲年少之时，但丘必大的武学修练却要比败给他父亲的当年多了二十年的功力，是以展伯承虽有铁凝联手，仍是不免处在下风。

幸而展、铁二人都是出自名门所授，尤其铁凝所使的那一套辛芷姑衣钵真传的剑法，更是奇诡绝伦，丘必大见都没有见过。丘必大虽然仗着深厚的功力占了上风，却也不敢太过轻敌冒进。但虽然如此，展铁二人在过了三十招之后，也是越来越感到吃力了。

展伯承几次奋力冲刺，都给丘必大刀光圈住，突不了围。展伯承说道："凝妹，你走吧，走得一个是一个。"

铁凝本来有点后悔："早知这胡狗如此厉害，我也不去招惹他了。"但听得展伯承此话，却忽地精神抖擞，说道："跑不了咱们就一起和他拼了，胜败也还未知呢。哪有我独自先跑的道理？"她下了决心死战，一连几招奇诡绝伦的剑法，迫得丘必大也不能不小心招架。

丘必大怒道："你们还想跑么？一个也跑不了！"刀光霍霍展开，越迫越紧。圈子渐渐缩小，铁凝的剑法也渐渐感到施展不开了。

转眼已是斗了将近五十招，丘必大还未能伤得一人，亦是颇感意外，心道："我倘若收拾不了这两个乳臭未干的丫头小子，叫泰洛知道了岂不笑话？"原来他在回纥国中与泰洛齐名，但真实的本领却是泰洛胜他一筹。也正因此，他总不愿意给泰洛比下去，这次他们两人分头办事，两人之间也是互抢功劳，明争暗斗的。

丘必大一怒之下，全力施为，铁凝气力不支，五十招过后，气喘吁吁，剑法散乱，眼看就要伤在对方刀下。展伯承虽还可以勉强支持，亦已颓势毕现。

正在紧急之际，忽听得马铃声响，铁凝心道："糟了，这个胡狗已难应付，再来一个，如何得了？"她只道来的是丘必大的同伴。心念未已，却忽听得那人"咦"了一声，马蹄声戛然而止，那人叫道："可是展伯承兄弟么？这位小姑娘是谁？"

展伯承百忙中抽眼一看，大声叫道："楚叔叔，快来帮我。她是铁凝。"原来来的不是别人，正是宇文虹霓所要找寻的楚平原。

展伯承大声叫道："楚叔叔，快来帮我。她是铁凝。"

他离国七年，展伯承年纪较大，他又在楚家住过，所以还隐约认得。至于铁凝，他从前只见过两次，那时铁凝还是个拖着鼻涕的黄毛丫头，如今长成了十五岁的漂亮姑娘，他已不认得了。不过他却看得出铁凝的剑法是辛芷姑这一派真传。

楚平原听说是铁摩勒的女儿，这一惊更是非同小可，登时如箭离弦，来不及下马，就从马背上飞身而起，以泰山压顶之势，一刀向丘必大劈下。

丘必大还了一招“横架金梁”，虎口隐隐作痛，倒了三步，喝道：“好呀，楚平原，我正要找你！”

丘必大是汉人服饰，楚平原与他交手之后，才认出是他。冷笑道：“你们在师陀国与我为难，我已经避到中原来了，你们还不肯放过我吗？好吧，那咱们就较量较量吧。”正是：

本是一心求避祸，谁知山水又相逢。

欲知后事如何？请听下回分解。

第十九回　情窦初开怜玉女
杀机潜伏遇强人

丘必大硬着头皮，说道：“好吧，我不怕你们以多为胜。”楚平原哈哈一笑，说道：“伯承、铁凝，你们两人退下，站得远些，免得吓坏这厮。好啦，你现在可以放心了吧？”

丘必大吃他一顿排揎，老羞成怒，一声怒吼，猛扑过来。楚平原兀立如山，动也不动，待他刀光罩到，这才以刀对刀，把雁翎刀划了一道圆圈，迎上前去。

丘必大刀法迅捷无比，霎眼间已是连斫七刀，而且每一招都是式中套式，七刀七招，变出了二十一种刀法。但说也奇怪，楚平原只是持刀划了一个圆圈，便似铁壁铜墙，把对方这七招二十一式，全都挡在墙外。只听得一片断金戛玉之声过后，丘必大的月牙弯刀已损了三个缺口。

丘必大大吃一惊，原来楚平原在师陀国虽有勇武之名，但西域各国的高手，并未深知他的本领。尤其是丘必大，自恃是回纥大国数一数二的高手，更是一直未曾将楚平原放在眼内，以为一个小国的王夫，充其量是能够骑马射箭而已，能有多大本领？所以这次他们四人同来，到了中原之后，就是他倡议要分开来各自追踪的。

这次他们四个人分成三路，泰洛一路，另外两个胡人结伴同行，作为一路，丘必大满以为自己足可以对付得了楚平原，所以也是单独一路。

不料今晚果然在这里意外的单独碰上，更出乎丘必大意外的是：楚平原的武功远远超出他的估计。只是交手的第一招，他就试出了楚平原的功力在他之上。

不过丘必大虽是心惊，仍未气馁。他还有一项看家本领未曾使出。楚平原一招得手，立即反攻，丘必大忽地手舞足蹈，使出来的招数，似乎全不成章法。

楚平原心道："这倒似从中原的醉八仙拳法中化出来的刀法，我也不可太小觑他了。"当下将雁翎刀使得呼呼风响，力贯刀尖，意欲把他的月牙刀先削断了再说。

丘必大的刀法初时使的是刚猛一路，此时一变而为"杨柳轻飏"似的阴柔招数，避免与楚平原硬碰硬斫。楚平原是个武学大行家，一看就知他是在刀法之中暗含着点穴的招数。

以剑刺穴，在武林中比较多人会使，刀是主要用来劈斫的，用刀刺穴，那就很少见了。尤其厉害的是丘必大所用的刀乃是一把特制的月牙弯刀，刀尖刺穴之时，有时便似"拐弯"刺到一般，与普通的剑尖刺穴之法，完全不同。这种弯刀刺穴的怪招，连见多识广的楚平原也是第一次见到。

楚平原虽不畏惧，也得小心应付，心里想："此人刀法自成一家，放在中原武林之中，也算得是一流高手了。听说回纥还有一个名叫泰洛的大魔头，武功比他更高，这次也有同来，倘若碰上，倒是更要小心对付了。"楚平原在未摸清丘必大刀法的路数之前，改用"以守为攻"的战术，一柄雁翎刀遮拦得风雨不透，叫对方的月牙弯刀根本近不了身，纵有刀尖刺穴的绝技，亦是无从施展。

这间客房附设的马厩，刚才被丘必大的掌力震塌半边，幸而马厩是用茅草搭盖的，厩中的马匹，并无受到伤害。但被震塌的棚顶所压，也在群马嘶鸣。

铁凝关心他们的坐骑，但又舍不得不看下去，便叫展伯承道："展大哥，你把咱们的坐骑牵出来吧，别让它们压坏了。"

丘必大见展伯承进入马厩，心中暗暗惊恐，生怕他下辣手伤了自己的坐骑，那时要想逃跑也跑不成。心念未已，只见展伯承已把棚顶抬起，并将厩中的马匹全都放了出来。展伯承是侠义心肠，压根儿就没有想过要伤害别人的坐骑。

丘必大自知自己无胜望，见坐骑无恙，正想逃跑。楚平原陡地喝道："姓丘的，你不是要与我决个雌雄的么？好，你也尝尝我的快刀滋味！"

楚平原口中说话，手上的刀法已是倏然一变，转守为攻！只见闪电惊飙，刀光如雪，快得难以形容！丘必大本以快刀见长，想不到楚平原的刀法比他还快几倍！这一惊非同小可。此时他招架亦感艰难，哪里还能仔细认穴，施展他的弯刀刺穴之技。

楚平原一口气斫出了六六三十六刀，斫到最后一刀，丘必大忽觉头皮一凉，吓得心胆俱裂，连忙一个"鹞子翻身"，倒纵出三丈开外，一摸头皮，并无血迹，但一大片头发却已被楚平原利刀削去，变成了半个光头。

楚平原喝道："念在你是受人差遣，奉命而来，这次姑且饶你，下次再给我碰上，我就不和你客气了。"丘必大不敢驳嘴，连忙上马飞逃。

展伯承与铁凝上前与楚平原见过了礼，楚平原道："你们怎地惹上了这厮的！"铁凝笑道："我们前几天才见过宇文姑姑呢。不，应该说是楚婶婶了。这厮的来历，就是楚婶婶告诉我们的。不过，这次我们和他动手，却不是为了楚婶婶的缘故，而是因为我在路上曾骂过他。"

楚平原听说他们曾见到宇文虹霓，心里又惊又喜，无暇细问经过，便道："你是在哪里见着你的宇文姑姑的？"

铁凝道："我是在槐树庄吕鸿春叔叔那儿碰上楚婶婶的，她也正在找寻你呢！我不知道她上哪儿，但我知道她是去追踪那个泰洛，向南走的。"

楚平原诧道："她不认识吕鸿春，怎的会到槐树庄？还有，你怎知道她是去追踪泰洛的？"

铁凝道："是泰洛先到槐树庄闹事的，想是她早已发现泰洛的行踪，一路追踪，那天早上，经过槐树庄，恰巧碰上我们。"当下，将槐树庄之事简单地告诉了楚平原。

楚平原听得又是欢喜，又是担忧。原来他这次离开师陀国，是由于一个迫不得已的情由。

宇文虹霓是师陀国前王的侄女，师陀被回纥所灭，后来宇文虹霓趁各国纷纷起来反抗回纥的时机，发动民众，这才把异族统治赶跑的。因为师陀国前王并无子女，民众爱戴宇文虹霓，遂拥她为师陀国的女王。

师陀国的继承习俗是“先男后女”，国王死了，如果没有太子，女儿也可继位。但宇文虹霓是侄女，却又隔了一层。只因全国百姓感激她复国的功劳，一致拥她为王，她的一班堂兄弟们才不敢反对。

不过，师陀国的习俗虽可容许有个女王，但对于种族的歧视还是有的。后来宇文虹霓“下嫁”了楚平原，楚平原以王夫的身份在师陀国，就给了那些反对宇文虹霓的人一个挑拨百姓的机会了。

这些反对宇文虹霓的人，包括有宇文虹霓的堂兄弟和他们的党羽，还有回纥派来的密使暗中鼓动他们。

这些人在百姓中散播流言，说楚平原是汉人，有篡夺师陀国大权的企图。即使他不敢公然“夫篡妻位”，但将来由他的儿子继位为王，师陀国也就等于是汉人的“附庸国”了。

这些流言很能说动一些百姓，不过因为宇文虹霓的威信甚高，国人不愿推翻她，反对派也就暂时闹不起来，但师陀国中，对楚平原的流言蜚语却是越来越多，而且内乱的危机也开始萌芽了。

楚平原就是因为知道了这个情况，才毅然离开师陀国的。在他的意思是想保全宇文虹霓的王位，避免师陀国复陷于回纥之手，同时也消弭了内乱的危机。

但想不到的是，他离开了师陀国，他的妻子竟也舍弃王位，来“万里寻夫”！

楚平原对于宇文虹霓以夫妻情义为重，不惜抛弃王位，万里寻夫，十分感动。但也不禁为妻子暗暗担心，心里想道：“丘必大武功已然如此了得，泰洛是回纥第一高手，其厉害更是可想而知！虹霓怕我遭受他们的伤害，前去追赶他们，只怕反而遭了他们毒手！”

铁凝道：“段叔叔和南夏雷都在扬州，要是楚婶婶到了扬州，也会有个照应的。此地离山寨不过三日路程，楚叔叔，你——”

楚平原说道：“从槐树庄到扬州也还有数千里的路程，我总是放心不下，怕你婶婶中途出事。我先去扬州一趟，也好会会克邪。

待到扬州回来，我再到金鸡岭拜访你的爹爹吧!”

展、铁二人当然不便留他，但楚平原正想上马，却忽然地想起一事，说道:“伯承，我前几天碰见一个人，也该对你说说。”展伯承怔了一怔，心想自己对江湖上的好汉相识无多，与楚平原共同相熟的人更是少之又少，不觉有点纳罕。

楚平原笑道:“你想不到是谁么？她是你小时候最要好的朋友，我记得你们还是以姐弟相称的呢!”展伯承这才恍然大悟，惊喜交集地问道:“你是说褚、褚——”

楚平原道:“不错，正是褚姑娘。三天之前，我在凉州路上，碰见了她。她告诉我，她是到凉州来找一位世伯的。当时我就问她为什么不是和你同在一起，她说你已经离开她家，也不知你是到哪里去。我看她的神情有点冷淡，好像不大愿意提起你的样子，你们是吵了架么?”楚平原在褚家住的时候，早已知道褚遂有意将孙女儿许配与展伯承，所以在他的心目之中，也早已是将他们二人当作一对小情人看待的。

展伯承面上一红，说道:“并没吵架，这个，这个——”褚遂之死，说来话长。展伯承一来是见楚平原行色匆匆，难以细说。二来也不知该当如何解释才是。

幸喜楚平原急于赶路，也就没有再问下去，只是笑了一笑，说道:“没有吵架就好。”展伯承道:“她现在还在凉州么?”楚平原道:“她说她没有找着那位世伯，将来准备到扬州一趟。说不定我还可以在扬州见着她呢!你要托我捎什么话给她么?”展伯承道:“多谢楚叔叔。见了她就代我问候一声吧。我没有什么特别的话要带给她。”其实他要说的话太多了。但却怎好意思托楚平原去说?

楚平原去了之后，展伯承不觉呆呆地想。铁凝冷笑道:“你挂念她，她却在念着别人呢!”

铁凝接着冷笑道:“她对楚叔叔说是到凉州投奔一位世伯，你想想，她在凉州有什么世伯?”

展伯承无可奈何地说道:“我知道她是去找寻刘芒。凉州的夏侯英与刘芒的父亲是八拜之交，她一定是以为刘家父子在夏侯英那儿，所以才去凉州的。”

铁凝道："她在凉州找不着刘芒，又要到扬州去，说来也还是为的刘芒。她希望从南夏雷那条线索，打听到一点消息。展大哥，你想想，她的心上只有刘芒，根本就没有你，你却何苦为她神思颠倒，如痴似呆？……"铁凝十分为展伯承感到不值，她还没有学会成年人的那套虚伪，说话之间，对自己的感情丝毫也不加掩饰。

展伯承苦笑道："凝妹，你说得我太难堪了。我、我不是这个心事。"铁凝道："哦，那又是什么心事？"

展伯承道："褚爷爷临死之时，再三地嘱咐我一定要把她找回来的。"歇了一歇，又叹口气道："她还未知道爷爷已死，她们祖孙吵翻之后，她一气离家，在这世上，她感到可以依靠的也就只有刘芒了。她不去找他又去找谁？"

铁凝倒也不是怎么深恨褚葆龄的。只因她这几个月来与展伯承朝夕相处，不知不觉的由怜生爱，故而总是为展伯承感到不值。听了展伯承的这番话，铁凝心中之气平了一些，转而觉得褚葆龄孤苦伶仃，处境也是实在令人可怜，于是说道："展大哥，你既然这样体贴她，又这样挂念她，那么你到扬州去找她吧。我一个人可以回山寨的。"她说的是真心话，但说话的口气却不能一时间就改变过来，听在展伯承的耳中，倒觉得她似是有点负气了。

展伯承笑道："你年纪比她更小，她是我的姐姐，你是我的妹妹，我怎能为了要去找她就把你丢下不管？当然应该先送你回山寨！"

铁凝道："你的好心肠留着去讨好你的褚姐姐吧。我不用你来照顾。"话虽如此，心中已是感到一股甜意，觉得展伯承并没有因为褚葆龄的缘故而冷落了她。

展伯承笑道："你不要我照顾我也要照顾你的，谁叫咱们是以兄妹相称的呢？我对褚姐姐和对你都是一样，但求心之所安。"

展伯承说的也是真心话，他是把铁凝当作小妹妹看，并没有想到什么男女私情的。但这几句话在铁凝听来却又另有会意，不禁脸上一红，道："好啦，你既然要送我回去，那就走吧。"此时，天也差不多亮了。

展伯承道："别忙，咱们还有一件事情，未曾了结呢。"

铁凝怔了一怔，道：“什么事情未曾了结？”展伯承笑道：“你忘了么，咱们的房饭钱还未付呢。”

铁凝哈哈一笑，说道：“不错，咱们打坏了这店主人的许多东西，也该赔偿给他才是。”

那店主人惊魂未定，躲在展伯承的房间里还未敢出来，见他们二人推门而入，又是吓了一跳，展伯承笑道：“没事了，那恶贼早已给我们赶跑了。这是我们的房饭钱，另外十两银子是打坏了你们的东西，赔给你的。”店主人因祸得福，大喜道谢。展、铁二人已是出了店门，上马走了。

一路上展伯承担着心事，郁郁不乐。他虽然决定了先送铁凝回金鸡岭，可是心里也总还是记挂着褚葆龄。心中想道：“刘振被害，刘芒不知下落，这都是为了褚家的宝藏之故。江湖上贪财之辈，想打这批宝藏主意的为数不少，其中消息灵通的或者知道我已经把宝藏运了出去，早已交给了铁叔叔山寨的弟兄了。但决不是尽人皆知。褚姐姐是与这批宝藏有关系的人，那些不知道真情实况的人，很可能去找她为难。她一个单身女子，在江湖上飘荡，倘若发生意外，有什么三长两短的话，叫我如何对得住死去的褚爷爷？但我也不能丢开凝妹不管，只好先到了金鸡岭再说了。”

展伯承心急如焚，只是想着早日赶到金鸡岭，然后才好抽身去找褚葆龄，于是一路马不停蹄，匆匆赶路。铁凝知道他的心事，也没有心情逗他说笑了。

两人快马疾驰，清晨上路，到了中午时分，已经跑了二百余里，正想找个地方歇息，忽见前头也有两骑快马跑来，铁凝“咦”了一声，叫道：“展大哥你看，来的不是辛叔叔和盖叔叔么？”那两个汉子也在叫道：“是铁姑娘和展世兄么？哈，我们正在找你！”两边同时勒住了坐骑，四人下马相见。

来的这两个人正是辛天雄和盖天豪。辛天雄是金鸡岭原来的寨主，盖天豪从前是前任绿林盟主牟世杰的副手，自从他叛了牟世杰之后，就一直跟随着铁摩勒，和辛天雄一起，成为了铁摩勒的左右手了。辛盖二人武功相若，脾气相同，到什么地方都是“焦不离孟，孟不离焦”的。

铁凝喜出望外，说道："你们怎么知道我回来的？"

辛天雄道："伏牛山来的人，已经有几个到山寨了。你们要在中途到槐树庄代你爹爹赴吕鸿春之约的事，我们也知道了。你爹爹放心不下，特地叫我们接应你们的。"

铁凝笑道："爹爹总还是把我当作孩子看待，这也不放心，那也不放心，倒叫两位叔叔为我奔波了。"

辛天雄笑道："也不完全是为了你的缘故，伏牛山来的一百名弟兄，身上都携有珠宝，也需要我们的人沿途接应啊。"

铁凝道："我绕路到槐树庄之后，就和他们断了联络，不知他们路上可曾出事？"

辛天雄道："已有十多人到了山寨，带来的消息是一路之上并没碰到大队官兵，他们都是扮作难民的，料想不会出事。我们也有人往前头照应了。"

盖天豪道："槐树庄是怎么回事？你爹爹最不放心的就是这件事情，所以才叫我们来接应你的。"

铁凝道："这件事内情复杂，不过现在总算是应付过去了。路上我再与你们详细说吧。"

盖天豪却有点急于知道的样子，仍然问道："你爹爹猜想吕鸿春可能是碰上劲敌，对么？"

铁凝道："不错，而且碰到的劲敌我相信你们一定意想不到。"

盖天豪道："是什么人？"铁凝道："是从回纥来的胡人。"

盖天豪吃了一惊道："是胡人？嗯，我倒要向你们打听一桩事情。你们一路前来，可听到有关楚平原的消息么？听说他已到中原来了？"

铁凝笑道："要是你们早来一天，还可以碰上他呢。怎么，爹爹也已听到楚叔叔的消息了？"

盖天豪道："是这样的：我的妹妹两个月前派人给我送来一个讯息，说是楚平原在师陀的处境甚是不妙，可能离开师陀，重回中土。并说他们奚族也可能遭遇危难。我很想去探望她，只是山寨这两个月来也正是艰苦的时候，我不能丢下不管。"原来盖天豪的妹妹盖天仙是奚族王子卓木伦的王妃。奚族与师陀接壤，故此楚平原在师陀国的情形，盖天仙自是知道的。不过她托人带信，却不能说得那么详细了。

铁凝道：“楚叔叔与楚婶婶我都先后见过了。这些事说来话长，咱们边走边说吧。”

辛天雄道：“山寨如今已是粗安。楚平原夫妻相率离国，师陀定是有事。师陀有事，奚族恐将波及。有我送铁姑娘回去也可以了，你若要去探访令妹，趁早去吧。”

盖天豪道：“既然如此，请你回山向铁寨主代我禀告一声，我先走了。”

展伯承跟着忽地也道：“凝妹，你跟辛叔叔回山，我也想在此地向你们告辞了。”

辛天雄道：“怎么你也要走？这儿离山寨不过三数日路程，为什么不去见见你的铁叔叔？上次你从伏牛山下经过，没有上山，铁叔叔知道了，对你十分挂念。这次他听说你和阿凝一同回来，极是高兴，还特别嘱咐我们要将你接上山呢，你怎可不去见他？”

展伯承说道：“我本来应该去拜谒铁叔叔的，可是，可是我有件紧要的事情，须得到扬州一趟，只得请辛寨主在铁叔叔面前给我告罪一声了。”

辛天雄道：“有什么了不起的紧要之事？是为了去帮助周寨主劫夺漕运么？我这里虽然还没有得到消息，但依漕运的日期推断，他们应该是早已劫过了。”

展伯承讷讷说道：“我还要去拜访一位朋友。请你回复铁叔叔，我一定会回来拜谒他的。”

辛天雄是个爽直的汉子，觉得展伯承的“理由”很不充分，眉头一皱，便想说服他，铁凝已笑着说道：“辛叔叔，你别阻拦他了。他的这位朋友也是我的朋友，当真是有事情等着会他，我本来早就要他赶去的，他却一定要送我回山，现在可不能再强留他了。”

辛天雄哈哈笑道：“我忘了你们已是出了道的少年英雄了。你们也都交上了新朋友啦。好吧，你们既然不愿说给我听，我也就不问你们了。”

江湖上的禁忌之一是避免打听别人的秘密，辛天雄虽然和铁凝如家人一般，但与展伯承却较疏一层，他又不是一个爱管闲事的人，既然有铁凝代展伯承说话，他也就不想再问下去了。

铁凝笑道："这也不是什么秘密，回到山寨，我会告诉你的。好吧，展大哥，你走吧！"说话之时，向展伯承使了一个眼色，暗示可以为他砌辞掩饰，同时也暗示自己完全体谅他的心意。

话虽如此，铁凝毕竟是难免心有怅触，说到一个"走"字，不觉眼角湿润，眼眶也红了。展伯承也自有点难过，但却只道铁凝是与他相处日久，难舍兄妹之情，压根儿未想到铁凝是已经开始懂得男女之情的小姑娘了。

展伯承与铁凝握手道别，只觉她的手心冰冷，手指微颤。展伯承道："好，凝妹，我走啦，你自己多多保重。迟则一年，少则半载，我一定会回来看你。你的铮哥若回来了，你也替我代为致意吧。"

铁凝道："是，我知道。咱们都是只求心之所安。你走吧！""心之所安"这一句话是她借用展伯承说过的话，她突然插了这么一句，辛天雄听不懂，展伯承却是懂的。

展伯承懂得这句话的由来，但却不懂得铁凝说这句话的含意。为什么她在握手道别之时，突然插上这么一句，重复自己说过的话？展伯承所求的"心之所安"，是对褚葆龄而言的，铁凝所求的"心之所安"，又是指的什么呢？

这一瞬间，展伯承不觉有点茫然，隐隐感到他一向"熟悉"的铁凝——一个天真而又顽皮的女孩子，在这瞬间，似乎突然变得不是那么"简单"了，变成了一个他所捉摸不透，已经"长大"了的小姑娘了。

辛天雄是个粗豪汉子，当然更不懂得铁凝的心事，不觉笑道："真是个小孩子，你的展大哥又不是一去就不回来，你怎么哭起来了？"铁凝满面通红，抽出手来，辫子一甩，说道："谁说我哭了？好吧，展大哥，你去吧！"

展伯承一声"珍重"，跨上马背，独自南行。和铁凝在一起的日子，不觉得怎么，离开了铁凝，就不禁觉得旅途寂寞，颇有凄清的况味了。

一路上展伯承思潮起伏，想到临别之时铁凝的奇异神情，心里很是有点不安。从铁凝说过的一些话又想到了褚葆龄，“龄姐与刘芒两相爱慕，这是我早已知道的了。我在她心目中的地位，决计不及刘芒，这个当然也是事实。但凝妹说她心中‘只有’刘芒，这却恐怕未必。她要到扬州去，这件事她本来可以不必告诉楚叔叔的，楚叔叔和我以及山寨中各人的交情她是知道的，莫非她是有意让楚叔叔把这消息透露出来，好让我知道？”

自从褚家那场惨变之后，展伯承总觉得褚遂的祖孙不和，“祸因”乃是由他而起，因之他对褚葆龄也总是感到有点内疚于心，希望得到褚葆龄的谅解。尽管他对他的“龄姐”已不再存有夫妻之望。

展伯承怅怅惘惘，一路南行，侥幸没有发生什么意外，这一日到了长江边。扬州是长江南岸的一个大城市，渡江之后，以他这匹坐骑的脚力，只需一天工夫就可以赶到了。

却不料天有不测之风云，这一天他本来想在黄昏之前赶得上渡江的，只差十余里就可以抵达渡口，天上突然刮起大风，转眼间天黑沉沉，大雨倾盆而降。到了江边，展伯承已淋得似个落汤鸡模样。这还不打紧，长江上的大小船只都已躲进安全的港湾避风，一眼望去，但见浩浩长江，波翻浪涌，哪里还能找到一只渡船？

幸而渡口附近有几个竹棚，这是临江的人家搭盖，在平常的日子好让来往的客商歇脚，兼做一点小买卖的。

展伯承走进一个竹棚，只见里面黑压压的坐满了人，当中烧着一堆火，这些人正在围着烤火。还有几匹马也系在竹棚里。展伯承已经有了一些江湖经验，一听这些人说话的口音南腔北调，而每个人的身上都是胀鼓鼓的，显然是藏有兵刃。从这些迹象看来，这些人也显然是三山五岳的好汉。展伯承心里想道：“不知是哪个帮会的还是哪一处黑道上的人物？来历未明，少惹为佳。”

可是他不想招惹人家，人家却来和他打招呼了。有一个短小精悍的汉子，好像是代表众人来欢迎他似的，笑嘻嘻地道：“小兄弟，你这匹坐骑不错啊！你是打哪儿来的？”

展伯承胡乱答道：“昨日从登州来，不巧遇上了这场大风雨。”

那人道：“渡江不成，今晚只能在这里过夜了。天冷得很，你来烤烤火吧。”说罢，伸手与展伯承一握，表示亲热。

展伯承心道：“这人倒还和气。”哪知双手一握，只觉对方五指就似五只铁钳一般，展伯承这才知道对方是假借握手为名，实是考较他的功夫。展伯承心中生气，却不说话，暗中一运真力，登时把手掌也变成了一块铁板似的，那人“哎哟”一声，松开手指，笑道：“小兄弟功夫不错啊！来烤火吧。”

展伯承心里想道：“管他是什么人，既来之，则安之。”外面雨暴风狂，展伯承除了进竹棚避雨之外，也别无他法，当下便道：“好，烤火就烤火。”

那些人见展伯承露了这手功夫，都是有点诧异。须知展伯承不过是个十七八岁的少年，他这手功夫虽然未必胜得过在座的每一个人，但也教他们大感意外了。人人都在注意着他，本来嘈嘈杂杂的说话声音，也突然停止了。

语声一停，展伯承却听到了“哼哼唧唧”的声音，却原来有一个汉子躺在火堆旁边，臂上裹着绷带，血水还在沁出，胸衣也一片殷红，显然是受了相当重的伤。刚才因为众人围着火堆，所以展伯承没有瞧见。

这些人让出一个空位，招呼展伯承坐下，展伯承也不客气，脱下湿透的外衣，便来烤火。一个身材高大的汉子道：“小兄弟，你饿了吧，吃一块烤肉，我这里还有好酒。”这人提起一条烤熟了的羊腿，自己先撕了一块送入口中，接着又拿起一个葫芦，也是自己先喝了一口，才递给展伯承。这是江湖上一种避嫌的表示，表示酒肉之中并没下毒。那人笑道：“小兄弟，你再客气，那就不够朋友了。”

展伯承心想：“这些人看来路道不正，总是小心为上。”他不怕下毒，却怕喝醉，当下只接过羊腿，说道：“我不会喝酒。”

竹棚里有看棚的人烧的热茶，展伯承喝了两碗热茶，吃了半条羊腿，身体暖和不少。但他对这班人怀着戒心，还是不愿意和他们搭话。

这些人初时对他很为注意，渐渐也看出了他是个初出道的雏儿，也就不怎么理他了。那个受伤的汉子换过药后，好了一些，开始注意到展伯承那匹坐骑，不觉赞道："好一匹骏马！"坐在他旁边的一个汉子笑道："比你今日遇上的那匹胭脂马如何？"受伤的汉子骂了一句粗话，道："你别挖苦我啦！"有几个汉子起哄道："喂，这件事情我们还未知道，说来听听。"

忽听得外面有人接声说道："你们闹些什么？"只见有几条挂着腰刀的大汉走了进来，为首的是个形貌粗豪的虬髯汉子。

竹棚里的那些人不约而同地站了起来，说道："大哥，你来啦！"虬髯汉子脱下斗篷，立即有人接了过去，替他烘干。展伯承见这班人对这虬髯汉子如此恭敬，料想一定是他们的首领。

那虬髯汉子"哼"了一声，道："丁老四，你怎么受伤了？是谁将你打伤的？你有没有亮出我的万儿？"

那受伤汉子讷讷说道："大哥，小弟、小弟是实在惭愧，损了你的体面。"虬髯汉子道："究竟是谁打伤你的，说！"

受伤那汉子满面通红，旁边一人替他说道："是一个大姑娘将他打伤的。"虬髯汉子皱眉道："丁老四，你是不是老毛病发作了，瞧见人家大姑娘长得标致，就去调戏人家？"

受伤那汉子连忙分辩道："不，我是见她骑的马很好，想夺来孝敬大哥的。"虬髯汉子道："就只这样么？"那受伤的汉子道："在拦劫的时候，也说了几句开玩笑的说话。"

虬髯汉子"哼"了一声道："这就怪不得人家下的辣手了。我不是早就告诫过你的吗？你要玩尽可玩窑子里的姑娘，江湖上的女子可是不能调戏的。你想想，人家一个单身女子，倘不是有几分本领，怎敢行走江湖？"

旁边那人道："可是那小娘儿也实太过狠辣了，老四才不过说了两句不大正经的话儿，她就砍了老四两刀。老四已经倒下地了，她还纵马踏过他的背脊。"

虬髯汉子黑起了脸孔，说道："你们打不过人家，也就怪不得人家狠辣了。不过，你们可曾亮出我的万儿没有？"

受伤那汉子道："我就是在亮出了大哥的万儿之后，那小妖女才再补一刀，又纵马践踏我的。"

虬髯汉子勃然变色，说道："江湖上一言不合，拔刀相向，那也是常有的事。她本领高过你，把你杀了，我不怪她。最不该的是你已经亮出了我的万儿，她还要将你凌辱，这就不是践踏你，而是践踏我了。真正岂有此理！"

那受伤的汉子趁势在火上浇油，说道："是呀，我最气不过的就是这一件事。这小妖女也委实是太过目中无人了！大哥威震南北，他竟敢连大哥也看不起！"

虬髯汉子"哼"了一声道："这小妖女是向哪一条路走的？走了多久了？"那受伤的汉子道："我是今日午间在江边碰上这妖女的，她把我伤后，就渡江去了。"

虬髯汉子道："好，待我明日渡江，一定要打听出她是谁家女儿，将她捉来，让老四你也照样砍她两刀！"旁边一个汉子笑道："老四才舍不得斫她呢，大哥，你干脆赏给她做老婆吧！"众人哄然大笑。

展伯承在旁边听得心头七上八落，暗自想道："这大哥骄妄自大，纵容手下，看来也不是什么正派的绿林英雄。但那个少女是谁呢？哎呀，莫非就是我的龄姐？"

褚葆龄生性倔强，容不得别人欺侮；她的家传刀法，又是出手定必伤残的狠辣刀法；而且褚葆龄又正是要渡江到扬州去的。展伯承越想越觉得这少女定然是她。恨不得能够插翼飞过长江，找着他的"龄姐"，给她通风报讯，叫她加意提防。

展伯承心念未已，那"大哥"的目光忽然注视到了他的身上，说道："这小伙子是什么人？"展伯承不卑不亢地答道："我是过路的客人，没法渡江，来避雨的。"

刚才招呼他的那个汉子说道："这位小兄弟本领很是不错，我见他浑身湿透，招呼他坐在一起烤火的。"

虬髯汉子道："他们买卖人家搭的这个竹棚本来是招呼来往客人的，谁都可以来得，我不过问一声罢了。小伙子，你别多心。"展伯承淡淡说道："好，多谢你们让我在这里歇脚了。"

那"大哥"目不转睛的观看展伯承那匹马，跟他来的一个汉子望风承旨，笑道："小伙子，你的本领错不错我不知道，你这匹坐骑倒是真的很不错啊！”说罢，就过去抚摸这匹马，偏偏这匹马性子很烈，不肯受他抚摸，扬蹄就踢，那汉子一闪闪开，说道：“这匹马倒是欺生，恐怕只有我们大哥能够降伏得它。”

展伯承走过去道：“你别再逛它了，这匹马是只认得主人的。”那汉子冷笑说道：“是么？我倒想让它换个主人呢！喂，你这匹马卖不卖的？我给你一百两银子！”

展伯承摇头道：“不卖，一千两银子也不卖！”

那汉子冷笑道：“名马宝剑，要有本事的英雄才配使用，你这小子骑了这样一匹骏马走路，恐怕还会给你招惹祸殃呢！你不怕人家抢吗？老实说，我给银子与你买马，还是为了你的好呢！”

展伯承道：“多谢好心。我虽然没甚本事，更不是什么英雄。但倘若有谁要抢我的坐骑，那倒不妨试试。”

那汉子变了面色“哼”了一声，说道：“听说你这小子本事不错，我就来试试。来，来，来！看你接得我的几招？”

那“大哥”眉头一皱，似是想要出声禁止，但却终于没有出声。原来这个汉子乃是他的第二名助手，精于“五行拳”，但他连打三拳，都给展伯承化解开去。那“大哥”颇感意外，有心看看展伯承的武功深浅如何，因此就让他们打下去了。

那汉子拳风虎虎，展伯承给他打得火起，使出了家传的“五禽掌法”，配合了褚遂所授的“七十二把擒拿手”，一步不让，索性和他抢攻。

那汉子冷笑道：“你这小子要拼命吗？”一招“双龙出海”，拳捣展伯承两胁，展伯承识得他这五行拳术，便从“艮”抢到“离”方，一记“铁琵琶手”，手背向外一挥，迅如闪电的掴那汉子面门，那汉子身形一闪，闪是闪开了，但脸庞给掌风刮过，也有点感到火辣辣的滋味，还幸没有给真的掴着门面，要不然就更丢人了。

那汉子大怒，横掌来切展伯承右臂，左拳突出，变成“肘底看锤”，展伯承见他来势凶猛，也是不敢轻敌，当下用了一招“绵掌”，卸了他几分掌力，左手双指暗暗指他的穴道，那汉子见机得快，拳头一抵掌心，便即变招，双方各自退了一步。

就在此时，忽听得有一个带着几分稚气的声音说道：“一个大男人欺负一个小孩子，好不要脸！”

原来在展伯承与那汉子正打得激烈的时候，又进来了两个少年，小的那个看来只有十六七岁年纪，身材瘦小，相貌清秀，要不是他一身武士装束，只看相貌，倒像是个女子。这句话就是他说的。

大的那个约有二十岁模样，相貌却很威武。看了一眼，说道：“三弟，你别多事。人家比你高明多呢！”小的那个说道：“不错。这个汉子九成打不过这个少年的，是用不着我打抱不平了。”

竹棚里的那些人本来是全神注意展伯承与他们的同伴打架的，所以这两个少年进来，他们也没理会。但听了这些刺耳的笑话，却不能不对这两个少年注目了。正是：

少年豪杰风云会，掀起长江浪拍天。

欲知后事如何？请听下回分解。

第二十回　诡计沉舟谋好汉
轻功绝技渡长江

刚才暴雨之时，竹棚也有雨水渗入。此时外面的风雨早已止了，竹棚里还是一片泥泞。展伯承的气力虽然不及对方，但他有独门轻功，又跟褚遂练过近身扭打的擒拿手法，在烂地上和那人打架，却是大大占了便宜。

激战中那汉子用了一招“黑虎偷心”，斗大的拳头向展伯承胸口猛击过去，意欲以力取胜。展伯承见他来势凶猛，左拳变掌，向内一圈，右臂一滚一拧，用“鹤膊手”消他来势。那汉子的手臂给他一压，气力发不出来，正要缩回拳头，展伯承已把他右臂圈住，趁势一带，左拳疾发如风，一个“攒拳”，自右臂的勾手圈中直攒上来，冲打那汉子的“太阳穴”。

“太阳穴”是人身要害之处，那汉子焉敢给他打中？但此时他被展伯承的擒拿手圈住，要闪避亦已闪避不开，只好“两害相权取其轻”，肩头一转，不让展伯承打中他的头部。

展伯承此时已经稳操胜算，不想伤他，化拳为掌，在他肩头一推，喝声：“去吧！”这一推也还未尽全力，但那汉子身体早已失了重心，这时就是一个普通人推他，他也会跌倒的。

只听得“蓬”的一声，那汉子跌了个“仰八叉”，水牛般的身躯变作了滚地葫芦，在泥泞中舞手扎脚地打滚，形状十分狼狈！

那相貌清秀的少年笑得弯了腰，拍掌笑道：“恶狗吃屎，乌龟爬地，以大欺小，丢尽面子！”

展伯承手下留情，那个“大哥”是看得出来的，但这汉子凶横惯了，摔了这跤却是老羞成怒，怎禁得这少年又来讥笑，他一爬了起来，猛地就是大吼一声，向那少年扑去，喝道："你这小子，也敢嘲笑老子！好，我就以大欺小，又怎么样？吃我一拳！"他吃了大亏，不敢去招惹展伯承，却拿这少年出气。他们这边的自己人都觉得有点不成话了。

眼看这汉子的一拳就要打到这少年身上，那"大哥"正要出声喝止，只听得又是"蓬"的一声，被击中的不是少年，却是那条大汉。这一次跌得更重，竟然自己爬不起来，要同伴将他拉起了。

年纪较大的那个少年一直没有作声，此时方始骂道："你这人当真是岂有此理！是我打你的，你不服气可以和我打过。"小的那个笑道："哥哥，你应该让我打他的。"原来刚才是大的那个用闪电般的手法拗折那人手腕，将他击倒的。但因手法太快，这一帮十居其九，都还未曾看得清楚。要不是他自己说出来，那些人还不知道是哥哥打的还是弟弟打的呢！

这个汉子乃是这一帮人中的第四把好手，如今只是一个照面，便给这少年击倒，这一帮人连他的手法都还未曾看得清楚，无不相顾骇然。

那个"大哥"则是心里明白，他的手下是因为给展伯承先摔了一跤，气昏了头，这才给那少年以可乘之机，将他击倒的。不过，虽然如此，这少年能够在举手投足之间，便将他的一个得力手下击倒，这份功夫也确实是大不寻常了。

这"大哥"心里想道："小的这个本领如何尚未知道，但只要这两个大的联手斗我，我也就未必胜得过他们了。我是一帮之主，胜之不武，不胜为笑，我当然不能轻易与他们动手，但也不能让他们太得意了。"

当下这"大哥"哈哈一笑，说道："不打不成相识，老三起来，向这两位相公赔个礼，交个朋友吧！"那大汉给拗折了手臼，急切间却是爬不起来。

只见这"大哥"一步步地走过去，地上本来甚多泥泞，但他走过之后，却是一个脚印也没留下。展伯承与那两个少年也不禁暗暗吃惊。

那大汉满身污泥浊水，“大哥”似是怕弄脏了手，只伸出两个指头，在他的背心一勾，就轻轻地将这大汉抓了起来，连他身上的衣裳也没弄破。就似他的指头上有股粘力把大汉粘起一般。这条大汉水牛般的身躯，大哥只凭两指之力，便将他抓起，显然也是具有上乘的内功，所以才能够将真力运用得这般如意。

“大哥”替这汉子驳了脱臼，这汉子在“大哥”命令之下，满面羞惭，只好向展伯承与那两个少年都赔了个礼。

展伯承见对方以礼求和，心中之气也就平下了。“大哥”笑道：“天气寒冷，大家都来烤烤火吧。对不住，我可要先睡觉了。”这“大哥”身为一帮之主，当然是熟识江湖避忌，所以并没有问他们的来历。

此时已是三更时分，这一帮人推出轮流值夜的人，也就各自睡了。那两个少年与展伯承坐在一起，小的那个问道：“这位大哥，你的本领很好啊，你贵姓？”

展伯承道：“我这点三脚猫的功夫叫两位见笑了。我姓王。”他不愿吐出真名实姓，故而用了母亲的姓氏。

这少年怔了一怔，道：“你姓王？嗯，你这手五禽掌法是——”他的哥哥轻轻碰了他一下，这少年便突然停口，却用疑惑的目光望着展伯承，展伯承道：“小时候胡乱跟人学的，我也不知是什么掌法，两位贵姓？”

那“大哥”席地而睡，本来是鼾声呼呼的，此时忽地静了片刻，翻了个身，才重新打起鼾来。

展伯承心中一动，想道：“莫非他是假装熟睡，却在暗中偷听我们说话？”

要知“五禽掌法”乃是展家的家传绝学，倘若是熟悉武林人事的大行家，知道展伯承会使“五禽掌法”的话，那就一定猜得到他是展家子弟。

展伯承给这少年一口道破他的掌法来历，不禁吃了一惊，心道：“看来他不过是与我一般年纪，我爹爹纵横江湖之时，他恐怕还在娘胎，奇怪，他却怎能知道我的家传掌法？”

但展伯承虽是心中疑惑，对这两个少年他却并不提防。这两个少年刚才为他打抱不平，而且看来他们也不像是有什么江湖经验的奸猾之徒，尤其这个小的更是一片稚气未消。展伯承可以断定这两个少年决不会对他存有歹意。

展伯承要提防的是这一帮人，发觉这个“大哥”似是装着熟睡之后，心里想道：“此人武艺高强，他以前虽然没有见过五禽掌法，但听这少年说了出来，料想他会知道来历。”但随即又想：“我与他无冤无仇，刚才虽然与他手下打了一架，但他已表示过毫不在乎了。即使他知道了我的来历，料想也不会与我为难吧？”

展伯承心里有点不安，但为了礼尚往来，他也向那两个少年请问姓名。

年长的那个说道：“我们姓夏，是两兄弟，到扬州投亲的。我叫夏春，我的弟弟叫夏秋。”

展伯承心道：“夏春夏秋，这两个名字倒是取得特别。”

那相貌清秀的弟弟笑道：“你姓王，我们就姓夏。你到哪儿？”

展伯承怔了一怔，觉得对方这一句话很是奇怪，猛地心头一跳，如有所悟，暗自想道：“我是用我母亲的姓氏，莫非他们已经知道，这个少年是向我暗示，他们用的也是母亲姓氏？但他们却为何要向我这样暗示？”

展伯承猜想不透，便道：“我也正是要去扬州。”

那弟弟道：“这么说，咱们就正好作伴了。”

哥哥笑道：“这位王大哥打了一架，已经很疲倦了。你就让人家睡一觉吧。”

弟弟道：“好，王大哥，咱们也轮流睡觉吧。”看来他们两兄弟对这一帮人也是有所提防。

一宿无话，第二日一早起来，是个晴朗的天气。

展伯承和这帮人走到了江边，只见已有十多条大大小小的船只在那里等候，舟子都站在船头，向那“大哥”行了参见帮主的大礼。展伯承这才知道这些船只都是属于这帮人的。

那两个少年与展伯承走在一起，展伯承道：“咱们另外找渡船去。”他是悄悄说的，但那“大哥”耳朵很尖，却听见了。

那“大哥”哈哈笑道：“这一带江边的渡船都给我们封了，你要另找船只也是找不到的。咱们相识一场，也说得上是个朋友了，你不用客气，就搭我的船吧。”

展伯承见这“大哥”说得豪爽，心里想道：“他若是有心害我，他们这么多人，昨晚就可以动手。”他也是急于渡江去找他的“龄姐”，当下就接受了那“大哥”的邀请。

那两个少年交换了一个眼色，哥哥说道：“好，多谢帮主盛情，我们也不客气了。”其实这帮主刚才是向着展伯承说话，还未曾邀请他们的。

那“大哥”在这情形之下，当然不便撇开这两个少年。他不露声色的哈哈笑道：“好，我最喜欢爽快的人，大家都上我这条船吧。”心里却是想道：“这是你们自己送死，可怪不得我了。”

他们上的是帮主的“座船”，比普通的渡船大许多，展伯承和那帮主的坐骑关在后舱，前舱坐人。除了展伯承与这两个少年之外，还有那个“大哥”和他的五六个手下，昨晚与展伯承打架的那个汉子也在其内。

天色很好，但江面有风，波涛依然不小。船到中流，那“大哥”忽地向着那两个少年笑道：“你们会游水么？”相貌威武的哥哥剑眉一轩，说道：“会怎么样？不会又怎么样？”

那“大哥”笑道：“没怎么样，不过随便问你们一声。俗语说行船走马三分险，会游水总比不会好些！”

展伯承隐隐感到不妙，心道：“怎的他却没有问我。”心念未已，不料那“大哥”就来问他了。

那“大哥”道：“咱们总算是不打不成相识了，你姓甚名谁可以坦然相告了吧？”

展伯承道：“我姓王，昨晚不是已经告诉你们了么？”

那“大哥”哈哈笑道：“小兄弟，这你就不够朋友了。真人面前何必再说假话？你爹爹是展元修，对不对？”

展伯承早已料到他会识破自己的来历，当下也就坦然答道：“不错，但我用我外公的姓氏，也不算是犯了什么罪吧？”

那“大哥”哈哈一笑，说道：“你喜欢用什么姓氏，这是你的事情，与我无关。但你可知道我是谁?”

展伯承道:“不敢请问帮主姓名。”

那“大哥”道:“我姓沙名铁山，这是我的二弟仇敖，这是我的三弟鲍泰。你们昨晚已经会过的了。”鲍泰就是昨晚与展伯承打架的那个汉子。当沙铁山自报姓名的时候，夏氏兄弟交换了一个眼色，却不说话。

展伯承拱了拱手，道:“幸会，幸会。不知沙帮主有何指教?”沙铁山道:“咱们明人不做暗事，我正是有件事情要与你说个清楚。嘿，嘿，你现在知道了我的姓名，可识得我的来历了吧?”

这沙铁山一副狂傲的气态，好像他的大名是普天下之人都应知道似的。展伯承心中有气，淡淡说道:“请恕我孤陋寡闻，我是初次听得帮主的大名。沙帮主究竟在江湖上有什么惊天动地的事迹，我是一概不知。”

沙铁山又是哈哈一笑，说道:“那么我再说一个人的名字，你一定是应该知道的了?”展伯承道:“谁?”沙铁山道:“铁牌手窦元!”

沙铁山提起了杀害展伯承父母的大仇人，展伯承不由得面色一变，说道:“窦元么?他烧变了灰我也认得!请问沙帮主与这窦元是什么关系?”

沙铁山皮笑肉不笑地道:“窦元是我拜把兄弟。更说得明白些，我是这些人的‘大哥’，窦元又是我的‘大哥’。哈，小兄弟，你怎么神色不对呀!”

展伯承霍地站了起来，说道:“好，那咱们就打开天窗说亮话，姓窦的是我杀父仇人，沙帮主，你待把我怎样?”

沙铁山道:“这就正是我要和你说的事情了，你令我好生为难，放你走吧，对不起我的‘大哥’；将你擒去送给他吧，又害了你一条性命。这样吧，你自己跳下江去，赌赌你的运气。说不定你会碰上有人救你。我拿你的坐骑献给大哥，也可以有个交代了。至于你们两位（他指一指夏氏兄弟），对不住，你们与他一起，也只好同样对待了。”他轻描淡写地道来，好像是与展伯承商量的神气，又好像迫人投江，对他来说，是一件极之寻常的事!

展伯承大怒道：“好，有本领你把我扔下江去！”沙铁山道：“唉，我本来不想落个以大欺小的骂名，你一定要迫我动手，那也没有办法了！”竟似是受了委屈似的，说罢就一掌向展伯承推去！

展伯承精通擒拿手法，见他一掌打来，喝声：“来得好！”右掌一圈，左掌穿出，强扭对方手腕。昨晚他把鲍泰的手臂拗得脱臼，就是用的这路手法。

但沙铁山岂是鲍泰可比，同一路的手法施之于沙铁山身上，却是毫无用处。只听得“噗”的一声，展伯承五指如钩，已把沙铁山的手腕扭住，沙铁山猛的一振臂，一条臂膊，登时就似变成一根铁棒一般，展伯承莫说不能将他拗折，自己五根指头反而火辣辣的作痛，若不是他也有相当功力，只怕是他的指头，先要折断。

说时迟，那时快，沙铁山的左掌已是扑面打来。展伯承横掌一扫，迅即一沉一带，要想化解对方的掌力。哪知沙铁山的手心竟似有一股粘黏之劲，牢牢将他的手掌吸住。

沙铁山喝道：“下去！”用力要把展伯承推下长江。展伯承退了两步，也拼了全力顶住。只听得轧轧作响，原来他用千斤坠的重身法定住身形，船板已给他踏得陷入几分。幸而这是沙铁山的座船，船板是用七寸厚的坚实木材造的，这才不至于给展伯承踩裂。

展伯承扭住沙铁山的一条手臂不敢放松，另一掌又要硬接他的掌力，几乎连吃奶的气力都使了出来，虽然不至于便给他推下长江，但也是岌岌可危了。

当沙铁山向展伯承动手的时候，仇敖、鲍泰二人则在监视着那对兄弟。鲍泰龇牙咧嘴做了一个奸笑，向那弟弟低声说道：“你肯依从我，我可以替你求情。否则就要把你抛下江心喂鱼了。”原来鲍泰乃是色中饿鬼，他早已看出这个相貌清秀的少年是个女子。

这女子给他识破本来面目，又羞又恼，喝道：“放屁！”以迅雷不及掩耳的手法，“啪”的就打了鲍泰一记耳光。

鲍泰叫道：“臭丫头，不识抬举！”双臂箕张，恃着蛮力，便要拦腰抱她。

年纪较大的那个少年陡地一声大喝，“呼”的一拳捣出，监视他的这个仇敖是这帮人中的第二把好手，用了一招“天王托塔”，托这少年的拳头。他这一招乃是攻守两用的招数，只要一托住对方的拳头，就可以使出“借力打力”的功夫叫对方跌倒。

哪知这少年的拳力有如金刚猛扑，仇敖的手掌碰着他的拳头，只能化解他的几分力道，自己反给冲开两步。少年这一拳余力未尽，又打着了鲍泰的后腰，鲍泰的本领还不及仇敖，给这少年一拳打了个四脚朝天。

年纪较长的这个少年一拳击倒了鲍泰，便不再理会鲍泰，却向沙铁山这边击来，剑眉一轩，沉声喝道：“姓沙的，你也知道我是谁么？”

沙铁山昨晚见过这个少年的功夫，知道他的本领只有在展伯承之上，决不在展伯承之下，当下只好放松了展伯承，反手一掌，先格开这个少年。

双掌相交，“蓬”的一声，少年退了两步，沙铁山也不禁晃了一晃。沙铁山赞道：“好功夫，你是谁家子弟？”

这少年双目圆睁，朗声说道：“沙铁山，你可还记得十五年前睢阳之事？当时你曾放冷箭射伤何人？”

沙铁山道：“哦！敢情你就是南霁云的儿子，要为你爹爹报一箭之仇来了？”

这少年道：“不错，今日陌路相逢，我南春雷就是要为爹爹报这一箭之仇！”

原来南春雷的爹爹就是从前与段珪璋并称“两大游侠”的南霁云。十五年前他们协助唐朝名将张巡死守睢阳，一同殉难的。

而沙铁山则是当年为安禄山效力的那个大魔头羊牧劳的最小一个徒弟。当时羊牧劳与南霁云在乱军之中厮杀，沙铁山那时的本领还够不上去帮忙师父，但他却在乱军中从背后偷放冷箭，射伤了南霁云。其后南霁云力战而死，虽说主因是由于众寡不敌，但中了这支冷箭，却也不无关系。

过后数年，羊牧劳被铁摩勒所杀，沙铁山因为是羊牧劳的关门弟子，尚未出师，留在师父家中。他把羊牧劳的武学秘本一股脑儿卷逃，销声匿息了几乎十年，练成了师父生前的绝技——七步追魂掌，这才出山的。但他自忖绝技虽成，尚非炉火纯青，恐怕不是铁摩勒的对手，故而不敢在北五省立足，改到江南来开创帮派，成为了长江一霸。他的经历与铁牌手窦元大致相同，两人在黑道崛起之后，遂深相结纳。沙铁山奉窦元为“大哥”，准备在江南另树一帜，与身在北方的绿林盟主铁摩勒相抗。

南春雷则是与妹妹南秋雷准备到扬州找他的哥哥南夏雷的。南春雷自小听母亲说过爹爹的故事，“沙铁山”这个名字他是牢牢记得的。沙铁山自报姓名，他就知道这是当年射伤他父亲的那个仇人。

南春雷口中说话，掌底却是毫不放松，沙铁山力敌南、展二人，左支右绌。仇敖拔出了厚背斫山刀，喝道：“好大胆的小子，竟敢向帮主寻仇，你是活得不耐烦了！”挥刀来劈南春雷，南春雷一声冷笑，倏地转身，也拔出了家传宝刀。

双刀相磕，火星飞溅。仇敖练的是外家硬功，一身气力，但却占不到南春雷的便宜，双刀碰击之下，他的厚背砍山刀反而缺了一口，不禁吃了一惊，说时迟，那时快，南春雷已是一个“凤凰夺窝”反客为主，欺身进刀。

仇敖使了个“横云断峰”的招数，但却是封闭不住，只听得“当”的一声，他的砍山刀又缺了一口，南春雷的刀尖堪堪就要插到他的胸膛。沙铁山眼观四面，耳听八方，反手一掌，迫得南春雷侧身闪避，这才解了仇敖之危。

展伯承趁此时机，亦已拔剑出鞘，平胸刺出。沙铁山所长的是掌上功夫，仍然不用兵刃。展伯承一口气刺出了三招九式，他的剑法继承父母衣钵，兼有正邪两派之长，招招凌厉。但沙铁山的“七步追魂掌”更是了得，就在这瞬息之间，他也接连变换了七种掌式，当真是移步换掌，奇妙无穷，把展伯承的剑招尽都破解。

这一来就变成了展伯承、南春雷二人合斗沙铁山与仇敖的局面。仇敖是帮中第二把好手，武功虽然还是比不上展、南二人，但相差也不太远。双方强弱搭配均匀，恰恰打成平手。

另一边南春雷的妹妹南秋雷则已陷入了群盗的包围。群盗以鲍泰为首，四五个人打她一个。鲍泰是帮中第四把好手，其他那几个人武功亦非泛泛。南秋雷展开了轻灵迅捷的剑法，兀是不能突围。

沙铁山这条“座船”虽是比普通渡船大许多，只这前舱的舱面就比得上富贵人家的大厅，但究竟还是地方有限，不能与平地旷野相比。南春雷想过去接应她，乘机打倒几个较弱的敌人，但却又受阻于沙铁山。沙铁山可以移步换掌，身手矫捷之极，南春雷每走出一步，沙铁山就总是拦在他的前面。

敌众我寡，倘若再打下去，当然是南春雷这边要大大吃亏。但在这大船上一场乒乓乒乓的乱打，大船虽然坚固，也不能不左倾右侧，摇摆不定。更加以长江颇有风浪，大船失了重心，在风浪中抛上抛落，颠簸得也更厉害了。

沙铁山心里想道：“糟糕，倘若不能很快将他们抛下江去，我这条座船只怕也有在长江倾覆之险。”

南家兄妹和展伯承都是不通水性的，在风浪颠簸之中，都觉胸口作闷，南秋雷更忍不住几乎就要呕吐。

正在他们岌岌可危之际，远处江面忽然发现一条小船，风帆疾驶，向他们这边划来。船头上站着一个相貌非常古怪的人。

这个人脑袋很大，身躯却不到五尺高，看来已有四五十岁年纪，长的却是一副“孩儿脸”，就像一个“大头娃娃”！

天下有这样异相的只有一人，沙铁山眼观四面，耳听八方，一见这只小船驶来，船头上站着这样一个“大头娃娃”，不由得大吃一惊，心道：“怎的碰上了这个魔星？不知他是否周同的客人？但愿他不是来与我为难的才好！”

心念未已，只听得那“大头娃娃”已在哈哈笑道：“陆地上的厮杀我见得多，水上的打斗我还没试过。嘿，嘿，倒也打得不错啊！喂，你们是些什么人？为的什么打架？”

南春雷惊喜交集，连忙大声叫道：“空空前辈，是我，南春雷！展大哥也在这儿。展大哥的父亲就是展元修展大侠。我们被水寇围困啦！水寇的头子就是当年射伤我爹爹的那个沙铁山！”

原来这个“大头娃娃”不是别人，正是空空儿。他和南家是两代交情。南春雷小时候和他曾经见过好几次的。

空空儿是一个最喜欢闹事的人，尤其喜欢作弄强横的恶霸，平时他是没事也要找事来管的。他未曾在水上打过架，看见这条大船上有人厮杀，早已跃跃欲试了，如今听说是他的世侄遭受沙铁山这股水寇围攻，他焉有不管之理？

空空儿立即哈哈笑道：“小南，别慌，我就来啦！哈哈，我道是谁，原来是羊牧劳这老贼的贼徒弟。当年我和羊老贼打过半架，未曾尽兴，他就跑了。可惜铁摩勒杀了他，要不然我还要约他打一场的。嘿，嘿，听说你已练成了你贼师父的七步追魂掌，这没有打完的半架，我就找你这贼小子来顶替你那死鬼贼师父吧！”

沙铁山虽然没有会过空空儿，但空空儿与他师父曾经稍稍作过较量之事他是知道的，那一架虽然没有打完，其实已是他的师父打输了的。试想连他的师父当年见了空空儿都要望风而逃，他如何敢“奉陪”空空儿打这半架。

此时空空儿那条小船与他的这条大船距离已不到半里路的江面，空空儿轻功盖世，倘若给他更接近一些，他一定能够跳上船来。而且即使在江上能够避开，上了岸也一定要给他追上的。

沙铁山吓得心惊胆战，但人急智生，蓦地想道：“对啦，他说在水上未打过架，他一定不通水性！”当下立即叫道：“水手向上游划，老二、老三，你们都跟我来！”他喊完话，“卜通”的就跳下江中。

沙铁山一跳下水，其他的人跟着也跳下去了。空空儿见此情形，摇头说道：“扫兴，扫兴。这些不成气候的王八羔子，敢情是给我吓破了胆？一个个宁愿做水鬼也不敢陪我打架！”他只道沙铁山这帮人跳水是怕了他。

话犹未了，他这条小船忽地震荡起来，江中风浪虽然不小，但也不至于这样激烈震荡的。小船的舟子叫道：“不好，这班水鬼是来凿咱们的船了！”空空儿凝神一听，果然在波涛澎湃之中，隐隐听得斧凿伐木之声。

原来沙铁山自知他们这帮人决计打不过空空儿，因此想到了这个“以己之长攻彼之短”的绝招，他们都是精通水性的水寇，最差的一个在水底也可以潜伏半支香的时刻才用换气。只要能把空空儿的小船弄沉，空空儿不通水性，那么即使他有天大的本领，也只能任由他们摆布了。

空空儿大怒道："岂有此理，不敢明刀亮斫，却来施展这等下流手段！当真是下三滥的臭贼。"

突然"嗖"的一支短箭，从水底射上，但却不是射空空儿，而是射那舟子。原来这人是想把这舟子射死，小船无人把舵，空空儿就更要束手无策了。

幸而这舟子很是机灵，一见水上有人冒出头来，就赶快的伏在舱中，"嗖"的一箭，钉在船舱的板壁上。

空空儿大怒，站出船头，遥遥地向着那打着漩涡的江心一掌劈下，只听得"轰隆"一声，水柱涌起一丈多高。那个发暗箭的人刚刚把一个脑袋缩入水中，给空空儿的劈空掌力一压，登时气绝。尸体浮了起来。

空空儿大叫道："谁要发暗器的冲着我来吧！"可是这些人见空空儿如此厉害，哪里还敢再冒出头，他们躲在船底下只是加紧凿船，到必须换气之时，也要游出一段水面，估计已出了空空儿的劈空掌力之外，这才敢冒头换气。

空空儿扶起那个舟子，说道："我来给你抵挡暗器，你赶快划，得追上那条大船！"

沙铁山等人弃船下水之后，船上的水手听从他的指示，把这条大船划到上游水流湍急的地方，然后也都弃船而逃。

展伯承等人究竟是经验不够，待到发觉，要想制止之时，水手都已逃上岸了。展伯承与南家兄妹都没有在逆流中驾驶船只的本领，只好眼睁睁地看着这条大船陷入漩涡，团团打转，幸而是条大船，倘是小船，早已在风浪中沉没了。

沙铁山打的如意算盘是先把空空儿这条小船弄沉，除掉心腹大患，然后回去对付展伯承他们。沙铁山这条"座船"非有几个水手不能驾驶，展伯承与南氏兄妹即使会驾船，只有三个人也是无济于事。如今这条船已是陷在漩涡之中打转，完全符合了沙铁山的安排，沙铁山这伙人就专心去对付空空儿的这条小船了。

这条小船上只有一个舟子，这舟子在空空儿掩护之下，出尽了吃奶的气力划向上游。可是逆流而上，甚是艰难，沙铁山这一伙人又是一直跟着小船，在船底大施斧凿，当然也就更影响了它前进的速度。

小船正在前进，与那大船的距离还有数十丈之遥，只听得水声汩汩，船底已是给沙铁山他们凿穿了几个洞，江水侵入了船舱。随着裂口的扩大，灌进的江水越来越多，小船一寸一寸地向下沉，向下沉，空空儿的膝盖都已着水了。

空空儿好生后悔，心道："我称雄一世，想不到今日竟受制于一班水鬼。早知如此，我也应该学点水上的本领。"

眼看不用多久，小船就要倾覆，但小船与大船的距离又接近了一些，不过，也还有二三十丈之遥，空空儿还是跳不过去。

空空儿忽地人急智生，突然"轰"的一掌打碎了船舱板壁，拾起了几块木板，脚尖一点船头，倏地凌空而起！

沙铁山等人想不到他有此一招，惊诧无比。心中都是想道："饶他轻功再好，总不能跳过这么辽阔的江面。好，他自己掉下江心喂鱼，倒省了我们一番气力。可是，倘若他能够脱险，这可就真是后患无穷了。"

沙铁山浮出半个头，睁大眼睛望去，只见空空儿在半空中翻了一个筋斗，眼看就要掉下江心，空空儿忽然抛下一块木板，木板在浪花中打个滚，但空空儿的脚尖还是不偏不倚地踏着了它。空空儿脚尖一碰木板，身形登时又向上腾起，虽然没有第一次跳得这么远，但也掠出了数丈，空空儿又抛下第二块木板，于是他一连抛了四次，刚好把手中的木板抛完，他已跳到了大船之上。

船上的人与江中的人都看得呆了。武林中达摩"一苇渡江"的传说只是一个迹近神话的传说而已，如今空空儿的掷板渡江却是在众目睽睽之下做到了的。南春雷等人见空空儿上了船，这一喜非同小可，但空空儿脱险之后，却是恼怒非常。他险些做了落汤鸡，心里是越想越气。正是：

鱼游浅水遭虾戏，虎落平阳被犬欺。

欲知后事如何？请听下回分解。

第二十一回　娥眉善妒须挥剑 旧侣重逢作解铃

空空儿越想越气，站出船头骂道："沙铁山你这兔崽子来呀！来把这条船也弄沉吧！哼，哼，你弄不死我，我可要抽你的筋，剥你的皮！"

沙铁山当然知道自己的"座船"，他这条"座船"比空空儿那条小船大不止十倍，整条船都是用坚实的上等木材造的，船底有七寸多厚。要想在水底下把它凿穿，谈何容易？而且这条大船又正是在水流湍急之处，他们虽然精通水性，也不能在漩涡之中潜伏的。

空空儿手段的狠辣，在江湖上是早已出名了的，沙铁山听得空空儿要抽他的筋，剥他的皮，吓得心惊胆战。

此时远处江面又现出几只帆船的影子，沙铁山只恐是和他作对的另一帮水寇，心里想道："趁空空儿现在被困船上，我还是趁早上岸溜了吧。"他怕这几只帆船来到，一把空空儿接了上岸，那时就连逃命只怕也来不及了。

沙铁山、仇敖、鲍泰等人上了岸，岸上有那批先过了江的他们的帮众，沙铁山要了一匹坐骑，说道："大伙儿快跑，若给空空儿追上岸来，咱们都不得了！"身为帮主的沙铁山都这么害怕，他的手下当然更不用说了，刹那间跑得干干净净。

空空儿恨恨说道："好，看你跑得多远，上了岸我一个个和你算账！"这时江面刮起了风，波浪更大，连这条大船都摇摆不定了。空空儿自满腔怒火，却无本领驾船上岸。

空空儿原来那条小船已经沉没，那舟子抱了一块木板游来，爬上了这条大船，立即在腰间解下一个海螺角，呜呜地吹了起来。

空空儿道："哦，你是在招唤那几只帆船吗？你是哪一帮的，帮主何人？"空空儿是江湖上的大行家，一见他的这番举动，早已知他是帮会中人。

那舟子屈了半膝说道："小的隶属扬州海河帮，帮主周同。今日有幸接得你老人家的大驾，不知你老人家能否抽个空到扬州一趟，让敝帮上下也得一瞻大侠的丰采。"

空空儿最怕别人客套，便将这舟子扶了起来，说道："你刚才为我尽力划船，我还未曾多谢你呢。周帮主我也是早已闻名了的，将来我自会去拜访他。"

南春雷道："有一位叫南夏雷的人是否在你们那儿？"那舟子道："南大侠正是在我们那儿。两个月前我们劫朝廷漕运，就是多亏南大侠帮的大忙。你是——"南春雷道："我是他的弟弟。"

舟子笑道："啊，这真是巧遇了。你们去找哥哥，我正可以给你们带路。这位展少侠也是往扬州的吧？相请不如偶遇，请展少侠务必赏光，今晚同赴敝帮的接风宴。"

这舟子从南春雷刚才的说话中已经知道展伯承的来历，心中极是高兴，暗自想道："这姓展的年纪虽轻，也是一把好手。他与窦元有杀父之仇，一定非帮忙我们不可。"

展伯承道："我正是想去拜会贵帮主与南大哥。"其实展伯承的真正目的是去找南夏雷，好打听刘芒和他"龄姐"的消息，但南夏雷既是在周同那儿，他当然也是要去拜会周同的了。

舟子道："这条船是沙铁山的座船，三位怎的会搭上这条船的？"展伯承道："我们上了这条船，才知道他是沙铁山。"舟子哈哈笑道："你们三位年少英雄，胆子可真是不小啊！"

空空儿道："你的胆子也很不小啊，今日我找了几只渡船，他们都不敢渡我过江，问他们是什么原因，他们也不敢说。如今我才知道，敢情是沙铁山今日渡江，早已下了封船令了。只有你敢渡过，你不怕得罪沙铁山，给你们帮中惹上麻烦么？"

舟子笑道："沙铁山本来就是和我们海河帮作对的。起初是我们的势力比他大，如今他和铁牌手窦元合伙，我们可就有点敌不过他啦。真人面前不说假话，你老人家生得异相，小的虽然不敢请问你老姓名，也已知道你老人家是谁啦!”

空空儿哈哈大笑道：“原来如此，你正是恨不得我和沙铁山打上一架的。话说回来，沙铁山这小子实在不是东西，这个忙我是一定要帮你们的。”

展伯承是又惊又喜，他本来只是想到扬州打听他的“龄姐”下落，想不到他的杀父仇人也在江南，说不定就可以在扬州碰上。

说话之间，那几只帆船已到，果然是海河帮的。这舟子是帮中的小头目，命令那几只帆船的水手都上了这条大船，把这条大船撑出急流，稳稳的向对岸驶去。

空空儿与展伯承的父母都颇有渊源，但却没有到他家，展伯承与他是初次相见。那舟子走去把舵之后，展伯承上前与空空儿重新见过小辈拜见长辈之礼。

空空儿道：“你家的事情我已经知道了。展贤侄，听说你在几个月前曾与铁铮、铁凝两兄妹经过魏博，和魏博牙兵打了一仗，是么?”

展伯承道：“不错。原来这件事空空前辈也知道了。”空空儿“唔”了一声道：“我向你打听一个人，你们在魏博可曾见过一个名叫华宗岱的人?”

展伯承道：“我们正是幸亏碰上了这位华老前辈，得他帮忙不少。对啦，华老前辈还曾向我们提起你老人家的名字，说是很想和你老人家一见呢。”

空空儿淡淡说道：“是么？你可知道他现在哪儿?”

展伯承道：“我和铁凝离开魏博的时候，铁铮因为受了点伤，他们父女留在魏博照料铁铮。这是三个月前的事情，现在他们是否还在魏博，我就不知道了。”

南氏兄妹听展伯承说及铁铮，十分注意，南春雷立即问道：“怎么铁铮受伤了？这位华老前辈是什么人，我好像没听说过铁家有这样一位亲友，怎的他却会来照料铁铮?”南秋雷则问道：“哦，这位华老前辈还有个女儿么，多大年纪，漂不漂亮?”

原来南铁两家，交情极厚，南秋雷的母亲曾有意把女儿许配与铁铮的，只因两人年纪还小，而铁铮那时也还在空空儿门下学艺，未曾出师，是以尚未正式提出婚姻之议。但两家都有此意图，空空儿身为铁铮师父，却是知道了的。

展伯承却是一点也不知道，心想："女孩儿家总是喜欢打听别家的姑娘漂不漂亮，凝妹如此，这位南姑娘也是如此。"当下笑了一笑，说道："这位华姑娘和你倒是一般年纪，也和你一般漂亮。"

南秋雷面红过耳，好像着恼的样子说道："展大哥，你怎么扯到我的头上来了，我怎能比得上人家？"展伯承与南秋雷毕竟是相识未久，给她一说，很是不好意思，心道："原来这位姑娘是不能说笑的。我赞她漂亮，她却反而恼我，这真是从何说起？"

空空儿笑道："南侄女，你不用着恼，我这个徒弟，我会管他的。铁铮和华家父女是怎么遇上的，展贤侄，你说来听听。"

南秋雷面上红得更厉害了，她一顿足，扭转了头，说道："我何曾着恼了，空空伯伯，你管不管你的徒弟，关我什么事？"空空儿笑道："好，你现在骂我，只怕你将来要求我呢。"

展伯承莫名其妙，但空空儿既然命他报告在魏博的经过，他只好原原本本地说了出来。最后说道："这位华老前辈与我们虽然非亲非故，人倒是很热心的。段叔叔曾到他们父女临时的居处探过铁铮，听说他们对铁铮照料得十分周到呢。空空前辈，你和华老前辈是老朋友吧？他也许是看在你的份上，才对铁铮特别照顾的。"

空空儿涩声说道："唔，不错，我和华宗岱也算得是老朋友了。"脸上虽带笑容，说得却是很不自然。

原来空空儿是一个十分好胜的人，许久以前，他已经想与华宗岱一较高下的了。自从他知道了华宗岱少年时候，曾经追求过他的妻子之后，更添了几分妒意，立心非把华宗岱折辱一次不可。

他听得华宗岱曾在魏博出现的消息之后，曾经到过魏博查访华宗岱的下落，但却没有找着。他猜想华宗岱这次重履中原，一定是想会一会中原豪杰。

中原豪杰当然是以铁摩勒为首，但铁摩勒在伏牛山的山寨已被官军攻破，铁摩勒转移到什么地方，在江湖上还是一个秘密，连空空儿都未知道的，料想华宗岱即使要去找铁摩勒，也必须过一些时候，等待铁摩勒安营立寨，重树旗帜之时。

另一处最可能会见中原豪杰的地方就是扬州了。扬州的周舵主两个月前因要劫夺朝廷漕运，邀请了长江南北，甚至远及幽燕的许多豪杰前来相助，劫了漕运之后，又因窦元这一帮人要与周同在江南争霸，周同邀来的帮手固然十九未散，而窦元也邀来了许多三山五岳的好汉。江南的武林正酝酿着巨大的风暴。空空儿本来就是个爱管闲事的人，因此特地赶来扬州，希望在扬州能够碰上华宗岱，即使见不着华宗岱，也可以赶上这场热闹。

如今他从展伯承口中听到了华宗岱的消息，不觉又担了一重心事，暗自想道："倘若我的徒弟当真是爱上了华宗岱的女儿，这可令我为难了。我与南霁云是生死如一的交情，我又知道了南夫人有把女儿许配与铁铮之意，我怎能不成全她这件好事?"又再想道："听展伯承所说，华宗岱倒也有几分侠气，他救了铁铮，不管是何用心，对我也总是有点情义。好吧，我只与他比试一场，最好能把他吓跑就算，却也不必令他太难堪了。"

展伯承与南氏兄妹根本不知道空空儿与华宗岱之间有这么一段恩怨，听他说与华宗岱是"老朋友"，但脸上现出的却又似是不悦的神情，都是不觉暗暗纳罕。

说话之间，大船已经泊岸，众人都上了岸，空空儿道："好，我现在要去追沙铁山这小子算账了。秋雷，你这小丫头不必烦恼，一切都有着你的空空伯伯呢!"

沙铁山这帮人已走了半个时辰，一路上留有马蹄痕迹，空空儿展开绝顶轻功，跟着蹄印追去，转眼间没了踪迹。充当舟子的那个海河帮头目说道："空空大侠真是当世奇人，但愿他把沙铁山手到擒来，斩断窦元的一条臂膊!"

南春雷笑道："三妹，空空伯伯对你倒是特别关心呢。"

南秋雷杏面飞霞，说道："空空伯伯虽然武功绝世，说话却是疯疯癫癫的，莫名其妙。"她是要在展伯承面前，掩饰她的窘态。

她这么一说，展伯承心里倒是明白了几分。但他这时正是心中有事，一方面他是记挂着他的"龄姐"，一方面他又要准备碰上他的杀父仇人，也就无心去管南秋雷的闲事了。

上岸之后，海河帮的那个小头目找来了三匹坐骑，给他自己和南氏兄妹乘坐。这三匹坐骑虽然比不上展伯承那匹骏马，却也颇是不凡。他们一路马不停蹄，估计在天黑之前，可以赶到扬州。

展伯承记挂着褚葆龄之事，跑了一程，忍不住问那小头目道："听说昨日发生一件奇事，一个年纪轻轻的女子打伤了沙铁山的一个得力手下，你可知道这件事么?"

那小头目道："知道。我们帮中还有人曾经目击呢。"展伯承道："这女子是什么样的一个人?"

那小头目笑道："这女子姓甚名谁，我们不知。但却知道她是二十岁左右年纪，穿着一身红色的衣裳，骑着一匹枣红色的健马。展公子，你问起这个女子，敢情你知道她?"

展伯承道："昨日我在那竹棚避雨，听得沙铁山的手下说起这件事情，据说他们是想抢她那匹马才打起来的。江湖上有本领的年轻女子不多，所以我问你一问。"

南秋雷道："这也不见得。铁凝的年纪不是更小吗，要是她在这儿，未必就会输给那个女子。嘿，嘿，打伤沙铁山一个手下又有何难?"

展伯承道："南姑娘请恕我不会说话。我的意思并非是说女子比不上男子，南姑娘你的本领就是江湖上许多豪杰比不上的。不过我见闻有限，对有本领的年轻女子却是知道不多，所以忍不住好奇要问一问了。"

南春雷笑道："三妹，人家称赞了你，这你可该舒服了吧?"展伯承心里想道："这个南姑娘夸赞凝妹，她和凝妹倒也是一样的好胜。"

那小头目也笑道："我没有见过那红衣女子，不过听说她的刀法非常狠辣，给她砍伤的那个人是沙铁山手下坐第四把交椅的头目，不过一个照面就把他砍了两刀。这女子一身红衣，骑着红马，倒是和她的那个火辣辣的脾气很配合呢。"

展伯承虽然没有问出什么，但听这小头目所描述的这个"红衣女子"却显然不是他的"龄姐"了。

展伯承心里想道："褚家并没有枣红色的马，龄姐也并非特别喜欢红色，我就从未见她着过红色的衣裳。而且他们所说的这个红衣女子，年纪也似乎要比龄姐大些。”他断定这个“红衣女子”多半不是褚葆龄，心里很是失望。

这小头目接着说道：“据报这红衣女子，昨日也是向扬州去的。说不定我们今晚回到总舵之后，可以打听到她的消息。”

展伯承心想：“既是一个不相干的人，知不知道也都罢了。”想到千里追踪，到头来他的“龄姐”仍是杳无音讯，又因南秋雷的说话而想起铁凝，“铁凝此刻不知是否也在挂念着我？”旧侣难寻，新知远隔，思念及此，不觉怅怅惘惘。

又走了一程，忽见前面一骑快马疾驰而来，那小头目“咦”了一声说道：“刚说曹操，曹操便到。这个女子一定就是打伤沙铁山手下的那个女子了。”原来骑在马背上的是个妙龄女郎，一身红色衣裳，坐骑也正是枣红色的骏马。

南秋雷道：“她这匹枣红马果然神骏不凡，恐怕比得上展大哥这匹白龙驹呢。怪不得沙铁山的手下要抢她的坐骑。”

转眼间，那红衣女子已是越来越近，人和马都看得很清楚了。展伯承抬头一看，吃了一惊，心道：“原来是她。我怎么没有想到？”

原来这个红衣女子不是别人，正是去年在盘龙谷刘芒家中与展伯承曾经打过一架的那个龙成芳。

龙成芳看见了展伯承，“哼”了一声，“刷”的虚打一鞭，那匹枣红马便从他们中间冲了过去。这一鞭几乎打着展伯承，南秋雷是骑着马跟着展伯承的，也几乎给鞭梢碰着。南秋雷大怒，一鞭就打过去。但那红衣女子的马快，早已跑过去了。

南春雷诧道：“这女子好横，也不喝声让道就横冲直闯，敢情她是把我们当作沙铁山的手下了？”

南秋雷道：“可惜我那一鞭没有打着她。我倒想看看她是怎样了得？”

南春雷笑道：“展大哥都没发脾气呢，你又何必动怒？”南春雷已看出红衣女子的那股骠劲是冲着展伯承发的。

展伯承在这瞬间转了几个念头，想道：“尽管她对我敌意未消，但她总是刘芒的朋友，我应该告诉她趋吉避凶。”

此时那红衣女子已把他们远远抛开后面，展伯承忽地拨转马头，南秋雷怔了一怔，道：“展大哥，你干什么？”展伯承道：“我去和她说几句话！”他怕追不上龙成芳，已是无暇与南氏兄妹细说了。

展伯承的白龙驹比那匹枣红马跑得更快，一口气跑出十多里路，终于追上了龙成芳。

龙成芳“霍”的勒住马头，怒目而视，厉声说道：“你追我做什么，是不是要和我再打一架？”

展伯承也不禁给她激起了一点火气，但他还是强行抑制下来，说道：“龙姑娘，你别误会，我只是想来告诉你一件事情。”

龙成芳似乎有点感到意外，冷冷说道：“什么事情？”

展伯承道：“你是不是打伤了沙铁山一个手下？”

龙成芳道：“不错，我昨日是曾打伤一个强盗，却不知他什么铜山铁山，你待怎么样？”

展伯承道：“龙姑娘，你心平气和一点好不好？你以为我是他们一伙吗，我是来给你报讯的！”

龙成芳也知道展伯承决不会是那些强盗的同伙，有点不好意思，神色便好了一些，说道：“报什么讯？”

展伯承道：“沙铁山已经知道了这件事情，他是江南一霸，恐怕会向你寻仇。”

龙成芳道：“哦，你倒是一片好心，多谢你了。幸好用不着你替我担心。”

展伯承道：“龙姑娘，我知道你武艺高强，可是这沙铁山也委实不可轻敌，我是曾经和他交过手的，他的七步追魂掌很是厉害，说老实话，倘若单打独斗我是打不过他的。”展伯承去年在刘芒家中与龙成芳交手，结果是不相上下。他说这话的意思，即是暗示给龙成芳知道，沙铁山的武功在她之上。

龙成芳哼了一声，意殊不屑。展伯承又再说道：“依我之见，要嘛你就趁早离开江南，免得和沙铁山那帮人碰上。”

龙成芳冷笑道：“你倒很会替别人出主意呀。要是我不愿意离开呢?”

展伯承忍受她的讥笑，说道:“我不知道你有什么紧要的事情必须留在江南，但你若要留在江南的话，我想冒昧代周舵主请你，南夏雷在他那儿，你是认识的。你若是住在他们那个地方，沙铁山就决不敢来惹你了。”

龙成芳柳眉一竖，说道:“你倒真是热心，居然想到要请南夏雷来保护我了。对不住，我不领情。嘿嘿，你怕沙铁山是你的事，我龙成芳岂能让他吓跑?”

展伯承尴尬之极，憋着一肚子气说道:“好，那就算我多管闲事了。告辞!”龙成芳忽地叫道:“且慢!”

展伯承满肚皮没好气，勒住马道:“龙姑娘有何指教?”

龙成芳笑道:“我虽然不领你的情，你的好意我还是感激的。咱们去年打过一架，今又承你把我当作朋友看待，可是你我还未曾通名呢。他们叫你展大哥，你是姓展的吗?”

展伯承听得她好言相向，胸中之气平了好些，说道:“龙姑娘的芳名我已经听得南大侠说过了。我是姓展，贱名‘伯承’二字，叔伯的伯，承继的承。”

龙成芳又笑了一笑，说道:“那日在刘芒家中，你说褚葆龄是你姐姐，我还以为你真的是她弟弟呢。原来只是异姓姐弟。”

展伯承面上一红，说道:“褚遂褚老前辈是我外公生前最好的朋友，我一向是叫他公公的。他的孙女儿也就如同我姐姐一般了。龙姑娘还有什么话么?”

龙成芳瞧了他这副神气，心里想道:“看来人言不假，这小子对褚葆龄只怕不仅仅是姐弟之情。”原来她自从那次与展伯承交手之后，早已打听出他的来历。此刻她是有意把展伯承留住，心中另有企图的。当下龙成芳又笑了一笑，说道:“你只是为了给我通风报讯才追上来和我说话的么?我却以为你应该还有别的话和我说呢!”

龙成芳这一句话正说中了他的心事，原来展伯承的确是想向龙成芳打听刘芒的消息的，但后来因为龙成芳的态度很不友善，他一气之下，就不想再问龙成芳了。

展伯承道："龙姑娘你既然这样问我，那我也就不妨说了。我只道你是刘芒的朋友，我和刘芒从前虽然有点过节，但也早已化敌为友了。实不相瞒，我此来江南，就是想打听他的消息，龙姑娘你可知道?"

龙成芳道："你这话只怕也还有点不老实吧？你只想知道刘芒的消息吗?"

展伯承面红过耳，但他听得龙成芳话中有话，却也只好忍受她的嘲笑，说道："如果龙姑娘还有褚姐姐的消息，那就请龙姑娘一并告知。"

龙成芳道："刘芒的消息我不知道，但褚葆龄的消息我却是知道一二。不过我现在可不能告诉你，你若是相信我的话，请你今晚三更与我相会。"

展伯承吃了一惊，道："为什么?"

龙成芳笑道："我已经说过现在不能告诉你的了。你不必问我原因，也不能将这约会告诉任何人。总之你信得过我，你今晚就来，我绝不至于陷害你的。到时自然有人告诉你关于你的龄姐的消息。"

展伯承惊疑不定，心里想道："约会是在今晚三更，还有许多时候让我仔细思量，且先问个清楚，去不去到时再说。"于是说道："不知姑娘约会的地点是在何处?"

龙成芳道："你今晚是准备住在海河帮周舵主那儿吧?"展伯承道："不错。"龙成芳道："从海河帮的总舵出来，沿着江边的路一直向北走，三十里左右，你可以看见一座靠山面江的白塔，这就是你我今晚约会之处。记着，不可泄漏出去。"

展伯承道："多谢姑娘，知道了。"龙成芳"格格"一笑，说道："来不来随你的便。好，我先走啦。"刷刷两鞭，枣红马绝尘而去。

展伯承一片茫然，拨转马头，赶回去与南氏兄妹会合。南秋雷笑道："展大哥，你又说不认识这个女子，却怎的又跑去找她说话。"

展伯承面上一红，说道："起初以为不认识的，后来见了面才想起来。”南秋雷道：“她是谁？”南春雷道：“秋妹，你怎么总是爱管闲事？”南秋雷道：“问问有什么打紧？难得遇上这样一位才貌双全的女侠，岂可不知道她的姓名？”言语中大有嘲笑展伯承之意。

展伯承笑道：“说起来恐怕你们也早已知道的了。她还是你们大哥的朋友呢。我只见过她一面，她的名字也还是南大哥告诉我的。她就是龙成香的妹妹龙成芳。”

南秋雷怔了一怔，不觉笑道：“我道是谁，原来是龙成芳。果然名不虚传，刁蛮得紧。幸亏我的大哥没有，没有……”说至此处，南春雷瞪了她一眼，南秋雷格格的笑个不休，就没有再说下去了。

原来她的母亲夏凌霜与龙成芳的姐夫穆康是早相识了的。夏凌霜曾经几次带了长子南夏雷到过穆家，但南春雷、南秋雷却未去过。好几年前，龙成芳的姐姐曾有意将妹妹许给南夏雷，只因龙成芳一心痴恋刘芒，而南夏雷也不是怎么欢喜龙成芳，这婚议才胎死腹中，没有正式央媒提议。不过这件事情南秋雷却是知道的。南春雷暗示妹妹，不许她说出此事，则是因为他误会了展伯承，他以为展伯承看上了龙成芳。

展伯承也知自己刚才的举动引起了他们兄妹的误会，但也无意辩解了。当下一行人快马加鞭，将近黄昏的时分赶到了周同的住宅。

这是一座堡垒式的住宅，在扬州城外数里之地的郊区，既是周同的住家，同时也作为海河帮的总舵的。他们来到，周同与南夏雷都出来迎接。

周同正在用人之际，见一下子来了三位年少英雄，十分欢喜。南春雷、南秋雷因为有着他们哥哥的关系，与周同比较上算得是“自己人”，展伯承与周同则是初次相会，并无渊源，故而周同也对他特别以客礼相待。双方行过见面礼后，周同便将他们请进内厅。

南夏雷笑道：“展兄弟，自从去年一别之后，你倒是在江湖上闯出了万儿了。我以为你已经和铁铮兄妹去投奔他们的爹爹了，却怎的你独自一人又来到了扬州？”

展伯承道："铁伯伯的伏牛山山寨已被官军攻破，他们转移到金鸡岭去了。我想打听一位朋友的下落，这才到扬州来的。不知段叔叔还在这里么？"

南夏雷道："克邪夫妻到别处去了，不过他们还要回来的。你要找哪一位朋友？"

展伯承不好意思说出褚葆龄的名字，说道，"我想打听刘芒的消息。他爹爹死了，我受槐树庄庄主吕鸿春之托，给他报个讯儿。"

南夏雷诧道："刘振的本领也很不错啊，怎么死的？"

展伯承道："他是死在从回纥来的一个大魔头手里的。这魔头名叫泰洛，听说是回纥数一数二的高手。"当下将槐树庄之事一一告诉了南夏雷，南夏雷虽然与刘振交情不深，也颇激起义愤，说道："回纥的武士敢到中原逞能，我若是碰上泰洛，我也要斗他一斗。"

说了几句闲话，南夏雷又道："今日在你之前，已有人向我打听过刘芒的消息了。可是我对刘芒的下落却是毫无所知。"随着笑道："展兄弟，可惜你来迟了半天，要不然倒可以见着那个人。你猜猜那个人是谁？"

展伯承心中一动，正想说道，南秋雷已先笑着说道："是龙家二姐么？展大哥早已与她见过面了。"

南夏雷道："哦，原来你们已经在路上见过了。怎么样，那位龙二姑娘可还在生你的气么？"

南秋雷道："龙二姑娘的脾气的确是大得可以。不过大哥你可不用担心，展大哥并没有和她吵架，还单独去找她说话了呢。"

南夏雷道："是么？那就用不着我给你们调解了。"

南秋雷笑了一笑，说道："大哥，你为什么不把她留下？妈说她的武功很好，要是你把她留下，我倒可以向她请教请教呢，她要找的那个刘芒又是她的什么人？"

南夏雷道："刘芒是她旧日的邻居，在绿林中也算是一位少年豪杰。她听得我说不知刘芒的消息，立即便走了。想必是赶着到第二个地方打听吧。"

南秋雷笑道："哦，这么说来，她和这刘芒的交情也是很不错的了。”她心中有一句话没说出来的是：“哥哥，幸亏你没有和她定亲。”

南夏雷瞅她一眼道：“我怎么知道，你管他们这些闲事做什么？”南秋雷伸伸舌头，把那句几乎想说的话吞了回去。

周同给他们摆下了接风宴，席上周同说了他们月前劫夺漕运的得意事，展伯承也谈了他们与沙铁山遭遇的经过。周同听说空空儿与沙铁山结了梁子，十分欢喜。席散之时，早已天黑了。周同说道：“你们一路奔波，早点安歇吧。”

展伯承被安置与南春雷同住一间房间，待二更时分，南春雷已经睡着，展伯承则是心事如潮。

去不去赴龙成芳之约呢？展伯承心里想道：“龙成芳虽然脾气大些，却也并非坏人，她没有理由要骗我去上当。我踏破铁鞋，就是为了寻觅龄姐，如今既然有了一个可以打听得她消息的机会，岂可错过？但这位龙二姑娘为什么要故作神秘呢？”

展伯承虽然满腹疑云，但毕竟还是下了决心一去探个究竟。于是他悄悄起来，换了一身黑色的夜行衣，正要出去，心中忽又想道：“南春雷倘若半夜醒来，见我不在，会不会闹出笑话？要不要告诉他呢？但龙成芳又不许我告诉第三个人的。”

展伯承正自踌躇，南春雷忽地一声咳嗽，坐了起来，似笑非笑地说道：“展兄，你换了夜行衣要去哪儿？”

展伯承面红耳热，讷讷说道：“我去会一位朋友，天明之前，就回来的。南二哥，你，你给我遮瞒些儿，我，我不想惊动大家。”

南春雷见他行踪如此诡秘，颇为诧异，笑道：“会的什么朋友？如果不方便告诉我，那就别说。”

南春雷这么一说，展伯承倒是不好意思不告诉他了，“就是日间相遇的那位龙姑娘，她，她有点事情要见一见我。”

南春雷露出恍然大悟的神气，笑道：“哦，原来如此。那么展兄你快去吧，小弟一定替你遮瞒。”展伯承知他有所误会，却也无法解释了。

展伯承悄悄地从窗口出去，他一身上好的轻功，海河帮总舵虽然有守夜之人，却只是防备敌人从外面进来，却没想到有自己人从里面出去。

展伯承悄悄地溜出了海河帮的总舵，便依照龙成芳的指点，沿着江边的小路，向北直走，一路走一路想道："她说到了约会之地，自有人告诉我龄姐的消息，却不知那是谁人？"

展伯承一口气跑了三十多里路，果然看见山脚下有一座白塔。这时正好是三更时分。这晚月色明亮，远远望去，隐约可见两条黑影，耳边也隐隐听得金铁交击的声音。

展伯承吃了一惊，心道："她约我在这里相会，却怎的有人在这里厮杀？"连忙三步并作两步，跑近去看，这一看更是令他吃惊非小。却原来在白塔下面厮杀的那两个女子，一个是龙成芳，另一个就是褚葆龄！

展伯承呆了一呆，失声叫道："龄姐，你，你怎么和龙姑娘打起来了？"褚葆龄"哼"了一声，并不答话。

龙成芳却是哈哈一笑，说道："我没有骗你吧，我让你亲自见到你的龄姐，这不是只比告诉你的消息更好吗？"她与展伯承说话之后，立即挥刀架住褚葆龄的青钢剑，又向褚葆龄说道："褚姑娘，我知道你的爷爷早已将你许与这个姓展的了，如今他来找你回去，你打算怎么样？你若跟他回去，你我之间的仇怨就一笔勾消，咱们也不用再打了。"

原来龙成芳是昨日午间在暴风雨未来之前渡过长江的。渡江之后，碰上了风雨，她到一间客店投宿，无巧不巧，褚葆龄比她先来，恰巧也是住在那间客店。

她们两人以前没有会过，但龙成芳是早已知道褚葆龄和刘芒的关系的，褚葆龄却不知道她是谁。

客店中只有她们两个年轻女子，彼此又都看出对方是江湖人物，很自然的便交谈起来。龙成芳一听了她的名字，便知她是自己的情敌。

龙成芳不愿在客店里与褚葆龄吵闹，当时没有发作。待到将近天亮时分，她才跑到褚葆龄的房中，褚葆龄给她惊醒，问她来作什么，她一言不发，拿出了一把匕首，将预先写好的一张纸，"啪"的一下用匕首插在桌上，这才冷冷说道："不知羞耻的贱人，你自

展伯承呆了一呆，叫道：“龄姐，你，你怎么和龙姑娘打起来了？”

己看去!”这一张纸上写的除了辱骂她的辞句之外，就是约她在今晚三更到此一战的。

褚葆龄气得非同小可，当时就要和她动手，但龙成芳却已跑了。她的马快，褚葆龄追不上她。过后褚葆龄看了她的留柬，这才知道其中缘故，当然就接受了她的挑战。

但龙成芳虽然任性刁蛮，却非恃强作恶的这类坏人。她由于忍不住心头之气，向褚葆龄挑战，但在当面寄刀留柬之后，心中却又不禁感到一片茫然。

“今晚之会，我该如何对付褚葆龄呢?”龙成芳独自一人的时候，就不禁自思自想了：“我总不能将她一刀杀掉，那么将她打一顿，骂一场，这对我又有什么好处?不错，打她一顿是可以稍泄我心头之气，但打了又如何?刘芒若是知道此事，岂不是更要同情她了?”

龙成芳想来想去，想不出一个“处置”褚葆龄的好办法，直到她在路上巧遇展伯承之时，才想到了一个她自以为是“两全其美”的办法，这就是利用展伯承去“缠”褚葆龄，她以为展伯承还是痴恋着褚葆龄的。只要褚葆龄给他缠着脱不了身，那么褚葆龄也就不再能成为她与刘芒之间的障碍了。龙成芳认为这是“釜底抽薪”之计。

龙成芳自以为打的如意算盘，却不知褚葆龄与展伯承之间也有误会，褚葆龄看见了展伯承，怒气更增。

她想起了刘芒来她家盗宝那晚，是展伯承助她爷爷将她缚起来的。她串通刘芒盗宝之事，也只有展伯承知道，那么不问可知，当然也是展伯承把这消息告诉她爷爷的了。

褚葆龄比龙成芳深沉一些，但性情更为倔强。她平白受了龙成芳一场侮辱，心中已是怒气难消，此时又听得展伯承是龙成芳约来的，这一把无名火就更加越烧越旺了。

龙成芳正在问她还要不要再打下去，话犹未了，褚葆龄已是刷刷两剑，疾下杀手，这两剑辛辣无比，龙成芳冷不及防，几乎给她刺中。

龙成芳大怒道：“我与你好意商量，你当我怕你不成?”褚葆龄紧咬银牙，一言不发，又是一剑。龙成芳举刀相迎，力度用得稍弱，褚葆龄剑锋一偏，“嗤”的一声，刺穿了龙成芳的衣襟。

龙成芳怒道：“好呀，你既然不肯罢休，那么咱们就真个较量较量！”瞬息之间，还了七刀，刀法指东打西，指南打北，奇幻之极，原来龙成芳也是用剑的，只因那次在刘芒家中，她被南夏雷空手夺了她的剑，一怒之下，就发誓以后除非胜得过南夏雷，否则就不再用剑。但她虽然舍剑用刀，原来的剑法已然化到刀法上来。她原来的剑法是辛芷姑这一派的嫡传，奇诡无比，化成刀法，自成一路，更难捉摸。

但褚葆龄也非弱者，她的爷爷是江湖大盗，武功属于狠辣一路，讲究出手就要伤人的。褚遂毕生心血所创的武功都传给了孙女，此时褚葆龄杀得性起，尽管她也并非就想取了龙成芳的性命，但却是一招一式，都毫不留情。

这两人认真地打了起来，招招凶险，看得展伯承心惊肉跳，连忙叫道：“龄姐，别打啦！龙姑娘，请你也让一步吧！”

褚葆龄冷笑道：“展伯承，你也上吧！你害得我已经够惨了，还有脸来叫我龄姐吗？我爷爷教过你武功，你尽可以用来对付我，来呀，来呀！”

她口中说话，手底毫不放松，就在这一句话的时间，已向龙成芳连攻七剑。

龙成芳大怒道：“展伯承，要嘛你就姐弟两人都来打我，要嘛你就给我滚开！别在这里啰唆！哼，哼，我为什么要让她一步？”

展伯承两面不讨好，顿足说道：“这，这真是从哪儿说起？龄姐，我知道你还在气我，但你听我说一句话好不好？”

说话之间，只听得“当”的一声，褚葆龄横剑扫去，一式“凤凰展翅”，剑锋朝着龙成芳的手臂斜削下来。龙成芳待她剑锋堪堪削到，一拧身还了一招“覆雨翻云”，刀锋由下而上，径截褚葆龄的手腕，这一招好不厉害，褚葆龄急急变招，剑锋从斜削变为下拖，双方刀剑相交，“当”的一声，火花四溅。

她们两人都不理会展伯承，招数是越来越凶，越出越险，哪一方稍有不慎，只怕就要血染黄砂。

展伯承忽地叫道:“龄姐，你知不知道，爷爷已经死啦！他有话要我和你说，你看在爷爷的份上，和我一同回去在爷爷坟前上一炷香吧!”

褚葆龄自从那晚从家中私逃出来之后，只道刘芒在她爷爷刀下，一定是不死必伤。她并不知道后半夜窦元插手的事情，根本就没有想到她的爷爷会死。这大半年来她在江湖流浪，因为是个单身女子的缘故，不便与江湖人物厮混，故此刘芒的消息与她爷爷的消息，她是两皆不知。不过，她虽说是心中怨恨爷爷，但骨肉之情还是有的。她也曾每每为了这一场家庭的惨变，深感骨肉乖离，往往午夜梦回，心伤泪咽。

此际她突然听到爷爷逝世的消息，当真是有如晴天霹雳，登时把她震得几乎发了昏，“爷爷是怎么死的呢？是给刘芒父子误杀的么?”迫切间她又来不及细问展伯承，六神无主之际，剑法也就登时散乱了！正是:

青梅竹马难相谅，噩耗传来倍自伤。

欲知后事如何？请听下回分解。

第二十二回　同仇敌忾前嫌释
报怨惩凶怪侠来

龙成芳正在全神激斗，展伯承说些什么，她根本听而不闻，此时她正在使到一招“樵夫问路”，收势不及，依然一刀斩去。

褚葆龄剑法散乱，门户大开，眼看这一刀就要插入她的胸膛，忽听得“当”的一声，却原来是展伯承插入她们的中间，拔剑出鞘，替褚葆龄挡了一刀。

龙成芳余怒未消，喝道：“好呀，你们姐弟二人就并肩子上吧！哼，哼，褚葆龄你倒是很有办法啊，使得两个男人都甘心为你拼命！”

展伯承架着她的柳叶刀，忍不着也有了几分怒气，说道：“龙姑娘，我的龄姐正听到伤心的消息，你怎能还在排揎人家？”

龙成芳瞿然省觉，这才想到褚葆龄刚才剑法的散乱来得太过突然，决不是因为打不过自己以至如此的。

龙成芳心里暗暗叫了一声“惭愧”，口头却不肯认错，说道：“你说什么，我根本就不明白。”

褚葆龄又是伤心，又是羞恼，此时她哪还有心情恋战，只是想在爷爷坟前痛哭一场。这刹那间，她又蓦地想起爷爷在日迫她与展伯承之事，心里自思：“我爷爷死了，我是要回去的。但我不能与伯承一同回去。爷爷，请恕你的孙女儿不孝，不能遵从你的遗命。”展伯承还在架住龙成芳的柳叶刀，褚葆龄则已是转身便跑。

她还未跑到路口，忽听得有人喝道：“站住，好个大胆的女贼，还想跑么？”随即又听得有人笑道：“沙帮主，不是这个，是那边那个使柳叶刀的女子。咦，和她同在一起的是姓展的那个小子吗？怎的却似乎是在和她打架呢?”

展伯承听得这些人的说话，不由得大吃一惊，回头望去，只见拦着褚葆龄的不是别人，正是沙铁山和他的副手仇敖。说话的则是另一个头目。

原来这个地方已是沙铁山这帮人的势力范围，龙成芳来这儿与褚葆龄约会，早已给他手下发觉，回去报讯，故而沙铁山带人赶来，要为他那受伤的头目报仇。说话的这个小头目是那日在场之人，认得龙成芳。

仇敖哈哈笑道：“这不正好吗？本来要捉一个的，却可以捉到三个了。这个女子也很不错呀。大哥，你意思如何?”

沙铁山笑道：“不错，姓展的这小子也是咱们的仇人。这女子不是姓展的一路就是那女贼一路，你要捉她，我许你就是。”

褚葆龄神智将近昏迷，但这些人说要捉她，她还是知道的，不由得勃然大怒，仇敖一上，她马上就是一剑刺去。

仇敖用的是一柄厚背砍山刀，刀重力沉，横刀一拍，把褚葆龄的青钢剑荡开，伸手就要抓她。褚葆龄的剑锋划了半道弧形，回剑划他虎口。仇敖想用“空手入白刃”的功夫，几乎给她刺着。仇敖只得舍掌用刀，不过几招，见褚葆龄剑法散乱，又来抓她。不料眼看就要得手，见褚葆龄突然又有一招绝妙的剑法，杀得他几乎措手不及，只好又再缩手回刀，先行招架。仇敖大为诧异，心中想道：“这女子的剑法怎好时好时坏，是何道理?”

原来褚葆龄是因为刚刚受了重大的刺激，是以剑法不能维持正常的水准。但学武之人，保卫自己乃是出于本能，这就是她每到临危之际，能够使出绝好剑法的道理。不过仇敖是他们帮中仅次于帮主沙铁山的好手，本领亦自不凡，褚葆龄若在平时与他较量，大约也只是打个平手而已。

但此际褚葆龄神智未宁，可就大大吃亏了。虽然她临危解了几招，毕竟是难以持久，不过数招，又是险象环生了。

且说展伯承一见是沙铁山带了人来，截住了他的“龄姐”，这一惊端的是非同小可。此时，他哪还有心情与龙成芳说话，连忙抽出剑来，赶上去解他“龄姐”之危。

展伯承来得正是合时，刷刷两剑，将仇敖迫退，使得仇敖不能不全神应付他。沙铁山手下的两个大头目上前助战，以三敌二，褚葆龄仍然不能闯过。

忽听得沙铁山旁边有个人涩声说道：“原来又是这个小子，这小子倒是真好管闲事呀！”声音生硬，不似中原口音。

展伯承抬头一看，却原来是那个曾用腐骨掌打伤了吕鸿春的大魔头，回纥数一数二的高手泰洛。展伯承这一惊更是非同小可，但事已如斯，也只能把生死置之度外了。

沙铁山道：“泰洛先生认得这个小子？”泰洛“唔”了一声，说道：“这小子还不配作我敌手，但帮主若要我拿他，我也可以效劳。”

沙铁山笑道：“割鸡焉用牛刀？几个后生小辈，怎敢有劳泰洛先生的贵手？就请先生瞧瞧热闹吧。”原来泰洛追踪楚平原来到江南，他和沙铁山是本相识的，故此沙铁山遂用卑辞厚礼将他请来，目的是想用他来对付空空儿的。

沙铁山这次带来的手下，只有仇敖勉强算得是一流好手。他以为只是要捉拿龙成芳一人，当然用不着兴师动众，带了泰洛同来，也不过是防备神出鬼没的空空儿而已。此际仇敖已和展伯承交上了手，沙铁山恐防手下丢他的脸，叫泰洛笑话，于是遂亲自上去捉拿龙成芳。

龙成芳正自打不定主意要不要去助褚葆龄，此时见沙铁山向她走来，她并不知道沙铁山的厉害，冷笑说道：“你就是什么沙铁山吗？你做的什么帮主？不知管束部下，居然还敢到此向我叫阵？哼，哼，看来你们只是一群江湖上的下三滥，绝非什么正派的帮会。”

沙铁山怔了一怔，随即哈哈笑道：“不知死活的丫头，竟然教训起我来了。你可知道我老沙不爱女色，绝不惜玉怜香，你碰到我的手上，多少是要吃点苦头的了。嘿，嘿，你有眼无珠，就叫你尝点江湖上下三滥的本领吧。”

沙铁山虽说是不喜女色，但却语涉轻薄，龙成芳气得柳眉倒竖，斥道：“放你的屁，管你铜山铁山，也要把你砍倒!”剑诀一领，将师传的剑法化到刀法上来，一刀便朝沙铁山的胸膛砍去。武学有云：“刀走白，剑走黑。”使刀的本来是明刀亮砍的。但像她这样第一刀便砍对方的胸膛，总是一种蔑视敌人的态度。

沙铁山又好气又好笑，冷笑道：“只怕你砍我不倒!”双掌一圈，使出一招空手入白刃的功夫，便要把龙成芳的柳叶刀夺下。

刀劈胸膛本来是只顾攻不顾守的招数，如果是在武学上有深湛造诣的人，绝不会在未知对方虚实之前便用这种轻妄躁进的招数的。所以沙铁山以为龙成芳不过是个初出道的雏儿，只须一个照面，定能夺她兵刃。

哪知龙成芳的刀法奇诡绝伦，她是胆大心细，故意引敌人来夺刀的。说时迟，那时快，沙铁山刚刚出手，龙成芳的刀法已是倏然一变，从沙铁山意想不到的方位劈来。沙铁山吃了一惊，只觉寒风扑面，龙成芳一刀从他颊旁削过，险些将他的耳朵割掉。

龙成芳这一刀本来是要削他的天灵盖的，一刀劈空，暗暗叫声：“可惜。”她哪里知道沙铁山精通“七步追魂掌”的绝技，本领实是远远在她之上。

沙铁山以“移步换掌”的本领避开她这一刀，也是不敢太过轻敌。他的“移步换掌”乃是每移动一步，便转换一种掌法，等闲之辈，在他的七步七掌之内必然丧命，故此又号称“七步追魂掌”。

沙铁山一个“移步换掌”，左掌是绵掌功夫，右掌是金刚掌力，一刚一柔，配合得恰到好处。龙成芳的刀锋给他金刚掌力荡开，他的左掌已以绵掌手法来抓她兵刃。

幸而龙成芳身法轻灵，百忙中用个“风刮叶花”的式子，一飘一闪，躲过对方的擒拿，柳叶刀迅即撤回反截敌腕。沙铁山绵掌用的是一股柔劲，把手一招，在距离刀口三寸之处轻轻收回，掌心所发的粘黏之劲把柳叶刀引出外门，连指头都没给刀锋碰着。两无伤损。

沙铁山一招落空，后招续发，移步换掌，式式不同，越来越狠。不过十来招，已是把龙成芳迫得手忙脚乱。这还幸亏是龙成芳的刀法变化奇诡，已得辛芷姑这一脉的真传。沙铁山从来没有见过这路刀法，一时摸不着底细，未敢大胆进攻，要不然龙成芳更难抵敌。

展伯承这边以二敌三，却是颇占上风。他见龙成芳那边危急，连忙加紧攻敌，刺伤一个头目，迫他退出战团。此时褚葆龄在激战中亦已恢复了清醒，剑法使来，中规中矩。

展伯承松了口气，低声说道："龄姐，咱们必须与龙姑娘同舟共济，意气之争，搁下再说。我去助她一臂之力，你多留神点儿。"

褚葆龄道："你尽管去，我才不稀罕你呢。"说话之中虽然还是带有意气，但总算是肯与展伯承说话了。她的脸上也并无愠怒之色，说了这两句话，便不再理睬展伯承，自顾自的全神御敌。

展伯承心里想道："现在还不是解释误会的时候，龄姐武功不在这仇敖之下，她以一敌二，纵然稍稍吃亏，也总可以支持半个时辰。龙姑娘那边却是需人相助，刻不容缓了。"

展伯承来得恰是时候，沙铁山正自以金刚掌力迫得龙成芳刀法散乱，左手骈指如戟，便来点她穴道。展伯承喝声："住手!"刷的一剑刺去，这一剑也是刺他穴道。

这一剑是攻敌之所必救，沙铁山只得移步换掌，先行迎击展伯承。龙成芳刀法何等迅疾，一脱险境立即便是一招"彩凤旋窝"，刀光霍霍，向沙铁山下三路横扫过去。

沙铁山大怒道："好呀，你这小子侥幸逃了一次性命，还敢在太岁头上动土？我叫你们一个都活不成!"猛地里双掌齐发，掌法变幻不定，既似攻向展伯承，又似攻向龙成芳。

展伯承腾身一跃，将五禽掌法化到剑法上来，一招"大鹏展翅"拦斩敌人右腕；龙成芳也使出一招杀手绝招，刀锋斜掠，指东打西，倏地倒卷上来，横截沙铁山左腕腕脉。这两人的剑法刀法都是一等一的精妙招数，虽然功力还是比不上沙铁山，但沙铁山要想取胜，已是大为不易，更不用说可以把他们毙于掌底了。

沙铁山战他们二人不下，心中颇为焦躁。泰洛在旁边袖手旁观，不时的大声赞好。原来他这次来到中原，正想趁此机会窥探中原的各派武功，沙铁山的"七步追魂掌"，龙成芳的刀剑两用的招数，展伯承的“五禽掌法”等等，都是在中原各成一家的武功，尽管这些人的本领都比不上泰洛，但他们的武功却是有可以供给泰洛观摩的价值，故此他宁愿袖手旁观，好看个仔细。同时这也是他自高身价的做法，他要等待沙铁山必须请他出手的时候，他才出手。他在旁边喝彩也并不是单独向沙铁山喝彩的，有时碰到了展伯承或龙成芳有一招精妙的招数，他也喝彩。

泰洛的喝彩声令得沙铁山更感刺耳，心中想道：“我若是连一个黄毛丫头和一个乳臭未干的小子都收拾不了，这面子往哪里搁去？”于是把平生所学都使了出来，“七步追魂掌”循环反复，变化无穷，一招狠过一招，终于取得了优势，把龙、展二人的身形都笼罩在他的掌影之下。不过，他也不过是开始抢得了一些上风而已，要想取胜，还是不易。

另一边褚葆龄的情形也是差不多一样。不过龙、展这边是以二敌一处在下风，她则是以一敌二，感到吃力。因为她的本领和仇敖差不多是旗鼓相当，仇敖这边加上一个在江湖上勉强算得是二流手的头目，就要稍稍胜过她了。

双方正在激战之中，一时还未能分出胜负。忽见又有两个人来到，当先的那个汉子哈哈大笑道：“沙帮主，好武功！只是你与两个初出道的后生晚辈比武，不是太失身份了么？他们都是我的小友，有何事情得罪贵帮，让我代接吧！”

来的这两个人是南夏雷、南春雷兄弟。南夏雷虽然年纪也并不大，但他十五六岁便已出道，在江湖上闯荡已将近十年，这十年来江湖上小一辈的英雄，数了段克邪便是他了，故而他的身份倒是与沙铁山相当。

他们是怎样会来的呢？原来在展伯承走后，南春雷越想越觉得不妥。他起初以为是展伯承和龙成芳有什么私情，半夜偷去幽会。但后来一想龙成芳即使要约展伯承幽会，也不必在他初到海河帮的第一天晚上，在半夜三更将他从海河帮的总舵拉出来。

而且日间展、龙二人在路上相逢的情形也不似是一对情侣。他又想到龙成芳是沙铁山这帮人的仇人，展伯承也是刚刚在两天之前才和沙铁山打了一架的。南春雷一面觉得此事颇为离奇，一面又为他们二人担忧，于是就悄悄地去告诉他的哥哥。

南夏雷听了弟弟的报告，也是深感事有蹊跷。他和龙家穆家乃是世交，龙成芳的姐姐又是拜托他在江湖上照料她的妹妹的，虽然他与龙成芳因有论婚不成之事，各怀心病，但倘若龙成芳在他所在之地出了什么事情，他却怎能向龙穆二家交代？是以他在知道展伯承出走之后，便与弟弟随后赶来，要看一看龙、展二人之约究竟是怎么回事，即使惹恼了龙成芳也顾不得了。

南夏雷很担心碰上尴尬的场面，惹恼了龙成芳。却想不到会碰上沙铁山本人。沙铁山是与海河帮的舵主周同作对的，明争暗斗，已非一日，只不过未发生正面的冲突而已。南夏雷是周同的好朋友，平时敌意已深，此时对面的碰上，冲突决难避免。故此南夏雷索性将事情揽到自己的身上，按照江湖的规矩，指名向沙铁山挑战。

沙铁山当然也不肯示弱，当下哈哈一笑，说道："这个红衣女子伤了我手下的一个弟兄，姓展这小子则是我窦大哥的仇人，老实说我是要把男的捉去，把女的照样斫上两刀的。如今南大侠出头，请问这笔账怎么算法？"

南夏雷冷笑道："谁是谁非，暂且不论。我既然代他们出头，这笔账你向我讨好了。只要你胜得了我，你将我捉去也好，斫我两刀也好，都由得你！"

沙铁山道："好，南大侠是爽快人，咱们就这样办吧。不过，我可得有言在先，咱们固然是胜者为强，但在胜负未判之前，这里的人都不许走！好，你们先行罢手，待我与南大侠一决雌雄！"

龙成芳与展伯承已经退下，那一边仇敖恐他们上来夹攻，听得了帮主的命令，也便趁势收篷了。

褚葆龄不愿与展伯承、龙成芳同在一起，"哼"了一声，说道："你们结的什么私仇，与我有何相干？"不理沙铁山的命令便要硬闯过去，仇敖自忖拦不住她与展伯承，只好向泰洛求助。

泰洛昂首向天，淡淡说道："你只管执行你们帮主的命令，有我在此，怕些什么？"仇敖得到泰洛的支持，登时神气不同，横刀在路口一站，喝道："不许走！"

褚葆龄不知泰洛的厉害，依然向前走去，眼看就要与仇敖发生冲突，展伯承大吃一惊，连忙赶上，说道："龄姐慢走，我有话要和你说。爷爷的事情我还未曾告诉你呢。"

"爷爷是怎样死的？"这疑问正是搁在褚葆龄心上的一块石头。"是给我气死的呢？还是因为那晚受了刘家父子的误伤？"褚葆龄所能想到的只是这两个原因，但不论是哪一样，对她都是一个极大的打击。倘是为了前者，褚葆龄当然感到罪孽深重；但若是为了后者，刘芒变作了她的仇人，则她更是不知如何自处了。

展伯承的这句话正触及她最最关心之事，她本来是对展伯承的误会甚深，所以才要离开的，此时却不由自主地停下了脚步了。

褚葆龄颤声说道："我只要知道一件事情，我爷爷是、是几时死的？"她不敢直问死因，绕了个弯儿来问。展伯承道："就在你离家的那天晚上。"

褚葆龄的一颗心猛地一沉，就在她离家的那天晚上，那么岂不是给刘芒父子所伤的了？

褚葆龄禁不住刷的一下面色变得如同白纸，"是、是给人杀死的吗？""是受了重伤，不幸毙命的。"展伯承答。

褚葆龄咬了咬牙，眼泪夺眶而出，不敢往下再问。展伯承道："你不想知道是谁杀你爷爷的吗？"

褚葆龄忍不住叫道："你，你不要说了！"展伯承道："不，我一定要告诉你，凶手乃是窦元！"

褚葆龄怔了一怔，道："什么，你，你说的是谁？"展伯承道："铁牌手窦元！"

这刹那间，褚葆龄心上的一块石头落下了地，虽然仍是伤心，却已"轻松"多了。"铁牌手窦元？这个人不就正是杀你父母的仇人吗？"褚葆龄一直没有向展伯承透露过她曾因偷听而得知这个秘密，此时不知不觉地说了出来。

展伯承道："不错，窦元是我的仇人，也是你的仇人！我还要告诉你一件事情，这个沙铁山乃是窦元的把弟！"

仇敖狞笑道："原来你们这两个小子是我们龙头大哥的仇人！哈哈，这可正是歪打正着！好呀，你这小妖女刚才还敢说这里的事，与你无关?”

沙铁山喝道：“仇二弟，不可坏了规矩，待我与南大侠决了胜负，再处置他们!”仇敖抱刀一立，说道：“不错，反正他们亦已是插翅难逃!”

褚葆龄大怒道：“好，我本来要走的，现在偏不走了!”

展伯承正是要想她留下来才急于告诉她这件事的。要知若按江湖规矩，还有一线之机，可望南夏雷胜得过沙铁山，然后再联手合斗泰洛。否则此时若走，就决闯不过泰洛这关。

南夏雷道：“好啦，可以赐教了吧?”沙铁山的“七步追魂掌”以迅、猛、狠变见长，利于先发制人，见南夏雷招呼他进招，正合心意，口中还在慢条斯理地说道：“南大侠远来是客，主当让客，此乃是江湖的规矩……”南夏雷喝道：“谁要你让?少说废话，动手!”沙铁山仍在说道：“这，这怎么成?沙某比南大侠也痴长几岁。”

南夏雷大不耐烦，喝道：“你究竟想不想动手?”话犹未了，沙铁山陡地喝了一声“好”，一掌就向南夏雷劈来，发掌之后，这才急速说道：“南大侠既然定要客气，沙某只好有僭了!”

众人只道他还有几句“客套”话要说的，哪知他一下子就动起手来，大出众人意料之外。原来他是有意慢条斯理地说些客套话儿，使南夏雷放松戒备的。

好个南夏雷在他突袭之下，毫不慌张，眼看他这一掌堪堪就要打到，南夏雷手腕一翻，把刀一挥，其疾如电，“金雕展翅”，立即反削沙铁山的右臂。这一招拿捏时候，恰到好处，沙铁山倘不立时缩手，那就是两败俱伤之局。但南夏雷给他击了一掌最多受伤，沙铁山若给斫中，一条手臂可就得与身体分家了。

沙铁山怎肯舍了手臂与他硬拼?但他也并不缩手，就在这电光石火之间，他掌势一变，倏地划了一道圆弧，脚步已是随着南夏雷刀锋所指的方向转了一个圈，南夏雷的刀锋就差了那么三寸削不着他，而他掌心已是迅即捏了一个“印诀”，向南夏雷左臂“印”下。

两人动作都是快如闪电，沙铁山是“移步换掌”，南夏雷则以

“乱披风”的快刀御敌，转眼间，沙铁山三移步、三换掌，三掌之中套了连环二十一式。南夏雷也斫出了六六三十六刀。刀掌争雄，哪一方稍有不慎，立即便有性命之忧，可是在三步三掌二十一式对了三十六刀之间彼此都是连对方的衣角都没沾着。

众人看得目眩神摇，连泰洛也不禁赞了个“好”字。沙铁山皮笑肉不笑的“哼”了一声道：“南家快刀，果然名不虚传。但要想斫着我么，只怕也还未必能够。”南夏雷冷笑道：“七步追魂掌虽然厉害，也不见得就能当真追人家的魂魄。”

沙铁山的功力本来稍高一筹，但因他先与龙、展二人打了一场，此时与南夏雷却恰恰是旗鼓相当，谁都占不了谁的便宜。

沙、南二人越斗越烈，招数也越来越险。两边的人都捏着一把冷汗。泰洛想要上去替换沙铁山，可是沙铁山未曾发言请他，他却又不愿自失身份。

不知不觉天色已白，沙、铁二人已斗了三百招有多，双方都是大汗淋漓，气喘可闻，泰洛怕他们两败俱伤，忍不住说道：“沙帮主，你歇一歇，待我来会会这位南大侠如何？你已经打了两场了。”

沙铁山此时稍微占得一点上风，心里踌躇不定。他不想在泰洛面前示弱，但自己没有必胜的把握，也是有点害怕两败俱伤。

沙铁山还未曾回答，就在此时，忽听得一声长啸，远远传来，初起之时，似在数里之外，转瞬之间，就似到了身旁在耳边发啸一般，人人都是心头一震。

陡然之间，只听得空空儿的声音哈哈笑道：“沙铁山，这回可找到了，你还往哪里跑？”

沙铁山这一惊非同小可，他与南夏雷的武功本来相差极微，如今骤然受惊，登时就着了南夏雷一刀，幸而还不是伤着要害，只是在他的臂膊上划了一道五寸多长的伤口。

空空儿之来快得难以形容，笑声未绝，倏然间已现在沙铁山面前，“啪”的一掌，打了他一记清脆玲珑的耳光！

但空空儿只是打了他一记耳光，却没有再下杀手。只听得空空儿骂道：“晦气，晦气，受了伤的狗我空空儿是不能杀的，这次只好便宜你了。”

倏然间，空空儿“啪”的一掌，打了沙铁山一记清脆玲珑的耳光！

沙铁山想不到他受了南夏雷一刀，却换回来一条性命，连忙抱头鼠窜。不过空空儿这记耳光虽然不打算伤他，却也打得他面上开了花。

空空儿倏然出现之时，泰洛可并不知道他不想杀沙铁山。泰洛本来就是沙铁山请他来专为对付空空儿的，当然立即便冲上去，恰好在沙铁山吃了一记耳光之后与空空儿交上了手。

泰洛一掌打出，他练的是“腐骨掌”功夫，掌心蕴毒，空空儿则觉得掌心微微一麻，也晃了一晃。

空空儿纵声笑道：“我正感到无人可作对手，太过扫兴。你来得正好，我可以过过瘾了。你虽然练的是邪门毒掌，功力倒也不弱，还勉强算得是有资格可以陪我玩玩的人！好，再来，再来！看看你的毒掌能不能伤我？”

泰洛听得空空儿说是不怕毒掌，心里大大吃了一惊。但他此次来到中原，早就扬言要与中原高手一较短长，而沙铁山这次以卑辞厚礼请他助阵，又是特别声明要他对付空空儿的。倘若他给空空儿照面一招便即吓退，传出去岂非笑话？泰洛心想：“或者空空儿只是虚声恫吓，未必他就当真不怕毒掌。”

空空儿笑道：“怎么，你敢不敢来？我先让你三招！”泰洛硬起头皮，一咬牙根，狠声说道：“谁要你让！”说话之间，一招“拂柳分花”使出，柔中带刚，半攻半守。空空儿身形一晃，泰洛扑了个空。空空儿笑道：“我既说让招，就不会还击你。你无须顾忌，尽可全力攻我，不必分神防守。”

泰洛心道：“你如此骄狂，我乐得占占便宜。”他比空空儿高出一个头，双掌一合，蓦地就向空空儿的天灵盖劈下来，空空儿叫道：“哎呀，不好了！”却在这电光石火之间，一矮躯，倏地从泰洛肘底穿过，反手抛出一个荷包，说道：“老子正在闹穷，借你几两银子使用，你别见怪。”原来空空儿从他身边溜过之时，一时技痒，顺手牵羊，偷了他的钱包，掏光了里面的银钱，这才还他。

泰洛身上的钱包只是装些零用钱，损失不大，但这面子却丢不起。最气人的是，空空儿还了他的钱包，又走到了他的面前，向他嬉皮笑脸。

泰洛大吼一声，掌脚齐施，拳是“黑虎偷心”，脚是“金龙摆尾”，他的拳法不算稀奇，脚法却是有独到之处，双脚连环飞起，竟高过空空儿的头顶，脚跟倒蹴空空儿两边额角的“太阳穴”。这一招用得极为凶险，只因空空儿有言在先不还击他，他才敢用的。

空空儿赞道：“这一招还算不错！”一溜烟似的从平地拔起，泰洛的脚尖只碰着他的裤管，本想踢他的脚骨却没踢着。只听得“蓬”的一声，一只长靴掉了地来，原来空空儿给他脚尖沾着，一生了气就扯脱他的靴子。

空空儿哈哈笑道：“我和你玩耍玩耍，不能算是还击。好，现在三招已过，该轮到你来接招了。快快穿上靴子吧。”

泰洛满面通红，穿了靴子喝道：“你只用轻功躲避，这有什么意思？你敢不敢与我一较真章？”话中之意即是邀他硬拼掌力。空空儿笑道：“我有什么不敢？”声到人到，立即向他发掌！正是：

妙手空空施绝技，笑谈弹指戏魔头。

欲知后事如何？请听下回分解。

第二十三回　虎斗龙争骇众目
萍因絮果感双心

只听得“蓬蓬”数声，瞬息之间，两人已对了七掌，泰洛只觉得胸口如着巨锤，气血翻涌，大大吃了一惊，心中想道：“我只道空空儿的轻功是天下无双，内功却未必胜我。不料连内功也似乎胜我一筹。这样不停的硬拼下去，只怕他受的毒未曾发作，我已是吃不消了。”想至此处，一个“金鲤穿波”，倒纵出去，但身形仍是不能立稳，脚尖一着地，就不由自己地转了几圈，这是因为他接连受了空空儿七重掌力的缘故。

空空儿没有立即进击，却哈哈笑道：“怎么样，有点吃不消了吧？不要紧，我可以让你喘息一会。好不容易才找得一个可以勉强一打的对手，我还未曾尽兴呢，你非得陪我打下去不可！”

空空儿趁这间歇，也在默运玄功，化解所受之毒。待泰洛站稳了脚步，这才重又上去，笑道：“你和我打上架，这就由不得你了，我高兴打到几时就打到几时，你还有什么功夫，尽量使出来吧！”

刚才他们所对的七掌七式，虽是快得难以形容，但每一掌式却又清楚利落，叫人人看得分明。众人看得目眩神摇，此时心神稍定，方才禁不住喝起彩来。

喝彩声忽被马蹄声扰乱，原来是沙铁山这一伙人趁着大家都在全神贯注的时候，突然都上马跑了。沙铁山起初是寄望于泰洛能够胜得了空空儿，如今却是唯恐空空儿收拾了泰洛之后，又来打他。

泰洛又气又惊，气者是沙铁山临危弃友，惊者是空空儿像猫戏老鼠一样，即是他要认输，空空儿也不肯放过他。

眼看空空儿又已一掌劈来，泰洛顾不得面子，在地上一个打滚，扬起了两把沙。空空儿道："这是什么打法？"上去便揪泰洛，泰洛手肘支地，立即腾起，在间不容发之际，避开了空空儿一招。

空空儿道："咦，你这身法倒是有点特别，对啦，把你所会的武功都使出来，这才过瘾。"众人定睛看时，只见泰洛高大的身躯，却似一株风中柳，摇摇晃晃，所出的招数，也似杂乱无章。有时又忽地跳起几尺高。展伯承等人看了一看，才从他这看似杂乱无章的打法之中，看出了一点奥妙。

原来他这身法近乎中原武学的"醉八仙"拳术，但比"醉八仙"还要复杂得多。他这样打法有个好处，可以避免连续不断地与空空儿对掌，到实在避不开的时候，这才硬接一下。泰洛的用意在希望争取时间，等空空儿所中的毒发作。

南夏雷是看出泰洛的用意，有点担心，说道："空空前辈，周舵主听说你来扬州，渴欲见你。不必再戏耍这厮了吧？早早打发了他，咱们好一同去见周舵主。"泰洛改变了打法，虽然好些，但他之所以能够支持这许多时候，也还是由于空空儿未尽全力之故。南夏雷是个武学的大行家，当然看得出来。

空空儿笑道："你急什么，要见周同，哪一个时候不可以见？要找个可以一打的对手，可就难了。我还要借他的毒掌试试我的功力呢！"

泰洛怪招百出，空空儿也越打越快，渐渐连南夏雷也看不清楚他们的身法招数了。过了一会，只见空空儿头上冒出热腾腾的白气，笼罩如雾。原来是空空儿运用上乘内功，将身体吸收进去的毒，都化作了汗水，蒸发出来。

众人看得目眩神摇，心中都是想道："空空儿的轻功果然是盖世无双，但却也未免太自负了。"正看到紧张之处，忽听得空空儿喝道："何方高人，敢问来意？"

空空儿是决不会胡乱用"高人"二字的，众人吃了一惊，只见场中已多了一个外人，是个三绺长须的青袍汉子。这汉子接声笑道："好，果真是世所罕见的功夫，教华某大开眼界了！"展伯承大喜道："华老前辈，你来了！"原来这个人是华宗岱。

空空儿几次要找华宗岱比武都没找着，却想不到突然会在此地相逢。但空空儿天生异相，华宗岱却是一看就知道他是谁了。

泰洛与华宗岱都是塞外的成名人物，彼此相识。泰洛正苦于无法脱身，见他到来，大喜说道："华大侠，你可知道此人是谁？此人就是曾经扬言要找你比武的那个空空儿。你来得正好，可要下场和空空儿玩玩么？"

华宗岱笑道："我老了，可没有这样的豪兴了。还是让我站在一边享享眼福吧。"泰洛大为着急，只好放下面子哀求华宗岱道："华大侠，你就卖卖交情，帮帮我吧！"华宗岱拢了双手，淡淡说道："台下看戏不好过台上唱戏么？我为什么要帮你？"

空空儿蓦地一声长笑，双掌齐飞，将秦洛摔了个筋斗，说道："我有了更好的对手，不要你，滚吧！"秦洛如遇大赦，连忙飞逃。

空空儿身形一晃，到了华宗岱面前，冷冷说道："你不想找我打架，我可要找你打架。总之这出戏你是不唱不成！"

华宗岱也是个极其骄傲的人，过去他避免与空空儿比武，只不过是为了顾全与辛芷姑的情分而已。此时他见空空儿咄咄迫人，亦自不禁心头火起，当下说道："这么说来，你是一定要迫我上台陪你唱这出戏的了。不过，我今日却不想占你的便宜。"

空空儿歪斜着眼睛傲然说道："你能占我什么便宜？"

华宗岱道："你与秦洛已打了一场，我等你养好气力再说。"

空空儿道："笑话，我打秦洛费什么气力？你瞧瞧我可有丝毫中毒的迹象？"空空儿所受之毒都已化作汗水蒸发，的确是毫未中毒。但他流汗逾斗，衣衫尽湿，就似落汤鸡一般，情形也着实是有几分狼狈。说是完全没有消耗真力，那却是不确的。

华宗岱瞧他一眼，忍不住笑道："人贵有自知之明。不错，你是未曾中毒，但总是差了点劲吧？要打就打个痛快，我何必占你便宜？"

空空儿大怒道："你敢小觑我？差点劲又怎么样？你以为我要胜你就非用全力不可么？"

华宗岱最恨别人看不起他，这一下登时变了面色，说道："空空儿，你当我怕你不成？但你须依我一事，我今日才与你比。"

空空儿道："何事？快说！"华宗岱道："由你划出道儿，你必须选择一个对你有利的比武办法，否则我决不比。因为这样才算是扯了个直，谁都不占谁的便宜！"

空空儿急于要和他比武，心想："我若随便划个道儿，他必然不答应。也罢，他也算得是武林中顶尖儿的人物，总得给他几分面子。"

空空儿想了一想，说道："好吧，你不是说要陪我登台唱戏吗？咱们就把这座白塔当作戏台，我与你上塔顶比武！"

这座塔有七层，下面大，上面小，从地面到塔顶十八丈高，塔顶上若容两人比武，已没有多少回旋余地。莫说给对方打中，只怕有一步行差踏错，也会失足跌了下来。

华宗岱胸中之气这才消散，笑着点头道："好，这样就公平了！"要知空空儿的轻功天下第一，在塔顶比武，当然是空空儿占了便宜。

展伯承大惊道："切磋武功，事属寻常。但两位老前辈都是自己人，何必如此认真？"

空空儿哈哈笑道："你这小娃儿懂得什么，不认真还何必比武？好，姓华的，请吧！"

只见空空儿身形一起，俨如一鹤冲天，左脚脚尖在第三层的檐角一点，右脚脚尖落下之时，已到了塔的第五层。第三次身形拔起，落下之时，已站在白塔的最上一层的琉璃瓦面了。因他身法太快，下面的人根本就看不清他曾换脚步，简直就似"飞"上去似的。

这座塔每一层有二丈多高，华宗岱却不能一跃就上到第三层，他也不能只用脚尖之力就连续施展"一鹤冲天"的轻功，他是用手攀檐角一层层地翻上去的，虽然也很迅速，但比起空空儿的绝顶轻功，却是差了一筹了。

空空儿道："你外号'笔扫千军'，我要领教领教你的笔法！"

华宗岱笑道："这是江湖上的朋友给我脸上贴金，我哪能当此盛誉？不过你一定要我献拙，我就请你指点指点吧！你的袁公剑法，一剑能刺九穴，我也是久仰的了。你可也不要吝惜看家本领啊！”

空空儿哈哈笑道：“大家都不用客套了，真本领正该向行家来使！”华宗岱说道：“好，那就请拔剑赐招吧。”因为他们有言在先，是空空儿划的“道儿”，按规矩让空空儿先行出招。

空空儿笑道：“你这话就说得有点外行了，袁公剑法并不是就一定非用剑不可的。好，接招！袁公剑法来！”

原来空空儿近年来在剑法是精益求精，已经能够把袁公刺穴剑法化到掌法与指法上来，只见他手捏剑诀，骈指如刃，蓦地向华宗岱戳去，果然是一招极上乘的刺穴剑法。而且因为他是以指代剑，掌力也可尽量发挥，比单纯用剑，厉害多了。

华宗岱心头一凛，想道：“幸亏我试过铁铮的功夫，也摸到了一点袁公剑法的底细。要不然只怕还真不容易对付呢。”在这电光石火之间，空空儿掌指兼施，掌劈胸膛，指戳穴道，掌力雄浑也还罢了，那指法更是变幻得出奇，一招之间，遍袭了华宗岱的九处大穴。

华宗岱哈哈笑道：“好功夫，佩服，佩服！”笑声中双笔交叉穿插，也是在电光石火之间，遍袭空空儿的奇经八脉，笔长指短，在兵器上他还略占便宜。空空儿的掌力摇撼不动他，华宗岱的笔法身法丝毫不乱。空空儿反而给他迫得不能近身。空空儿也不禁好生佩服，赞道：“笔扫千军，果然是名不虚传！”

两人互相佩服，但搏斗得却是越来越见凶险！空空儿使出盖世无双的轻功，以己以长，攻敌之短。瞻之在前，忽焉在后，有好几次还从塔边掠过，看来就似要失足堕下一般，但却突然从华宗岱意想不到的方位攻到。

塔顶乃是琉璃瓦面，溜滑非常，本来就很难立足得稳，空空儿又百计千方，使出各种险招，要把华宗岱引到边缘，将他挤下高塔。这一场恶斗的惊险绝伦当真是言语难以形容。展伯承等人在塔底下翘首而观，人人都是捏着一把冷汗，几乎喘不过气。

华宗岱使出毕生本领，步步小心的沉着应付，不为对方所诱。但空空儿以肉掌来使袁公剑法，有许多是他新创的招数，是华宗岱未曾摸到底细的。华宗岱为了竭力化解他的凌厉攻势，尽管步步小心，好几次也给他险险迫到了塔边。

但华宗岱号称“笔扫千军”，也当真是“盛名之下无虚士”！他的双笔点八脉的功夫，与空空儿的一招刺九穴的本领正是旗鼓相当，难分高下。若论功力，华宗岱还略胜一筹。但若论轻功，则又是空空儿高明少许。不过空空儿战意旺盛，出手全采攻势，在旁人看来，则是华宗岱似乎略处下风，惊险更甚！

激战中空空儿身形一晃，从塔边绕过，用“梅花落地”一式，倏地一个盘旋，掌托笔身，双指疾点华宗岱膝盖的“环跳穴”与腿肚的“伏兔穴”。这一招使得奇险无比。

华宗岱在这样情形之下，心中想道：“我不伤他，他必伤我！”电光石火之间，无暇考虑，立即力贯笔尖，手腕一沉，往前疾插！这一沉乃是要摆脱空空儿的掌抓，这一插则是要把空空儿迫开。避免与他近身缠斗。

空空儿这一招使得太险，笔长指短，在华宗岱全力还击之下，却是吃了点亏。饶是他立即飘身闪开，只听得“嗤”的一声，衣袖已是给华宗岱戳穿一个小孔。

但与此同时，紧接着“哗啦”声响，华宗岱却踏碎了一片琉璃瓦。原来他以全力还击，脚步稍微踏重了一些。

华宗岱只道他这一招全力反击，空空儿托不着他的判官笔，少不免要受点伤，甚至丧命亦未可料。哪知仅仅是戳破他的衣袖，心里十分佩服，说道：“就算是我输了一招，可以罢休了吧？”

华宗岱一来是为了惺惺相惜，二来也委实是有点害怕两败俱伤，所以想趁机收篷，彼此都可保全面子。但他却不合“说错”了一句话，他说“就算是我输了一招”，在空空儿听来，这话的意思就变成了“我并没有输招，输招的是你”了。以空空儿这等极端好胜的人听来，心里焉能服帖？这句话的效果非但不能解开结子，反而无异是给空空儿火上加油！

空空儿大怒道：“你不用气我，你没有输招，难道我就输了给你么？说什么今日也要见个真章，分出胜负！”说话之间，已展开了狂风暴雨般的攻击，以快速无伦的手法，掌劈指戳，接连向华宗岱攻了十七八招，华宗岱想要另说“好话”挽回，亦已难以分神说话了。

其实刚才这招，他们一个戳破衣袖，一个踏碎瓦片，以高手比武的规矩严格而论，彼此都是输了一招，还不能算是比出短长来的。

华宗岱虽则没有空空儿那么好胜，却也是十分自负的人，空空儿要分出“真章”，他亦自不禁心头火起，心道：“我好意让他两分，他却当我怕他了。好，他既苦苦相迫，我就挫挫他的威风！”

两人再度交锋，双方都把平生所学尽都使出。从塔底下望上去，只见半空中重重叠叠都是空空儿的影子，重重人影之中，两道银蛇盘旋飞舞，那是华宗岱的判官双笔正在使出“笔扫千军”的威力。塔顶四面倾斜，有两个人在上面打斗，其实已是无甚回旋的余地，但从下面看上去，人人却又感觉似有千军万马在上面追逐一般。

过了一会，空空儿的头上又冒出了热腾腾的白气，大汗淋漓。原来他因为与泰洛斗了一场，当时曾耗了几分真力迫出体中之毒，此时已渐渐有点气力不加之感了。他与泰洛相斗时的流汗是挥发毒气，而现在则是真正给华宗岱在激战中迫得他大汗如雨的。

华宗岱在空空儿狂攻之下，接连遇了好几次险招，虽然解拆得宜应付过去，心里也吃惊不小，暗自想道：“若不是他先打了一场，只怕我还当真打不过他呢。”

空空儿屡攻不下，气喘心跳，亦自暗暗吃惊，心里想道：“在这塔顶打斗，我已占了一重便宜，犹自如此，倘在平地上与他比武，我即使未曾打过一场，只怕也未必胜得过他。”

但他们虽然是衷心的佩服了对方，却因双方都早已把话说满了，谁都不肯先行罢手示弱，只好继续苦斗下去。此时形势，表面是空空儿占了七成攻势，实际是华宗岱稍得上风。但也不容易就分胜负。

这两大高手在塔顶上笔掌争雄，塔脚下的一班少年看得惊心动魄！展伯承手心里捏着一把冷汗，不知怎样才能使这两位老前辈罢手？不错，这是百世难逢的“眼福”，但这两位老前辈不论是哪一个受了伤，都非展伯承所愿。

南春雷悄声问道："展大哥，这位华老前辈就是你说的那位曾救了铁铮的武林异人么？铁铮不是跟着他养伤的么？他还有个女儿呢？何以都不见来？"

展伯承心中一动，连忙叫道："空空前辈，请看在华老前辈曾救过你徒弟的情分，罢手了吧？"

空空儿未曾答话，华宗岱却"哼"了一声，说道："不必把徒弟的事情扯到师父身上。我救铁铮是我和他的缘分，无须师父领情。"

展伯承是一番好意，但仓猝之间，说话未经考虑，却是犯了华宗岱之忌。此时他正占上风，若然罢手，岂非是承认了展伯承的说法，要空空儿领他的情，让他一手？

空空儿好胜得紧，处在下风，更是不能罢手，立即冷冷应道："不错，这一架是非打完不可，待分出了胜负，我再向你磕头道谢都行！"

空空儿与华宗岱心中其实也在暗暗叫苦，两人成了骑虎难下之势，华宗岱虽然稍占上风，打到最后，只怕也还是个两败俱伤。

正在两人都在叫苦而又不肯罢休之际，忽地又见一人如飞而来，轻功竟似与空空儿相差不远，直到这人来到了白塔脚下，众人才看得清楚是个背插拂尘，腰悬长剑，装束像个道姑的中年妇人。

展伯承喜出望外，叫道："辛老前辈，你来得正好！"

辛芷姑无暇理会展伯承，身法一收，马上喝道："争这闲气，有甚来由？都给我住手，哼，空空儿，你听不听话？"

空空儿一生是天不怕，地不怕，唯独最怕老婆。展伯承的话他可以不听，但辛芷姑的话，他却是不能不听的。不过，因为他略处下风，心中还是稍稍有点踌躇。

空空儿是害怕此时罢手，等于向华宗岱认输。但虽然有点踌躇，招数亦已不知不觉的缓了。

空空儿咬一咬牙，为了要听老婆的话，迫于无奈，正想认输。他张大了嘴巴，面红耳赤，话未曾说得出口，华宗岱却忽地先叫了声"哎哟"，从塔边一个倒栽葱跌了下去。

原来华宗岱是因为看见辛芷姑来到，卖她的面子，有意让招，故作“自行失足”的。他在少年时候，曾与辛芷姑有过一段交情，虽然后来各自婚配，两人也隔别了相近十年，但这段交情还是彼此忘怀不了，却也早已净化了。不错，这些年来，他也盼望与辛芷姑有日重逢，互相话旧。但在他的心中，却只是把辛芷姑当作一个少年时候的知己，除此别无杂念。因此，此次他与空空儿斗，为的其实还不是那段陈年往事，而是由于两人都好胜，为争了一口气，这才打得难以罢休的。那段陈年往事，最多只能说是一个导火线而已。

华宗岱心里想的是：“我此时已是稍占上风，以芷姑的武学造诣，当能看得出来。我便让空空儿胜了这场，表面是给他面子，实则是给芷姑面子，成全她的丈夫天下无敌之名，岂非两全其美？何况空空儿的本领，实在也是在我之上，我趁他气衰力竭之际，即使打败了他胜得也不光彩。”华宗岱就是在这复杂的心情之下，自行“失足”的。

空空儿不料他有此一着，蓦地一怔，叫道：“你这算是什么？”

话声未了，忽地有件意外之事突然发生。华宗岱的轻功不如空空儿之炉火纯青，他一个“倒栽葱”跌了下去，在半空中必须翻转一个筋斗减弱下坠之势，这样才能使得足尖着地，不致受伤。就在他半空中倒翻筋斗之时，忽听得急促的暗器破空之声，也不知是从什么地方飞来了两颗石子，竟是第一流高手的暗器打穴功夫！

华宗岱正在倒翻筋斗，非但无法躲避，想接暗器也不可能。好个空空儿，就在这电光石火之间，施展绝顶轻功，一跃而下，接了第一颗石子，就在半空反手打出，将第二颗石子也打落了，他跟在华宗岱后面跳下，却比华宗岱先落下地。

空空儿接了第一颗石子，虎口竟然感到有点发麻，而他打落的第二颗石子，也并没有撞得远飞，而是直线跌落的。这足以显出发石偷袭之人，功力亦是非同小可。

空空儿大怒道：“躲在暗处，暗箭伤人，算得什么好汉？哼，你要躲也躲不了，非把你揪出来不可！”

空空儿听声辨向，身法如电，扑向离塔脚不远的一个土丘，果然那土丘后面，跳出了一个人来。

这人的长相也很奇特，身形像竹篙，头颅却大如芭斗，满头乱发，色泽枯黄，看来像个病夫，但一双大眼，却是炯炯有神。

这人见空空儿向他扑来，居然毫无惧色，反而迎了上去，冷冷说道："空空儿，别人怕你我可不怕你！"

空空儿大怒道："什么东西，敢在我面前说嘴！"双掌一分，左掌如刀，劈那汉子头颅，右掌横指如戟，又点他胁下的"愈气穴"。空空儿一来怒他偷施暗算，二来恼他出言不逊，故而刚一照面，便是掌劈指戳的杀手绝招。

那人也是用双掌对付他的双掌，"劈挂捶"往下一捣，迅即一招"横架金梁"，另一掌硬接空空儿的掌力。

双掌相交，"蓬"的一声，空空儿竟给他的掌力反推出去，点穴那招，也给他的猛掌直捣，硬生生地碰回去了。

空空儿大吃一惊，心道："哪里钻出来的那个家伙，难道他竟然还强过华宗岱么，我与他对掌，居然会感到吃力。"

其实，这人的功力虽是不凡，但要与华宗岱相比，还是颇有不如。即使空空儿的内力也要比他稍胜一筹的。但空空儿太过好胜，却忘记了他在恶战华宗岱之后，早已强弩之末了。

这汉子说他不害怕空空儿。这是假的。就因为他既害怕空空儿，也害怕华宗岱，所以才想趁"鹬蚌相争"，来收"渔翁之利"。他躲在暗处，偷放暗器，本是想先杀华宗岱，后杀空空儿，却没想到空空儿会救他的"敌人"，教他的计划成为泡影。

不过此时他却的确是不害怕空空儿了，他害怕的是辛芷姑上来帮手。心里想道："好坏先打他一顿，杀不了他，也要使他重伤。那时再逃也还不迟。"

空空儿暗暗叫苦，但他有生以来，从未曾要过人帮忙的，即使是夫妻之亲，他也不愿意出声向妻子求援，免得在人前示弱。幸而他虽是强弩之末，轻功却还有原来六七成功夫，一见不妙，就和那人绕身游斗，那人要打中他亦非易事。在旁人看来，空空儿身手矫捷，好像还是他完全占了攻势似的。

华宗岱当然也是恼恨这人向他暗算的，不过他见空空儿已经和这人打了起来，他当然也就不便再过去了。

华宗岱走到辛芷姑面前，抱拳一礼，说道：“贤伉俪名闻江湖，华某忝属故人，亦感光彩。只是适才无意冒犯了尊夫，还请你代为向尊夫告罪。请恕华某失陪了。”说完便走。

辛芷姑茫然说道：“是啊，好几十年没有见面了。你、你就要走了么?”要知她与华宗岱那段交谊虽然是日子不长，后来两人又因性情不很相投，难于相处，而默然分手。但华宗岱毕竟是第一个闯进她少女心扉的人，对于这位故人，她还是时常怀念的，但却想不到在这样的情形下重逢。

华宗岱抑制下心头的激动，淡淡说道：“我不想打扰你们了，我还是走的好。”辛芷姑想起空空儿的脾气，也怕会引她丈夫的猜疑，便默不作声了。

可是辛芷姑默不作声，空空儿却在大声嚷道：“华宗岱，你怎么可以这样就走了呢？不行啊，不行!”

华宗岱怔了一怔，冷冷说道：“我已认了输了，你还要怎样?”空空儿叫道：“不对，不对！你没有输，怎么可以认输的？我正要和你说明白这件事情，你待我一会吧，待我打发了这个臭贼，咱们再切磋切磋武功。”

华宗岱心里又好气又好笑，想道：“也不曾见过天下如此好胜之人!”于是仰天大笑道：“不管是谁赢谁输，我可没有雅兴奉陪你了!”

华宗岱却怎知道，空空儿另是有一种心思，并非要和他再打一架的。空空儿嗜武成狂，他所说的“切磋”，是指谈论武学的“切磋”，而非施拳动脚的“切磋”。他好不容易才碰到一个武学的大行家，而且又是旗鼓相当的华宗岱，哪里还把私人的芥蒂放在心上？又哪里肯舍得这样一位“武学同好”一走了之？另外，他虽然极之好胜，但却又是光明磊落的汉子，他自己明白今日自己其实是输给了华宗岱的，他又怎肯占华宗岱的便宜要他认输？空空儿一生游戏人间，唯独在武学上最为认真，赢就是赢，输就是输，因此他非得和华宗岱讲个清楚不可。

可是他这么情急叫嚷，说话分了分神，那个黄发汉子，登时转守为攻，“蓬”的一声又打了他一掌。空空儿大怒道：“好呀，你这臭贼我非打发你不可！”话虽如此，这人的武功却不是那么容易“打发”的，尤其在空空儿已是强弩之末之际，别说“打发”，要应付也得用尽心神，空空儿只得认真对付，顾不得与华宗岱分解了。

华宗岱和辛芷姑都不知道那人的武功如此高强，只当空空儿是在拿他玩耍，因此都没有留心在意。要知以空空儿的武功，普天之下，能够与他打成平手的也只不过有限几人，他们又怎想得到空空儿会败在这人手里？尽管空空儿已经激战了半天。

华宗岱怕空空儿纠缠不清，说了这几句话，匆匆便走。展伯承急忙追上去叫道：“华老前辈，华老伯，铁铮哥哥呢？他怎么样了？”

华宗岱笑道：“他好得很，你等一会儿，就可以见着他了。”展伯承又惊又喜，说道：“他也来了？”但华宗岱口中说话，脚步并不停留，早已去得远了。他最后说的一句话还是用传音入密的内功传过来的。

南夏雷叹道：“这位老前辈的武功当真是非同小可！他和空空伯伯激斗了半天，依然还是步履如飞。”

南春雷道：“父亲如此了得，女儿想亦不弱。却不知那位华姑娘来了没有？嗯，要是铁铮和她都一齐来了，咱们可就真，真热闹啦！”南春雷有点担心他妹妹的婚事，但却不便在展伯承和辛芷姑的面前说出来。

辛芷姑皱皱眉头，说道：“空空儿，你听见了没有？你的徒弟也来到扬州了。你就不想去找他？赶快打发这臭贼吧，别再戏耍了。”

话犹未了，忽听得空空儿闷哼一声，一跃数丈，落地之时，竟然立足不稳，在地上打了一个滚，这才翻身坐起。

原来空空儿刚才因为说话分了心神，给那汉子抢了先手。着着进迫。空空儿实在气力不加，禁不着对方的掌力，只好跳开躲避，摔了一跤。

辛芷姑大惊，连忙跑去照料。那个汉子伤不着空空儿，又见辛芷姑追来，也不敢再去追击空空儿，便即跑了。

空空儿盘膝坐在地上，众人都已来到他的身边，不敢说话。过了半晌，只见空空儿面色渐转红润，张开了眼睛。原来他正在以深厚的内功，调匀气息，恢复疲劳。

辛芷姑见他张开了眼睛，连忙说道：“你怎么啦，可是受伤了？”

空空儿一跃而起，说道：“笑话，笑话！这臭贼怎么伤得了我？哼，哼，这臭贼胆敢乘人之危，我非找他算账不可！”

辛芷姑劝道：“要找他算账，也不忙在一时，你就歇两天吧。”

空空儿双眼一翻，说道：“什么话，你以为我现在就打不过他了？何须用得着歇两天？”

辛芷姑板起脸孔说道：“我不许你这样不爱惜自己的身子，你听不听话？”

空空儿道：“唔，你也说得对，找这臭贼算账，不必忙在一时，我还有更紧要的事情呢，怎能忘了？”

辛芷姑道：“对啦，还是先回去拜访周同，请他帮忙打听铁铮的消息吧。”不料空空儿却摇一摇头，说道：“这不是什么紧要的事情。”跟着便似自言自语地说道：“仇人可以慢一步算账，好朋友可不能失之交臂。对啦，我应该马上去追华宗岱去！”

辛芷菇面色一沉，说道：“你还要胡闹？”空空儿道：“你放心，我不是去找他打架，我是去与他切磋武功，我还要向他道歉呢！”他好像生怕辛芷姑要把他拖住，说了便跑。空空儿的轻功天下第一，虽然在激战之后，跑起来还是疾如奔马，有谁追得上他？

辛芷姑甚是尴尬，她的丈夫要去会她旧日几乎将是情人的朋友，她既阻拦不住，也就不便再跟踪前往了。好在空空儿说过不再与华宗岱比武，辛芷姑倒可以放下一重心事。

辛芷姑也摇了摇头，说道：“他的脾气真是越老越像小孩子了。好啦，不必理他，咱们谈咱们的。南贤侄，你怎么来的，令堂可好？”辛芷姑和南家兄弟的母亲夏凌霜是在江湖上齐名的女侠，尤其在她嫁了空空儿之后，两家的交情更是特别要好，所以她见了南夏雷与南春雷这两兄弟，就不免要和他叙叙家常了。

褚葆龄道：“这里没有我的事了，我可要走啦。”她对龙成芳的气还未过，又因爷爷之死而大是伤心，因此就不愿多留，只想到一个无人之处大哭一场。

展伯承可就感到为难了，他听说铁铮已经来到扬州，当然很想和铁铮会面。但他又舍不得褚葆龄，这倒不仅仅是因为余情未断，而是觉得好像还有许多话要和褚葆龄说个清楚，否则不能安心。但要说的什么？怎么样措词来说？他心中又觉一片茫然。

眼看褚葆龄就要走了，展伯承忙道："龄姐，你可是还在恼我么？那晚的事情我是不得已的呀。你要不要知道事情的经过？你要不要知道爷爷和我说了些什么话？嗯，龄姐，你就多留一两天吧！铁铮兄妹和你也是小时候非常要好的朋友，多年不见，你不想见见他再走去？"

展伯承在这儿竭力挽留他的"龄姐"，龙成芳不知趣的也过来了。她虽然刁蛮，性情倒还爽直，走过来就笑嘻嘻地说道："展兄弟，你的龄姐恼你是假，恼我是真。好啦，我昨晚得罪了你，这厢我向你赔礼啦。"她一半是为了佩服褚葆龄的武功，另一半则是以为褚葆龄与展伯承已可能言归于好，这样她不再是自己的"情敌"了，只要不是情敌，那就不妨做个朋友了。

褚葆龄侧转身子，冷冷说道："不敢当，我喜欢谁或是恼谁，这是我自己的事情，也用不着别人胡猜。"

龙成芳碰了一个钉子，强笑说道："算我多管闲事。好啦，我不打扰你们说话了。"辛芷姑叫道："芳儿，过来。你怎么一个人到处乱跑？你姐姐正要我管束你呢。"辛芷姑并未看到她与褚葆龄打架，不过见她们两人的神气不似和睦的样子，却是有点奇怪。

龙成芳的姐姐龙成香是辛芷姑的大弟子，龙成芳的本领都是她姐姐传授的，因此也跟着姐姐尊辛芷姑为师。辛芷姑叫她，她正好有个借口走开，当下过去向辛芷姑请安。心中七上八落，生怕褚葆龄在辛芷姑跟前告她一状。

褚葆龄却哪有闲心告她的状，她看了看展伯承，不由得心乱如麻，茫然说道："好吧，小承子，你有什么话要说，说吧。"展伯承刚才与她并肩同御强敌，她又想起了与展伯承青梅竹马的一段时光，对展伯承的恼恨也就不知不觉减了六七分了。一向是叫惯了

“小承子”的，这时也就不知不觉地叫了出来。

展伯承许久未曾听过这样亲切的称呼了，听在耳中，心中感到一股甜意。但随即想道：“龄姐为了刘芒和龙成芳打架，可见得爱刘芒之深。她说得对，她喜欢谁或是恼谁，都是她的事情。我也早就打定主意要成全他们两人的了，何必再扰乱她的心曲？”

展伯承正自不知从何说起，褚葆龄已先说道：“过去的事都不必提了，我也不怪你。你只说说爷爷临死之时，对我有什么遗言？”

展伯承好生为难，褚遂临死之时郑重地嘱咐他，要他告诉褚葆龄，不许她和刘芒往来的，倘若她嫁了刘芒，他在九泉之下也难瞑目。但这些话展伯承又怎好据实告诉他的“龄姐”？

展伯承终于还是黯然说道：“爷爷说他后悔干涉了你和刘芒的事情，以至你离家远走，临死也不能见你一面。以后就任由你自己作主吧。”说了之后，心中暗暗祷告：“爷爷，我不忍见龄姐伤心，请你老人家原谅我说了一次假话。”

褚葆龄不由得泪珠滚滚，哽咽说道：“爷爷毕竟是疼爱我的，我却对不住爷爷了。唉，爷爷你虽然让我自作主张，我却不知如何是好？”原来她为了龙成芳这桩事情，对刘芒也是疑虑丛生。

展伯承正想劝慰她，忽听得人声喧闹，只见有许多人向这座白塔跑来，走在最前面的是海河帮的帮主周同，铁铮和华宗岱的女儿华剑虹与及南秋雷等人也跟在后面。

原来铁铮尚未知道他的父亲已经搬回金鸡岭老寨，他在痊愈之后，却与华宗岱父女二人，奔往伏牛山。华剑虹接受了他的邀请，作为山寨的客人，准备住一个较长的时间。华宗岱则打算在拜会铁摩勒之后，再入江湖，寻访三十年前在中原结识的几位旧友人，顺便打听空空儿夫妇的行踪，若有机缘，他也愿意与辛芷姑见上一面。

他们在奔往伏牛山的途中，听到了伏牛山的山寨已被官军攻破的消息，而铁摩勒的下落则还未明。因此遂中途改变计划，一行人来到扬州，希望能见到段克邪，再定行止。段克邪在三个月前来扬州帮周同劫夺漕运，这是他早就告诉了铁铮的。

昨晚展伯承私自离开海河帮总舵，来赴龙成芳之约，其后南夏雷兄弟又出来追踪，都未曾告诉帮主周同。不过南夏雷做事却较为老成一些，那时已是深夜，他不想惊醒周同，曾留下一张字条，当时无暇多写，只简简单单地说明是出去寻觅展伯承，事由且待归来再讲。

周同第二日朝早发现了这张字条，等到日上三竿，还未见他们回来，心中很是不安，不知是出了什么事情，正想亲自带领帮众，分头去寻他们，正巧在这个时候，华宗岱带了铁铮与女儿，已经到来拜访周同。

周同与华宗岱并不相识，但华宗岱的大名他则是早已听得武林前辈说过了的，听说他与铁摩勒的儿子来到，又惊又喜，倒履相迎，同时把这桩事情告诉他们。

铁铮听说他们正要去找展伯承，当然也是很为着急，不暇歇息，便随周同出来了。华宗岱父女也帮忙他们一同寻找。不过华宗岱的轻功远远高出众人，为了急于找着展伯承，他一个人先走，而把女儿和铁铮交与周同。

华宗岱轻功既高，所走的那一条路又恰巧走对，是以在他和空空儿大打一场之后，周同这些人还未来到。

华宗岱找寻展伯承，却出乎意外的与空空儿夫妇相遇，他既与空空儿比了武，又和辛芷姑见了一面，多年心愿已偿，遂飘然远走了。女儿与铁铮有周同照料，他是放心得下的。他让女儿单独与铁铮在一起，也有促成他们婚事的心意。

且说展伯承与铁铮见了面，双方都是无限惊喜。南夏雷看见妹妹和华剑虹手拉着手，一同走来，似乎很是亲热，也很诧异。

众人匆匆叙了几句话，华剑虹便即问道：“我爹爹呢？他来过了没有？”

展伯承道：“你爹爹已经走了。”华剑虹说道：“我爹爹也真是的，他怎么不等我们？”

铁铮笑道：“你爹爹不是说过的吗？他说你已经长大了，不再是需要他照料的小姑娘了。他本来是准备将你安顿在我爹爹的山寨里，他好独自去访友的。也许他是因为已经找着了展大哥，所以就一人走了。”华剑虹嘟着小嘴说道：“那也该和我说一声呀。”

南秋雷的母亲颇有将女儿许与铁铮之意，这心事也曾对女儿说过。此际，南秋雷听得他们亲亲热热的说话，显露出竟似是一家人似的，心中难免有点酸溜溜的味儿。不过她母教甚严，却不似龙成芳与褚葆龄那样的野性，容易表露出来。

铁铮小时候是曾和南家兄妹在一起玩过的，但一别多年，相形之下，倒是和南秋雷比较陌生了。他也不会知道南秋雷的心事。他见师母在场，于是在和华剑虹说了几句话后，已无暇与南家兄妹叙话，便即上前向辛芷姑请安，问道："我师父呢？"

辛芷姑"哼"了一声，说道："你师父也是莫名其妙，他和华姑娘的尊翁比了一场武，现在也追下去了。"铁铮吃了一惊，道："师父和华老前辈比武了？"华剑虹更是吃惊，心道："难道是我的爹爹输给了空空儿？怎么空空儿还去追他？"

展伯承笑道："两位放心，你的师父和她的爹爹真正是不打不成相识。他们打了一场，你说我赢，我说你赢，彼此都是惺惺相惜。因此，你师父要追赶华老前辈，为的是想将他留住，和他谈论武功，决不会是再打一场的了。"

周同因为要应付窦元与沙铁山这帮人的挑衅，正是渴望有高手相助。如今华宗岱与空空儿都来到了扬州，对他而言真是天大的喜事，求也求不到的。他生怕这两人走掉，连忙说道："咱们去找他们两位回来吧。空空前辈难得到来，我也应该亲自去接驾才对。"

且说空空儿展开绝顶轻功，跑去追赶华宗岱，直追出了三十里外，这才发现华宗岱的背影，而且不止华宗岱一人。华宗岱正在和一个短小精悍的汉子恶斗。

空空儿是见不得有高手动武的，一见之下不由得见猎心喜，哈哈笑道："华老哥，原来你打了两场还未尽兴，却跑到这儿又找人打架了。"他兴高采烈地跑近去看，不料这一看却使得他也不禁大大吃惊。华宗岱与这汉子比掌，竟然只有招架的份儿！正是：

几次三番逢恶斗，纵然高手也难当。

欲知后事如何？请听下回分解。

华宗岱未经歇息，以双笔对付司空猛的双掌，也只有招架的份儿。

第二十四回　欲收鹬蚌相争利
不怕熊罴气自豪

要知华宗岱的内功还在空空儿之上，这是空空儿已经领教过的。所以他初时看见这矮汉和华宗岱交手，丝毫也没有为华宗岱担忧的心思。虽然他也猜想得到，这矮汉敢与华宗岱对掌，自必亦非庸手。

哪知到近处一看，只见这汉子出掌如刀，骈指如戟，所使的大擒拿手法兼有狠、准、变三者之长，招数之妙，竟是空空儿都未曾见过的。

而且，还不仅仅是手法狠辣，招数精妙而已。空空儿站在三丈之外的地方，也暗暗感觉得到他的那股劲力。他出掌擒拿，无声无息，连掌风也没刮起，但却有如暗流汹涌般的内力向四方扩散，空空儿是个武学的大行家，怎能不暗暗吃惊。

空空儿心里想道："倘若只比内力，只怕我也未必能有把握胜他。华宗岱吃亏在和我打了一场，如今已然处在下风，再战下去，只怕更是凶多吉少。"

殊不知空空儿固然吃惊，那汉子更是心中惴惴。他生怕空空儿助华宗岱夹攻他，连忙把掌力催紧，要趁空空儿尚在踌躇未决之际，赶快把华宗岱击倒。

华宗岱一直未经歇息，此时只剩下五成功力，仗着双笔点八脉的绝顶功夫苦苦支撑，已是汗流浃背。以双笔对付对方的双掌，也只有招架的份儿。

空空儿看得手心捏汗，心头痒痒，恨不得便和那人大打一场。

不过以他的身份，以他的性情，却怎能与华宗岱联手，两个打那人一个。

空空儿心念未已，华宗岱已碰了一招险招。那人双掌齐出，反手擒拿，华宗岱上身的三处关节七个穴道都在他的掌指擒拿之下。

空空儿“噫”了一声，不知不觉地跨前两步。就在这电光石火之间，华宗岱使了一个绝妙的身法，双笔横拖，身随笔转，守中带攻，化解了对方这一招凌厉无比的大擒拿手！

这固然是华宗岱化解得宜，但空空儿跨上前这两步，也给了那人心理的威胁，教他不能不分点心神提防。要不然只怕华宗岱多少也要受点轻伤。

这汉子双眼一翻，喝道：“空空儿，你若要捡便宜的话，就并肩子上吧。否则，你就站远一些。”这汉子是知道空空儿身份的，故意出言相激，叫他不好意思来助华宗岱。

空空儿大怒道：“华老兄，你打得够了。让我也来凑凑热闹吧，请你退下。待我再领教高明！”

那汉子大笑道：“空空儿，原来你们是想用车轮战呀！好，车轮战我也不怕你，来吧！来吧！”

空空儿给对方这么嘲讽，真个是气在心头，却说不出来。要知空空儿从昨晚三更到今日午间时分，已经连续打了三场，三个对手之中，只有泰洛稍为弱些，其他两人——华宗岱和那陌生汉子都是武林罕见的高手。如今这矮汉却反而说空空儿是想用“车轮战”，怎不叫空空儿啼笑皆非！

空空儿是个非常要强的人，他与这汉子素昧平生，自是不愿多费唇舌向他辩解。此时，他若定要上去把华宗岱替换下来，恐怕对方说他是“车轮战”，若不上去，又怕华宗岱难以支持。当真是进退两难。

华宗岱凝神应付了两招，把这矮汉迫退一步，抽空说道：“空空儿，我是和这位司空世兄试招玩的，你别多事，走你的吧！”

空空儿听得“司空”二字，瞿然一惊，说道：“咄，你这矮冬瓜原来是雪山老怪司空图的儿子么？”

司空图是当今邪派中辈分最高的一个人物，四十多年之前，曾败在空空儿的师父藏灵子手下，自此隐居在藏边大雪山上，不再下山。空空儿也只是耳闻其名而未曾见过面的。

这矮汉怒道：“空空儿，你敢辱骂我的爹爹，你不要走，我非和你打上一架不可。要不，你现在上来也行。”

空空儿说道：“我当然不走。喂，华老兄，你们到底是真打还是假打？我看可不像是试招呢！好，我就让这矮冬瓜说我是车轮战好了，华老兄，你退下来吧！”

华宗岱并不知道空空儿的师父与雪山老怪司空图有过一段过节，他是有意说出对方的身份，伪称“试招”，希望空空儿赶快走开，免得牵累空空儿的。要知雪山老怪父子都是极为难缠的人物，和他们结了怨，后患无穷。而且空空儿在三场苦斗之后，也未必就打得过这老怪的儿子。华宗岱感激空空儿相助之意，却不想他卷入漩涡。

华宗岱要空空儿走，空空儿不愿意走。但华宗岱不肯退下，空空儿又不能上去以二敌一。

正在纠缠不清，忽听得有人大笑道：“空空儿，你想打架吗？好，我来奉陪。咱们那一架本来就未打完，你来得正好。咱们可以一对一决个胜负了。”

来的这人正是刚才在白塔脚下偷发暗器的那个汉子，他怕给空空儿夫妇围攻，打了空空儿一掌之后，便即逃走。却不料又在这儿碰上了。

那矮汉其实也怕空空儿上来攻他，一见此人来到，心头一松，笑道：“对啦，一张口难吃两个果子，师兄，你去拣软的吃。看咱们谁先吞下？”

原来这矮汉乃是雪山老怪司空图的儿子司空猛，后来的那个瘦长汉子则是他的大师兄西门旺。司空图有两个徒弟，二徒弟北宫横，就是从前在魏博道上率领田承嗣的“牙兵”，拦途截劫展伯承与铁铮等人所押解的宝车，曾经与华宗岱交过手，吃过华宗岱的亏的那个人。

西门旺、北宫横虽是师兄，但本领却都不如这个小师弟。所以那次北宫横在吃了华宗岱的亏之后，就连忙把小师弟找来助阵。

那次司空猛来给二师兄助阵，本是要想与华宗岱一决雌雄的，不料中途杀出个段克邪，仗着超卓的轻功，让他十招。司空猛连发九招，未伤着段克邪，为了保全面子，不敢发最后一招，就吓得跑了。其实当时段克邪已是用尽全力支持，倘若他敢发最后的一招，段克邪是多少也要受伤的。

司空猛过后越想越觉得不值，他自以为武功已是天下第二，第一当然是他老子，这次下山，是有心在江湖上扬威立万的，华宗岱、铁摩勒、空空儿等人，都是他想要击败的人，这次他未得与华宗岱交手便给段克邪吓退，心中怎肯甘休？是以他有两个心愿念念不忘，其一是要找个机会再向华宗岱挑衅，其二就是要向段克邪“雪耻”了。

这次他来到扬州，就是因为打听得段克邪在周同这儿故而来的。但他恐防华宗岱还是与段克邪同在一起，自己孤掌难鸣，因此又特地把大师兄约来，作为他的助手。至于二师兄北宫横则因已在魏博节度使田承嗣的手下当差，负有保护田承嗣的责任，不能擅离。

他们来到扬州，这才知道段克邪已往他处，不过这只是暂时的离开，因为周同与窦元这两伙人的火并已是如箭在弦，说不定什么时候就要爆发，所以段克邪还是要回来的。

他们将江南的武林形势打听得清清楚楚之后，不久就和窦元勾搭上了。窦元是沙铁山的把兄，听说沙铁山来了，昨天刚刚赶到，还未曾与沙铁山会面。

这次沙铁山请了泰洛来对付空空儿，昨晚碰上，两人一交手，沙铁山就知泰洛不敌，连忙跑回自己的总舵。恰巧窦元与司空猛、西门旺两人作伴，正在他的总舵等他。于是他们两师兄弟便立即赶来想与泰洛助阵。

他们未曾来到，中途已碰上败下阵来的泰洛，从泰洛口中又知道了空空儿正在与华宗岱在白塔顶上恶战。西门旺认为这是个难得的时机，便躲在暗处等待他们两败俱伤的时候偷施暗算。司空猛较为高傲，却不肯这样做，但他也没有拦阻他的大师兄。

于是师兄弟俩各自行事，一个在塔脚偷袭，一个在路上埋伏。

司空猛没有参加偷袭的行动，表面上似乎是显得光明磊落一些，骨子里的用心却是更为险恶。他是想在中原发扬光大他的雪山派，他若采取偷袭的手段，恐怕传出去会给天下英雄笑话。倒不如躲在路上伏袭，可以收“渔人之利”。因为在空空儿与华宗岱斗得两败俱伤之后，即使他的师兄偷袭不逞，这两人也已是不堪再战了。那时他“光明正大”的出来挑战，假如对方联手，他就可以反过来嘲笑对方了。空空儿与华宗岱必须顾住身份，这也早已在他意料之中。

司空猛的“如意算盘”打得很好，只是有一样不如他的估计。华宗岱并非“不堪再战”，而是“尚可一战”。另一方面，他的师兄一来，空空儿知道了他们的关系，也就识破了他的计谋了。

不过华宗岱虽然“尚堪一战”，司空猛自忖却是比较有把握可以胜得了他。他领教过段克邪的轻功，对于轻功比段克邪更高明的空空儿，他是没有把握取胜的。因此他要把空空儿推给他的师兄，口里却还在说漂亮话，说是让他的师兄“拣软的吃”。

空空儿识破他的诡谋，不由得无名火起，心中想道：“原来他们乃是合谋，这矮冬瓜也是知道我已经打过三场的了，却反而说我是想车轮战。”

西门旺听了师弟的漂亮话，心里有点不大舒服，想道：“你是师父的爱子，就由你逞能吧。”他更没有把握胜得空空儿，不过在空空儿久战之余，自信也不会输给他。而看他的师弟那边的形势，则是似乎可以稳操胜算的。只要自己缠得着空空儿，待到师弟击败了华宗岱，也就可以让他的师弟来收拾空空儿了。

于是西门旺为了照顾全局起见，也就不计较师兄弟间的争功问题，甘愿成全师弟的威名，擦掌摩拳，便上来迎战空空儿。

不料空空儿一声长啸，西门旺双掌打了个空，空空儿已插进了华宗岱与司空猛两人之间，冷冷说道：“我就让你拣软的吃吧。华老兄，我和你掉换一个对手，咱们还是一个对一个。”

空空儿身手何等矫捷，一插进来，已是把司空猛的攻势接了过去。华宗岱当然不能以二敌一，只好听他的话，和他掉换对手。

西门旺正想说两句俏皮话，空空儿纵声笑道：“你们是拣软的吃，我却是拣新鲜的吃。你那点武功我都见过了，我没有胃口吃霉烂的果子，必须换换口味了。”

司空猛大怒道：“好，反正你们今日都是难逃性命的了，哪一个和我作对手都是一样！”

但事实上却完全不是一样。

空空儿和华宗岱虽然难分高下，但在武学上却是各有所长。空空儿的轻功天下无双，而在这方面却恰巧是司空猛的弱点。当年司空猛与段克邪较量，段克邪让他十招，他连发九招都打不着段克邪。如今对手是空空儿，他要想打伤空空儿那就更不容易了。

空空儿在恶斗三场之后，功力只剩下原来的五六成，比起司空猛来的确是相差甚远，但他只用绕身游斗的方法，有隙即攻，无隙即闪，司空猛打不着他，有好几次反而险险给他点中穴道。这么一来，只有空空儿打他的份儿，空空儿已是立于不败之地。

另一边华宗岱与西门旺激斗，也是大大松了口气。原来西门旺的本领比他的师弟要差三成。华宗岱的功力本来是比司空猛更高的，只因已是强弩之末，所以对付司空猛才会感到十分吃力。但如今换了一个对手，由他来斗西门旺，尽管他的功力在恶斗司空猛之时又消耗了几分，但用来对付西门旺，仍然绰有余裕。

华宗岱试了几招，试探出西门旺的功力不如自己，索性收起了判官双笔，以掌力与他硬拼。拼到三十招开外，西门旺大汗淋漓，疲态毕露。

司空猛为了防备空空儿闪电般的点穴手法，只得默运玄功，封闭了全身穴道。如此一来，他可以用来攻击空空儿的力量也就减少了三两分了。他伤不了空空儿，空空儿也不能伤他。斗到了三五十招之后，空空儿固然是感到吃力，而司空猛亦已气喘吁吁。

空空儿心里想道：“这样下去，只怕要两败俱伤。”但他是极端好胜的脾气，对方不先罢手，他是怎也不肯罢手的。

司空猛自己明白，倘若这次他不能将空空儿打败，以后要想胜他那就根本是不可能的事了。目前的形势是看谁拖得久些。他是希望空空儿在支持不住之时，自己跑开。那么他虽然不能打伤空空儿，却也可以在江湖上夸口说是曾经打败过空空儿了。

正在双方骑虎难下之际，忽见前面尘土飞扬，一骑快马如飞而来。人未到，声已先到："大师兄，你在这里和谁打架呀？"原来是段克邪回到扬州来了。

段克邪走近一看，认出了是司空猛，哈哈笑道："原来是你！我让你十招，你还有一招未发呢。大师兄，你让我和这厮先结一结账吧。我和他打的一架，还未打完。待他发了一招，就轮到我还手了！"

司空猛本来就已无心恋战，此时见段克邪来到，他哪里还敢和空空儿再打下去？当下虚晃一招，转身便逃。

段克邪喝道："咱们那一架还没有打完呢，你就要跑了？"司空猛划了一道圆弧，双掌向前推出，虽是强弩之末，也还是劲风呼呼。

段克邪迅即闪开，哈哈笑道："我已经让够你十招了，好，你既怕我打你，也就由你去吧。"

那一边西门旺也只恨爹娘生少了两条腿，连忙跟着师弟逃跑。空空儿与华宗岱从昨晚的三更时分，连续和不同的对手恶斗，打到今日的午时已过，即使是喜欢打架的空空儿，也已经打得够了。就像一个吃得过饱的人，此时是只想坐下来打呃了。

段克邪见空空儿大汗淋漓，全身湿透，双眼火赤、唇白面青，师兄这样狼狈的神情，是他从来没有见过的，不禁吃了一惊，问道："师兄，你怎么啦？"

空空儿吸了一口气，哈哈笑道："我是有生以来，从未曾打得这样过瘾的了。你问的好糊涂，凭你的师兄这身本领，难道还会打输给人家不成？倒是你要和这个雪山老怪的儿子做对手，可还得勤练武功才行。"

段克邪看出了师兄没有受伤，松了口气，赔笑说道："是，是。师兄打遍天下无敌，小弟是问得多余了。"

不料空空儿忽地摇头道："不是，不是。"口中说话，脚步已走到华宗岱身前，拉着他的手道："华老兄，昨晚那一架，你认输不行，公平的说，应该是我输了一招的。我对别样马虎，对输赢则是一向认真的！"

华宗岱的性情本来也是有几分怪僻的，空空儿这一副直爽的脾气，倒是对了他的口味，心中的芥蒂也就不知不觉都消除了。当下说道："不，你不想占我的便宜，我也不想占你的便宜。你在和我打架之前，已先试了泰洛的毒掌。所以最多也只能说是咱们不分胜负。"

空空儿正是想他说这句话，于是大笑道："好，你也很光明磊落。这样说倒是公平了。"

段克邪在一旁听得莫名其妙，不知这个和他师兄打平手的是什么人。他本来有些话要告诉师兄的，此时见师兄老是和这人争论着什么胜负的问题，他却是不便插嘴。

远远地听得是一群人跑来的脚步声，空空儿道："不好，不好。他们来了！"

段克邪纳罕道："他们是些什么人？"心想师兄天不怕地不怕的，还能怕谁？

空空儿笑道："是你的师嫂和周帮主他们一大群人来了。"段克邪失笑道："哦，原来师兄是害怕师嫂。"

空空儿道："不是，不是。我是怕他们缠我。我最怕应酬，他们一来，咱们就不能清静了。华老兄，你我找一个僻静的处所，躲个三两天，也好切磋切磋武功。"

说话之间，那群人已经走得比较近了，段克邪纵目遥观，只见来的果然是周同、辛芷姑、铁铮、南夏雷兄妹，以及展伯承等人。段克邪是尚未知展、铁二人来到扬州的，见了他们自是意外之喜。

空空儿不由分说，拉了华宗岱便跑。周同连忙叫道："空空前辈，慢走，慢走！老前辈既然来到了扬州，岂能不容我稍尽地主之谊？"华剑虹也叫道："爹爹，你去哪儿？"

空空儿笑道："周帮主，你的意思我早已明白了。你放心，要是你和窦元这帮人打架的话，我空空儿定必不请自来。如今我却要和好朋友谈论武功去了。芷姑，你也放心，我和宗岱打成了平手，以后也是不会再打的了。你替我照料徒弟吧。我谈得尽兴，自然回来。"

华宗岱大笑道："人生难得一个知己，好，空空儿，我就伴你几天。虹儿，爸爸或许要过些时候才能回来看你，好在你也结识了许多新朋友，不愁寂寞，也不愁没人照料，我倒可以放心得下。”

空空儿怕他们啰唆，他拉着华宗岱跑，口中说话，脚步则是丝毫不缓的。他们两人是何等样的轻功，待得众人赶到来与段克邪相会之时，他们早已是走得连影子也不见了，华宗岱说到后来的那几句说话，还是用传音入密的内功传回来的。

辛芷姑摇头笑道：“他们都是一般疯疯癫癫的脾气，由得他们去吧。”其辞若有憾焉，其心则实喜之。要知辛芷姑生平最大的心事，就是怕空空儿与华宗岱始终不和，更怕他们斗个两败俱伤。如今他们二人已经尽释前嫌，结成好友。辛芷姑当然也就可以放下这重心事。

周同素知空空儿一诺千金，空空儿既然答应了若然有事就会来帮他的忙，便放下了心。想道：“即使华宗岱不再回来，但有空空儿夫妇答应助阵，段克邪又已回来。谅窦元那边，也不可能邀请这许多能手。”

段克邪和众人相见，在几个小辈之中，褚葆龄是他多年未见的，差不多都不认识了。

但段克邪看见展伯承和褚葆龄站在一起，也就马上想起她是谁了。段克邪是知道展伯承与褚家之事的，但却不知道他们两人之间的纠纷，当下笑道：“展贤侄，你终于找着褚姑娘了。我还未曾得问你们呢，你们两人在闹些什么，为什么各走各的？褚姑娘，你知不知道，伯承为了找你，焦急得很，三个月前，我在魏博与他相遇，他还托过我打听你的行踪呢。好了，好了，现在可不用我费神了。”

段克邪自己在爱情上有过一段经历，他少年时候和他的未婚妻子史若梅曾发生过许多误会，后来才彼此谅解、和好如初。他只当展伯承“这一对”也是如此，遂把他们打趣一番。这一打趣可把他们两人都羞得满面通红，展伯承尤其尴尬得很。

褚葆龄向段克邪行过了见面礼，便道：“段叔叔，我爷爷不幸去世，我要去修理他的坟墓，请恕我失陪了。”

段克邪怔了一怔，道：“你怎么就要走了？修理令祖的坟墓固然紧要，但也不争在迟早个十天半月呀。”

铁铮与展伯承情如兄弟，想与展伯承多聚几天，生怕展伯承会跟褚葆龄同走，所以也帮忙来劝褚葆龄。铁铮还未知妹妹对展伯承的心事。不过，他又比段克邪知道多一些，知道有个刘芒插在他们中间，从刘家父子夺宝的事情，他也猜想得到褚葆龄与刘芒的关系非比寻常，褚葆龄对刘芒的感情可能比对展伯承更好。铁铮当然是要帮忙展伯承的，他之挽留褚葆龄，也包含有替他们撮合的心意。

但褚葆龄却执意要走，展伯承自己不便说话，他想陪褚葆龄回家，又舍不得和好友马上分手，不觉进退两难。

铁铮眉头一皱，忽地想起一事，说道："褚姑娘，修理你爷爷坟墓要紧，还是替你爷爷报仇要紧?”

褚葆龄呆了一呆，说道："当然是替爷爷报仇要紧。”

铁铮道："着呀。那你刚才有没有听到周帮主所说，你爷爷的仇人窦元就在扬州，他们正要和窦元这帮人有一场大打呢，这也不正是你报仇的好机会吗?”

褚葆龄一想，以自己的本领，要想杀掉窦元替爷爷报仇，那是决不可能之事，心道："为了这桩大事，我就与小承子同在一起，谅刘芒也不会怪我的。唉，我爷爷之死，虽说是由于窦元伤着要害，但与刘振父子那晚的夺宝之事也不无关系，爷爷遗嘱虽然任我作主，我却怎好还嫁刘芒，何况他还有个龙二小姐在这儿?”

褚葆龄心中凄苦，茫然地点了点头。铁铮等人只道她是悲伤她的爷爷，怎想得到她的心中有那么复杂的情绪? 展伯承则是隐约懂得她的心事，但既不便当众说话，也不知如何慰解，但见她答应了留下来，也就稍稍宽心了。

龙成芳与褚葆龄有着心病，不愿与褚葆龄同在一起，说道："师父，我离家日久，想回去看一看了。”辛芷姑“哼”了一声道："我以为你只知贪玩，忘了回家呢? 你的姐姐正要找你去，那你就回去吧。可别在江湖上闹事了!”

辛芷姑受了龙成香之托，是巴不得龙成芳回家的。其实龙成芳说要回家是假，想去找寻刘芒是真。她自以为“移花接木”之计已成，满怀高兴地跨上坐骑匆匆便走了。

辛芷姑摇了摇头，笑道："我这记名弟子，比我当年还野得多，我也无心管束她了。"想起一事，问段克邪道："弟妇呢？怎的你们不是一同回来？"段克邪夫妻当日是一同离开扬州的，此时只他单骑回来，周同也觉纳罕，正想动问。

段克邪道："若梅已经陪她的一个朋友，到周帮主的总舵安歇了。"辛芷姑笑道："好，朋友越来越多，这可就越发热闹了，只不知道是哪位女侠？"史若梅可以单独陪伴的朋友当然是女的无疑。辛芷姑在小一辈的女侠中，最敬佩的是史若梅的好友聂隐娘，她希望是聂隐娘。

段克邪道："我正要告诉你们这件事。师嫂，你还记得那位师陀国的郡主宇文虹霓吗？她如今已经是师陀国的女王了。却想不到她又重履中原，若梅碰见的就是她。"

辛芷姑听说是宇文虹霓，也很喜欢，说道："她重履中原之事，我早已知道了。数月前我在吕鸿春的槐树庄，也曾碰见过她，你这么巧也碰上她了？她大约是到扬州来打听她的丈夫的下落吧？"

段克邪道："不错，她是来找楚平原大哥的。五日前我还在长江北岸的临沂，住在老英雄金刀董钊的家里。董老虽然早已金盆洗手，江湖上的消息还很灵通。我在他那儿听到一个消息，说是有个美貌的女子带着四个胡人在江湖上出现，恰巧在我来到临沂之前的一天，从枣庄这条路经过，看来似是要南行渡江的。江湖豪杰，见有胡人出现，难免要小心提防，所以就有人来禀报董老，问要不要派人追踪他们。我和若梅一听到这个消息，就疑心宇文虹霓。于是我们便自告奋勇，前往追踪。昨天在北岸相遇，果然是她。我们也来得正巧，恰好碰上了她们和另一帮胡人混战。"

展伯承道："另一帮胡人？那想必是与泰洛同来的那三个回纥武士了。其中是不是有一个手使月牙弯刀，能够用刀尖刺穴的人？"

段克邪道："不错，是有这样的一个人。这人貌似汉人，武功也以他最强，你们知道他的来历？"

展伯承道："这个人名叫丘必大，我曾经碰见他两次，一次是在赴槐树庄的途中，他与泰洛一共四人同行。那晚泰洛单独到槐树庄挑衅，后来就是辛老前辈来了才打败了他的。第二次是我和凝妹在回伏牛山山寨的途中，在一个小客店碰上了这个丘必大，几乎吃了他大亏。后来恰好碰上楚叔叔经过，这才把他打跑的。”

段克邪与楚平原的交情最好，听得展伯承曾遇上他，又惊又喜，说道：“这么说楚大哥果然是回来了。可惜他与宇文虹霓都曾先后遇上这个丘必大，而他们两人却还在彼此寻找，未曾会上一面。”

展伯承道：“我曾经告诉楚叔叔关于宇文姑姑的行踪，想必他也会到扬州来的。你说下去吧，宇文姑姑与那帮胡人混战，后来怎么样了？”

段克邪道：“那个丘必大武功很是不错，宇文虹霓和他打成平手。另外那两个回纥武士本领稍微差些，但他们却善于使用暗器。宇文虹霓有四个手下，武功也很不弱，但不幸却有两人给他们的暗器伤了。幸好我们来得及时，我接了他们的暗器，打伤其中一人，这才把他们吓退。宇文虹霓刺了丘必大一剑，却也着了对方一刀。所以我们无暇去追那三个武士，便忙着将他们送到周大哥的总舵疗伤。我是到了总舵，才知道南兄弟与展贤侄你们都来了的。是以若梅留下来照料宇文虹霓，我便立即出来寻觅你们了。”

辛芷姑听说宇文虹霓受伤，吃了一惊，连忙问道：“伤得怎么样？我这里有少林寺的小还丹，赶快回去给她服食吧。”

段克邪道：“宇文虹霓伤得不重，只是给刀尖划破一点皮肉。昨日敷了金创药，现在已差不多好了。倒是她的两个手下，中了喂毒的暗器，伤得很重，师嫂有小还丹，这就最好不过了。”

一行人匆匆回去，到了总舵，史若梅与宇文虹霓听得帮中头目的报信，已经出来迎接他们。辛芷姑一看，宇文虹霓果然已是行动如常，放下了心。当下将两颗小还丹交给宇文虹霓救治她的手下。

宇文虹霓本来想第二日就走的，展伯承告诉她，楚平原将会到来，于是宇文虹霓也留下了。

不过宇文虹霓听了展伯承所说的这个消息，却也是一喜一忧。喜者是得知楚平原平安无恙，忧者是按照行程而论，展伯承是一个多月之前遇见楚平原的，论理他是应该早已来到扬州的了，但如今展伯承到伏牛山打了个转，也已来了，而楚平原却还未见到来。是以宇文虹霓又不免担忧他在途中遇到意外。

段克邪安慰她道："楚大哥武功高强，他在中原的武林之中，又是只有朋友，没有仇家的，即使有什么意外耽搁，推想也只是碰到哪一位好朋友留他盘桓几天，决不至于是遭遇强敌，身受伤害。"宇文虹霓听他说得有理，稍稍宽心。于是决意留在扬州等他。

海河帮的总舵主周同也在着急着等待空空儿回来，空空儿本来说过只是与华宗岱找个僻静处所谈论武功，三两天就回来的。可是等到第三天，空空儿还未见踪影，而窦元与沙铁山已经派人来下战书了。

窦元的战书倒很干脆，在数了他们之间的纠纷之后，认为"两雄不并立"，就直截了当地提出以武力解决纷争。日期是三天之后，地点是在瓜州口外长江中的一个小岛。在荒岛上比武，可以避免官府的干扰，也可以避免祸延百姓，周同不甘示弱，便即表示同意了。

瓜州离扬州府不到百里，不过也得早一天动身。接了战书之后第二天，空空儿还没回来，周同只得留下了话，第三天一早，便和众人同赴瓜州。

宇文虹霓那两个手下已经痊愈，因为泰洛那帮人在窦元那边，所以宇文虹霓也答应助阵。不过她却有个条件，倘若泰洛那帮人不加入战团的话，她就也只能袖手旁观。因为她是师陀国的女王，不愿意介入中原的武林纷争。师陀与回纥是敌国，她只能与回纥的武士交锋。周同得她答应对付泰洛那一帮人于愿已足，当然不会苛求。

窦元和沙铁山这帮人是水寇，海河帮也是在长江称雄的一大帮派，双方都有自己的船队。不过，这次的比武，说明了是双方的好手较量，而不是要展开混战的，小岛上也不能容纳双方的全部人马，故而双方也预先约好了参加的人数不能超过百人。

周同准备了三艘大船，到了约会之日，天未亮便立即开航，航程不过三十里，天亮之后就可以到达那个小岛。他们的比武则是准备在巳时开始。周同直到开航之前还在希望空空儿能够及时赶到，可是他所得的只是失望。正是：

战云笼罩长江上，急待英雄助阵来。

欲知双方胜负如何？请听下回分解。

梁羽生作品集 39

慧剑心魔

梁羽生

下

朗声图书 中山大学出版社 SUN YAT-SEN UNIVERSITY PRESS

图书在版编目（CIP）数据

慧剑心魔/梁羽生著. --广州：中山大学出版社，2012. 10
（梁羽生作品集）
ISBN 978-7-306-04346-7

Ⅰ. ①慧… Ⅱ. ①梁… Ⅲ. ①侠义小说—中国—当代 Ⅳ. ①I247.5

中国版本图书馆CIP数据核字（2012）第255003号

广东省版权局版权合同登记图字：19-2012-050号

敬告读者

为了维护读者、著作权人和出版发行者的合法权益，本书采用了新型数码防伪技术。正版图书的定价标示处及外包装盒上均贴有完好的防伪标签。刮开涂层，可见到一组数码，您可以通过两种途径查验真伪。

1. 拨打全国免费电话4008301315，按语音提示从左到右依次输入相应数码并按#键结束。
2. 扫描防伪标上的二维码，按提示输入相应数码。

读者如发现盗版图书，可向当地“扫黄打非”办公室、新闻出版局、公安机关、市场监督管理局等部门举报，或直接与我们联系。

联系电话：020-34297719　13570022400

我们对举报盗版、盗印、销售盗版图书等侵权行为的有功人员将予以重奖。

广州市朗声图书有限公司

目　录

第二十五回　英雄肝胆须挥剑
儿女柔情合一心 …………………… 399

第二十六回　惘惘余情随逝水
空空妙手解恩仇 …………………… 417

第二十七回　知谁是中流砥柱
问几时大海澄清 …………………… 431

第二十八回　堪叹世途多势利
却伤巨室少亲谊 …………………… 449

第二十九回　仗义拔刀维正气
盗名欺世愧亲谊 …………………… 465

第 三 十 回　病中出走情可忍
心事谁知意自怜 …………………… 481

第三十一回　喜得神医退群盗
却伤怨女数行书 …………………… 501

第三十二回　异国情鸳同患难
中原豪杰共恩仇 …………………… 517

第三十三回　欲避强胡非善策
终须豪杰逐狼兵 …………………… 535

第三十四回　喜见英雄能伏虎
惊闻女主陷魔宫 …………………… 553

第三十五回　气壮山河驱暴虏
光辉日月颂英雄 …………………… 567

第三十六回　大野鏖兵戈指日
深宫血战剑如虹 …………………… 589

第三十七回　兵火浮家豪杰恨
金风送爽义师来 …………………… 601
第三十八回　何用参禅坚定力
但凭慧剑斩心魔 …………………… 621
第三十九回　伏虎驱狼寒敌胆
冲锋陷阵显神威 …………………… 637
第 四 十 回　凯歌欢奏妖氛净
穷寇潜逃祸患多 …………………… 653
第四十一回　卷地胡尘遮日月
干云豪气起幽燕 …………………… 671
第四十二回　从来百姓真无敌
试论英雄孰最强 …………………… 691
第四十三回　碌碌风尘寻弱女
惺惺相惜结亲家 …………………… 705
第四十四回　力拼胡强豪杰胆
心伤焦土女儿情 …………………… 721
第四十五回　羞颜愧饮英雄酒
脱险难酬侠士恩 …………………… 741
第四十六回　仗义何堪遭折辱
铸情无计愿偕逃 …………………… 755
第四十七回　神剑施剑寒敌胆
将军一怒反幽州 …………………… 771
第四十八回　尽扫妖氛驱暴虏
还须慧剑斩心魔 …………………… 789

第二十五回　英雄肝胆须挥剑
儿女柔情合一心

段克邪安慰周同道："我的大师兄素来是一诺千金，他答应你要来助阵，那就一定会来的。你们两帮比武之事，是早在三天之前就约好的了，这消息此刻想必亦已传遍江南武林，大师兄又不是避世隐居，焉有不知道之理？"

周同说道："我只怕他们两位武学大师谈论武功，谈得入迷，对外间之事，浑如不觉。"

段克邪笑道："不会的。我的大师兄对谈论武功固然是很有兴趣，但对打架更有兴趣。而且他也说过，他与华老前辈谈得尽兴，就定必回来。如今他们已同在一起五天，什么武功还未谈完？"

周同笑道："但愿如你所言。"心想："空空儿即使不能及时赶到，但段克邪夫妻已经回来，还意外地得到辛芷姑与许多少年豪杰助阵，还有宇文虹霓也答应了对付泰洛那帮人，实力也颇不弱了。"不过，他是希望得到空空儿做他最得力的靠山，此际，已将面临决战，空空儿尚还未见回来，心中总是有点惴惴不安。

三艘大船在晨光熹微之中向那小岛进发。展伯承与褚葆龄同在一条船上。这几日来，褚葆龄总是避免和他见面，此际在这船上，褚葆龄也不愿留在舱中参加他们的谈话，而是走出舱外，独倚船舷，看那滔滔的流水。

"不尽长江东逝水，浪花淘尽英雄。"褚葆龄心伤逝水，目送惊涛，不觉喟然兴叹。她的爷爷一世英雄，如今已是一抔黄土。而这一年来，自己漂泊江湖，却不知流向何方，不也正像这长江的逝水？

“长江后浪推前浪，世上新人换旧人。”不错，这是古往今来都是如此的。老一辈的她爷爷那一辈的英雄消逝了，新一辈的像“小承子”和刘芒这一辈的英雄又逐渐成长了。

想起了“小承子”与刘芒，褚葆龄又不觉心如乱麻。她有与刘芒重逢的机会吗？重逢之后又能和好如初吗？“小承子”对她仍似姐姐一般，可是她对“小承子”的感情还能够像从前一样吗？长江水，向东流，她呢，她又流向何方？

褚葆龄正自怅怅惘惘，思如潮涌，忽听得有人轻轻的一声咳嗽，回头一看，却原来是展伯承站在后面，也不知他是什么时候出来的。

褚葆龄怀疑他是窥破了自己的心事，面上一红，说道：“小承子，你怎么不与铁铮谈话，一个人跑出来了？”

展伯承道：“我有点闷，出来吸口海风。嗯，龄姐，你不也是一个人在这儿吗？可是想着什么心事？”

褚葆龄道：“我是想着心事——想着怎样对付窦元。咱们这边虽说是有许多能人，但我总不能让别人为我的爷爷报仇呀！”固然这也是褚葆龄的一桩心事，但她另外的许多心事，可就要瞒着展伯承了。

展伯承靠近她的身边，若有所思，沉吟半晌，说道：“龄姐，你还记得最后一次在园中和我练武的事吗？”

褚葆龄心头一跳，脸都红了，说道：“你提这个干嘛？”原来她就是在那一次的练武当中，向展伯承透露出她与刘芒相恋的心事，并求展伯承帮助她的。同时在那次练武当中，她也隐隐感到展伯承对她的爱意，正是因此，她为了要澄清她与展伯承之间的关系，这才正式表露她对刘芒的心事的。

展伯承道：“那次咱们练爷爷所教的小擒拿手法，我输了给你，后来我用五禽掌法，赢回了一招，你可记得？”

褚葆龄道：“记得又怎么样？”声音已是有点不大自然。

展伯承道：“这一年来，我用心解拆爷爷所教的这七十二把小擒拿手法，觉得这七十二把擒拿手法狠辣无比，用之得当，正可以以弱御强，倘若再配上我的五禽掌法，威力更大。嗯，龄姐，这一年来，我也是时刻想着怎样为爷爷报仇之事，让咱们联手对付窦元吧。我想到了一招最狠辣的招数，到时咱们给他来个‘背腹受敌’，我在前面用这一招拿着他的虎口关节，你在背后一抓就可以抓碎他的琵琶骨，即使不能立即就杀了他，也可以把他的武功废了。”

褚葆龄这才知道展伯承念念不忘的只是为她的爷爷报仇，不觉又是感激，又是惭愧，说道：“小承子，窦元的武功非同小可，你那一招也不知能否奏效，即使能够，但你必须欺到他的身前，才能拿他虎口，这个危险太大了，你会有性命之忧的。”

展伯承道：“你的爷爷也是我的爷爷，我宁愿粉身碎骨，也要为爷爷报仇。”

褚葆龄不觉珠泪盈眶，说道：“多谢你，小承子。但我不愿你为我舍命，不如你把这一招教我！让我与窦元一拼。”

展伯承道：“不，爷爷是咱两人的爷爷，我可并不是只为了你呀。对付窦元，一个人是不行的，必须咱们联手才成。何况虽有危险，也不一定就会丧命。龄姐，今日是个机会，过后就难逢。咱们把爷爷所教的这七十二把小擒拿手法重温一遍吧。”

褚葆龄心情激动，此时她哪能够平静下来与展伯承温习武功？

褚葆龄与展伯承一同长大，熟悉他的性情，他一旦下了决心要做某件事情之后，那就是至死不移的了。只是有一点她还捉摸不透的是，展伯承是不是如他所说完全是为了替爷爷报仇，而并没掺杂有为她而牺牲的心意？

褚葆龄眼角斜睨，只见展伯承还是一脸诚恳的神情，等着她的回答，褚葆龄强忍着泪，哽咽说道：“爷爷所教的小擒拿手法，我也没有丢荒，不必再练了。到时，咱们就像从前练习一样，我会与你配合得好的。”

正说到这儿，铁铮也已出来寻找他们，笑道：“展大哥，原来你是和褚姑娘躲在这儿。我不打扰你们了。”

展伯承很是不好意思，连忙说道：“我是出来吹吹海风，碰巧龄姐也在这儿，我遂和她计议对付窦元的事情。好，咱们都进去谈吧。”

褚葆龄背转身子抹干眼泪，说道：“你们先进去，我再吹一会儿海风，我不惯舱中的气闷。”

铁铮笑了一笑，展伯承怕他再说出一些令褚葆龄难堪的话来，便赶忙拉着铁铮回船舱去了。

展、铁二人走后，褚葆龄独倚船舷，思前想后心中更是不能平静。她一向以为自己爱的是刘芒，也从来没有怀疑过刘芒对她的爱。但此时却不知不觉地拿刘芒和“小承子”比较起来，“刘芒会不会对我这样好呢？”

这艘船忽然慢了下来，褚葆龄这才惊觉，抬头一望，原来已经到这座荒岛了。

周同走在前头，带领他这一帮人登陆，只见窦元那边的人早已在岛上等候他们了。岛中有一片已经清除了荆棘的平地，想是窦元那些人刚刚开辟出来的。

周同把眼望去，留心观察，窦元那边，有沙铁山、鲍泰那一帮人，有泰洛、丘必大那一帮人，还有卜仇天、帅万雄等一帮黑道高手。而且最厉害的那两个对头人物，雪山老怪门下的大弟子西门旺和他的爱子司空猛也都来了。

窦元哈哈笑道：“周舵主果是信人，如期来了。”

周同拱了拱手，说道：“今日之约，窦舵主你是主人，请你划出道儿！”

窦元也不客气，说道：“咱们今日是强存弱亡，除非一方降服，否则就是不死不散。周舵主，你的意思怎么样？”

周同不堪示弱，微微一笑，说道：“窦舵主怎么说，我就怎么办。总之，是舍命陪君子罢啦！”

窦元纵声大笑道：“好，好，很好！但咱们两边都有助拳的朋友，两边朋友之中，或者各有冤仇。他们是要拼生死或者只是要决雌雄，咱们做主人应该随客人的便。因此我的意思是让客人们先行动手，有冤报冤，有仇报仇。然后咱们两帮再决一死战。”

周同道：“好，一切随你便。这就是开始吧！”

褚葆龄悄悄拉了展伯承一下，展伯承道：“不必着忙，先让他们长辈。”

展伯承不愿僭越，却想不到对方的人出来，第一个就是指名要向他挑战。这个人是卜仇天。

卜仇天拔出判官双笔，朝他们这边一指，朗声说道：“别人是家丑不外扬，我却是不怕自扬家丑。我曾在魏博道上栽了一次大大的筋斗，那次我是截劫王家的宝藏，栽在华宗岱之手的。华宗岱今日不在场，但当日押运宝藏的两个小子可是在场的。这两个小子就是展伯承和铁铮，喏，还有华宗岱的女儿也是在场的。我现在就向他们挑战，不错，他们份属小辈，但他们也都是武学名家的子女，我让你们三人齐上，也不能算是以大欺小了吧？再不然，倘有他们的长辈在场，要代他们出头的话，我也愿意应战。”

卜仇天在武林中勉强可以跻进一流高手之列，他估计对方只有辛芷菇与段克邪、史若梅三人可以胜得过他，倘若败在这三人手里，败也败得光荣。同时他也估计到对方的一流高手不多，必须要腾出人来对付自己这边的司空猛、西门旺、泰洛等人，未必就会出头与他对敌。

他猜得不错，辛芷姑“哼”了一声，道：“这人不配是我的对手。”段克邪看了那边的司空猛一下，料想司空猛等必将会向他挑战，心里也在踌躇。

卜仇天向他们“三小”挑战是主，至于说到可以让他们的长辈出头代替，那只是附带说说而已，他这样说话，实是外厉内荏，群雄心里都在暗暗好笑。但虽是好笑，也有一点为他们“三小”担心，正如卜仇天所说：“三小”都是武学名家的子女，若不应战，则是有辱家声，若然应战，功力究竟与卜仇天相差尚远，以三敌一，也未必可以打个平手。

虽然卜仇天不单单是向展伯承挑战，但展伯承也列名其内。展伯承是准备了要和诸葆龄联手斗一斗窦元的，岂能小不忍而乱大谋，先和卜仇天作个无谓的消耗。

史若梅见展伯承面有难色，只道他心中惧怕，正要替他们出去，铁铮已先站了出来。

铁铮和华剑虹是站在一起的，铁铮跑了出去，华剑虹也追上来。她作了一个手势，示意叫铁铮回去，铁铮却佯作不见，没有止步。

铁铮冲着卜仇天冷笑说道："你是什么东西，值得我们三人联手斗你？我与你一个对一个，要分胜负，要决死生，都随你便！"

华剑虹叫道："不成，不成！"众人只道她是说铁铮单打独斗不成，哪知她跟着却是说道："这厮是我爹爹手下败将，我爹爹不在场，他要报仇，当然是该由我替爹爹接下。别人不许和我争！"群雄这才知道，华剑虹也是要和卜仇天单打独斗。

卜仇天是名震江湖的魔头，在绿林中的地位也不在窦元之下。他气在心头，口头上却必须装作"不屑"与"小辈"计较的样子，只是傲然说道："别说废话，还有一个，快快出来！"扬起判官笔向展伯承一指。

展伯承道："过了今日，你再来向我挑战吧。"他本来的意思乃是为了今日要对付窦元的，只因未到时候，所以不便说出而已。但他这句说话听在旁人耳中，却变成了一句蔑视卜仇天的说话，是说卜仇天与铁铮或华剑虹单打独斗，只怕也未必过得了今日。

铁铮哈哈笑道："不错，你胜得了我，再斗我的展大哥也还不迟。你以为你就一定胜得了我么？"

华剑虹道："不成，这姓卜的是冲着我的爹爹来的，铮哥，你应该让我先斗一斗。我输了才轮到你。但也不见得我就会输给他啊！"

段克邪深知铁铮的性格，铁铮颇有父风，是个胆大心细的人，他若然没有几分把握，决不敢单独向卜仇天挑战。于是作好作坏的出来仲裁道："卜舵主要以一敌三，那的确是有点不自量力。但卜舵主毕竟也还算得是个江湖上的成名人物，若和初出道的小辈单打独斗，也是有点不大公平。这样吧，铮侄和华姑娘都别争了，你们两人联手，双方各不吃亏，也算作是给卜舵主几分面子吧。"

段克邪的一番话，其实是处处贬低了卜仇天的身份。倘若这话换是别人说的，卜仇天非找他晦气不可，但段克邪是曾经胜过他的，他对段克邪可是连哼也不敢哼。于是这口气遂都发泄在铁、华二人身上。

当下，卜仇天扬起双笔，冷笑说道：“好，我就先收拾你这两个小辈，看看是谁不自量力！”笔挟劲风，登时发动攻势，双点铁、华二人的期门穴。

铁铮用个“梅花落地”的身法，身形一矮，倏地一个盘旋，抖起了剑花朵朵，一招之间，连刺对方的七处穴道。这是得自空空儿衣钵真传的“袁公剑法”，倘若练到炉火纯青之境，可以一招连刺九穴。但铁挣不过是个十七八岁的少年，能够一剑刺七穴，也已经大大出人意料之外了。登时场中爆出一阵震耳如雷的喝彩声！

但卜仇天毕竟是功夫老练得多，内功也在铁铮之上，只听得哈哈一笑，说道：“小娃儿，你这袁公剑法也算是不错的了，但要拿来对付我，可还差得远呢！”说话之间，左笔一砸，右笔一压，登时把铁铮的剑尖拨开，一招“仙姑送子”，左手判官笔一抬，直扎铁铮的“分水穴”。右手笔则仍然招数不变，指向华剑虹的“期门穴”。

华剑虹冷笑道：“你这双笔点四穴的功夫，简直不成气候，笑话之极！”冷笑声中，剑尖一颤，横削过去，剑势奇幻无方，饶是场中无数剑术名家，竟然看不出她使的是哪一路剑法。

卜仇天是个使判官笔点穴的大行家，心中却暗暗吃惊。原来华剑虹使的并非一般剑法，而是将她父亲独步武林的“双笔点八脉”的“惊神笔法”化到剑法来的。

华宗岱号称“笔扫千军”，判官笔的功夫普天之下，没有人比得上他。华剑虹是他唯一的爱女，除了功力限于年纪，造诣尚浅之外，家传的“惊神笔法”已有了华宗岱的七八成功夫。

卜仇天心中一凛，随即暗自庆幸，想道：“好在这女娃儿功力不深，而且她只是用一把剑，也难以发挥惊神笔法的双笔点八脉功夫。”

心念未已，铁铮的长剑划了一道圆弧，又是一招攻到。这次他们两人双剑合璧，剑尖所指，卜仇天的奇经八脉，全都在他们剑势笼罩之下，卜仇天这一惊才当真是非同小可，再也笑不出来了。

原来铁铮跟了华宗岱几个月，亦已得了“惊神笔法”的传授，他日常与华剑虹练习得多，双方配合得也差不多到了天衣无缝之境，他们用双剑来替代双笔，合起来就正是华家的“双笔点八脉”的绝技！

卜仇天只不过能够“双笔点四穴”，说到招数的精妙，比他们至少差了一倍。他仗着功力较深，弥补招数之不足，但给铁、华二人联剑而攻，也是只有招架的份儿了。

卜仇天是使判官笔的大行家，华家的“惊神笔法”虽然是天下无双，毕竟也还是属于判官笔的招数，斗了二三十招之后，卜仇天开始摸到一点路道，应付得也稍微轻松一些了。

群雄初时见铁、华二人将卜仇天迫得手忙脚乱，都是不禁连声喝彩，心中想道：“怪不得这两个娃儿敢于口出大言，原来果然是有惊人的本领。”但后来，见卜仇天渐渐稳定形势又不觉为他们二人担心起来，俱是想道：“他们虽是家学渊源，技业惊人，但究竟也还是年纪太轻，气力不足。倘若卜仇天能应付到百招之外，只怕他们难免吃亏。”

双方越斗越紧，就在群雄为他们两人患得患失之际，铁铮蓦地喝声：“着！”双剑合璧之中，突然使出一招师父的“一剑刺七穴”的本领！卜仇天一直用应付“惊神笔法”的招数解拆的，急切间已是变招不及，饶是他本领不凡，身手矫捷，也难尽数避开。

只听得当的一声，就在这电光石火之间，铁铮的剑尖已是刺中了卜仇天虎口的“关元穴”，判官笔脱手坠地。

原来这是铁铮与华剑虹早就计划好这一招，他们的“双剑合璧”，并非只练华宗岱所传的“惊神笔法”，而是兼练铁铮师门的“袁公剑法”，铁铮斗到最紧张的时候，才突然变招使出，果然杀个卜仇天措手不及，一击成功。

卜仇天败在两个小辈手里，而且败得这样狼狈，连兵器都脱手了，在众人哗笑声中，恨不得有个地洞钻了下去。当下哪里还有颜面停留，连坠地的判官笔也不敢拾起。急急忙忙，撒腿便跑。

窦元又惊又怒，把眼睛朝着西门旺、司空猛与泰洛三人看去，这三人是他倚作靠山的第一流高手，他希望三人之中，有人给他去赢回一场。

西门旺与泰洛踌躇未决，因为以他们的身份，必须找个足以匹配的对手。对方的一流高手只有辛芷姑与段克邪二人，泰洛曾败在辛芷姑手里，西门旺自忖也奈何不了段克邪，既没有必胜的把握，就不想出去了。

司空猛伸了个懒腰，懒洋洋地说道："可惜空空儿不来，却教我找谁作对手去?"段克邪大怒，正要出场，辛芷姑却抢先一步，站了出来，冷冷说道："我丈夫不在这儿，我替他接招。"

司空猛自忖可以胜得了段克邪、辛芷姑二人，但对段克邪则因领教过段克邪的轻功，觉得比较难于取胜一些，如今激得辛芷姑出来，正合他的心意，但却还是装模作样地说道："女流之辈，胜之不武!"

辛芷姑冷笑道："我这口剑还不想拿来伤你这无名小卒，你回去叫雪山老怪来吧。"唇枪舌剑，针锋相对，而辛芷姑语气中的轻蔑比司空猛刚才的说话更胜几分。司空猛大怒，气呼呼地跳了出来，喝道："哼，哼，你这臭婆娘，你伤得了我，我给你磕头!"

司空猛双臂箕张，猛地扑来。陡然间，只见剑光一闪，辛芷姑一招"金雕展翅"，便向司空猛的右臂挥去。这一招拿捏时候，恰到好处，是在司空猛的五指堪堪抓到她的胸前才倏然攻出的。

司空猛起初还不放在心上，冷笑说道："米粒之珠，也放光华!"中指弹出，想用"弹指神通"的绝顶内功弹落她的宝剑，与此同时，他左掌也已化抓为拿，配合了"弹指神通"的招数，来拿辛芷姑的琵琶骨。

倘若这招"金雕展翅"是依原来招式使出的话，司空猛地这一弹之力，的确是足以令她兵刃脱手。哪知辛芷姑的剑招奇诡异常，完全不依常轨，她似乎也料到了对方是要这样应付，陡然间剑招已变，从司空猛绝对意想不到的方位攻来，一招两式，"玉女投梭"、"金鸡夺粟"，剑锋截腰，剑尖却突然指到了他面上双睛。

司空猛大吃一惊，变招不及，索性硬攻过去。霍地把头一低，双拳直捣，和身扑上，他是拼受一两处剑伤，恃气力比辛芷姑大得多，将她压倒的。

辛芷姑啐了一口道："呸，谁和你这样下流打法?"一闪身，剑走偏锋，斜刺他腰部的“愈气穴”。辛芷姑只道他这样猛扑过来，身形必难稳定，这一剑趁着他身体失了平衡之际刺去，当可一击成功。

哪知司空猛的武功也早已到了能发能守之境，他一迫得辛芷姑闪身，脚跟一旋，身形已是拿桩稳住，登时一个反手擒拿，掌力有如排山倒海的猛扑过来，恰好是迎上了辛芷姑的侧攻。辛芷姑的剑势给他的掌力挡了一挡，说时迟，那时快，他的大擒拿手威力已是尽数发挥，辛芷姑的三处关节七个穴道都在他掌指擒拿之下。

辛芷姑衣袂飘飘，对方反攻得快，她也后退得快，就在这电光火石之间，双方已是经过了反复两次的进退，终于是司空猛踏上了三步，辛芷姑则闪过了一边。他们两人间的一进一退，端的达到了武学中所谓“动如脱兔，静如处子”的境界，场中多少武学名家梦寐以求的就是这个境界，登时全场爆出震耳如雷的喝彩声。

司空猛扭转败势的这一猛扑固然是全力施为，看来狼狈一些；但辛芷姑的这一闪，看似毫不着力，其实亦是发挥了她的武学造诣，一点也不轻松。

这一来双方都是吃惊不小。司空猛心里想道：“这贼婆娘号称无情剑，果然名不虚传。”辛芷姑心里想道：“怪不得那日华宗岱也几乎吃了他的亏，虽说华宗岱是久战之余，但这厮也果然是得了雪山老怪的真传，委实不能轻敌。”

双方都已识得对方的厉害，再度交锋，更是全力以赴，司空猛使出分筋错骨手法，双掌飞舞，掌力如山，指风如箭，每一招都是极其厉害的杀手。斗到紧处，辛芷姑只觉得对方的内力从四方八面涌来，几乎迫得她透不过气。

但辛芷姑亦非弱者，挡了几招，便立即还以颜色。一手执剑，一手挥舞拂尘，以两种性能完全不同的兵器御敌。

她最初只是单剑御敌，如今添了一柄拂尘，一刚一柔，互相配合，拂尘用以防身，“无情剑”只攻不守。威力更可以发挥得淋漓尽致，等于增强一倍。

辛芷姑的剑法，若论变化的奇诡，武林中无出其右。司空猛仗着内力强劲，教辛芷姑的剑招无隙可乘，但他既然要分出一半以上

司空猛化解了辛芷姑的险招，心想：“这贼婆娘号称无情剑，果然名不虚传。”

的力量防御，他那凌厉的分筋错骨手法，也就打了几分折扣，急切间却是奈何不了辛芷姑。

双方尽展平生所学，越斗越烈，也越来越险，谁人稍有不慎，都有丧命之危，在险象频生之际，不但旁人怵目惊心，交战的双方也都不禁心中叫苦。只怕再战下去，谁也没有把握取胜，也谁都没有把握可以避免受伤。

激战中有一招辛芷姑稍微求胜心切，急躁了些，突然以用来防身的拂尘助攻，一剑径刺司空猛的胸前大穴。

司空猛一见有机可乘，猛地喝声："来得好！"一掌劈出，反手一弹，掌风剑影之中，只听得"铮"的一声，一溜银光从辛芷姑头上飞起，却原来是一支银簪给司空猛一指弹落，就在半空中折为两段。

群雄方自一惊，却见司空猛非但没有追击，反而跄跄踉踉地倒退几步，仔细看时，却原来他的一臂已经受伤，袖管穿了一个小孔，血珠滴了出来。看出并非受了重伤，但毕竟是受了伤。

南秋雷拍掌笑道："好呀，你这厮说是受了伤就向辛老前辈磕头的，还不磕头！"司空猛"哼"了一声，回头一指辛芷姑，似乎想说什么，却没有说。奇怪的是辛芷姑也一言不发。

宇文虹霓见辛芷姑面色有异，连忙上去扶她。仔细瞧时，只见辛芷姑嘴角沁出血丝，原来她不但是头上的银簪给司空猛弹落，同时还受了掌力震伤，不过她不肯示弱，把一口鲜血吞了回去，所以旁人不知她是受了伤。

辛芷姑不肯要宇文虹霓扶她，自己走了回去。那一边西门旺也出来接他的师弟，司空猛只是左臂给辛芷姑割了一道五寸多长的伤口，伤得其实还没有辛芷姑之重，不过他大言在先，此时既是两败俱伤，深觉面上无光，也不敢说话了。

窦元是个武学的大行家，他看出辛芷姑是受了伤，却不知孰轻孰重，他与西门旺、泰洛等人悄悄商量了几句，便站了出来，朗声说道："这一场两方同时受了伤，一个断了银簪，一个碎了衣裳，就算打个平手吧。"

周同见辛芷姑并无异议，乐得表示大方，说道："客人们比武切磋，胜负无须太过认真，窦舵主说平手就算平手好了。贵方的朋友哪位出来赐教？”

窦元忽地纵声笑道：“如今已是日上三竿，时候也不早啦，咱们助拳的朋友很多，一个个若比武切磋下去，只怕三日三夜也打个不完，今日是咱们两帮的生死之斗，依我之见，也不必逐个麻烦朋友了，来个痛痛快快如何？”

周同剑眉一竖，说道：“窦舵主，你意欲如何？”

窦元哈哈笑道：“依我之见么，最好就是来个快刀斩乱麻！周舵主咱们两个‘正主儿’作一场生死战，咱们两边的人，不论是本帮的兄弟也好，请来的客人也好，倘若不甘寂寞，也尽可各自找个对儿，杀个痛痛快快！”

窦元提出的办法其实即是双方混战，不过在混战中也有例外，这个“例外”，即是他要和周同单打独斗，决一生死。

原来窦元默察双方的实力，一场一场单打独斗的话，对方的段克邪夫妻是几乎可以立于不败之地，倘若空空儿也赶了到来，更是无人能够敌他。但论高手之多，自己这一边却胜过对方，所以混战的话，就决不会吃亏。至于说到他自己，他是完全有自信可以击败周同的。

周同也自知未必打得赢窦元，但他是一帮之主，且又有言在先，当然也不甘示弱，于是说道：“好，我与你先打一场，决了生死再说。免得连累多人。”周同的意思是他们两人决了生死之后，双方的混战都可以避免。原来周同也有独门绝技，他是拼着与窦元两败俱亡的！

窦元正合心意，大笑道：“这就更爽快了！好，就这么办！”

他们两人正要下场，展伯承与褚葆龄忽地双双跃出场心，叫道：“且慢！姓窦的，你说过的话算不算数？”

窦元怔了一怔，怒道：“你这两个小鬼头也来捣乱！我说了什么话不算数了？”

展伯承道：“你不是说过今日要让两边的人，各自有冤报冤，有仇报仇的吗？好，我现在就要找你报杀父母之仇！”

窦元冷笑道：“当时我本要杀你全家的，饶了你的小命，我已手下留情了。那时，你妈对你是怎么说的?”

展伯承道：“当时，你中了我母亲的暗器，要我家解药交换性命，这才不对我斩草除根，我可不领你的情。不错，我妈是说过不许我报仇，但她也有言语交代分明，以后不许你伤害我的。但你到盘龙谷伤了我的褚爷爷，又要杀我。哼，只许你杀我，就不许我报仇吗?”

褚葆龄接着说道：“我爷爷受了你的暗算，因伤致死，你我之仇，也是不共戴天!”褚葆龄说了，两人又同声说道：“周舵主，我们的血海深仇是非报不可，只好请你原谅我们打岔了。宁可我们战死在这姓窦的手下，这一场你却是非让我们不可。要不然，你杀了这个姓窦的，我们的冤仇却向谁报?”

周同本来准备与窦元拼个生死存亡，不愿牵连别人的，但见他们如此坚决，执意报仇，这种父母、祖父被害的血海深仇，按武林规矩，别人也是不能劝阻的，因此周同尽管在为他们担忧，也只好退下去先让他们了。

窦元早就瞧见他们在周同这边，不过窦元一直没有将他们放在心上，他打算先除大敌周同，再杀两个乳臭未干的少年男女，不用消耗自己的力量，但想不到这两个乳臭未干的少年，却抢先出来要与他算账，把他计划好的次序打乱了。

周同已经退下，在这样的情形之下，窦元当然不能坚持要和周同先行决斗。窦元大怒之下，冷笑说道：“好吧，你们一定要赔上两条小命，我如你们的心愿，成全你们！各位英雄你们都听见了，是这两个不知天高地厚的小子丫头迫我动手的，可休怪我窦某人心狠手辣，斩草除根!”

窦元是一个想替代铁摩勒作绿林盟主的人，因此尽管他其实是想要“斩草除根”，但以他的“身份”杀两个后生小子，自己也觉得有失颜面，故此不能不假惺惺地交代几句。

他这么一交代同时也含有两个意思，一是不许别人插手，二是表明了已动杀机。而按江湖规矩，双方既是自愿为私仇决战，别人的确也是不能插手的，除非是在一方伤亡之后，那又当别论。群雄爱莫能助，都在暗暗为展、褚二人捏一把汗。

展伯承与褚葆龄并肩而立，在她耳边悄声说道："龄姐，原谅我没有把我的事情告诉你，现在你该明白我不单只是为了你爷爷了。我和窦元的仇恨比你更深，今日我是不论怎样也要杀他的，记着那招，别和我抢！"

褚葆龄当然明白他的意思，不但明白他话语的表面意思，而且明白他没有说出来的心意。不错，展伯承最初之所以瞒着她，是因为他当时本领没有练成，必须躲避强仇，怕她泄漏给刘芒知道，当时他还是不信任刘芒的，但他却不知褚葆龄已经偷听了他的秘密，褚葆龄也曾因此而感到不满。

但如今，在他们即将和窦元作生死决斗的前一刻，展伯承还要抽出时间和她说这一番说话，这就是另有一种用心了。他强调和窦元的仇恨比她更深，那是准备舍命去杀窦元，好保全褚葆龄的。他准备使用的那招杀手，是非常冒险的一招，即使成功，也一定会与窦元同归于尽的。所以他才一再叮咛，到那最关键的时刻不能不使用那招之时，只许褚葆龄和他配合，不许褚葆龄抢着担当主攻。

褚葆龄心里十分感动，想道："小承子，你是想舍命保全我，却又怕你死了之后，我心里不安，我会感到欠你的债，所以才和我说这样的话。唉，你的用心也未免太苦了。"

窦元喝道："你们不是要报仇么？还絮絮不休地说些什么？要交代后事也早该交代了！"要知以窦元的"身份"，不便先行出招，是必须等待他们动手的。

褚葆龄忍着眼泪，说道："小承子，你的事我早已知道，不管如何，我这一生是感激你的！"

窦元喝道："你们究竟想不想打？"

展伯承听了褚葆龄的话，已是解开了心上的结，满怀喜悦，说道："姓窦的，你急于要见阎王么？好，看招！"两人的长剑刷的出鞘，一齐向窦元刺去。

但虽是同时出鞘，也略有先后之分，展伯承用的是"飞鹰回旋剑法"，迅捷无比，剑招先到。

展伯承用的这招，剑势是向敌人的前心径刺，但内中却藏有左右盘旋两个变化。这是专用来破钩夺之类的招数的。窦元用的兵器是一钩一盾，展伯承虽然知道对方本领高强，这一招未必就能破他，但却希望能够克制他的护手钩，削弱对方的威力以利于褚葆龄的助攻，不料他攻得快，窦元的应招更快，就在那电光火石之间，窦元的左手钩一沉一带，展伯承的长剑几乎给他引去。

说时迟，那时快，但见钩光闪闪，伸缩不定，窦元早已趁着展伯承受挫之际，登时反客为主，钩盾盘旋飞舞，向他攻来。展伯承心里打定了死里求生的主意，虽惊不乱，长剑一抖，立即也变招对付，一个“搂膝绕步”，剑光划了一道圆弧，身随剑转，“吓”的一声，剑尖疾吐，这是一招拼着两败俱伤的剑法。

窦元冷笑道：“好小子，真个要拼命呀！”右手铁牌助战，以泰山压顶之势，朝着展伯承当头砸下。他估计展伯承必须移剑抵挡，他的左手钩就可以乘虚而入，在他身上捌一个透明的窟窿！

他的估计对了一半，展伯承果然要移剑抵挡，褚葆龄此时的青钢剑亦已攻到，替展伯承敌住了窦元的左手钩了。

褚葆龄用青钢剑来使出家传的“五虎断门刀”的刀法。这套刀法是褚遂毕生心血所创，凶悍无比。但因褚葆龄是个女子，太过凶悍的招数，对女子不大适宜，故此褚遂要她化为剑法，在兵器中，刀是属刚，剑是属柔的，化为剑法，就多带了几分柔劲。因此褚葆龄使的这路剑法，虽不及她的爷爷原来所创的刀法的霸道，但却另具刚柔相济之妙。

窦元饶是见多识广，也是初次碰到这路古怪的剑法。而且褚葆龄使的这招，也是拼着两败俱伤的打法。窦元心中一凛，迫得把护手钩往外一封，向左侧移了一步。这么一来，他把铁牌下压的劲道也就减了几分，给展伯承振剑一挥，格过一边。

展伯承见褚葆龄冒险攻敌，眉头一皱，说道：“龄姐，别和我抢！”他怕褚葆龄不肯听他的话，奋不顾身的便先抢上去，剑光霍霍，连环疾进，窦元给他杀得火起，怒道：“你这小子活得不耐烦了！”铁牌护身，遮拦得风雨不透，一柄护手钩俨似银蛇吐信，玉龙抖甲，迎、送、剪、扎、吞、吐、抽、撤，指东打西，指南打北，惊霆骇电般地贴着他们的两道剑光飞舞。

但窦元虽然是口出大言，要想杀伤他们二人也还当真不易。展褚二人的剑法都是兼具正邪两派之长的第一流剑法，不过功力稍有不如而已，但两人配合得当，互相呼应，窦元无法各个击破，急切间也就奈何不了他们。

展伯承计划好的那一套同归于尽的杀手，必须要有可乘之机才能使用的。在相持的局面之下，窦元也防御得非常严密，展伯承老是想迫他露出破绽，却一直未能如愿。正是：

英雄儿女同心壮，敢凭双剑斗魔头。

欲知后事如何？请听下回分解。

第二十六回　惘惘余情随逝水
空空妙手解恩仇

这一战虽然不是顶儿尖儿的好手交锋，但由于展伯承与褚葆龄都是拼了性命的打法，却打得比第一流高手的对阵更为凶险。

周同与段克邪这边一众英雄固然是为这两个少年暗暗担忧。窦元那边的人也为他们的首领吃惊不少，他们都以为窦元可以轻易取胜，哪知展褚二人的硬拼勇斗，大大出乎他们的意料之外。

这时已是红日当中的正午时分，两边的人都是不知不觉地移近斗场，周同身为帮主，分外当心。一方面目注斗场，一方面也在留心外间的动静。他们是在一个小岛上的，惊涛拍岸之声从来也没有间歇过，其他的人都没有怎留意，但此时周同却忽地觉得“涛声”有异，似乎隐隐杂有鼓角之声。在岛上远远望去，海面隐约可见片片帆影。双方的船队都约好了不许靠岸的，除了各自有三只大船将比武的人送来，可以泊在三里海程之内的港湾，其余双方的船只是至少也在十里海程之外的。

周同心里道：“难道他们不守诺言，向我方的船发动攻击？”船只的数量，窦元与沙铁山联合起来的船只要比周同多些，但周同的海河帮船队设备较好。他们的船只大部分都是“战船”，不比窦元那边，倒有一半是掳掠渔民的帆船来充数的。故此双方的实力平均来说，也还是差不了多少。

周同心想：“若是他们不惜大动干戈，也未必能够占得了便宜。”不过，他之所以答应窦元在这荒岛上比武，原意就是想避免全面的火并，避免过多的部属受到死伤的，因此，倘若当真是大规模的海战爆发，那就大大有悖于周同的初衷了。

这日海风颇大，涛声郁闷如雷，究竟是不是在十里的海域之外有船队交战，一时难以判明。周同心有所疑，上前问道："沙舵主，你们的船只泊在何处？咱们讲好的约束，你们究竟是遵不遵守？"他们那边本是以窦元为主，但因窦元正在激战之中，故而周同只能问他的副手沙铁山。

沙铁山亦似有所察觉，勃然怒道："你们捣的什么鬼？"他说得更不客气。周同眉头一皱，心道："难道他们当真是毫不知情？"便道："咱们且别争吵，各自派一条船去看一看如何？"

窦元忽地冷笑说道："沙贤弟，他们既疑心咱们，那就大家动手吧。时候不早，哪有这许多工夫去和他细察是非？"

沙铁山最害怕的是对方的空空儿赶来助阵，因此急欲趁着空空儿未到之前，把对方的高手一网打尽。窦元的命令，正合他的心意。

沙铁山一声令下，登时演成了混战之局，双方邀来助阵的各路英雄，各自找寻对手拼个强弱存亡，段克邪再次斗西门旺，南夏雷、南春雷兄弟合力抵敌司空猛，司空猛左臂受了剑伤，本领打了两分折扣，恰恰和他们打成平手，辛芷姑伤得比司空猛较为重些，吞服了一颗小还丹之后，已经养好精神，拔剑再出，相助宇文虹霓。宇文虹霓与她的手下和泰洛、丘必大那一伙人打在一起，辛芷姑加入了她们这边，双方也是打得个难分难解。

沙铁山磔磔笑道："周舵主，窦大哥没工夫料理。你我都是一帮之主，我替窦大哥与你单打独斗，决一生死吧！"沙铁山自恃已得师门"七步追魂掌"的真传，空空儿没有来，他只忌惮辛芷姑与段克邪两人，却不把周同放在眼内。

周同疑心不定，说道："沙帮主，你不必着忙，今日之事，似乎，似乎有点不对。……"周同怀疑是有海战发生，想沙铁山查明真相。沙铁山却有所误会，以为周同是不屑和他作对。只听了头两句话就勃然大怒道："杀鸡焉用牛刀？我铁掌不打无名小卒，和你单打独斗，还是看得起你呢！"

沙铁山之所以甘愿充当窦元的"副手"，并非是由于窦元的武功比他高强，而是窦元乃是“绿林世家”，可以在绿林中号召窦家旧部的关系。其实窦元的武功的确是比他高强，但他欠缺自知之明，心中不无“委屈”之感。正因他欠缺自知之明，是以他作为窦元的副手，就生怕别人瞧不起。周同叫他“不必着忙”，他误会周同是要等待窦元，不愿和他作战。故而吼咆如雷，立刻扑上前来，掌击周同。

“七步追魂”，移步换掌，当真是“来如雷霆，凝如山岳”。周同要想和他分辩，已不可能，周同见他如此横蛮，不觉也动起怒来，喝道：“好，你要决战，我陪你，你当我怕你不成！”沙铁山飞身猛扑，周同一招摔碑手硬劈出去，大摔碑手是最刚劲的掌法，手脚起处，全带劲风，卷得砂飞石走！

沙铁山见他掌力如此雄劲，暗暗吃了一惊，心中想道：“却原来他身为一帮之主，倒也不是浪得虚名。”周同一掌劈下，沙铁山身移换步，横掌如刀，斜削出去。双掌一交，周同的一股猛劲忽似打到虚空之处，给沙铁山轻轻一搌，身体登时失去了重心。

原来沙铁山的“七步追魂掌”，有七种不同的掌式，随机变化，妙用无穷。这一招他是用上乘的“借力打力”功夫，应付周同的大摔碑手。沙铁山的内功虽然未到炉火纯青之境，却也具有“四两拨千斤”之妙。

周同那一掌劈出，力逾千斤，一股猛劲，突然给他卸开，重心登时失了平衡，本来非跌倒不可，幸亏周同的外功亦已练到能发能收之境，一觉不妙，就在那一瞬之间，强把大摔碑手猛劲突然煞住，左掌同时反劈，将沙铁山的眼神一引，倏地化掌为指，骈指如戟，反手点他喉核。喉核乃是最易受到伤害的一块软骨，纵有护体神功，也是难以保护这块软骨不受伤害的，何况沙铁山的护体神功只不过是在开始练的阶段，怎敢给他戳着？沙铁山为求自保，就顾不得同时伤敌，只好使出移步换掌的绝技，在那电光石火之间，滑出三步。周同身体重心未稳，也踉踉跄跄地倒退三步。旁人看来，但见他们两人的身形倏合倏分，怎想得到他们已经过了一番性命交关的搏斗。

武学中有内功外功之分，一般来说，内功比较深奥难练，但若双方都已练到登峰造极之境，那也是各有千秋。沙铁山的“七步追魂掌”是内外兼修的功夫，周同的大摔碑手和金刚掌则是最上乘的外功。

若论掌法的精妙，运劲的奥幻，身手的矫捷等等，都是沙铁山较胜一筹。但周同的外功火候却比沙铁山的内功火候深得多。沙铁山未到炉火纯青之境，对他这种“金刚猛扑”的打法，就不能不有所顾忌，不敢欺身进逼，尽展“七步追魂掌”的快、狠、准、变之长了。

两人交换了一招，双方都是心怀戒惧，没有取胜的把握。再度交锋，沙铁山采取了绕身游斗的战术，周同则以大金刚掌力把敌人拒在离身八尺之外。双方游斗了数十回合，兀自旗鼓相当，不分胜负。周同眼观四面，耳听八方，只觉那轰轰发发的涛声，恍如万马奔腾，千军赴敌。

周同暗暗吃惊，心里想道：“怎的似有许多艨艟巨舰鼓浪而来？”要知沙铁山这股水寇，船只的数量虽然不少，但也不过是些普通的帆船而已，周同惊疑不定，沙铁山乘机进攻，周同险险给他点中穴道，只好凝神对付，无暇查究真情。

段克邪和司空猛的师兄西门旺斗，西门旺胜在功力稍深，但段克邪轻功超卓，却是远非西门旺可及。段克邪采取了消耗对方气力的打法，避实击虚，一时间难以分出输赢。

南夏雷兄弟与司空猛交锋，却是稍稍吃亏。司空猛是雪山老怪的独子，尽得乃父真传，本领要比两个师兄都强得多，虽然受了点伤，南氏兄弟也还不易对付。

幸好段克邪轻功超卓，一面和南氏兄弟站在一起，一见他们形势不妙，就倏地过去替他们解一两招，段克邪轻功超卓，一面和西门旺游斗，在必要之时还可以抽出身来，冷不防的突袭司空猛。

但司空猛与西门旺都是一等一的高手，段克邪只靠突袭和游斗的方法也是奈何不了他们，南氏兄弟处在下风的形势也是不能根本改变。段克邪不由得心中着急，暗暗嘀咕：“日头已经过午了，怎的大师兄还不见来？”

心念未已，忽听得咚咚的战鼓声，呜呜的号角声，远远望去，已经可以看见许多艨艟巨舰在泊岸边，一大队官军正在杀上岸来！

周同大怒道："好呀！窦元、沙铁山，你们竟然不顾绿林信义，勾结官军，这算哪门子的好汉？"绿林有绿林的规矩，两帮火并，最最不能容忍的就是有一方勾结官军。

窦元也不觉愕然，正要分辩。西门旺忽地哈哈笑道："窦大哥不必惊慌，来的是自己人！"

话犹未了，官军前锋已到，领头的是一个手拿独脚铜人的虬髯汉子，不是别人，正是西门旺的师弟、司空猛的师兄——在魏博节度使田承嗣手下当了将军的那个北宫横。

原来魏博节度使田承嗣和扬州节度使李元兴是儿女亲家，李元兴的境内有两帮"大盗"横行，窦元这一帮只图打家劫舍，李元兴还可以稍为容忍，周同这一帮不劫百姓只劫富户官仓，李元兴更是把他们当作心腹大患。因此在他打听得两帮要火并的消息之后，就请田承嗣将他的精锐"牙兵"发来，希望能把两帮人马一网打尽。不过这个计划也还可以临时变通，分别对待，即是窦元这一帮的头目肯归顺的话，则他可以"纳降"。至于周同这一帮，则是要尽数"诛灭"的。

西门旺实际的身份是魏博与扬州之间的联络人，两帮比武的日期、地点都是由他通风报讯的。他怕秘密泄漏出去，同时也不知窦元心意如何，因此连窦元也瞒过了。

北宫横带魏博的牙兵杀了到来，将独脚铜人一举，朗声说道："窦舵主，今日我们是决心歼灭周同的海河帮的。你愿意与我们作友还是作敌，请你立即一言！"

窦元心乱如麻，此时他与展、褚二人正在舍命恶斗，他虽然心里也觉得给官军迫他订"城下之盟"极为可耻，但在这生死关头，却又不禁想道："留得青山在，不怕没柴烧。我何苦与他们同归于尽？"

激战中窦元险些中了展伯承的一剑，心意立决，便即说道："好，北宫将军，既然你肯把我姓窦的当作自己人，你怎么说我们遵命就是！但这两个小子却不劳你们动手，我要亲自打发他们。"窦元向官军屈服，自己也觉可耻，因此多少要表示一点"英雄气概”，他自忖可以胜得展、褚二人。

北宫横哈哈笑道：“好。窦大哥这边的朋友，碰上我们的人请打个招呼，以免误伤。”舞起独脚铜人，横冲直闯，打翻了海河帮的几个头领，把眼一望，看见他的大师兄正在和段克邪激战，便向段克邪这边杀来。

北宫横是雪山老怪司空图的二弟子，本领比不上师弟，但却胜于师兄。段克邪单打独斗也是打不过他的。此刻给他和西门旺夹攻，虽有超卓的轻功，亦是难以应付。北宫横的铜人舞得呼呼风响，将他的退路封住，圈子愈缩愈小，迫得段克邪险象环生。

辛芷姑大怒，说道：“铮侄，你和剑虹替我打发这个胡狗。”铁铮与华剑虹双剑齐上，敌住泰洛。辛芷姑抽出身，几个起伏，赶到了北宫横背后，刷的就是一剑。

北宫横听得背后金刃劈风之声，心头一凛，独脚铜人反手扫出，辛芷姑剑招奇诡之极，不待他的铜人碰着，又已立即变招，从他意想不到的方位扫来，北宫横连遇几次险招，无可奈何，只好转过身来，全神对付辛芷姑。段克邪这才松了口气。

北宫横的独脚铜人是件重兵器，但却又能利用铜人的手指点穴，兼有轻兵器判官笔之长。辛芷姑的长剑不能让他碰上，当下挥舞拂尘，掩护奇诡辛辣的剑招，见隙即攻，和北宫横杀得难分难解。

但辛芷姑抽身去应付北宫横之后，铁铮、华剑虹二人联手斗那泰洛，可就颇感吃力。泰洛是仅次于空空儿、华宗岱、司空猛等人的高手，虽然不是顶尖儿的角色，但在武林中有他这样本领的却也不多。最厉害的是他还练有“腐骨掌”的邪派毒功，铁铮与华剑虹必须步步提防，不能让他的毒掌沾上。

宇文虹霓和丘必大本来是旗鼓相当，但她受伤初愈，时间一长，也就有点感到力不从心，难于应付了。官军四面合围，周同这边的人处处吃紧。在这样混乱的局面之下，唯有展伯承与褚葆龄二人，对周围混乱的情势却似视而不见，听而不闻，全副心神，都用来对付窦元。

窦元的铁牌舞得虎虎生风，俨如在四周围堆起了铁壁铜墙，遮拦得风雨不透。他决意“斩草除根”，左手的铁牌用以护身，右手的虎头钩则在铁牌掩护之下伸出来攻敌，战到紧处，钩光闪闪，化作了一道银蛇，绞着两道剑光，盘旋飞舞，几乎招招都是杀手。展伯承与褚葆龄二人用尽方法，也攻不破他的防御，迫得只有招架的份儿。展伯承准备好了的那招杀手，亦因无隙可乘，始终没有机会施展。

官军已把海河帮的人重重围住，眼看海河帮就要一败涂地，忽听得有人怪声笑道：“好呀，好热闹的场面！总算我赶上了！嘿，嘿，哈！哈！你们打大架，想撇下我空空儿这可不成！”

窦元听得空空儿的声音，不禁大吃一惊，抬头看时，只见不但是空空儿来了，和空空儿一同来的，还有三个人，一个是楚平原，一个是铁摩勒的副寨主盖天豪，还有一个海河帮的刑堂香主石敢当。

原来空空儿早已打听得他们两帮要在今日决战，只因他与华宗岱谈论武功，谈得高兴，所以直到今朝，才舍得与华宗岱分手，匆匆赶来的。

盖天豪则是到科达泌草原，奚族酋长那儿探亲回来的。扬州将有两帮绿林火并之事，他在路上已听到风声，是以他不回转山寨，而先到扬州。石敢当则是周同派他负责留守的。盖天豪来到长江口海河帮临时所设的留守处，恰巧碰上了空空儿和楚天原。楚平原是来探听宇文虹霓的消息，正好也是此时赶到。

石敢当负责留守，本来不该擅离防地。但此时由扬州节度使的舰只送来的魏博牙兵，加上扬州本地的水师，已把窦元与周同两帮的船队全部都在海上包围了。空空儿来的时候，石敢当刚好接到战报，于是亲自驾船将他们三人送来。

他们两帮的船队即使同心合力，也是敌不过官军的艨艟巨舰，何况他们又是内部纷争？一场海战的结果，窦元这边的船只，一半投降，一半击沉，周同这边的船只，因坚决不肯投降，却是十九被击沉了。

石敢当、盖天豪二人精通水性，善会驭船，加上空空儿与楚平原两大高手在船头拒敌，官军的船只不敢迫近，终于给他们这只快船在混战中到达了这个荒岛。

空空儿、楚平原是名震江湖的两大高手，盖天豪昔年也曾经是当过长江十三家总寨主的人物。他们三人忽地到来，虽不能扭转局势，亦已足令敌方胆战心惊！

其中最最吃惊的又是沙铁山与窦元。沙铁山是怕空空儿来找他算账，报那日在长江上弄沉他的船只之仇。窦元则因犯了绿林的大戒，怕空空儿向他问罪。

展伯承矢志报仇，全神对敌，对周围一切，浑似视而不见，听而不闻。在这样舍死忘生的恶斗之中，有一方心神略分，另一方就有可乘之机了。

就在窦元骤吃一惊之际，展伯承突然发觉他露出一个破绽，心头大喜，不顾一切，立即便施展他早已准备好了的那招杀手，平剑向铁牌一拍，倏地绕到窦元背后，伸手就抓窦元的琵琶骨。琵琶骨若给抓住，多好的武功也是无能为力，那时褚葆龄在他正面进攻，便可以不费吹灰之力杀了窦元。

这一招用得险到极点，褚葆龄一直担心的也是怕展伯承不顾性命，用这一招，在最后关键的时刻，褚葆龄不由得也是蓦地一惊，虽然她立即记得要和展伯承配合，但却不由自主的手指微颤，一剑刺出，竟然刺歪两寸，没有刺着窦元的要害，只是剑尖划破了他一点皮肉。

窦元何等厉害，发觉不妙，陡地一声大吼，反手弯过了虎头钩，钩尖也朝着展伯承的胁下“愈气穴”刺去。

此时形势，双方的招数若都用实，窦元的琵琶骨要给展伯承抓着，展伯承也将丧在窦元钩下。但他丧命之前，是决不会放松窦元的，褚葆龄一剑没有刺着要害，第二剑也必将杀了窦元。所以这是一个窦元与展伯承两败俱亡，同归于尽的局面！

就在这电光石火之间，只听得空空儿一声呼喝，声到人到，衣袖一拂，卷了窦元的虎头钩，掌心一按，又把展伯承推开了三步。他用的乃是一股巧劲，就在展伯承的五指刚刚要抓着窦元的琵琶骨之时将他推开，对两人都毫无伤害。

窦元惊魂未定，只听得空空儿冷冷说道：“我只是不想你们一同到阎王爷那里报到，我可没有帮哪一边。你们两家的冤仇是一盘算不清的账，以后你们要怎么样我管不着，今日有我在此，却不许你们再打了。”说罢，把虎头钩还给窦元。

空空儿一生好勇斗狠，给别人作调人，这次还是他有生以来的第一次。你道他何故如此？原来窦元与展伯承的结仇，追溯起来，空空儿也有很大的关系，他一来是为了爱惜展伯承的性命，二来对少年时的一段往事，也觉得有点抱愧之故。

当年王、窦两家争夺绿林霸权，王伯通请来了空空儿帮忙，窦家五虎则请来了妹婿段珪璋助阵（事详《大唐游侠传》）。空空儿出头邀斗段珪璋，说好了他们之间单打独斗，谁赢谁输都不许插手两家的纷争的，段珪璋是当时著名游侠，本来也是不愿插手这种只是为了争权夺利的绿林之争的，不过为了亲戚情分，不得不敷衍窦家五虎而已。

空空儿提出的条件，得到段珪璋答应，结果空空儿赢了一招，段珪璋依约退出，窦家失了最得力的帮手，王伯通的女儿王燕羽遂施展她从展大娘新学成的剑法，把窦家五虎全都杀掉。王燕羽就是后来展元修的妻子，展伯承的母亲。而窦元则是窦家五虎中窦令符的小儿子，当时侥幸漏网。两家冤冤相报，惨烈之极，追究起来，就是由飞虎山这一战造成的。

窦家固然是在绿林中作恶多端，但王家代为盟主也只是以暴易暴，所以在飞虎山事件过后，空空儿也是不禁有点后悔的。

正是空空儿有着为了当年之事抱疚的心情，所以他就不忍再杀窦元了。在另一方面，当然他更不愿意展伯承伤在窦元手下。

不过，撇开两家的上一代事情不谈。在这一代，窦元、展伯承所走的道路却是大不相同，窦元是要继承他祖父在绿林的霸权，可以不问是非，不择手段，展伯承的父母则是早已改邪归正，他一出身就是少年的侠义道了。是以空空儿这次虽然两不相助，只作“调人”，但他的心情对窦元只是“不忍诛戮”，对展伯承则是一片爱护的。

窦元得空空儿交还他的虎头钩，惊魂稍定，大感意外，他生怕空空儿追究他与军官勾结的事情，连忙逃跑。

窦元一跑，沙铁山心惊胆战，生怕空空儿找他算账，他心里一慌，给周同“砰”的一掌，打得口吐鲜血，跌翻出三丈开外。

空空儿从他身边掠过，哈哈笑道：“算你运气不错，今天碰上了你恰恰受伤。嘿，嘿，这里陪我打架的人倒还不少呢，你不受伤我也不屑打你了。”沙铁山在地上打了几个滚，见空空儿已去得远了，这才放下了心，连忙躲进人堆之中，不敢再出头露面。

空空儿笑道：“哈，原来雪山老怪的三个弟子都在这儿。这个使独脚铜人的我还没有和他交过手，老伴，你也得让我先过一过瘾了。”大笑声中，跑上前去，替下他的妻子辛芷姑，来斗北宫横。

北宫横知道来者是空空儿，吃了一惊，先下手为强，立即舞起铜人，便是一招“横扫千军”。铜人的脑袋当作锤头使用，撞击空空儿胸腹。铜人的手指又当作点穴橛使，点打空空儿腰间的五处穴道。

空空儿哈哈笑道：“雪山老怪门下以你的气力最大，但内功却比你的师弟稍逊一筹，嗯，看来你的师父有点偏心。”跟着又道：“你这铜人点穴手法也很不错，不过若论点穴的功夫，应推华宗岱为天下第一，你比他还差一大截。即使我的袁公刺穴剑法，也要比你高明一些，不信，我就试给你看。”

空空儿口中肆意评论，不只评论对方的武功，还评论天下各大名家包括他自己在内的各家武功。他虽口若悬河，出手却仍是快如闪电。他的短剑早已出鞘，只见剑光飞舞，叮叮当当之声不绝如缕，就在他说这几句话的时间，那柄短剑已在铜人身上击刺了五六十下，铜人身上“伤痕”斑驳，一片片的铜屑，随着剑光脱落、飞扬！

空空儿笑道：“如何？要是我刺在你的身上，你的身子已变作黄蜂窝了！”北宫横忍不住气道：“你要刺在我的身上，只怕也不那么容易！”北宫横天生神力，铜人使开。方圆丈许之内，泼水不进。

空空儿笑道：“不错，不错。你的门户封闭谨严，我若想在百招之内，刺着你的身子，的确不易，但你打不着我，我却可以找寻机会，你稍有疏忽，我就可以刺伤你，所以若然你我能斗百招开外，我一定有把握可以把你的身体变作黄蜂窝，你信不信？”口中说话，剑招愈攻愈紧。

空空儿说的都是知己知彼大行家的说话，北宫横不由得心胆俱寒，心道："这个魔星若然和我死缠下去，只怕我当真是难免受他所伤。"

海河帮群雄见空空儿来到，人人都是精神倍振。但敌人为数太多，他们被截开围攻，各自为战，还是未能会合突围。不过在空空儿、段克邪与南氏兄弟和雪山门下三弟子这一堆，因为都是顶儿尖儿的高手搏斗，莫说官军近不了他们，武功稍弱的人也插不进手去。

段克邪叫道："师兄，帮大家突围要紧，咱们可不必恋战了。"

空空儿霍然一省，说道："对，这厮的功夫，我已了如指掌，他是打不过我的，我杀了他也没有什么意思，就饶了他吧。"身形一晃，倏地就从北宫横身旁掠过，奔向了司空猛。

南夏雷、南春雷兄弟二人知道空空儿的脾气，见空空儿扑来，连忙退开让他。他们两兄弟正是打得精疲力竭，也幸而空空儿及时赶到，替换他们。

空空儿插剑入鞘，哈哈笑道："司空猛，那日你用车轮战困我，今日你可不能占我的便宜了。"司空猛最长于大擒拿手法，故而空空儿也不用兵器。

司空猛见他师兄不敌空空儿，心里又惊又怒，说道："好吧，今日就让你夫妇用车轮战吧。"一招"北斗七星"使出，双手擒拿，空空儿的七处关节要害，都在他的掌指笼罩之下。

空空儿喝道："来得好！"透过千重掌影，还了一招"龙飞九天"。空空儿是把他的"一剑刺九穴"的绝技化到指法上的。这一下，他在掌法中使出剑法，遍袭对方的九处穴道，比司空猛的大擒拿手法更胜两分！

司空猛竭尽平生所学，解了他这一招，双掌相交，"蓬"的一声，震得司空猛几乎立足不稳。

原来司空猛的武功本来也比空空儿差不了多少，但他曾与辛芷姑剧斗一场，虽然受的只是轻伤，真力可也消耗了不少。这情形恰巧是和那日倒转过来，吃气力不佳的亏是他而不是空空儿了。

空空儿笑道："当世的大擒拿手法，应该数你们父子二人了。不过，你还是打不过我的，你大约至多可以跟我斗个三百招。可惜今日你气力不支，我也没工夫和你缠斗。且待将来我再找个机会和你斗上半天，那时你就知道我说的不是大话了。"

司空猛听了空空儿的口气，似乎不想把他难为，正自心中暗喜。不料空空儿忽地又道："我空空儿讲究的是真功夫，实本领，我许你们用车轮战，我却决不用车轮战来占你便宜。但你那日竟乘我之危，将我暗算，行为卑劣，多少也得让你吃点苦头！"说话之间，双掌盘旋飞舞，已是疾攻了十七八招。说到"苦头"二字，掌力倏地加重，司空猛招架不住，连忙使个"盘龙绕步"的身法避开，饶是他躲闪得宜，空空儿的掌锋已是从他颊旁削过，反手打了他一记清脆玲珑的耳光。

空空儿哈哈大笑，说道："段师弟，走吧！"雪山老怪门下共有三人，多占了一个人的便宜，但在新败之余，这三个人都是神沮气丧，看他们两师兄弟扬长而去，谁都不敢去追。

空空儿、辛芷姑、段克邪和南氏兄弟等人分头替群雄解围。此时楚平原也已与他的妻子宇文虹霓会合了。

宇文虹霓正在与丘必大杀得难分难解，她前几日所受的伤初愈，激战多时，已是颇有力不从心之感。楚天原来得正是合时，跑上去喝道："你们在西域欺侮小国，迫得我们夫妇离开师陀。你们还要追到中原来不肯放过我们？好呀，你们欺人太甚，我不和你们算一算账，你只当我们是好欺负的了！"

楚平原的快刀是武林一绝，说话之间，已是以"乱披风"的刀法劈出了六六三十六刀。丘必大曾是他手下败将，勉强对付了这三十六刀，已是吓得满头大汗。楚平原猛地喝声"着！"刀光一闪，丘必大的两根指头应声而落，扔下了月牙弯刀，抱头鼠窜。

宇文虹霓悲喜交集，夫妻重会，一时不知从哪儿说起。楚平原道："虹霓，你是一国之主，怎好不顾百姓前来追我？"

宇文虹霓眼中含泪，说道："大哥，总算是找到你了。要回去咱们一同回去！"楚平原十分感动，不忍再责备宇文虹霓。

铁铮、华剑虹二人力战回纥第一高手泰洛，也正在吃紧。楚平原道："虹妹，且待我打发了这厮，咱们再从长计议。"

铁、华二人退下，楚平原补上空档，喝道："我来会会你的毒掌！"声似惊雷，刀如骇电。泰洛的腐骨掌虽然厉害，也不敢硬撄其锋。刀光掌影之中，两人各以上乘武功相搏，盘旋进退，闪展腾挪，双方都是抵隙寻瑕。泰洛的武功也真个了得，楚平原的快刀连劈了九九八十一刀，都没斫着他。但泰洛的毒掌也未能打到他的身上，楚平原内功深厚，吸了他毒掌所发的毒气腥风，只是稍感晕眩而已，对他的快刀毫无影响。

他们两人是旗鼓相当，难分胜负。但另外两个回纥武士，却不是宇文虹霓和铁铮、华剑虹等人的对手，激战中只听得一声惨呼，宇文虹霓一剑斫断了一个回纥武士的手臂，铁铮出剑刺伤了另一个武士，吓得他们没命飞逃。

泰洛见三个同伴都受了伤跑了，无心恋战，虚晃一招，喝道："待你们回到师陀，我再与你们算账！"楚平原喝道："要算账现在就算！"闪电般的一刀劈去。却只削掉了泰洛头上的皮帽。泰洛向华剑虹猛攻一掌，打开缺口，已逃出去了。外面仍是敌人的大包围。

宇文虹霓道："大哥，顾全大伙儿要紧，这几个回纥的鹰爪无需现在就除掉他们。"楚平原道："不错，咱们去帮大伙突围。"

空空儿、楚平原、段克邪三对夫妇再加上南氏兄弟等一流高手，分头接应被围诸人，所到之处，如汤泼雪。其中尤以空空儿最为厉害，左面一兜，右面一绕，见隙即入，专攻强敌。他无暇伤人，只是施展他那一招点九穴的指法，片刻之间，给他点了穴道倒在地下的已有数十人之多。不需多久，被截在各处的群雄都已突围而出会合在一起了。可幸伤的不多，死的更少，只有几人。

楚平原、宇文虹霓与段克邪、史若梅两对夫妇仗剑在前开路，空空儿、辛芷姑这对夫妇则担当殿后，应付追兵，合力杀出了一条血路。

官军虽有三千之众，但人人都是害怕空空儿的厉害，只敢高声呐喊，虚张声势，远远追来。

雪山老怪的三个弟子比较起其他人来，不那么忌惮空空儿，但他们每个人都曾败在空空儿手下，自觉羞惭，也不敢离开大队前来追击。

北宫横是这次统率魏博牙兵来助扬州节度使“讨贼”的主将，如今虽在海战中击沉了两帮的船队，又招降了窦元这帮头目，但海河帮的重要人物，却一个也没擒获，心有不甘，遂下令道：“调神箭手到前面来，乱箭射杀这帮贼人，能杀得多少，就是多少！”

魏博牙兵中有一营弓箭手用的是长臂弓。这是当时射得最远的一种弓箭。群雄有的舞动兵器防身，有的也发暗器还击。但暗器却不及长臂弓射得那么远。在敌方箭如雨下的情形底下，群雄虽然防护得宜，也给射杀了几个人。

魏博的弓箭手中，有一个箭法特别高强，他射杀了两个人，洋洋得意，又发连珠箭向空空儿射来。

空空儿本来可以接他的箭，反射过去，将他射死。但空空儿一来是给他惹得火起，二来也想施展绝技，震慑敌人，遂在乱箭如蝗之中，蓦地一声长啸，拔身“飞起”，喝道：“哼，你笑得很快活是么？我马上就要你的脑袋，叫你笑不出来！”

空空儿这边话犹未了，那一边的笑声也还未止，陡然间只见剑光一闪，发笑的那个“神箭手”脑袋和脖子已经分家，果然笑不出来了。

空空儿施展绝顶轻功，冲开箭雨，取了那人的首级，转眼间又已回来跟上了大队，当真是有在百万军中取人首级易如探囊取物的功夫！正是：

来如疾风去如电，取人首级如探囊。

欲知后事如何？请听下回分解。

第二十七回　知谁是中流砥柱
问几时大海澄清

这一瞬间，追在前头的那一营“神箭手”人人都吓得呆了。只听得空空儿一声长啸，将那颗人头抛了回来，舌绽春雷似的喝道：“哪一个敢再发箭，我就照样要他脑袋分家！嘿！嘿！有胆的你就射吧！”

其实即使空空儿本领通天，也决不能杀尽三千之众。但这三千魏博牙兵，虽然都是久历戎行，能征惯战，却几曾见过如此厉害的手段？看了这个蓦地飞头的血淋淋的景象，不由得都是心胆俱寒，谁人不害怕脖子上的脑袋搬家？前队的那一营“神射手”发一声喊，有的扔下了长臂弓，有的躲到了后面，还有的更是蒙头就跑，钻进了野草丛中，生怕空空儿取他首级。

后面的大队牙兵也出现了骚动的现象，虽然不至于“土崩瓦解”，双脚也已软了，不敢向前。北宫横、司空猛大怒，急施弹压，好不容易才约束得住乱兵，稳住阵脚。空空儿这一帮人已去得远了。

群雄跑到海边，只见官军的舰只约有二三十艘泊在港湾。扬州是富庶之区，节度使的水师舰只，都是巨型的楼船，每一艘可以容纳二三百人的。海河帮的副帮主石敢当道：“好，他们毁了咱们的船队，咱们就抢他的楼船。只可惜抢不了这么多。”

空空儿笑道：“抢不了就烧，烧得几艘是几艘！”周同拍手笑道：“好计，好计，烧了他们的船，叫他们也不能来追。”

群雄三五个人一伙，分头烧官军的船只。这些战船上留下的只是一些没有武器的水手，每只船上虽然也有数十名之多，却怎敌得住抢上船来的这些江湖好汉，见他们放火烧船，吓得都跳水逃了。

可惜群雄要留下一部人照顾伤者，时间也来不及尽毁官军的舰只，不过也烧了十多艘，火光触天，把那港湾变成了一片火海。北宫横率领的牙兵见了火起，这才重整旗鼓赶来，周同这一帮人都已上了一艘巨舰，开船走了。

石敢当道："扬州是回不去了，请帮主示下，咱们先到哪里暂且容身。"周同道："长江口外百余里水域之处，有一个小岛，岛主邹胜是我的好朋友。咱们可以到他那儿借住几天。待得弟兄们的伤好了，再回扬州和他们算账。"

在死伤诸人中，也有周同邀来助拳的各方好汉，周同甚感不安，说道："这次变出意外，实非我始料所及。连累了大家，都怪我防备未周。"

群雄都道："为朋友两胁插刀，死而何怨。只是死伤在官军手上，却是不值。"说了起来，人人都是痛恨窦元，恨他不该勾结官军。

空空儿颇感后悔，心里想道："当年我介入王、窦两家的不义之争，固然是错，但今日我放过窦元，只怕是错得更大了。"这次群雄得以脱险，空空儿出力最多，大伙儿都是赞他谢他，但空空儿内疚于心，却是一改故态，毫无得意之色了。

群雄痛恨窦元，倒是海河帮的帮主周同心胸宽大，为他开脱了几句，说道："这次他们的船队，也给官军击沉。窦元没有绿林好汉的骨气，降了官军，这件事咱们是不能原谅他的，咱们以后也当然要惩罚他的。但咱们可别忘了，更大的敌人还是要将咱们绿林好汉尽数袭灭的藩镇、官军。雪山老怪门下三弟子助纣为虐，也比窦元更为可恨。"周同身为一帮之主，见识比一般人强些，不过，他也未曾认识到更大的敌人是整个封建皇朝，而对于绿林败类窦元的危害性，也未曾认识得十分透彻。

空空儿说道："雪山老怪的门下让我去对付他。即使老怪亲自下山，我也要斗他一斗。"

楚平原与宇文虹霓这对夫妇，此时也才有空暇畅叙离情。楚平原道："盖寨主（盖天豪）刚从他妹子那儿回来，听到了一些有关师陀的消息。自从你抛弃王位之后，国中颇是混乱。你的堂兄想自立为王，但老百姓不肯服他，他在回纥支持之下，权充'摄政'，看这情形，只怕回纥会派出军队重占师陀。"

宇文虹霓懂得他的意思，说道："你劝我回去？"楚平原点了点头。宇文虹霓苦笑道："我已经受得够了，实在不想再作这劳什子的女王。"

楚平原道："你错了。你若是只顾夫妻安乐，老百姓一定会埋怨咱们。你作女王，总胜于让回纥占领师陀吧？"

宇文虹霓其实也舍不得她的国家和百姓的，但她也舍不得与楚平原夫妻分离，于是说道："除非你也和我回去。"

这回轮到楚平原苦笑了，说道："我不是不想与你聚在一起，但只怕国人猜忌，更怕反对你的那些人用作攻击你的借口。谁叫我是个汉人，不是师陀人呢？"

宇文虹霓忽地正色道："大哥，你也错了。那些勾结回纥的王公，不论怎样都是要反对我的。我相信，老百姓经过这次灾祸，也一定不会再受奸人挑拨，他们会欢迎你回去的。"

楚平原踌躇未决，空空儿笑道："你怕什么，我愿意保你们夫妻回国。段师弟，咱们两家索性都到师陀国玩一趟吧？"

段克邪与楚平原情如兄弟，空空儿说的也正是他心里想要做的，当下一口答应下来，道："反正我目前也没别的事情，理该送楚大哥、大嫂回国。铮侄，你回转山寨，替我向你爹爹说一声。"史若梅接着笑道："铮侄，上次你在魏博受伤，华姑娘曾为你衣不解带，日夜看护。这次她到咱们的山寨作客，你可要好好招待她，报答她啊！"

华宗岱是段克邪父亲生前的朋友，段克邪在魏博又得他帮忙不少。他们夫妇并不知这夏凌霜有将女儿南秋雷许配铁铮之意，故此在他们心中，是希望铁铮和华剑虹成为佳偶的。铁铮已是十八岁的少年，懂得害臊了。面上一红，道："表婶说笑了。"

华剑虹是个在塞外长大的姑娘，却是一片天真，不解要避男女之嫌，她把史若梅说笑的话当真，连忙说道："你们的山寨一定热闹得很，我希望和你们相处得像自己人一样。你们可千万不要和我客气，把我当作了外人。”

南秋雷不觉感到有点酸溜溜的味道，说道：“华姑娘，你放心，铁铮当然会把你当作自己人的。”

段克邪夫妇希望铁铮与华剑虹成为佳偶，但他的师兄空空儿想法却又不同。这时在空空儿的心里正感到十分为难。

原来空空儿是曾受了夏凌霜之托，以铁铮师父的身份，替他们两家作个大媒的，前几天，他还曾亲口对南秋雷许下诺言，要包在他的身上，撮合她与铁铮的婚事。尽管南秋雷并未曾要求过他。

但如今他和华宗岱已经成为好友，他却不能有厚此薄彼之分了。空空儿心里自思：“我若按照我原来的想法，禁止铮儿和这妞儿来往，怎对得住老华？可是我又曾应允了秋雷的母亲，可也不能不顾诺言，这怎么是好？”

空空儿对付多强的敌人都有办法，但应付这等小儿女的情事，他却是一窍不通，毫无主意。不过，他想了又想，却也给他想到了一个自以为是的主意，说道：“铮儿，你和南家的小师叔、小阿姨不是很久没见了吗？如今你们出道了，你爹爹一定很欢喜的。你们正好趁此机会，都到你爹爹山寨里相聚些时。华姑娘也正好和你的南阿姨作伴。”

南秋雷年纪和铁铮差不多，但她的父亲南霁云却是和段克邪的父亲同辈的，铁摩勒是段克邪的表兄，所以排起来南秋雷就长铁铮一辈了。是以空空儿习惯了南秋雷叫作铁铮的“小阿姨”。南秋雷听得空空儿这么说，禁不住也面红了。

空空儿的心意是让她们有同等的“机会”，铁铮喜欢谁、选择谁，那就是铁铮的事情了。但他的说话却未免太露痕迹，分明是要铁铮向南秋雷“劝驾”。

倒是华剑虹毫无心机，一听了空空儿的话，便拍手笑道：“好极了，好极了。我正想向南姐姐讨教针线的工夫呢。前两天我看见南姐姐会自己缝衣，我羡慕得不得了。说出来不怕你们笑话，我娘死得早，我的衣裳都是我爹爹给我偷来的。草原的牧人可没有像你们汉人一样开成衣店的，我又不会缝。我爹爹只好去偷那些王公格格的衣裳，好看倒是满好看的，就是常常不合身。”

华剑虹一片天真烂漫的言语，说得大家笑了起来。无形中也替铁铮解了窘。空空儿笑道：“你要偷东西，可得跟我学。别样本领，我未必胜得过你的爹爹。唯独这门本领，你爹爹对我是非得甘拜下风不可的。”

华剑虹笑道：“我没听说有姑娘家偷东西的，这门本领我不要学。空空伯伯，我倒是希望你这次到师陀国去，倘若碰着我的爹爹，给我提醒提醒他，别忘了回来接我。我怕学不会缝衣，旧的衣裳破了，就没人给我偷了。”

空空儿大笑道：“好，好。我一定和你的爹爹一同回来。要是办不到，就包在我的身上，我给你偷。”

他们这么一番说笑，气氛就自然许多。连南秋雷与铁铮也不觉得尴尬了。在航行途中，无事可做，群雄都是各觅好友倾谈，商量今后行止。

铁铮去找展伯承，只见展伯承独倚船边，若有所思。铁铮道：“展大哥，上次你到伏牛山，未见着我爹爹，我爹爹很挂念你。这次你可以和我一同回去了吧。”

展伯承沉吟道：“这个，嗯，还是过两天再说吧。”铁铮把眼望去，看见诸葆龄在另外一边，也是独倚船栏。

铁铮纳罕道：“你们两人怎么的，按说你们这次共死同生，应该更亲近才对。为何你和诸姐姐总似乎是在闹着别扭。对啦，你代我邀她也一同到我爹爹的山寨吧。”展伯承摇了摇头，低声说道：“她不会去的。”

空空儿叫道：“小承子过来!”展伯承走过去正要请问空空儿有何吩咐，空空儿已在哈哈笑道：“我看你闷闷不乐的样子，是不是因为这次报不了仇的缘故。你别发闷，我指点你几路功夫，包你日后杀得了窦元。”

原来空空儿是因为自己不愿意亲手诛戮窦元，而对于自己这次放了窦元之事又颇后悔，故此有心成全展伯承的报仇愿望，亦即是借展伯承之手来杀窦元。

展伯承大喜拜谢，但却并未立即坐下听空空儿讲授。空空儿这次倒是省起得快，想了一想，哈哈笑道：“对了，对了。我不能厚此薄彼，褚丫头，你也过来。我教你们一套联手的功夫吧。”

褚葆龄经过了与展伯承同生共死的这一战之后，对展伯承的感情极为微妙，一方面是对他衷心感激，一方面又舍不得刘芒，故此宁愿避免与他接近。但此时听得空空儿叫她，而且又是助她报仇的，她只好讪讪的过来了。

空空儿道：“我看你们所学的武功，其实是可以赢得了窦元的，但你们一来限于功力，二来运用得也还不够精妙，却反而吃了点亏。功力是无法迅速提高的，但我另有捷径，可以使你们原有的本领尽量发挥。首先，我要传授你们上乘轻功的运气方法。然后，我再教你们如何配合得更好一些，只要你们勤学苦练，不出半年，我担保你们若是和窦元单打独斗，至少不会输给他；若是两人联手，那就一定可以将他杀了。”

空空儿不但自己的武功高强，而且又是个最好的教师。他对于正邪两派的武学都曾经涉猎，有了这么高深的造诣，指点起展、褚二人的本门武功，比展元修和褚遂的教授还更精到。

船出了长江口之后，风浪很大。周同喟然叹道：“河清海晏，真不知何时方有此日？”他是因为藩镇割据，祸害百姓，有感而发的。

空空儿却笑道：“幸亏是艘大船，我倒没有不舒服之感。风浪大有什么打紧，多在海上航行两天也就是了。”原来他一碰到武学上的事情就全神贯注进去，他教展、褚二人的武功，只怕时间不够，却没心思去体会周同是因何而兴叹的了。

展、褚二人武学也有相当根底，对空空儿的传授，心领神会，学得很快。船行三天，他们反复学了几遍，经过空空儿严格的考问，也都点头认可了。

到了那个小岛之后，岛主邹胜出迎。他是周同的好朋友，见周同和这许多武林的人物到来，自是欢喜无限。岛上医疗齐备，空气清新，正是最适宜于养病、疗伤。邹胜殷勤招待，巴不得群雄多住些时。但群雄都是各有事在身的，因此除了留下些人陪伴伤者之外，其他的就是陆续离开了。

周同喟然叹道："河清海晏，真不知何时方有此日？"

展伯承是第一批离开的人。原来褚葆龄因为心灰意冷，只想回去看守她爷爷的坟墓，江湖之事，她已是毫无兴趣了。展伯承舍不下好友铁铮，但他是答应过他的褚爷爷，一定要把他的“龄姐”找回去的，如今褚葆龄要回去了，他岂能不伴她回家？因此也只好与铁铮暂时分手了。

临行之日，铁铮送他们上船。分手时展伯承再致歉意，抱歉不能和他同回山寨，答谢他爹爹的关怀。

铁铮笑道：“我本来不能原谅你的，但你是和龄姐同走，我还有什么好说？我把你们的消息告诉爹爹，想来爹爹也会为你们感到安慰的。”

这时褚葆龄已先上船，展伯承听了铁铮的话，禁不住面上一红，连忙低声说道：“贤弟可别误会，我只是想回去帮忙龄姐修筑爷爷的坟墓。褚爷爷待我比亲爷爷还亲，我也想稍尽心事，报答他老人家的恩情。”

铁铮笑道：“我知道。但你也不必讳言你和龄姐的事情。你和她一同长大，她的爷爷又是早已把你当作孙女婿看待的，你们白头偕老正是顺理成章的事情啊，有什么怕说的。你们和好如初，相信不但我爹爹听了高兴，就是我的妹妹知道了也会为你们高兴的。虽然她以往曾在你的面前责备过龄姐，那也是为了替你不平之故。最好你们在办好褚爷爷的事情之后，能够一同到金鸡岭来，咱们四个人又可以像小时候聚在一起了。”

在铁铮的心目中，一直是把他的妹妹铁凝看成个不懂事的小女孩，毫没想到铁凝与展伯承之间，也已有了一缕情丝。展伯承听了却是心乱如麻，情怀动荡，不知如何回答铁铮。

这一批要走的人都已上船了，铁铮笑道：“送君千里，终须一别。但愿你们早点同来山寨。你也该上船了。”

展伯承抬头一看，只见褚葆龄正在船舷向他招手。展伯承低声说道：“我一定尽快去会你们的。只是未必和龄姐同来就是了。我刚才说的都是实话，真是请你不要误会。嗯，在凝妹跟前，还是请你别提我和龄姐的事吧。将来我会向她说的。”

铁铮听他郑重嘱托，这才感到有点跷蹊。但展伯承上了船，这船也就开了。铁铮已没有机会探问展伯承的心事。

这条船很大，展伯承与褚葆龄的两匹坐骑也一同乘船。舟中无事，登陆之后，展、褚二人便舍舟乘马，并辔同行了。

两人各怀心事，路上同行，最初两天，还是有点不大自然，渐渐也就有说有笑了。不过，褚葆龄仍然是避免提起刘芒，也避免提起盘龙谷的那段往事。

这么一来，他们谈话的范围，也就只能局限于小时候的一些趣事了。谈的是“趣事”，彼此心里却都是感到乏味与无聊。虽然有说有笑，总似隔了一层，谈的是小时候的事情，却不能似昔日的“两小无猜”了。

褚葆龄对展伯承有着微妙的感情，同样，在展伯承的心中，也何尝不是有着“剪不断，理还乱”的滋味？他们两人未定“名分”，不能说是“婚变”，但他们自小作伴，不但在别人的眼里，是把他们看作一对未婚的小夫妻，甚至在他们的心里也曾经有过这个念头，因此，经过了这一场情海的风波之后，彼此的感情也都是受到创伤的了。

在展伯承这方面来说，他对褚葆龄始终是怀着深厚的感情，即使是在褚葆龄误会他，怨恨他的时候也是一样。至于这是男女之情，还是姐弟之情，则连他自己也弄不清楚了。

不过，他深知褚葆龄爱的乃是刘芒，因此他就更不愿意在他们经过一场患难，言归于好之时，再给褚葆龄有些微的误会。

展伯承好几次想撕开隔在他们之间的幔幕，冲破这郁闷的气氛，坦诚地告诉他的“龄姐”，他是愿意成全她与刘芒。可是褚葆龄总是避免提及刘芒，他也就没有机会说了。

在郁闷的气氛中又过了两天，这一天他们并辔在中州的驿道前行，褚葆龄忽然又恢复了最初两天的神情，沉默寡言，而且显出精神恍惚、心事重重的样子。展伯承心里好生纳罕，“这两天她已经是有说有笑了，怎的今天忽然又闷闷不乐起来？”

路上碰到好几拨衣冠楚楚，像是要到亲友家中作客的模样的人，展伯承也没放在心上。走了一程，蓦地发觉褚葆龄在后头。展伯承勒着马等她上来，说道：“龄姐，你走得累了。前面有间茶店，咱们歇一会吧。”

褚葆龄无可无不可的和他走进这间路边的茶店，坐了下来，展伯承无意间望出去，发现茶店前面的路口立有一面界碑，对着茶店的这面写着“蒲邑”二字。

展伯承心中一动，连忙问茶店的伙计道：“你们这里是蒲邑么?”那店小二笑道：“是呀，这里还是蒲邑，但再向前走，就是涿邑了。你看，前面不是立有界碑吗?”

展伯承恍然大悟，心中想道：“怪不得龄姐神思不属，原来是到了刘芒的家乡。”他望了褚葆龄一眼，褚葆龄低下了头，默不作声。

展伯承又再问那店小二道：“我匆匆赶路，没留意路碑，却原来是已经到蒲邑了。嗯，蒲邑有位大豪，姓穆名安，你可知道?”

那店小二笑道：“穆老爷子，我们蒲邑人谁不知道? 你和穆老爷子是相识的还是闻名的?”

展伯承道：“我是闻名已久，尚未有机缘拜见，不过，我的长辈却都是和穆老爷子相识的。”

店小二道：“如此说来，你若是想去拜见穆老爷子，可就正是机会了。”展伯承道：“哦，这却是何因由?”

店小二道：“今日正是穆老爷子六十花甲的寿辰，你们一路走来，想必也在路上碰到一些带了家丁、抬着礼盒的客人吧? 那些人就是拜寿的客人了。穆老爷最为好客，所以我说，你若是要去拜见他，这可就正是机会了。你只须备一份拜帖就行，不必买什么礼物的，反正穆老爷子也不会稀罕你的礼物的。”这店小二倒是热心肠的人，他见惯了到穆家求助的江湖人物，只道展伯承也是这类落魄的“雏儿”，故而不惜出言“指点”。

展伯承多谢了他的“指点”，便即付了茶钱，骑马向回头走。

褚葆龄跟了上来，四顾无人，说道：“小承子，你真是要去给穆安拜寿么?”

展伯承神情诚恳，说道：“龄姐，我这句话早就想对你说了。你别以为我对刘芒还存有什么芥蒂，盘龙谷那晚我曾与他联手对敌，我们早已化敌为友了。今日既然到了蒲邑，恰恰又碰上穆安的寿辰，咱们为何不借此机会，到穆家探一探刘芒的消息？”

原来穆家和刘家本来是比邻而居的亲戚，刘振的妹妹是穆安之妻，辛芷姑的大弟子龙成香嫁给穆安的儿子穆康，穆康和刘芒乃是中表之亲。龙成芳也正是因为自幼在姐夫家中居住，与刘芒相识，日久生情的。不过刘振、刘芒父子自作江湖大盗之后，便即离开蒲邑，与穆家不通音讯，也已好几年了。

展伯承又道：“刘芒的父亲已经死在吕家，是给泰洛打死的，刘芒也不知知道了没有？我即使只是为江湖道义，也该到穆家报一报讯。刘芒没有多少亲人，说不定会回来给穆安拜寿。即使不然，穆家或者也会知道他的消息。”

褚葆龄一片茫然，半晌说道：“小承子，你要和我去找刘芒？嗯，你是为了我的缘故？”

展伯承低下了头，说道：“不错，是为了我的缘故，也是为了你的缘故。龄姐，我不愿意见你受苦，这些日子，你虽然有说有笑，心里其实很不快活，咱们是一块长大的，你心里不快活，我还能不知道吗？龄姐，记得咱们在盘龙谷，最后一晚，你曾经和我说过，你和刘芒——”

褚葆龄眼角含着泪珠，蓦地挥手说道：“小承子，你不要说了。我记得我说过的话，可是，你、你不知道——”

那一晚的情景重现眼前，白天她去把藏宝图送给刘芒，利用展伯承给她“把风”，回家的路上，她向展伯承吐露心事：今生今世，她已决定与刘芒生在一起，死在一起，永不分离。

不错，她是说过这些话语，但人生遭遇往往是不如人意的。谁想得到就在那晚发生了许多意外的事情，他们的夺宝计划受到了挫折，智取不成，却变成了和她的爷爷武斗，最后还引来了窦元，以致害了她的爷爷一命。而她虽与刘芒有过海誓山盟，永不分离，也终于不能不分离了。

还有，她也没想到刘芒还有一个龙成芳，刘芒对龙成芳的感情又如何，她不知道。但龙成芳对刘芒锲而不舍的痴情，她已经知道了。再还有，她也想不到她曾经误会的小承子，对她的感情竟是如此真挚，他丝毫也不怪她对不起他，反而处处为她着想。

褚葆龄情怀历乱，心中想道："小承子，你哪里知道，我心中的苦闷，可并不单单是为了刘芒啊！"可是她这微妙而复杂的心事，却是不能对展伯承吐露的了。

展伯承却自以为懂得他的"龄姐"的心事，说道："我知道，我知道你是在惦记着刘芒。我也知道你这一年来是在各处打探他的下落，那么，如今既是到了他的家乡，有希望得到他的消息，甚至见着他，你却又要避开，这是何苦？"

褚葆龄心乱如麻，终于想道："不错，我自问无慧剑可祛心魔，要逃避是避不开的，倒不如弄个水落石出，不管是离是合，是悲是喜，总可以了结一重心事。"

褚葆龄想到此处，心意立决，说道："好，你既然认为应该这样做，那么咱们就去穆家贺寿吧。"

路上络绎不断地有前往穆家的贺客，他们无须问路，只是跟着走，不一会，就到了穆家所在的那条村庄了。

穆家是蒲邑大豪，交游广阔，今日家主穆安的花甲大寿，前来贺寿的客人不但有武林人物，还有地方绅士甚至现任官员，穆家两扇大门打开，管家站在中门迎宾，大门外排列有两队鼓乐手，吹吹打打。若有贵客来到，还特别奏起迎宾的乐曲，气派很是不凡。

展伯承和褚葆龄来到的时候，穆家正在奏乐迎宾，迎接的是一个带着四个卫士的武官模样的人，展伯承眉头一皱，说道："咱们等一会儿。"他是不愿意跟着这个武官一同进去。

武官进去之后，跟着一个乡下老头子模样的人来到。穿着一件粗布大褂，油腻腻的，好似经年未洗过，穆家也照样奏乐迎宾，那个管家还特地从中门走出大门迎接，礼节比刚才接待那个武官似乎还要尊敬几分。展褚二人暗暗纳闷，不知这个乡下老头究竟是何人物，他们不愿"沾光"，因此仍然远远的徘徊门外。

待到那个老头子模样的人也进去了，暂时没有其他客人来到，展伯承道："龄姐，咱们可以去了。"褚葆龄却如有所思，迟迟不举脚步。

展伯承道："龄姐，你在想什么？"褚葆龄道："小承子，你说实话，爷爷临终之时，是不是真的原谅我了？他也当真不恨刘家父子了么？”

展伯承道：“龄姐，我几时骗过你？爷爷但愿你一生幸福，他还后悔当初不该恐吓刘芒了。他真的是愿意你们白头偕老。”展伯承有生以来从没说过假话，唯独这件事，他却不能不瞒着褚葆龄，将她爷爷临终的吩咐，恰恰颠倒地改了过来。但也正因为他不惯于说谎，说话的腔调上多少有点不大自然。

褚葆龄满面通红地看了他一眼，心里想道：“小承子果然如我所料，心里想的和口里说的并不一样。”原来她以为展伯承仍是深爱着她，也以为他对刘芒仍是不无醋意，所以不论如何掩饰，从说话的腔调上也还是不能透露出来，但褚葆龄虽然猜错了展伯承的心事，她的心里却是非常高兴。

走到了穆家门前，褚葆龄忽地又略有踌躇，展伯承悄声说道：“龄姐，不要害羞，跟我来吧。”褚葆龄捏了他一下手心，同样悄声说道：“小承子，你别胡说。”原来，褚葆龄刚才想的是：“不知那位龙二小姐已经回家了没有？”这次却是展伯承猜错她的心事了。

在大门迎接普通客人的穆家家人看见来的是一对陌生的少年男女，又是想进来不敢进来的神态，觉得有点奇怪，便来查问。

展伯承道：“我们是来给穆老爷子拜寿的。”那老人家心里想道：“今日来的客人，哪一个不是来拜寿的？这句话说了等如不说。”当下冷冷淡淡地问道：“你们可有拜帖？”

展伯承道：“来得匆忙，没备拜帖。”

那老人家道：“好，你等一会儿。”打了一个手势，过了一会儿，一个小厮用盘子托着一锭纹银，走到展伯承面前。展伯承怔了一怔，道：“你这是什么意思？”

那老人家道：“今日来客太多，敝主人恐怕也没有精神一一接见外客。你们的盛情我替主人拜谢了。两位远来，这点银子，不成敬意，请两位收下。”

褚葆龄柳眉一扬，冷笑道：“你当我们是来打秋风的吗？”哗啦啦的一声响，在那盘子里撒下一把金豆，说道：“多劳你们好招呼，这点金子打赏你们，小小一点意思，请两位收下。”

那老人家面红耳热，尴尬之极。他跟随穆安多年，本来也是个老江湖，这次却“走了眼”，一时不知该当如何应付才好。

穆家的管家听得大门喧闹，忙走过来，赔笑说道：“他人老糊涂，两位小英雄别见怪。两位没备拜帖，那么，可否赐知高姓大名，也好让我们做下人的进去通报。”

他们这么一闹，已有好多闲人围上来观看。展伯承因为看见刚才贺客中有官府的人，心中便有点踌躇。褚葆龄正在气头，却不加考虑地便说出自己的姓氏道：“我姓褚，盘龙谷来的。”

那管家吃了一惊，说道：“盘龙谷褚家的姑娘？请问老英雄褚遂是——”

褚葆龄道：“是我爷爷。你家主人或许相识。”

那管家口里说道：“是，是。”面上却变了颜色，随即打手势驱逐看热闹的闲人，喝道：“都到外面去。怎可以这样不懂规矩，叫客人笑话。”

闲人散开之后，那管家小声说道：“这位相公是——”展伯承道：“小姓展，贱字伯承。也是盘龙谷来的！”褚葆龄已经说出了自己的来历，所以展伯承也就不再隐瞒了。

那管家更是吃惊。原来穆家虽是武林前辈，但却又是富豪之家。是以他们对于绿林人物多少有点避忌，宁可暗中往来，却不敢张扬出去。展伯承去年和铁铮兄妹同走江湖。已经是有点名头的了，展家和绿林盟主铁摩勒这家的两代交情，江湖上谁不知道？

那管家打不定主意，说道：“两位请稍待一会，待小的禀报家主。”

穆府的管家亲自去给他们通报，这是一桩罕见的事情，本来对他们不甚注意的也禁不住偷偷向旁人打听：“这两个少年是什么人？”

刚才看热闹的那些闲杂人等虽然已给管家驱散，对他们仍是十分注意，此时碰着有人向他们打听，那还有不饶舌之理？三个一群五个一堆的遂窃窃私议起来。

展伯承在江湖上的名气虽然较大，但穆府的家人最感兴趣的却还是褚葆龄。褚葆龄耳朵尖，隐隐地听得他们在偷偷议论：“哦，原来是褚遂的孙女儿，长得倒很标致呀，怪不得表少爷为她着迷。”“听说二小姐曾经去找她晦气，不知是真的还是假的？难为她有这个胆量敢来。”

“那个小伙子是她的什么人？瞧他们的模样倒是怪亲热的。”“咦，你还不知道吗？这小伙子是她的爷爷看中的孙女婿呀。”“这么说，嘻嘻，嘻……”底下的话细不可闻。想来定是一些不好听的说话，怕她听见。

褚葆龄是个性情倔强，自尊心很重的女子，几曾受过如此闲气，听得穆府的家人对她评头品足，几乎忍不着就要发作出来，展伯承怕她闹出笑话，好几次用眼色将她止住。这么一来，他们就更显得“亲热”了。

褚葆龄按下怒火，心里强自分解：“我只要打听到刘芒的消息，马上就走。何必与这些下人生气？”她索性装作若无其事地与展伯承谈笑，显得更加“亲热”些，一面留心听他们的说话，想从下人的说话之中，探得刘芒与龙成芳是否在家。

她还没有听出端倪，那个管家已经出来，向他们恭恭敬敬地说道：“两位请进。”而且亲自给他们带路。

那个管家带领他们，穿过回廊，绕过假山，不是走去客厅，却走到穆府的内花园。穆府贺客盈门，本来是闹哄哄的，但到了内花园，却似另一个天地，但闻鸟语，听不见人声。

褚葆龄忍不住说道：“我们与穆家非亲非故，怎么你带我们到这里来，难道要我们内堂拜寿么？”展伯承道：“是不是穆老爷子不愿接见我们？”

那管家赔笑道：“两位是稀客，我们怎敢怠慢。这是——”褚葆龄道：“是什么？”

刚说到这里只见一对中年男女从内院走出来，展伯承认得女的是龙承芳的姐姐龙成香，那男的想必是她的丈夫——穆府的少主人穆康了。那管家这才接下去说道：“这是少主人的吩咐。”管家说完了话，行了个礼，便即告退。

穆康夫妇上前殷勤招呼，说道：“两位光临寒舍，有失迎迓，还望恕罪。家父说不敢当外客给他拜寿，特地吩咐我们做小辈的替他款待两位贵宾，请两位不要见怪。”

穆康以少主人的身份替父亲迎接宾客，礼数周全。展伯承是个不惯客气的人，想起刚才褚葆龄还在怪穆家“失礼”，倒觉得有点不好意思起来。连忙说道：“我们份属后生晚辈，怎称得上什么贵宾，穆庄主太客气了。”

龙成香对褚葆龄更显得十分亲热，拉着褚葆龄的手笑道：“我和展少侠几个月前曾经见过，和褚姑娘则还是初次相会。但虽是初会，亦已闻名久了。外面客厅人多嘈杂，说话不便。褚姑娘倘不见外，请到里面，就只咱们几个人叙叙如何？”

褚葆龄正是不愿意和那些拜寿的客人混在一起，心里想道：“既来之，则安之。你要如何摆布我，我也不怕。”便道：“多谢贤主人好意，我们是不速之客，主人不讨厌我们，我们已是十分感激了。”

龙成香道：“哪里话来，褚姑娘赏面，肯到我们这儿，我们真是求之不得的呢。”边说边走，在前头带路，把展褚二人引入穆康的内书房。

龙成香揭开帘子，便即笑道：“二妹，稀客来了，你猜猜是谁，还不快快出来迎接？”

只见房门开处，一个少女已经在书房里站起身来，哈哈笑道：“什么风把你们吹来的？我也是前几天才回家的，想不到又能够和你们见上了。”

这少女正是龙成香的妹妹龙成芳。其实她是早已知道展、褚二人来了的，不过她的姐姐知道她与褚葆龄之间有着颇为尴尬的关系，恐怕她妹妹脾气不好，不懂应付，故此不让她出来，姐妹俩先商量好了，待他们进了内书房，才让龙成芳露面的。

褚葆龄本来准备好在穆家见到龙成芳的，因此倒并无惊惶失措之态。但她一向对龙成芳没有好感，见面之后，想起过往的不愉快之事，神色之间，却也难免有几分不大自然。

龙成香笑道：“我这妹妹不懂事，听说曾冒犯过褚姑娘。但不打不成相识，想来褚姑娘也早已不放在心上了。”

褚葆龄只好说道：“只要龙二小姐心里不存芥蒂，一点点无谓的争吵，那又算得什么。”

龙成芳笑道：“是呀，不打不成相识。而且我和褚姑娘打那一架，对褚姑娘也不无好处呢。你们两位现在不是在一起了么？展少侠，你多少也该感谢我那穿针引线之功吧？”正是：

最是情场多变幻，无端醋海又兴波。

欲知后事如何？请听下回分解。

第二十八回　堪叹世途多势利
却伤巨室少亲谊

褚葆龄面色一沉，冷冷说道："龙二小姐多才多艺，又会舞刀弄剑，又会穿针引线。佩服，佩服！可惜我是粗手笨脚，心思又不灵敏，想跟你学，也学不会你这手穿针引线的功夫，只好辜负你的美意了。"反唇相稽，冷嘲热讽。而且话中有话，暗示自己不会为她撮合。但也正因她是话里暗藏机锋，说得却不似龙成芳的露骨。

龙成芳本来有点想讨好她，不料受了她一顿排揎，落不了台，不觉也变了面色，说道："你这是什么意思？"褚葆龄道："你刚才说话又是什么意思？"针锋相对，半点不让。

龙成香赔笑道："我这妹子不懂说话，褚姑娘，你别见怪。你大远来到，先喝一杯茶，咱们好好谈谈。"

丫环送上茶来，龙成芳把那丫环拉到身边，小声地吩咐了她几句。褚葆龄听不见她们的说话，也无心偷听她与丫环的说话，心里想道："这样鬼鬼祟祟的算个什么？"对龙成芳更增鄙薄之意。喝过了茶，那丫环也出去了，褚葆龄把茶杯一放，明刀亮斫的便向龙成香问道："少庄主夫人有何见教？"

龙成香笑道："褚姑娘远来，似乎是该我先请教褚姑娘的来意。"龙成香比妹妹文雅得多，但说话也比妹妹老练。她是要迫褚葆龄先行"摊牌"。

褚葆龄道："今日是穆老庄主的寿辰，我想我们没有来错吧？"

龙成芳忍不住说道："咱们挑开窗子说亮话好不好？你不是特地为了拜寿来的吧？"

褚葆龄道："你既然早已知道我们的来意，那又何必我们多说！"

龙成芳道："不过，我可觉得有点奇怪！"

褚葆龄道："奇怪什么？"

龙成芳道："褚姑娘，你是为了刘芒来的吧？"

褚葆龄道："是又怎样？他是我旧日的邻居，我不可以顺便来找他吗？"

龙成芳冷笑道："你现在已经有了展伯承，还要找刘芒吗？"

褚葆龄也冷笑道："我是个乡下女子，没读过圣贤之书，可不懂得'男女授受不亲'的道理。我找旧日的邻居，自问光明磊落。别人要怎么想，那是别人的事。小承子自小和我在一起，刘芒也是知道的。怎么，我和小承子一起同来，龙二小姐，你也觉得看不顺眼吗？"龙成芳给她驳得满面通红，一时无言可对，便想发作。

展伯承不愿双方弄成僵局，难以转圜，便把话题兜到自己的身上，说道："我和刘大哥虽然不是深交，但承他肝胆相照，也曾联手御敌，有同仇敌忾之谊。去年我在槐树庄吕大侠吕鸿春那儿，得知刘大哥的尊大人不幸身亡，一直就想给他报一个讯，却没有机会碰上。这次我陪龄姐找他，我也很想见他一见。却不知他可在宝庄？"

龙成香道："刘芒的父亲给胡贼泰洛所害，这件事我早已知道了。对啦，那次咱们不是同在吕家庄的吗？"言下之意即是她们自会通知刘芒，不必劳烦展伯承报讯。

展伯承只是想缓和双方紧张的气氛，倒不在乎谁去报讯。当下说道："我虽然没有别的事情，但也还是想与刘大哥一见。"

龙成香道："展少侠既没有别的事情，那么让我先和褚姑娘谈谈好吗？"她不说刘芒在家，也不说刘芒不在家。一下子又把话题拉紧了。

不过龙成香却很会说话，她挨着褚葆龄坐下，柔声说道："褚姑娘，我妹妹不会说话，但她可是一番好意。咱们以前虽没见过，叙起来总是自己人。请恕我交浅言深，想和你褚姑娘说几句心里的话儿。"

人家笑面相向，褚葆龄当然不能再发脾气，只好说道："承蒙穆夫人看得起我，有话便请赐教。"

龙成香笑了一笑说道："刘芒和我们是中表之亲，他父亲去世之后，长辈的亲人也就只有我们的老爷了。刘芒的事情，我们多少可以代他作主。

"刘芒在盘龙谷这几年的事情我们不大清楚。不过他和褚姑娘的交情我们是知道的，褚姑娘想把王伯通的宝藏送给刘芒，事虽不成，但褚姑娘对刘芒的这番心意，不只刘芒感激，我们知道了，也都是为刘芒感到庆幸的，庆幸他得到褚姑娘这样一位才貌双全的红颜知己。"

龙成香这番话是要点出褚葆龄与刘芒不仅仅是普通邻居的关系，两人间还有特殊深厚的交情。她所说的都是事实，褚葆龄自是不能反驳，但心里却是很不舒服，当下说道："我不惯说客气的话儿，穆夫人你刚才不是说想披肝沥胆的和我说几句话么？请直说好了。"

龙成香笑道："好，褚姑娘是爽快的人，那我也就爽快地说了。不知褚姑娘此来，只是想见一见旧日的邻居呢？还是另有其他心愿？"

褚葆龄道："我不懂少庄主夫人的意思！"她虽然不便发作，说话的神气已是有点不大自然。

龙成香微微一笑，说道："女孩儿家总是不能在江湖上漂泊一生，丫角终老的。刘芒如今父母双亡，他的亲人只有我们穆家，我们对他的终身大事，当然也不能不分外关怀。如果他有合适的人，我们的老爷子自是要义不容辞，替他作主。

"你们境遇相同，彼此又是早已知心的邻居好友。我也乐意看见你们同在一起。因此我想问一问褚姑娘，你这次是以他好朋友的身份来看他呢？还是——"

褚葆龄又羞又窘，可是对方的意思虽然极是明白，言辞却是隐隐约约，她又不能执住对方的一两句话便发脾气，只好佯作不解，道："还是什么？"

龙成香笑道："褚姑娘一定要我明说么？那就请恕我冒昧，要问一问褚姑娘了。褚姑娘，你和刘芒可曾有了什么盟约?”

说话至此，龙成香的话已是丝毫不加掩饰地说出来了，那就是要问褚葆龄：是只以好朋友的身份来探访刘芒呢？还是与刘芒已经有了婚约，以未婚妻的身份来要刘芒践盟呢?

这本来是龙成芳所急于弄清楚的问题。龙成香本人却是不大愿意妹妹嫁给刘芒的。不过，她为了妹妹的确是对刘芒一片痴心，因此也就只好为她尽力。

龙成香的打算是：倘若褚葆龄只承认“朋友”，自必无言可说，倘若褚葆龄是直认和刘芒是已有婚约，她也好趁此劝妹妹死了这一条心，由她作主，撮合她与南夏雷的婚事。

龙成香的打算是如此。褚葆龄可是为难了。她和刘芒是曾有海誓山盟的，但经过了这许多意外的变化，如今是连她自己也心意不定，不知是否还能与刘芒重修旧好，再续前缘。褚葆龄这样复杂的心情，她对展伯承都不愿意说，又怎肯向龙成香细诉衷肠?

当下褚葆龄满面通红，说道：“刘芒究竟是不是在你们这儿?我只想请你们让我见上他的一面，别的事情，就不劳你们费神多管了。”

褚葆龄不愿正面答复龙成香，但也不敢说得太“绝”。要知在她的心里虽是把持不定，也有几分希望与刘芒复合，假如说得太“绝”，以后怎好转圜？不过，她虽然没有开口说“死”，她与龙氏姐妹之间的谈话也没法继续下去，弄得很尴尬了。

龙成芳“哼”了一声，正想刺讽褚葆龄几句，却给她的姐姐用眼色止住。就在此时，又一个丫环走了进来。

这个丫环走了进来之后，将房门关上，神色张皇地对龙成香说道：“请少夫人进内室说话。”龙成香怕引起褚葆龄的不快，说道：“都不是外人，但说无妨。”

那小丫环应了一个“是”字，走到龙成香跟前，但却不是大声说话，而是在她耳边悄悄耳语。

褚葆龄看不惯她们这种鬼鬼祟祟的态度，心里极不舒服，“哼”了一声，想道：“你们有事要瞒着我，不该当我面做出来。好呀，你们既然嫌我在此，我还何必再留在此地惹你们讨厌?”

褚葆龄正要发作，忽见龙成香的面色“刷”的一下变得雪白，惊恐的神情，比那丫头更甚，看得出绝非假装。

褚葆龄要走的说话未曾说出来，龙成香已先说出，劝告他们走了。

龙成香咳了一声，脸色白里泛红，惊慌之中又带几分尴尬的神情说道：“展少侠，褚姑娘，实在抱歉之至，两位远来，我们不能尽地主之谊，只因，只因……我们这里有了一点麻烦的事情，不便多留两位，请两位体谅。这件事我以后再向两位解释。”话中之意，是要他们立即便走。

褚葆龄冷笑道：“何必解释？我们来得冒昧，主人家不欢迎，我们还能赖在你们这里吗？你不是干脆的下逐客令，我已是感激不尽了。好，小承子，咱们走吧！”

龙成香道：“褚姑娘请莫误会。唉，这实在是事非得已，对不起你们。”她情急之下，已经想要说出原因，但话到口边，仍然吞了下去，只是唉声叹气。

褚葆龄不发一言，便即去自己打开房门。龙成香叫道：“褚姑娘，且慢。我带你们从后门出去。”

褚葆龄怒道：“我们光明正大的来，有什么见不得人的？我从大门来，也要从大门出去，我倒要看看谁敢阻拦？”

龙成香大为着急，叠声说道：“不是这个意思，不是我们要和你们作对，只怕当真会有危险！”

褚葆龄冷笑道：“穆家在武林中不是等闲之辈，只要你们不来与我为难，在穆府还能有什么危险？”

褚葆龄说话之时，已经是走出外面，展伯承比较慎重，跟在后面，说道：“龄姐，主人家也许有什么为难之事，咱们还是听从主人的意思吧。”

龙成香追了出来，说道：“不错，不错，当真是我们有了为难之事，不是我们要与你们为难。”

话犹未了，褚葆龄正走到一座假山前面，忽见有一个官军带着四名武士，已经排列在假山之前截住他们的去路了。

这军官约有三十岁左右，面似玄坛，手中拿着一根水磨钢鞭，指着展、褚二人说道："这位是盘龙谷的褚姑娘吧？令祖褚遂是绿林前辈，我也是久仰的了。幸会，幸会。"

褚葆龄斥道："你是什么东西？我们褚家从没有与官府的人打交道，我也没有犯你们的王法，不必怕你，你拦着我们的去路，意欲何为？"

那军官打了哈哈，说道："褚姑娘，你不认得我？嘿，嘿，姓展的小子，你总应该认得我吧？"

刚才这军官进穆府的时候，展伯承只看见他的背影，如今正面相对，这才认出原来就是从前在魏博道上和他交过手的尉迟俊。

尉迟俊本是羽林军副统领尉迟北的侄儿，他见朝廷势弱，而魏博节度使则是藩镇之雄，故此他宁愿放弃了羽林军的军职，投到田承嗣的帐下，充当一名将领。那次展伯承与铁铮等人押运宝车经过魏博，就是由他统率魏博的牙兵，拦途截劫的。

魏博与蒲邑相隔千里，何以尉迟俊会特地赶来给穆安拜寿呢？这不是为了讨好穆安，而是其中有个缘故。

刘芒的父亲刘振和绿林豪杰夏侯英八拜之交，夏侯英在绿林中独树一帜，有他自己的一套特殊做法。他这股绿林好汉没有固定的山寨，专门在各个藩镇的领域交界处活动，官府称为"流寇"，提起夏侯英的名字就感到头痛。由于藩镇割据，利害纷争，对夏侯英的这种活动方式很是有利。

魏博节度使田承嗣想当藩镇的盟主，夏侯英常常在他的领域之内"流窜"。他早已想把这股"流寇"剿灭的了。因此就由他出面，约相邻的几个藩镇，订下了会剿的办法。蒲邑属于青州节度使辖区，尉迟俊就是奉了田承嗣之命，来与青州节度使联络的。

除此之外，尉迟俊还负有一个使命：侦察这股"流寇"的动向。刘振父子、夏侯英、穆家这三者之间的关系，他们已经调查清楚，穆家与夏侯英虽无来往，与刘家却是中表之亲，故而尉迟俊借着给穆安拜寿的机会，前来探查刘芒的踪迹，倘若能够在穆家擒获刘芒，那就更妙。他们也看准了穆家的弱点，穆家是富豪人家，谅他不敢与官府作对，包庇刘芒。无须兴师动众，只由尉迟俊带领四个得力的手下同来，便已足够。

穆安老于世故，对尉迟俊的来意自是心照不宣。尉迟俊几次旁敲侧击的向他打听刘芒的消息，都给他巧妙地避过去了。

尉迟俊探听不到刘芒的消息，却意外的发觉展伯承正在穆家。因为展、褚二人刚才在那大门一闹，已经有人给他通风报讯。

尉迟俊碍于穆安的情面，先不点破，佯作退席，便带了手下闯到内院搜查，果然碰上了他们。

且说展伯承给他拦住了去路，又惊又怒，喝道："这里可不是魏博，你在穆老爷的府上，也敢仗势欺人吗？"

尉迟俊哈哈笑道："你们冒充贺客，偷入穆府，我正要替穆老爷子拿你们这两个小贼！"尉迟俊将他们说成与穆家毫无关系，撇清穆家的干连，这番话乃是说给穆康与龙成香听的。

穆康夫妇面面相觑，龙成香一咬银牙，说道："大哥，咱们不能……"底下"不能让他们在咱们家里捕人"的话还未曾说出，尉迟俊已又接着说道："说是小贼也是大贼！嘿，嘿，论年纪你们是小贼，论关系你们是大贼！你们一个是绿林大盗褚遂的孙女，一个是绿林盟主铁摩勒的世侄，谁敢庇护你们？你们也休想意图侥幸，借助于江湖规矩，连累穆家的人！"这番话仍然是说给穆康夫妇听的。

若照江湖规矩，在有威望的武林前辈家中，莫说捕人，即使是私人间的斗殴，那也是对主人的藐视。故而尉迟俊要双管齐下，一方面给穆家摆脱关系；一方面又对他的家人施以恫吓。

褚葆龄满肚闷气正是无处发泄，她向展伯承瞪了一眼，立即冷笑说道："谁要仰仗穆家的庇护？哼，谅你这几个倚仗官势的奴才也未必就能为所欲为！好吧！你们要捉人就来捉吧！"

尉迟俊磔磔笑道："好，倒底是褚姑娘爽快。但你却未免太小觑我们了，我且叫你知道我的厉害！"

褚葆龄一剑刺去，尉迟俊的水磨钢鞭"呼"的打出，鞭梢抖得笔直。武学有云："枪怕圆，鞭怕直。"能把钢鞭抖得笔直当作大枪来使，这份内力，已是非同小可。

只听得"当"的一声，褚葆龄的青钢剑给他钢鞭荡开，虎口隐隐发热；尉迟俊是唐朝开国元勋尉迟恭的子孙，他们家传的

“尉迟鞭法”乃是武学一绝。尉迟俊得理不饶人，一招荡开了褚葆龄的青钢剑，紧接着又是一招神鞭绝技，“回风扫柳”向褚葆龄的下三路霍霍扫来。

展伯承道：“龄姐，让我来！”剑光一闪，身形疾起，势如鹰隼，一招“俊鹘摩云”，向着尉迟俊凌空刺下。尉迟俊攻褚葆龄的下三路，他就攻尉迟俊的上三路。

这是“五禽剑法”中的一招杀手，尉迟俊识得厉害，鞭梢“刷”的似蛇头昂起，解了展伯承这招。展伯承不待他长鞭卷到，半空中一个“鹞子翻身”，脚尖已经着地。一个“搂膝拗步”，反圈到尉迟俊背后，又是一招“李广射石”的杀手剑招。

尉迟俊鞭法也端的神奇，就似背后长着眼睛似的，反手一鞭，恰恰又把他这一招解了。但褚葆龄可没有袖手旁观，在这电光石火之间，她也接连刺出了三剑。尉迟俊背腹受敌，手忙脚乱，喝道：“蠢材，你们还等什么？”

其实他这样的骂他的手下，可是冤枉他们了。他这四名随从武士，素来知道长官的脾气。尉迟俊自恃武艺高强，向来是十分自负的。他一出手，除非是有他的命令，否则他的手下决不敢与他争功。

这四名武士本领略次于尉迟俊，但在官军之中，也差不多算得是一流的好手了。四名武士一齐上来，登时就把展、褚二人围在垓心，展开了一场激烈的混战。

龙成香颇有相助之意，但她是穆家庄少夫人的身份，此事关系太大，她不敢作主，心慌意乱的忙与丈夫咬耳朵道：“你，你还是快点去把老爷子请出来吧！”

园子里厮杀之声，早已惊动了大厅的宾客。穆家庄的主人穆安无须待他儿子来请，已经出来。

穆安不认得展伯承与褚葆龄，但早已从家人的口中，知道他们的身份。此时见是尉迟俊和他们动手，自是不必再问缘由，心中叫苦不迭。

尉迟俊稳操胜券，好整以暇，哈哈笑道：“对不住，惊动穆老爷子了。这两个小贼一个是褚遂的孙女儿，一个是展元修的儿子，和金鸡岭的铁摩勒是一股的，他们也都是我们的大帅所要缉捕的贼人。不知怎的，这两个小贼偷入贵府，我到来拜寿，理当为主人效劳，请恕我来不及向穆庄主禀报了。穆老爷子，你是意欲亲自捉拿私入贵府的贼人呢？还是许我仍然给你效劳呢？”

尉迟俊口口声声说这两个“小贼”是“私入”穆府，开脱穆安的关系。穆安当然不能揽到自己身上，可是他若置之不理，他以后在武林之中，还有何威望可言？

穆安一生不知经过多少大风大浪，但却从没碰过像今日这样的一件为难之事。

穆安心里想道：“尉迟俊与这两个小辈算不了什么，但他们背后的靠山，我可是哪一边都得罪不起的。铁摩勒是绿林盟主，他的世交子侄在我家中被捕，他若得知，前来问罪，叫我如何应付？可是我若庇护他们，就要担上‘贼党’的罪名了。魏博的节度使加上本州的节度使，这压力我更是不能抵挡！俗语说：‘破家县令’，一个小小的县令已经可以令得老百姓家破人亡，何况是两州的节度使？”

龙成芳惯常行走江湖，在穆家的身份乃是“寄居”，不比她的姐姐有许多顾虑。她虽然对褚葆龄殊无好感，但却是一个直性子的人，见此不平，不由得激起一股义愤之气。她姐姐不敢上前说话，她不顾一切，却跑去和穆安说了。

穆安眉头一皱，说道：“你这小丫头多管什么闲事？”

龙成芳眉毛一扬，说道：“老爷子，这两人是给你拜寿来的，你老爷子在武林中有这么大的声名，客人在你家中给人捉去，这样的事，传出去岂不叫天下英雄耻笑！”

穆安满面通红，霎时间心中乱成一片，不知如何是好。

尉迟俊哈哈笑道：“这位姑娘是谁？此言可是差矣！金鸡岭的强盗闯入贵府，若然给他们逃脱，那才是有损穆老爷子的威名呢！铁摩勒在伏牛山的山寨早已给官军攻破，如今是困处一隅，眼看指日就擒。穆老爷子岂能害怕残寇，不敢得罪这两个小贼！”尉迟俊似是知道穆安的心思，先给他解开一重顾虑。

龙成芳怒道：“他们是否强盗，我不知道。我只知道他们是来拜寿的客人!”

尉迟俊又笑道:“不对吧!若是客人，何以我在客厅里一直没有看见他们前来给穆老爷子拜寿?一定是偷偷进来，意欲挑拨穆家与官府闹事的。嘿，嘿，你们可不能上他们的当呀!他们可以一走了之，穆家家大业大，可是搬不去的!”

尉迟俊仍然是运用双管齐下的策略，一面给穆安开脱，一面施以恫吓。

穆安看一看他花园中的亭台楼阁，想起这份家业，“挣来”实是不易，不由得骨头软了几分，心里叹了口气，暗自想道:“我是迫于情势，不能庇护他们，但我也没有助官府动手。铁摩勒是明白事理的人，纵然知道，他也应该原谅我。除非我舍弃了这份家业，否则两州的节度使是万万得罪不得的!我年已花甲，难道我还能弃了这份家业，跟他们年轻人在江湖浪荡，漂泊无依，临老不得善终?”穆安思念及此，心意立决。

龙成芳不知穆安心意已决，还在呶呶不休。穆安眉头一皱，说道:“你少给我惹事，尉迟大人专差办案，有你说话的么?你给我回房去吧。”蓦地把龙成芳一推，顺势点了她的穴道，穆安是怕她说出更不中听的话来，连累他，故而点了她的麻穴与哑穴。龙成芳做梦也想不到穆安会点她的穴道，气得双眼翻白，要骂又骂不出来，几乎晕了过去。

穆安招一招手，说道:“少奶奶，送你妹子回房去吧。以后好好地管教她，你嫁到穆家，应该知道咱家的门风是黑道自道两不沾惹的。叫你的妹子以后少和不明来历的江湖人物厮混!”穆安借着“告诫”龙氏姐妹的机会，轻轻将责任推卸到龙成芳身上。暗示招待展穆二人的是龙成芳，与穆家无涉。

龙成芳不过是跟着姐姐寄居他家的亲戚而已，并非是穆家的人。同时，穆安也借此表明态度:“两不沾惹”，求取双方的谅解。

尉迟俊大为高兴，哈哈笑道:“穆老爷子处事公正，佩服，佩服!我们也绝不至于令穆老爷子为难。这次借贵府的地方办案，损坏了园中的花木，我们自当赔偿。”他当然知道穆安不在乎一点点的“赔偿”，这话的意思是暗示穆安应该顾及自己的“家业”。穆安是明白人，当然一听便懂，两人心照不宣。

龙成香含着一泡眼泪，但穆安是她的公公，她怎能反颜相向？她和妹妹一同受了委屈，只好忍气吞声，佯作不知道妹妹被点了穴道，扶了龙成芳回去。

穆安表明了态度，穆家家人散在四周，也当然只是袖手旁观的了。尉迟俊率领四名武士，以五敌二，把展褚二人围在垓心，此时已斗了一支香的时刻，展褚二人几番拼力冲杀，兀自不能突破包围。

幸而展褚二人曾经空空儿的指点，练成了一套互相配合的武功，对方想要将他们擒获，也是不容易。

尉迟俊连使三招“八方风雨会中州”的杀手神鞭，鞭梢呼响，打出了一圈圈的波浪形推进。展、褚二人要抵挡四方而来的攻击，尉迟俊再使出这等厉害无比的神鞭绝技，登时把他们的阵脚打乱。

展褚二人不过是十八九岁的少年，激战了这许多时候，又抵挡了尉迟俊的三招神鞭绝技，禁不着大汗淋漓，气力渐渐不支。

眼看展穆二人的苦斗，势必难免被擒。穆康不忍再看下去，说道：“爹爹，咱们还是回去客厅招待客人吧！”话犹未了，忽地在观战的穆家家人之中，有一人越众而出，朗声说道：“你们回去招待普通的客人，我来招待这几位官府贵客！”

这人一出了声，穆家上下，无不大吃一惊！穆康失声叫道：“表，表……”“表弟”二字未曾说得出来，已被他的父亲掩住了口。原来这人不是别个，正是刘芒。他早已从夏侯英那儿回来，躲在穆家也已经有个多月了。

穆安今日花甲寿辰，昨晚就曾经再三叮嘱过他，叫他千万不可露面的。不料在这个最紧要的关头，他却突然跑了出来，而且还向尉迟俊挑战，穆安又是惊惶，又是气恼，饶他世故极深，此时亦是不知所措。

刘芒“刷”的拔出刀来，说道：“我知道你这几个鹰爪孙是冲着我来的，好汉子一人做事一人当，我今日远道归来，原是想给姑父拜寿的，既然这样凑巧，碰上了你们，岂能叫你们失望？好，我就自行投案来啦，只要你们有本领拿得了我！尉迟俊，你听着，我姓刘，他们姓穆。我姓刘的事情可与他们穆家无涉！”

原来刘芒在展、褚二人进了穆家之后不久，就已知道他们来了。这是穆家派给他的一个小厮告诉他的。刘芒教过这个小厮几手拳脚，这小厮感激刘芒从不把他当作下人看待，因而不论有什么事情也都不会瞒骗刘芒。

刘芒一听得是褚葆龄登门找他，心情的激动可想而知，穆安的“禁令”还焉能约束住他？但他不知展、褚二人被“招待”在什么地方，听得有喧闹的声音，便来寻找，果然碰着。穆安对付龙成芳的手段，他也刚好见着。本来对穆安就已有点不满的刘芒，此时自是更加忍不住气。他这番话可说是给穆安激出来的，但却说得十分漂亮，表现的只是一派江湖豪气，并无一言半语，对穆安埋怨。

尉迟俊哈哈大笑道：“好，果然是一条好汉子！只要你自行投案，我当然不会牵连你的姑父一家！”说罢，水磨钢鞭旋风一舞，舍了展、褚二人，迎着奔来的刘芒便打。

穆安当然知道刘芒对他有气，可是刘芒这样给他开脱，连躲在他家中之事也给他瞒过。穆安心里倒是松了口气，暗暗感激刘芒。但他的儿子穆康可是羞得满面通红，为他的父亲感到羞耻，也为自己感到难过，因为他没有勇气反抗他的父亲。他本来是要把他的父亲拉回客厅去的，此时却是呆若木鸡，双腿不能移动也不愿移动了。

展、褚二人去了一个劲敌，压力大减，松了口气。可是刘芒的本领还比不上他们，对付尉迟俊这条水磨钢鞭，当然更难应付。不过数招，已是险象频频。

褚葆龄刷的使出一招“大漠孤烟”，剑如矢直，将她身前的一名武士迫得向旁边闪开。展伯承紧接着一招“长河落日”，剑光划了一道圆弧，把其余的三个武士全都拦住，不让他们去追击褚葆龄。

褚葆龄冲出缺口，身形一晃，到了刘芒跟前，满怀激动地叫道：“芒哥！……”叫了一声“芒哥”，底下的话，却不知说些什么才好？

刘芒道：“多谢你和展兄弟来看我。”褚葆龄听出他的话语之中带了一点酸溜溜的味道，她的心中也是不由得一阵迷茫。她这次来到穆家，本来不敢抱着多大希望见得到刘芒的，想不到竟然见着。更想不到的是刘芒会在这样的场合之下出现，不怕危险，挺身而出，前来帮她。她对刘芒本来已经冷却几分的感情，此时又复熊熊燃起。不过这份感情也不能完全替代“小承子”给与她的，他们之间的感情，无论如何，也不能恢复像盘龙谷时候的单纯了。这也就正是褚葆龄在这刹那间心情混乱的原因。

尉迟俊哈哈笑道：“你们两小口子要诉说相思，这可还不是时候！”钢鞭盘旋打出，又是一招“八方风雨会中州”。

褚葆龄瞿然一省，心道：“不错，且待走出了穆家，才好说话。”尉迟俊鞭梢一抖，眼看就要把刘芒的刀柄卷住，褚葆龄剑走轻灵，立即便是一招“玉女投梭”，横刺过去。

褚葆龄剑法狠辣，远胜刘芒。尉迟俊鞭梢一回，打出了三个圈圈，这一招名为“三环套月”。褚葆龄剑直如矢。剑尖刺过，“嗤”的一声，将他这一招“三环套月”解了。刘芒侧身一刀劈来，阻歇了尉迟俊这一招强弩之末的攻势，也幸亏他这一刀配合得宜，要不然褚葆龄解招之后，剑势已经使“老”，对方的攻势虽是强弩之末，她要应付，只怕也是十分不易。

尉迟俊收鞭换招，褚葆龄喘过口气，也挥剑复上。她与刘芒联手，恰恰可以与尉迟俊打成平局。

展伯承单独一人应付四名武士，可是有点应付不来。刘、褚二人逐步向他们那边移过去。尉迟俊只能与他们打成平手，阻止不了他们与展伯承会合。

展伯承拚力杀出，与刘芒并肩御敌，哈哈笑道：“刘大哥，咱们今日又联手了。”他心地光明磊落，欣喜之情纯出自然，刘芒暗暗叫了一声“惭愧”，心道：“他对我可是没有半点猜忌之心，豪气干云，比我强得多了！”于是也就专心一志，与展、褚二人，同御强敌。

多了一个刘芒，形势好转一些。可是他们以三敌五，仍然是处于劣势。尉迟俊那边稳占上风。

展伯承本来是与刘芒并肩御敌的，但敌人攻势太强，不知不觉之间，展伯承又与褚葆龄靠在一起，彼此密切呼应了。他们必须使用空空儿教给他们的联手剑法，才能支持下去。当然他们也并不是把刘芒抛在一边，三个人仍然是同在敌人的包围圈的，不过在招数的配合上，他们两人是如同一体，而刘芒则是单独作战了。三个人中，刘芒本领较弱，展、褚二人配合得宜，阻挡了敌人的攻势，倒也是兼顾刘芒的。

刘芒心里有了异样的感觉，不是妒忌，妒忌的情绪他已经克服了；也不自卑，他对展、褚二人的本领高出于他，是一向心悦诚服的。褚葆龄过去的爱他也并不是为了他的武功，这个刘芒亦是知道了的。

刘芒只是隐隐感到，当他三个人同在一起的时候，不知褚葆龄的感觉如何，他自己却是有点似“外人”感觉。展伯承与褚家有那么深厚的关系，他们两人一同长大，所学的武功又是互相配合的。“他们两人才是真正合适的一对。”刘芒看了他们的联手对敌，自然而然便有这样的想法了。

这念头在刘芒心中一掠即过，在这样激烈的战斗中，刘芒当然是无暇细想，也无暇感伤的。

激战中刘芒着了尉迟俊一鞭，幸而展伯承先替他挡了一下，打到刘芒身上之时，鞭势已弱，并非重伤。但虽非重伤，刘芒的身体也受影响，气力越发不支了。

刘芒受伤之后，帮不了展、褚二人多大的忙，反而要展、褚二人处处照顾他，形势就比刘芒未来之前更加不利。尉迟俊哈哈笑道：“姓刘的小子，我看在你姑父的份上，可以饶你一命。你这两位朋友，只要肯和你一道，乖乖的跟我回去，我也可以从轻处置。你们别要再打下去了，你们徒逞血气之勇，我倒爱惜你们三条小命呢！”

刘芒大怒道：“姓刘的是头可断膝不可弯。你有本领就杀了我，要我投降是万万不能！”他本来已感到不支，此时一激之下，忽地精神陡振，不愿受展、褚二人照顾，奋勇着着争先。

穆康心神稍定，转过了头，说道：“爹，你不愿插手，那就别在这里了，回客厅去吧！把程老前辈冷落在那儿，可不大好。”

话犹未了，忽听得一个苍老的声音说道：“贤乔梓不用费神，我自己来瞧热闹来了。”一个穿着粗布衣裳的老头儿不知什么时候来到了他们的身边。正是：

利害关头无戚谊，外人打抱不平来。

欲知后事如何？请听下回分解。

第二十九回　仗义拔刀维正气
盗名欺世愧亲谊

穆安大吃一惊，说道："程兄，请恕小弟招待不周，咱们还是回客厅坐吧。"

展、褚二人认得这个被穆庄主称为"程兄"的人也正就是他们来的时候，看见的那个乡下老头，穆家是用最隆重的礼节，奏乐迎宾，将他当作贵客招呼进去的。

如今这个乡下老头模样的人，手里拿着一杆旱烟袋，一面说话，一面抽烟。意态自得，旁若无人。反而身为武林大豪的穆安，和他说话，却是毕恭毕敬，不敢有丝毫怠慢。

原来这个"乡下老头"乃是山东最负盛名的武师程德威。他武功高强，还在其次，最令穆安忌惮的是他的脾气又臭又硬，性子一起，不论你是大官还是巨富，什么人他都敢得罪的，穆安的武功未必在他之下，但为了怕他生事，就不能不对他毕恭毕敬了。

不料程德威连穆安的账也不卖，听了穆安的话之后，哈哈一笑，说道："咱们练武的人，最喜欢的就是看人比武，你怎么要把我赶回客厅去呢？哼，哼，你知不知道，我最讨厌的就是和你那班官场客人应酬。"

穆安不敢作声，心想："他倘若只是看看，倒也并无大碍。"

不料，程德威看了一阵，又再说道："这样的比武，可是太不公平呀！一边五个大人，一边只是三个少年。这不是以大欺小，以众凌寡吗？我瞧着不大顺眼！"

穆安连忙低声说道："这不是比武，这是办案！"心里暗暗咒骂:“岂有此理，这老头儿分明是诈作不知。”

程德威大声说道:“什么，你说什么?是官府在你府上办案吗?办什么案?”

穆安满面通红，说道:“程兄，别这么叫嚷。官府的事，咱们犯不上沾惹。”

程德威大声说道:“哎呀，这个使刀的少年不是刘振的儿子吗，他是叫你姑父的呀!

“哼，哼，岂有此理，今日是你花甲寿辰，要办案也不能今天在你的府上来办!何况还是要拿你的嫡亲内侄!哼，哼，这真是太不给你老兄面子了!你老兄忍得住，我姓程的可要替你打抱这个不平了!”

穆安急忙叫道:“程兄，不可!”程德威瞪眼道:“为何不可?难道你要助外人拿你的嫡亲内侄?”

穆安讷讷说道:“不，不!我家一向是黑道白道两不沾惹的。”

程德威道:“很好，很好!你既然两不沾惹，那么我去沾惹，也就不关你的事了!好，这个不平，我是打定的了。”

程德威口口声声说是为穆安“打抱不平”，把穆安当真是弄得啼笑皆非。但穆安虽然恨他“惹事”，却又不敢阻拦他。

程德威吸了几口烟，不理穆安，拿着旱烟袋，大踏步地便下场了。程德威其貌不扬，尉迟俊是将门之子，一向住在京师，这两年虽然到了魏博做事，也还是在官场之中，并非武林人物。他一来不大知道程德威的名头，见他貌似乡下老头，就不把他放在心上。二来穆家对这“乡下老头”招待的礼数，竟似比他还要敬重几分。

尉迟俊给人奉承惯了，为了此事，心中亦是早已有气。见此时程德威下场，心里想道:“谅一个乡下武师，有甚能为?哼，他竟敢目中无人，我倒要挫折挫折他。”于是冷笑道:“姓程的，你是穆家客人，我本该让你几分，但你既然要来插手，那可就别怪我不给你面子了。”这话一半是对付程德威，另一半也是说给穆安听的。

穆安不敢作声，程德威哈哈笑道:“我从来就不想借任何人的面子。不必扯上穆家，只借穆家的地方打一架吧。”

尉迟俊怒道:“好，打就打吧!”刷的一鞭向他打去，程德威忽

只听得“当”的一声，程德威与那名武士已经交上了手。

道："别忙，等下再轮到你。"原来刘芒此时正给一武士迫得手忙脚乱，眼看就会有性命之危。程德威是个武学行家，知道尉迟俊不是三招两式所能打发，故而先撇开他。

说话之间，程德威身形一弓，倏地就从鞭底窜过，尉迟俊那一鞭打得沙飞石走，方圆三丈之内，都在他鞭势笼罩之下。但这么厉害的一招杀手神鞭，竟然给程德威轻轻巧巧、恰到好处的避开。尉迟俊这才吃了一惊，心道："这糟老头的身法倒是高明。"

心念未已，只听得"当"的一声，程德威与那名武士已经交上了手。那名武士用的是一柄青铜锏，重达三十六斤。程德威就用他的那杆旱烟袋作为兵器，舞动起来，轻飘飘的，但却只是一下，就把那柄沉重的青铜锏格开了。

那武士大怒，伏身一窜，青铜锏霍地朝头打下。程德威冷笑道："你这点本领，挡得我的三招，就算你赢。"猛地喝声"撒手!"旱烟袋一甩，正正打着了这武士的虎口。他这杆旱袋是用熟铜做的烟斗，斗里还有着未曾抽完的旱烟，烟斗也尚在发热。这武士的虎口给它一烫，皮肉烧焦，筋酥骨软，大叫一声，果然撒手，把那柄青铜锏抛上了半空。一支手吊了下来，竟不能再举了！程德威哈哈一笑，这才回过头来，对付尉迟俊。

尉迟俊见他的手下给这"乡下老头"一招打得抛了兵器，又惊又怒，喝道："好呀，姓程的，你不要跑，吃我一鞭!"

程德威哈哈笑道："我为什么要跑？我若怕你，我还会伸手管这档事么?"话犹未了，只听得鞭风呼响，尉迟俊已是使出了他家传鞭法中最厉害的一招杀手——"八方风雨会中州"!

这一招曾令刘芒吃过大亏，也曾令展伯承只有招架之功。如今他又用来对付程德威，他知道程德威比刘、展二人都强，这一招他就更用足精神，把鞭法的威力发挥得淋漓尽致!

程德威"噫"的一声，说道："尉迟鞭法，果然名不虚传。可是要用来打我，只怕也还未必能如你所愿!"只见他在千重鞭影之中，将一根旱烟杆舞得滴滴溜溜地转了几圈，刹那之间，钢鞭与旱烟杆已碰击了十七八下，发出一串震耳欲聋的叮当之声，他这根旱烟杆是梨花木做的，竟没给钢鞭打断，而且把尉迟俊力贯鞭梢的水磨钢鞭荡开了！

但尉迟俊也未吃亏，随即又是连环三鞭“回风扫柳”的绝技。程德威兀立如山，衣袂飘飘，挡了他三鞭，尉迟俊紧接着又使一招“八方风雨会中州”。他已试出这一招即使占不到便宜也不会吃亏，不妨反复使用。程德威挡这一招必须用足精神，只要稍有疏失，他还可以乘虚而入。

却不料程德威早已想好了破他之法，就在他变招之际，程德威忽地笑道：“官老爷最讲面子，乡下老儿先敬你吃一口烟。”嘴巴张开，笑声中一股浓烟喷出。原来他在抽烟上也有一样“绝技”，能够把烟吸进肚子里的烟过了一阵又全喷出来。

尉迟俊又是个不会抽烟，给他迎面一喷，烟气一熏，不由得呛了喉，眼泪鼻涕呛了出来。这样还不打紧，浓烟迷眼，敌人乘虚打来，如何抵挡？

尉迟俊连忙闭了双目，腾出左掌，使出劈空掌功夫，扫荡烟雾。但这么一来，他的这招“八方风雨”，威力可就大大减弱了，程德威喝道：“你也撒手吧！”旱烟袋一甩，就像刚才打那武士一样，滚热的烟锅打中了尉迟俊的手腕。尉迟俊大吼一声，钢鞭也果然撒手。但他的本领到底不是那武士可比。

程德威虽然打中了他，但在他鞭未脱手之前，也给他的鞭梢刮了一下，手背上起了一道伤痕。不过他练有铁布衫的功夫，受的只是皮肉之伤，而尉迟俊的一根腕骨，却给他打碎了！

穆安这一吓非同小可，情急之下，失声叫道：“程、程兄请、请手下……”“手下留情”这四个字还未能完全说得出来，程德威冷峻的声音已经抢在他的前头说道：“怎么样？你是嫌我手底还不够狠辣么？好，我反正已经得罪了官老爷，坐牢也好，填命也好，我都豁出去了。穆庄主，你若嫌不够痛快，只要你出一句声，我替你杀了这狗官也行！”

穆安给他吓得面青唇白，心里想道：“这老混蛋的脾气又臭又硬，我若代为说情，只怕他越发要做了出来，当真在我家里做出杀官的命案！”

穆安的武功未必输给程德威，但他多少总还要顾着一点声誉，若果公然袒护官府与程德威为敌，他在武林中也势将没有立足之地，这后果可能比给官府抄家更坏。因此，他怕了程德威这又臭又硬的脾气，只好低下了头，不敢再出一声。

尉迟俊手腕碎了一根骨头，已是不堪再战。最初的一瞬间，他还动过念头，想压穆安助他阻吓程德威的，但听了程德威这番话，他已知道穆安阻吓不了程德威，生怕程德威真的赶来再下辣手，心想："留得性命，哪怕没机会报仇？"于是也就不敢出声，慌忙便逃。

尉迟俊和他的一个手下受了伤，五人中已去其二。展、褚、刘三人对付对方三个武士，自是大占上风。就在程德威发话之时，展伯承和褚葆龄也各自打伤了对手。褚葆龄抢过去接战刘芒的对手，刘芒腾出身子便要去追赶尉迟俊。

程德威说是要杀尉迟俊，这是故意吓吓穆安的。他与穆安到底是数十年相识的朋友，虽然不值穆安所为，也还不想令他太难下场，是以尽管口里说了狠话，手下其实已是留情。尉迟俊逃跑，他也没有去追。

刘芒就不同了。刘芒少年气盛，他刚才给尉迟俊打了一鞭，痛入骨髓，如今未过。此时见尉迟俊扔下兵器，落荒而逃，禁不住怒火勃发，喝道："你打了我一鞭就想跑了么？哼，你打我一鞭也该吃我一刀！"追上前去，当真是想斩尉迟俊一刀。

穆安不敢阻拦程德威，对刘芒他却是无须顾忌的。他受了程德威的闷气正好发泄在刘芒身上。刘芒正在骂尉迟俊，穆安也跟着骂他，猛地喝道："刘芒，你惹了事我不说你，你还想给我惹祸么？"

刘芒虽然早已知道姑父的态度，姑父不愿意保护他。但穆安这一喝却还是他意想不到的。

刘芒呆了一呆，蓦地把刀一抛，向穆安恭恭敬敬地行了一礼，说道："多蒙姑父收容，打扰了姑父一个多月，侄儿实是感激不尽！这次给姑父惹了麻烦，侄儿心里又是非常惶恐不安。但请姑父放心，从今之后，侄儿是决不会再上穆家之门，至令姑父添忧的了。"刘芒说了这一番话，便即离开。

穆安面上一阵青一阵红，叠声说道："好，你走！姑父说了你几句，你居然和姑父发起脾气来了！好哇，你以后就别再登门。”穆安是一半生气，一半庆幸，他口里好像是在怪刘芒不该离开，心里其实却是巴不得他离开的。

刘芒一走，褚葆龄和展伯承当然也跟着走了。至于尉迟俊和他的手下，则在刘芒和穆安吵闹的时候，早已溜之大吉。园子里只留下一个程德威，拍拍穆安的肩膊，似笑非笑地说道：“老穆，你把亲内侄也赶跑了，要不要再赶我呢?”穆安讷讷说道：“程兄，哪里的话?”内疚于心，满面通红。

程德威笑道：“好，你不赶我走，那我就叨扰你一杯寿酒吧，咱们回客厅去，你也该陪陪客人了。别担忧，有这许多武林朋友，还怕帮不了你的忙吗?”程德威脾气臭硬，为人却很热心。

穆安大吃一惊，连忙说道：“程兄，你、你可别提刚才之事。”要知穆安是既要身家又要面子的，他怎敢让程德威把他的丑事当众说出来？程德威的热心正正是他最最忌讳的事情。

按下穆安如何善后的事情不说，且说刘芒出了穆府，服侍他的那个小厮早已守在门口，给他牵来了一匹坐骑，说道：“刘相公，你多多保重。恕我不能伺候你了。”这小厮已知他和姑父闹翻，不能再挽留的了。刘芒谢过了他，说道：“我不要穆家的东西!”那小厮道：“这是我的坐骑，虽然这匹马原来也是穆家的，但却是扣了我的工钱才给我的。算不得是穆家的东西了！相公，你可别掏银子，你若要给我银子，就是看不起我!”

刘芒热泪盈眶，长叹一声道：“想不到姑父在武林中号称德高望重的大豪，却，却是……”他想说的是“不如一个小断!”但话到口边，终于忍住，跨上了马便走，不再回头。

展伯承和褚葆龄也骑上了他们原来的坐骑同走。他们的坐骑当然不是小厮送给刘芒那匹坐骑可比，是以展、褚二人都放慢了马来迁就他。展伯承有意让他与褚葆龄并辔而行，可是刘芒却挨着他走。

刘芒也不知是因为受了穆家的气，余怒未消？还是因为另有心事？本来他与褚葆龄久别重逢，是应该有许多话要说的，但自从离开穆家之后，他却一直不发一言。甚至避免与褚葆龄并辔同行。

褚葆龄此时亦是心事如潮，万语千言，不知从何说起。刘芒不与她说话，她当然也不好意思与刘芒搭讪。

两人默默无言地走了一程，离开穆家已有十余里了。展伯承忍不住说道："刘大哥，你不用伤心。穆安这样的亲戚，不认也罢。你还有许多好朋友啊！比如送马给你的小厮，不是对你很好么？还有龄姐，她走遍江湖，前来会你，对你更是一片真心。你失了一门亲戚，却得知己重逢，正该高兴才是。"

展伯承平时不大擅于言辞，但这番说话，却说得极为真挚感人。当然他说的那个小厮只是个陪衬，他代褚葆龄向刘芒表白心意，才是话中主旨。

刘芒这才不得不开口道："是，多谢你们前来看我。展兄弟，你我相交虽浅，但你对朋友的肝胆相照，我是深深感激的。"本来展伯承已把话题带到褚葆龄身上，不料刘芒巧妙避开，却把话题落到他的身上。

展伯承心里一着急，索性爽直地说了出来，笑道："你和龄姐许久不见，刚才没有工夫说话，现在你们也该叙叙了吧？"

刘芒淡淡说道："是呀。褚姑娘，我也非常感激你来看我。你们准备往哪儿？"

褚葆龄怔了一怔，心道："即使是因为有第三个人，你不便和我表示亲热，但也不该如此这般冷淡呀！"她猜想刘芒对她冷淡的原因，只有两个可能，或者误会了她与展伯承的关系，或是因为他另外有了个龙成芳。若是前者，刘芒的气量未免太窄。若是后者，则褚葆龄当更难堪。

褚葆龄是一个自尊心很重的女子，本来她因为刘芒刚才不惜性命之危，出头助她，对他的感情已是死灰复燃了的。此际，见他冷冷淡淡，炽热的情怀也不觉随着刘芒的态度而又冷下来。于是褚葆龄也是淡淡地说道："我要回去给我爷爷上香。"

刘芒听她提起了她的爷爷之死，心里更为难过，说道："那晚之事，我、我十分抱歉……"

展伯承连忙道："过去了的事情，还提它干嘛？褚爷爷也没有怪你，他临死的时候，还、还希望……"展伯承要替他们撮合，正想把他编造的谎言再说一遍，褚葆龄却打断了他的话题道："小承子，你不要说了！"

褚葆龄如此复杂微妙的心事，展伯承焉能体会？尽管他们是一同长大。展伯承暗自想道："是了，我编造爷爷的遗言，许她嫁给刘芒，龄姐虽然信以为真，但毕竟是她的终身大事，她却怎好意思由我替她说出来？"于是尴尬一笑，说道："不错，以后你们相处的日子长着呢，那就留着到盘龙谷再说吧。咱们赶路。"

在展伯承的心里，以为刘芒是一定要和他们同走的。所以根本没想到要征求刘芒的意见。

哪知刘芒忽地勒住马头，说道："展兄弟、褚姑娘，多谢你们前来探我。天下无不散之筵席，如今咱们也该分道扬镳了。青山绿水，后会有期。"

展伯承吃了一惊，说道："怎么？刘大哥，你不和我们一同回去吗？"

刘芒苦笑道："我在盘龙谷没有家也没有亲人，还回去干吗？我这次是从夏侯英叔父那儿回来，料理我爹爹的后事，如今事情已了，我当然还是要回到夏侯二叔那儿。"

刘芒这样的回答大出乎展伯承意料之外，他几乎忍不住就要反驳刘芒："你怎能说在盘龙谷没有亲人？龄姐不就是你的亲人？难道你不该给她的爷爷上一支香？"但他觉得这些话还是让褚葆龄来说更好，因此便用眼色催促褚葆龄说话，他自己则隐忍不说了。

褚葆龄心情十分矛盾，一方面她恼刘芒对她的冷淡，但好不容易才见上一面，忽又听得刘芒就要与她分开，却也是心中难舍。此时正是走到三岔路口，眼看刘芒就要拨转马头，褚葆龄忍不住眼泪，带着又是气愤又是辛酸的语调说道："好，刘芒，你走好了，你可以忘掉盘龙谷，也可以忘掉咱们说过的话。以后我也不会再找你了。"

褚葆龄哪里知道，刘芒的心里比她还要难过十分。刘芒何尝是想对她冷淡？只因在他心里觉得褚葆龄和展伯承更是适合，不论在任何方面的关系都比他亲切得多。因此，他这才硬起心肠，故意对褚葆龄表示冷淡，好让她与展伯承成其"佳偶"，不必内疚于心。

不料在他决意与褚葆龄分手之际，却忽地从褚葆龄口中听到了这番如泣如诉如怨如慕的说话。褚葆龄指他“忘掉说过的话”，分明是埋怨他背誓寒盟。

刘芒难过到了极点，心里叹道：“我何尝是想如此？”这刹那间，他原来的意志发生动摇，几乎就要跑回褚葆龄的身边，向她重申盟约。正当此际，只听得马铃声响，一个红衣女子快马赶来，不是别人，正是龙成芳。

龙成芳快马追来，看见刘芒与褚葆龄在三岔路口，各向一方，似是准备分手的样子，心中大喜，顾不得先与褚葆龄打个招呼，便即扬声叫道：“芒哥，你跑了，也不叫小厮告诉我一声？你的姑父得罪了你，我可没有得罪你啊！”

刘芒怔了一怔，说道：“我想不到你也会出来的，你，你不是——”

话犹未了，龙成芳已到他的跟前，气呼呼地道：“不错，我是给你的姑父点了穴道。姐夫瞒着他父亲，偷偷给我解了。哼，真想不到穆安竟会这样对待咱们，若不是看在我姐姐的份上，我真想骂他一顿才走。”

龙成芳和刘芒说了一车子说话，这才记起了褚葆龄和展伯承在她旁边，于是有点不好意思地说道：“褚姑娘，你来的时候，我没有带你去见刘大哥，这是我姐姐安排的。穆庄主是我姐姐的公公，他早有禁令，不许任何人透露刘芒的消息。所以我姐姐也只能这样安排。褚姑娘，你可别要见怪。好在你们也终于见面了。怎么？你们不是同一条路走么？嗯，我以为你有许多话要和芒哥说的，怎的这样快就分手了？”

褚葆龄本来是可以与刘芒分手，也可以不分手的。只要刘芒和她说几句好话，他们之间的僵局就可打开。可是刘芒一直对她冷冷淡淡，而现在又有个龙成芳来了，龙成芳一开口，就坐实了褚葆龄是要和刘芒分手，这么一来，褚葆龄不由得又加了三分气恼，把心一横，当真是决意要与刘芒分手了。

褚葆龄淡淡说道：“我说过我只是来探望旧日的邻居，哪有许多话说？他有他的去处，我有我的去处，当然不是同一条路。”

龙成芳心中大喜，暗自想道："不管她是不是因为这姓展的小子的缘故与芒哥分手，她既然这样说了，以后她总也不好意思再纠缠芒哥了。"

刘芒道："褚姑娘和展少侠回盘龙谷。我去投奔我的夏侯二叔。你呢？"刘芒明知龙成芳是来跟他的，但他却明知故问。

果然龙成芳便即笑道："我离开了穆家，还有什么地方好去？你上哪儿，我也上哪儿。"

刘芒道："好，夏侯二叔那儿正需要人。你和我一同去也好。这就走吧。展兄弟，褚姑娘，祝你们一路平安。"刘芒并非移情别恋，但为了要"成全"展褚二人，他却故意表示得与龙成芳亲热，激褚葆龄生气。

龙成芳笑逐颜开，催赶坐骑，紧紧跟在刘芒后面。褚葆龄一言不发，拨转马头，便即纵马疾驰。展伯承心里暗暗叫苦，却是无法挽回。眼看他们一个向东，一个向西，这决裂之局是业已造成了。

展伯承追上褚葆龄，叹口气道："龄姐，你们怎的会弄成这样？"褚葆龄气道："你要我怎么样，拉着他不许他走吗？哼，他要走就走，谁又稀罕他了？"

展伯承心里一阵难过，暗自想道："按照情理，刘大哥是决不应该对龄姐如此冷淡的。唉，难道，难道刘大哥当真是一个负心汉子，舍旧怜新？"

展伯承猜不着褚葆龄的心事，也猜不着刘芒的心事。他哪里想得到刘芒之所以如此，正是为了他的缘故。

展伯承想不出个所以然来，一抬头，只见褚葆龄一马当先，已是远远把他甩在后面。展伯承叫道："龄姐，你刚经过一场剧战，要爱惜身体才好！又不是急着赶路，何必跑得这么快呢？"

褚葆龄心里一阵辛酸，想道："想不到倒是小承子肯体贴我。"要知女孩子家最受不了的是情侣的委屈，在褚葆龄原来的想法，她历尽艰难，好不容易才找着刘芒，刘芒正该对她千般怜惜，百般爱护，怎想得到与她所料的完全相反。

褚葆龄感激展伯承对她的体贴，但她对展伯承的话却似置若罔闻，快马疾驰，跑得越发快了。好像她是要把满腔的郁闷，在风驰电掣之中发泄出来。马蹄践踏的不是生机蓬勃的原野，而是她一颗受创的心灵。

展伯承的坐骑正是昔日秦襄赠与他父亲的那匹大宛名驹，马龄虽然大了一点，跑起路来，可比褚葆龄的那匹坐骑还要快些。虽然褚葆龄的坐骑也是价值千金的骏马。展伯承不多一会，又追上了褚葆龄，与她并辔同行。把眼一瞧，只见褚葆龄颜容憔悴，双颊火红，额中的汗珠一颗颗滴了下来，显然已是有病的模样。

展伯承吃了一惊，道："龄姐，你怎么啦？"伸手过去，代她勒住马缰。褚葆龄推开了他，气喘吁吁地道："你别管我！"话犹未了，忽地"哇"的一声，一口鲜血喷出，染红了马鞍。

展伯承道："龄姐，我要你平安回到家里，但你现在却不能急着回家了。前面有个小镇，我和你去找大夫。龄姐，以往我听你的，这次你要听我的了。"褚葆龄热泪盈眶，缓缓说道："好，小承子，我听你的。"

褚葆龄听从展伯承的主张，策马缓缓而行，到了前面的小市镇，便找了间客店投宿。

客店的掌柜见褚葆龄面带病容，不禁皱起了眉头，说道："这位小娘子敢情是在路上得了病吧？"要知一般的客店都是不愿意招待有病的客人的，害怕万一有什么三长两短，便难免要给客店招惹麻烦。

褚葆龄本来已在发烧，听了"小娘子"三字，双颊更加火红。展伯承说道："我们是姐弟。我姐姐大约是中了暑，有点不大舒服，想借贵店歇两天。这锭银子给你们作按柜，麻烦你们费神照料，多余的不必找了。"

展伯承给的这锭银子是十两重的大元宝，掌柜的接了过来，眉开眼笑，心里想道："这个女子是骑马来的，她既然能够骑马，看来即使不是中暑，也一定不是重病，决计不会便在店中死掉。难得他们出手如此豪阔，这样的财神爷怎能还往门外推？"

俗语说："有钱使得鬼推磨"，掌柜的得了这锭大银，态度登时改变，连忙说道："出门人得了病痛，最怕的是无人照料。不过客官你可以放心，到了小店，就像回到家中一般，我们一定会小心照料的。你们先歇下来，要什么尽管吩咐。”

展伯承道：“有宽敞些的上房吗?”掌柜的道：“有，有。你们要一间还是两间。”展伯承道：“要两间。”掌柜的道：“正好有两间相邻的。你们要请大夫吗？想吃些什么东西，可要戒口吗？可要找个人服侍么？我可以叫我的浑家（妻子）来给姑娘陪夜。”

这掌柜的过分殷勤，褚葆龄倒觉得有点不好意思，笑道：“我又不是病重，哪用得着这许多张罗？给我弄点稀饭，几样素净的小菜就行了。我只要安静地睡一觉，也用不着请大夫，更无需别人服侍。倒是我们这两匹坐骑，请你多喂草料，替它洗刷。”

掌柜的道：“是，是。姑娘你放心，我们一定照料得妥妥当当，保你们人畜平安。”掌柜的带他们入房，另有小厮将他们的坐骑牵进马厩。

褚葆龄以为自己只是小病睡一觉便会好了。哪知躺下来之后，只觉得脑袋就像铅块一般，虚火上升，浑身发烫。展伯承服侍她吃过稀饭，留在房中照料她。

褚葆龄见展伯承对她如此殷勤服侍，心中更是百感交集。她的病本来是七分心病加上三分的过度疲劳所致，这么一来，病得就出乎意外的沉重了。

高烧过后，褚葆龄神智渐渐不清，到了午夜，竟然断断续续地发出谵语。一会儿咬牙切齿地嚷道：“刘芒，你好!”一会儿又叫着“小承子”，拉着展伯承的手流下泪来。

展伯承没有看护病人的经验，吓得手足无措，不知如何是好。褚葆龄的谵语杂乱无章，但也正表现了她混乱的心事。展伯承再笨也听得出来：他的龄姐对刘芒是爱恨交加，而对他也有着“剪不断理还乱”的情丝一缕。

本来自从他们两人重逢之后，展伯承早已隐隐感到他的龄姐有着这样一种心情，不过，如今从她的谵语之中则是更为表露无遗了。展伯承伴在她的床前，听她断断续续地说着谵语，心中不由得也是乱成一片，他脑海里闪过刘芒的影子，又闪过了铁凝的影子，盘龙谷里，他的龄姐为刘芒编织花环；青州道上，铁凝与他分手时的泪眼相看，一幕幕往事心头翻过，展伯承暗暗叹了口气，心中想道："我与龄姐情缘已断，是再不应陷入情网了。"

展伯承对着病人手足无措，但又不敢叫客店的人帮忙照料，因为他不知道褚葆龄还会乱说一些什么，她的谵语实不宜于让外人听见。

折腾了半夜，褚葆龄终于因为太过疲劳，沉沉睡去。展伯承这才得以松了口气，回到自己房中睡觉。可是他这一晚也是辗转反侧，不能入梦，直到天明。

展伯承担了一晚心事，第二日一早便去探视褚葆龄。褚葆龄早已醒来，精神似乎比昨晚好了些。

展伯承道："龄姐，你今日觉得如何？"褚葆龄道："没什么，就是脑袋还觉沉重。嗯，我昨晚发烧，神智迷迷糊糊的，可有说了些什么乱话么？"

展伯承心弦颤抖，却替她掩饰道："没说什么。嗯，我看你可别要逞强。今日须得请个大夫来给你看病了。"

掌柜的也知道展伯承昨晚服侍了他的"姐姐"大半个晚上，放不下心，一早也来探望。展伯承和他说起要请大夫看病，那掌柜道："病向浅中医，我昨晚也曾劝告你们请大夫的了。我们这里虽是小地方，倒也有一位名医。要是你能够把他请来，包你药到病除。"展伯承喜道："这位大夫住在什么地方？"

掌柜的道："可惜住得远一点，离这里约有四五十里呢。还有，这位大夫脾气很怪，他出门诊病是但凭高兴的。他隐居乡下，等闲不肯进城，连赶集也很少有。去年一年，我不过见过他三次。另外，近处也有两位大夫，可是本领却就比他差得远了。"

展伯承道："四五十里路算得了什么？我骑马去中午就可以赶回来了。你快点告诉我这位大夫的姓名和地址，我一定把他请来。"

展伯承得了地址，匆匆去请医生，他本来预计中午可以回来，不料直到傍晚时分，仍然未见他的踪迹。正是：

最是相思无药治，芳心不定落谁家？

欲知后事如何？请听下回分解。

第三十回　病中出走情可忍　心事谁知意自怜

日头过午之后，褚葆龄就在等待着展伯承回来，直到日影西斜，仍然未见他的踪迹。褚葆龄空房独守，不禁心中七上八落，坐卧难安。日间她没有发高烧，精神也觉得好了一些，心里想道："掌柜的说那个大夫的脾气很是怪癖，莫非是小承子请他不动，还在那里苦求？嗯，但愿只是这样，莫出别的意外才好。我且再等一会，倘若小承子还不回来，我亲自上门求医，也好一探究竟。"她试试活动手脚，觉得自己还可以骑马奔驰。

褚葆龄正在焦虑不安之际，忽听得蹄声得得，在这间客店的门口停下来。褚葆龄只道是展伯承已经回来，大为欢喜，正要出去迎接，只听得一个银铃似的声音赞道："好一匹坐骑！"听声音似是一个少女，而且已经下马，走进客店来了。

褚葆龄怔了一怔，心道："这女子的声音好熟！但她却怎么自己夸赞自己的坐骑？"悄悄地从门缝里向外偷窥，一看之下，不禁又惊又喜。

这少女不是别人，竟是铁凝。客店外，有一个小厮正在洗刷褚葆龄那匹坐骑，见有客人来到，这才放下手边的工作，接过铁凝的马缰，将她那匹坐骑牵去喝水。

褚葆龄这才恍然大悟，原来铁凝赞赏的并非自己的坐骑，而是她的这匹枣红马。武林儿女都是喜欢骏马的，而骏马的主人也大多是武林人物，褚葆龄心想："铁凝想必是因为看见我这匹坐骑，将她吸引到这间客店投宿了。"

褚葆龄比铁凝大三四岁，小的时候也曾经在过一处玩耍的。不过因为铁凝十岁那年跟辛芷姑学艺去了，她们同在一起的时候，铁凝还是一个顽皮的小女孩，而褚葆龄则已是一个稍懂人事的小姑娘，故此她们的感情还说不上是知己朋友的感情，褚葆龄之与她也当然远不及与展伯承之稔熟。

褚葆龄正为着刘芒、展伯承之间的感情纠葛而烦恼，她又知道铁铮兄妹就在她出走那晚来过盘龙谷，铁铮兄妹是知道刘芒盗宝之事的。正因为褚葆龄心中烦恼，此时见了儿时的朋友，她本来是应该欢喜的，却反而想要避免与铁凝见面了。

在褚葆龄的心目中，铁凝还是个丝毫不懂人情世故的小姑娘，她实在有点害怕铁凝向她问起刘芒的事情，教她不知如何解说。褚葆龄心想："我暂且不出去见她，且待小承子回来再说。"

心念未已，只见铁凝已找着了掌柜，问道："有房间吗？"掌柜的打量了她一眼，说道："小姑娘，就只你一个人么？"

唐代的社会风气，男女间的差别不大。并不如后世之严格讲究"礼法"，女子以抛头露面为耻。这种风气，在北方尤其如此。所以一个单身女子出门，也是司空见惯之事。不过，因为铁凝只是一个十六岁的小姑娘，这掌柜的才多问她几句。

铁凝道："怎么？你这间客店不许单身客人投宿的吗？"掌柜的赔笑道："不是这样说。但小姑娘你没大人作陪，这个——"

铁凝一瞪眼睛，说道："哦，原来你是怕我没房钱付你。好，你把这锭银子拿去，我只住一晚，房钱饭钱都算在里头，不够的我补，多余的免找。"

铁凝给的也是一个十两重的元宝，莫说一天的房饭钱，半个月都足够有多。掌柜的吃了一惊，心道："怪不得王瞎子给我算命，说我今年是交了运。接连两日，就来了两个财神，而今天这个小姑娘比昨天那位相公还要豪阔！"

可是这掌柜的待要接她银子，却忽地想起已经客满，不由得又苦起脸来。铁凝道："怎么，你还嫌不够？"

掌柜的道："不是，不是。小店实在是没有空房。"铁凝怒道："我不相信，若是没有空房，你何不早说？"

掌柜道："小姑娘别生气，且待我想个两全之法。嗯，我这里有位单身女客住一间房，若是你肯和她同住，我就去和她说，看她愿不愿意。出门人与人方便自己方便，或者她会答应的。"

店小二插口道："你说的是那位有病在身的女客吗？她有弟弟作伴，恐怕这个、这个不大妥当吧？"

掌柜道："你懂什么？她有病在身，就正要人陪。弟弟总不能整晚陪着她。小姑娘，你别瞪眼拧眉，这位女客并非得了什么重病，只是稍稍着了点暑。"这掌柜的财迷心窍，异想天开，一方面觉得褚葆龄这对姐弟容易说话，一方面以为铁凝是个小姑娘容易哄骗，所以想出了一个自以为"两全其美"的办法。

铁凝把银子收回，说道："我不喜欢陪伴病人。"

掌柜的连忙叫道："慢走，慢走。我想起来了！我有房间给你！"

铁凝其实也不想走。原来她正是为了找寻展伯承而准备到扬州去的。她听掌柜的说是"姐弟"二人，禁不住心中一动，想道："莫非真有这么巧的事情？"此时听得掌柜的说有房间，心中暗暗欢喜，却假生气的样子，骂那掌柜道："你又说没有房间，怎么现在又有了？"

掌柜的赔笑说道："有个客人订了房间，他要明天才来。"

那小厮似乎是有点害怕的神气，忽地插嘴说道："掌柜，你怎么料得准他是明天才来，要是今天来呢？"

掌柜的斥道："我当然知道，用不着告诉你，也用不着你多嘴。"

铁凝虽然是年纪轻，世故浅，从他们的对话中也听得出此事定有蹊跷，但她急于要在这客店住下，因此也就不去追究了。

待到那小厮给她打水洗脸的时候，铁凝才装作漫不经意的和他攀谈道："你们这间客店生意倒是很好啊，房间在早几天就有人订下来了。那是什么样的客人？"

要知若在通都大邑，大客店有人预订房间，那是常有的事。但在一个普普通通的小市镇，这样的事就很不寻常了。

那小厮嗫嗫嚅嚅地说道："这个、这个我也不大清楚。最好你去问我们的掌柜。”

铁凝微微一笑，摸出一块碎银给那小厮的道：“我知道你们的掌柜是担着几分风险把这房间让给我的，我怎好再去问他，令他难为？嗯，还是你告诉我吧，这点银子给你作小账。”

小厮接过银子，又悄悄地出外张望一下，看见掌柜的正在打盹，这才回来，掩上房门，悄悄说道：“不瞒你说，我们这间客店也做黑道生意的。但你不必害怕，黑道上的人物在这里住下，就决不会劫本店的客人。”黑道中人为了避免官府耳目，一般都是选择小市镇的客店投宿。

铁凝心里暗暗好笑：“我爹爹是绿林盟主，我还会害怕黑道中人？”当下说道：“这规矩我知道。但却不知是哪帮黑道人物？”

小厮吃了一惊，道：“你怎么知道黑道有规矩？”

铁凝道：“我虽然没碰过黑道中人，但我也是常常在外面跑的，没见过也听过了。”

这小厮得了铁凝的银子，心里想道：“管她是什么人，一个小姑娘总不会比强盗更可怕，我也总不能无功受禄。”于是实话实说道：“听说是什么追魂帮的，他们的帮主曾经在我们小店住过，是一个相貌很凶满脸浓须的汉子，我瞧着他就害怕。”

铁凝心道：“什么追魂帮，我根本就没听过。想必是江湖上未入流的帮会。”她哪知道“追魂帮”的帮主就是“七步追魂掌”沙铁山。

铁凝笑道：“怪不得你刚才那样害怕，原来是怕那个追魂帮主今日到来，没有房间住就会追了你的魂魄。”

那小厮变了颜色，说道：“我，我不怕，我只是个小厮，他要追究也只能追究掌柜。”看得出来，他口中不怕，心里其实是很害怕的。

铁凝笑道：“你不用慌，他若来了，我对付他。管他什么追魂帮主，我就不相信他当真就能追了我的魂。”

小厮揩了额上的冷汗，心里想道：“这小姑娘的口气倒是好大！想来也是练过武的了。但她却不知道那个帮主是多凶呢！”

铁凝笑道：“好了，不要谈这个什么追魂帮主了。我另外问你一件事，你刚才说那个女客，年纪多大？住在哪一个房间？”

这小厮得了铁凝的银子，自是知无不言，言无不尽，说道：“看来大约不到二十，比你大不了几岁。喏，她就住你对面的一间房。”原来她们两人的房间正是后窗对着前窗，不过中间隔着一个天井。

铁凝心头一跳，想道：“年岁也对了。”于是又问：“她的弟弟呢。”

小厮道：“她的弟弟今日一早就骑马给她请大夫去了，现在还没回来。”

铁凝道：“这大夫住得很远吗？”

小厮道：“不算远也不算近，大约有四五十里。”

铁凝心里想道：“四五十里路程，若是走路走得快的，清晨动身，现在也该回来了。何况展伯承的坐骑乃是秦襄所赠的名驹？嗯，难道他们所说的这对姐弟并非展伯承和他的龄姐？”

铁凝道：“她的弟弟要特地去请个大夫回来给她看病，那么，想必这女客是病得不轻，并非仅是着了点暑吧？”

小厮笑道：“不错，这是掌柜骗你的。他刚才想要你和那位女客同住，怎敢说她是得了重病？”

铁凝沉吟半晌，说道：“依你看来，他们是不是真的像一对姐弟？”

小厮怔了一怔，说道：“我没有留心，也看不出有什么破绽。怎么，你疑心他们是冒认姐弟么？”

铁凝觉得自己所问未免有点冒失，便笑了一笑，遮掩过去，说道：“我只是好奇，随便问问的。我这个人好管闲事，对啦，我还要问你一件事，你刚才洗刷的那匹枣红马是谁的坐骑？”

小厮道：“正是那位女客的坐骑。你还有什么要问的吗？我怕掌柜的要使唤我了。”这小厮觉得铁凝这小姑娘很是“特别”，心里其实是有点怕她。

铁凝道：“没有了，你去吧。”小厮走后，铁凝独自思量，心中一片茫然。

“这对姐弟不知是否就是他们？”这是最令铁凝感到困惑的问

题。按说一个具有上乘武功的女子，决不是那么容易就病倒的。“那么，她若是龄姐，岂能在旅途上受点劳累，就如此弱不禁风?”“再说，这女客就在前面房间，假如是龄姐的话，她应该听出我的声音。即使她在病中，也会露面与我打个招呼吧?”“那个男的只怕也不会是展大哥。若是展大哥，他骑着马去，怎的这个时候还不回来?”

铁凝左思右想，怀疑不定。想去探望那位女客，又怕认错了人，闹出笑话。

其实铁凝的心情十分矛盾，她希望见着展伯承，但却又害怕这对姐弟真的就是褚葆龄和展伯承。

要知铁凝正是情窦初开的年纪，展伯承是第一个闯入她少女心扉的人，这初长的情苗只有一天天茁壮，要想拔除也拔除不了。

所以尽管铁凝在与展伯承分手的时候，曾真心地为他祝福，祝福他与褚葆龄和好如初。但一分开之后，可又是牵肚挂肠，渴欲与他重见。正是因此，她一回金鸡岭，见过爹爹，只住了几天，便又借口要找哥哥，下山来了。

也正是因此，在她的内心深处，她实在害怕这对姐弟真的就是展伯承与褚葆龄。她从小厮口中知道，这对姐弟的感情十分要好，做弟弟的对姐姐更是体贴非常。昨晚做姐姐的生了病，弟弟在房中服侍，直到三更。铁凝在听到这个消息之后，心中又是欢喜，又觉感伤。

还有一层，铁凝一面觉得褚葆龄的境遇堪怜，但另一方面对褚葆龄与刘芒的一段情事还是不能谅解，在她的心底也还是隐隐为她的展大哥感到“不平”，觉得褚葆龄“配不上”她的展大哥。

铁凝心事如潮，过去这几个月她与展伯承相处的往事，一幕幕重上心头。铁凝思前想后，不觉痴了。

褚葆龄在她对面的房间，也是心乱如麻。不过，她并不知道铁凝也爱上了展伯承，她是为了避免挑起心底的创伤，所以不想和铁凝会面的。可是她又想道：“小承子总是要回来的，小承子一回来，他也总是要和铁凝见面。那时我再与她相见，岂不尴尬。”

天色渐渐黑了，展伯承还未回来。褚葆龄开始有点着慌，这时才想去与铁凝商量。心念未已，忽地听得铁凝的房中传来了一声轻飘飘的叹息。

褚葆龄心里暗暗好笑，想道："这小妮子也不知有什么心事，独自一人，唉声叹气？"

要知在褚葆龄的心目之中，一直还是把铁凝看作一个天真烂漫，不懂人世忧愁的小姑娘。此际，听了铁凝的这声叹息，倒是引起了她的好奇，也颇令她感到意外。

一声叹息过后，接着只听得铁凝低声呼唤："展大哥，展大哥。"褚葆龄听入耳中，不由得心头一颤，寻思："我只道她是来找她哥哥，却原来她想念的是小承子。"

褚葆龄悄悄溜出房间，走到铁凝那间客房的后窗。天井种有几棵芭蕉，蕉叶覆窗，如同一幅天然的窗帘。铁凝此际正自悠然寻思，茫然若梦，一点也没察觉窗外有人偷听。

铁凝喃喃自语："展大哥，展大哥！你哪里知道我的心事啊！"褚葆龄偷望进去，只见铁凝一手托着香腮，右手伸出一个指头儿正在桌子上东涂西抹，好像是在一笔一笔写字的模样。

褚葆龄看了一会，这才看出她果然是用指头儿在桌上"写"字，而且写来写去，都是"展伯承"这三个字！

这个时候，褚葆龄什么都明白了。不必铁凝说出她的心事，她都已知道了。铁凝并不是她想象中的什么都不懂的小姑娘，铁凝已经是成长的少女了。她开始懂得爱情，也需要爱情了。

褚葆龄悄立窗前，痴痴地想了一会。窗内铁凝已写了十几个展伯承的名字。晚风吹来，褚葆龄如梦初醒，忽地想道："天快黑了，小承子快要回来了，我也应该走了。"

褚葆龄走出铺面，掌柜的有点惊诧，说道："姑娘你好些了吗？令弟还未见回来，恐怕是在那大夫的家里耽搁了。你不用担忧，我看再过一会他就会回来的。你还是早点歇息吧。"掌柜的只道她是等得心焦，出来盼望她的弟弟的。

褚葆龄道："借你的纸笔给我一用。"她根本不接掌柜的话头，取过了柜台上的纸笔，匆匆地写了几行书信，折了起来，说道："如果天黑之后，我的弟弟还没回来，请你把这封信交给我对面房的那位女客。”掷下了信，便往外走。

掌柜的吃了一惊，说道：“姑娘，你去哪儿？”褚葆龄道：“我出去走走。”掌柜的拦住她道：“姑娘，你身体还未大愈，怎好出去？”褚葆龄道：“不用你管！”

掌柜的赔笑道：“小人怎敢拘管姑娘，只是令弟吩咐我们小心伺候你的。你出去了，他若回来，岂不怪我？”掌柜的只道褚葆龄是要出去散一散心，但也不敢让她出去。

褚葆龄正自心头郁闷，见那掌柜的一再将她拦阻，禁不住气起上来，嗔道：“我说不要你管就不要你管！”轻轻一掌把那掌柜的推开！

褚葆龄虽然是在病中，又虽然只是轻轻一掌，但那掌柜的已是禁受不起，“啪”的一声，跌了个仰八叉。

客店里的那两个小厮，一个拖手，一个抬脚，把胖掌柜拖了起来，只见褚葆龄已经跨上了她那匹枣红马，在暮霭苍茫中绝尘而去！

胖掌柜站了起来，雪雪呼痛。小厮笑道：“人家还只是这么轻轻一推呢，你就受不住了。你别担心，我给你看过了，你没受伤。”掌柜的又是吃惊，又是气恼，说道：“真是邪门。一个小姑娘而且还是病人，竟有这么大的气力。也不知她的病是真是假。哼，早知如此，我也不用阻拦她了。”

不过，掌柜虽然气恼，他却是得了展伯承的十两银子，因此倒也不敢怎么发作，只是背地埋怨了几句。而且对褚葆龄的交托，也不敢怠慢，当下吩咐那小厮道：“你把这封信送给刚才来的那个女客。”小厮笑道：“不用我送，你瞧，她已经来了。”

却说铁凝在几案上划了十七八个“展伯承”的名字，正自伤神，忽似听得有悉悉索索声响。铁凝瞿然一惊，喝道：“谁在外面？”推开窗子，只见蕉叶迎风，树梢微动。原来是褚葆龄走得匆忙，不小心触着芭蕉。不过，待到铁凝开窗张望之时，却已不见人影。

铁凝起了疑心，寻思：“刚才那个声响，却不似风吹蕉叶之声？”把眼望去，只见隔着一个天井对面的那间客房，窗户打开，珠帘半卷，静悄悄的一点声息都没有。

铁凝暗自想道："难道刚才来的是那位女客？管她是不是褚葆龄，我且过去偷偷一看。"

在铁凝的内心深处，很不愿意见到那对"姐弟"就是展伯承和褚葆龄，正是由于她要躲避这个事实，所以她一直不敢揭开谜底。但此际，她既然起了怀疑，同时她也想到，若是事实，总是躲避不了，因此也就下了决心，前去揭开谜底了。

铁凝贴近窗子，往里一望。这时褚葆龄早已走了，哪里还有人在？铁凝怔了一怔，心里想道："那小厮又说这女客病得很重，却到哪里去了？"

铁凝忍不着好奇，走出来问那掌柜。那掌柜的笑道："原来你们是早已认识的，我却不知。"铁凝诧道："你怎么知道我和她是认识的？我也还未知道是不是认识的呢？"

掌柜的道："她留有一封信给你，你先看看。"铁凝打开一看，先看后面的署名，果然是"葆龄"二字。尽管铁凝早已料想是她，但此时见了她的亲笔手书，也是禁不住心头乱跳，不知是喜是悲？

褚葆龄这封信只有简简单单的几句话，告诉铁凝，展伯承是去请大夫去了。倘若入黑之后，不见展伯承回来，就请铁凝去一探究竟。大夫的地址，可以问那掌柜。

铁凝苦笑道："果然是认识的。"掌柜笑道："是不是，我猜得不差吧？要不然她怎会留信给你？但你这位朋友可有点奇怪。我也不懂她为什么不与你见上一面，却要留信给你？"

铁凝道："她走了多久了？"掌柜的道："不到半支香时刻。"铁凝道："你可知道她去哪儿？"掌柜的苦笑道："我怎么知道？"铁凝道："走的是哪个方向都不知道吗？"

小厮说道："掌柜给那姑娘一掌推倒地上，敢情他现在还在头晕眼花呢。"

铁凝失笑道："怪不得你不知道。"小厮说道："她是骑马走的。一阵风似的就不见了。我忙着把掌柜扶起来，也不知她是走的哪一条路。"

铁凝心里踌躇不定，想道："天快黑了，展大哥只怕也快要回来了。是先去追觅龄姐呢？还是先等展大哥回来？这里有三条岔路，又不知龄姐走的是哪一条？”

按下铁凝暂且不表。且说褚葆龄离开这个小镇之后，心中越发茫然。她想起了那胖掌柜的问她：“要往哪儿？”不觉连连苦笑。因为连她自己也不知身将何往？天地虽大，却似无一处可以容身！她不愿意再见到展伯承，也不愿到夏侯英那儿去找刘芒。回老家吗？却又怕展伯承与铁凝跟踪追觅。

暮霭苍茫中，她茫无目的地走了一程。忽地听得蹄声得得，前面来了三骑快马。褚葆龄抬头一看，不禁大吃一惊。走在前面那骑，不是别人，正是那个“七步追魂手”沙铁山。跟在他后面的那两个人，则是他的副舵主仇敖和鲍泰。

原来沙铁山是怕空空儿找他晦气，故而不敢留在扬州的。自那日他与周同的海河帮一战，两败俱伤之后，他的盟兄窦元的部下被官军吞并。准备在北方另起炉灶，先行离去。沙铁山本来想依附官军，但又怕空空儿太过厉害，官军也保障不了他，因此也就跟着渡江，准备仍与窦元合伙。今晚他是打算在这小镇留宿的，于是恰巧就碰上了褚葆龄了。

沙铁山哈哈大笑：“我正愁没有礼物献给窦大哥，你这丫头却撞上来了。可惜那姓展的小子没有与你一道。”仇敖笑道：“这丫头姿色不俗，窦大哥得了他只怕比得着那姓展的小子还更喜欢。”

沙铁山大笑道：“好，那你们就给我把她拿下。”沙铁山要保持一帮之主的身份，情知他的两个副帮主一定可以对付得了褚葆龄，故而不屑亲自动手。

仇敖、鲍泰两人拍马上来，夹攻褚葆龄。鲍泰先到，一刀劈下。沙铁山喝道：“不许伤人，也不许伤马！”要知褚葆龄的坐骑乃是罕见的骏马，早在扬州之时，沙铁山已是想夺她这匹坐骑的了。

鲍泰应道：“是！”刀势斜勾，想把褚葆龄的青钢剑打落。褚葆龄使个“镫里藏身”，狠咬银牙，一剑刺出。

鲍泰是追魂帮中的第三把好手，倘若褚葆龄没病，可以稍稍胜他。此际却是力有不逮，“当”的一声，青钢剑果然给他打落。但褚葆龄占着坐骑的便宜，鲍泰正要换手抓她，褚葆龄的坐骑已是向

眼看褚葆龄就要跌落地上被擒，独孤夫妻突然来到。

前冲去。

仇敖迎头堵截，喝道："给我滚下马来！""呼"的一声，一圈长绳抛出。仇敖本来是个马贼出身，擅于用绳圈套马。褚葆龄一掌拍出，可惜她气力已差不多用尽，使的虽是上乘掌法，掌力却荡不开绳圈。那匹枣红马一声长嘶，四蹄屈地，已是给仇敖的绳圈套个正着。

褚葆龄在马背上抛了起来，跌落地上。鲍泰哈哈大笑，也跳下马来，说道："你这丫头还想跑吗？"

话犹未了，忽听得叮叮当当的铃声，和着急促的马蹄声由远而近，由隐而现，来得快极。

沙铁山吃了一惊，喝道："是哪一帮朋友？"他听得铜铃密响，只道是一队马帮。不料抬眼望去，只见来的只是两骑，一男一女。那个穿着大红衣裳的女子，衣裳上缀着许多指头般大小的小铜铃，快马疾驰，铜铃摇动，便似一队系有马铃的马帮来了。

沙铁山见只有两个人，便不放在心上。喝道："追魂帮在此拿人，你们路过便罢，可不要多管闲事。"

褚葆龄跌落地上，一跃即起。她虽然是在病中，轻功还能施展，只不过气力不济，远远不如平常罢了。但鲍泰最弱的也正是轻功，故此在急切之间，尚未能将她抓着。

那女子见此情景，"咦"了一声，说道："那不是褚遂的孙女儿吗？"蓦地喝道："管你什么追魂帮？这个不平，那是打定的了！"摘下一颗铜铃，双指一弹，向鲍泰飞去。

原来这一男一女正是名播江湖的夫妻双侠——独孤宇与吕鸿秋。刘芒的父亲刘振和夏侯英、独孤宇是八拜之交，那次盘龙谷盗宝之事，便是由独孤宇替刘振策划的。

盗宝事败之后，独孤宇举家逃亡，投奔他的拜兄夏侯英。夏侯英因为刘芒一去数月，毫无消息，放心不下，因此请独孤宇夫妇到刘芒姑父穆安那儿探听消息，无巧不巧，恰好在这里遇上褚葆龄。他们夫妇当然知道褚葆龄与刘芒的关系，岂能任凭褚葆龄受人欺负！

吕鸿秋性烈如火，首先出手。她在江湖上有个绰号，人称

"金铃女侠"。缀在她衣裳上的那些小铜铃，便是她的独门暗器。

且说鲍泰眼看就要追上褚葆龄，忽听到叮当声响，吕鸿秋的独门暗器已经打到。本来发声的暗器，等于是预先给敌人一个警告，但鲍泰仍闪避不开，虎口关节，给铜铃打个正着，"当啷"一声，大刀脱手。一条右臂，已是不能动弹。

说时迟，那时快，独孤宇夫妻已是双双下马，吕鸿秋跑过去保护褚葆龄。独孤宇则拦截仇敖。

仇敖的武功在他们的帮中仅次于帮主沙铁山，见独孤宇是个眉清目秀的书生，并不怎样放在心上，一个照面，拔刀便斫。

岂知独孤宇的本领更在他的妻子之上，仇敖一刀斫来，他便用手中折扇作为武器，折扇打开，轻轻一拨，使了个"卸"字诀，登时把仇敖的厚背斫山刀拨过一边。仇敖大吃一惊，力贯刀尖，一招"李广射石"，刀尖如矢，直刺过去。

独孤宇把折扇一合，在他刀背一按，一柄小小的折扇，压着他的刀背，竟如压上了千斤巨石，仇敖的大刀几乎脱手。仇敖满面通红，使了一招"夜叉探海"，好不容易把大刀收回。独孤宇立即迈步进招，把折扇当作判官笔使，点他的穴道。

仇敖使出平生本领，把大刀舞得风雨不透，化解了独孤宇的连环点穴三招。只不过解了三招，已是累得满头大汗，气喘如牛。

仇敖固然吃惊，独孤宇也有点诧异。心道："这伙强盗不知是甚来历？他们的首领武功未知，但只以这个人而论，在黑道中也算得是一名脚色了。怪不得葆龄侄女要吃他们的亏。"

独孤宇不知道追魂帮诸人来历，沙铁山却已猜到了他的来历了。在江湖上用折扇作点穴武器的人只有一个独孤宇，沙铁山久已闻名，不过他自恃武功，却也不惧。于是也随即跳下马来，喝道："来的敢情是铁扇书生独孤宇么？我与你河水不犯井水，你为何来趁这趟浑水？"

独孤宇怒道："哼，只许你强横霸道，就不许我打抱不平么？"沙铁山道："好，你既然定要如此，我就来会会你这个打抱不平的好汉。"

沙铁山口中向独孤宇挑战，身形却倏地向吕鸿秋和褚葆龄那边扑去。他是意欲把褚葆龄擒到手中，先立于不败之地。他看出吕鸿秋较易对付，不过也还是有点顾忌她的暗器，故此要用“声东击西”之计，出其不意，攻其无备。

吕鸿秋早有防备，柳眉倒竖，斥道：“无耻狗贼，照打！”把手一扬，把掌心里已扣着的五颗铜铃，飞出去打沙铁山的五处穴道。

沙铁山一掌拍出，掌风呼呼，五颗小铜铃互相碰击，一连串清脆的铃声，俨如奏乐。沙铁山哈哈笑道：“米粒之珠，也放光华！”不料话声未了，一颗铜铃流星陨石般地飞来，沙铁山霍地一个“凤点头”，铜铃几乎是擦着他的头皮飞过。

原来吕鸿秋的暗器手法自成一家，十分怪异，在互相碰击之后，转了个方向，仍然会飞过来。要不是沙铁山及时闪开，这颗铜铃就会打中他的太阳穴。

沙铁山大怒喝道：“臭婆娘，就会暗器伤人。哼，老子也不怕你！”可是就在他正要向吕鸿秋扑去的时候，忽听得仇敖“哎哟”的尖叫一声，原来是给独孤宇的折扇割伤了他的手指。独孤宇的那把扇子两边镶着锋利的钢片，可以当作判官笔用，也可以当作五行剑使。仇敖全神应付他的点穴功夫，不料避开了他的点穴，却避不开他突如其来的一招剑法，独孤宇的折扇贴着他的刀背上削，饶是他缩手得快，也给削去了一截指头。虽然仅是一截指头，并无大碍。但俗语说“十指痛归心”，仇敖疼痛难当，还是禁不住叫出声来。

沙铁山一来见吕鸿秋已有防备，自忖纵然可以胜她，只怕也得在三五十招之后；二来他不知仇敖伤得如何，仇敖是他最得力的助手，他若见他受了伤仍不去救，岂不要令手下寒心？于是沙铁山只好改变主意，一个转身，向独孤宇袭击。

独孤宇眼观四面，耳听八方，焉能容他暗算？两人身法都快，就在沙铁山的一个“大手印”堪堪就要印着独孤宇的后心之际，独孤宇已是反手一指，扇头对准了沙铁山掌心的“劳宫穴”。

沙铁山侧身跨步，化掌为拿，硬抓他的肩头。独孤宇折扇倏地一张，回过身来，硬削他的手指。沙铁山号称“七步追魂”，每出一步，便换一式掌法，身手也当真是矫捷之极。一抓落空，立即便已移步换掌。

沙铁山换的这招乃是分筋错骨手法，用于近身肉搏，霸道之极。独孤宇喝声“来得好!”身形一晃，折扇合拢，丝毫不让，反而跨上一步，疾点沙铁山的“太阳穴”。

此时双方已是即将碰上，倘若大家的招数都不落空的话，独孤宇的一条左臂会给沙铁山扭断，沙铁山的“太阳穴”也会给他点个正着。折了一条臂膊不过残废，“太阳穴”却是人身死穴之一，决不能让敌人点中的。

沙铁山的本领也真了得，就在这危机瞬息之间，又已身移步换，一个盘旋，从独孤宇身旁窜过，而且还向他发了一掌。

这一掌却是“绵掌”功夫，柔中带刚，功力深时，可以击石如粉。独孤宇折扇点空，只能用左掌接招，两人的功力本来不相上下，但独孤宇左掌的劲道却是不及沙铁山的右掌，给他推开了两步。

两人电光石火般的交换了几招，每一招都是性命相搏，惊险绝伦。此时双方由合而分，想起刚才的险处，两人都是不禁出了一身冷汗。

仇敖在旁边也看得呆了，沙铁山喝道：“还不快上，并肩子宰了他。”沙铁山本来有言在先，是要与独孤宇单打独斗的，此时他自忖独自战不下对方，只好自食前言，不顾帮主的身份，要仇敖与他联手了。

仇敖方始瞿然一省，连忙刀交左手，抢上来与沙铁山夹攻独孤宇。沙铁山的武功与独孤宇相较，乃是各有所长，不相上下。加上一个仇敖，当然大占便宜。幸而仇敖伤了右手，左手刀法，无形打了折扣。独孤宇虽处下风，还能应付。

鲍泰给吕鸿秋的铜铃打着虎口，躲到一旁揉搓，此时手臂方始能够恢复动弹。他不敢再去惹吕鸿秋，又不好意思袖手旁观，于是拾起了刀，也上去参加围攻独孤宇。他打的是如意算盘，一来以三敌一，必操胜算；二来倘若吕鸿秋暗器打来，也有大哥二哥应付。

吕鸿秋扶起了褚葆龄，见她面带病容，吃了一惊，说道：“褚姑娘，你还能够骑马吗?”褚葆龄道：“料想无妨。”

吕鸿秋道："好，那么你上马先走，在前面等我，我随后就来。"褚葆龄那一匹坐骑颈上套着绳圈，但因无人拉紧绳圈，对它也就并无妨害。此时它已走到主人的身边。

褚葆龄自知不堪再战，恐怕要连累他们分神照顾，只好听吕鸿秋的话上马先走。吕鸿秋拔出了柳叶刀，冷笑说道："好呀，你们这伙下三滥的臭强盗，想要恃多为胜，且叫你们知道我的厉害！"

吕鸿秋用"天女散花"手法打出九颗铜铃，跟着又是九颗，三颗三颗一组，分打对方三人的上中下三处穴道。吕鸿秋的本领不是第一流，但她的暗器手法却是一等一的功夫。

这一来登时把沙、仇、鲍三人的合围之势打乱。沙铁山使出"移形换位"的奇妙步法，或接或避，使得吕鸿秋打向他的六颗铜铃全都落空。仇敖把大刀舞得风雨不透，他还可以应付过去。鲍泰可就惨了，他本来是想倚仗大哥二哥给他抵挡的，哪知吕鸿秋用了这么一个打法，沙、仇二人自顾不暇，哪里还能顾他？铃声叮当，勾魂摄魄，鲍泰心乱意乱更手忙脚乱，他使出浑身解数，只顾得了防护穴道，却不料一颗铜铃忽地朝着他的面门打来，"当"的一声，将他的两齿门牙打落，登时把鲍泰变成了个滚地葫芦。这倒不是那颗小小的铜铃的力量将他击倒的，而是因为他害怕后面的铜铃再来打他的穴道，故而只好不顾体面，自己把自己变成了个滚地葫芦，以便避开暗器的。

仇敖大怒，喝道："臭婆娘，就只懂得暗器伤人！"挥舞大刀，冲上去便向吕鸿秋猛斫，意图近身搏斗，使她腾不出手来发放暗器。

吕鸿秋冷笑道："好，我就与你比一比刀。你这把大刀也未必吓得了人！"吕鸿秋用的是柳叶刀，长不过三尺，锋刃不到两指之宽。仇敖那把大刀却有七尺多长，三十六斤之重，俨如"关帝庙"里周仓捧的那把大刀。

仇敖恃着刀重力沉，呼呼呼连劈数刀，满以为只要吕鸿秋的柳叶刀给他碰着，就一定会给他打落。哪知吕鸿秋的柳叶刀虽然短小，使起来却是灵活之极。仇敖非但不能打落她的兵刃，反而给她迫得有点手忙脚乱。

仇敖是追魂帮中的第二把好手，武功本来不弱，与吕鸿秋相较，一个胜在气力沉雄，一个胜在刀法灵活，本来也是各有千秋。但仇敖一来吃亏在从未见过吕鸿秋的这路刀法。二来更吃亏的是他给独孤宇削掉了右手的一截指头，如今用的是“左手刀”，刀法固然不够纯熟，气力也打了折扣。

激战中吕鸿秋一招“彩凤夺窝”，欺身进迫，刀尖直刺他的心窝。仇敖刀长，必须退后几步，才能横刀封她。吕鸿秋刀锋电转，“上手刀”倏地改为“下手刀”，刷的一刀，就刺中了他的大腿，仇敖一声大吼，登、登、登的接连退出了六七步。幸而他退得快，吕鸿秋的气力也弱，这一刀刺得不深，但仇敖已是不敢恋战。

沙铁山与独孤宇的武功各有所长，斗得仍在相持不下。但鲍泰受伤，仇敖败走，剩下沙铁山一人，当然亦已是无心恋战了。

吕鸿秋斥道：“你们这些下三滥的臭贼，若还为非作恶，下次碰上了我，决不轻饶。”她记挂着褚葆龄，当然也是无暇去追他们的了。

沙铁山这伙人跑了之后，独孤宇夫妇俩跨上坐骑，赶忙去找褚葆龄。独孤宇途中笑道：“那两个使刀的汉子也还罢了，和我对敌的那个大胡子，武功颇是不弱。我看他们应该是有点来头的人物，恐怕不能说是下三滥的小贼呢。”

吕鸿秋道：“他们三条大汉，欺负一个小姑娘，管他武功再高，也是下三滥的臭贼。我说他们是‘臭’贼，不是说他们是‘小贼’。”

独孤宇外号“铁扇书生”，喜欢掉两句文，笑道：“不错，一字之诛，严于斧钺。你说得有理，他们是一班臭贼。但却不知褚姑娘是怎么惹上了这班臭贼的？”

吕鸿秋道：“我倒在奇怪，刘芒为什么不是与她一道？若是他们两人同在一起，她也不至于吃这么大的亏了。嗯，已经见着她了，咱们这就上去问她吧。”

褚葆龄意外地碰上了独孤宇夫妇，不由得心意彷徨，情怀历乱。“独孤宇是刘芒的叔叔，我若果跟他们夫妻一起，将来总是难以避免和刘芒见面。”褚葆龄心想。而她又正是不愿意再见刘芒。

褚葆龄正自心乱如麻，独孤宇夫妇已经来到。吕鸿秋见她双颊火红，吃了一惊，说道：“褚姑娘，你的病似乎很不轻呢？”褚葆龄道：“不，我已经觉得好多了。”独孤宇道：“你下来，我给你诊一把脉。”

独孤宇颇通脉理，诊断之后，说道：“你可是感到有点郁闷么？”褚葆龄不能否认，只好点了点头。独孤宇道：“这就对了。你这病是由于内忧外感加上疲劳所至。病倒没有什么紧要。只要心中开朗，调养几天，也就好了。我有自制的小还丹，功能固本培原，你吃一颗，可以不必另服其他的药。”

独孤宇夫妻是知道她的家破人亡之事的，只道她是为了爷爷之死所受的刺激。殊不知道虽是原因之一，却并非全部原因。

吕鸿秋颇感诧异，问道：“此地离穆家庄不到百里，听说前天是穆庄主的花甲大寿，你想必是到过穆家庄拜寿的了？你有没有见着刘芒？”

褚葆龄咬着嘴唇，忍着眼泪，说道：“见着了！”吕鸿秋更是奇怪，说道：“刘芒是怎么搞的？不将你留下，又不和你同走？好，咱们一同到穆家庄去，我倒要问一问他！”正是：

情海风云多变幻，却教豪侠也难猜。

欲知后事如何？请听下回分解。

第三十一回　喜得神医退群盗
却伤怨女数行书

褚葆龄道："不用去了，刘芒，他、他已经离开了穆家。"吕鸿秋道："哦，那么你何以不是和他一道？"

褚葆龄道："他是和龙二小姐一道。他有他的去处，我也有我的去处。"

吕鸿秋又惊又恼，说道："哦，原来是刘芒这小子对你变心了。真想不到这小子竟会如此薄幸！他们是去哪儿？快快告诉我。我替你去找这小子评理去！"

褚葆龄道："请婶婶不要管这件事。"吕鸿秋双眼一瞪，说道："为什么？你宁愿受他欺负？"吕鸿秋是火爆的性子，比褚葆龄更甚。

褚葆龄道："不，不是的。是我不愿跟他一起，我要回家祭我爷爷的坟。"吕鸿秋哪肯相信，说道："褚姑娘，你不用帮忙刘芒说话了。你只告诉我，他们是去哪儿？"褚葆龄道："听刘芒说，他正是想回到他夏侯二叔那儿。"

吕鸿秋道："好，那就再好不过了。褚姑娘，你和我们一同去投奔夏侯英吧。"

褚葆龄道："不，我还是想先回家一趟。我爷爷故世之后，我还没有在他坟前上过一炷香。"褚葆龄本来是要找个借口来推托的，但说到了爷爷，触及了她的心头隐痛，却不禁真的伤感起来，泪珠儿潸潸而下。

吕鸿秋替她拭去泪珠，叹口气道："你不要伤心，我懂得你的心事，你是不愿意再见到这负心汉子吧？不过，你现在尚在病中，我不放心你一个人回家。你和我们同走，到了夏侯英那儿，我让你先躲起来。你愿意见他也好，不愿意见他也好，都由得你，待你身体好了，再回家也不迟。”

褚葆龄心乱如麻，但他们之间的复杂情事，实是难以说得明白，她自己的微妙心事，更是不愿意与吕鸿秋多说。但吕鸿秋是她的长辈，长辈相邀，且又是如此盛意拳拳，难以相却。褚葆龄也只好姑且答应下来。

独孤宇心里暗暗好笑：“儿女私情，旁人哪里理得清？秋妹也忒好多管闲事了。”不过他一向顺从妻子，而且褚葆龄也确是需要照料，所以他不反对妻子的安排。但他却想起一事，看见妻子要走，说道：“此地离穆家庄不远，咱们既然来到这里，似乎应该去拜访穆庄主一次。前面有个小镇，今晚咱们在这小镇投宿，明天中午就可以到穆家庄了。”

褚葆龄不愿再见刘芒，也不愿回去再见展伯承与铁凝。于是连忙说道：“不可再去穆家庄了，穆庄主不是好人。刘芒正是和他姑父闹翻了才离开穆家庄的！”独孤宇大惊道：“有这样的事？”

褚葆龄说道：“不错，穆庄主是刘芒的嫡亲姑父，刘芒也一直把他当作唯一可以倚靠的亲人。可是你们知道穆庄主是怎样对待他的嫡亲内侄么？”当下将穆安做花甲大寿那日所发生的事情说了出来，从尉迟俊公然到穆家来搜捕刘芒说起，说到穆安怎么坐视不救，反而帮助官府欺压侄儿，后来幸亏老武师程德威打抱不平，把尉迟俊赶跑，刘芒才得脱险，一气而离开了穆家。一件件，一桩桩都说了出来。不过却隐瞒了其中一件，只说她自己当日到穆家贺寿，碰上这些事情，却没说出是展伯承和她一同去的。因为褚葆龄已打定了主意，只待自己健康恢复之后，便即离开他们夫妇，亦即是说不一定会跟他们到夏侯英那儿。她怕吕鸿秋多加盘问，既不打算倚靠他们夫妇，因此也就不愿意把自己的事情和他们多说了。

独孤宇听了褚葆龄的所说，叹口气道：“真想不到名满江湖的穆安竟是这样的一个人！”吕鸿秋愤然说道：“你还要去拜访这个欺世盗名的老混蛋吗？”独孤宇道：“穆家庄当然是不去了。不过，附近没有投宿之处，恐怕还是回到那个小镇上住一晚吧？”

褚葆龄一想，若是回到那小镇，一定难以避免要见到展、铁二人，连忙说道：“何必多走这一段冤枉路？白马镇离此不过三十多里，天黑之前，还可赶到。”往穆家庄是向南走，回转夏侯英那儿是向北走。白马镇在向北走的路上，褚葆龄刚才离开的那个小镇则是在向南走的路上，方向刚好相反。不过，那个小镇离他们现在所在之处却是不到十里。

独孤宇说道：“虽然是冤枉路，不过却近得多。我怕你身体疲倦，就近找个宿头好些。”褚葆龄笑道：“独孤叔叔，你的小还丹真有功效，如今我的气力都已恢复了。我的马又跑得快，三十多里路程，决用不了半个时辰。半个时辰，我哪会支持不了？”说罢，刷的一鞭，放马疾驰，果然跑在独孤宇夫妇的前头。

吕鸿秋向丈夫笑了一笑，小声说道：“人家急着要去会见刘芒，你也不懂？”她见褚葆龄刚才说到刘芒在穆家所遭受到的委屈之时，神情极为愤激，越发以为褚葆龄还是对刘芒仍有深情。却怎知道褚葆龄之与刘芒虽是情丝未断，但已不比从前那样的一片纯真了。褚葆龄心情的微妙错综，吕鸿秋哪能知道？

褚葆龄不愿提起展伯承，心里却还在挂念着展伯承的，她离开那小镇越远，心里越是思念：“天就要黑了，不知小承子可回来了没有？嗯，或许此时他与铁凝正在谈着我吧！”

褚葆龄在路上挂念着她的“小承子”，铁凝则是在那客店里焦急的等待她的“展大哥”回来。

铁凝是想等待展伯承回来，再去找寻褚葆龄的。但眼看暮霭苍茫，天色就快黑了，展伯承仍然未见回来。铁凝心里想道：“不如我先去把展大哥找回来吧。”褚葆龄留给她的那封信也是要她先去打听展伯承的消息，假如天黑之后，展伯承还未回来的话。

铁凝正想出去，忽听马蹄声得得，远远传来，铁凝喜出望外，只道是展伯承回来了。却又有点奇怪：“怎么似是有数骑之多？”心念未已，那小厮忽地一声惊呼，颤声叫道：“掌柜的，不好了！这次当真是他们来了！”

铁凝张望出去，只见三骑马已经停在门前，为首的是个满面络腮须子的大汉，跟着两个虎背熊腰的汉子，却无展伯承在内。原来来的正是沙铁山和仇敖、鲍泰三人。

沙铁山大踏步地走进客店。喝问：“掌柜的，你给我留下房间没有?”

这个掌柜也说得上是老奸巨猾，尽管心里惊慌得不得了，脸上的神色可是丝毫不露。但见他不停地打躬作揖，脸上笑笑嘻嘻地说道：“三位大爷请坐，房间早已准备好了。小三子，你呆坐在这里干什么，还不快去倒茶？嘿，嘿，天气热，三位大爷路上辛苦了，先喝一杯吧。小的马上去收拾房间。”

鲍泰贼忒忒的一双眼睛在铁凝身上打溜，裂开嘴唇笑道：“嘻，嘻！掌柜的，这小姑娘是你的女儿吗?”他给吕鸿秋打落了两齿门牙，说话有点漏风，加上他那副嬉皮笑脸的丑态，令人一看，就忍不住生厌。

掌柜的笑道：“我哪里有这个福气？她是女客。”

鲍泰笑道：“是呀，我看也不像。你的相貌虽不算丑，但这小姑娘却实在长得太标致了，谅你也养不起这样标致的妞儿。嗯，小姑娘，你叫什么名字？哪里来的?”

铁凝怒道：“谁要你管?”正要发作，那掌柜的忽地向她打了一个眼色，示意叫她进去说话。

铁凝见他一脸求恳的神情，心道：“好，我姑且听他说些什么?”便跟那掌柜的进去。

鲍泰只道铁凝是怕了他，哈哈笑道：“我又不是老虎，不会吃了你的。你怕什么?”

心中却在盘算，今晚怎样把铁凝劫走。

铁凝在甬道上停了脚步，说道：“掌柜，有话快说!”掌柜的“嘘”道：“小声点儿，好姑娘，我有件事要请你帮帮忙。”

铁凝早已料到了几分，却故意问道：“什么事情?”那掌柜的掏出一锭元宝，正是铁凝给他那锭，苦着脸小声道：“姑娘，你行行好，另找一个地方投宿。那些人是惹不起的。”

铁凝已知这一帮人就是那小厮说的什么“追魂帮”了，但却不知沙铁山的厉害。铁凝一心想行侠仗义，惩戒恶徒，就是沙铁山不来招惹她，她也是要去招惹他们的。因此听了这掌柜的活，就越发大声地说道："笑话，笑话！你不敢招惹恶人，就来欺负我吗？告诉你，我也不是好欺负的，你收了我的银子，岂能又迫我退房？"

掌柜的吓得面青唇白，道："你少说两句行不行！"连忙跑了出去，免得铁凝再嚷。

但沙铁山已听见了铁凝的说话，起了疑心，掌柜的一出来，就给沙铁山一把揪住。沙铁山喝道："你捣什么鬼？是不是把我所定的房间租给了别人？"

掌柜的连忙说道："不是，不是！我给你老留了两间最好的客房。你老喝过了茶，就请进去安歇。"

沙铁山道："为什么你现在不让我们进去？"掌柜的赔笑道："也得收拾收拾一下呀！小三子，你听了没有，还不去替沙帮主收拾那两间客房？"

这小厮一时不省，茫然地问道："哪两间房？"掌柜的怒道："蠢东西，我不是告诉你了吗，就是靠着院子的这两间房。"原来这个掌柜人急"智"生，想起了展伯承与褚葆龄都出去了，两间房可以让给沙铁山他们住。只求暂时应付过去，展褚二人回来，还可再作商量。不过，房中留有二人的衣物，所以必须要小厮先去收拾，腾出空房。

不料这掌柜的不敢招惹铁凝，铁凝却跟着出来了，铁凝拦着那小厮道："你干什么？"那小厮道："不关我的事，是掌柜叫我去收拾那两间客房的。"

铁凝冷笑说道："这两间是我的朋友住的，他们就要回来的。客人未走，你就要强占他的房间，这是什么规矩？"

沙铁山大怒，"啪"的打了胖掌柜一耳光，喝道："你这老混蛋，竟敢骗我！我打死你。"

铁凝心想："这胖掌柜见钱眼开，受记耳光，也是活该。可是却不能让他给打死了。"于是喝道："住手！"

沙铁山早已瞧出铁凝不大寻常，当下侧目斜睨，冷冷说道："小姑娘，你也要多管闲事么？"

铁凝道："天下人管得天下事，你横行霸道，我就要管！老实告诉你，掌柜的原留给你们的那间房，是我要他租了给我。你要打，不如打我。只要你打得赢我，我马上就搬。”

沙铁山哈哈大笑道：“小姑娘，你知道我是什么人？”

铁凝冷笑说道：“我知道你是什么追魂帮的帮主，你的匪号倒是能够吓一吓人，我却不怕你！我倒要看看你有什么本领当真就能追了人家的魂，夺了人家的命！”

沙铁山面色一沉，纵声笑道：“不知天高地厚的野丫头，你再练十年，也还不配和我作对手呢。三弟，把她拿下，也别杀她，把她扔出去便罢！”

鲍泰正合心意，涎着脸笑道：“我理会得。小姑娘，你冲撞了我们大哥，过来赔个罪吧。我老鲍一向怜香惜玉，可还真舍不得扔你出去呢。”

鲍泰尚在唠唠叨叨地说话，铁凝已是一掠而前，沙铁山喝道：“三弟，小心！”话犹未了，只听得“啪”的一声响，鲍泰脸上已是着了一记清脆玲珑的耳光！

要知铁凝是辛芷姑的弟子，空空儿的轻功本领她也学得了几分。鲍泰练的是外家硬功，刀马拳脚的功夫还过得去，轻功却非所长。二来他吃亏在太过轻敌，毫不提防，故而刚一照面，就冷不防的给铁凝打了一巴掌。

鲍泰又惊又怒，这才知道铁凝并非易与，此时，他哪里还顾得什么怜香惜玉之心，气得哇哇叫道：“好个野丫头，你敢打我，看我把你扔出去！”冲上去打出一套长拳，想把铁凝迫到屋角，那就易于捉拿了。

鲍泰这套长拳倒也打得甚为绵密，攻守两全。但铁凝使出“穿花扑蝶”的身法，与他绕身游斗，鲍泰的拳头连她的衣角也沾不着。

鲍泰若然站稳马步只守不攻的话，还可与铁凝勉强打平手。但他着了铁凝的一记耳光，早已老羞成怒，一心想把铁凝抓到手中，侮辱她一番，岂肯只甘防御？他看见铁凝东躲西闪，只道铁凝是怕了他，就越发躁进了。

沙铁山眉头一皱，喝道：“三弟，回来！”可是叫得也已经迟了。只听得铁凝一声斥叱："出去！"倏地就把鲍泰水牛般的身躯举了起来。原来鲍泰的拳法此时刚好露出一个破绽，沙铁山看了出来。铁凝也看了出来。铁凝身手何等矫捷，立刻乘虚而入，使个"四两拨千斤"的巧劲，将他制伏，一把举起，就向门外扔出去。

铁凝将鲍泰举了起来，得意之极，笑道："看是你扔我还是我扔你？"一个旋风急舞，把鲍泰水牛般的身躯当作皮球一般的抛了出去。

仇敖一个箭步挡在门口，手掌平伸，轻轻一托，鲍泰翻了一个筋斗，平平稳稳地落在地上，羞得满面通红。

铁凝是用"借力打力"的功夫把鲍泰扔出去的，鲍泰本身的力道加上她所扔的力道，少说也有三五百斤，仇敖只是轻轻一托，就把这般猛力解了。铁凝见他露了这手，心中也不禁暗暗嘀咕："我只道是伙毛贼，不料他们竟是一个比一个强。看来这家伙是更难对付了。"

仇敖哈哈笑道："小姑娘，瞧你不出，你倒是颇有两下子呢！你衣服里藏有软剑，我想看看你剑法如何？你愿意和我比比兵刃么？"原来仇敖不擅长拳脚功夫，故而要挑她比斗兵刃。

铁凝身边的软剑给仇敖一眼看出，暗暗佩服他的眼力。不过，这也正合铁凝的心意，原来她的这把软剑乃是百炼精钢所铸，不用之时可化作绕指柔，当作腰带缠在身上。比拳脚气力大的多少占些便宜，比剑则靠的是身手灵活，招数精妙，气力大些小些，比较无关紧要。故而铁凝也乐意和他比斗兵刃。

铁凝一个转身，亮出宝剑，说道："随你的便，你进招吧！"仇敖哈哈大笑道："我岂能占一个小姑娘的便宜？"

铁凝也不客气，一声："那就看剑！"刷的便是一招"玉女投梭"，剑光如练，疾刺过去。

仇敖喝道："来得好！"横刀一立，想把她的软剑震脱手去。这一招"玉女投梭"本来应该是剑直如矢，向前平刺的，哪知铁凝使的这招却是与众不同，剑到中途，倏然间便变了式子，从仇敖意想不到的方位刺来。

仇敖也很是了得，虽是吃了一惊，却并不慌乱。只见他一个

“虎跳”，刀光已是四面展开。原来仇敖的“泼风刀”也是一种上乘的快刀法，使到疾处，泼水不入。

刀剑相交，“当”的一声，铁凝不待对方的气力使足，剑尖在仇敖刀背上只是轻轻一点，身形已是平地拔起，借对方大刀的震荡之力，一个“燕子穿帘”，已是翻转身躯，到了仇敖背后，刷的又是一招“玄鸟划砂”，剑斩他的双足。

仇敖喝道：“好剑法！”他的泼风刀护着上三路，泼水不入，但下盘却是一个弱点。仇敖用刀招架不及，反身一个“虎尾脚”蹬出。这一蹬的力道亦是委实不弱！

仇敖着的乃是钉鞋，鞋尖鞋跟都镶有铁片，等于是一件武器。这一招“连环虎尾脚”也委实是一招以毒攻毒的狠招，一踢着对方，不但可以踢落对方的兵刃，还可以立即变成“窝心腿”，制敌死命。仇敖以为：他使出这一狠招，铁凝定要闪避，决不敢拼个两败俱伤。哪知铁凝竟不闪避，“刷”的一剑，仍是疾如闪电般的刺来！

只听得“铮”的一声，铁凝的宝剑果然给他踢个正着，脱手飞出。但铁凝的身体却没给他踢中，就在这千钧一发之际，性命俄顷之间，只见铁凝一飘一闪，俨如蜻蜓点水，海鸟掠波，“嗖”的就从仇敖身边窜出，身形一起，那柄宝剑还未落到地上，就已给她抓到手中。

与此同时，仇敖则是一声厉呼，单足跳跃，另一只脚不敢着地，脚板底鲜血淋漓！

原来铁凝这一剑已是划破了他的钉鞋，刺伤了他的足心。幸亏他鞋跟镶有铁片，挡了一下，消去了铁凝的几分力道，要不然整个脚板都会给铁凝的利剑剖开。而铁凝则仗着超妙的轻功，恰恰在这危险之极的一刹那，避开了对方的窝心腿。故此她的宝剑虽给踢落，身体却没受伤。

仇敖单足跳跃，重心不稳，那一刀去势又急，收势不住，往前疾冲，呼的一刀，斩在墙上。鲍泰正在旁边，吓得魂不附体。

沙铁山面色铁青，站了出来，冷冷说道：“你是谁家女儿？何人门下？快说出来，以免自误！”

铁凝胜了两场，胆气又壮，笑道："谅你这伙下三滥的强盗也不配与我的爹爹攀亲道故，至于我师父的名头说出来更会吓坏了你，我不怕你们车轮战，你要和我较量，只管上来，不必多言!"

沙铁山双眼一翻，说道："你不说就能瞒过我么？空空儿是不是你的师父？铁摩勒是不是你的爹爹？"

原来沙铁山几次吃了空空儿的大亏，空空儿的轻功身法，他是见识过的。铁凝所用的剑法，他看不出来。所用的轻功，他却一看便知是空空儿的嫡传。他也知道空空儿的弟子是铁摩勒的儿子，铁铮他是见过的，铁凝的面貌和哥哥有几分相像，他据此推断，料想铁凝便是铁摩勒的女儿，兄妹想必是出于一师所授。殊不知他固然是猜中了十之七八，但也有猜不中的。铁凝的轻功虽是空空儿所授，但她的"本师"却是辛芷姑。

沙铁山最怕的就是空空儿向他寻仇，是以他必须套取铁凝的口风，以明虚实。

铁凝怎知道沙铁山乃是色厉内荏？本来她可以用空空儿来吓走沙铁山的，只须承认自己是空空儿的弟子，师父随后就来，那么沙铁山不吓得飞跑才怪？

但铁凝却不愿倚仗父亲和空空儿的名头，她也不知道沙铁山的厉害，听沙铁山说及她的父亲之时，口气又不恭敬，就不禁恼怒起来，说道："不错，我的爹爹正是管束你们这些小贼的绿林盟主。空空儿也正是我的师公，江湖上有名的贼祖宗。但像你这种下三滥的强盗，我的爹爹和我的师公还不屑于来教训你们呢！你若是害怕的话，就向我磕头谢罪。否则，就只好由我来替他们管教你了。"

沙铁山道："哦，原来你是辛芷姑的弟子。你的师父和你的师公呢？"

铁凝"哼"了一声道："你又不配和他们交手，你问他们做什么？"

沙铁山松了口气，心道："听这口气，空空儿一定不是和她在一起的了。"但仍是不敢放心，又再故意说道："你这个黄毛丫头才不配和我交手呢。我今天可以饶你一命，你回去请你的师父、师公来吧。再不然把你的爹爹请来也行。就说追魂帮帮主沙铁山随时候教！”

铁凝大怒道：“你敢小觑我？什么铜山铁山，我根本就没听过。只怕是一推就倒的纸糊假山吧？你配向我爹爹挑战？哼，只怕是想找脱身之计吧？闲话少说，有胆的你就与我较量！”

沙铁山笑道：“你一个单身的小姑娘，我怎好欺负你？”

铁凝怒道：“单身又怎么样？有本领你就杀了我！”

至此，沙铁山已经知道铁凝确实只是一个人了，心里想道：“我本来已经得罪了空空儿，如今又和铁摩勒的女儿结了仇，她已经知道我是什么人，要是放走了她，祸患非小。空空儿不来要我的性命，铁摩勒也会来要我的性命。不如就杀了她灭口，最多只须躲避一个空空儿，铁摩勒却怎知道是谁杀他女儿？”

沙铁山如此一想，杀机顿起，于是便即冷笑说道：“野丫头，你既然是自愿送死，那我就成全你吧！十招之内，我若杀不了你，放你逃生。这样，你总可以死而无怨了！”

要知沙铁山号称“七步追魂”，七步七种掌式，招招可以致人死命。他指定十招为限，都已经是太多了。他是决意要杀铁凝，又要保持自己的身份，才这么说的。

铁凝气往上冲，喝道：“看剑！”刷的就是一招“乘龙引凤”。沙铁山冷笑道：“米粒之珠，也放光华。”斜身踏步，把手一招，单掌划了半道弧形，五指如钩，倏地便向铁凝的虎口抓下。这是一招极厉害的分筋错骨手法，沙铁山是看准了部位，使出迅雷不及掩耳的手法，满拟一抓就中的。

按照一般的剑法，“乘龙引凤”这招乃是一招两式，剑尖直刺面门，把敌人眼神一引，剑锋随即便横抹过去，剖开敌人的琵琶骨。

沙铁山擅于“移形换位”，拿捏时候也拿得极准，他已知“乘龙引凤”这一招的精华所在，于是他这一抓就扣准了在这一招的前后两个式子变换之际下手。

本来这么一抓，倘若换了别一个人，还当真非给他抓中不可。不料铁凝的剑法乃是辛芷姑别出心裁的独门剑法，与各家各派剑法都不相同，变化奇诡，岂是沙铁山所能预料？就在他一抓抓下之时，铁凝的剑锋不是横抹，而是自下而上的挑上去。这么一来，沙铁山若然再迈一步，就等于送上去给她的利剑剖小腹了。而且他那一抓部位不对，至多也只能抓伤铁凝的肩膊。

沙铁山也好生了得，就在这危机瞬息之间，倏地又使出“移形换位”的看家本领，硬生生把攻出去的招数收回。而且不仅是“移形换位”避招而已，还能够立即移步换招。

铁凝一剑刺空，不禁也是心头一凛：“这个什么鬼帮主果然是比他的两个手下强得多！”说时迟，那时快，只见四面八方都是沙铁山的影子，沙铁山换了一步，一气呵成的便发出连环四掌！

铁凝腾、挪、闪、展，衣袂飘飘，避开了沙铁山的连环四掌。表面看来，她是意态从容，好像应付得绰绰有余，其实已是把她的所学尽都施展出来，好不容易才躲过了沙铁山这连环四式的。

沙铁山喝道：“好，我看你躲到哪儿?”第三次出掌，却是“绵掌击石”的功夫，轻飘飘地拍出，无声无息，内中却蕴藏着一股猛烈的力道。铁凝的剑尖给他荡开，身不由己地往后直退。

沙铁山加强掌力，四、五两招仍然用绵掌功夫，每一招都是连环四式，从四面八方挤向中央，铁凝的轻功就大大受了影响，可以活动的圈子是越缩越小了。沙铁山就正是想迫得她无法转身，然后手到拿来。

沙铁山哈哈笑道：“你躲过五招，也算很不容易了。好，看你还能躲得几招?”铁凝心里暗暗叫苦，眼看沙铁山欺身进迫，又要再下杀手，却忽地听得有人喝道：“住手，欺负一个小姑娘，算得什么好汉?”

铁凝听得声音好熟，一时间却想不起是什么人，方自一怔，随即又听得一个更熟悉的声音叫道：“哎呀，凝妹，是你!”这个人是展伯承，他终于回来了。

和展伯承同来的是一个形貌清癯的老者，颏下三绺长须，背着一个药囊，一看就知是个大夫。

仇敖和鲍泰守着门口，仇敖喝道：“这里只有死人，没有病人，你这臭郎中给我滚开。姓展的小子，你上来!”仇敖只道这老者乃是展伯承请来的大夫，料想无甚本领，故而他只是把展伯承当作敌手。

不料这个老者毫不退缩，只是冷冷地说了两个字“滚开！”只听得“砰”的一声，仇敖一拳打中了老者的胸膛，但跌倒的却不是老者，而是仇敖。

这老者用的是“沾衣十八跌”的上乘内功，内力反震，把仇敖的身子像皮球般地抛了起来，从对面的窗口飞了出去。“蓬”的一声，跌在外面的石街上，跌得他头破血流。爬起身来，慌不迭的便跑，顾不得他的大哥和三弟了。

这老者闯开门户，说道：“展贤侄，留下一个臭贼让你打发，屋子里的事就不用你管了。”这老者是个武学的大行家，一看就知沙铁山是个高手，非展伯承所能应付。

沙铁山见仇敖只是一个照面便给这老者抛出窗外，饶他艺高胆大，也不禁大吃一惊。那招杀手，就不敢使出去对付铁凝，以防老者突袭。

老者迈上一步，说道：“你这个混账东西，为何欺负小姑娘？给我说出一个道理来！”

沙铁山道：“这丫头是我义兄铁牌手窦元的仇人，我是追魂帮的帮主。我劝你还是不要多管闲事的好！”他以为搬出了窦元的名头，加上他这追魂帮的势力，这老者总得有几分顾忌。

不料这老者只是“哼”了一声，一脸不屑的神态说道：“什么铁牌手？什么追魂帮？老夫统统没有听过！不管你是什么人，你欺负一个小姑娘就是于理不该！哼，要嘛你就给这小姑娘叩头赔罪，要嘛我就把你扔出去，你愿意要哪一样？”

铁凝蓦地想起了这老者是谁，尖声叫道：“甘爷爷，我是铁凝，你还记得我吗？”

老者定神一瞧，大喜说道：“哦，原来你是铁凝，这么大了。好啊，你这臭贼瞎了眼睛，竟敢欺负到铁摩勒女儿的头上。我越发不能饶你了！”

沙铁山知道此仗无可避免，与其挨打，不如先下手为强，于是趁着那老者和铁凝说话的当儿，倏地便是一招杀手，冷笑说道：“老匹夫，多管闲事，叫你知道我的厉害！”

沙铁山这一招是身形骤起，双掌齐出。左掌横指如戟，点老者面上双睛；右掌如刀，横削老者膝盖。两只手一上一下，形似少林派“五行拳”中的“撑椽手”，但力雄势捷，却比正宗的“撑椽手”还要厉害得多。

老者呼的一拳捣出，小臂一弯，反勾沙铁山的左腕。这一招大擒拿手法使得更是精妙，沙铁山若不是缩手得快，一条手臂定然给他折断无疑。

沙铁山一个“移形换位”，霍地转身，双掌一分，以绵掌击石的功夫，猝击老者两面太阳穴。老者似乎早已料到他要使这一招，抢前一步，单掌一挑，掌势飘忽不定，指尖如戳如划，指向沙铁山的脉门。沙铁山是个识货之人，大吃一惊，脚步不动，身形陡然一缩，避开这招，心道：“这老贼的点穴功夫，不知哪一派的，如此古怪！”

沙铁山看不出老者的门派，这老者已是看出了他的来历。老者跟踪扑上，冷笑说道：“我道你有什么了不起的本领，胆敢口出大言？原来你只不过是羊牧劳的不成器的弟子。嘿，嘿，你的七步追魂手练得还未到家呢，哪有什么厉害？我和你打一个赌怎么样？你若敌得我的十招，我给你磕头。十招之内，你若输了，你给这小姑娘叩头！”

铁凝在旁边得意之极，禁不住笑起来道：“这可真是眼前报了，甘爷爷，你不知道这臭贼刚才也是限我十招的。这个赌打得真好，我坐在这儿等他叩头了。”

客店外面，仇敖已经逃了。鲍泰身上受伤，却给展伯承追上。鲍泰的武功本来就不及展伯承，此时他在接连两败之后（第一次败给吕鸿秋，第二次败给铁凝），早已丧尽锐气，更兼身上受伤，已是不堪一战。不过几招，便给展伯承用褚遂所传的近身缠斗的小擒拿手法，折断了他的手臂关节，将他擒了回来。

铁凝大喜道：“这厮最可恶，好，等下再处置他。你快来看甘爷爷追这个追魂帮主的魂！我还要等着他给我叩头呢。”

展伯承道：“你和甘老前辈是早就相识的？”原来展伯承虽然把这位“甘大夫”请了回来，却还未知道他的来历。

铁凝笑道："我小时候这位甘爷爷还抱过我的呢，他和我的外公是同门兄弟。有一次他到过我们山寨，可惜那时候你和褚公公还未来伏牛山居住。"

原来这老者叫甘泉，正是铁凝的外祖父韩湛的师弟，他们的师父既是武林高手又是杏林国手，"医""武"双绝。韩湛得了武学的真传，成为一派的武学宗师。甘泉则偏长医术，成为当世的第一名医。但他医术虽负盛名，却不肯轻易给病人看病。近十年来，他在家中隐居，更是绝迹江湖。

甘泉并不以武功见长，但以他数十年的功力，对付沙铁山已是绰绰有余。就在展伯承和铁凝说话的这一会儿，沙铁山已是换了七步七招，将他生平所学全都使出来了。当真是有如铁凝所讥讽他的那样，他的"七步追魂手"非但追不了人家的魂，反而给甘泉迫得他魂飞魄散，无论他怎样"移步换招"，极尽变化之能事，但每一步每一招，仍是给甘泉所制。

铁凝笑道："臭贼，你还是认输叩头了吧。"话犹未了，只听得"蓬"的一声，但见血光迸现，原来沙铁山给甘泉的一记"手挥琵琶"，划着了他的肩头，这一划赛于利刃，登时在沙铁山的肩上划开了一道五寸多长的伤口，皮开肉裂，鲜血洒了一地！沙铁山就似个受伤的野兽一般，一声狂吼，猛地一撞，"轰隆"声响，竟把一面土墙，撞开了一大洞，冲了出去。

甘泉这记"手挥琵琶"，本来是要切断沙铁山的琵琶骨的，沙铁山"移形换位"得快，只差半寸，没有切正部位，否则他的一身武功已是废掉。但虽然如此，沙铁山所受的伤亦已是不轻。甘泉不为已甚，说道："你挡得我的八招，也算很不容易了。好，就饶了你吧。"铁凝笑道："你饶了他不打紧，我却没有人给我叩头了。"

展伯承笑道："沙铁山给甘老前辈打得失魂落魄，你这口冤气也算出了。凝妹，你几时来的？你知不知道我和龄姐住在这儿？你和龄姐见过面没有？"他迫不及待地问了一大串，句句不离他的"龄姐"。

铁凝心里一酸，也不知是为了褚葆龄还是为她自己。当下涩声说道："你给龄姐请大夫看病，想不到这么巧请着了甘爷爷。大夫是请得对了，但可惜你们却来迟了！"展伯承大吃一惊，抓着铁凝的手颤声说道："怎么样？她，难道她已经死了？"

铁凝说道："你别慌，不是死了，是走了。"展伯承怔了一怔，失惊无神，问道："什么，龄姐走了？为什么她不等我？"铁凝道："她留一封信给我，你拿去看。"

此时天色已黑，展伯承叫道："掌柜的哪里去了？点灯！"那小厮先爬出来，点燃了油灯，笑道："掌柜的躲在柜台下面呢！强盗头子都给打跑了，你放心出来吧。"掌柜的抖抖索索地从柜台底爬出来，叠声说道："这怎么好？这怎么好？"展伯承不理会他，赶忙看那一封信。正是：

待得归来人已杳，空留心事数行书。

欲知后事如何？请听下回分解。

第三十二回　异国情鸳同患难
中原豪杰共恩仇

褚葆龄这封信并没说到她出走的原因，但展伯承看了，心里已然明白，想道："凝妹一来，龄姐就走，这其间一定是有什么误会了。但她有病在身，无人照料，这却叫我怎么放心得下。"又再想道："我对龄姐本来是没有杂念，但只在她心上却还有未能解决的结？要不然何必避开凝妹呀，但不管如何，她还是十分关心我的，她匆匆出走，也还没有忘记将我的去处告诉凝妹，要凝妹找我回来。"想至此处，心中不觉一片茫然。

展伯承把信交回铁凝，茫然问道："龄姐是去哪儿？"铁凝道："我怎知道？不过她走了还未到一个时辰，咱们马快，分头去找，或者还可以将她追回来。"

展伯承道："哦，她走了还未到一个时辰？"蓦然一省，把鲍泰提过来，解开他的穴道，说道："你们来的时候，有没有碰见一位骑着枣红马的红衣女子，快快的从实招来，否则要你的命！"原来展伯承在闯进这间客店的时候，正听见鲍泰向仇敖诉苦，说是他碰见女子就倒霉，故而展伯承料想他们定是在路上遇着了褚葆龄。

鲍泰见有一线生机，连忙说道："我说真话，你肯放我？"展伯承道："好，你说真话，我就放你！"鲍泰道："实不相瞒，我们是曾碰着了褚姑娘，大哥要捉她，你们可别怪我，这不关我的事。"

展伯承大惊道："捉去了没有？"鲍泰道："没有。有一对路过的夫妇，将她救走了。"当下将路劫褚葆龄，却碰上独孤宇夫妻的事情，都如实地告诉了展伯承。

展伯承又惊又喜，说道：“那个男的是用折扇当作兵器的，女的是用小铜铃当作暗器的？”鲍泰说道：“不错。听沙大哥说，那个男子的外号叫做什么‘铁扇书生’的独、独什么宇？嗯，这男子的复姓实在难记。”

展伯承道：“好，不必你说了，你滚吧！”铁凝恨鲍泰刚才对她说话轻薄，气犹未过，一脚将他踢了出去，说道：“展大哥答应饶你性命，这次我不杀你。你再胡作非为，下次要是给我碰上，可就不能放过你了。”鲍泰摔得头破血流，爬了起来，连声“是，是。”抱头鼠窜而去。

展伯承喜道：“独孤宇夫妻将她救去，咱们可以不必找她了。”铁凝怔了一怔，随即恍然大悟，不由得也是喜形于色，说道：“不错，龄姐既然是有了着落，那么，咱们是不用再找她了。”

独孤宇是刘芒的三叔，展伯承早已知道，因此他当然想得到独孤宇是要把褚葆龄带到夏侯英那儿，好让她与刘芒见面。

展伯承一心一意盼望他们二人破镜重圆，言归于好，因此一听得褚葆龄是跟独孤宇夫妻回去，这正符合他的心愿，他当然是无需忧虑了。铁凝猜到了展伯承的心意，这也正符合了她的心愿。

甘泉只知治病救人，捋了捋须子，说道：“独孤宇有祖传的一种灵药，名为小还丹，补气培元，最具效力。展哥儿，你要我来看病人，就是这位已经跑掉了的褚姑娘吧？”展伯承面上一红，说道：“正是。我想不到她会跑开的。”

甘泉说道：“这个我不怪，你请大夫看病人，总是会把他们的亲人的病情夸张的。不过，这位褚姑娘既然能够和追魂帮这班强盗动手，想必病得不重。如今她碰上独孤宇，有独孤宇的小还丹那就更可无忧了。”接着笑道：“这里的病人跑掉了，我应该回去看看留医的病人啦。”

展伯承瞿然一省，连忙说道：“不错，我已耽搁了你许多时候了。咱们赶快回去吧。凝妹，你有没有别的事情，倘若没有，就和我们一同走好吗？”

展、铁二人都是付了房钱的，匆匆收拾行李，便与甘泉同行。路上铁凝问道：“甘爷爷，在你家中留医的病人是谁？”甘泉笑道：

“是你爹爹的好朋友，也是一位天下闻名的大侠。你猜猜看。”铁凝吃了一惊，问道：“是我表叔段克邪吗？”甘泉道：“不是。”铁凝道：“是我的方师叔方辟符吗？”甘泉道：“也不是。”铁凝道：“那么难道是我的师公空空儿不成？”甘泉笑道：“更不是了。空空儿来去如风，有谁能够伤得了他？”

铁凝道：“我爹爹的好朋友，又是天下闻名的大侠，除了这几个人，那还有谁？”甘泉笑道：“你猜不着，待会儿到我的家就知道了。”

铁凝心急难熬，央求展伯承道：“甘爷爷不肯告诉我，展大哥，你告诉我吧。对啦，我没有问你，你是怎么样请得动甘爷爷的呢？我听妈说过甘爷爷看病的规矩，他每天只看一个病人，而且不轻易出门给人看病。你和他以前并不认识，他不把你赶出门去，我实在觉得奇怪。”

展伯承笑道：“是么？这两件事情不但出乎你的意外，也出乎我的意外呢。不过甘爷爷的确是要把我赶出去的，幸亏那位病人给我求情。”铁凝道：“那位病人究竟是谁？”

展伯承把铁凝逗得急了，这才把求医的经过告诉铁凝。

原来展伯承找到了甘泉家里，甘泉最初是闭门不纳。展伯承拍门叫了半天，没有人应，展伯承无计可施，索性就跳了进去。

展伯承跳了进去，凝神一听，听得一间厢房里似有声音，那间房的房门也是关闭的，展伯承从后窗望进去，只见一个老者坐在床前，床上躺着一个病人，这老者正替病人按摩。病人脸朝下，背朝天，面貌看不清楚。

展伯承心里想道：“这老头儿一定是掌柜说的那位神医甘大夫了，可是他正在给病人治病，我可不能惊扰他。”在窗前耐心地等了许久，好不容易等到那老者做完了手术，展伯承正想出声，那老者却忽地喝道：“大胆小贼，敢来偷窥，意欲何为？哼，你当我不知么？给我跪下！”突然冷风如箭，倏地从窗缝穿出，直“刺”展伯承膝盖的“跳环穴”，展伯承机伶伶地打了一冷战，膝盖一麻，几乎就要跪倒，还幸他内功已颇有根底，勉强还能挺住。

展伯承大吃一惊，原来这老者使的乃是“隔空点穴”的功夫，展伯承知道这是最上乘的点穴功夫，他父亲曾经和他讲过“隔空点穴”的运功秘诀，但即使是他的父亲，也还限于功力，未能运用自如，他则更是只知秘诀，谈不到使用了。

甘泉在房内也是吃了一惊，原来他的“隔空点穴”功力虽不及他的师兄韩湛，但在三丈之内，也能随心所欲，点人穴道。当然，隔空点穴的指力要弱一些，对方若是内家高手的话，“隔空点穴”的效力是不能制伏敌人的。不过，展伯承只是一个二十岁不到的少年，居然也能禁受得起，甘泉就不能不大感意外了。

甘泉走来要抓展伯承，展伯承连忙说道：“我不是贼，我是来找你老看病的。”甘泉喝道：“滚开，滚开，我不看病！”展伯承道：“你不正是给人看病吗？”甘泉怒道：“我喜欢给谁看就给谁看，你吵什么？你在这里窥探，我还未惩罚你呢。你再吵，我先打你一顿，再赶你出去。”

原来甘泉只是替那病人做了第一步的手术，那病人也还未完全脱离险境，是以甘泉非常不高兴有人来扰乱他。

展伯承却一心要为他的“龄姐”请大夫治病，连忙说道：“你老打我一顿不打紧，只要你老肯和我去看病人。”

展伯承这两句孩子气的说话，倒引起了甘泉的同情，气也平了一些。说道：“好吧，你留下地址，我明天有工夫就到你那儿看看。”展伯承道：“你今天不行吗？我的马快得很，咱们骑马去，用不了你多少时候的。”甘泉怒道：“你这小子真啰嗦，你再吵，我就当真要把你轰出去了。”就在此时忽听得那病人叫道：“是小承子吗？甘老前辈，可别轰他！”

展伯承说到这里，笑道：“凝妹，你知道是谁了吧？”铁凝说道：“叫你做小承子的。哎，难道是楚平原叔叔么？”在铁凝父亲的朋友中，只有楚平原是和展伯承自小相熟的，故此铁凝一猜便着。

展伯承道：“对了，这次你猜中了。正是楚大侠。”

铁凝又是吃惊，又是诧异，说道：“楚叔叔不是要和宇文姑姑回师陀国的吗，怎的却到了这儿？楚叔叔武功卓绝，又是谁有那么大的本领将他打伤的？”

展伯承道：“那时他刚刚醒来，我不敢和他多谈。好在就快到了，等会儿你问他吧。”接着说道：“楚叔叔把我叫进去，向甘老前辈说明了我的来历。幸亏有楚叔叔和我说情，我这才请得动甘爷爷。”

甘泉哈哈笑道：“我这次破例为你出诊，倒也不是完全为了楚大侠的面子。你不知道你的爷爷在四十年前还和我打过一架的呢，不过你的爹爹却又是我的忘年之交。假如你早说你是展元修的儿子，我也不会轰你的了。”

原来展伯承的祖父展龙飞是个大魔头，四十年前侠义道曾经聚众围攻过他，甘泉也是其中之一。但展龙飞的儿子展元修却是个善能补父之过的大侠。

铁凝道：“楚叔叔伤得重不重？”

甘泉道：“他受了邪派的一门毒掌之伤，伤得倒是不轻，这种毒我也是从未医过的。不过，我已经给他放出毒血，又给他施了针灸，通解穴道，料想可以无妨。但是他怎么受的伤，我还未有工夫问他。”

说话之间，已经回到甘泉家里。此时夜幕已降，正是月上梢头的时候。三人系好坐骑，便即推门进去。

甘泉笑道：“我出来的时候，天还未黑，忘记给楚大侠点灯了。”擦燃火石，打开房门，嚷道：“楚大侠，你看看谁来了？”不料房间里杳无人影，甘泉大吃一惊，只道楚平原是给仇家劫去，连忙叫道：“楚大侠，楚大侠！”

楚平原应声道：“来了，来了！”甘泉听得他的声音，这才放下了心。只见楚平原从后院走出，一跷一拐地扶着墙壁走过来。

甘泉道：“你怎么就起床了？”楚平原说道：“你老医术神通，我觉得已经好多了，试试练习走路。”

甘泉已经点燃了油灯，楚平原怔了一怔，说道：“咦，小承子你不是说害病的是褚葆龄么？怎的却是铁凝和你一同来了？凝侄，你见过你爹爹没有？你这次是从山寨出来的么？”

铁凝笑道：“说来话长，先听你的吧。楚叔叔，你的精神怎么样？”一面说话，一面和展伯承把楚平原扶入房间。

甘泉剔亮油灯，一看楚平原的脸色，只见他脸上的黑气，差不多都已消散，只剩下一抹淡淡的微晕，要不是留心观看，都几乎看不出来，甘泉点了点头，说道："是好得多了。"当下给他诊了一把脉，赞道："全靠楚大侠功力深厚，老朽的药石之功，不过十之二三而已。"

楚平原道："那么还得几天才可复原?"甘泉道："我本来预计你要一个月才能复原的，现在看来，有半个月大约也可以了。"楚平原叹了口气道："还要半个月么，这却叫我怎生等待?"焦急之情，见于辞色。

甘泉道："楚大侠有什么为难之事，必须办的，可否说出来让大家从长计议?"甘泉因见楚平原精神甚好，因此也就放心让他长谈了。

楚平原道："凝侄，我本来是要到金鸡岭找你爹爹的，想不到在这里受了伤。你来得正好，你是要回山寨的吧？可以顺便给我捎一个讯。"

铁凝道："楚叔叔，你找我的爹爹是为了何事？你本领这样高强，又是什么人伤了你的?"

当下楚平原说出他受伤的经过。原来宇文虹霓邀他回国，他因为自己乃是汉人，师陀国有一班王族正在用这借口反对他，内里的阴谋，则是要勾结回纥推翻宇文虹霓，楚平原为了避免资敌以柄，再三思量，终于还是狠下心肠，拒绝和他妻子回去。宇文虹霓则一定要他一同回去，否则宁愿放弃王位。

两人在路上一路为了这个问题议论未定，宇文虹霓的亲信已经从师陀国赶来，找着了她，带来了一个十分恶劣的消息。就在宇文虹霓离国寻夫的期间，那班久已蓄谋篡位的王族，趁此时机，发动政变，公然引狼入室，将回纥兵引入师陀。名义上是旧日的王弟继承王位，实际则是回纥的驻军元帅当了太上王。一切生杀予夺之权，皆操之回纥军人之手。师陀变成了回纥的附庸，百姓在异族统治之下，苦不堪言。楚平原说到这里，叹口气道："我这才知道我是做错了。敌人的侵略，躲避是躲避不了的。我若不怕诽谤，留在师陀，与虹霓同心合力，率领师陀百姓抵御强梁，至少回纥的兽兵不能这样容易便占了师陀。"

铁凝听得热血沸腾，说道：“那你为什么还不和宇文姑姑一同回去？”楚平原道：“如今师陀已被回纥所占，要复国就不是那么容易了。所以我与虹霓只好分头办事。她先回去号召国人，重组义师。我则准备去邀请一些热血的朋友，拔刀相助。”

铁凝道：“哦，原来楚叔叔是想向我爹爹求援。”楚平原道：“不错。我知道你爹爹身为绿林盟主，目下正在整顿金鸡岭的旧业，恐怕不能离开。但他交游广阔，寨中高手也多，一定可以派出人帮忙师陀抗暴的。”

铁凝道：“我这次离开山寨的前两天，还曾听得爹爹谈及叔叔。师陀的情形，我爹爹也略知一二，他说回纥恃强凌弱，黩武穷兵，专以侵略为务。不但是师陀的敌人，也是中华大敌。昔年安史之乱，回纥就曾乘机入侵中土，洗劫长安。他很思念叔叔，也很为你们这一小国担忧。楚叔叔，你说得不错，我爹爹一定会帮忙你们的。”

楚平原叹道：“可惜我还要半个月才能动身，待到见着你爹爹之时，只怕至少也是在一月之后了。师陀百姓，在回纥铁蹄之下，如水益深，如火益热。我可以等待，他们如何能够等待？”

铁凝道：“叔叔无须忧虑，我们年纪虽小，也总可以帮上一点点忙。但不知究竟是谁人伤了叔叔的？”

楚平原道：“是泰洛和窦元。”原来窦元本来是要到北方另创基业的，遇上了泰洛，泰洛邀他到师陀去投回纥的驻军统帅，为回纥效力。泰洛是回纥的第二名武士，和回纥驻师陀的统帅有亲戚关系。他拍胸担保：窦元若肯效忠回纥，回纥将来入侵中国，也可帮忙窦元划地为王。

窦元一想，他的旧部如今已是所剩无几，另创基业，事极艰难，不如依附回纥，互相利用，倒是大有“成功”之望。于是遂为泰洛说动，即日渡江，准备前往师陀。无巧不巧，却在路上遇上了楚平原。泰洛正是奉命来谋害宇文虹霓和楚平原的，见了楚平原，焉能放过。

以楚平原的本领，单打独斗的话，他可以胜得窦元，和泰洛至少也可以打成平手。但泰洛加上了窦元，楚平原就难免要吃亏了。一场激战的结果，楚平原着了泰洛的“腐骨掌”，但泰洛和窦元也受了他的刀伤，不敢追他。

泰洛的毒掌非常厉害，尤其楚平原是在激战之中，将近气衰力竭之际受他所伤，当时的功力已是难以御毒疗伤，所以伤得很重。幸亏楚平原记得甘泉就住在这个地方，他和甘泉是曾经在铁摩勒的山寨见过一次的，虽然时隔十年，但料想甘泉也还会记得他，于是尽了最后一点气力，到甘泉家中求医。说来也真是险极，一到甘泉门前，便晕倒了。而甘泉若是迟来半刻的话，毒气侵入心房，甘泉纵然医术通神，也难救治。

甘泉道：“原来是腐骨掌，怪不得毒性这样厉害。”腐骨掌是西域的邪派毒功，甘泉学医之时曾听师父说过，但这次却还是第一次碰上。前人从无医治腐骨掌的医案，甘泉解决了这个医学上的难题，很是得意。

楚平原讲了自己的遭遇之后，问铁凝道：“你呢？你又是怎么到这儿来的？”

铁凝道：“我是来扬州找我哥哥的，凑巧在客店里碰上了展大哥。楚叔叔，甘爷爷不但救了你，也救了我呢。”楚平原道：“这是怎么回事？”铁凝道：“展大哥未到之前，我碰上一个什么追魂帮的帮主，本领很是厉害，我打他不过。幸亏甘爷爷和展大哥来了，才把他赶跑的。”

楚平原道：“哦，原来你是碰上了沙铁山。”他听了铁凝的叙述之后，不觉拧起了眉毛。

铁凝道：“沙铁山的本领虽然厉害，但比起泰洛和窦元来却还相差得远。沙铁山至多能欺负我，连展大哥他也未必欺负得了。楚叔叔，你怕他何来？”

楚平原道：“你有所不知，沙铁山是窦元的副手，窦元和泰洛到师陀去了，沙铁山这一帮人一定也会到师陀的。这些人助纣为虐，岂不是更苦了师陀的百姓？”

楚平原接着说道：“你的哥哥和华剑虹姑娘已经离开扬州，和你的段表叔、表婶一起，回山寨去了。所以你们可以不必再去扬州。如果你们没有别的事情的话，就请你们赶回金鸡岭去，把师陀国的事告诉你的爹爹，代我转达求援之意。”

铁凝道：“不，我不回金鸡岭。”楚平原怔了一怔，道：“你另外有事？”铁凝笑道：“我想和展大哥一同到师陀去。”

楚平原吃了一惊，道：“你们要去师陀？”铁凝道：“楚叔叔，你不是说宇文姑姑现在正是最需要人帮忙的时候吗？你不是说师陀的百姓处在回纥铁蹄践踏之下，如今正是如水益深，如火益热吗？我们虽然没有什么本领，多少也可以帮宇文姑姑的一点忙。”

甘泉说道：“我识得此地丐帮分舵的舵主，给铁摩勒送信之事，我可以请他帮忙。丐帮有飞鸽传书，比骑马送信更快。”

楚平原听了铁凝的话，大为感奋，翘起拇指赞道：“好，你们真不愧是英雄的后代，年纪小，志气高！不错，年轻人也是要多经风雨，多见世面。我不拦阻你了，不过你们也得有点准备。”当晚楚平原把师陀国的风土人情，怎样走法，到了师陀之后，怎样找人联络等等告诉展、铁二人，第二天他们二人便联骑径往师陀。

他们两人的坐骑都是日行数百里的骏马，从青州北上，不过十多天的工夫，已进入蓟州，过了燕京，到了八达岭山区了。唐代在八达岭上建有蓟门关，以关为界，关内是大唐本土，关外则已是回纥的势力范围，有回纥的十几个属国。师陀国在蓟门关外一千多里，在今内蒙古的锡林浩特地区，处于回纥属国的包围之中。他们若是快马疾驰，出了蓟门关之后，可以在五天之内到达师陀。

但想不到他们未出蓟门关，却先出了意外。这一日他们正在山路上行走，山路崎岖，只能策马缓行。忽见山下田野之间，有一群百姓拖男带女，奔走呼号，后面尘头大起，有一彪军马追赶他们。这彪军马很是特别，他们打出来的是蓟州节度使的官军旗号，但其中却杂有许多回纥骑兵。回纥士兵的服饰、相貌都和汉人不同，是以一看就能分别。

转眼间那群百姓已给这一支“杂种”部队包围起来，官军拉壮丁，回纥的骑兵抢妇女。百姓不甘被掳，赤手空拳抵抗，小孩子被回纥骑兵的铁蹄践踏，哭声震天。

展伯承大怒道：“这里是大唐国土，岂容胡虏横行！”两人拨转马头，从山坡上冲下去。

他们的马虽然跑得快，但从山上跑下去，要跑到出事那儿，也要一些时候。那群百姓，赤手空拳抵抗，死伤累累。妇女被回纥骑兵捉去的更多。展、铁二人看得热血沸腾，睚眦欲裂。

就在此时，忽听得一阵急骤的号角声吹得山鸣谷应，山谷里突然冲出了一队战士，骑的是无鞍劣马，衣裳破破烂烂，一看就知他们绝不是官军。

官军的指挥官挥动长刀喝道："好大胆的亡命匪徒，我正是要把你们引出来一网打尽！"话犹未了，嗖的一支箭已是对准他的咽喉来，那官军吓得连忙伏鞍而逃，头皮上一阵沁凉，那支利箭虽然没有射中他的咽喉，却把他头上红缨射落了。

那军官吓出一身冷汗，忙请回纥骑兵上前抵挡。回纥军官骂道："没用的东西，一群乌合之众你也害怕！"回纥骑兵掳掠了许多妇女钱粮，也不愿意去打头阵。可是那队战士已经杀来，回纥骑兵无可奈何，只好把妇女推下马去，迎战那队战士。那队战士人数虽少，作战却是非常勇敢。官军和回纥兵都忙于迎战，这样一来，被俘虏了的壮丁也就乘机挣脱束缚了。

挣脱束缚的壮丁，有一部分人夺了官军的武器，协同那队民兵作战。这班庄稼汉，虽然没有练过武艺，却有一身力气，拼起命来，也是十分厉害。不过老百姓加上这队民兵，人数还是比敌方少得多，回纥骑兵和蓟州官军来一个联合包抄，把他们困在当中。

展、铁二人快马赶到。展伯承道："射人先射马，擒贼先擒王！"铁凝道："是！"冲入敌阵，直取那个蓟州军官。她手中拿的是把宝剑，快马如风，当者披靡！那个军官起初见是一个少女，心中还不以为意，哈哈笑道："这个小姑娘长得倒也不错，把她拿下来，正好献给节度使大人做个丫头，过两年就可以收房了。"话犹未了，铁凝已是杀了到来。这个军官的两个随从武士拍马上前拦截，铁凝左右开弓，刷刷两剑，登时只见血花飞溅，两个武士伏尸地下。铁凝从两匹空骑之中驰过，马不停蹄。

军官这才大吃一惊，说时迟，那时快，铁凝快马奔到，一剑横披，那军官吓得魂飞魄散，要想伏鞍而逃，铁凝这一剑从他头顶削

展伯承与铁凝看见回纥兵的残忍，热血沸腾，拔刀相助义军。

过，剑锋还未碰着他的头皮，他已跌落马下，夺了官军武器步战的壮丁，登时蜂拥而上，刀枪齐下，结束了他的性命。

展伯承冲入敌阵，向回纥的骑兵队长杀去。这回纥军官自恃勇武，夺过一支士兵的长矛，喝道："射他下马！"他的长矛首先掷出，接着有六七支长矛跟着射来。

展伯承接过了第一支长矛，一个旋风急舞，把随后飞来的六七支长矛都打得掉转了矛头，四方射出，回纥骑兵纷纷躲避。展伯承大喝道："来而不往非礼也，原物奉还！"把夺自那个队长的长矛振臂一掷，呼呼挟着风声。

这个回纥的骑兵队长，纵有几斤蛮力，却怎接得了展伯承用内家真力掷回来的长矛，只听得一声厉呼，长矛穿心而过，这个"威风凛凛"的回纥军官登时也血溅尘埃，丧身在他铁蹄所践踏的异国土地！

俗语说："蛇无头而不行"，蓟州官军和回纥骑兵的指挥官都被杀了，士兵们个个惊心落魄，四散奔逃。为了减轻坐骑的负担，抢来的粮食财物也都不敢要了。老百姓捡回自己的财物，人人都向他们道谢。最令他们兴奋的还不是得回失物，而是打了胜仗。

一个失了儿子的老汉揩干了眼泪，发出了悲愤而又豪迈的笑声："好，这一仗打得痛快，他们死的人并不比咱们少，我也亲手杀了两个，总算是对本对利了。"

展、铁二人和那队战士的首领相见，一问之下，才知道他们是夏侯英的部属。

这位队长复姓夏侯，单名一个勇字，正是夏侯英的疏堂侄子。双方互通姓名，夏侯勇喜出望外，说道："展少侠，铁女侠，两位的声名小弟是久仰的了。铁女侠，令尊可好？家叔屡次想到贵寨拜谒令尊，却苦无机缘。"

铁凝还是第一次听得人家叫她"女侠"，不觉有点忸怩，说道："贤叔侄的声名我们也是久仰的了。听说令叔是在冀鲁交界一带和官军作战的，却不知怎的来到此间？"其实铁凝对夏侯英的声名才确实说得是"久仰"。夏侯勇的名字，她根本就从未听过。

夏侯勇说道："说来令人愤慨，蓟州、青州、魏博三个藩镇联防对付我们也还罢了，蓟州节度使还引狼入室，将回纥兵‘请’来‘会袭’我们。因此我们只好化整为零，离开了原来的基地，索性进入蓟州，以便有更多机会，打他妈的回纥兵。我们埋伏在各处山地，和他们捉迷藏，吃得掉他们便吃，吃不掉他们我们便躲。这几个月来，我们倒也打了几场胜仗。”

夏侯勇这么一说，老百姓都明白这一次他是完全为了不忍见百姓惨遭杀害，因此在战略上说来他们是不该打的，他们却冒着危险出来打了。父老们都向夏侯勇道谢。

夏侯勇说道：“这一次还是多得两位侠士拔刀相助，要不然我们恐怕是非吃败仗不可。”

展伯承道：“大家都是为了不忍见回纥铁蹄践踏我们的国土，残害我们的百姓，敌忾同仇，说不上是谁相助谁。”

夏侯勇谈了他们这支义军的情况，当然也少不免要问问金鸡岭的情况。铁凝尽自己所知，告诉了他。夏侯勇听得铁摩勒已经重整基业，伏牛山的山寨虽给官兵攻陷，但金鸡岭的基业却更胜从前了。这个事实对他们是一个很大的鼓舞，使得他们大为振奋。最后夏侯勇也问到了他们何以来到此间。

铁凝笑道：“同你们一样。不过你们是在蓟州找回纥兵打。我们则是准备到师陀国去帮那里的老百姓打回纥兵。”

夏侯勇笑道：“这么说来，也许我们将来在师陀有相见之日。”

铁凝喜道：“你们也有意思到师陀去，那真是太好了！”

夏侯勇道：“家叔有这个计划，不过还要看情形而定。目前我们和总舵还未联络上，接不到总舵的命令。”

铁凝忽地想起一事，问道：“我向你打听一个人，刘芒是令叔的义侄，想必你会知道！”

夏侯勇笑道：“我和刘芒是小时候就认识的，中间分开了几年，后来他也回到我叔叔的军中，几个月前，我和他还在一起。不过，他现在却不在我们这儿，他到蒲邑探亲去了。”

铁凝道：“据我所知，他又离开蒲邑了，他还没有回来吗？”

夏侯勇道：“没有。铁姑娘，你和刘芒很熟吗？”

铁凝道：“我与他并不相识，不过我这位展大哥和刘芒却是好朋友。他们以前都是在盘龙谷住过的。”

夏侯勇点了点头，心里想道：“这就对了。记得刘芒说过，和他相好的那位姑娘是褚遂的孙女儿，当然不会是这位铁姑娘。”于是说道：“不错，刘芒也曾提过展少侠的名字的。他若回来，我会替展少侠向他致意的。”

原来夏侯勇只是知道刘芒和褚葆龄相好，却不知道展伯承和他们之间的纠纷。展伯承自是不便详谈，当下含糊谢过，就和夏侯勇分手了。

路上，展伯承说道：“其实你是无须问夏侯勇的。刘芒离开蒲邑，虽然是在你碰见龄姐的前两天，但咱们的马快，咱们走了十多天，方才在这里碰见夏侯勇，刘芒哪能这样快就和他见过面了？”

铁凝笑道：“我知道你记挂你的龄姐，但你怕羞，不便探问。所以我替你转一个弯打探打探。我打听刘芒的消息也就是打听龄姐的消息。纵然打听不着，你也可以少些心事，你敢说不是么？”

展伯承红了脸，说道：“多事！”但也不能不佩服铁凝会用心思。不过，铁凝的猜测却没猜对，展伯承在见过夏侯勇，又知道了刘芒尚未回到军中的消息之后，心事不是少了，而是多了。

“夏侯英这支义军如今已到蓟州，刘芒和龙姑娘却是到原来那一带冀鲁边区去找他们的，一定是找不着了。同样道理，龄姐跟独孤宇夫妇当然也不会找着他们。如此一来，龄姐和刘芒各找各的，而夏侯英这支义军又是出没无常，行踪不定，他们又不知道什么时候才能重见了？”展伯承心想。

展伯承是一心盼望他的“龄姐”能够与刘芒“和好如初”的，想到他们可能“好事多磨”，心里不觉有点闷闷不乐。但好在有铁凝和他作伴，一路有说有笑，展伯承心里的愁烦倒是给她解了许多。二来他有更紧要的到师陀抗暴之事占领了他的思想，一些儿女私情只不过在他心里引起一点微波，不久也就归于平静了。

两人一路西行，经过了几个回纥的属国，有时在路上也碰上回纥的骑兵。

展、铁二人急于要到师陀，路上不愿惹事，遇见回纥骑兵就绕路而行。他们的马快，避开回纥追骑并非难事，因此也如他们所愿，一路平安的抵达师陀。

师陀是一个草原上的小国，也有田亩纵横，青山叠翠，景色不减江南，而又有江南所无的特殊景色。展、铁二人驰骋在草原之上，风过处便似一望无际的海洋，卷起千层波浪。

展伯承默念："天苍苍，野茫茫，风吹草低见牛羊"的诗句，不觉喟然叹道："草原景色果然壮丽，古人诗句并不欺我。但可惜风吹草低而不见牛羊！"原来师陀的百姓奋起抗暴，回纥侵略军对他们的镇压也就比在其他属国更为厉害，老百姓大都躲到山区，草原上已是很难碰见牧人了。

也正因此，楚平原原来对他们的指示——叫他们怎样去和义军取得联络的办法，已是使用不上。师陀是个半游牧、半农耕的国家，从事游牧的这一部分人是居无定所的，故此楚平原要他们去联络的几个人都是农家。如今那几家农家也都搬上山了，他们要找的人当然也就没有找着。

他们在草原上跑了几天，偶尔也遇上几个牧人，找着几家尚未躲避兵灾的农家。但这些人家一来不知道他们的来历，二来他们也确实不知道义军所在，却是打听不到什么消息。不过，虽然打听不到消息，却也解决了他们的一样困难——补充了他们的粮食。师陀人都是很好客的，知道他们是来帮忙打回纥兵的，无论如何都不肯接受报酬，便把麦饼、肉脯之类的干粮送给他们。

一连几天，找不着义军，铁凝有点灰心。展伯承安慰她道："天下无难事，只怕有心人。咱们的马快，踏遍草原，若还不遇，再往山区，我相信总有一天找着义军。"

展伯承刚刚说完了这几句话，铁凝忽地"咦"了一声，说道："展大哥，你看前面有家小屋，似是汉人人家。咱们过去看看，说不定可以打听到一些消息。"

展伯承朝着她所指的方向看去，只见那家农家屋子虽小，却是用砖瓦建筑的，式样和北方常见的中等农家相同，和师陀的一般农家建筑则有很大差别。展伯承道："你说得不错，看来十九是汉人人家。"

两人正要朝那家人家走去，忽见有两个回纥军官从里面走出来。展伯承心里一沉，说道：“这家人家是和回纥有往来的人家，不能去了！”话犹未了，忽见那两个军官取出一疋红缎结成的彩绸，铁凝道：“咦，你看他们在做什么！”

只见这两个回纥军官把那匹彩绸挂上这家农家的门头，两旁又挂了两盏红灯笼。展伯承十分纳罕，说道：“这倒像办喜事的样子。”

话犹未了，只见屋子里走出一个年轻的姑娘，拿着扒火棍，“卜”的一下，就把一盏灯笼打碎了。这姑娘又要撕下那幅彩绸，但已给两个军官按着手脚，抢去了她的扒火棍。

屋内又走出个农妇，涩声说道：“霞儿，忍着点性子。”跟着向那两个军官咕咕噜噜地说了几句回纥话，展、铁二人虽听不懂，但料想是向他们哀求放她女儿的。

那两个军官张牙咧嘴地笑了几声，随即放开那个姑娘。其中一个还用生硬的汉语说道：“小姑娘，有你享福的日子呢，你还发什么脾气？你瞧，你妈才真是明白人。”

铁凝忍不住气，便要去杀那两个回纥军官。展伯承劝止她道：“咱们先把事情弄清楚了再说。杀两个军官无济于事。怕的是反而打草惊蛇，害了这家母女。”

那两个军官骑上马走了，他们走的是另一个方向，展、铁二人在树林里还没出来，未曾给他们发现。

展、铁二人纵马驰到那家人家的门前，那个小姑娘正在哭泣，她的母亲扶着她也还未进去。骤然看见又来两骑，不禁又是一惊。

铁凝说道：“这位大娘，你们是汉人吗？你别害怕，我们是来帮你的。”

那农妇看见他们是汉人，说话的又是个小姑娘，这才止了惊慌。说道：“你帮不了我的忙，你快走吧，要不然若是给那些兽兵碰上了，只怕也要害了你。”

铁凝跳下马来，拉着那个小姑娘的手说道：“好姐姐告诉我，是那些兽兵欺侮你吗？我们是你们女王的朋友，从中国赶来帮忙她打回纥兵的。我们一定可以帮得你的忙。”

那对母女半信半疑，展伯承拔剑一挥，那对母女起初不知道他要做什么，惊叫一声，惊叫声中，只见展伯承已把一块大石头劈开两半。

展伯承笑道："老大娘别怕，你看我一剑可以劈开石头，谅那两个兽兵的头颅不会硬得过这块石吧？怕他何来？"

那老大娘见他如此手段，这才色然而喜，但随即仍是摇了摇头，说道："你们的本领虽然厉害，也还是敌不过他们的，他们人多。"

那小姑娘道："多谢这位姐姐好心，咱们也难得碰上汉人。妈，咱们虽然不能要人家帮忙，但也该招呼招呼客人。那两个兽兵已经走了，今晚料想不会再有人来。"她们把展铁二人请进屋内，当然也就把事情的原委向他们说了。正是：

仗义远来同抗暴，扫除一切害人虫。

欲知后事如何？请听下回分解。

第三十三回　欲避强胡非善策
终须豪杰逐狼兵

老大娘道："我们本来是蓟州人氏，三十年前为了躲避安史之乱，逃到此地的。我当家的名叫陈元贵，早已去世，留下一子一女，这丫头叫凤英，她的哥哥叫凤豪，家中不幸出了这件事情，我叫他、叫他上山去了。"说至此处，眼角沁出泪珠。

铁凝道："老大娘，别难过。是怎样的一件事情，说出来大家合计合计。"

老大娘拭干眼泪，说道："回纥入侵师陀之后，我年纪老迈，走不动，叫他们跟随义军上山，他们不肯抛下我，决意留在家中与我相依为命。嗯，这就祸事来了。

"我这凤丫头长得还算端正，也会一手女红，曾有许多人家前来提亲，我都不肯许允。不料驻在我们这一'旗'的回纥军都统名叫左刺花的，竟然看上了我的凤丫头；前天派人提亲，说是提亲，其实乃是强迫。他派来了一队官兵，强行放下了三牲酒礼，不容我说半个不字，就定了三日之后，要来抬人。"

铁凝说道："那不就是明天了？"

老大娘道："可不是吗？所以他们今日又派了两个人来，说是我们不像办喜事的样子，一定要给我们强行结彩披红。"

铁凝怒道："岂有此理！好，这事情我是管定的了！老大娘，我有个主意。明天你装作欢天喜地的样子，设酒席，办喜事，等候他们抬亲。"

老大娘道："你当真要我把女儿嫁出去？"心里想道："要是这

样，何必你说？这算是什么好主意？”

铁凝笑道：“不，是我代你的女儿出嫁！”

老大娘怔了一怔，几乎不敢相信自己的耳朵，说道：“什么，你代我的女儿出嫁？这怎么可行！”

铁凝道：“怎不可行？他们把我抬走之后，你们母女立即出走，这位展大哥可以保护你们上山。”

老大娘道：“但是你呢？”

铁凝道：“这你不用管了，我自有办法脱身。”原来她打定了主意，待那一心想做新郎的左剌花要和她饮“交杯酒”之时，就出其不意的将他活擒，拿为人质，杀出回纥军营，否则至少也要杀他一个落花流水。

老大娘流泪说道：“好姑娘，你一片菩萨心肠，我母女是非常感激。但此计决不可行，我不能够害你！”

铁凝道：“我也打定主意了，不行也得行。我总比你的女儿多会一点武艺，老实说，区区一个回纥都统，还不放在我的眼中。”

那老大娘忽道：“姑娘，我也说老实话吧，我另有办法，可以不用你们帮忙。”

铁凝半信半疑，说道：“你们当真另有办法，那你何不早说？”

老大娘道：“实不相瞒，小儿风豪已经上山找义军去了。那日出事之后，他马上就离开家里的。”

铁凝喜出望外，心道：“踏破铁鞋无觅处，得来全不费功夫。想不到在这里却得到了义军的消息。”连忙问道：“义军离此多远，可赶得及明天来到么？”

老大娘道：“这个，这个，嗯，我看是赶得——”一个“及”字未曾出口，她的女儿已插口道：“娘，我就是害怕他们明天赶不及。”

铁凝道：“我留在这里伴你们母女，你们告诉我义军的所在，我叫展大哥去找寻他们，他的马快，数百里之内，一日可以来回。”

老大娘道：“义军藏在山上，外人很难找到。我也不知道他们的所在的。小儿认得他们的人，容易找些；不过，那也是撞撞运气罢了。”老大娘因为女儿已经说了实话，所以也不能不说实话了。

陈凤英道："我的哥哥已经去了两天，假如找得着义军，明天是可以赶回来的。假如找不着的话，这位展大哥的马虽然快，也是没有用的。又纵使展大哥一到就立即找着，那也是明天的事情了。明天午时，回纥兽兵就要来我们家里，半天之内，义军也还是不能赶来。不过，你们也不用费心，大不了我是一死而已。"这个小姑娘比她母亲爽快得多，颇有几分须眉气概。

铁凝说道："好吧，那么展大哥你也留下来，咱们还是按照原来的计划。我冒充陈家妹子出嫁，你冒充我的哥哥。明日相机行事。"

老大娘心里其实也是害怕义军明日不能赶到，见他们如此热心帮忙，也就不再推辞了。当下说道："两位高义云天，请受老身一拜。"

铁凝将她扶起，说道："我们正要来找那些回纥军官的晦气的，既然恰巧碰上了你们这档事，我们也就正好施展身手，算不了什么。倒是以后我们还得仰仗令郎带我们去找义军呢。"铁凝心想一个小地方的回纥驻军能有多大作为，因此根本就不拿来当作一回事。于是这件事情也就这样说定了。

展伯承却是有点怀疑，心里想道："回纥驻军的统领看上一个农家女子，干脆抢了就是。何以却要来什么纳聘、迎亲这一套？让她们多出三天的时间可以去请义军，莫非其中有什么阴谋？"但他既然决定了要帮这家母女，也就不管那个回纥统领有的什么阴谋了。

这一晚铁凝和这农家姑娘连床夜话，听她说了许多回纥兵残暴虐民之事，也听到了许多义军抗暴的英雄事绩。听得铁凝热血沸腾，不知不觉，东方已白。

日上三竿，陈凤英的哥哥还没有回来，当然也没有义军的踪迹。于是他们就按照原来的计划进行，铁凝扮作"新娘"，因为这家人家是汉人，就按照汉人的风俗，把一块红罗帕蒙了头面，铁凝笑道："幸亏你们是汉人，可以用罗帕蒙头，要不然就难以混过去了。眼部放松一些，让我可以见得点光。唉，真是闷气，等下我非把那个什么回纥都统刺两个窟窿不可，刺他两个窟窿，才能泄一泄气。”

展伯承换上老大娘儿子的衣裳，冒充新娘子的哥哥。说道：“老妈妈，你装病躲在里面房间，不要出来。待回纥兵抬走新娘之后，我保护你们逃走。”

老大娘忐忑不安，说道：“要是给他们看破了呢？”展伯承道：“那我就和铁姑娘将他们杀个一干二净，决不能让他们伤害了你们母女。”

刚刚打扮齐整，只听得鼓乐声喧，蹄声得得，一队回纥骑兵已经来到，在他们的长官率领之下，耀武扬威的前来迎亲。

这时大门还是关着的，老大娘从门缝里望出去，吃了一惊，说道：“那个回纥都统左、左刺花竟然亲自来了，还带了这么多人来，这、这可怎么是好？”左刺花在攻占这个地方的时候，曾经来过这个村子，屠杀过村子里的人，是以老大娘认得他。

展伯承也大大吃了一惊。不过，他的吃惊却不是为了害怕左刺花，而是因为有三个他所认得的人，出乎他的意外，竟然陪同左刺花来此迎亲。

这三个人，一个是魏博黑道上的独行大盗帅万雄，还有两个则是豹子岗的班氏兄弟，号称“两枪三刀双豹子”的班彪和班冲。这三个人就是那次在魏博道上截他们的宝车，和他们交过手的。这三个人倘若单打独斗，展伯承都不会输给他们，但如今他们是三人一起，展伯承和铁凝联手，也没有把握胜得他们三人，何况还有左刺花带领的一队骑兵？

原来左刺花定三日之后才来迎亲，确是别有用心的。他要消灭这个地方的义军，却找不到义军的藏匿之所。但他接到密报，知道陈凤英的哥哥陈凤豪和当地义军的首领是同一个村子的好朋友，因此就定下了这“一石二鸟”之计，预计陈凤豪必将请义军来保护他的妹子，他就可以趁机消灭义军了。假如义军不来的话，陈家这个姑娘容貌不俗，他也乐得多讨一房妻妾。所以说这是“一石二鸟”之计。

帅万雄和班氏兄弟则是窦元将他们招来师陀的，窦元依附回纥，同时他自己也在招兵买马，聚集绿林败类，扩充自己的实力，痴心妄想将来替回纥打下大唐的江山，他可以划地封王。他招来的绿林败类，除了帅万雄和班氏兄弟之外，还有沙铁山、卜仇天等人。但沙、铁二人因为武功高强，较受重用，留在师陀京城，担当回纥军职。次一等的帅万雄和班氏兄弟，则分发到陈家所在的这一“旗”，协助回纥驻军的将领左刺花镇压百姓。他们的本领虽然较次一等，但也曾是绿林的一方之雄，武功之高，也要胜过回纥驻军中的武士。左刺花倚仗他们为左右手，这次他之所以敢于设计妄图“诱歼”义军，其中一个原因就是因他自恃军中有这三个高手，可以稳操胜券。

且说展伯承在门缝张望出去，看见帅万雄和班氏兄弟等人，心中暗暗吃惊。但铁凝蒙着罗帕，却是看不见外间人物。她从老大娘的口中知道是回纥的指挥官左刺花亲来“迎亲”，笑道：“这厮来得正好，省得我要到他的军营中去走一遭了。我巴不得他来，你们害怕什么?”

展伯承无暇和铁凝细说，左刺花那一队人已到门前，他的副将替他拍门，哈哈笑道：“你们天大的面子，我们的长官亲自接亲来了，你们还不快快开门!”

展伯承悄声说道：“不必惊慌，依计行事。”将陈大娘母女推入后房，他自己随手掏了一把煤灰，往面上涂抹，登时变了一个黑炭头。

那副将一脚将板门踢开，看见只有一个“新娘子”和一个“黑炭头”在内，副将不觉笑道：“恭喜大人，你看你的新娘子已经迫不及待，装扮好了，在这儿等着你来呢。”

左刺花却是有点失望，说道：“他们没胆请来叛军，咱们今日扑了个空了。”副将笑道：“那也好呀，省得大动干戈，不费吹灰之力，大人便讨了一房姬妾，这也正是大人的福气啊!”

左刺花哈哈一笑，大踏步走入屋内，跟着他进去的有他的副将和帅万雄、班氏兄弟等一共五人，农家的房子当然不会怎样宽敞，屋中间又摆了一桌酒席，所余地方无多，连同展、铁在内，这厅堂里挤了七个人，已有人满之患，那一大队回纥骑兵环立门外。

左刺花道：“老妈妈呢?”副将插科打诨道：“怎不出来见见新

女婿啊?”展伯承故意嘶哑着声音道:“我妈病了。长官请用酒菜。”

左刺花道:“你就是我的大舅子吗?好,你准备送亲吧。酒菜是不必用了。”他见展伯承一副腌臢的样子,怎样吃他的酒菜。

左刺花心想:“密探说陈凤豪私通叛军,我只道他是个精悍的小伙子,谁知是这么一个窝囊废,好,我诱他到了军营,便可迫他供出叛军的所在了。”

展伯承心想:“我此时切不可露出破绽,待帅万雄这些人戒备稍松,才可以乘机将这贼官拿为人质。”他和铁凝是定有暗号的,此时悄悄地碰了铁凝一下,示意叫她不可立即动手。铁凝大惑不解,心想:“展大哥不知在顾忌什么,还要拖延时候?”

左刺花与展伯承心里各有各的打算,不料帅万雄已看出了一丝破绽。帅万雄的武功不是第一流,却有一样长处,见过了的人很少会忘记。展伯承换上师陀农家子的衣饰,面上又搽了煤灰,但练过武功的人的眼神和他的身材却是改变不了的。帅万雄心中想道:“咦,这个人好像是在哪儿碰见过的?”再朝“新娘子”一看,越发惊疑。

帅万雄朝那副将问道:“你看这个新娘子是不是原来那位陈家姑娘?”这副将曾经替他的长官来下“聘礼”,是见过陈凤英的。

铁凝的身材和陈凤英差不多,这副将怔了一怔,笑道:“帅陀主你也问得太奇特了,新娘子哪里会有冒充的?”

左刺花哈哈笑道:“看一看不就明白了么?好呀,我的娇娇滴滴的小娘子,我先来亲一亲你!”口中说话,蓦地把铁凝蒙着头面的红罗帕一把扯下。

说时迟,那时快,铁凝反手一掴,“啪”的就打了左刺花一记重重的耳光,骈指便点他的穴道。

铁凝其实是应该先点他的穴道的,只因心中气恨不过,所以先打他一记耳光泄愤。不料这一下先后倒置,却失去了活捉左刺花的机会。

帅万雄飞身扑上,掌击铁凝,铁凝的指尖刚刚点着左刺花的穴道,内力尚未能发挥,帅万雄这一掌已然打到。铁凝只得化指为

铁凝反手一掴，“啪”的就打了左刺花一记重重的耳光。

掌，一招“飞絮轻飏”，以轻灵的掌式解开帅万雄的大力鹰爪功。

铁凝的点穴虽然未能发挥内力，但左刺花被她点着穴道，一阵麻痹，却也不由得蹬、蹬、蹬的连退三步，一跤摔倒地上。更加上那沉重的耳光，真打得脸上开花，满天星斗。

帅万雄一出手，展伯承亦同时出手，把那桌酒席一掀，那副将首当其冲，给压在桌子下面，杀猪般的大叫。左刺花叫道：“反了，反了！”刚要爬起身来，酒席的杯盘海碗，接连七八个之多，一齐打在他的身上，这一下更惨，打得他头破血流。

帅万雄叫道：“原来是你这鬼丫头！”班氏兄弟叫道：“好呀，姓展的小子，你竟有胆到师陀来，看你这次还能跑得上天?”

展伯承一出手，班氏兄弟也认出他了。班老大在魏博道上曾经吃过展伯承的亏，此时一见是他，怒火勃发，挺起花枪，立即一招“苍龙出海”向展伯承的胸部疾刺过去。

班氏兄弟，一个用枪，一个用刀，号称“两枪三刀双豹子”，意思是说班老大结果敌人，只须两枪，班老二最多也不过只用三刀。这当然是绿林中的夸大之言，但也可以想见他们的凶悍。

班老大这一枪劈胸挑来，当真是有若毒蛇吐信，展伯承一抬腿，踢起了一张板凳，“咔嚓”一声，枪尖嵌入木板。说时迟，那时快，展伯承已是拔剑出鞘，寒光一闪，便是一招“横云断峰”，向班老大横劈过去。

班老大枪尖刺着板凳，抖起了碗大的枪花，剑光过处，板凳破为八片。原来他运枪剑风，看是一招，其实已是四个剑式，一气呵成。班老二连忙抢上去，刀光霍霍，上使“雪花盖顶”，下使“枯树盘根”，与他哥哥配合，枪刀齐出，这才抵消了展伯承的攻势。

另一边，帅万雄与铁凝也各自取出兵器，交起手来。帅万雄使的是厚背鬼头刀，铁凝使的乃是家传宝剑。刀剑相交，“当”的一声，火花四溅，帅万雄的鬼头刀损了一个缺口。但铁凝究竟是个女子，气力远远不如对方，这一招硬碰硬接的结果，铁凝的虎口也是一阵酸麻，青钢剑几乎掌握不牢。

铁凝最擅长的是在轻功，可惜地方狭窄，不利于轻功的施展。说时迟，那时快，帅万雄又是一刀劈到，这是“断门刀”中“夜战八方”的招数，上下左右连劈八刀，将铁凝的退路封闭。

铁凝腰肢贴地，使出险招，一招“金针度劫”，反刺对方膝盖的“环跳穴”。辛芷姑衣钵真传的剑法奇诡无比，帅万雄意想不到铁凝在他刀势笼罩之下，居然使得出这样出他意外的一招，结果是左右和上方的六刀都给铁凝避开，但斫向她下盘的两刀，却和她的青钢剑碰上了。

“夜战八方”因为是一招八式，连斫八刀，分开来使，气力当然是不及只砍一刀的沉雄。铁凝使了个“卸”字诀，轻轻把他的刀锋拨开，迅即一个长身，一剑刺去，帅万雄招数已老，连忙退步回刀，铁凝剑法何等迅捷，刷的又是连环一剑。帅万雄踏着翻倒地上的那张桌子，桌面光滑，帅万雄险险给它绊倒。“刷”的剑锋过处，剑尖刺穿了帅万雄的衣襟，在他腰肋上划开了一道三寸多长的伤口，可惜只是破损皮肉，伤得不重。

帅万雄大怒，一声吼叫，把那张圆桌踢得飞了起来，飞向门外，门外有两个回纥士兵，来不及躲闪，给桌子压个正着，登时头破血流，厉叫惨呼。

帅万雄虽然怒极气极，可是他的凶焰却也给铁凝这一剑挫下去了。

左刺花晕倒地上，给这一声巨响震动，这时才惊醒过来。他的护兵，这时也方才来到他的身边，给他敷上了金创药。

左刺花大叫道：“反了，反了！给我把这屋子里的贼男女全都杀掉!”可是当他揉了揉眼睛，看清楚了铁凝那张俏生生的秀脸之后，禁不住又惊又喜，心中想道：“人家都说师陀国的女王是绝色美人，但可惜徐娘半老，看来却是这小姑娘比师陀国的女王还胜三分!”连忙更改命令：“只杀那个黑小子，留下这小姑娘。”随即又想：“不对，不对。那黑小子是这小姑娘的哥哥，杀了她的哥哥，只怕她不肯从我。”于是又更改命令：“那黑小子也别杀，把他生擒了吧。”

左刺花哪里知道展、铁二人的厉害，他只道凭着自己这方的三位高手之力，要捉一个憨小子和一个黄毛丫头，那还不是手到拿来？岂知帅万雄在受挫之后，和铁凝只能战个平手。班氏兄弟，合战展伯承，虽是颇占上风，但急切之间，也还不易言胜，要想活擒，那就更是难上加难了。左刺花是回纥驻军统帅，帅、班等三人虽是客卿地位，也不能不巴结他，要听他的命令。三人心中都是暗暗叫苦。

展、铁二人逐步移近，背靠着背，堵住通向陈家母女所藏的那间房间的巷口。这一来是为了保护陈家母女，二来也是取得有利的地势来还击帅、班三人的进攻。

展伯承曾得过空空儿的指点，铁凝的武功则是空空儿夫妇所传，以辛芷姑的剑法为主，以空空儿的轻功为副的。故而他们二人配合，虽然不及展伯承与褚葆龄的配合之天衣无缝，但也甚为佳妙。帅、班等三人不过比他们多了几年功力，若论武学的造诣，却远不及他们。他们二人双剑联防，帅、班等三人以众凌寡，亦只能稍微占点上风，几番冲击，都给展、铁联剑杀退。

帅万雄道："左都统，这两人是中原的武学名家子女，要想生擒，只怕不易！"左刺花此时亦已看出展、铁二人的厉害，但又舍不得铁凝，于是说道："好吧，那就杀了这黑小子，你们再联手擒这小姑娘。"又恢复了最初的命令。可是帅、班等三人根本就不能隔开展伯承与铁凝，要想把他们各个击破，杀死、生擒，谈何容易？

那队骑兵把这间屋子团团围着，左刺花怒道："你们待在这里做什么？给我进去，用绊马索把这小姑娘拉出来。"

可是小小的一间农家屋子，能容得几个人？有五个人在里面展开激战，旁人根本就插不进手去，什么绊马索挠钩之类的武器，也根本就不能发挥作用。

左刺花是个指挥的人才，暴怒过后，也看出了这个形势。他眉头一皱，恶念陡生，喝道："好，冲不进这间屋子，你们就给我把这间屋子砸烂了它！活埋那老大娘，看这两个小贼要不要出来？"回纥骑兵有数百之多，展铁二人若是冲出屋子，那当然是决计难逃了。

但展铁二人此时还不只是为他们的安全忧虑，更使他们担心的是陈家母女的安全。他们是一定要保护这两母女的，岂能眼看她们遭受活埋。

只听得“轰隆”一声巨响，有四个回纥兵抬起一块大石，已把后墙砸开了一个洞。农家的屋子，建筑能有多牢？在巨石猛砸的震撼之下，泥屑瓦片纷落如雨，不消多久，三面土墙，已给砸塌。

铁凝道：“怎么办？”展伯承一咬牙根，说道：“不能抛了她们母女，生则同生，死则同死！”铁凝道：“是！”与展伯承退入里间，到了陈家母女的那间房子，意欲背起她们，拼死杀出重围。

那间房子屋顶已穿了个大窿，但还没倒塌，不过后墙推倒之后，已有十几个回纥兵冲了进来。

铁凝一掠趋前，宝剑疾挥，前面一排的五个回纥兵给她杀个措手不及，身首异处。后来七八个回纥兵吓得连忙缩头退出，惊呼：“好狠辣的小姑娘！”

铁凝轻功超卓，疾如飞鸟，举手杀了五人，立即退回，不过是眨眼间事。但帅万雄与班氏兄弟亦已杀到，铁凝退了回来，恰好赶得上及时抵敌，于是又和展伯承联手，堵着房门。

这间房子的房门还是紧闭的，铁凝叫道：“老妈妈，开门！我救你们出去！”那老大娘在里边颤声叫道：“你们快走，不能再顾我们了。”铁凝听得她的回话，知道她们尚没有给打穿房顶的那块石头砸着，稍稍放了一点心。

左刺花大叫道：“给我涌进去，准备挠钩，捉那小姑娘！”转眼间三面土墙都给推倒，呈现了一大片空地，挠钩是大有用武之地了。

形势危急，铁凝正想破门而入，救陈家母女。就在此时，只听得“轰隆”一声，这间房子的后墙也给石头砸裂了。但铁凝还腾不出手来推开房门。

可是那一块石头抛出之后，第二块却没有跟着续抛，而且挠钩手也没有进来。

铁凝正觉诧异，陡然间，只听得胡笳声动马蹄声撼地而来。原来是老大娘的儿子陈凤豪带领义军，已经杀到。回纥兵在外面远远就看到了，顾不得攻打老大娘的房子，立即布阵迎战。铁凝在里面，却是听到了胡笳声才知义军杀来。

铁凝大喜叫道："陈家母女无恙，你们快来！"其实无须她的叫嚷，义军已是快马加鞭的赶来了！左刺花一看，来的这股义军，不过一百数十骑，人数还没有他的多，登时胆气又壮了，喝道："列朱雀阵！"朱雀嘴尖，两翼宽而短，这个阵势是突出精锐作为前锋，左右两翼拱卫主帅，是一个攻守兼备的阵势。

义军统领大笑道："什么鸟朱雀阵！"他根本就不理会什么兵法阵势，一声令下，便即挥军进击，这队义军人数无多，却是人自为战，个个都是十分剽悍。其中一个铁塔似的汉子尤其厉害，挥舞双锤，见人就打。若是碰着使用长矛大戟之类长兵器的骑兵，他打不着人就打马。

疾风骤雨般的一轮猛攻，义军以少胜多，已是把"朱雀阵"的阵势打乱，作为"朱雀阵"嘴部的前锋尖兵，更是伤亡过半，只那个使双锤的黑汉子，就打杀了十几个回纥骑兵。左刺花连忙把前锋撤回，增强两翼，保他性命。回纥骑兵都是训练有素的职业军人，战斗力也不可小觑，后卫增强之后，抵挡住义军的冲击，双方展开了激烈的厮杀。

义军统领道："陈大哥，你去救你妹子。嗯，那几个鹰爪子似乎很厉害，你带十个人去吧。"陈凤豪道："不用！"他不愿削弱作战的主力，单枪匹马便行。那黑汉子说道："我和你去，回来再杀这个狗官。"说话之间，又把两个回纥骑兵打翻马下，这才与陈凤豪进入他家。陈家的后墙早已倒塌，两人弃了坐骑，便跳进去。

此时，展铁二人仍然堵在那间卧房的门口，和帅万雄与班氏兄弟打得十分激烈。帅万雄见对方来了援兵，喝道："生擒不了，格杀也行。责任我负。"

帅万雄在回纥军中的地位高于班氏兄弟，故此他敢改变左刺花的命令。班氏兄弟看出便宜，立即向铁凝发动急攻。原来铁凝的剑法虽然精妙，但她毕竟是个刚成年的小姑娘，久战之下，气力不加。

形势正在紧急之际，陈凤豪和那黑汉子已经杀了到来。黑汉子虎目一睁，忽地"咦"了一声，说道："原来是你们两位！"

原来这黑汉子乃是宇文虹霓手下最得力的四个武士之一，名叫乌获。宇文虹霓上次到中原寻夫，这四个武士随行，曾在槐树庄与扬州两次见过展伯承与铁凝，是以认得。

乌获手舞双锤，一个“雪花盖顶”，风声呼呼，向帅万雄的天灵盖猛击下去。帅万雄双刀一立，使了一招“举火燎天”，将他的两个大铁锤都拨开了。可是虽然能够拨开它，虎口亦已隐隐作痛。

乌获喝道：“好，你的气力倒也不小。再吃我两锤！”帅万雄要用巧妙的刀法卸他猛力，可是由于近身搏斗，帅万雄的内功也还不是第一流，只能消解对方的一半气力。

乌获乒乒乓乓地打了十几锤，打得帅万雄双臂酸麻，只有招架之功，毫无还刀之力。班氏兄弟对付展铁二人，登时相形见绌。

展伯承使开了凌厉无前的五禽剑法，已经差不多可以和他们兄弟打成平手；铁凝气力虽然不济，但她的剑法奇诡，在对方不能全神应付之下，却是极易奏效。不过十来招，只听得“嗤”的一声，班老大的肩头已给她削去了一大片皮肉。展伯承喝声“着”！一招“斜切藕”，剑锋斜挂，也在班老二的肩头上划开了一道五寸多长的伤口。他的气力比铁凝大，这一剑也就把班老二伤得更深，险些剖开了他的琵琶骨。

帅万雄叫道：“点子硬，风势紧，扯呼！”意思是说对方来了强援，回纥军的形势又很不妙，不如走吧。其实不必他来打这个招呼，班氏兄弟一受了伤，已是立即跑了。

帅万雄虚晃一招，回身追上班氏兄弟，抢了马匹，落荒而逃。此时回纥那队骑兵已被消灭了十之六七，死的死了，逃的逃了。左刺花只有三五十名亲兵，缩成一团，保护着他。被义军困在垓心，眼看已是瓮中之鳖。帅、班等人见了如此形势，当然是只顾自己逃命，连左刺花也不理会了。

乌获哈哈笑道：“这三个臭贼跑得倒快。你们怎么到这儿来的，可有见过我们主公？”乌获口中的“主公”即是宇文虹霓的丈夫楚平原。展伯承道：“见过。”正想往下再说，乌获忽又笑道：“你们杀得还未尽兴吧，剩下的番狗不多了，咱们还是赶快去把他们消灭之后，回来再说吧。”

在乌获与展、铁二人叙话之时，陈家母女亦已走了出来，和陈凤豪见了面。陈凤豪虎目蕴泪，说道：“孩儿不孝，来迟一步。险些害了娘、妹。”

陈大娘道：“幸亏得了那两位少年英侠，救了我们母女。”陈凤英道：“大哥，你把那回纥狗官杀了给我出气后，回头咱们再谈。”陈凤豪道：“是！”挺枪上马，重入敌阵。

左刺花那三五十名亲兵早已给乌获与展、铁二人杀得或死或逃，只剩下左刺花一个人了。乌获冲上前去，正要一锤打碎他的天灵盖，见陈凤豪杀到，连忙把双锤收回来，说道：“好，这是你的仇人，让给你吧！”

左刺花是回纥的一员大将，本领本来不弱，但他先后被铁凝与展伯承所伤，气力尚未恢复。更加以全军覆没，哪里还有斗志？所以陈凤豪虽不过只是练了几年寻常把式的庄稼汉，也能胜得过他。斗了只十个回合，乌获一声大喝助威，陈凤豪横刀劈去，“咔嚓”一声就斫下了他的脑袋。

乌获大笑道：“痛快，痛快！可是陈大哥，你这里可不能住了！”

陈大娘道：“我正想和头领说，请头领准许我们母女也都上山。老婆子虽然没有什么能为，给你们缝缝破烂总还是可以的。”

原来陈大娘最初不肯让儿子上山，她自己年老要人照料，这理由还在其次，更重要的是她不愿让独子去冒生命的危险，她也不放心让她的女儿也随同哥哥上山。如今经过了这一场大灾祸，险死还生，她才知道在回纥的铁蹄蹂躏之下，想要躲避危险，那是决计躲避不了的。因此才自动地提出了全家参加义军的要求。

这支义军的头领名叫苏木，很是爽快，笑道：“我和凤豪哥是好朋友，我正舍不得和他分开。你们来了，他就可以在山寨住下了。你还可以放心，山寨里也有许多年轻的姑娘，凤英妹子不愁没有伴的。”接着又笑道：“凤英妹子能烧得一手好菜，我是知道的。我们那里正缺乏这样的好厨子，我们猎得的野味，就只懂得烧烤来吃，凤英妹子来了，我们可就有口福了。”

陈凤英低鬟一笑，说道：“我只给你弄过一顿饭吃，烧过几样小菜，那还是三年前的事情，亏你的记性这么好，现在都还记得。”原来陈凤英和苏木是同一条村子的人，不过陈家务农为生，苏木则以打猎为生，两人不是常常见面。不过，见面虽然无多，却是暗有情意了的。

陈大娘告诉他的儿子，展、铁二人是怎样帮忙她的。众人听到铁凝假扮新娘，戏弄左刺花的事，都禁不住哈哈大笑。陈凤豪再一次的向展铁二人深深道谢。

苏木道："听说你们曾在中原遇上我们的主公?"展伯承道："正是，我们就是因为碰见了楚叔叔，这才会到你们师陀来的。"

苏木听得展伯承称呼他们的王夫做叔叔，有点惊诧，展伯承笑道："我们和楚叔叔都是从小就认识了的。"当下将他们两家和楚平原的关系，以及楚平原这次和他们见面经过，都告诉了苏木。铁凝也把她的父亲早就想要援助师陀的心意告诉苏木。这队义军听说中原的绿林盟主铁摩勒答应帮助他们，无不人人兴奋。

铁凝道："我们正想找宇文姑姑，呀，找你们的女王陛下。你们可以带我去么?"她一向叫惯了"宇文姑姑"，说出了口，才觉得不太礼貌，不禁有点尴尬。

苏木笑道："我们师陀国的人素重交谊，我们的女王也从来不搭架子，见了年纪长的人，都是称呼'老大娘''老伯伯'的，你们和她是故交，用不着客气。"接着说道："你们来得正好，女王在北芒山设义军总部，这位乌将军就是前两天才从北芒山来的。他过两天就要回去，你们正好同行。"

原来宇文虹霓那边兵力不够，故此派遣手下到各处调动一部分兵力，巩固北芒山的主要根据地。乌获派来这一"旗"，恰巧遇上陈大娘的这档事，他就先到这里来了。

他们在苏木的山寨住了一晚，第二日便与乌获同往北芒山。苏木选了三百名健卒，让乌获带去。他这支义军人数不多，分出了三百名健卒，差不多已是等于了他的一半兵力。

这一小队义军在山岭之间行进，所带的粮食无多，所以必需靠采摘野菜、野果和打猎补充。不过，生活虽然过得很苦，精神却是十分愉快。

这一日他们正从一座险峻的山峰脚下经过，兵士们都在担忧，要绕过这座山峰，至少得两天工夫，山峰险峻，想爬上去采摘野菜都难，更不要说打猎了。而他们的粮食已不足一天之用。

正行进间，忽听得山上一声虎吼，展伯承抬头望上去，只见有一只吊睛白额虎正从树林里扑出，追逐一个汉子。这汉子背向山下，又因人在高处，所以看得不很清楚。但从背影看来，却是似曾相识。

展伯承心中一动，说道："凝妹，咱们上去救人。"铁凝笑道："不错，打了这只老虎，咱们全队人今晚的晚餐都有着落了。"这只吊睛白额虎比水牛还大，看来最少有两三百斤的肉可吃。

两人施展轻功，捷如灵猿般的爬上悬崖峭壁，把众人都看得呆了。乌获武功虽好，却不会轻功，只能在山下等候他们。

展铁二人上到半山，只见那个汉子已经和老虎打了起来，老虎一掀、一翦、一扑，全都给这汉子避开。说时迟，那时快，那汉子一声大吼，忽地纵身跃上虎背，抓着老虎的脖子，按下它的头猛打。这老虎扑不着敌人，气焰先消了一半，此时给这少年汉子按着猛打，竟是摆脱不开，吼声惊天动地。

铁凝吃了一惊，笑道："这汉子身手不弱，咱们只能向他讨点虎肉了。"展伯承忽地"咦"了一声，叫道："你不是刘大哥么？"

原来这打虎英雄的少年不是别人，正是刘芒。

刘芒全神打虎，不敢松懈，打死了这只吊睛白额虎，这才回过头来，望下山去，大喜叫道："展兄弟，你怎么也到这儿来了。"

这一瞬间，他们都是感到惊喜交集，但同时也都有点诧意。展伯承心想："怎的不见龙成芳？"刘芒心想："怎的不是葆龄与他同行，却换了一位陌生的小姑娘？"

展铁二人加快脚步上山，刘芒跳下虎背，也正想下来迎接他们。就在此时，忽听得有人大吼一声，骂道："好小子，你怎么打死了我家的老虎？"他说的是师陀国的土话，展铁二人勉强可以听得懂，刘芒却是不懂。正是：

喜有英雄能打虎，更欣山野见奇人。

欲知后事如何？请听下回分解。

第三十四回　喜见英雄能伏虎
惊闻女主陷魔宫

来的是个披着虎皮的少年猎人，一头金黄色的头发，从林中窜出，就似一头狮子一般。刘芒见他来势汹汹，心头火起，当下双掌一攦，想把他轻轻地摔个一跤。哪知这少年猎人拳出如风，劲道竟是十分刚猛，刘芒拨不动他的拳头，反而给他冲退三步。

刘芒喝道："好，看是你厉害还是猛虎厉害？"使个擒拿手法扭他双腕，那少年双臂一振，把他摆脱，"蓬"的与他对了一掌，刘芒再退三步。原来这少年皮肉粗硬，就似铁石一般，刘芒的擒拿手对他竟是毫无作用。

展伯承道："刘大哥，他说这老虎是他家里养的。"刘芒打得性起，说道："他养虎害人，这一架我非和他打打不可。"

铁凝童心未脱，笑道："展大哥，且别劝架。你看这少年拳法好怪，不知是哪一路的。"只见这少年双拳前冲，拳头从两边额角打出，势似野牛之双角向敌人抵触，刘芒用了一招"分花拂柳"，分开了他的双拳，那少年一个转身，连环飞脚踢出，其势又如老虎之一翦一掀。

刘芒刚刚避开，对方又伸开了双手抓来，这一下却如豹子探爪。原来这少年并没有跟过名师学过武术，他的一套拳脚是他从野兽的打架中悟出来的。他在深山与猛兽作伴，看狮子、老虎、豹子、野牛，各种各样的猛兽打架打得多了，自自然然的模仿它们的打法，竟然不知不觉的自创了一套武功。

可惜他没有经过名师点拨，这套自创的武功还发挥不出他应有的威力。刘芒却是名武家之子，在技击的运用上当然比他巧妙得多，打了十来回合，那少年猎人接连中了他几拳几脚，虽是皮粗肉硬，也痛得哇哇大叫。

展伯承道："这少年是个武学奇才，若有名师指点，他年的造诣无可限量。好了，咱们应该劝架了。"当下，纵身下去，在他们两人当中插进，双掌一分，使个巧劲，轻轻把他们拉开。用师陀国的土话说道："这人是来帮你们打仗的，都是朋友。"展伯承来到师陀，已将近一月，故此懂得一些日常的会话。

这少年猎人怔了一怔，道："真的?"展伯承朝山下一指，说道："你看，这队义军是不是你们国人？我们就是和这队义军一同来的。"

这少年猎人是在高山上长大的，视力比常人锐利得多，一看山下的义军，就看出果然是他们师陀国的同胞，不觉惊喜交集，连忙握着展伯承的双手摇了两摇，说道："是是。咱们果然是好朋友!"

接着这少年猎人又走到刘芒身边，突然伸开双臂和他拥抱，咕咕噜噜地说了几句话，又翘起了大拇指。

刘芒听不懂他的说话，但已知他并无恶意。于是也翘起大拇指，表示很赞赏他的武功。

展伯承道："他说你的本领比他高得多了。他说他从来没有打输过架的，不论是和老虎狮子打或是和回纥兵打，从来都是他打赢的。只有这次输了给你，所以对你很是佩服。"

刘芒说道："不，他的武功才真是比我高明。他若是懂得技击的窍门，多学两年武术，我就打他不过。"展伯承将刘芒的话也译给这少年听，这少年道："哦，是当真的吗。你们说的武术是什么东西，若真有如此神奇，那我一定要学。但你的本领又比我和他都要高明，轻轻一拉就把我们分开了，这也是武术吗?"

展伯承道："不错，这也是武术。你若不嫌弃，咱们交个朋友，以后咱们可以互相切磋武术。你叫什么名字?"

展伯承把刘芒、铁凝和自己的名字都告诉他，那少年猎人笑道："汉人的名字好难记，不过我只记着一个字，你叫展大哥，他叫刘大哥，她叫铁妞妞，那也行了。""妞妞"即是"姑娘"的意思，铁凝见他朴实可喜，不觉给他逗得笑了起来。

那少年猎人道："我叫浩罕，我是在这山上长大的，请问你们上山来做什么？"展伯承道："实不相瞒，山下这队义军缺粮，我是想把这只老虎打了，让义军可以饱餐一顿的。不料却是你家里养的老虎。"

浩罕笑道："我家里养的野兽多呢，说老实话，这只老虎平日是给我当坐骑的，我不大舍得他。不过，是给义军吃的，那我又舍得了，我家里还有昨天打的两头肥鹿，我都拿来给你。但我有个要求，你可肯答应？"展伯承道："当然答应。你说吧。"

浩罕道："我也想从军，你给我向头领说一说好吗？"展伯承道："哦，你也要打回纥兵？"浩罕道："我虽住在山上，有时也到山下走的。我碰过好几次番兵欺侮我们的百姓，我还打死过好几个番兵呢。我早就想和大伙儿一齐打番兵了。"

展伯承大喜道："你想参加义军，我们求之不得。我敢替头领作主，欢迎你来参加。"展伯承在这支义军中虽然不过数日，但因同仇敌忾，早已不分彼此，是以他很自然的出口就说"我们"。

浩罕兴冲冲地跑回家去。展伯承这才有空向刘芒询问："刘大哥，你怎么到这儿来的？"刘芒道："我找不着夏侯三叔，道路传闻，听说他们是到师陀来了，故此我便来找他。你们可知道他的消息么？"

展伯承道："我们曾碰见他的侄子夏侯勇，是曾听说他们要来。不过我们到了师陀将近一月，却还没碰见你三叔的队伍。刘大哥，怎么只你一个人？龙、龙姑娘呢？"

刘芒悄悄地叹了一口气，说道："龙姑娘么，她，她走了！"意下似有难言之隐。

原来刘芒当日之所以与龙成芳故作亲热，携手同行，用心其实是想"成全"展诸二人，故而要"逃避"褚葆龄的。龙成芳与他一路同行，渐渐也就发觉了刘芒对她并无真实的情意。龙成芳虽是痴心一片，但想想"落花有意，流水无情"，心情也满不是味儿。一天晚上，他们错过宿头，在荒林露宿。半夜醒来，龙成芳听见刘芒正在说着梦话，声声都在叫着"葆龄"。

龙成芳想了许久，深知只是凭着自己的片面痴情，怎也无法挽回刘芒的心了。于是趁着刘芒未醒，便悄悄离开了他。她是一个拿得起放得落的女子，独自走了，连一个字都没有留给刘芒，刘芒也不知她人往何方，只有内疚于心而已。

展伯承知他有难言之隐，不便多问。刘芒想向展伯承询问褚葆龄之事，碍于铁凝在旁，也是不便多问。铁凝心直口快，却忽地噗嗤一笑，说道："你们真是无独有偶了，你的龙姑娘走了。他，他的，嗯，他本来是和褚姑娘同行的，半路上褚姑娘也忽地不别而行了。"心里想着："这可不是正好么？有缘的相聚，无缘的分开。你和褚葆龄将来也就总可以破镜重圆了。"但铁凝虽是心直口快，这些话她也不敢径直的就说了出来。

刘芒呆了一呆，心中无限怅触。展伯承此时也不知说些什么话才好。不料就在此时，忽见下面尘头大起，一彪军马突然从对面的谷口出现，正截堵了义军的出口。一发现了义军登时就向义军冲击。

展伯承叫道："不好！咱们下去拼了吧！"原来这是一队回纥骑兵，人数约有五百。若只是回纥骑兵，人数虽然较多，那也罢了。但在回纥骑兵中却杂有四个汉人，这四个人可比回纥骑兵厉害得多。他们乃是：卜仇天、沙铁山、仇敖和帅万雄。

原来那日帅万雄与班氏兄弟失利之后，逃回师陀国京城。帅万雄向窦元报告发现了展伯承和铁凝的事情，连同报告发现那支义军的地点。窦元因为另外有事，不能分身，于是就请卜仇天、沙铁山、仇敖三人领了一队骑兵，由帅万雄带路，去搜捕展、铁二人，兼消灭那支义军。至于班氏兄弟，则因那日受了伤，留在师陀京城养伤。

卜仇天与沙铁山乃是江湖上的一流高手，仇敖与帅万雄武功较弱，也是绿林中响当当的角色。但展伯承等人明知打他们不过，也是不能不打的。于是不待浩罕出来，他们三人就立即施展轻功，跑下山去。此时双方已在混战之中了。

卜、沙二人认得乌获是宇文虹霓的武士，双双向他扑来。卜仇天先到，双笔插去，戳他穴道。

乌获是师陀的著名武士，有扛鼎之能，分牛之力，使开一柄狼牙棒，虎虎生风。卜仇天双笔碰着他的狼牙棒，溅起了点点火花，双笔荡开，虎口也隐隐作痛。判官笔是要近身才能点穴的，故此卜仇天的判官笔点穴招数虽然精妙，近不了他的身，也是无可奈何。当然，若是久战下去，卜仇天待乌获的气力消耗了大部分之后，也还是可以会得手的。不过，既有沙铁山与他同上，那也就无须乎久战了。

沙铁山哈哈笑道："黑汉子气力倒是不小，但要想打我，那就不行了。瞧，我夺你的狼牙棒!"脚步跄踉，俨如喝得晕陀陀的醉汉一样，竟然不理会乌获的狼牙棒，便向他扑去。

乌获把棒抡圆，猛地一扫，不料却扫了个空。只觉微风飒然，沙铁山已到了他的背后。"嗤"的一声，乌获的背心衣裳给沙铁山撕去了一大片。可是沙铁山想要夺他的狼牙棒，却也不能得手。乌获不仅是气力大而已，武艺也颇高强，横肱一撞，狼牙棒倒打回来，沙铁山不敢连续发招，给他迫退。

说时迟，那时快，铁凝已经第一个赶到。沙铁山正要用"大力鹰爪手"的功夫，再抓乌获，铁凝一招"越笔长空"，脚尖未踏实地，剑尖却已先指到沙铁山的虎口。铁凝这一招兼有刺穴截腕之能。

沙铁山识得她剑法的厉害，不敢怠慢，一个"移形换位"，避招进招，改用"绵掌击石如粉"的功夫，反击铁凝。展伯承赶到，剑光如练，径刺他的背心。沙铁山不敢让他们夹攻，一个"游龙绕步"，再使"移形换位"的步法避开，绵掌掌力斜推，把展伯承的青钢剑荡开。

沙铁山哈哈笑道："你们两人都是我手下败将，你们就并肩上吧。"哪知展铁二人一路同行，彼此琢磨，在剑法上的配合早已是熟能生巧，比前更为佳妙。两人双剑合璧，沙铁山的"七步追魂掌"虽有七种不同的步法和掌式，式式奥妙，但连使了七步七掌四十九式，仍然是给展铁二人的双剑合璧，杀得他步步闪避。他的副手仇敖提起大斫刀杀到，双方强弱搭配均匀，这才刚刚打成了平手。

乌获独战卜仇天，一个胜在笔法轻灵，一个胜在气力雄猛，双方也是打成了平手。

刘芒第三个赶到，与帅万雄交上了手。刘芒这一两年来因在夏侯英之处得到长辈的指点，武功也是大胜从前，双方以刀对刀，帅万雄急切之间，也是占不到他的便宜。但这几对虽是打成了平手，义军却是寡不敌众，给回纥兵包围起来，颇有伤亡了。

乌获大怒，撇开卜仇天，抡棒猛扫敌兵，呼呼两棒，打死了三个回纥军官。两个给打碎了天灵盖，第三个则是恰巧给被打死的同伴压翻，乌获的神力在打碎敌人同伴的天灵盖之后，余力未衰，透过他同伴的尸体，将他压死。

可是他撇开卜仇天，卜仇天却放不过他。就在他打死第二个军官的时候，卜仇天的双笔已戳到了他的背后。乌获仅能避开一支，给卜仇天的右手笔戳着他的腰，幸亏没有戳正他的“愈气穴”。

乌获皮粗肉厚，伤得不重，不过亦已“挂彩见红”，腰部颇有麻痹不灵之感了。乌获气力减了几分之后，卜仇天可就大占上风了。双笔欺身进迫，杀得乌获再也不能抽身去打回纥的士兵。

刘芒在和帅万雄过了百招之后，渐渐也居于劣势。并非帅万雄的刀法胜过了他，而是帅万雄的临敌经验比他丰富，在他未熟悉帅万雄的路数之前，帅万雄已先探出了他的虚实优劣。帅万雄是知己知彼，刘芒是只知己而不知彼，这么一来，当然是刘芒要吃亏了。

仇敖的本领大致可以和铁凝相当，沙铁山得他一臂之助，“七步追魂掌”威力大显，过了百招之后，亦已大占上风。不过展铁二人的剑法配合得妙，也还可以勉强支持得住。

兵对兵，将对将。义军是寡不敌众，伤亡越来越多。展、铁、乌、刘四人也敌不过对方，只有招架之功，而无还手之力。眼看义军方面就要全面溃败。

正当这危急的时候，忽听得豹号虎吼。只见一个黄发披肩的少年，在悬崖峭壁上健步如飞，直跑下来。两只金钱豹在他身前，另一头斑豹和一头老虎在他背后。他肩上还扛着一头死老虎。原来是浩罕来了。

回纥兵虽然骁勇善战，却哪曾见过这样的“怪人”，居然能够驱使虎豹作战的。不由得个个都有点心里发慌。

浩罕一面跑，一面拾起石块放入他的背囊。一到山下，只见他掷出一块石头，喉头里咕咕的响了一声，那三头豹子和一头老虎便都向石头落下之处扑去，浩罕石头所打之处，正是回纥士兵聚集的地点。

原来这几只野兽乃是浩罕在他们出生之后不久，就抱回家养的。他用羊奶将野兽喂大，到了断熟之后，放他们出去觅食，他们也会自行回家了。

浩罕是一个天才的驯兽家，把它们训练得指挥如意。那四只猛兽扑上前去，见人就撕，见人就咬。转眼间七八个回纥兵竟被撕成片片。说时迟，那时快，浩罕也冲入了回纥士兵的队中，倒提虎脚，就将死虎当为武器。

这头死老虎有二三百斤，比任何兵器都要沉重。浩罕神力惊人，抡起了死老虎横冲直撞，碰着了他的回纥士兵，都给他打成肉饼。

浩罕一方面自己拼命冲杀，一方面指挥他的那四头猛兽。那四头猛兽随着他的石块打落之处，便即扑过去撕咬，遭殃的都是回纥士兵。倘若有哪头猛兽要扑向师陀国的士兵之时，浩罕便用口哨制止。

四头猛兽虽然为数无多，但给予回纥士兵的威胁却是很大。本来他们若果抽出一百名士兵，合力打这四头猛兽，是可以将它们打死的。但在这混战之中，却怎容得他们从容部署？而且他们从来没有碰过这样的奇事，一见凶恶的豹子或老虎扑来，每个人都先自慌了。回纥的士兵更糟，他们的战马天生是恐惧猛虎的，听得猛虎的吼声便跑，控制也控制不住。结果猛兽咬死的不过是十个八个，逃跑的却已有百人之多。

沙铁山大怒，说道：“仇敖，你去把这几只畜牲宰掉。”沙铁山自忖独力对付展、铁二人，虽然是打他们不过，最少也可以打个一百几十招。

此时一只金钱豹已被回纥士兵打死，仇敖迎上前去，两只斑豹向他扑来，仇敖大刀一立，自下而上的一“挂”一“剖”，那头斑豹扑下来，碰上他的刀锋，腹破肠穿，登时丧了性命。仇敖是山东马贼出身，在绿林生涯中也是经常会碰到猛兽的，他气力大，刀法精，又有打兽的经验，杀一头豹子，算不了什么一回事。

可是他却不能在同一时间杀两头豹子，第二头豹子扑来，他的大刀尚未抽出，只能低头塌身，闪开那豹子的一扑。爪子从他头上扑过，豹爪一撕，撕去了他肩上的一块皮肉。

卜仇天与乌获游斗，已过百招。乌获的气力消耗了几分，卜仇天抢得上风，正在欺身进迫。那头斑豹窜过仇敖的头顶，浩罕飞出一块石子打卜仇天的后心，那头豹子便向卜仇天扑去。

卜仇天有一身横练的功夫，浩罕小小的一块石子当然是伤不了他。可是这头豹子扑来，他却不能不应付了。

豹子比老虎更凶狠，行动也更快捷，给它咬了一口可不是当耍的。卜仇天要正面对付乌获，腾不出手来，百忙中只好把一支判官笔反手掷出，他的手法也当真是精妙之极，头也不回，望也不望一下，这支判官笔的笔尖便丝毫不差地戳进了豹子的咽喉，穿过它的后颈，杀了这头斑斓大豹。但卜仇天掷笔杀豹之后，只有一支判官笔来对付乌获，威力减了几分，却又给乌获扳成平手了。

仇敖杀了一头豹子，劈头碰上了浩罕，浩罕喝道："你杀了我的豹子，我要你给我的豹子偿命!"仇敖懂得的师陀国土话不多，但也大略知道他的意思，哈哈笑道："你这不知天高地厚的野人，你拿着死老虎就吓得倒我吗？好，叫你知道一下中原好汉的厉害!"力贯刀锋，一招"劈石开山"，大刀猛扫过去，那头死老虎给他的大力劈开了两半。

浩罕大怒，抛下了死老虎，空手便来扑他。仇敖虽然劈开那头死老虎，虎口也隐隐作痛，心里想道："这蛮子的气力倒是很大，我且用拖刀法斩他。"

仇敖只道一个山野之人，纵有几斤气力，也不至于比豹子更难对付。他是不愿与浩罕以力相拼，这才用拖刀计诱他上当的。

哪知浩罕自创的一套拳脚功夫也是十分厉害，仇敖一个转身，浩罕出乎他意外的矫捷，立即便扑上来，仇敖回刀斩去，浩罕的鸳鸯连环脚已先踢来，第一腿踢着刀柄，第二腿更近了些，踢着他的手腕，“当啷”一声，仇敖大刀坠地，只好与他空手厮拼。

仇敖接连打了浩罕几拳，浩罕只当是给他抓痒，丝毫无动于衷。仇敖不知是天生异禀，大吃一惊，心道：“难道这野人也练有金钟罩铁布衫的功夫不成?”心念未已，浩罕大吼一声，扭着了他的双臂。

沙铁山失了仇敖之助，给展铁二人双剑合璧，杀得他只有招架之功。此时仇敖与浩罕已扭作一团，仇敖气力不如浩罕，这么样的扭打起来，仇敖纵然精通武艺，也是什么招数都不能施展了。于是他们二人就只能似“市井之徒”打架一样，力强者胜，力弱者败。沙铁山抽眼一瞥，看出仇敖的危险，心想：“我且先去解仇敖之危，回头再对付这两个小子。”

沙铁山有“移形换位”之能，一个“盘龙绕步”，脱出了展铁二人双剑的笼罩。恰在此时，那头猛虎也正朝着他扑到。

沙铁山喝道：“畜牲，敢来欺我!”一塌身待那头猛虎向他扑下，沙铁山这才忽地长身，迎头就是一掌。他使的是“绵掌击石如粉”的功夫，重重的一掌，把老虎的脑袋打碎。至此，浩罕带来的四头猛兽，已是全部给打死了。

但在沙铁山打死老虎的同时，浩罕与仇敖亦已分出了胜负。只听得浩罕又是一声大吼，扭着了仇敖的双臂，忽地就把他举了起来，大吼声中，竟然活生生的把仇敖的身子撕成两片。沙铁山想解仇敖之危，已是迟了一步了。

沙铁山大怒，赶上前去，喝道：“不杀你这蛮子，难解我心头之恨!”声到人到，朝着浩罕便是迎头一掌。浩罕双掌一接，“蓬”的一声，给沙铁山震退了六七步，只觉胸中气血翻涌，就似胸口受了巨锤一击似的，痛得他哇哇大叫，大大吃惊。心中想道：“汉人中怎的有这许多能人，我今日碰到的三个汉人，我都打他们不过。不过，展大哥和刘大哥是好人，这个大胡子汉人却是坏人，我打不过也还是要和他打。”

殊不知浩罕固然是大大吃惊，沙铁山这一惊也是非同小可。他用的是“绵掌击石如粉”的功夫，明明看出浩罕不会武功，不料他居然能够硬接自己的绵掌掌力，虽然给震得后退，却也并没受伤。

浩罕正要回身再上，展伯承与铁凝已先来到，双剑齐出，追击沙铁山，一剑刺他后心，一剑刺他胁下的“愈气穴”，这两人的双剑合璧，正是沙铁山的克星，沙铁山无暇对付浩罕，连忙移步换掌，化解他们两人的剑招。

此时回纥的士兵伤的伤了，死的死了，跑的跑了，五百名士兵剩下的已不到百人。沙铁山见大势已去，独力难支，亦已是无心恋战，于是虚晃了一招，飞步急逃了。

浩罕“咦”了一声，说道：“这个大胡子坏人跑得倒是比我还快，我只好再去找其他的人打了。”

帅万雄和刘芒交手，刚刚占得上风，展铁二人赶跑了沙铁山，跟着就向他杀来。帅万雄是他们二人的手下败将，不敢迎敌，连忙撇下刘芒，抢了一匹坐骑便逃。卜仇天见沙铁山跑了，帅万雄跟着又跑，当然亦已是无心恋战，于是跟着也逃。

浩罕找不着对手，乱打那些逃得慢的回纥士兵出气。回纥士兵眼见他生撕仇敖的惨状后，害怕他比害怕猛虎尤甚，纷纷四散奔逃，浩罕打死了几个回纥士兵，余众早已跑得干干净净。

浩罕大笑道：“今日才真是打得痛快，痛快！”笑了之后，却忽地又流下泪来，说道：“只可惜我养的这几头畜牲全都死了。”

展伯承安慰他道：“但你已给它们报仇了。而且你是要参加义军的，带着老虎和豹子走，吓坏了咱们的马匹也不好。事情有轻有重，帮义军打回纥兵是大事，养几头野兽是小事。无须难过。”浩罕这才破涕为笑，说道：“不错，不错，你说的道理我明白。义军缺粮，这几头畜牲死了，让义军吃了也好。”

乌获说道：“现在不愁缺粮了，回纥兵遗下的干粮足够我们吃了。你爱惜这几头猛兽，它们也给义军立了功，我们何忍吃它？好，把它们都礼葬了吧。”

乌获很喜欢浩罕的纯厚诚朴，心里想道：“此人本领高强，难得又懂得驯兽，将来打跑了回纥兵，他还会有更大的用处。”要知师陀国是草原和山地的国家，最适宜于畜牧，若是有办法把山中的野兽驯养起来，变为家畜，对师陀国的利益自是难以估计。

乌获不仅是匹夫之勇，眼光也相当远大，在这抗暴最艰苦的时候，他已看到了胜利的前途了，想到了未来的建设了。乌获也是猎人出身，懂得浩罕的感情，埋葬了浩罕的这几头猛兽之后，与浩罕谈得十分投洽，于是浩罕正式参加了义军的队伍，同往北芒山。这支义军经过了这场激烈的战斗，伤亡过半，所剩下的也不过百来人了。但他们的敌方则是差不多全军覆没，义军掩埋了同伴的尸体，继续前进，士气越发昂扬。

两日之后，到了宇文虹霓主持的义军总部所在之地——北芒山。上了山无人迎接，一眼望去，只见山头无数烧毁的栅栏，遍地瓦砾。展伯承心里一沉，想不到伏牛山所见的景象竟又见之于今日。看这情形，义军的大寨只怕已被回纥兵所破。

乌获悲愤交加，拔刀斫石，当天立誓："此仇不报，誓不为人！"他话犹未了，只听得有人接声说道："对，咱们的人是死不完的，此仇总有可报之日！"乌获抬头一看后，只见山洞里走出一队衣裳破烂的义军，约有三五十人，每个人的身上血渍犹自斑斑的，可以想见他们是经过如何惨酷的战斗。

走在前面和乌获说话的这个人，正是乌获最要好的朋友木里。木里的身份与乌获的身份相同，是宇文虹霓手下最得力的四个武士之一，他也曾跟宇文虹霓到过中原，认得展伯承与铁凝。

乌获连忙问道："咱们的女王呢？"木里虎目蕴泪，涩声说道："不幸被俘了！"此言一出，宛如青天霹雳，乌获发了呆，展铁二人心里更是十分难过，想道："想不到我们还是来迟了一步，却怎么对得住楚叔叔？"

乌获定了定神，说道："女王怎会被敌人所俘？"要知宇文虹霓的武功在师陀国无人能敌，手下又有三名非常得力的武士，故此乌获听了这个消息，还几乎不敢相信自己的耳朵。

木里说道："这次是回纥的主帅拓跋赤亲自领兵前来，他手下有泰洛和窦元，这两个人是我认得的。还有一个其貌不扬的矮冬瓜，比泰洛和窦元更厉害，咱们的大寨，就是他作前锋攻破的。和这个矮冬瓜同在一起的还有一个女子，咱们的女王打不过那个矮冬瓜，当时想拔剑自刎，是我夺下了她的剑。唉，我也不知道这样做是对是错，我保全了女王的性命，与矮冬瓜同来的那个女子却飞出一条绊马索将咱们的女王擒了。”

展伯承大吃一惊，心里想道：“那女子是谁不知道，但那矮冬瓜一定是雪山老怪之子司空猛无疑了。有司空猛和泰洛、窦元他们三人来攻打山寨，怪不得宇文姑姑给他们所擒。”

乌获抑下悲痛，说道：“女王是咱们国人拥戴的一面大旗，她虽是被俘，谅敌人也不敢杀她！”木里道：“她一定不会屈服的。”乌获道：“她坚持不屈，敌人更不敢杀她，还要防备她自杀呢。他们若敢杀了咱们的女王，咱们全国的老百姓都要和他们拼命了。敌人虽然凶残，也会想到其中的利害的。”

木里说道：“然则咱们就该进行去营救她了？”乌获道：“不错。但想与敌人讲和是不行的，将来只有打进京城，打破天牢，才能够把咱们的女王救出来。”木里道：“可是咱们新败之余，兵力却实是太少了。”

乌获道：“葛什和哈克呢？”这两人和乌、木二人乃是宇文虹霓手下的四大武士。木里蕴泪说道：“他们二人都战死了。剩下我一个人，保护不力……”乌获截断他的话头道：“不，你们已是尽了力量。现在不是后悔的时候，咱们要想办法打败回纥才能救出女王。”

木里说道：“咱们早已派出各路使者，召集勤王的大军。现今之计，只有等待他们来了。不过，听说各处义军，处境也差不多都是十分艰苦，只怕抽调不出足够的兵力。”木里说的乃是实情，例如乌获这一路，就只能请来三百义军，经过中途的一战，只剩下一百多人。

浩罕忽道：“我可以去找些人来。”乌获诧道：“你到哪里去找？”浩罕道：“我经常在各处山野打猎，知道猎人聚集之地。他们是知道回纥兵已经侵入我国的，但他们还不知道敌人是如何残暴。他们又受了蒙骗，以为回纥兵是前王的后人请来的，以为谁做王都是一样，所以没有参加义军。我去给他们说明真相，一定会有许多人会跟着我来的。”

原来师陀约有三分之一的人口是住在深山，打猎为生的，由于很少下山，不问外事，故此尚未能动员起来。而浩罕则因为曾经几次目击敌人的暴行，比那些很少下山的猎人懂得多些。尤其在他参加义军之后，更明白了许多道理。

乌获听了，大为兴奋，说道：“对，咱们师陀国全国的老百姓有百万之众，参加义军的不过数万，还是少数。你若是找得山里的猎人出来，那咱们的力量可就要压倒敌人了。对啦，还有许多农家子弟，像陈大娘母子那样的人，由于有所顾虑，一时还没参加义军的，咱们也可以劝说他们参加义军。”

发动百姓才能取得胜利，他们终于摸索到这个真理，于是立刻执行。不但让浩罕去动员猎人，同时又派了许多人去动员草原上的牧民和农户。

北芒山山高林密，最利于小股义军的活动。乌获这一小队人到后，和留守山中的义军会合，修营建寨，不久又已略具规模，可以重新作为一个根据地了。在这期间，各地“勤王”的义军陆续来到，但都是小股的义军，总共也不过二三千之众。

北芒山与师陀国的京城之间隔着一个大草原，有七八百里之遥，此时正是暮春三月的时节，在江南是草长莺飞的大好春光，在塞北却正是春回冻解，冰雪开始融化的时候。草原上由于冰雪的融化而变得泥泞，大规模的军事行动那是不可能的了。

回纥大军攻破了北芒山的大寨，又俘获了女王宇文虹霓，以为大功告成，因此对于义军的重聚北芒山虽有所闻，却也不以为意，只当是零星小股，“癣疥之患”，准备等待到融雪的季节过后，再加扫荡。正是由于这个缘故，小股义军的渗入北芒山十分顺利。

乌获帮助木里整顿军旅，在告了一个段落之后，便独自下山，他的计划是要到京城去做一些工作。一来探听女王的消息，二来他与京中的师陀国的旧日军人相熟的颇多，可以和他们进行联络，待到义军反攻京师之时，这一股力量便可起而响应。

不知不觉，展伯承留在北芒山已是将近半月。这半个月中，他无事可做，日夕与刘芒、铁凝切磋武功，他和刘芒的友情也大大增进了。

这一晚月色很好，展伯承不想睡觉，邀刘芒到林间散步。山头积雪皑皑，山坡已是杂花盛开，红白相映，在月光下构成一幅特别美妙的景色。刘芒最喜异草奇花，不禁欢喜赞叹。

展伯承忽地笑道："我记得我第一天到盘龙谷的时候，就看见你和龄姐编织花环。可惜龄姐今晚不在这儿，要不然你又可以施展手艺了。"刘芒说道："这些过去的事，提它干嘛？"

展伯承今晚约他出来谈话，是有心给他解开心上的结，于是接着他的话说道："不，刘大哥，在你或者以为是过去的事了。但我知道，龄姐对你则仍是念念不忘。你想想，倘若她不是为了记挂你，又何必以一个单身女子流浪只为找寻你的踪迹？她和龙二姑娘是结有梁子的，但她最后又宁可忍受尴尬的场面，到穆家庄去，为的也无非是要见你一面。难道你就一点也不能体会她对你的情意？"

刘芒默不作声，但展伯承默察他的神情，却是看出他颇受感动了。

展伯承想了一想，说道："刘大哥，有一句话我不知该不该说？"刘芒说道："咱们就似兄弟一般，有什么话不可说的？"正是：

深情几许凭谁诉，今日知交剖腹心。

欲知后事如何？且听下回分解。

第三十五回　气壮山河驱暴虏
光辉日月颂英雄

展伯承道：“刘大哥，我和龄姐乃是世交，褚爷爷曾有把龄姐许配与我之意，这你想必亦已是知道的了。但这却并没有成为事实。我以为人之相知，贵相知心。世间有男女之情，有姐弟之情，有好友之情。龄姐与你心心相印，这是男女之情；我和她是姐弟之情，和你是好友之情。这些感情都很弥足珍贵的，但却各各不同。刘大哥，我想你明白了这个道理，当不至于心中还有芥蒂？”

展伯承说得极为坦率，刘芒心中感动，半晌说道：“展兄弟，那么你和铁姑娘又是怎样一种感情？”展伯承说道：“现在是兄妹之情，将来如何，那就是将来的事了。”

刘芒在这半个月来的相处，也看得出来，铁凝与展伯承早已是情非泛泛。他从展铁二人的事情想到了自己和褚葆龄之间的一波三折，不觉叹了口气，说道：“可惜已经迟了。”

展伯承懂得他的意思，说道：“不，还没有迟。你是怕你得罪了龄姐，龄姐可能不肯再原谅你了，是吗？我以为不会的，龄姐是个非常聪明的人，她过后思量，岂有不懂得你的用心之理？何况如今龙二姑娘又已离开了你，她对你纵有误会，亦是不难冰消的。”

刘芒又是半晌不语，终于幽幽叹了口气，说道：“但却不知葆龄今在何方？”

展伯承道：“她与独孤宇夫妇同行，独孤宇若是找不着你的夏侯三叔，一定也会得知讯息。你不是说夏侯英将要到师陀的吗？那么，你和龄姐的见面之期，亦当在不远了。到时你只须向她赔一个罪……”

刘芒满面通红了，说道：“这个，这个将来再说吧。如今我在这里闲散半月，但心里却是十分焦急呢。我和浩罕已成了好朋友，我一直在盼望他回来。他回来了，战火想必也就快要重燃了。说实在话，如今我已是没有多大心思想儿女私情了。”

展伯承笑道：“我何尝不也是如此？我今晚是忙里偷闲才和你谈这番心事的。我比你更焦虑呢，我答应楚叔叔来助宇文姑姑，如今宇文姑姑被回纥所俘，乌获去探听消息，迄今也还未有回报。”

正说到这里，展伯承忽觉颈项一凉，似是被人吹了一口凉气，展伯承大惊，连忙反手一掌。只听得有一个熟悉的声音哈哈笑道：“小承子，你担心什么？有我来了，天大的难题都会给你解开。嘿，嘿，你这反手龙形一式的掌法倒是练得很不错了啊！”

展伯承这一喜非同小可，原来来的不是别人，正是空空儿。在空空儿的背后还有他的妻子辛芷姑。

空空儿生平游戏人间，年近五旬，童心未退。他从树上跳了下来，吹了展伯承一口凉气，把展伯承吓了一个大跳。

展伯承喜出望外，连忙上前施礼，说道：“空空前辈，辛老前辈，你们两位怎么也来到此间？”空空儿笑道：“还不是特地找你们来的。我的老伴儿听说她的徒弟跟你跑来师陀，她心急得不得了，生怕她的徒弟出了意外。”

辛芷姑笑道：“不如说是你急着要赶到这里来找人打架才真。我的徒弟跟着小承子，我有什么不放心的？”辛芷姑是情场的过来人，早在扬州的时候，已隐隐看出了铁凝的心事，是以有意无意的和展伯承开了两句玩笑。

展伯承面上一红，说道：“这么说，两位前辈是已经见过楚大侠的了？”

空空儿道：“最近没有见过，但我到过铁摩勒的山寨，他的事情以及你们到师陀国的事情，我都已是知道的了。”

原来空空儿夫妻本来是要陪伴楚平原与宇文虹霓回国的，但因辛芷姑在扬州与司空猛的一战，受了内伤，故而空空儿与她先到少林寺去再讨几颗小还丹，然后又再到金鸡岭去打了一转。

辛芷姑道："我们并不知道师陀的危急情况，要不然早已来了。楚平原到过金鸡岭，见了铁摩勒之后，又到沧州找老英雄金刀董钊去了。铁摩勒答应派出一支精兵来援师陀，可能由段克邪率领，铁铮和华姑娘也会来的。但我们等不及他们，便先来了。"

展伯承大喜道："这消息好极了，咱们赶快去告诉这里的义军首领木里，让他安心。"

空空儿道："我正是要你替我引见。我是到了这儿才知道宇文虹霓的大寨给回纥兵攻破的。正不知到何处去找他们的首领，却巧先碰见你们。好，咱们这就去吧。"

刘芒待他们谈话告了一个段落，也上来以后辈之礼，拜见空空儿，辛芷姑。空空儿道："我听得小承子叫你做刘大哥，你的爹爹可是刘振？"刘芒道："不错。原来空空前辈和家父也是相识的么？"

空空儿道："我与你的爹爹没见过面，但独孤宇却是我的朋友，夏侯英我也曾见过一面。他们和你的爹爹是八拜之交，是么？"

刘芒大喜道："正是，空空前辈可知道我的夏侯二叔和独孤三叔的消息？"

辛芷姑笑道："我不但知道，还在路上恰巧碰上了你的独孤三叔呢。"

刘芒又惊又喜，说道："只是独孤三叔一人么？"辛芷姑微微一笑，说道："不，是三个人。独孤宇夫妻之外，还有一位褚姑娘。这位褚姑娘听说是你从前在盘龙谷时候的邻居，对么？"刘芒黑脸泛红，说道："他们怎么说？"

辛芷姑笑道："他们曾向空空儿提及了你，问我们知不知道有你这样的一位后辈英雄。"刘芒满面通红，说道："辛老前辈说笑了，我哪能当得起英雄二字？"

空空儿说道："英雄不是单论武功的，你在穆家的一战，不畏强梁，不求庇护，就很有英雄的气概。你的姑父穆庄主武功远胜于你，但比起你来，那只能算作是个狗熊了。"

空空儿接着说道："夏侯英在蓟州的东北山地，这消息是独孤宇告诉我的。独孤宇已经知道你是要赶回夏侯英那儿，恐怕你不知道他的所在，他认为我在江湖上交游广阔，因此托我一事，叫我转知江湖上的朋友，倘若碰上了你，就告诉你。我已经转托几位丐帮的分舵主代为留意了。我在蓟州无暇停留，没有去拜访夏侯英。但亦听得说夏侯英也是准备和他的队伍到师陀国来的。想不到你已先到这儿来了。”

刘芒听到了这些消息，心中的高兴实是难以形容。打听他的行踪的虽然是独孤宇，但显然这是他替褚葆龄说的。“可见葆龄虽然装作与我决绝，心里还是关怀我的。”刘芒心想。想到这点，心里也就有了甜丝丝的感觉了。

说话之间，已到了木里那座营帐。空空儿足迹遍天下，师陀国也曾是他旧游之地。木里久已闻得他的大名，相见之下，无限欢喜。

木里正要把宇文虹霓被回纥所俘的事情告诉空空儿，铁凝一阵风似的揭开帐幕冲了进来，叫道：“师父，你来得正好，你快快吩咐师公做一件事情！”

辛芷姑笑道：“你这疯丫头，话也没说清楚，你要师公做什么事呵？你不会求他吗？”

空空儿笑道：“不用她说，我已经知道了。是不是要我去救你的宇文姑姑？”

铁凝道：“正是啊，原来你已经知道了。楚叔叔是我爹爹的好朋友，也是你的好朋友，你可不能不帮这个忙啊！”

辛芷姑笑道：“不用你说，他也会帮忙的。你师公没事也要找这事理的，有了这个机会，他巴不得到京城去大闹一场。”

空空儿板起面孔道：“不，我还要打听打听再说呢。”

铁凝怔了一怔，撅着小嘴儿说道：“师公，你要打听什么？难道你怕回纥的千军万马？”

空空儿笑道：“我是怕在京城里找不着有斤两的对手。救人容易，但找不到好的对手打架，我却要感到扫兴了。”

铁凝这才知道空空儿是有意戏耍她的，笑道：“师公，我说给你听，你可别慌。京城里的高手可多着呢！有雪山老怪的徒弟司空猛，有回纥国数一数二的武士泰洛，还有铁牌手窦元和沙铁山这一班人。”

空空儿大笑道：“好，这几个人虽然不是我的对手，但也还有资格可以陪我玩玩。”铁凝道：“那么你是要去的了？”空空儿道：“当然，有人陪我打架，我是非去不可的了！”回头对妻子说道：“芷姑，咱们今晚就去！”

木里起初以为他们是说笑的，听到后来，这才知道是真的，不禁大吃一惊，说道：“空空大侠，回纥的精兵都驻在京城里面，王宫已被他们占据，宫中防卫森严。空空大侠武功盖世，我是久已仰慕的了。可是这样深入龙潭虎穴——”

空空儿哈哈笑道：“唯其是龙潭虎穴，那我才有一去的兴趣。”

木里道：“依我之见，不如等到乌获那边的消息来了，他在京城里联络好人，与咱们里应外合，攻打京城之时，那时空空大侠再入王宫救人，岂不更易成功。”

空空儿道：“我的脾气就是专拣难的事做。”

木里碰了一个软钉子，心里想道：“这位空空大侠声名盖世，但也着实是太骄了。一个人本领再强，可也不能目中无人。”当然，木里因为与空空儿只是初次见面，对他虽有意见，却是不便和他直说。

当下木里委婉地说道：“空空大侠就是要去，也请再待一天如何？我今晚把王宫的地图绘出来，空空大侠带在身边，或许有点用处。”

在空空儿的心里，其实是连地图也不想要的。但以木里的盛情难却，只好多谢了他，答应多留一天。

铁凝笑道：“木里将军，你还不知道我师公的本领呢。他最拿手的本领还不是武功，而是偷东西。我师公号称妙手空空，是天下第一神偷。取人之物，易于探囊。他会偷东西，也就会偷人。从前他曾在飞虎山偷了段珪璋大侠的儿子，就是后来变成了他师弟的段克邪，也就是我的表叔。师陀王宫的防卫虽然森严，也不见得就强过当年的飞虎山。”铁凝哗里哗啦的将她师公的本领夸了一顿，在她心目之中，是以为空空儿一出马就一定会成功的。

木里笑了一笑，说道：“好，那么我明早给空空大侠送行，但祝空空大侠旗开得胜，马到成功，我在这里静候好音了。”

其实不须铁凝给她师公夸耀，木里也知道空空儿的妙手神偷之名的。但他总觉得空空儿这样的把事情看得太过容易，却难保不受挫折的。当然这些扫兴的说话他不会说出来，当下就独自去赶绘王宫的地图了。他是宇文虹霓的亲信武士，在师陀的王宫住了将近十年，对宫中的建筑、地形，了如指掌。

铁凝道：“师公，你带我们去。”空空儿笑道：“用不着你们。”铁凝道：“我们虽然帮不上你的忙，但让我们跟你去开开眼界也好。”

空空儿道：“好吧，好在你们的轻功都已有了一点根底，不至于怎样耽搁我的路程。你的师父最宝贝你，她也舍不得一见你就走的。就让你在路上陪陪师父吧。”事情就这样说定了。

当晚木里绘好了地图，却把展伯承悄悄地请来，对他说道：“空空大侠的本领我是相信得过的，但有时也要预防万一。我把乌获的地址给你，你到了京城，可以找他。万一有甚意外，或者他也可以给空空大侠助一臂之力。不过，你却不必先告诉空空大侠。”

木里的武功不是第一流，但颇有知人之明。他与展伯承相处一月，知道他的性情稳重，可以付托大事。而铁凝则是稚气未消。至于空空儿，则他见了一面之后，已是完全清楚他的性格了。所以木里才吩咐展伯承不必先告诉空空儿，免得损伤了空空儿的自尊心。

第二天一早，空空儿接了木里所绘的王宫地图，便与辛芷姑和展、铁二人下山。此时解冻已经半月，冰雪都差不多融化了，但草原上还是处处泥泞。空空儿夫妻施展绝顶轻功，泥泞的草原对他们来说，算不了什么。展伯承和铁凝轻功稍差，则多少受了一点影响。但八百里的大草原，他们也不过只用三天的工夫，就通过了。第四天一早进了师陀国的京城。空空儿找了一处比较偏僻的客栈住下。

吃过早饭，空空儿道：“我先去揣一揣道，你们在客栈等我吧。”可是空空儿出门之后，展伯承却说服了铁凝，叫她在辛芷姑面前代为说辞，让他出去寻访乌获。并要铁凝给他遮瞒。铁凝对于展伯承的请托自是一口应承。她的说谎本领比展伯承高明得多，说是展伯承去找木里的一位朋友，却不提这人是谁和找他的目的。辛芷姑当然是不会拦阻展伯承的。

当晚空空儿兴匆匆地回来，说道：“咱们二更潜入王宫，三更得手，至迟四更回来。小承子、阿凝，你们不必去了，留在客栈等我。”空空儿说得好似事情已经成功似的，铁凝却是大失所望。

铁凝撅着小嘴儿道：“师公，你说好了带我们去开开眼界的，说过的话又不算数。”展伯承却道：“空空大侠是去救人，此事非同小可，你当是玩耍的吗？咱们的轻功差得太远，去了帮不上忙，可能反而累事。不如留在这里等着给宇文姑姑接风更好。空空大侠带咱们到了京师，今晚咱们帮不上忙也可以瞧瞧热闹，也算是开了眼界。”空空儿笑道：“到底是小承子明白事理。”于是遂和辛芷姑一同进宫，撇下了展伯承和铁凝了。

铁凝埋怨道：“展大哥，你不帮忙我说话也还罢了，怎么反而站在师公那边，说了我一顿。”展伯承笑道：“凝妹，你今晚和我出去，还有更大场面的热闹好瞧呢。我已经约好乌获，今晚就在京师举事。咱们去帮忙乌获不更好吗?”铁凝听了展伯承所说的计划，这才化嗔为喜。

且说空空儿与辛芷姑施展绝顶轻功，果然人不知鬼不觉地偷偷地进了师陀王宫，不过一支香的时刻，两人已在王宫绕了一周。

此时大约是三更时分，他们走到御花园的一角，对面有座彩凤为饰的宫楼，楼中灯火微明。根据木里所绘的那份地图说明，这座宫楼正是宇文虹霓以前所住的寝宫——五凤楼。

空空儿凝神一听，笑道：“咱们说不上是‘踏破铁鞋无觅处’，但却真的是‘得来全不费功夫’了。宇文虹霓就在楼中。”空空儿长于听声之术，宇文虹霓虽然是在重楼深锁之中说话，空空儿亦已听出是她的声音。

原来回纥在俘虏了宇文虹霓之后，果然不敢将她杀害，仍然将她软禁在她以前的寝宫。篡夺了她的王位的是前王的侄儿吉纳，这个吉纳每天都来迫她，要她签署一份文书，承认是“让位”的。因为只有这样，他的篡夺才能“合法”。否则国人绝大多数都是拥护女王的，“叛乱”就决不能平息。

每次吉纳前来迫她，都有回纥的将领随同。这次和吉纳同在一起的，便是回纥在师陀的驻军的最高统帅拓跋赤，还有拓跋赤的儿子拓跋元。这个拓跋元也就是上次统兵攻破宇文虹霓大寨的主将。

空空儿识得拓跋赤、拓跋元，他们父子以前曾带兵到过长安，对妻子悄声笑道："好，咱们这次不但要救出宇文虹霓，还要俘虏他们的一个人，给师陀国百姓出一口气。你说是俘虏伪王好呢？还是俘虏拓跋赤好呢？"辛芷姑道："我救宇文虹霓，你捉拓跋赤。捉回纥的统帅比捉伪王强得多。"他们用"传音入密"的功夫交谈，无须顾虑别人听见。

空空儿满以为手到拿来，当下便施展"一鹤冲天"的轻功，飞上五凤楼。

不料他脚尖一点栏杆，栏杆突然断折。空空儿的轻功早已到了炉火纯青的境界，有"登萍渡水"之能。这栏杆当然不是他踏折的，而是内中藏有机关。

栏杆一断，乱箭纷飞，空空儿艺高胆大，哪里把这些乱箭放在心上？他见行踪已经破露，索性哈哈笑道："乱箭就能挡住我吗？拓跋赤，你还认得我吗？乖乖的跟我走吧！"

掌风一荡，乱箭四坠。说时迟，那时快，空空儿已是闪电般地扑上了楼头。忽听得一声喝道："下去！"窗门无风自启，突然一股无声无息的潜力，猛地向空空儿卷到。空空儿脚未沾地，给这股潜力一推，竟然不由自主的一个倒头筋斗翻下楼去。

空空儿大吃一惊，心道："这是何人？司空猛似乎还没有如此功力？"幸而他近年来苦练内功，内功的造诣虽不能与他的轻功相提并论，也早已到了第一流的境界，这才不至于给那人的劈空掌力所伤。

空空儿半空中一个"鹞子翻身"，落在地上，此时已听得辛芷姑与敌人交手的刀剑碰击之声。原来辛芷姑尚未跳上五凤楼，楼上空空儿的行踪破露，便有人出来将她截住了。而且一共有三个人之多，这三个人是司空猛、泰洛和窦元。

辛芷姑的本领可以和司空猛勉强打成平手，却胜于泰洛和窦元。如今受他们三人围攻，当然是抵挡不了。不过好在只是几招，空空儿落了五凤楼，已是及时赶到。

司空猛纵声笑道："原来又是你这对贼夫妻，好哇，今日你可别走！"司空猛既是在楼下伏击辛芷姑，那么在楼上用劈空掌迫退空空儿的当然不会是他了。

空空儿喝道："你是我手下败将，换一个武功更好的来。"司空猛笑道："武功比我好的不屑与你交手，你还是和我玩玩吧。不见得你就准能赢我。"

空空儿大怒，一招"龙飞九天"，以指代剑，使出了袁公剑法中"一剑刺九穴"的绝招，司空猛双臂箕张，用大擒拿手法抵御。双方都是一等一的功夫，在开头十招之内是谁都占不了便宜。辛芷姑以一敌二，对付泰洛与窦元自是稍稍吃亏。但他们在数十招之内，想胜辛芷姑亦是不易。

空空儿越攻越发凌厉，十招之后，渐渐占了上风。原来空空儿对正邪各派的武学都有造诣，他在上次与司空猛交手之后，对司空猛的大擒拿手法反复拆解，已钻研出一套可以速胜之法。是以上一次司空猛可以抵挡百招开外，而这一次则不过十来招，便被迫处于下风了。

就在此时，忽听得楼上有人笑道："好，你这小猴儿的袁公剑法，确是可以比得上你师父的盛年了。看在你还有几分本领，老夫倒也不妨与你试试几招。猛儿退下，保护元帅。"

只见一个童颜白发的老人，双臂箕张，像一头兀鹰般的从楼上扑下来。人尚未落地，半空中便是一招"鹏搏九霄"，向空空儿当头抓下。

空空儿今年已是五十岁出头的人，这老人竟然称他为"小猴儿"，空空儿一怔之下便登时省悟，原来这个老人不是别个，正是当今邪派的第一高手，司空猛之父——"雪山老怪"司空图。

司空图三十多年之前曾败在空空儿的师父藏灵子手下，三十年来，一直想报藏灵子那一剑之仇，是以隐居在塞外的大雪山上，苦练武功，未下过山。中原的武林人物，根本不知道有这个人，不过，空空儿当然是知道的。

空空儿见他来势劲疾，心道："我且试试这老怪的虚实。"于是使出绝顶轻功，避实击虚。司空图一抓抓了个空，心头也是微微一凛。当下双臂一振，方圆丈许之内都在他的掌力笼罩之下，空空儿一个“盘龙绕步”，绕到他的侧边，骈指如戟，意欲点他穴道，却也给他的掌力荡开。

空空儿笑道：“你是我师父的手下败将，逞什么能?”司空图喝道：“你懂得什么？当年我是与你师父切磋武功，让你师父一招的。可惜你师父已经去世，要不然我可以叫他知道他的袁公剑法实是还有瑕疵。不过，你如今的本领也足可以比得上你师父了，你就来试试，看我能不能破你的袁公剑法吧?”

司空图因为是以长辈的身份和后辈去过招，是以必须把空空儿捧得和他的师父一样高，这才可以保持自己的身份。不过，空空儿的本领和他师父当年的本领相比，的确也是相差不远。司空图的赞语，亦非假话。

空空儿大笑道：“你这老怪想破我的袁公剑法吗？好，那我正是求之不得！自十年前我与牟沧浪一战之后，从未碰过对手，十年来我的宝剑也未曾出过鞘了。正好拿你这老怪一试。”空空儿虽然傲慢，但如今是对付邪派第一高手的司空图，他也终于不敢不拔出宝剑。

司空图双眼盯着空空儿的剑尖，喝道：“进招吧!”空空儿急于求战，也不客气。当下一招“雪拥蓝关”，刺将出去。剑尖一抖，只见满空银光点点，当真就像雪花飞舞般，千点万点，洒落人间。把雪山老怪的身形全都罩住。

雪山老怪喝道：“你这一剑刺九穴的招式能奈我何?”双掌一推，隐隐挟着风雷之声。霎时剑光流散，果然伤他不着。

司空图喝道：“叫你这小猴儿知道厉害!”双手扬空一抓，十指都发出急劲的寒风。刚才司空猛使用“大擒拿手法”败在空空儿手里，如今司空图也是依样画葫芦的同一招“大擒拿手法”，但在他手里使出，却比他的儿子不知厉害多少。空空儿上半身的七处穴道，下半身的膝关节和“丹田穴”都在他的十指擒拿之下。

空空儿冷笑道：“也不见得就能破得了我的袁公剑法!”在他掌指擒拿之下，绕身游走，顿时只见四面八方都是空空儿的影子。空空儿剑刺指戳，瞬息之间，也遍袭了司空图的十八处穴道。他的剑法固然是可以一招刺九穴，以指代剑，把剑法化到指法上来，一样的也可以在一招之内，同时点敌人的九处穴道。

司空图微“噫”一声，心道：“想不到这小猴儿的袁公剑法竟是青出于蓝。”掌力加紧，“大擒拿手法”与“绵掌击石如粉”的功夫交替运用，空空儿的剑刺指戳都伤不着他。但他的十指擒拿，却也是连空空儿的衣角都沾不着。

原来空空儿秉承师学，但他自己在武功上也有所创造，把袁公剑法化为指法，就是他的创造之一。司空图苦练了三十年，要拆解袁公剑法是做得到的，但若说到可以“破解”袁公剑法，那就是他自恃过高了。如今空空儿在本门的剑法上精益求精，论招数之妙，其实是比司空图还胜一筹。

不过司空图多了三十年的功力，比起当年他败在空空儿的师父手下之时，武功亦已是不可同日而语。他与空空儿各有所长，但比较起来，司空图功力深湛，毕竟还是稍胜一筹。

空空儿眼观四面，耳听八方。当然他第一个关心的是他的妻子。此时辛芷姑因为是以一敌二，已经斗了将近百招，泰洛有毒掌的功夫，辛芷姑必须小心防备，延慢呼吸。

窦元的铁牌与虎头钩招数也十分狠辣，本领虽然较泰洛稍弱，亦非泛泛之辈。辛芷姑若是单打独斗，可以胜得了泰洛，更可以胜得了窦元。但如今是以一敌二，斗到了将近百招，就渐渐感到气力不加，难以应付了。还幸她的剑法奇幻，乃是天下无双。泰、窦二人只能稳中求胜，却也不敢欺身迫攻。

空空儿看见妻子渐露败象，心中当然是十分着急。但他自己在司空图的掌力笼罩之下，也是稍一不慎，便有性命之危。他虽然是轻功超卓，但仍摆脱不了司空图掌力的笼罩，要想助辛芷姑一臂之力，那也是做不到的了。

空空儿注意到他妻子的处境，也注意到了周围的情况。在这御花园里，假山石后，花木丛中，到处可见幢幢黑影，可闻“悉索”之声。可以料想得到，在这御花园中，不知有多少武士埋伏。

空空儿想去助他妻子一臂之力，但在司空图掌力笼罩之下，脱身不得，虽然着急，也是无可奈何。看这情形，久战下去，更是不利。空空儿心里不由得暗暗叹了口气，想道：“我纵横天下，想不到今日竟受困在这小小的师陀国王宫之内。倒是悔不该不听木里之言了。”

心念未已，忽听得远处似有几声闷雷似的声响，不过片刻，东北角升起黑烟，火光也隐约可见了。

有人叫道：“不好，有‘暴民’在东面宫门放火，将火箭射了进来，赶快拨人救火！”顿时满园园里人声鼎沸，宫中告急用的大钟也“当当”地敲了起来。

回纥一个将军叫道：“不必慌乱，左营前去驱赶‘暴民’，宫监前去救火。余众都留下来。元帅有令，这两个刺客是千万不能放走的。”

就在这时，忽又听见“轰”的一声，那是宫门被大木头撞破的声音。东面宫门距离这“五凤楼”还远，但因楼中囚禁着宇文虹霓，伪王吉纳生恐女王被人抢去，连忙叫道：“来人哪！”

司空图听得伪王的叫唤，不由得稍稍分了心神，掌力也就因而减了几分。空空儿何等矫捷，趁这时机，身形倏地一飘一闪，登时就一溜烟似的飞了出去。抓紧时机，在闪电之间，同时攻击泰洛和窦元二人，短剑刷的指向泰洛，骈指又戳向窦元的背心大椎穴。

泰洛武功较高，反手一掌，避开正面，荡开空空儿的剑尖，窦元转过身来，用虎头钩招架，给空空儿用“弹指神通”的功夫，“铮”的一声，将他的虎头钩弹得脱手飞出。辛芷姑“刷”的一剑，剑锋几乎是贴着窦元的肩头削过，把他的衣裳也削去了一大幅，吓得窦元连忙逃跑。泰洛深知空空儿一剑刺九穴的厉害，害怕他的剑招连环疾发，挡开了一剑，也连忙躲过一边。

其实空空儿这一击也并无必胜的把握，本来以泰洛和窦元的本领，二人若是同心合力，即使有辛芷姑从旁牵制，他们也还是可以抵挡空空儿的几招的。但一来由于他们想不到空空儿居然能在司空图的掌力笼罩之下脱身；二来空空儿来得快如闪电；三来他们心里都是怯了空空儿几分。是以空空儿同时向他们二人攻击，也居然能把他们各个击破了。

空空儿和辛芷姑手拉着手，倏然间就似两头大鸟凌空飞起……

司空图大怒喝道："小猴儿，往哪里跑！"可是已迟了一步。

空空儿侥幸一击成功，解了妻子之围，在这极端不利的情形底下，饶是他如何好勇斗狠，亦已是不敢恋战。当下一把拉着了辛芷姑便走。

司空图叫道："窦元，你回五凤楼护驾。泰洛，你和我去捉小猴儿。"五凤楼中有司空图的儿子司空猛，又有回纥元帅拓跋赤、拓跋元父子，实力其实已是很强。如今司空图再把窦元调去"保驾"，料想即使再有一个本领高强如空空儿的敌人杀上五凤楼来，他们也可以抵挡得了。何况天下能有几个空空儿？司空图决意要把空空儿击败，即使捉不着他，也要令他受伤，以泄当年受他师父所辱之恨。

空空儿笑道："老怪，有本领你就来追。追得上我，咱们单打独斗，决个雌雄。如今你们是以众凌寡，那就恕我不能奉陪了！"司空图功力高于空空儿，轻功却是比不上他。空空儿击败泰洛、窦元之后，本已是阻延了片刻，司空图仍是迟了一步，追他不上。

回纥的将军大喝道："放箭！"园中到处都是伏兵，登时千箭如雨，四面八方地向着他们夫妇射来。空空儿虽有护体神功，但倘若是给强弓猛弩射着眼睛、咽喉和天灵盖等处要害，那还是免不了要受伤的。辛芷姑的本领不及空空儿，护体神功尚未练成，在乱箭攒射之下，更是危险。

好个空空儿，在这非常危险的时刻，突然施展出盖世无双的轻功。"御花园"中有一枝五丈多高的旗杆，扯起的是回纥的军旗。

回纥元帅拓跋赤好大喜功，有意把军旗插在师陀国的王宫之内，作为他是回纥"太上皇"的象征。师陀的文武百臣稍有血性的都感到这是一个耻辱。但如今这枝五丈多高的旗杆，却正好给空空儿利用上了。

空空儿施展出盖世无双的轻功，和辛芷姑手拉着手，倏然间就似两头大鸟凌空飞起，这一手轻功有个名堂叫做"比翼双飞"，辛芷姑原是没有本领"飞"得上五丈多高的旗杆的，得空空儿将她一带，脚尖在旗杆的中部一点，也就此"比翼双飞"的飞上去了。

回纥武士的弓箭射上五丈多高的空中，力量已弱，有许多从较远之处射来的箭，更是射不着他。空空儿一声长笑，扯下了回纥的军旗，他和辛芷姑各以单足足尖立在旗杆的尖端，把军旗旋风一舞，有一些箭射了上来，也都给这面大旗荡开了。

司空图大怒，人未到，掌先发，“呼”的一记劈空掌把旗杆当中震断。空空儿哈哈大笑，手舞大旗，和辛芷姑凌空飞下，两人在空中一个“鹞子翻身”，人已到了宫墙之上。

但空空儿在旗杆上延阻了片刻，司空图却先跳上了宫墙，在那儿等着截击他了。空空儿喝道：“司空老怪，你以为我当真怕你不成?”司空图喝道：“下去!”挥划了一道圆弧，两股掌力合在一起，隐隐挟着风雷之声，要把空空儿推下宫墙。

司空图喝道：“下去!”空空儿也大喝道：“滚开!”金精短剑扬空一闪，一招“玄鸟划砂”，反截司空图的手腕，剑尖又指向着他的“曲池”“阳谷”“焦桐”“冷渊”“乌藏”五处穴道。

空空儿这一招“玄鸟划砂”是他自己所创，从袁公剑法中变化出来的。不过，空空儿这一招虽是十分厉害，若然司空图只是对付他，这一招司空图还是可以从容应付的。但辛芷姑也没闲着，他们夫妻俩心意相通，辛芷姑不必她的丈夫暗示，已知空空儿是要使这一招，当下辛芷姑的一招杀手剑法也同时使出。

空空儿的“玄鸟划砂”是从正面攻击敌人的中路，辛芷姑使的一招“玉女投梭”则是从旁侧袭。两夫妻的剑招同时使出，正好互相配合，把敌人的身形笼罩在他们的剑势之下。

“玉女投梭”本是一招常见的普通招数，但辛芷姑使的这招，却是与任何一派的剑法都不相同。司空图不知辛芷姑的厉害，他心目中的大敌只是空空儿。故而当他看见辛芷姑使出的只是一招“极寻常”的剑法，就只是轻蔑的冷笑一声，丝毫不以为意。

哪知辛芷姑的剑法奇诡乃是天下无双，若然只论剑法，她还在她丈夫之上。司空图这一轻敌，可就吃了大亏。但听得辛芷姑喝一声：“着!”就在司空图的冷笑声中，剑势突然一变，从他绝对意想不到的方位刺来!

司空图心头一凛，暗道：“不妙!”说时迟，那时快，辛芷姑的剑尖已是指到了他的琵琶骨。司空图功力再高，倘若给辛芷姑用重手法把宝剑刺穿他的琵琶骨，司空图的一身内功，至少也要废了八成。

司空图乃是当今邪派的第一高手，在这危急之际，登时也迫他显出了绝顶功夫。只见他肩头一沉，辛芷姑那一剑虽然仍是刺着他的肩头，但已给他消解了力道，剑尖也就刺不进他的琵琶骨了。

但虽然如此，司空图毕竟是输了一招，而且由于要化解辛芷姑这一奇诡之极的剑招，便又给空空儿闪电般的乘机进击。司空图连退三步，险些跌下墙头。

空空儿大笑道："老怪，你既然听话滚开，我未尝不可以手下留情。好，对不住，我走啦！"大笑声中，夫妻俩跳下城墙去了。

司空图大怒喝道："小猴儿，你逃上天边，我也要捉你。泰洛，和我去追！"泰洛虽然怯惧空空儿，但有司空图给他壮胆，他也就不怕了。

空空儿夫妇越出宫墙，迎面就飞来一阵箭雨。空空儿挥舞短剑，拨打乱箭，身形一拔，跳上一家屋顶。辛芷姑跟着上来。

但他立足未稳，四面八方的乱箭又都朝着他们夫妻射来了。原来回纥的军队早在王宫的周围埋伏，有些占了民居，有些在街道设岗。空空儿来的时候他们没有发觉，如今空空儿在宫中厮杀多时才逃出来，他们当然是发觉了。

空空儿越过几重瓦面，但箭雨总是跟着射来。空空儿的轻功多高，总不能快过飞箭。若是要跳下街道和回纥兵混战，那样虽然可以躲避乱箭，但他们夫妻两人，又怎能杀出千军万马的重围？何况一陷入混战之中，司空图又必将追上。

空空儿夫妻因要抵挡乱箭，虽然没有跳上街道，陷入混战，司空图和泰洛亦已追了到来。司空图喝道："这次看你还能逞强？下去吧！"双掌平推，掌力有如排山倒海。空空儿笑道："不见得！"在屋顶边晃了一晃，使了个"风摆柳"的身法，看似摇摇欲坠，其实站得很牢。司空图赶上去施展大擒拿手抓他，空空儿身形一长，挥剑便截他手腕，两人在屋顶上又大战起来。

泰洛和辛芷姑在屋顶上也交上了手。这样一来，空空儿独战司空图，就丝毫也占不到便宜了。空空儿本来可以施展轻功再逃，但他必须照顾妻子，只好和司空图游斗，相机而动。

乱箭是减少了，但还有若干神箭手发箭射他们夫妻，回纥兵善于骑射，这些神箭手更是千中挑一的能手，发出的箭，射他们夫妻背部，不会误伤司空图和泰洛。

空空儿的轻功出神入化，却是这些神箭手也想象不到的。他展开了绕身游斗的身法，但见四面八方都是他的影子，弓箭射来，十枝中倒有七枝是射到司空图身上的。司空图掌力震荡，乱箭射到他的身边便即跌落。有三两枝射向空空儿，空空儿极易对付，或打或接，接了的箭，就用来反射泰洛。

辛芷姑的轻功不如丈夫，却必须腾出手来，用剑拨箭。好在她的本领胜泰洛一筹，而泰洛也要抵御空空儿飞来的甩手箭，故而仍然是她略占上风。下面的神箭手看见奈何不了空空儿，便集中射击辛芷姑。

司空图功力极高，在平地交手，空空儿要吃一点亏。但在屋顶交手，空空儿占了轻功好的便宜，却和他扳成了平手。

此时街道上的神箭手集中向辛芷姑发射，空空儿见妻子形势不妙，猛地一声厉斥，连人带剑，化作了一道银光，向泰洛刺去，司空图的掌力阻不住空空儿，只能跟踪追击。

泰洛见空空儿杀来，大吃一惊，连忙和身一滚，几乎跌了下去。幸而空空儿的目标并不在他，而是要救妻子脱险。当下空空儿剑掌兼施，以劈空掌荡开箭雨，反手一剑，又解了司空图在背后所发的一招。

说时迟，那时快，他们夫妻手拉着手，重施故技，又是一个“比翼双飞”，飞到了第二间屋顶。

但他们一转移了地点，乱箭又跟着射来。不过片刻，司空图和泰洛又追上了他们。这一次泰洛学了乖，紧紧傍着司空图，双方捉对儿厮杀，不让空空儿再有各个击破的机会。

空空儿夫妇联手与司空图、泰洛作战，恰好是半斤八两，旗鼓相当。但空空儿知道久战下去，必定吃亏，于是采用且战且走的战术，跃过第三间屋顶，在屋顶上和他们捉迷藏。

这样的战法只能暂时见效，依然是避不开乱箭的攒射，也摆脱不了司空图和泰洛的纠缠。他们夫妻俩逐屋作战，还未能通过一条街道，辛芷姑已是遇了几次险，险些给乱箭射中，有一次更险些给司空图的掌力震下屋顶。

情势越来越险，空空儿心里叹了口气，想道："想不到我空空儿纵横半世，今日却只怕要在这小小的师陀国京城大栽筋斗了。"

空空儿正自心中着急，忽听得底下人声鼎沸，横街小巷突然涌出了无数师陀百姓，在另一条大街，又有一队师陀国的弓箭手杀了出来，乱箭如蝗，都向回纥军队射去。还有老百姓登上屋顶，用砖头瓦片来打回纥兵。这么一来，回纥的军队登时被杀得手忙脚乱，回纥的弓箭手，也顾不得射空空儿夫妇了。

空空儿夫妻跳了下去，只见带领那队弓箭手并指挥师陀国百姓作战的，正是宇文虹霓手下四大武士之一的乌获。跟着乌获勇猛向回纥兵冲杀的是展伯承。

空空儿又惊又喜，说道："小承子，你怎的会找了这么多人前来接应？阿凝呢？"展伯承道："凝妹偷入王宫去了。"此时双方短兵相接，搏斗激烈，展伯承自是无暇给他细说经过，只能先告诉他关于铁凝的消息。

空空儿大吃一惊，说道："你、你怎能放心让她一人独闯龙潭虎穴？"展伯承道："不，是有人陪她去的。"

激战中两人只能匆匆忙忙的交谈几句，空空儿正想问他是谁陪同铁凝去探王宫，司空图和泰洛又已追了到来。空空儿可以在千军万马之中一面谈着话，一面杀敌。但对付司空图却必须全神贯注，不敢分心说话。

回纥士兵器械精良，老百姓则缺乏武器，只能用木棍柴刀迎战敌人的长枪大戟，用砖头瓦片和敌人的弓箭交锋。

只有乌获组织的那队师陀京城的旧军人武器配备较足而又较有作战的经验，但比起回纥的士兵，他们却是少数。

不过回纥的士兵比起老百姓来，他们又是少数了。老百姓积愤已久，正在等待这样的一个杀敌机会，闻风而来，越来越多。一场大厮杀在大街小巷，在京城广场，在宫门之外，处处展开。回纥士兵顾此失彼，在老百姓潮水般的冲击之下，不由得形势逆转，越来越是难以抵挡。

司空图在千军万马之中和空空儿厮杀，周围数丈之内旁人近不了身，但双方也都得分神应付敌方射来的乱箭，司空图并没占得多大便宜。

辛芷姑与泰洛三度交手，泰洛恃着有回纥士兵掩护，满以为可以困得住辛芷姑，辛芷姑是女流之辈，久战下去，气力定然衰減，那时自己就可以将她手到擒来。不料老百姓不怕回纥的士兵，竟然向回纥的士兵冲击。他们拆下门板，抛出桌椅，堆满街道。街道作战不比平野，有了这么多障碍物，士兵自是大大不利。有许多战马绊倒地上，后面的士兵更是不能通过，还得应付屋顶上无数老百姓抛下的砖头瓦片，于是士兵的阵形也大乱了。

泰洛一看士兵败逃，自己反有被对方包围的危险。不禁心中慌乱。他的本领本来要比辛芷姑略逊一筹，心中一乱，冷不防的就着了辛芷姑一剑。泰洛哪里还敢恋战，慌忙负痛奔逃。

只听得老百姓欢呼道："回纥兽兵给咱们杀败啦！""哈，哈，王宫也起火了。咱们杀进王宫去吧！"就在此时，宫中的大钟当当的又敲响起来，那是要回纥兵回宫保驾的钟声。

司空图饶是本领再高，此时也是吃惊非小。他是知道王宫各处建筑物的，最初是东面宫门起火，他还不放在心上，如今一看方向，却是五凤楼起火了，回纥的元帅拓跋赤父子，伪王吉纳，女王宇文虹霓和他的儿子司空猛都是在这楼中的。

司空图又是吃惊又是诧异，心中想道："宫中防卫森严，怎能让'暴民'杀了进去？五凤楼中有猛儿和窦元等一班好手，拓跋元帅父子武功也很不弱，对方又哪里来的许多高手，居然能够杀到五凤楼中，把五凤楼都烧起来了？"此时泰洛已跑，宫中号令退兵的大钟又已敲响，司空图孤掌难鸣，也只有回去了。

百姓杀到宫墙，宫门已闭。回纥兵在三丈多高的墙上布防，乱箭射下，要想破门而入，大是不易。空空儿道："待我再进王宫。"

乌获侧耳一听，在厮杀声中，隐隐听得一支激越的号角声，乌获说道："不用攻进宫中了，他们已从东门出来，而且已经得手了，咱们快去接应吧。"今晚一战，收获之大，已出乎乌获的意料之外。他不愿意老百姓在不利于作战的形势之下攻坚受损，于是遣人分头说服老百姓撤退。

乌获下了命令，便立即带领他那一支义军转过东门接应。空空儿听了乌获的说话，虽然不知道杀出东门的“他们”是谁，但可以猜想得到，一定有铁凝在内。甚至宇文虹霓亦已救了出来，也说不定。因为乌获懂得那个角声是“得手”的讯号。空空儿一想，“他们”已经得手，自己的确是不用再进王宫了。而只他俩夫妻进去，老百姓杀不进来，那也成不了大事。于是空空儿也跟乌获同行。

乌获要指挥队伍，空空儿不愿打扰他。此时他已不急于打听铁凝的消息，目睹了这一场气壮山河的战斗，尽管空空儿纵横天下，身经百战，也未曾见过如此令人感动的场面。霎时间，他的傲气顿消，感到自己的渺小。在此之前，他所关心的只是铁凝，而现在他的视野突然开朗，所关心的已不是某一个人了。

展伯承还恐怕空空儿责怪于他，带着几分惶恐跟在空空儿后面。空空儿心中有极大的感触，忽地转过头来问展伯承道：“你说天下本领最大的是什么人?”展伯承怔了一怔，说道：“当然是你老前辈。”他只道空空儿还是从前的脾气，随手奉送他一顶高帽。

空空儿摇了摇头，道：“不，不是我。”喟然一叹，接着说道：“也不是铁凝的爹爹，也不是雪山老怪司空图。”当今之世，只有铁摩勒和司空图的本领比他略高，他接连说了两个“不是”，连展伯承也感到莫名其妙了，于是便问他道：“那么是谁?”

空空儿缓缓说道：“是老百姓，是千千万万不惜前仆后继不怕牺牲的百姓。老百姓才是本领最大的人!”

展伯承想不到空空儿会说出这样的话来，初时不觉一愣，随即大喜说道：“空空前辈，那么你不责怪我了?”空空儿道：“怪你什么?”

展伯承道：“我没有听你的吩咐，在那客店等你。我一直也没对你说实话。其实我今日是去和乌获联络，准备好了在今晚举事和你配合的。”

乌获听得他们的谈话，忽地也转过头来说道：“不，今晚这一场激斗，得到了胜利，并不是我准备好的。我所能召集的只是人数不过一千的老军人。比我们这支义军多了十倍百倍的老百姓，都是出乎我的意料之外，自动来参加的。嗯，虽然说是在意料之外，其实也应该在意料之中。不过我的眼光短浅，在今晚之前，却是看不到罢了。”

说话之间，已近东门，只见一大队人群涌来，后面有一支回纥骑兵追击，双方边打边走。这队人群服饰古怪，人人披着兽皮缝制的衣服，一看就知是山中的猎户，不是京城的百姓。

乌获说道：“你看，不但是京城的老百姓，连山中的猎户都赶来帮我们打仗了。”话犹未了，只见一个满头黄发的少年，飞也似地跑过来，叫道：“展大哥，你来了！”这少年满身血迹，显然是受了重伤。正是：

忍令国土遭侵辱，百姓齐心抗暴胡。

欲知后事如何？请听下回分解。

第三十六回　大野麈兵戈指日
深宫血战剑如虹

展伯承大惊道："浩罕你怎么啦?"浩罕道："没事，我要告诉你……"但说了两句，已是支持不住，身躯一弯，就要倒下。展伯承连忙将他扶住，说道："浩罕，你别忙着说话。"

但浩罕喘过口气，仍是接着说道："我们的女王救出来了，你的铁姑娘也来了，她们没事。"乌获大喜道："她们呢?"浩罕用手一指，说道："你瞧，她们不是从那边来了?"说了这句话，他气力已经用尽，猝然的就晕倒了。

花开两朵，各表一枝。趁他们救治浩罕的时间，且先说一说铁凝是怎么入宫去救宇文虹霓的?

原来浩罕入山招集猎户，乌获是派有人与他联络的，恰好浩罕昨天来到，他这支人数约有三千的猎人分散在郊区一带，浩罕单人来会乌获。他昨天来到，今日一早展伯承与铁凝也来找着乌获了。

乌获在王宫里也有内应，是宇文虹霓旧日的几个卫士，对新王假意表示忠诚，因而得以留用的。于是乌获定计，双管齐下，一方面是自己带领民军，从王宫正门接应空空儿，"佯攻"王宫，以吸引敌人兵力。当时乌获还想不到会有今晚的场面的，故而原定的计划只是佯攻。一方面他请铁凝扮作宫女，浩罕扮作卫士。乌获手下有熟悉王宫道路的旧人，他叫两个武士带浩罕、铁凝潜入王宫，进了王宫，那几个作内应的卫士自会来照料他们。由那几个卫士审度形势，见机行事。

当空空儿夫妇在五凤楼前与司空图等人恶战之时，铁凝和浩罕其实亦已经潜入了王宫，不过因为时机未到，未曾露面而已。

浩罕带来的那三千猎人，二更进城，首先发动，进攻东门。把火箭射入王宫，用大木撞破宫门，调动了宫中的一部分兵力。

在这个时候，司空猛和窦元回五凤楼“保驾”，司空图与泰洛则出了王宫，追赶空空儿夫妇去了；两大高手已走，而乌获预定“佯攻”王宫正门的时间亦将来到。在宫中作内应的两个卫士对浩、铁二人悄悄说道：“时机已到，咱们下五凤楼按照计划行事吧。”

原来每晚三更时分，例有一个宫女要到五凤楼给宇文虹霓送一碗参汤，并服侍她睡觉。宇文虹霓被俘之后，伪王吉纳用宫中所藏的“酥骨散”放入茶水之中，让宇文虹霓服下。服了这酥骨散，浑身无力，是以宇文虹霓必须每晚饮一碗参汤，并事事需人照料。如今铁凝就充当这个送参汤宫女，浩罕则假充护送她的武士，和另外两个武士陪她上楼。

到得楼上，宇文虹霓的目光和铁凝接触，不觉吃了一惊。伪王吉纳甚是机灵，在他的记忆中似乎未曾见过这个“宫女”，而且今晚他们又来得早了一些，此时一见宇文虹霓神色不对，立即指着铁凝喝道：“住步，你是谁？”

铁凝可没有“住步”，说时迟，那时快，她把那碗参汤朝着吉纳的面上一泼，立即便向宇文虹霓奔去。

司空猛大喝道：“拿奸细。”一掌向铁凝击去。浩罕与铁凝同时发动，飞身向前，“砰”的一声，替铁凝接了一掌。

浩罕是天生神力，但因未曾学过内功，不善于运用本身的神力，却是敌不过第一流的武学高手。双方硬拼一掌，浩罕一口鲜血喷了出来，可是司空猛亦给他的神力震得虎口酸麻，倒退三步。

拓跋赤的儿子拓跋元拔剑向浩罕刺来，浩罕不顾性命，大喝一声，冲上前去，将他抱住。拓跋元的剑锋穿过了他的肩头，可是一给他抱住，也就动弹不得了。

窦元也给他两个武士拼命截住，铁凝一手拉起了宇文虹霓，说道：“姑姑，这是解药。”把一颗药丸纳入宇文虹霓口中。原来这解药是作内应的武士从宫中药库偷出来的，管药库的人也是忠于宇文虹霓的。

拓跋赤怎容铁凝把宇文虹霓救走，就在铁凝把药丸纳入宇文虹霓口中的时候，他已拔出佩刀，向铁凝斩下。铁凝坐在床上，一手抱着宇文虹霓，一手持剑应敌。她的剑法奇诡非常，虽然是坐着打而且只是单臂应敌，拓跋赤在急切之间也是奈她不何。

此时浩罕已擒住了拓跋元，他大吼一声，把拓跋元插入他肩头的那把宝剑拔了出来，剑锋又架在拓跋元的颈项，喝道："你们胆敢动手，我就先把他一剑杀了!"

司空猛正要扑上，拓跋赤只得这一个儿子，爱子情深，连忙叫道："司空先生，请别动手!"他本来是向着铁凝猛攻的，此时也连忙收回佩刀了。

窦元在这时间，却已把那两名武士全都杀死，他正要扑向铁凝，浩罕把拓跋赤当作盾牌，拦在铁凝身前，喝道："你打!"拓跋赤又连忙叫道："窦先生，请别动手!"

拓跋赤是回纥驻军的元帅，司空猛和窦元只好遵命住手，眼睁睁的看着铁凝把解药给了宇文虹霓吞下。

解药十分灵效，不过片刻，宇文虹霓吁了口气，站了起来，她的体力已经恢复了几分，可以走动了。

伪王吉纳把眼望着拓跋赤，拓跋赤却是眼尾儿也不向他，说道："你们想要怎么样呢?"

浩罕说道："你们让我们走，我们一出宫门，就把你的儿子放回!"吉纳颤声道："他们要把已经废立的女王带走，这个——"拓跋赤道："一个换一个，这个倒也很合理，但你们说的话算不算数?"

铁凝道："我们说一是一，说二是二。决不像你们尽是会耍阴谋诡计。而且你们在宫中卫士如云，我们若不如约，你们不是尽可以将我们乱箭射死吗?"在拓跋赤的心中，他的儿子当然是要比一个小国的女王还要"宝贵"，于是挥一挥手，说道："好，就这么办!"

此时已有一部分猎人从东门攻了进来，老百姓也有许多攻了进去。但宫中的御林军人数还是比他们多得多，猎人和老百姓组成的一支临时义军，给他们包围起来，宫内宫外的联络亦已切断，被撞坏的东面宫门亦已重新安装上大门。

幸亏浩罕把拓跋元擒作了人质，回纥元帅拓跋赤不得不下令解围。愤怒的老百姓放一把火把五凤楼烧了，这才逃回。

浩罕踏出宫门，如约把拓跋元释放。可是拓跋赤却是不顾信义，得回了儿子之后，又派出一支回纥骑兵去追赶他们，还想把宇文虹霓再捉回来。

猎人和老百姓组成的队伍边打边走，不久就碰上乌获这支义军的接应。攻打正面宫门的老百姓也闻风而来，拓跋赤见对方人多势大，他刚刚吃过老百姓的亏，这才不敢不把魔手缩回，逃进王宫，下令固守。

乌获因为目前还未是决战的时机，当下将他这支义军撤出城外，不过，仍然留下一些得力的部下协助京城的老百姓成立义军。乌获自己也是还要回来的，但他要先把宇文虹霓护送出城。

在路上，空空儿才有余暇和铁凝说话。铁凝禀告入宫的经过，并将有关浩罕的事情，告诉了空空儿。空空儿叹道：“这次的事情，都是靠了大家同心合力，才能成功。我以前的确是把事情看得太容易了。”

宇文虹霓多谢了空空儿，说道：“空空大侠远来相救，我是感激不尽。这一次的事情，大家都有功劳，但还是以空空大侠的功劳最大。幸亏你把司空图和泰洛这两大高手引开。”展伯承道：“是呀，要不然我们在五凤楼中，焉能得手？”

空空儿笑道：“你们别给我在脸上贴金了。论起这次功劳，应当是浩罕最大。却不知他的师父是谁？小小的年纪，居然能够挡得雪山老怪之子司空猛的一掌之力。”空空儿是个大行家，一看就知浩罕受伤的由来。

展伯承道：“他没有学过武功的。他的功夫都是自己从打猎之中悟出来的。他模拟各种猛兽的动作，拳脚功夫很有他的一套，那日我和刘芒也不过是和他打成平手呢。”

空空儿吃了一惊，说道：“这么说来，此人倒是一个最适宜学武的奇才。”

此时浩罕还在昏迷之中，铁凝说道："师公，你可要设法把他救活才好。"

空空儿笑道："何须你说，我当然是要把他救活的。"宇文虹霓看出浩罕的内伤极重，担忧说道："能救活得吗？"空空儿点头笑道："别人不能，我是可以的。"

辛芷姑笑道："你的老毛病又发作了，就是喜欢夸嘴。"空空儿笑道："不，只因为我身上还有少林寺方丈送给我的一颗小还丹未曾用掉。要不然我怎敢说嘴。"

说话之间，这一行人已经到了郊外，乌获早有布置，在一个山村里住下来。

空空儿把浩罕接了过来，掌贴他的背心，一股真气输送进去。浩罕喉咯咯作响，半晌，吐出了一大口瘀血。空空儿又以本身的功力，给浩罕推血过宫，化除积瘀，大约过了半支香的时刻，浩罕脸上恢复了几分血色，这才悠然醒转。铁凝早就捧了一杯水侍立在师公身旁，当下空空儿把仅存的一颗小还丹和水让浩罕服下。

空空儿说道："有了这颗小还丹，他的内伤可以在三天之内痊愈。"其实，若非空空儿以本身的深厚功力给他救治，纵有小还丹，也还是无济于事的。空空儿不肯居功，从这件事情看来，空空儿也的确是有所改变了。

浩罕睁开眼睛，一眼看见空空儿的怪模样，不觉吃了一惊，"咦"了一声道："我这是在哪儿？是在山上么？怎的有——"

原来浩罕的神智还未十分清醒，空空儿生成异相，他骤然张眼一看，把空空儿看成了一头大马猴。

展伯承连忙捏了他一下，说道："这位空空大侠，是我们汉人中数一数二的好汉。你就是他救活的。"

浩罕吃了一惊，连忙把他想说的那句话"怎的有只大马猴在我面前"咽了下去，张大了眼睛望空空儿。他性格单纯，为空空儿的相貌引起了他的好奇心，不觉想道："这个猴子模样的人竟有这么大的本领？"心里有点半信半疑，一时间竟然忘记了要向空空儿道谢了。

空空儿笑道："江湖上的朋友叫我做老猴儿，你愿不愿意做小猴儿?”空空儿懂得师陀土话，他是用土话向浩罕说的。

浩罕怔了一怔，莫名其妙。展伯承大喜说道：“浩罕哥，这位空空大侠想收你做徒弟，这可是你天大的造化来了!”浩罕道：“做徒弟?那么他有什么本领教我呢?”

空空儿哈哈一笑，指着道旁的一棵大树说道：“你瞧树上有只鸟儿，你能不能把它捉下来?”

浩罕道：“这棵大树我是会爬上去的，但鸟儿是会飞的，我一爬上去，它不会停在那儿等我捉的。我只能掏巢里的鸟蛋和还未会飞的小鸟儿。”

空空儿笑了一笑，说道：“好，你看我的。”脚尖一点，平地掠起数丈，一溜轻烟似的就上了树顶。那只鸟儿受了惊吓，连忙展翅腾空。可是它刚刚展翅飞起，空空儿把手一招道：“下来吧!”那鸟儿果然应声落下他的掌心。

空空儿这一手不但显露了天下无双的轻功，也显露了极为深湛的内功，他出其不意的跳上树顶，鸟儿一飞，他就用掌心的吸力把它吸了下来。轻功、内功和时间的配合妙到毫巅。若是早片刻把那鸟儿吓飞，飞出三丈开外，他就吸不下来了。

展伯承和铁凝都拍掌道：“妙啊，妙啊！普天之下恐怕只有你老人家能够手擒飞鸟了!”

浩罕不懂得武功的奥妙，但也知道这是极为高明的本领，连他做梦也梦想不到世上会有这样的本领的。于是浩罕在呆了一呆之后，连忙便跪下来向空空儿磕头，心悦诚服的叫了一声“师父!”

铁凝很是欢喜，上来叫了一声“师弟”。笑道：“我入门在先，应该算是我作师姐吧?”空空儿笑道：“你这小丫头就是想占便宜，好吧，就由你作师姐。”跟着对浩罕道：“你有一位师兄，就是你这位铁师姐的哥哥，名叫铁铮，铁师姐是你师母的弟子，在我本支门下，你是我的二徒弟。”

空空儿收了新徒弟，众人都来道贺。浩罕要三天之后才能复原，宇文虹霓则已恢复如初，但她为了挂念京城的百姓，不愿马上便回去北芒山，于是就在这山村里暂时驻扎下来。

宇文虹霓担心的是经过昨晚的一场血战之后，回纥兵可能关闭城门，屠杀京城的百姓。因此她还有点责怪乌获处理不当，昨晚不应把她护送出城，而没有把老百姓与回纥兵混战的情况告诉她。

不料傍晚时分，消息传来，真出乎宇文虹霓意料之外。在京城里，不是回纥兵出来屠杀百姓，而是百姓将回纥兵困在“内王城”，叫他们不敢出头。

原来昨晚老百姓杀败了回纥兵之后，人心振奋，一夜之间，都组织起来。乌获留在京城的手下，便作了他们的领袖，将老百姓编成一队队的义军，大街小巷，都有老百姓的巡逻队伍，守望相助，只要碰上回纥兵便打。

回纥驻军在京城里约有五千之众，老百姓未起来时，这支精兵要镇压百姓那是足够有余。现在老百姓组成了义军，只精壮的男子已有数万之多，约十倍于回纥兵。

回纥元帅拓跋赤经了昨晚一战，儿子都险些被敌人掳去，饶他是个杀人不眨眼的魔王，也不由得不吓得心惊胆战。到了这个地步，不是老百姓怕回纥兵来屠杀他们，而是拓跋赤怕老百姓来围歼他的队伍了。于是拓跋赤下令，紧守内王城，这是包括王宫在内的一座方圆不过十里的内城，城墙有三丈多高，拓跋赤还怕不坚固，又下令加高二丈，并在内王城周围挖掘渠道，将御河的水引来，加深了护城河。

回纥兵躲在内王城里，变成了缩头乌龟，连外城的四个城门的守军都撤回了。师陀京城，就只除了回纥兵固守的那一片地方之外，其他十分之九的地方，都是老百姓可以自由来往的天地。

但王宫里存粮充足，据乌获所得的消息，至少可以支持一年。内王城里有回纥兵五千，加上纳罕的“御林军”为数也将近一万，他们武器精良，坚城深壕的固守，老百姓想攻破它，那也是极为不易的。

第二日又得到一个消息，泰洛带领一小队精兵，冲出王城。这小队精兵都给老百姓歼灭，但泰洛却逃脱了。根据这个情形判断，泰洛一定是回国去讨救兵，以解师陀京都之围。

针对这个形势，宇文虹霓决定回北芒山义军总部，估计全国的百姓，听得女王脱险的消息，一定会风起云涌的组成义军。到了水到渠成之日，宇文虹霓便可以号召义军，将回纥侵略军都赶出去。

计议已定，当下分拨人马，宇文虹霓带一小队精骑赶回北芒山。辛芷姑与展伯承、铁凝二人陪她回去。空空儿和浩罕则留下来协助乌获，围困王城，以防回纥兵突围。空空儿留在师陀京城，还怀着一个心愿，很想再斗一斗雪山老怪司空图。

话分两头。且说宇文虹霓这一行人赶回北芒山，一路无事，到了北芒山，只见气象已是大大不同。北芒山上，本来已是被回纥兵烧成了一片焦土的，如今又已是绿草如茵，野花遍地，生机蓬勃。自然现象方面是如此，人事方面的变动更大。

去年当义军的大寨被攻破之后，山寨烧成瓦砾那是不用说了，义军死亡殆尽，剩下来的也不到数百人了。但如今又已是联营结寨。更胜从前。他们未到山寨，只见山坡上已是一片黑黝黝的人群，欢呼雷动，迎接他们的女王回来。

原来木里已得快马报讯，预料他们今日会到，是以率众出迎。一行人进了大寨，木里立即向宇文虹霓报告，在乌获入京之后，短短的一个多月的时间，义军已是从四方而来，如今义军的人数将近两万之众，还有不少义军，估计在这十天八天之内，亦将会到来。

宇文虹霓又是欢喜，又是诧异，说道："我只望重振旗鼓，如愿已足。不料在你的经营之下，更是大胜从前。你怎能在这几个月中，便聚集了这许多义军?"

要知师陀乃是一个小国，人口不过一百多万，可以当兵的男子不到三十万人，能有两万义军聚集一处，已差不多是全国兵力的十分之一了。

木里道："这都是仰仗陛下的深得人心。"宇文虹霓笑道："你不必和我说奉承的话。"木里道："另外，就是乌获将军的功劳了。他临走之前，派人到四方去劝说百姓参加义军。经过了被回纥占领的一年多，老百姓都吃尽苦楚，故而这次的号召，很是成功。"

宇文虹霓笑道："这么说来，回纥兵的残暴，虽是坏事，但也把咱们的老百姓刺激起来了。这也未尝不是一件好事呢。"

木里道："两万义军，有一半以上是最近这几天来的。陛下脱险，百姓奔走相告，在人烟稀疏的大草原，就用鼓声传讯，如今全国都知道这个好消息了。所以我估计在未来的十天八天之内，来的将会更多。另外我还要禀告陛下，义军中妇女也很不少。”

宇文虹霓更是欢喜，说道：“很好，很好。铁姑娘，你也可以给我训练一队娘子军了。”

木里的估计果然不错，再过七八天，还未到十天，北芒山上义军络绎而来，人数已接近四万，原来的营寨都不够住了。

可是就在他们回到北芒山的第八天，宇文虹霓同时接到了两个报告，一个是边境的义军飞骑送来的消息，说是回纥从附近几个小国抽调驻军五万，号称十万，由拓跋赤的侄儿拓跋雄做元帅，已经通过吐谷浑的国境，前锋部队，开始侵入师陀国的边界。边境义军，无法防守。

另一个报告则是乌获送来的，倒没有什么新的情况，只是乌获所拟的一个计划，禀告女王，请她定夺的。自泰洛突围之后，乌获已预计回纥必有援兵来到。敌人坚守着王城，老百姓缺乏武器，难以攻破。

是以乌获的计划，想请宇文虹霓即派一支义军赶来京师，在对方的援军未到之前，先把京师的回纥军歼灭。免得他们里应外合，战局又生不测。

宇文虹霓接到了这两个报告，立即定下了“兵来将挡，水来土掩”的对策。把北芒山的义军分为三部，她自己率军一万，堵截入侵的回纥军；木里率领军二万，开赴京城，和乌获会合，用优势的兵力，尽速歼灭盘踞王城的敌人。另一部分约有数千人则留守北芒山。

木里接了命令，却是有点迟疑。宇文虹霓道：“怎么，你嫌兵力不够吗？”木里说道：“不，正好相反。我用不了这许多军队，京师的回纥兵不过五千，我有一万人配合京师的义军已足够了。倒是陛下的兵力似乎太少吧，回纥入侵的军队有五万之众呢！咱们的义军虽然士气昂扬，但敌人五倍于我，只怕难以堵截他们的铁骑吧？”

宇文虹霓道：“不然。我这一万人是准备用来固守乌石关的。乌石关乃是我国的天险，一夫当关，万夫莫敌。只要守着了乌石关，敌人纵有十万之众，亦难飞越。但京师的敌人却是坚城固守，拓跋赤帐下高手甚多，他的五千亲军又是从回纥军中精选出来的士卒。你们的兵力必须多过敌人数倍，才能速战速决。”

乌石关在天狼山上，形势奇险。回纥的援军从北部侵入，必须通过天狼山才能前往师陀国的京都。木里是个懂得用兵将军，他考虑了宇文虹霓的战略计划，觉得很有道理。只是担心宇文虹霓未必能够赶在回纥的入侵大军之前，抢占乌石关。但宇文虹霓之意已决，他也只有遵守命令了。

乌石关离北芒山较近，离边界较远。但宇文虹霓是接获了回纥入侵的消息之后才出发的，这么一来，双方和乌石关的距离就差不多相等了。但宇文虹霓另外却有一个有利的因素，沿途的义军必定会给侵略军以骚扰，阻迟他们的行程。宇文虹霓就是根据这个因素决定她的战略。

宇文虹霓的战略是定得不错，但却不料“天有不测之风云”，在他们行军的途中，碰上了几天霖雨。他们要经过几百里的草原，若是风和日丽的日子，草原是最适宜于行军的。一碰上了霖雨，情况就大大不同了。荒原上一片泥泞，人马都很难走。但这一万义军仍是不畏艰苦，尽了最大的努力向前行进，只比他们预定的日期迟了一天，便到达了天狼山。

这天天气不好也不坏，天色阴沉，但没有下雨。宇文虹霓抬眼一望，只见山顶云雾封锁，乌石关隐隐露出一角。上面有没有人，那可就看不清楚了。宇文虹霓心里想道：“回纥兵是要来解围的，俗语说救兵如救火，如果他们已经占领了乌石关，绝没有在乌石关驻扎下来的道理。如今既然没有发现他们的部队下山，想必他们尚未到达。”于是宇文虹霓立即下令抢关。

不料到了距离乌石关数里的一处险要之处，忽见乌石关上正竖起一面血红的大旗——这是回纥的军旗。霎时间金鼓齐鸣，刀枪如雪，山头上出现了千军万马！

原来拓跋雄精通兵法，他用急行军抢先占据了乌石关，这几天由于霖雨的关系，沿途的义军人数既少，又缺乏战马，是以行军颇受影响，虽然有几处的伏击，但却阻挡不了回纥主力骑兵的行进。给拓跋雄早一日先占了乌石关。

拓跋雄预料师陀国定有义军前来堵截，他权衡利害之后，与其冒着在平原和义军决战的危险，不如在乌石关上以逸待劳。偃旗息鼓，等待义军自投罗网。这么一来，宇文虹霓的这支军队被天气所误，迟了一天，反而受他所算。

回纥骑兵从山顶冲下来，一面用长枪大戟挑起石块滚下山去。乱箭如蝗，飞石如雨，师陀这支义军未曾得与敌人交锋，受伤的已是不少。宇文虹霓急速下令队伍散开，弃了坐骑，人自为战。

天狼山上乱石嶙峋，义军弃了坐骑，各自找寻掩护的处所，或在石笋丛中，或在大树背后，处处狙击敌人。在这样“人自为战”的混乱情况之下，回纥的大队骑兵，虽然不能说是完全失了作用，但已不能收到预期的效力。

回纥有一部分步兵进行搜索，骑兵则在四围盘旋，一发现师陀兵士，便用乱箭射去。霎时间山坡上展开了一场场极为惨烈的恶斗。义军虽是连日奔波，个个疲劳，但仍然浴血奔战，以一当十。

宇文虹霓和辛芷姑、展伯承、铁凝等人一起，杀伤了数十回纥骑兵。此时人自为战，已用不着宇文虹霓指挥了。有认得宇文虹霓的回纥军官大叫道：“快来，快来！师陀国的女王在这儿。”

宇文虹霓怒道：“好，来吧！”接过一支敌人射来的冷箭，双指一弹，反射回去，一箭穿喉，登时把那个大叫大嚷的回纥军官射死。

辛芷姑冲入敌阵，这时正有一百多名回纥步兵要来包围宇文虹霓。辛芷姑运剑如风，没有时间多杀敌人，剑锋所到之处，只是刺对方的要害穴道。不过片刻，中剑倒地的已有数十。辛芷姑的剑法狠辣无比，给她刺着了关节穴道的敌人，无不痛得滚地狂呼！剩下的那几十名回纥士兵吓得魄散魂飞，一哄而散。

忽听得有人纵声笑道：“原来是你这贼婆娘给师陀的女王保驾，你那当家的老猴儿呢？好呀，这次你们都不用逃了！”此人正是泰洛。

辛芷姑怒道：“你是我手下败将，我还怕你不成？”挺剑上前，便要迎战泰洛。泰洛哈哈一笑，忽地说道：“巴老大，这贼婆娘的丈夫是空空儿，你敢不敢惹她？”

泰洛旁边闪出一个脸如锅底的汉子，“哼”了一声，说道：“要不是为了空空儿在师陀国，我还不会来呢。好，我就先拿他的浑家消遣消遣！”辛芷姑大怒，厉声斥道：“什么东西，胆敢无礼！要杀你何用我的丈夫？看剑！”

辛芷姑恨他狂妄，这一剑便想取他性命。黑汉子左手拿一把锯齿刀，右手拿一把长剑。辛芷姑号称“无情剑”，剑法的奇诡天下无双，一招“山抹微云”使出，剑锋微颤，方向不定，变幻莫测。只待敌人出手招架之时，她便可以觅隙进攻，乘虚而入。

哪知这个黑汉子竟是个武学的大行家，守着“敌不动，己不动；敌一动，己先动”的武学要诀，辛芷姑的剑锋未曾指到，他的锯齿刀只是横在胸前。右手的长剑则剑锋下垂，护着下三路。

辛芷姑心道：“你想后发制人，好，我且叫你知道我的厉害！”剑锋一颤，使了一个虚招，虚虚实实，突然一剑就刺过去。这一剑上刺他小腹的“中平穴”，下刺他膝盖的“环跳穴”，剑锋横抹，又有斩腰截肋之功，一招四式，凌厉狠辣，兼而有之。

那汉子不禁喝了一个“好”字，锯齿刀一展，形如雁翅，斜抹削出；那柄长剑，剑锋一横，却使出劈斫的招数。他用刀使出剑法，用剑却使出刀法，饶是辛芷姑见闻广博，也是初次碰见这种“刀剑互易”的路数。

刀重剑轻，武学高手若遇刀剑并使的敌人，心中必定先有个“分寸”，因对方兵器的轻重不同而有不同的应付。哪知这黑汉子“刀剑互易”，辛芷姑冷不及防，不但她的一招四式给敌人全部破解，而且她的青钢剑也给对方的锯齿刀压住，险些脱手。正是：

剑影刀光逢敌手，血雨腥风战一场。

欲知后事如何？请听下回分解。

第三十七回　兵火浮家豪杰恨
金风送爽义师来

辛芷姑毕竟是个剑术高手，善于临机应变，一觉不妙，立即剑走轻灵，一招“夜叉探海”，摆脱了锯齿刀，剑光一绕，反刺对手背后的“风府穴”。

那黑汉子似乎料到她有此一着，反手便是一剑。哪知辛芷姑的剑势指东打西，指南打北。黑汉子的反手剑格了个空，辛芷姑的剑招已是变为“天沾衰草”，这一招悄无声的刺出，看来似是轻如柳絮，其实却是式中套式，招里藏招，真力直贯剑尖，若是给她刺着，纵然练有金钟罩、铁布衫的功夫也要受到重伤。

黑汉子也委实了得，辛芷姑这一剑已是使得轻灵之极，仍然给他听出风声。倏然间只见他一个滑步回身，锯齿刀一拍，辛芷姑转过剑锋，没有给他的锯齿刀拍着，但却给他的长剑荡开了。

辛芷姑硬接了他的刀剑两招，虎口隐隐发麻，知道对方的功力在她之上，不觉暗暗吃惊：“回纥军中居然还有这样的高手，只怕当真要空空儿才能制伏他了。”

但辛芷姑与空空儿这对夫妻有一样相同的脾气，越是碰到强敌，便越是精神。她虽然暗暗吃惊，却也不惧。当下一退即上挥剑再攻。

那黑汉子哈哈笑道：“无情剑果然名不虚传！但也还奈何不了我吧？”辛芷姑道：“打过方知！”话犹未了，一口气闪电般地使出连环七剑。这次她已知道对方是“刀剑互易”的路数，应付起来，便不似初交手时的容易上当了。她这连环七剑，又快又准，变化又极迅捷，每一招都是避实击虚。对方的功力虽比她高，却也忙于应付。不过这黑汉子的一刀一剑，不但内功沉雄，招数也是独创一家。有时是刀剑互易，有时则又是刀剑的正宗招数。辛芷姑的奇诡绝伦的剑法，竟然也占不了这黑汉子半点的便宜。

原来这黑汉子名叫巴大维，乃是回纥的第一高手。不过他不似泰洛在四方走动，所以名气反而没有泰洛大。泰洛情知不是辛芷姑的对手，是以有意用激将之法，挑拨巴大维去对付辛芷姑。他才好腾出身来去擒宇文虹霓。这也是泰洛比巴大维狡猾之处，擒获对方的女王，当然是更大的功劳。

泰洛越过了辛芷姑，哈哈笑道："师陀已有真主，你还要僭号称王么？北芒山上已经擒你一次，这次你还是乖乖的跟我回去吧。"

宇文虹霓大怒道："无耻番贼，北芒山上受你暗算，我正要报此仇！"一剑刺出，泰洛使出毒掌的功夫，腥风扑面，使出了空手入白刃的招数，便与宇文虹霓恶斗起来。

宇文虹霓横剑削出，剑峰一颤，抖起了三朵剑花，左刺"白海穴"，右刺"乳突穴"，中刺"璇玑穴"，剑势飘忽不定，似左似右似中，令人捉摸不定。

泰洛吃了一惊，心道："想不到她做了女王，武功居然没有荒废。"连忙缩手变招。宇文虹霓运剑如风，"嗤"的一声，饶是泰洛躲闪得快，衣襟亦已被刺穿一洞。

原来那日北芒山上，宇文虹霓是和司空猛先斗了数十招，泰洛随后到来，用毒掌令得她头晕目眩，这才给回纥兵的绊马索绊倒受擒的。当时宇文虹霓已是斗得筋疲力倦，不能运气御毒，是以泰洛一发毒掌，便即成功。其实泰洛与宇文虹霓还未算得是见过"真章"。

泰洛因为那日成功得易，未免有点儿轻敌，不料一点上来就险些吃了大亏。泰洛心中一凛，这才不敢不认真对付。宇文虹霓心急报仇，第三剑跟着刺出。连环三剑，一气呵成，剑势极为凌厉，但第三剑的力道却要稍弱一些。

泰洛一个"回身滑步"，一声大喝，双掌推出，荡得宇文虹霓的剑光四方流散，腥风扑面，宇文虹霓闭了呼吸，也不能不退后一步。心中亦是微微一凛。

他们两人的武功各有擅长，本来应该是旗鼓相当的。但宇文虹霓因为连日奔波，泰洛则是以逸待劳，在气力上先占了便宜。十数招过后，宇文虹霓渐渐感到呼吸困难，剑招使出，颇有力不从心之感。

回纥的一个军官率领百多名挠钩手，一拥而上，便要来擒宇文虹霓，这些挠钩手一手提着盾牌，一手挥舞挠钩，是回纥军中挑选出来的劲卒加以训练而成的一个兵种，专门在战场上用来擒拿敌方将领的。

铁凝使的是家传宝剑，有断金截铁之能，挥舞宝剑，一连削断了七八柄挠钩。展伯承的内功经过空空儿的指点，这一年来进步神速，虽然未到一流境界，亦已有开碑裂石之能。他一冲入了敌阵，立即剑掌兼施，挠钩手的盾牌给他一掌打着，盾牌或是反砸回去，或是脱手飞出。展伯承跟着便是一剑刺中对方的要害。如是者剑掌兼施，片刻之间，也杀了回纥的十多名挠钩手。师陀的士兵有数十人赶来，挡住了敌人的攻势。

展伯承道："凝妹，你去助宇文姑姑。"铁凝应了一个"是"字，回身一掠，剑光如练，疾刺泰洛后心。泰洛喝道："你这黄毛丫头也来送死。"反手一掌，心想铁凝不过是个十六七岁的小姑娘，能有多大本事，即使打不着她，毒掌所发的毒气腥风，料她也难以禁受。哪知铁凝的本领虽然不足与泰洛相比，轻功却是她的特长。

泰洛反手一掌打出，铁凝一飘一闪，身法有如流水行云，轻灵飘忽。泰洛的一掌打了个空，所刮起的毒气腥风，也因为给铁凝避开了正面，所受的影响不大。铁凝立即剑走偏锋，刺泰洛的"愈气穴"。泰洛衣袖一挥，把她的宝剑拂开，铁凝又已转过他的左方，依然是抢攻的招数。铁凝的剑法已得辛芷姑的衣钵真传，变化奇诡，每每出乎泰洛的意料之外，所欠的不过是功力不足而已。

泰洛若是单独对付铁凝，铁凝很难应付出十招开外。但如今泰洛的主要敌人是宇文虹霓，只能用两三分精神来对付铁凝。这么一来，却是大受铁凝的骚扰。宇文虹霓喘过口气，剑法恢复了水准，与铁凝联手，登时占了上风。

但辛芷姑和巴大维恶战，却是要稍稍吃亏。师陀的士兵人自为战，敌我两方都是伤亡颇大，比较起来，回纥兵伤亡的更多。

但因回纥兵五倍于师陀的义军，即使伤亡较大，也还是占了绝对的优势，展伯承率领的那一队义军，也给回纥的骑兵冲得七零八落。幸喜挠钩手已给展伯承他们杀得伤亡殆尽，威胁不到宇文虹霓。而在混战之中，回纥的骑兵也不敢放马过来践踏。一来是因为主帅有令，必须生擒师陀的女王，二来也怕误伤了己方的大将。

不过，整个形势总是大大不利于师陀。混战中回纥的几名武士跳下马背。一齐来攻宇文虹霓。这几个武士本领都很不弱，展伯承与铁凝联剑抵挡，才勉强抵挡得住。但宇文虹霓却又必须独战泰洛了。

宇文虹霓气力渐渐不佳，倒吸了一口凉气，心中道："今日之败，都是我指挥不当，误了军机之故。我身为一国之主，决不能让敌人再次擒我。"当下打定了主意，与泰洛拼个两败俱伤，倘若伤不到泰洛，紧急之时，便即回剑自戕，宁教身死，决不再次受辱。

宇文虹霓连使险招，泰洛初时倒是忙于应付。但泰洛也是个武学的大行家，旋即看出宇文虹霓的用意，哈哈笑道："何必要拼个你死我活，拓跋元帅有令，对你还要大大的优待呢。"当下掌法一变，双掌盘旋飞舞，掌势罩住了宇文虹霓的宝剑。宇文虹霓也看出了他的用意，只能和他对抢攻势，不令他有可乘之机。

宇文虹霓毕竟是到了再衰三竭的时候，想到求生不得求死不能的痛苦，既不能回剑自戕，便只有自断经脉的一途了。

就在宇文虹霓心念方动，想要自尽之时，忽听得一声长啸，有人叫道："小霓子，我来了！"却原来是楚平原与段克邪来了。

辛芷姑本来是和巴大维交手的，正自感到吃力，看见段克邪来到，乐得让他。笑道："这黑汉子想找你的师兄较量，你既然来了，就替你的师兄打发他吧。"

段克邪冷笑道："什么东西，胆敢口出狂言？你可知道我的师兄剑下不杀无名之辈！"段克邪不知道巴大维的厉害，巴大维也不把段克邪放在眼中，同样冷笑说道："你就是空空儿的师弟吗？可

宇文虹霓正想要自尽时，忽有人叫道：“小霓子，我来了！”原来是楚平原和段克邪来了！

惜你年纪轻轻，欠了二十年功力，如何能够替代你的师兄?”

段克邪怒道:“你敢看不起我?”说时迟，那时快，青钢剑扬空一闪，闪电般的便向巴大维刺去。这一剑来得凌厉之极，而且是脚踏中宫，平胸刺出。

武学有云:“剑走白，刀走黑。”即是说剑势采的多是偏锋，如今段克邪刚一照面，第一招就从正面攻来，不依剑术的常理，显然是对巴大维的一种蔑视。

巴大维是回纥国的第一高手，手段极为老辣，心里想道:“你这小子猖狂，好，且叫你知道我的厉害。”身形纹丝不动，长剑横在胸前，锯齿刀蓄势待发。段克邪剑锋刺到，巴大维喝声“撒手!”长剑一拍，锯齿刀立即配合，斜劈出去。

巴大维的武术独创一家，是以剑作刀，以刀作剑的。段克邪料不到他把沉重的锯齿刀使出剑术的招数，而且是后发先至，冷不防几乎着了道儿。

刀剑相交，只听得“当”的一声，火花四溅。段克邪喝道:“不见得!”腾身跃起，疾如鹰隼，借着巴大维那锯齿刀的一荡之力，平地拔高数丈，说时迟，那时快，话犹未了，只见他又已是一招“鹰击长空”，凌空刺下，径刺巴大维背心的“风府穴”。

巴大维刀剑合使，锯齿刀后发先至，未能把段克邪的青钢剑打落，紧接着的长剑一拍，也落了空，不由得大吃一惊，连忙斜窜三步，反剑一圈，锯齿刀护着背心，这才解开了段克邪的刺穴招数。刀剑再度相交，巴大维踏前两步，段克邪也不由自己的打了两个盘旋。

原来段克邪的轻功虽然不及师兄，但亦相差不远，比他的师嫂辛芷姑已是高明得多。故而在碰到巴大维的“刀剑互易”的古怪招数之时，虽然是大出意外，猝不及防，但却能够在那危机瞬息之间，凭借着自己超妙的轻功脱险，而且立即反击。应付得比他的师嫂更为适宜。不过，他的功力却是比巴大维稍逊一筹，是以巴大维只是踏前两步，而段克邪则打了两个盘旋。

巴大维低头一看，只见他的锯齿刀已缺了两齿。

巴大维赞了一声:“好剑!”言下之意，只是赞段克邪的宝剑，剑法则似乎还未能令他心折。段克邪冷笑道："叫你知道袁公剑法的厉害！"一声长啸，使出"俊鹘摩云"的身法，平地拔起，在空中一个倒翻，头下脚上，便向巴大维冲去。

巴大维道："你这小子要拼命呀！"锯齿刀拦腰劈出，左手的青钢剑迅即一招"举火燎天"，挑段克邪的小腹。

顿然间只见满空剑光全都收敛，巴大维大吼一声，接连退了三步。原来段克邪这一招是以绝顶轻功配合了"袁公剑法"使出，在一招之内，同时刺巴大维的九处穴道。段克邪固然是未悉巴大维"刀剑互易"的奥妙，巴大维同样也是初次遇上"袁公剑法"。巴大维求胜心切，采用了半攻半守的战术，以刀护身，以剑攻敌。不料段克邪一招能刺九穴，他只用锯齿刀护身，防御的力量却嫌不足，几乎着了段克邪的道儿。幸亏巴大维也是一位武学的大行家，一觉不妙，便立即回剑招架。这才不至于给段克邪刺着他的穴道。但饶是如此，他的衣裳，也已给段克邪的剑锋划破，差一点就要受伤。

段克邪不由得也赞了一声道："好个刀剑互易的招数！"巴大维面上一红，说道："袁公剑法果然名不虚传！"经过了这一招双方性命相搏的较量，彼此都是暗暗佩服，谁也不敢轻视谁了。

但巴大维却要比段克邪多些吃惊，心里想道："这小子是空空儿的师弟，年纪不过二十多岁，便这么了得。如此看来，我若是碰上了空空儿，只怕是败多胜少了。"他却不知段克邪是童年习艺的，固然段克邪的本领是还未比得上他的师兄，但也相差不远了。

当下双方一退复上，再度交锋。段克邪胜在轻功超卓，巴大维则胜在经验老到，功力较深。双方的剑法刀法都是武林绝学，而此时彼此也都摸到了一点对方的底细。巴大维刀剑合使，先采守势，意欲在消耗了段克邪的气力之后，再行反攻。

段克邪展开一剑刺九穴的袁公剑法，有如天风海雨，迫人而来；巴大维则刀剑兼施，沉着应付，有如长堤卧波，不为摇动。一个攻得迅疾，一个守得沉稳。双方都是顺势破势，解招还招，当真是各擅胜场，功力悉敌。

两人越战越紧，斗到酣处，段克邪展开超妙绝伦的轻功身法，进如猿猴窜枝，退若龙蛇疾走，起如鹰隼飞天，落若猛虎扑地。瞬息之间，只见四面八方，全是段克邪的身形剑影！但巴大维沉着应付，双足牢牢钉在地上，任是段克邪连番扑击，也是不能令他移动分毫。

他们这一场激战，回纥兵人数虽多，却是插不进手。甚至有好些人还看得呆了，几乎忘记了是在战场上激战。

此时楚平原已经杀退了泰洛，与宇文虹霓会合，一同抗击回纥骑兵的冲击。他们虽然击败对方高手，但整个战场的形势则仍未改变。回纥兵以众凌寡，仍然包围着师陀的义军。

宇文虹霓重会丈夫的欢喜掩盖不了她对战事的担忧，眼看义军虽然是杀伤了逾倍的敌人，但敌众我寡，却是不堪耗损，宇文虹霓柳眉微蹙，说道："大哥，你带来的人太少了。如今之计，只好拼了性命，掩护咱们的人突围吧。"但天狼山形势险峻，他们已上到半山，在敌人的包围之中，要想突围，安全撤退下山，谈何容易？

楚平原笑道："小霓子，你不用担忧。我这一百多人只是前头部队。你听，咱们的援军不是已经来到了吗？"

话犹未了，只听得金鼓齐鸣，密林深处，杀出了一支队伍，与此同时，山下也是旌旗招展，有一彪人马正在杀上山来。

拓跋雄大吃一惊，心道："想不到敌人还有埋伏，我反而中了敌人之计了。"心念未已，森林中杀出的那支队伍先到战场。为首的是个白马将军，使一根烂银枪，身先士卒，骁勇非常，有一小队回纥骑兵上去截击他，白马将军手起枪落，不过片刻，已把十几名回纥骑兵挑下马来。一冲开了缺口，千骑齐进，锐不可当。

宇文虹霓喜出望外，说道："这人是谁？"楚平原道："他就是中原新起的绿林豪杰，近年来几乎与铁摩勒并驾齐名的夏侯英。"

原来楚平原所邀请的中原豪杰，组成了一支义军。这支义军在雁门关时，恰好遇上了夏侯英的部队。于是双方会合，赴援师陀。

到了师陀，因为他们是大队人马打起旗号赴援的，自有义军的首领与他们联络，带他们上北芒山。其时恰巧宇文虹霓已先走了半日，木里在下山的途中碰上他们。木里所部的前头部队亦已出发了。

木里得了这支援军，立即重定战略，请夏侯英、楚平原这支援军，再兵分两路，一路赴援天狼山，另一路由夏侯英的义弟独孤宇率领，和木里配合，会攻师陀京都。

楚平原救妻心急，挑选了百余名武艺高强的中原豪杰，快马疾驰，先行赶来。是以他们在和回纥兵厮杀了一个多时辰之后，夏侯英的大队才到。

夏侯英身经百战，也是深通兵法的人。他到了天狼山下，伏地听声，已知上面战场的所在。于是他把队伍又分为两路，一路避开正面，从战场侧面的森林中杀出，另一路则从正面攻上去，故意多举旗帜，大鸣金鼓，虚张声势，以动摇对方的军心。

夏侯英两路奇兵突然奇出，拓跋雄不知虚实，只道是中了敌人的埋伏，慌忙下令趁早突围。放弃了对师陀义军的攻击，集结大军，避开从山下攻来的这一路援军，从另一条路冲下山去。

其实夏侯英的这支援军也不过一万多人，加下宇文虹霓的师陀义军，也还不到敌人的半数。假如拓跋雄是洞悉虚实的话，这一场大战谁胜谁负，只怕还是难以逆料。

巴大维与段克邪正在打得兴会淋漓之际，但听得退军令下，却是不容他恋战了。当下巴大维刀剑交击，解开了段克邪迅如闪电般的三招杀手，哈哈一笑，说道："段少侠，恕我不能奉陪了。有胆的你到师陀的京城来，咱们再决个雌雄吧。"

巴大维是个职业武士，不似泰洛的阴毒奸诈，他对本领比他好的人，也颇有惺惺相惜之意。段克邪心里想道："这厮倒还不失武士风度，只可惜他不明大非，以致为本国的暴君利用。"当下也就不为已甚，止步不追，同样的哈哈一笑，说道："咱们的本领是半斤八两，再战也是一样。你若到了师陀京城，可以和我师兄较量较量。我的师兄是不肯与无名之辈交手的，但有我先给你揄扬，他就一定乐意去先找你了。"

段克邪说的是老实话，听来则是十分刺耳。不过，巴大维经过了与段克邪这一战之后，却是不以为忤，只有苦笑的份儿。心里想道："空空儿我大约是打他不过的，但也总要与他一斗。"

回纥的五万大军经过一场大战，伤亡将近一万。但也还有四万多人，从山下攻上来的这支义军不过数千，当然是不能阻拦他们。但回纥兵不知虚实，只顾逃走，给山上山下的义军飞石乱矢攻击，被射伤击伤的也是为数不少。

回纥兵跑光之后，夏侯英过来与宇文虹霓相见，以外国使者之礼参拜师陀女王。楚平原连忙将他扶起，笑道："咱们是武林同道，只以朋友相交。我年纪稍长于你，恕我托大，你就以大哥大嫂称呼我们吧。"

宇文虹霓道："多得义士远来敝国，拔刀相助，义薄云天。我谨代本国的百姓向义士致谢。"

夏侯英也是十分豪爽的性格，当下哈哈笑道："那么恕我不客气就叫你一声大嫂了。大嫂，我不客气，你更不用客气。实不相瞒，我是给回纥兵迫得在国内无地容身，这才到贵国来的。我此来是专为找回纥兵的晦气来的，咱们同仇敌忾，说不上是谁帮谁。"

夏侯英背后闪出一人，哈哈笑道："展少侠，铁姑娘，原来你们都在这儿!"

展伯承大喜道："夏侯大哥，你也来了。"原来这个人就是他们来的时候，在蓟州所碰见的那位义军首领——夏侯英的堂侄夏侯勇。那次夏侯勇被回纥兵与蓟州官军联合包围，铁、展二人帮了他很大的忙。

夏侯勇道："铁姑娘，你不是曾经向我打听褚遂孙女儿的消息么？她已经来了。"

铁凝喜出望外，游目四顾，连忙问道："哦，褚葆龄已经来了，她在哪儿?"

夏侯勇却先卖个关子，说道："还有刘芒的消息，我也知道了。展少侠，你很关心他，是不是?"

铁凝抢着说道："刘芒的消息不用你说，他早已到了师陀，一直和我们住在一起。"

这次轮到夏侯勇有点惊异了，说道："是么？但怎的却也不见他?"

展伯承道："他是和木里将军一路，到师陀国的京城去了。"夏侯勇喜道："我只知道他是来师陀，却还不知道他早已参加了师陀的义军。这么说来，倒不用我们费神去找寻了。”

铁凝道：“喂，龄姐在哪儿，你还没有说呢。”

夏侯英听见他们的谈话，笑道：“这可真是巧极了。我刚才没有见到刘芒，颇为失望。原来他也是到师陀的京城，这我就可放心了。”

铁凝正想问他怎的“巧极”，夏侯英已接着说道：“我们这支援军也是兵分两路，另一路由独孤宇夫妻率领，赶去与木里将军会合，赴援京都的，褚姑娘正是在这一路军中。”

铁凝喜形于色，说道：“哦，原来如此，怪不得你说这可真是巧极了。那么，说不定他们二人如今已经相见了呢！”说罢，妙目斜盼，与展伯承作了一个会心的微笑。

夏侯英笑道：“不过咱们可得快些赶去，否则他们受了拓跋雄的大军包围，这可就不妙了。”要知拓跋雄这一战虽然伤亡不少，也还有四万余人。木里的义军加下独孤宇的这支援军，却还不到三万之众。当下师陀与夏侯英的这支联军立即整顿队伍，回师京都。这支联军虽然是连日奔波，而且连续作战，但听得是去收复师陀的京城，人人都是兴高采烈，伤病立起。

按下师陀与夏侯英这支联军慢表。且说木里与刘芒一路，赴援京都。途中也是因遇大雨，要通过八百里泥泞的草原，误了行程。

这一日雨后新晴，木里将队伍在山边扎营，提早休息。好让士兵们恢复疲劳，准备两日之后的战斗。因为八百里的草原已经走过，估计在后天的晚上，便可以抵达京城了。不料就在这天晚上，却出了一件意外之事。

这一晚刘芒和木里同在一个帐篷，三更时分，忽听得外面守卫的兵士大呼“有贼！”“捉贼呀！”话犹未了，帐篷已是给人撕破，一条汉子冲了进来。

刘芒首先惊醒，跳了起来，拔刀斩去。那汉子哈哈大笑：“好小子，原来是你！斩草除根，待我送你到黄泉上与你爹爹相会吧！”刘芒这一刀用的是“夜战八方”的招式，刀势笼罩八方，近身夜战，最为厉害。不料却给那人“铮”的一声弹开，刘芒虎口疼痛，钢刀都险些脱手飞去。这还不算，那人是掌指兼施，掌心发出的一股腥风，中人欲呕，刘芒吸进些儿，几乎窒息。幸而那人的毒掌还不是正面向他发的。原来木里这时亦已跳起，挥棍攻击敌人。那人用掌力荡开木里铁棍。

十几名卫士点燃火把冲进帐内，那人喝道："你们要送死的就来！"双掌盘旋飞舞，毒气腥风，弥漫全帐。好几名卫士还未曾近得着他，已是中毒昏迷。另几名卫士给他掌锋扫着，更是筋断骨折。

只听得外面战马嘶鸣，马蹄声来得有如疾风骤雨。木里的手下都已惊醒。纷纷呼叫："敌兵夜袭！"

木里喝道："你们都出去抵挡敌兵，不可慌乱。这刺客由我对付！"木里已知这人的毒掌厉害，卫士和他交手，只是白送性命。而且不知道外面的敌人来的多少，必须他的卫士出去帮他指挥。

刘芒内功颇有根底，他吸进的毒气不多，运气一转，胸中的烦闷之感已然消失。定睛一看，认出了这刺客不是别人，原来就是在槐树庄杀害他父亲刘振的那个胡人泰洛。

仇人相见，分外眼明。刘芒明知武功与仇人差得太远，当下也奋不顾身地扑上前去。

原来泰洛是领了一队精骑作为先锋，赶回师陀的京城报讯的。拓跋雄的大军还未来到。泰洛探听得木里的这支军队在山边扎营，遂来夜袭。他在天狼山败了一仗，急欲图功，他料想木里不是他的对手，故此大胆独自闯进木里的帅帐行刺。要知他这队精骑虽然是百中选一的回纥武士，但人数不多，故此他希望一举成功，刺杀了木里，师陀的军队群龙无首，他们就可以以少胜多了。

但木里的本领虽然比不上他，却也是宇文虹霓手下四大武士之一，泰洛要想在三招两式之下将他击倒亦是不能。刘芒有了几年的江湖历练，虽然勇猛，却非鲁莽。他知道泰洛毒掌的厉害，决不和他硬碰，避开正面，与他游斗。刘家的五虎断门刀法亦颇不凡，泰洛兼敌二人，一时间竟也无法对刘芒施展杀手。此时回纥的那队精卫已经冲进营地，和木里的队伍混战起来了。

泰洛企图以少胜多，必须速战速决，心里想道："这小子武功不如木里，但身手却比木里滑溜。好，待我先收拾了木里，再对付他。”主意打定，冒险进击，木里的铁棍一招“神龙掉尾”，横扫泰洛的下三路。泰洛竟不闪避，举手一拨，只听得“卜”的一声，泰洛倒退三步，虎口流血。

可是泰洛的虎口流血是表面看得见的，木里所受的伤害却是看不见的，比他更深。原来泰洛深知木里的内功颇有根底，他的毒掌若是打不到他的身上，只凭掌力所发出的毒气腥风，决计伤害不了木里。

但木里的棍法防守得十分严密，想要毒掌打着他的身子也是很难。泰洛因此拼着受点轻伤，使用邪派中“隔物传功”的本领，把毒质沾上他的铁棍，传进他的体内。

木里最初还不知道他的厉害，见他后退，挥棍追击。不料忽然之间，忽觉半边身子麻痹。泰洛大喝一声，又是一掌，这一掌木里虽以招架，铁棍给他打落。木里踉踉跄跄的接连退了七八步，一跤跌倒。

刘芒大吃一惊，只好把生死置之度外，扑上去拦截，防他再去伤害木里。泰洛哈哈大笑道：“凭你这小子就能挡得住我吗？”正要施展杀手，忽觉背后有金刃劈风之声，泰洛是个武学的大行家，立时察觉对方是刺他穴道，剑法甚为精妙。

泰洛反手一掌，将那人的宝剑荡开，抬眼一看，只见来的是个美貌的汉族少女。泰洛方自一怔，刘芒已是惊喜交集，失声叫道：“龄姐，是你来了！”

泰洛哈哈一笑，说道：“哦，原来你是褚遂的孙女儿。你是救情郎来了？嘿，嘿，我就如你心愿，你们两人不能同年同月同日生，让你们同年同月同日死吧！”

刘芒想不到在这个场合之下，会突然碰见褚葆龄。此时当真是百感交集，反觉茫然。褚葆龄叫道：“芒哥，小心了！”原来泰洛正在发掌要向刘芒打去。褚葆龄如影随形，立即一招“春云乍展”，剑尖直指泰洛的背心大穴。

刘芒听了她的这一声“芒哥”，心中的许多忧虑登时云散烟消，精神抖擞，愈战愈勇。泰洛在他们两人背腹夹击之下，只得又收回对刘芒的杀手，先避过褚葆龄的剑招。

褚葆龄的家传武功以狠辣见长，后来得了空空儿的指点，又添了几分轻灵矫捷。泰洛看出她的家数，倒也不敢太过轻敌。

但褚葆龄与刘芒二人毕竟是年纪太轻，功力尚浅，如何对付得了第一流武功的邪派魔头。他们用尽气力，支持了二十来招，在泰洛毒掌所发的腥风笼罩之下，不觉感到呼吸不舒，招架为难了。

激战中泰洛划了一道圆弧，一抓向褚葆龄抓下。褚葆龄用个"风刮落花"的身法，身形一侧，闪开他的擒拿。

哪知泰洛这招乃是虚中藏实，式中套式的招数，指向褚葆龄的攻势不过是个诱着。褚葆龄身形闪开，他的掌锋一转，倏地就向刘芒的琵琶骨抓了下去。褚葆龄闪过一边，救已不及。

眼看泰洛的毒掌就要抓着了刘芒，就在这千钧一发之时，忽听得"叮"的一声，来势极疾。这人敢用发声的暗器，不啻是给敌人先来一个警告，暗器的手法自是高明之极。

泰洛听风辨器，吃了一惊，原来这颗小铜铃乃是向他脑后的死穴打来的。黑夜外间混战之中，此人尚未冲进帐内，而所发的暗器竟是认穴不差毫黍！

泰洛只好暂且放松刘芒，反手一弹，"铮"的一声，把那颗小铜铃弹得倒飞回去。喝道："偷施暗器，算得什么好汉？有胆的进来见个真章！"

刘芒大喜道："三叔、三婶，快来！"褚葆龄恐防泰洛伤害刘芒，一招"玉女投梭"，刺他背后的"风府穴"。她因见刘芒遇险，这一招就不禁犯了急躁的毛病。泰洛喝声："撒手！"长袖一挥，卷着了褚葆龄的剑柄。褚葆龄的青钢剑果然应声落地。

就在此时，只听得一个女子的声音笑道："这厮要会好汉，宇哥，只好由你和他较量了。"声到人到，一男一女，正是独孤宇和吕鸿秋这一对夫妻。

泰洛卷了褚葆龄的青钢剑，随即便是转身发掌，独孤宇来得恰是时候，折扇一指，对准了泰洛掌心的"劳宫穴"。这"劳宫穴"也是人身死穴之一，泰洛若不收掌，那就是送上去让敌人点他的死穴了。

泰洛心中一凛，知道碰上了点穴的大名家，当下斜身滑步，发出反手阴掌，以掌背护开了独孤宇的折扇，避免给他点着“劳宫穴”，喝道：“来的可是铁扇书生独孤宇么？”

独孤宇朗声说道：“不错。你——”此时他们已是正面相对，独孤宇刚一开口，只觉一股腥风直冲口鼻。独孤宇斜走一步，大怒喝道：“原来你就是杀害我刘大哥的那个凶手。”

要知他们都是成名人物，虽是初会，但对彼此的家数早有所闻。独孤宇已知杀害刘振的是个使毒掌的回纥人，名叫泰洛。故此如今和泰洛一交上手，就知道他是谁了。

独孤宇不算得是武林中顶儿尖儿的人物，但也勉强挤得进一流高手之列。吸了一点毒气，对他伤害不大。当下避过正面，立即侧袭，斜身上步，挥扇进招。

泰洛一招“游龙探爪”，抓他扇柄，左掌随即扑面打来。独孤宇身形向后一仰，倏然间一个滑步，扇头又已点到泰洛胁下的“愈气穴”。泰洛寸步不移，却暗运内功，吞胸吸腹。独孤宇的扇头就差那么半分，未能触及他的身体。说时迟，那时快，泰洛大喝一声，双掌已是向他脊椎猛击下去。泰洛身材高大，比独孤宇高出一个头，这一下双掌俯击，当真是极为厉害的杀手。倘若给他打着，脊骨定然折断无疑。

独孤宇是点穴名家，身手极为矫捷，泰洛出手固然是又狠又快，但他只是一飘一闪，便躲过了。泰洛赞道：“躲得好快！”双掌一圈，荡开他的折扇。

独孤宇听得敌人似赞实讽的这句说话，脸上一热，喝道：“休得猖狂！”折扇一张，当作五行剑使，横削泰洛抓来的手指，泰洛化掌为拳，一个“冲天炮”击去，拚着皮肉受伤，便要打落他的折扇。

独孤宇折扇朝他面门一拨，引开他的目光。泰洛一拳打空，独孤宇的折扇一合，闪电般的便点向他胸口的“璇玑穴”。这一下变招，颇出泰洛意料之外，百忙中要想运功抵御也来不及，迫得后退三步。

独孤宇冷笑道：“你躲得也不慢呀！”如影随形，跟踪急上，泰洛怒道：“叫你这穷酸知道我的厉害！”双掌如环，掌风呼呼，掌力向四方荡开。独孤宇疾攻七招，都给他的掌力震歪了折扇的落点。

独孤宇的折扇点穴是武林一绝，武学有云：“一寸短，一寸险。”他的折扇不过一尺三寸，比寻常的判官笔还要短得多。几乎等于是与泰洛近身肉搏，折扇所指，处处都是泰洛的要害穴道。泰洛的掌力虽然能震歪他的落点，可也不能不全神贯注，只恐稍有疏虞，便着了他的道儿。

但泰洛也有占他便宜之处，一来泰洛的功力胜他一筹，二来泰洛使的乃是毒掌。独孤宇也必须全神贯注，不能让他的毒掌沾着。又因独孤宇的点穴手法虽是第一流，而内功却还未到第一流的境界，故此在泰洛所发的毒气腥风笼罩之下，时间稍长，也自不禁有点头晕目眩。

褚葆龄与刘芒正要上前夹攻，吕鸿秋道：“你们退过一边。”她号称“金铃女侠”，其他的本领不是第一流，打暗器却是第一流的手法。随手摘下缀在衣裳上的小铜铃，便接二连三地向泰洛打去。

泰洛运足掌力，打落了吕鸿秋的三颗铜铃。可是第四颗却从空门打进，泰洛闪避不及，给她打个正着。饶是泰洛内功深湛，也给她打伤了一条肋骨。

泰洛怒道：“你们夫妻俩并肩子上吧！”言下之意，是冷讽他们已是武林中的成名人物，不应不顾江湖规矩，联手打他。

吕鸿秋斥道：“你在槐树庄欺负我的哥哥，我与你还讲什么江湖规矩？”一扬手又是三颗铜铃，分作上中下三处打他穴道。

独孤宇松了口气，掏出一个只有五寸多高的羊脂白玉瓶，内中有几颗碧绿色的药丸，叫道：“芒侄，接下。给木里将军服一颗药丸。”

独孤宇家传的解药毒丹十分灵敏，当年窦元着了王燕羽的独门喂毒暗器，便是求得他的解毒丹才能免掉三年的磨折的。木里是给泰洛用“隔物传功”的本领所伤的，所受的毒当然不如直接给他的毒掌打中那么厉害。而木里的内功也颇有根底，服下了一颗解毒丹，不过一盏茶的时刻，已是恢复了六七分气力。倏地就跳起来。

木里说道：“外面情形不知怎么样了，请你们两位出去帮一帮忙。”刘芒看见独孤宇夫妻已经稳占上风，便道：“龄妹，这里用不着咱们了，咱们外面厮杀去。”这是他们二人分别了一年多之后，褚葆龄重新听他叫的第一声“龄妹”，心中也是不觉有又酸又甜的感觉。

独孤宇眼观四面，耳听八方，外面的胡笳之声已是越来越少，而在嘈嘈杂杂的呼喝声中，可以听得出许多汉语。独孤宇哈哈笑道：“不用去看，敌兵已是即将全军覆没了。”

原来独孤宇这支援军恰好是在三更时分赶到，听得这边有事，立即来援。泰洛的这队骑兵只是先锋部队，人数不多，在师陀与汉人的联军夹击之下，不过半个时辰，已是伤亡殆尽。

木里说道：“好，现在轮到我来报仇了。”陡地一声大喝，提起了铁棍，便来再战泰洛，喝道：“你我是敌国交锋，我可是无须与你讲什么江湖规矩。”一棍打下，泰洛待要招架，独孤宇的折扇又已指到他的穴道。

泰洛在独孤宇夫妻夹攻之下，已是应付不来，何况又添上一个木里。木里虽然只是恢复了六七分气力，也还是一个相当扎手的劲敌。

泰洛无心恋战，双掌交击，荡开了独孤宇的折扇，一个倒纵，猛地就向吕鸿秋扑去。吕鸿秋的暗器打远不打近，独孤宇知道妻子的武功决计不是泰洛的对手，当下大吃一惊，连忙赶去救援。

泰洛用的是声东击西之计，把独孤宇引到吕鸿秋这边，他中途一个转身，已是冲出了帐幕。独孤宇夫妻与木里等人追出，只见泰洛早已打伤几个卫士，混乱中夺了一匹坐骑，在黑夜中逃走了。

木里怒气未消，但他是主帅身份，却也不敢鲁莽。当下止步不追，先行判断敌情。

泰洛这队骑兵精于骑射，战斗力甚强。在师陀与汉族联军的包围之下，虽然伤亡殆尽，仍有数十骑突围而去。

木里心中想道：“泰洛是回去请兵的，回纥派来的援军，绝不会仅仅是这区区一两千人，看来只怕乃是先锋部队。黑夜中追去，若是碰上回纥大军，那就反有被包围的危险了。不如等待天明，判清形势，再作区处。”于是鸣金收兵，命令将士各自回营休息，养好精神，准备迎接明天可能遭遇的更激烈的战斗。另一方面，则选出一队精兵，加强警卫。

刘芒与褚葆龄自告奋勇，登上山头，担当瞭望。此时已是将近四更的时分，月影西斜，残星明灭，从高处望下去，大草原就像是一个沉睡的巨人，风过处，草原上卷起千层波浪，风吹草低，猎猎作响，就像巨人的呼吸。

刘芒不觉叹道：“不到塞外，不知天地之辽阔。如此丰饶的草原，可不能容回纥铁骑的蹂躏。”

月光下只见褚葆龄眼角挂着晶莹的泪珠，但脸上却是一派喜悦的神情，含情脉脉的望着他，似乎想说什么，却没有说。

刘芒道：“龄妹，你想什么？”褚葆龄轻声说道：“嗯，我所想的和你一样。”

他们二人经过了许多风浪，久别重逢，本来大家都是感到有点尴尬，万语千言，不知从何说起的。想不到他们的谈话却是这样的开了头，丝毫没有涉及私情，但彼此之间的情意却又隐隐相通。

半晌，刘芒说道：“龄妹，离开穆家庄那天，我很对你不起。我是有所误会，并非存心不理睬你。”褚葆龄道：“我，我也是有意激恼你的。那位、那位龙姑娘呢？”刘芒只道褚葆龄还怀着心病，讷讷说道：“龙成芳么？她、她和我同行几天，半路走了。”

褚葆龄微微一笑，似乎这早在她意料之中，并不感到惊诧，说道：“我知道你和她合不在一起的。”

刘芒怔了一怔，说道：“你一向是有点误会的，何以现在又知道了？”

褚葆龄道：“后来我仔细想想你们两人的性情，你是一个不大为自己打算的人，而龙姑娘却好似只为了她自己。你，你不恼我说得坦率吧？”

刘芒面上一红，说道：“你说得对极了。我也时常为自己打算的，不过并非完全为自己打算罢了。龙姑娘看来是性情爽朗，有时也有正义之感，可是她的行事，却差不多都是为自己打算的。你一语道破我和她合不来的原因，当真是我的知己。”

褚葆龄也不由得脸上一红，说道：“你别夸赞我了。我实在也很惭愧呢。你可知道我怎么会来到此地的么？”正是：

肯为私情忘正义？要经风雨练新人。

欲知后事如何？请听下回分解。

第三十八回　何用参禅坚定力
但凭慧剑斩心魔

刘芒道："你不是跟独孤宇夫妇来的么？"心里想道："你肯跟三叔前来，当然是以为我在夏侯二叔的军中，是来找我的了。"但这话他却希望从褚葆龄口中自己说出来。

不料褚葆龄却摇了摇头，说道："不错，我是跟独孤宇夫妇来的，但初时我却并没有想到要来找你，直到刚才相会，我还是不打算见你的。但既然见着了，那也很好。"

刘芒大失所望，说道："原来你一直都是对我心有芥蒂的么？可是，你、你刚才又说早已知道我与龙姑娘合不来，照理你不该对我有这么深的误会。"

褚葆龄又摇了摇头，说道："不，你猜想的全都错了。"笑了一声，接着说道："我把这两个月来，我心里所想的全都对你说了吧。初时我是想成全你和龙姑娘的，但后来一想，你们性情不投，此时实难勉强。"刘芒插口道："对啊，那不是早已应该误会冰消了？"

褚葆龄道："不错，但我还不是因为你而来的。你别着急，你让我慢慢说吧。"

褚葆龄歇了口气，接着说道："我对你是慢慢消除了误会，但我知道你对我却是心怀芥蒂。老实说，你是不是以为我与小承子有未断的情意？我的爷爷是希望我和他成婚的。"

刘芒面上一红，说道："我初时的确是认为你和他比和我更为适合。你们是世交，他、他的人品武功也都比我好。不过后来我和展兄成了知交，我们坦开了胸襟倾谈，我才知道我这想法错了。"

褚葆龄道："难怪你有这个想法，我有一个时候，也因为你对我的态度不好，特地和小承子表示亲热。我和他根本是情如姐弟，他对我好，甚至我也怀疑他对我有未断的情意的。但后来才知道这全是姐弟之情。"

刘芒低声说道："我明白。"

褚葆龄接着说道："我知道你对我心有芥蒂，而我也曾有过成全你和龙姑娘的想法，所以有个时期，我的心情实在非常混乱。我不瞒你，我跟独孤宇走，是因为他给我治病，而我又推不掉他的盛情。但我并不想见你，因此我曾想过在半路悄悄溜走，独自回转盘龙谷，伴我爷爷的坟墓，打算再也不问世事，也不与别人往来，孤孤单单的只与我爷爷作伴，过此一生。"

刘芒"啊呀"一声，说道："你怎的有这样悲伤的想法？但后来又是怎样改变的呢？"

褚葆龄说道："那是因为独孤宇告诉我，当时他已接到消息，知道夏侯英这一支义军是要到师陀来的了。"

刘芒问道："独孤三叔和你说了些什么？"

褚葆龄道："独孤宇对我说，中原豪杰正在纷纷赴援师陀，他又说不管刘芒是不是在夏侯英的军中，咱们也该到师陀去与夏侯英相会，助他一臂之力。要知回纥不但是师陀的敌人，也是咱们大唐的仇敌。

"回纥的虎狼之师，数十年来，曾不断的蹂躏中华的土地，杀害咱们的百姓，如今在咱们的国土之上，也还有回纥的驻军。赴援师陀，是为咱们的百姓报仇，也是为咱们的国家打击强敌。其实，不必他说，一路上我也曾目击耳闻许多回纥的暴行。不过独孤宇把咱们必须赴援师陀的道理，说得最为清楚，最为彻底罢了。"

刘芒道："哦，原来你是因此改变了心意，是为了要抗击回纥的侵略而来的。"

褚葆龄道："那一晚，我想了整整一夜。自己也觉得很惭愧。我是不是在儿女私情上想得太多了？难道我只能伴着我的死去的爷爷，就把活着的老百姓的苦难都不管了？我觉得我过去心上有个'魔鬼'，这'魔鬼'就是把个人的事情看得太重，种种烦恼，由此而引起，摆不开，甩不掉。欲除烦恼，必须把这心中的魔鬼杀掉。”

刘芒说道：“你这番话说得真好，不瞒你说，我的心中也是有着这个魔鬼的。现在只是把这魔鬼稍稍刺了一下，还没有把它杀掉。”

褚葆龄道：“我的爷爷少年时候杀人太多，晚年爱读佛经，我也曾偶然翻翻。佛经上有所谓‘心魔’之说，欲除‘心魔’，必须‘慧剑’。这就要看咱们有没有这样的智慧，把慧剑磨得锋利，除掉咱们的心魔了。”

刘芒道：“好，让咱们今后互相劝勉吧。”不知不觉之间，两人的手紧紧握在一起。

褚葆龄轻声说道：“你不会怪我，我并非因你而来吗？我到了师陀，所想的就是怎样帮忙师陀的老百姓打退敌人了。至于见得着你，见不着你，在我的心中都无所谓，也并没有怎样想过。”

刘芒道：“我怎会怪你呢？我听了你的话，心里只有惭愧。我还不如你的智慧，不瞒你说，自从我知道你跟着独孤三叔一同来的，我就禁不住平添了许多心事，希望你来，又不知你会不会理我。心魔未除，无端端的引起许多烦恼。”

褚葆龄笑道：“你比过去也改变许多了。刚才你和我说的第一句话，不就是先为师陀的老百姓着想吗？假如你开口就和我谈儿女私情，说不定我会大为失望，也许真的不理你的。”刘芒吐吐舌头，笑道：“幸亏我说得对了。”

褚葆龄道：“咱们相识了几年，今晚才算是毫无隔膜的真正相识了。嗯，现在我倒想问你一点私事了，你怎么知道我是跟独孤宇夫妻来的？”

刘芒说道：“我正想告诉你，展伯承和铁凝也早到来了。他们是在宇文虹霓的这路义军之中。我和展兄弟相处了几个月，无话不谈。看来他与铁凝将来会成为一对情侣的。但他们这一对却又与咱们以往不同，据展兄弟说，他们从没有谈过一个‘情’字，也没有闹过别扭。这次他们来参加义军，也是大家共同决定，一说起来，毫无犹疑的。他们的年纪比咱们轻，到底是年轻的一辈强！”

褚葆龄大为欢喜，说道："这么说来，你们之间的芥蒂也早已消了。从今之后，咱们四个人是可以成为真正的好朋友啦。"

他们倾谈心事，彼此心意相通，说也奇怪，在盘龙谷的时候，他们海誓山盟，但两人中间总似有一层幔幕隔着。今晚他们很少谈到私情，但感情却已是融成一片，两人之间是再也没有什么相隔了。

褚葆龄忽道："咱们别只顾说话，忘了职守。你瞧，山谷里出现了一彪军马！"原来他们倾谈心事，不知不觉之间，东方已白。山下的景物，豁然显露，远处的一条山谷，从高处望下去，人小如蚁，但也可以看得出是大队的兵马正在进入这条山谷。

刘芒吹响号角报讯，幸亏报讯得早，木里得以从容准备。当下命令各营士兵，选好有利的阵地，埋伏山头。待判明敌势，再决定出击还是防御。另外由独孤宇夫妻与刘、褚二人，带领一队骑兵，在要隘之处巡逻，相机出击，试探敌人的虚实。

不多一会，回纥先锋已到，是巴大维率领的三千骑兵。原来拓跋雄得到泰洛的报告，亦已知道山上有敌方队伍，但却不知道敌人的虚实，巴大维所担当的任务正是和独孤宇一样，来试探虚实的。

巴大维自恃是回纥第一武士，虽然在天狼山之战，他被段克邪稍稍挫折了一点锐气，但他也知道段克邪是中原第一高手空空儿的师弟，他与段克邪打成平手，心里想道："我即使输给空空儿，那也不足为辱。天下能有几个空空儿？"正因为巴大维"目中无人"的故态依然未改，因此他根本就不把山上的"草寇"放在心上，拓跋雄叫他来试探虚实，他却带了三千骑兵，便来冲营劫寨。

独孤宇一声令下，乱箭齐发，山上的石头也似冰雹般的飞下去。这次与天狼山之战相比，恰好是形势倒转过来。师陀这边是以逸待劳，居高临下，据险制敌。一轮乱箭飞石，把巴大维这队骑兵打得人仰马翻。

巴大维大怒，一马当先。便来抢关。抡刀挥剑，冲开箭石，前哨士兵，挡他不住，竟然给他占了山头。

独孤宇夫妻快马冲出，巴大维喝道："师陀与你们大唐有何相干？你们汉人专门喜欢到这里来多事！好，你们既然要多管闲事，我就叫你们知道我的厉害!"

独孤宇喝道:"师陀有何犯及你回纥之处,你们却要来侵占它的国土,欺凌它的百姓?"

两骑相向,看看就要碰上。独孤宇忽地一声长啸,从马背上飞身掠起,抢上巴大维的坐骑,挥舞折扇,点他顶后的"大椎穴"。

独孤宇最擅长的是点穴,但他所使的折扇不宜于马上交锋,故此他飞身抢上敌人的坐骑,看似冒险,其实却是用己之长,攻敌之短。

巴大维心头一凛:"这人的胆量倒是不小!"但他心中只是佩服独孤宇的胆量而已,并非佩服他的武功。

不过独孤宇的身手之矫捷,却也令得巴大维不敢太过轻敌,他是个武学大行家,听得背后微风飒然,不用回头,已知独孤宇是点他哪个穴道,立即反手便是一刀。

此时独孤宇刚刚落在巴大维的马上,一匹马乘了两个人,各以绝招攻敌,当真是比近身肉搏还更凶险!

巴大维喝声:"下去!"反手刀使得精妙之极,不但护着后项,而且刀头的锯齿反勾独孤宇的琵琶骨。独孤宇也不禁吃了一惊:"这厮的武功,竟似比泰洛还高几分。"

但马背上近身肉搏,独孤宇的短兵器却并不吃亏。当下扇一指,搭上了巴大维刀头的锯齿,把巴大维的力道卸了一半。巴大维这一刀未能把独孤宇打落马背,这才知道独孤宇的武功在自己估计之上。

不过,巴大维的内功造诣还是要胜独孤宇一筹,一刀未能将他打落,迅即在马上回头,左手的青钢剑也刺过来。

眼看独孤宇难以抵挡,只听得叮叮之声,不绝于耳。吕鸿秋的三颗小铜铃连翩飞至,分打巴大维的三处要害穴道。

巴大维大吃一惊,"汉人中怎的有这许多打穴高手!"青钢剑顾不得去刺独孤宇,连忙使了一个"横扫六合"的招式,把吕鸿秋的三颗小铜铃全都打落。却不料吕鸿秋的第四颗、第五颗小铜铃连接打来,几乎是同时到达,这两颗小铜铃不是打人而是打马,把巴大维那匹骏马的两个眼睛打瞎了。

说时迟，那时快，独孤宇也立即飞身跳下马背，在他跳下的那一刹那，折扇一张，在马腹上划开一道伤口。

巴大维那匹坐骑受了重创，疼痛难当，一声长啸，忽地跃起一丈多高，把巴大维抛了出去。巴大维也真个了得，在半空中一个鹞子翻身，居然平平稳稳地落下地来，没有受伤。可是他那匹坐骑已是一命呜呼了。

独孤宇笑道："有胆的你再上来。"巴大维怒道："有胆的你下来，咱们步战!"独孤宇笑道："我是要下来的，但却不能听你的命令。你既不敢上来，我就让石头来招呼你吧!"把手一挥，山头上的义军把乱石滚下，轰轰隆隆之声震得山鸣谷应。

巴大维的手下见主帅抢关失败，士气早已消了几分，此时又被乱石打得人仰马翻，哪里还敢恋战?不待巴大维下令，便即乱哄哄的四面散开，争着逃下山去。

巴大维气得暴跳如雷，论武功他是在独孤宇之上，可是他如今失了坐骑，对方是居高临下，以逸待劳，他处在不利的形势之下，却怎敢单独一人冲上前去?而且即使让他冲上，他也没有把握胜得过独孤宇夫妻。因此尽管他不肯服输，暴怒过后，也只好垂头丧气的下山了。

吕鸿秋笑道："咱们可以追下去了!"追至半山，只见山下旌旗招展，回纥的中军已经来到。拓跋雄在斗大的帅字旗下，跨着战马，亲自出来观察敌情，两旁武士围拥，保护着他，自是不在话下。

拓跋雄看了一会，哈哈笑道："这只是一股草寇，不足为患。"泰洛说道："那么咱们是趁势消灭了这股草寇呢，还是不必理会他们，径赴师陀京都?"

拓跋雄有个脾气，喜欢装作礼贤下士的模样，反问泰洛道："依你之见如何?"泰洛道："本来是癣疥之患，但若不把他们消灭，只怕有后顾之忧。"要知泰洛昨晚偷袭失利，吃了大亏，恨不得把独孤宇与木里等人杀掉，把这股义军消灭，才得称心。

拓跋雄沉吟道："我已经遣巴将军去试探虚实了，说不定他已攻占了山头呢。且待巴将军的探子回报吧。"话犹未了，只见三五成群的几十个骑兵，满身尘土，甲胄不全，马鞍失落，人马都带着伤痕，十分狼狈地逃跑回来。正是跟随巴大维去抢关的那队骑兵。

拓跋雄吃了一惊，说道："怎么，你们吃了败仗了？巴将军呢？"回纥的骑兵道："我们忙着逃命，敌人厉害得很，已顾不得巴将军了。"拓跋雄又惊又怒，拔刀斩了两个骑兵，喝道："临阵不顾主帅，先自潜逃，该杀！"

泰洛劝道："巴将军武功盖世，想不至于有事的。众寡不敌，地势不利，偶尔打了败仗，也是兵家常事。请元帅息怒。"泰洛给巴大维说项，其实也是替自己遮羞。巴大维武功远胜于他，尚且失败，那么他昨晚偷袭失利，也就不足为耻了。

拓跋雄正要派人去接巴大维，泰洛忽道："喏，那不是巴将军回来了？咦，山上还有一彪人马追下来呢。"原来巴大维失了坐骑，又是最后才走，故而此时才到。

泰洛抬眼一望，认得带兵追下来的是独孤宇夫妻，便即向拓跋雄请令，说道："这对夫妻是来给宇文虹霓助阵的汉军首领，他们人数不多，让我带几千骑兵上去，包管可以把他们消灭。"

泰洛在这里打着如意算盘，要想吃掉独孤宇这队兵马。独孤宇夫妻却也在那边商量如何打击回纥大军的士气。

他们追至半山，已经看见拓跋雄打着帅字大旗，在山前观察形势。独孤宇道："回纥大军已到，咱们可不能追下去了。按照昨晚与木里将军商定的计划行事吧。"吕鸿秋笑道："咱们是不必冒险攻击，但也得叫这鞑子元帅知道咱们的一点厉害。"

吕鸿秋轻骑疾进，将到山下，倏地把马勒住，摘了两颗铜铃，把手一扬，铃声叮当，便向拓跋雄飞去。拓跋雄看见一个美貌女子追下山来，不觉有点诧异，笑道："这个雌儿倒是大胆得很，但也长得好标致呀。要是将她捉了，献给王叔，倒是一件绝好的礼物。"话犹未了，只听得一连串的叮当之声，吕鸿秋那两颗小铜铃已经打了到来。

拓跋雄笑道："这是什么玩意？"泰洛识得厉害，连忙跳起身来接了一颗铜铃，但另一颗铜铃他却接不着，直飞到了拓跋雄的身前，才给一个武士接下了。

可是这个武士的本领远远不如泰洛，他是给铜铃打着了穴道，这才反手接下铜铃的。他正要把铜铃献给元帅，陡地只觉全身麻软，一跤跌下，变做了一团烂泥似的，大叫一声，双眼翻白，拓跋雄把手一摸，这武士已经是断了气了。

原来他给吕鸿秋的铜铃正巧打着死穴，但因铜铃是从远处飞来，力道稍嫌不足，因此要过了片刻，才能致他于死。

吕鸿秋飞出铜铃，立即策马上山。回纥的强弓硬弩，已是射不着她。拓跋雄大吃一惊，说道："一个女子，也这么厉害。我倒是不可轻敌了。"

巴大维逃了回来请罪，说道："让我再带一彪军马前往抢关，我已知道地形，绕过险要之处，侧攻他们，一定可以将功赎罪。"

拓跋雄已有怯意，说道："胜败兵家常事，巴将军何必介怀。"巴大维正要坚请，就在此时，只见山头上处处旌旗，人影绰绰，喊杀之声，惊天动地，乱箭石头纷纷打下。

其实山上的义军人数不过二万余众，只有回纥军队的半数。但因山高林密，山下望上去，但见义军到处出现，急切间怎能判断敌人的多寡？当真是风声鹤唳，草木皆兵。

拓跋雄一来是给吕鸿秋吓得慌了；二来巴大维是他国中的第一武士，巴大维失利，也大大的挫折了他的士气，三来他看见义军的声势，几疑草木皆兵，还怎敢冒险上山去攻击义军。

拓跋雄沉吟片刻，说道："咱们最紧要的任务是赴援京都，解王叔之围。这股草寇咱们虽然能够消灭他们，但却不必在这里消耗兵力了。"于是下令大军赶快通过山谷，以免中伏。回纥军是以骑兵为主，到了平原地带，他们便可以发挥骑兵之长。

回纥大军以战车作为外围，骑兵在第二圈，步兵则在最内一圈，由骑兵保护。山上的石头滚下来，有战车防御，虽有伤亡，并不很多。回纥的骑兵也发箭向山上射去，掩护大军行进，当然，他们的弓箭从谷底射向山上，漫无目的，更是不容易杀伤义军。

木里与独孤宇按照原来的计划，待回纥的大军三停过了两停，突然一声令下，将预先斫下的树木推下山来，塞着了谷口，山头上的义军一拥而下，截住了回纥的后军厮杀。

木里与独孤宇所定的战术十分成功，要知他们若然不放过回纥的主力便即出击的话，那是敌众我寡的形势，回纥军的装备又远胜义军，那自是对义军不利。如今截着了回纥的后军断杀，让他们首尾不能相顾，回纥的后军不过万人，义军比他们多了一倍，主客的形势恰好掉转过来，义军当然有把握围歼他们。这个战略正合乎孙子兵法的“倍则围之”，与“伤其十指，不如断其一指”的兵学原理。

树木堵住了谷口，战车在急切间也冲不过去。回纥的后军只好在山谷里与义军展开了一场激烈的白刃战。一到了白刃战的时候，什么骑兵战车，都难以发挥原有的战斗力了。此时胜负的关键，最主要的是决定于双方的士气。

拓跋雄听得后军被敌人截断，大大吃惊。巴大维道：“咱们要不要回师解救?”话犹未了，只见山谷那边尘头大起，金鼓声喧。原来是夏侯英与宇文虹霓这支联军的前头部队赶到。

拓跋雄叹了口气，说道：“毒蛇啮腕，壮士断臂。保全实力要紧，咱们还是赶往师陀京都。”其实他乃是最不明敌方虚实，怯于在不利的地形和敌人作战。自比“壮士”，那只是厚着面皮所说的门面话了。

义军与回纥的后军在山谷中展开非常惨烈的白刃战，刘芒与褚葆龄杀入回纥军中，正在浴血猛战，忽听得有个清脆的声音说道：“咦，你看那边，不是刘大哥和你的龄姐吗？龄姐，龄姐!”战场上的厮杀声震耳欲聋，但因这个少女的声音俨似银铃，十分清脆，而且又是用传音入密的内功送出，所以刘芒与褚葆龄还是听见了。

说话的这个少女是铁凝，和她说话的那个少年，不问可知，当然是展伯承了。

原来这支先锋部队是由段克邪率领的。宇文虹霓下了天狼山之后，便挑选五千精骑，拨给段克邪指挥，要他兼程赶路，接应木里的义军，铁凝与展伯承自告奋勇与段克邪同作先行。

这支前锋部队来得恰是时候，木里的义军本来已占优势，段克邪这支精锐部队又再投入战场，更加如虎添翼。回纥的后军在他们冲击之下，登时呈现了土崩瓦解的局面。

铁凝眼尖，先见了刘芒和褚葆龄，于是立即便与展伯承向他们那边杀去。

铁凝平时与展伯承说话，总是喜欢把褚葆龄叫作“你的龄姐”的，习惯成了自然，此时不知不觉，也这样叫了出来。若在平时，褚葆龄听了，心里一定多少有点不舒服的，但此时在火热的战斗之中，她根本就没有想过个人的问题，当然更不会有闲心去琢磨铁凝的说话是讥讽还是善意了。

刘芒应道：“展兄弟，你过来！”褚葆龄也在叫道：“凝妹，你——”她本来是想叫铁凝过来的，忽地眼光一瞥，看见一小队回纥骑兵正在围攻木里，四部战车构成了一个小包围圈。

看来敌人已知道了木里乃是义军首领，故而不惜牺牲，要把木里置之死地。褚葆龄连忙改口叫道：“凝妹，你们去助木里将军一臂之力吧。他那边更需要增援。”

展、铁二人同声应道：“是！”铁凝轻功超妙，身形一掠，越过战车，使出刺穴的剑法，转眼间就刺伤了十几名回纥骑兵。展伯承气力大，杀退了战车旁边的刀斧手，把战车掀翻，义军迅即冲入了这个包围圈，来一个反包围，把这队回纥骑兵扫数消灭。

木里喝道：“放下刀枪的不杀！”

此时回纥的官兵死伤累累，剩下来的已不到三千人，败局已成，士无斗志，果然听令放下武器，结束了这场惨烈非常的恶斗。

木里留下一个支队清理战场，收容战俘。清除了谷口的障碍之后，立即下令继续进军。

此时刘芒与褚葆龄才有空暇与展、铁二人叙话。

展伯承想不到在这样的情形下和他们会面，看褚葆龄对待刘芒的神态，似乎他们二人已是和好如初，展伯承自是暗暗为他们欢喜。但另一方面，他也有点害怕由于他与铁凝的出现，会触起褚葆龄的感伤，甚或有难堪的情绪。

褚葆龄非常爽朗地招呼了他们，笑道：“我不知道你们早已到师陀来了，听说你们在京城一役，和师陀的老百姓把回纥军打得龟缩在王城里面，不敢出来，真是令人鼓舞。我却至今才到，对你们可是惭愧了。”

展伯承自小就和褚葆龄同在一起，但如今站在他面前的“龄姐”，却似换了个新人似的，令他又是惊奇，又是欢喜。过去的“龄姐”虽然有几分男子气概，但也往往免不了有多愁善感的时候，而现在的“龄姐”则是个胸襟开阔，言辞爽朗的巾帼须眉，这个变化可真是太大了。

展伯承放下了心上的石头，暗自想道：“怪不得空空前辈和我说：一个人在江湖闯荡几十年，所得到的磨炼和好处，还不及在战火中磨炼一年半载，甚或三两个月头，这话当真不错。空空前辈如今是判若两人，龄姐也是判若两人了。”

铁凝笑道：“你一来就打了这样漂亮的胜仗，我们都佩服你呢，还说什么惭愧。嗯，你和刘大哥是几时见面的？体己的话儿说过了没有？”铁凝比褚葆龄小两三岁，还不脱孩子脾气，一开口就不知不觉的要和他们开开玩笑。

褚葆龄微微一笑，未曾回答，刘芒已抢着说道：“展兄弟，我正要告诉你，我与褚葆龄是昨日相见的，她和我说了一段佛经的话，很有意思。”

展伯承诧道：“原来龄姐还懂得念经说法，这我可还不知道呢。她说的那段佛经是什么，快告诉我。”刘芒道：“好，我告诉你。”他们二人并辔同行，跑在前头，却把褚铁二女甩在后面了。铁凝正想追下去，褚葆龄笑道：“就让他们也说说体己的话儿吧。”

铁凝恍然如有所悟，说道：“对，他们说他们的，咱们说咱们的。龄姐，你是不是有点讨厌我？”

褚葆龄怔了一怔，说道：“这话从何说起？”

铁凝是爽直的性儿，心中藏不住话的，说道：“那次在客店里，你知道我来了，你就走了。连见面也不肯和我一见，我以为你是讨厌我呢！”

褚葆龄笑道：“原来如此。那次我是有意让你和小承子单独相会的。不过，我的做法也不妥当，我向你认错就是。”

铁凝道：“你不讨厌我，我就喜欢了。一点小小的事情说得上什么认错？”说话之间，前头刘展二人的谈话有几个零碎的片语飘进她的耳朵。

铁凝隐约听得“慧剑”“心魔”以及“无明”“执着”等等佛学名辞，不觉笑道：“龄姐，我从不知道原来你对佛经也很有心得。你给刘大哥说的是什么经？刘大哥着了迷了。你听，他正在将你所授的佛法转给展大哥呢。你说给我听听好吗？师父亲传，胜于我去请展大哥转授。”

褚葆龄笑道：“我哪里懂得什么佛法，不过是从佛经中的一句‘挥慧剑，斩心魔。’而引起的一点感触罢了。我以为每个人心中都有‘魔鬼’，这个‘魔鬼’就是只执着于个人的利害，把个人的事情看得太重。于是而起诸般烦恼，妄动无明。因此，必须以智慧之剑，除掉心魔。”

铁凝道：“好，说得好。我以前也曾贪玩，到庙里听过一个老和尚讲经。他说的我一点也不懂。你说的我虽然不敢说是全懂，但却要比那个老和尚讲的明白多了。”

褚葆龄笑道：“我说过我讲的并非佛法，只是自己的一些感触。大约世上也没有哪个和尚是这样讲的。”

铁凝笑道：“管它有没人如此讲过，能令人听得懂就是好的。我觉得你说得很有意思，再说下去。”

褚葆龄那晚与刘芒说的不过是一时想到，自己也觉得还未说得十分透彻，回来之后，又想到了好些道理。铁凝既然很有兴趣听她“说法”，于是她就接下去说道：“佛经中谈到‘挥慧剑，斩心魔’有十二字真言。这十二个字是：‘斩无明，断执着，起智慧，证真如。’”

铁凝哎哟一声，插口说道：“你一说什么真言，我又不懂了。你用你自己的话来说吧。”

褚葆龄笑道：“你别心急，我正要用自己的话来对你说呢。不过，佛经上既然有这十二字真言，我总应该把它先引出来，这才好发挥呀。”

铁凝道：“好，那你就说吧。”

褚葆龄说道：“俗语说：‘无明火起三千丈’，什么叫做‘无明’，照佛经的说法就是贪、嗔、痴这三种念头。何以有这三种念头，我以为那都是只想到自己，而没有想到别人之故。执着即是固

铁凝道："龄姐，这么说来，咱们最大的敌人还是咱们心中的魔鬼，是不是？"

执一件事情，我看也可以解释为‘自以为是’——自己总是对的，别人总是错的。‘无明’与‘执着’都是不对的，所以要‘斩’要‘断’。斩了无明，断了执着，就生出智慧来了。起了智慧，就可以到佛经上所说的‘真如’境界，也就是最完满的一种境界。这后半段是佛经的说法。”

铁凝又笑道：“你上半段讲的，我听得很明白，下半段讲的又是太玄了。我不要听佛经的说法，我要听你的说法。”

褚葆龄道：“我以为‘起智慧’就是明白道理，什么道理？最紧要的就是能分别大是大非，懂得有所应为，有所不为的道理。比如说，回纥侵略别国的土地，欺凌别国的百姓，于是老百姓就起来反对它。回纥不对，老百姓对，这就分出是非来了。咱们助师陀抵抗回纥，这是咱们应该做的事，咱们也做得对了。

“至于一些个人之间的恩怨与纠纷，那就不必计较了。只要大家做的是同一样的事情，同是对老百姓有好处的事情，那就行了。举眼前的例子来说，小承子和刘芒曾经打过架，现在大家来抗回纥，他们也就成为好朋友了，这也可以说他们是明白了道理。或用佛经的话说，他们是起了智慧了。如果一个人能够挥慧剑，斩心魔，他就会有坦荡的胸怀，心中可以消除诸般烦恼。我以为这就是佛经中所谓‘真如’的境界。”

铁凝道：“好，你这一说，我可懂了。这么说来，咱们最大的敌人还是咱们心中的魔鬼，一定要把它杀掉，是不是？”褚葆龄道：“不错。你把这挥慧剑斩心魔的道理又发挥了一层了。”

铁凝道：“龄姐，你真好。”褚葆龄道：“好什么呢？你心地纯真，‘心魔’比我少得多，我还要向你学呢。”

铁凝道：“不，你比我明白道理。不瞒你说，我从前对你是颇有误会的，你、你能够原谅我吗？”

褚葆龄道：“我从前对你不够关心，做的事情也有不对的地方，以致引起你的误会。我也该求你原谅。好在这些都是小事，照咱们刚才说的道理——”铁凝立即接下去说道：“根本就不必再提了。龄姐，从今之后，你把我当作小妹妹看待吧。”

铁凝以前因为褚葆龄既与刘芒相爱，又与展伯承表现得甚为

“亲热”，对她是无甚好感的。经过这一番谈话，误会消除，对她转而起了敬意。这一声“龄姐”，确是出于她的内心的了。两人并辔同行，相视而笑，莫逆于心。

铁凝道：“咱们赶上去。”扬声说道：“喂，你们讲完了没有？是不是也在说慧剑心魔的道理？展大哥，算起来你是龄姐的再传弟子，我是她的嫡传弟子，你应该向我讨教呢。”

展伯承笑道：“同出一师，那也就不分什么再传嫡传了。咦，你们听，前面似乎又在厮杀了。这回咱们是要挥利剑，斩外敌了。”褚、铁二人赶上前去，果然隐隐听得金鼓之声。展伯承连忙吹响号角，给后面的队伍报讯。

原来拓跋雄的大军在距离师陀京都三四十里之处，又碰上强敌。这是乌获所统领的民兵。这支民兵约有二万之众，前锋部队是浩罕和三千猎人所组成的轻骑兵。正是：

振臂一呼齐奋起，民兵浩荡扫强胡。

欲知后事如何？请听下回分解。

第三十九回　伏虎驱狼寒敌胆
冲锋陷阵显神威

这队猎人组成的骑兵服饰十分古怪，有的披着五彩斑斓的虎皮，有的披着色泽鲜明的金钱豹皮，在灿烂的阳光之下，远远望去，就像满身发着闪闪的金光。有的将各式的兽皮缝成披风，反过来披在身上，看上去就像一头毛茸茸的狮子或者野狼。还有的将兽角当作头饰，千奇百怪，无所不有。

他们的坐骑也十分特别，骑马的不足为奇，还有的骑着师陀国特产的，只是用来在山地耕作的一种野牛，还有的骑着“四不像”。这些猎人从深山里出来参加义军，穿的骑的都是平常所用的东西，但在回纥士兵的眼中，却变成了一群怪物。

回纥士兵未战先怯，这队猎人一冲上来，登时把回纥的队形冲得大乱。

此时只是双方前头部队的接触，回纥的前锋名叫车卫，乃是回纥国中有名的勇将，闻报大怒，立即带兵赶上前方增援，用回纥的传统战法，以战车掩护骑兵冲锋。弓箭手躲在战车里射敌方人马。

回纥弓箭手用的铁胎弓乃是当时最犀利的一种武器，能射到二十丈开外。回纥的前锋部队有五千之众，在人数上也占了优势。师陀的这队猎人队伍不畏强敌，勇猛冲击，双方伤亡都是不小。

车卫怒道：“连这些‘野人’都打不过，我还当什么回纥的大将?”亲自带了卫士上前冲锋，这些卫士都是百中选一的神箭手，车卫本人又骁勇无比，手使一支方天画戟，近的戟挑，远的箭射。杀伤了百多个猎人，回纥的士气为之一振。

忽听得号角齐鸣，师陀国这支猎人队伍两面分开，只见一群野牛头上缚着火把，带着融融的烈焰疾冲过来。有一个满头金发，披着虎皮的少年，跨着一头犀牛，押着火牛阵冲入回纥军中。回纥的士兵几曾见过如此的阵仗？登时被对方的火牛阵冲得七零八落，骑兵的战马不受控制，先自逃跑。连战车也阻拦不住。

这个少年正是师陀方面的先锋浩罕，他是驯兽的天才，前些日子他听得师父空空儿谈及中国的一个有名战史——战国时代，齐国的田单以火牛破燕的故事，启发了他的才智。师陀国的山地上野牛甚多，他叫他的手下猎人捕获了一百多头野牛，他用的野牛比驯养的家畜当然是更为凶悍了。

车卫大怒，单骑上来挑战浩罕。浩罕骑的犀牛又是野牛中最凶悍的一种，幸而车卫的坐骑是久经训练的战马，车卫还可以控制得住。

车卫自恃勇武，方天画戟一挥，就向浩罕挑去。哪知浩罕更是天生神力，他用的是一柄厚背斫山刀，横刀一挡，刀戟相交，“当”的一声，火花四溅，车卫虎口酸麻，方天画戟几乎脱手。

车卫的坐骑见犀牛向它冲来，吓得慌了，车卫只得拨转马头逃走。不料这头经过浩罕训练的犀牛，跑得比马还快，一阵风的就追上了它。犀牛的长角猛触过去，车卫胯下的战马受伤倒地，浩罕大喝一声，登时将他活擒过来，一个旋风急舞，摔将出去，活生生的将他摔死。

先锋战死，回纥军心更乱。浩罕杀得性起，带领他的猎人队伍，便即乘胜追击。忽听得后方锣声，这是“鸣金收兵”的号令。

浩罕心道：“敌人已经溃败，正好一鼓作气，杀他个七零八落。怎好在此时收兵？”于是不理己方的号令，依然挥兵杀去。

拓跋雄统率的这支大军，经过天狼山与昨日峡谷之战的两役，虽然伤亡不少，也还有三万多人。浩罕以三千人冲入敌阵，孤军深入，犯了兵法的大忌。

火牛阵虽然得逞一时，但在回纥弓箭手，用铁胎弓密集的攒射之下，一百多头野牛，不用多久，已是伤亡殆尽。回纥国中的第一高手巴大维请令出战，指挥骑兵，两翼包抄，把浩罕这支猎人队伍，困在垓心。

浩罕不知巴大维的厉害，骑着犀牛，向他冲去。巴大维喝道："车卫就是你这个怪物杀的么？"浩罕怒道："不错，是我杀的，你怎么样？你敢骂我，我连你也杀了！"两骑相接，浩罕一刀就向巴大维劈去。

巴大维哈哈笑道："你要杀我，那还差得远呢！"锯齿刀直斫下来，长剑横削过去。刀剑交击，浩罕的厚背斫山刀被他的刀剑夹击，一翻一绞，几乎把握不定。幸而浩罕经过空空儿的指点，已懂得运用招数，当下连忙把刀锋一转，使出了一招"脱袍解甲"，趁着犀牛向前猛冲的力道，这才摆脱了巴大维刀剑的夹攻。

巴大维颇感意外，心中想道："这人学的虽是上乘武功，运用却未纯熟，看来是个雏儿。但他天生神力，若不早除，待他武艺练成，必将是我国的大患。"于是纵马来追。他这匹坐骑乃是拓跋雄送给他的，比车卫那匹坐骑好得多，片刻之间，就追上了浩罕所骑的犀牛。

浩罕正自不肯服输，见巴大维追来，正合心意，便即回过头来与巴大维再度交手。

巴大维这匹坐骑也有几分惧怕犀牛，不过，因它是曾经百战训练极佳的骏马，却比犀牛灵活。巴大维的骑术又精妙，犀牛冲来，他一闪就连人带马地闪开了。

浩罕喝道："你既来挑战，为何又不敢与我交手？"巴大维笑道："你懂得什么，你等着瞧吧！"策马一个盘旋，待浩罕的犀牛猛冲过后，开始缓慢下来之时，巴大维连人带马，倏地就疾驰过来。左手的长剑一招"平沙落雁"，向浩罕横刺。

浩罕侧转身躯，举刀招架。此时巴大维的坐骑与浩罕所骑的犀牛是在平行的位置，牛角触它不着。

巴大维出手如电，一剑才向浩罕刺去，右手反手一刀，又向牛头斩下。浩罕的武艺究竟还未纯熟，顾得了自身，却顾不了他这头犀牛了。

犀牛被砍了一刀，刀上的锯齿在牛头割开了三道伤口。犀牛负痛狂奔，倏地跳起一丈多高，向前猛冲猛跳。原来犀牛皮厚肉硬，牛头尤其坚实。以巴大维的内家真力，一刀劈伤了它，一时间也还未能置它于死。巴大维本来想先伤了浩罕的犀牛，然后再杀浩罕的。犀牛负痛狂奔，却是他始料之所不及。

浩罕的犀牛冲入回纥军中，回纥的士兵惊骇奔逃，犀牛撞伤了十几名士兵，这才气衰力竭，倒下地来。巴大维正要再追过去，忽见漫山遍野的师陀民兵杀将过来，原来是乌获的主力部队已到。

巴大维仍然要杀浩罕，刷的一鞭，飞马来追浩罕。浩罕自小在山中与野兽追逐，不知不觉的练成了一身轻功，这一个月来，又经过空空儿的指点，轻功身法，更为了得。他在战场上左避右闪，巴大维的坐骑竟然还没有他那么灵活。

说时迟，那时快，乌获所率领的大队民兵已经疾卷过来，和回纥的前锋展开了混战。就在此时，只听得回纥的中军也在击起了收兵鼓，巴大维不敢不奉将令，只好回去。这一边，浩罕和他那支猎人队伍，得到了接应，也突围而出，与援军会合了。

巴大维回到中军营帐，问拓跋雄道："元帅何故将末将招回？对方骑兵甚少，武器不全，兵力也未必强于我军，看来只是一群乌合之众。"

拓跋雄道："料敌从严，叔王在师陀京都有司空图父子与窦元等许多高手效力，也是被这群'乌合之众'围在王城之中的，岂可轻敌？而且后面还有木里与独孤宇这支军队追来，是以我军必须大军集结一起，判明敌势，方好出击，以免背腹受敌。巴将军，你就留在中军，不可轻易出战。"

原来拓跋雄在进军师陀之后，接连两战皆败，锐气大挫。他有一个泰洛保护他还嫌不够，是以又要把巴大维调回，放在他的身边。有两大高手做他护卫，他始放心。

拓跋雄结集大军，以方形阵势出击。每千人列成一个方阵，配合十辆战车，向敌方阵地逐步推进。师陀的民兵士气极为旺盛，但装备与训练则不及敌人，长于野战而不擅阵地战，在敌方以优势兵力挤压之下，虽然人人奋战，但强弱悬殊，终于有几道防线给敌人突破，堵截不了回纥的进军。

形势正在十分紧张之际，忽见尘头大起，一彪军马杀奔过战场，回纥的后军已在和这彪军马展开激战。原来是段克邪所率领的先头部队杀到，展伯承、刘芒与褚葆龄、铁凝等人都在军中。这一支部队人数不多，只有三千多人，但战斗力却是甚强。一投入了战场，立即就发生了牵制的作用，拓跋雄急忙从前线抽调精骑，增强后防。如此一来，师陀民兵所受的压力大为减轻。乌获抓紧时间，重新布防，抢占了有利的丘陵地带，堵住了回纥的攻势。

且说浩罕败回本队，甚是羞惭，当下往见乌获请罪。乌获正在与空空儿商讨军情，见浩罕来到，笑道："空空前辈，我可要教训教训令徒了。"空空儿道："浩罕有勇无谋，是该教训。"

乌获正色说道："论战功，你杀了回纥的先锋，击溃了敌方的第一线部队，这功劳很是不小。但你不听号令，孤军深入，陷于险境，这过错也很不小。念你初犯，姑许你将功赎罪，下次可不能这样了。"浩罕满面通红，说道："是，我知错了。"

乌获又道："你过去是在山上一个人打猎，可以随得你的性子，喜欢怎么打就怎么打。现在你是参加了义军，是和大伙一同作战，这可不同于单人打猎了。你一人不听号令，就会连累大家的，所以军中定有军法，必须人人遵守。这道理你懂了吗？"浩罕刚才虽然认错，却还未能自省这个错误的根源。如今乌获一针见血地指出他的缺点，浩罕这才是真的懂得了。

空空儿在旁边听了乌获的这番话，也不觉连连点头。乌获虽然只是教训浩罕，在空空儿听来，却似连他也教训及了。空空儿平生自恃本领，独往独来，已经惯了。乌获指出浩罕的毛病，也恰好是说中了他的毛病。空空儿不觉心中一凛，憬然如有所悟。

空空儿见浩罕满身尘土，说道："你是给人打下坐骑的吗？"浩罕道："不错。我杀了回纥的先锋，却给另一个回纥的军官打败了。"空空儿道："是单打独斗赢你的吗？"

浩罕道："是的。他打杀了我的坐骑，我和他虽然未决雌雄，但也打了两个回合，我知道我不是他的对手。"

空空儿最喜欢找有本领的人交手，听了浩罕的话，不觉大感兴趣，忙问道："那个人是谁？"

浩罕说道："是一个左手使刀，右手使剑的回纥军官。喏，就在那边，骑着高头大马的那个人。”空空儿跟着他所指的方向望去，只见在一块高地上，竖着回纥的军旗，回纥的元帅拓跋雄和十几个军官，聚在军旗之下，指指点点，似乎正在谈论战场形势。

空空儿的脾气最见不得有本领的人，此时听说是巴大维将他的徒弟打败，不由得技痒难熬，恨不得马上就去找巴大维较量。但军有军纪，必须听号令而行。巴大维与拓跋雄是在回纥的中军，若要与巴大维较量，必须突破回纥的几重防线，孤军深入才行。浩罕刚刚才因为不听号令，孤军深入而受乌获的责备，是以空空儿虽然技痒难熬，一时却也不敢造次。

此时双方的混战正在激烈展开，战场上犬牙交错，杀得天昏地暗，日月无光。某些阵地是回纥占了优势，某些阵地是师陀义军占了优势。

但总的说来，还是回纥的军队掌握了主动的攻势。他们一来兵力较强，二来武器精良，三来他们又多的是职业军人，作战的训练和临阵的经验都胜于义军。但义军却胜在有旺盛的士气，在回纥的骑兵与战车的冲击之下，奋力搏斗，前仆后继，回纥的军队向前推进每一寸的土地，都要付相当的代价。

乌获纵目战场，不禁心中烦恼。想道：“咱们的弟兄都是好战士，但强弱悬殊，硬拼下去，只怕于我不利。须得想个方法击破敌人的攻势才好。”

乌获正在苦思，忽见一团白光在敌阵中翻翻滚滚，冲刺出来。霎时间白光一敛，现出一个少年武士，原来是段克邪。他以超卓的轻功展开迅疾异常的剑法，敌兵挡者辟易，远远望去，就只见到一团白光。

空空儿喜道：“师弟，你来了。你的师嫂呢?”段克邪道：“她和楚大哥、大嫂在后面，不久就到。师兄不用挂心。”空空儿面上一红，说道：“我记挂什么。不过，她若在这儿，多一个帮手，咱们倒可以冒险试试——我是想射人先射马，擒贼先擒王。冒一个险，去劫敌人的帅帐。”

段克邪见过了乌获，简单的报告了天狼山之役的经过，说道：“目下战场的形势是敌强我弱，师兄之计，似乎不失为一个可以扭转形势的办法。咱们以一支奇兵，突袭敌人的帅帐，若得成功，敌人必定溃败。”

说话之间，展伯承、刘芒、褚葆龄、铁凝等人也相继到来。乌获想了一想，说道：“好，可以试试。只是要令你们出生入死，我，我……”

空空儿不待他把话说完，哈哈笑道：“我平生最喜欢的就是冒险，越险越好，我就越有精神。说实在的，我只是怕你不答应呢。”

乌获深知空空儿与段克邪之能，笑道：“好，我预祝空空大侠一举成功，不过，也不好太轻敌了。”当下，选出了一队精兵，由空空儿率领，从险窄的山道杀出，突袭对方的帅帐。段克邪、展伯承、铁凝等人都随着去。这次的突袭和刚才浩罕的孤军深入不同，一来是双方的主力都已在战场上展开厮杀，战场上成为犬牙交错的形势，这支奇兵随处都有已方的人接应。二来空空儿和段克邪等人的本领，当然远非浩罕可比，乌获可以放心。

空空儿与段克邪双剑纵横，在前开路，突然从回纥的侧翼杀入。回纥的军队虽然众多，但总不能布满整个战场，空空儿师兄弟二人施展绝顶轻功，左面一兜，右面一绕，逢隙即钻。他们顾不得多伤敌人，只是在避不开的时候，才用刺穴剑法，把敌人刺伤，刺了他们的穴道，让他们倒在地下，反而成为他们自己人的障碍。

空空儿杀得高兴，一往直前，不知不觉已是独自在先，离开本队渐远。拓跋雄看见空空儿一人杀来，吃了一惊，说道：“这个怪模怪样的汉子是什么人，如此厉害？”泰洛道：“是中原的第一高手空空儿。”拓跋雄大惊道：“听说空空儿来去无踪，在百万军中取人首级易于探囊取物，咱们避他一避。”

巴大维听说是空空儿，也是不禁大吃一惊。但他是有心与空空儿一较本领的，虽然吃惊，却是不如拓跋雄等人的恐惧。说道：“百万军中取人首级，那也不过是说说罢了。元帅不必长敌人志气，灭自己威风，让小将会他一会。”

拓跋雄正要巴大维自告奋勇出去抵挡，于是说道：“好，那么你小心了！不过，还是先让战车拦他一拦吧。”

空空儿正要抢上那个山丘，忽见六七辆战车排成一排，疾驰下来，每一辆战车都是四匹马拖着跑的，来势极疾。空空儿大笑道："战车岂能奈我何哉！"眼看前头的战车就要撞到他的身上，空空儿飞身一跃，平地拔起，竟然从战车上方越过。

只听得"轰隆"声响，一辆战车在山坡上翻了一个筋斗，滚了下来，在它两旁的战车收势不住，轮轴碰着前一辆战车，登时也翻倒了。原来空空儿在以天下无双的轻功飞越战车的时候，还以迅逾追风的剑法，刺伤了那辆战车前头的两匹马。

三辆战车翻倒，开了一个缺口，段克邪与后队的展、铁等人跟着也冲上了山坡。巴大维大喝道："空空儿休得猖狂，试试我的本领！"策马疾驰而下。

段克邪道："师兄，这人是回纥的第一高手，本领在泰洛之上。"空空儿笑道："我知道了，我正要会他。你照应后队吧。"

空空儿一声长啸，把手一扬，一道蓝艳艳的光华电射而出，这是淬过毒药的匕首。空空儿自从成名以后，就没有使用过暗器。不过这次他飞出匕首，也并非是要杀巴大维，而是要杀他那匹坐骑。因为空空儿长于步战，不愿在地上与骑着马的巴大维交锋。

巴大维是武学的大行家，一看就知飞来的暗器有毒，喝道："用有毒的暗器算得什么好汉？"口中吆喝，横刀就去拨打。不料空空儿的暗器功夫比吕鸿秋还更高明，看是射人，实是射马。那支匕首看来明明是朝着巴大维面门飞来的，巴大维横刀拨打之时，那支匕首却忽地往下一沉，"卜"一下响，刺入了马的脑袋。那匹马一声长啸，四蹄屈地，登时把巴大维摜下马背。

空空儿哈哈笑道："你杀了我徒弟的坐骑，如今我也杀了你的坐骑，算是扯了个直。又不是打你，你慌什么？"巴大维怒道："好呀，空空儿你欺人太甚，我与你拼了！"空空儿笑道："你欺负我的徒儿，我就要欺负你，你怎样？你拼了命又能奈我何哉？"

巴大维气得七窍生烟，更不打话，一刀就向空空儿横劈过去。空空儿短剑一划，"刷"的一声，火花四溅。巴大维刀头的锯齿断了两齿，但他那一刀从空空儿的头顶削过，要不是空空儿的轻功超卓，在危险绝伦之际恰恰闪开的话，也几乎给他削去了一层头皮。原来巴大维是用锯齿刀来使出剑术的招数的，空空儿一来是初次遇上这种怪招，二来他也是有点轻敌，故而险些两败俱伤。

空空儿心中一凛，并非是由于敌人的本领，而是凛然于自己的毛病复发，心中想道：“铁摩勒有次与我谈论武功，曾有言道：‘狮子搏兔，也应用全力。’他的说话是针对我惯于轻敌而发的，我怎么忘了？这厮既然是回纥的第一高手，手底也的确有几分‘硬份’，我应该稍加小心才是。”

空空儿心念电转，迅即还招，巴大维把长剑用作大刀来使，一剑劈下，左手的锯齿刀则以剑术的招数径直刺出，刀剑交击，使出了他的看家本领来对付空空儿。空空儿笑道：“你的武术独创一家，也算得是不错的了。不过，要想伤我，却是万万不能。”

话犹未了，只见一道寒光，耀眼生辉，巴大维的刀剑交击，连空空儿的衣角都没沾着。巴大维立足不稳，空空儿已是如影的疾扑过来。巴大维也委实了得，身形向后一仰，横刀护着面门，“飕”的一声，空空儿的短剑从他头顶掠过，虽是伤他不着，也险些削去了他的一层头皮。巴大维迅即还了一招“李广射石”，挽剑刺他手臂。

空空儿哈哈笑道：“来而不往非礼也，咱们这两招算是打成平手。再来，再来！”从他头顶掠过，回过头来，又与巴大维交手。

原来空空儿的脾气近年来虽然改了许多，但俗语说：“江山易改，品性难移。”虽然改了许多，但争强好胜之心究竟还未能完全去掉。是以他刚才给巴大维一刀从他头顶削过，他也立即要还以颜色，同样的一剑从他头顶削过。其实刚才那招，他已削断巴大维刀头的两齿锯齿，而巴大维没伤着他，算起来还是他占了上风的。

巴大维面红过耳，把空空儿的话当成讥讽，怒道：“空空儿，你也不过赢了我的一招，就如此妄自尊大，目中无人了么？”

空空儿怔了一怔，说道：“你临危不乱，不愧回纥第一高手之称，我是诚心赞你的，你怎么反而骂起我来了？”

这“临危不乱”四字，听在巴大维的耳中，又似一支匕首似的，令他感到刺耳钻心。空空儿口中说话，手底丝毫不缓，此时他已不敢有丝毫轻敌之心，每一招都是攻守兼施，使出他的看家本领。

武学有云："一寸短，一寸险。"空空儿以匕首般的短剑进招，便似近身肉搏一般，但见剑光飘瞥，剑花错落。虎虎风生。短剑所指，处处都是巴大维的要害穴道。巴大维脚踏五门八卦方位，步步后退。但他虽然是步步后退，一刀一剑，却也防御得十分严密。步法招数，丝毫不乱。十招之中，也能还攻三两招。空空儿的"一剑刺九穴"的袁公剑法，急切之间，竟也未能刺着他的穴道，破得他的"刀剑互易"的招数。

空空儿越战越是精神，顿然间但见四面八方都是空空儿的身影，巴大维也不能不把招数加速，过了一会，只见剑光刀影，在旁人看来，连敌我两方都分不清了。

回纥的众军官，一来固然是因为插不进手去，二来段克邪等人亦已杀到，他们要保护拓跋雄，因此也顾不得巴大维了。

拓跋雄在段克邪即将杀到的时候，连忙说道："咱们还是避他一避。"于是在泰洛诸人保护之下，匆匆而逃，连军旗也来不及收起了。段克邪追上前去，与泰洛交手了十余招，展、铁诸人未到，段克邪武功略胜泰洛，在十余招之内，未能败泰洛，拓跋雄已经躲进大军之中，去得远了。他弃了帅旗，混在大军之中，谁能认识出是他？而且这种奇兵突袭，时机稍纵即逝，待得展、铁等人攻上这座山丘，拓跋雄在大军保护之下，他们这支奇兵也就难以冲破敌方的大军，把拓跋雄俘虏了。结果是只占领了敌方的一个阵地。

拓跋雄一走，泰洛无心恋战，跟着也跑，段克邪无暇追他，回转来看他的师兄与巴大维激战。

巴大维被空空儿迅逾追风的剑法迫得不能不把招数加速，但空空儿的快剑是使惯了的，而巴大维的"刀剑互易"招数一使快了，功力就难以发挥，而且他又不习惯于使用快刀快剑，因而也就加倍吃力。不过半支香的时刻，他已是大汗淋漓，衣衫尽湿，气喘吁吁。

蓦然间，巴大维忽地发觉拓跋雄等人都已走了，这座山丘上只有他一个人，而敌人则有和他交过手的段克邪以及其他见过的展伯承、刘芒等人，都已在他的周围观战。

巴大维这一下吃惊真当是非同小可，吃惊之中还带着几分气愤，他倒抽了一口凉气，实在想不到他的自己人竟会弃他而去，拓跋雄是主帅身份，临危避敌，犹有可说，最不该他认为是“好友”的泰洛，临走之时，竟也不向他打个招呼。

空空儿喝道：“小心了！”一剑闪电般地刺去。巴大维本来就是败象已露，此时见泰洛等人弃他而去，更无战意，空空儿虽在出剑之前，提醒了他，这一剑他仍是无法招架。只见剑光一闪，他的手腕突然好像被利针刺了一下似的，锯齿刀不由得当啷坠地。

空空儿这一剑其实还是手下留情，他的力道使得恰到好处，只是在巴大维的虎口轻轻点了一下，令他的锯齿刀脱手便算。倘若空空儿真要使出杀手的话，这一剑大可刺伤他的关元穴，令他一只手臂变成残废。

巴大维是个武学的大行家，空空儿手下留情，他心中自然明白。这刹那间，他不觉意冷心灰，又是羞惭，又是沮丧，突然间就把右手的长剑向自己的胸膛一插。

可是他出手自戕，动作虽然十分之快，但空空儿却比他更快，就在他的剑尖堪堪刺到胸口的时候，空空儿一招“空手入白刃”的功夫，就把他的长剑夺去，而且立即又把他的锯齿刀也拾了起来。

空空儿哈哈一笑，说道：“巴将军，你已经挡了我的一百二十七招了。当今之世，能与我交手到百招之外的，不是我妄自吹牛，实在没有几人。你挡了我的一百二十七招，也实在堪称武林高手了。说老实话，我对你很为佩服，你何必自尽。留下来，咱们将来还可以切磋切磋武功。”

空空儿诚心诚意地说了这一番说话，就把锯齿刀与长剑交还巴大维。巴大维面上一阵青一阵红，接过刀剑，说道：“好，多谢你不杀之恩，我算是交了你这个朋友了。从今之后，我隐居深山，杜门不出，再也不为回纥效力。待我练好了功夫，那时我再下山，向你请教。”说罢，刀剑交击，锯齿刀与长剑同时断为两截。

巴大维自毁刀剑，众人都是一怔。只见巴大维把断刀断剑弃于地下，说道：“空空大侠，我断刀毁剑，略表心意，十年之内，绝不与你为敌。十年之后，我的武功若有寸进，再来与你切磋。”说罢，回头就走。

段克邪叹道："这人倒是颇有血性，不似泰洛的奸狡。"空空儿道："我是出于惺惺相惜之念，放他走的。他是回纥第一高手，只要他从今之后，当真是如他所言，不再为本国的暴君效力，那么也实在是无须杀他，你说是吗?"

段克邪道："不错，咱们对待各种不同的敌人，本来也是有所区别的。巴大维虽然不是彻底悔悟，但他如今既然是毁了刀剑，表示不再与咱们为敌，当然是可以不杀他的。"

空空儿听得师弟赞同他做的这桩事情，大为高兴。可是他朝山下一望，这一团高兴不由得迅即冰消。原来拓跋雄逃跑之后，集中兵力，作单线进攻，已给他冲开了一个缺口，正在朝着师陀京城的方向，突围而去。

空空儿悔恨不迭，说道："都是我的不对。我碰着了敌手，只顾与巴大维厮杀，却放走了拓跋雄。刚才我若是不理巴大维，只管去追拓跋雄的话，说不定还是可以俘获他的。"

段克邪安慰他道："虽然未能俘获拓跋雄，但也大寒敌胆了。他们兵多将众，咱们这支奇兵突袭，本来就只是试试而已。如今他们虽然突围而去，但整个战场的形势不是已经扭转过来了吗?刚才乌获还担心会吃败仗呢，现在咱们已是可以乘胜追击了。"

原来拓跋雄将兵力集中一路的时候，由于大军的集中并非易事，所以各条战线撤退之时，义军乘势勇猛进攻，令得回纥的部队伤亡不少。如今拓跋雄虽然突围而出，但也还是在一路且战且走之中。

空空儿余怒未息，一剑斩断回纥的军旗，说道："咱们都去追!不能让他们攻入京城。"原来乌获把将近二万的民兵调出京城，就是想执行"却敌于都门之外"的战略，恐防回纥的大军攻入京城，把京城变作战场，所遭的破坏就要大了。

双方一路混战，此时回纥的军队在遭了重大的伤亡之后，双方的兵力已是相差有限。但因回纥的兵力集中，以战车开路，义军还是不能将他们打回头来，不过，却可以阻延他们进军的速度。

一路厮杀，到了离京城五里左右，都门已经在望，忽见后面尘头大起，千军万马，奔腾而来。原来是木里和独孤宇的联军赶到，这一支军队投入了战斗，加上乌获原有的民兵，在兵力上也压倒敌人了。

木里与独孤宇的联军赶到，迅即合围，把拓跋雄的大军挡住，在京城之外，展开了一场惨烈非常的歼灭战。双方短兵相接，杀得人仰马翻。回纥的战车因拉车的马匹被对方射毙，翻倒的也很不少。少数的战车和骑兵冲过了师陀的防线，一看孤军深入，不敢前进，又退回来。

拓跋雄又惊又怒，投鞭说道："我回纥铁骑纵横天下，战无不胜，攻无不克，难道在这小小的师陀国里，竟会阴沟里翻船不成？"泰洛说道："师陀虽小，但它的百姓却是'凶悍'得很，看来咱们是杀不进它的京城了，而且即使杀得进京城，京城里的老百姓更多，咱们更难对付，不如——"

拓跋雄道："不如怎样？"泰洛讷讷说道："不如退兵为上。咱们不攻它的京城，他们想必不会穷追。"拓跋雄道："这怎么可以，如今离京城只有五里，咱们退兵，难道不顾王叔了吗？"他话虽是如此说，心中实已动心。

泰洛道："咱们可以叫巴大维冲到城门，用响箭射进去报个讯儿。要是他们能够杀出来，咱们可以全师撤退。"拓跋雄道："好，就依你的话。巴大维，巴大维！咦，巴大维呢？他，他到哪里去了？"

泰洛正在寻觅巴大维，忽听得杀声震天，一彪军马从京城里冲出来，正是被困在王城里的回纥军队以及伪王吉纳的御林军。

原来拓跋赤与吉纳等人在王城里也听得见城外的厮杀声，初时以为他们会杀进城里来的，不料等了许久，仍是毫无讯息。拓跋赤老于军旅，凭他的经验判断，料想援军定然受阻，而且战事不利。于是当机立断，趁着乌获的民军主力调出城外未及回师之际，立即下令冲出京城。

拓跋赤有雪山老怪司空图父子以及窦元、沙铁山等一流高手保护，经过一轮厮杀，给他们突围成功，攻破了一面城门，冲出了京城，可是京城里的老百姓仍然穷追不舍。百姓们用斧头柴刀追击回纥的军队，回纥的军队虽然武器精良，却是给他们杀得狼狈而逃。

拓跋雄喜道："好，王叔杀出来了。咱们不必找巴大维了，赶快与王叔会师。"

拓跋赤杀出一条血路，眼看就可以与侄儿会师，忽见前面尘头大起，又有一支师陀的军队投入战场。原来是宇文虹霓和夏侯英这一支联军也赶到了。

女王出现，师陀的军民更是士气大振。宇文虹霓纵马上前，向吉纳的御林军高声叫道："吉纳通敌叛国，罪该处死。凡是师陀的百姓，都应该合力对付外敌。你们跟着吉纳走的只有自绝于国人，死了也遗臭万年。赶快掉转刀枪，还有立功赎罪的机会！"

吉纳的御林军本来是迫于无奈，在回纥的军队监视之下，才不能不跟着他们逃跑的。此时听了女王的说话，果然全部掉转刀枪，与回纥的军队混战起来。战场上的形势已是师陀的兵力占了压倒的优势，伪王的御林军一叛，回纥更是军心大乱。

楚平原带领一彪军马横冲过来，楔入拓跋雄两军之间，将他们隔断。楚平原碰上泰洛，哈哈笑道："天狼山你跑得快，如今你可是插翼难逃啦。好，楚某今天可要报你一掌之仇了！"

楚平原向泰洛挑战，空空儿则去追赶雪山老怪。此时他与辛芷姑已经会面，两人无暇交谈，便即追觅敌踪，但却不见雪山老怪司空图父子。

宇文虹霓已得到伪王吉纳的御林军的报告，知道吉纳和拓跋赤是在同一辆车上。空空儿夫妻找不到司空图，猜想他们可能是在拓跋赤的车上，于是便和宇文虹霓等人一同去追。

那是一辆特别制造的大马车，八匹骏马拉着马车飞跑。沙铁山与窦元骑着马在两旁保护。拓跋雄的亲军分作两部，一部在前头开路，一部在后头抵挡追兵。拓跋赤与侄儿无法会师，此时只有各顾各的逃跑了。

宇文虹霓挥军杀去，将拓跋赤殿后的军队杀得七零八落。空空儿展开绝顶轻功，迅即追上那辆马车，一扬手三柄匕首飞出，意欲先杀了拉车的三匹骏马。不料匕首刚到车前，忽地一齐坠地。马车仍旧是风驰电掣的向前奔驰。

空空儿怔了一怔，随即恍然大悟，叫道：“雪山老怪果然是在车上！”要知除了司空图，回纥军中没有第二个人可以用劈空掌力打落他的匕首。

空空儿发力飞奔，又再追上马车。窦元与沙铁山见是空空儿追来，吓得他们魂飞魄散，顾不得保护拓跋赤，慌忙便即飞骑逃跑。空空儿笑道：“今天我是无暇理会你们，慢慢再与你们算账。”

空空儿的目标是在拓跋赤与雪山老怪，对于窦元与沙铁山二人自是不屑理会。但另外有人不肯放过他们，那是展伯承、铁凝和刘芒、褚葆龄四人，他们一同追上去了。

空空儿喝道：“司空图，你下来，咱们再决雌雄！”司空图沉声说道：“你是我手下败将，还有什么再决雌雄？小猴儿，有胆的你就上来。”空空儿大怒，果然飞身一跃，跳上马车。司空图大喝一声：“下去！”一掌扫开车帘，劈空掌力打到空空儿身上。正是：

秋风扫叶追残寇，剑掌争雄未肯休。

欲知后事如何？请听下回分解。

第四十回　凯歌欢奏妖氛净
穷寇潜逃祸患多

空空儿半空中一个“鹞子翻身”，运剑如风，一招“李广射石”，便向司空图刺下。司空图的劈空掌力打不翻空空儿，立即一个变招，使出大擒拿手法，扬空一抓，迅即一记“手挥琵琶”，横挥出去。空空儿脚尖尚未踏着实物，甚是吃亏，倘若给他打着，司空图的功力在他之上，空空儿纵有护体神功，也难禁受。

好个空空儿，就在这危机瞬息之间，又显出了超凡入圣的轻功本领，他一剑刺空，迅即剑锋一转，“叮”的一声，触着车辕，就借着这一点点的反弹之力，身形不向下落，反而向上腾起，跳上车顶。

司空图恐防他在车顶捣乱，或者伤害拉车的骏马，连忙也跳上去，在车顶上又和空空儿展开恶战。空空儿轻功超卓，在车顶上与司空图游斗，捷若灵猴，先自占了地利。但司空图的功力深湛，空空儿在他掌势笼罩之下，却也腾不出手来伤害拉车的骏马。两人在车顶恶斗，那辆马车就似在风涛之中行进一般，起伏颠簸，坐在车子里的人被震荡得东歪西倒，人人攀紧车架。这么一来，马车行进的速度当然是受了影响。

辛芷姑跟着追来，她的轻功不及丈夫，追了半支香的时刻，仍然差了十余丈的距离追不上马车。空空儿突然改变战略，在车顶上兀立如山，只用袁公的刺穴剑法应招，暂时停止对司空图的进攻。

司空图喝道：“你捣什么鬼？”话犹未了，只觉这辆马车就似在大海中触礁的小船一样，摇摇晃晃，划前一步，也要费很大的气力。原来是空空儿用了“千斤坠”的重身法，就似在车顶上搁了千斤巨石似的，阻止这辆马车的行进。

说时迟，那时快，马车受阻片刻，辛芷姑已经赶到。空空儿在车顶定着身形，只守不攻，乃是舍长用短，正自感到支持不住，辛芷姑来得恰是时候，一声叱咤，跳了上来，司空图刚刚一掌向空空儿搂头拍下，只见寒光一闪，辛芷姑的剑尖已指到了他的背心。

司空图反手一掌，荡开辛芷姑的长剑。空空儿哈哈一笑，霍地一个“凤点头”，避招还招，短剑径刺司空图胁下的“愈气穴”。此时辛芷姑已经来到，空空儿又可以用自己所长的轻功来攻击司空图了。

司空图是邪派第一高手，在空空儿夫妻夹攻之下，居然临危不乱。一招“弯弓射雕”，双臂箕张，左右开弓，以攻为守的同时化解了空空儿、辛芷姑的两招。辛芷姑剑法奇诡无比，剑锋一转，前招未收，后招续发，向司空图连施杀手。司空图一个“移形换位”避开了空空儿的一剑，右手二指疾挖辛芷姑的眼睛，辛芷姑当然不会遭他毒手，可是却也不能不避。这接连三招的杀手，也终于给司空图化解了。

司空图刚刚化解了辛芷姑的杀手，空空儿的剑招又到，司空图伸指一弹，“铮”的一声，弹中空空儿的剑脊，将他的短剑荡开。辛芷姑一退复进，剑随身转，寒光闪处，一招“倒洒金钱”，截掌刺穴。这一招来得甚急，司空图不敢出指相抵，只好一个“回身拗步”，意欲避招进招，辛芷姑突然从他意想不到的方位攻来，“嗤”的一声，把他的衣袖削去一大幅。但辛芷姑的青钢剑也同时给他的衣袖荡开了。

司空图力敌空空儿夫妻二人，二三十招之内还勉强可以打成平手，三十招一过，已是感到左支右绌，应付艰难。他想叫儿子上来帮手，但此时护车的窦元与沙铁山已经逃跑，车厢内没有别的高手，只靠他的儿子来保护拓跋赤。二来他自负是当世第一高手，空空儿还是他的晚辈，他也不好意思张口求援。

段克邪跟着也飞骑赶到，一见司空猛把守车门，段克邪笑道：“在魏博之时，我让了你九招，如今我可要还招了。”纵身离鞍，疾如飞矢地扑上那辆马车。司空猛扭腰一闪，左拳右掌，同时发出，捶胸切脸，一招二用。段克邪脚尖一点车辕，使了个“风摆柳”的身法，笑道：“如今我已让你十招了。”霍地一招“白虹贯日”，剑直如矢，分心便刺。司空猛使出大擒拿手法，呼的一掌击下，左掌迅即从肘底穿出，便要来夺段克邪的宝剑。

段克邪脚尖点着车辕，靠着脚尖之力支持全身，有力难使。司空猛则是居高临下，大占便宜。两人的功力本是在伯仲之间，段克邪给他的掌力一震，立脚不稳，只好又跳下来。可是段克邪的剑法也真了得，虽然是给对方迫退，就在他跳下车的那一刹那，“刷”地将宝剑一拉，在司空猛的左臂上划开了一道三寸来长的伤口。

车厢里拓跋赤的四个随身卫士掷出了四支长矛，段克邪一个“鲤鱼打挺”，避过了两支，跳起身来，把另外两支长矛接到手中，喝道：“来而不往非礼也！”长矛飞出，不是射人，而是射马。

驾车的武士名叫乙辛，乃是回纥的四大高手之一，排名仅在巴大维、泰洛与丘必大之下。但段克邪这两支长矛飞来，他也只能打落一支，另一支长矛径追马匹，杀了一匹拉车的骏马。

乙辛当机立断，割断了那匹马拉着的绳，车轮从它的尸身辗过，少了一匹马的力量，车子的速度不至于受多大影响，段克邪在地上跳了起来，待到他找回坐骑，已是追不上了。乙辛叫车内的两个卫士出来代他驾车，自己则跳上车顶，助司空图一臂之力。

司空猛受的剑伤不重，但伤在段克邪的剑下，已把他气得哇哇大叫。他要保护拓跋赤，不能跳下去追段克邪，只好把一腔怒气，发泄到空空儿身上。此时师陀方面并无第二个高手追来，司空猛即跳上车顶，大呼小叫地嚷道：“小猴儿，非叫你滚下去不可！”

空空儿大怒道：“你也配叫我小猴儿！”身形一晃，刷的一剑就刺到他的面门，司空猛沉腰塌肩，刚避过一招，空空儿的短剑如影随形，迅即又戳向他肩上的琵琶骨，根本不容他有还手的余地。

司空图横身阻在空空儿与他儿子之间，一掌劈下。空空儿对他不能不忌惮三分，只得回剑护身。司空图叫道：“猛儿，你打发那个泼妇。这小猴儿自有为父的对付他！”

司空猛本来也是忌惮空空儿三分的，只因有他的父亲同在，他才敢于向空空儿挑战。他试了两招之后，锐气顿挫，心里想道：“若然我不受伤，空空儿不易胜我。如今我找他的晦气，只怕反而是自讨苦吃。不错，我不如去杀那个泼妇，她是空空儿的妻子，段克邪的师嫂，杀了她也算是出了一口鸟气。”

司空猛的本领不在辛芷姑之下，以前他们曾在扬州交过一次手，各有损伤，不分胜负。但此次司空猛先受了伤，虽有乙辛相助，也只能和辛芷姑打成平手。要想杀她，谈何容易？

不过，他与乙辛绊住了辛芷姑，对他的父亲司空图却是大有帮助。司空图切断了空空儿夫妻的联络，专心一志的对付空空儿，他的功力在空空儿之上，时间一长，空空儿渐感不敌。

空空儿的目的本来是要活捉回纥的主帅和师陀的伪王吉纳的。报司空图的一掌之仇，只是他次要的目的。此时他处于下风，不由得瞿然一省，心里想道：“我的老毛病又发作了，我是为何而来的，岂能如此好胜？和这老怪纠缠下去，输了事小，逃了拓跋赤和吉纳，事情可就大了。不错，有这老怪父子保护他们，我是伤他们不了，可是我也还有办法阻延他们这辆车子的前进，好让大军追上他们呀。功成何必在我，我这只顾个人的老毛病是非改不可！”

空空儿主意打定，叫道：“芷姑，伤他们的马，咱们扯呼！”说话之时，司空图正自一掌向他扫去，空空儿一个“鹞子翻身”，借他的掌力倒纵出去，刷刷两剑，伤了驾车的那两个卫士，这才跳了下地。

同一时间，辛芷姑也跳了下去，而且飞出了两柄匕首，杀了拉车的两匹骏马。车子失了驾驭，登时倾侧，幸亏乙辛下去得快，斩断两条绳缆，这才恢复正常。可是拉车的八匹骏马死了三匹，速度当然是大大的减弱了。

宇文虹霓亲自带了一队轻骑追来，把拓跋赤的护车卫队杀得七零八落，空空儿夫妻与她会合，一同追那辆马车。

眼看就要追上，忽见车上撒下了一把一把的金珠宝贝。原来拓跋赤在临走之时，把师陀宫中的宝藏尽都搜刮了去，要想运回本国的。此时一来为了要减轻车子的负荷，二来也是靠这些金银珠宝来阻延追兵，只好忍着心撒下去了。

宇文虹霓叫道："回来再拾，如今谁都不许妄取！"一声令下，这队卫兵都听她的吩咐，对满地的珠宝，连看也懒得一看，人人奋勇争先。

拓跋赤喝道："把宫女和吉纳的随从都推下去！"原来拓跋赤临走时，不但尽取宫中宝藏，还带了四个绝色的宫女准备回去献给国王的，此时也都只好割舍了。吉纳以伪王的身份，拓跋赤准他带四个随从，两个是他心腹"大臣"，两个是他子侄，此时与宫女们遭了同样的命运，做了拓跋赤的牺牲品了。

伪王吉纳眼看他的子侄给推下去，心痛如割，却是不敢作声。他本来给车子的颠簸搞得头昏脑涨，有气没力，此时索性闭上眼睛，装作不见。

宇文虹霓不能让马队践踏宫女，忙叫卫士下马，将那四个宫女救起。至于吉纳那四个随从，则丧生在马蹄之下。

吉纳正在闭目假寝，忽地被拓跋赤一把抓了起来，喝道："你也下去吧！"吉纳大惊道："你，你不要我了！"拓跋赤冷笑道："你保不住自己的王位，还连累我们丧失了几万精兵，要你何用？"把吉纳一抛，就摔出了车外。

师陀的兵士见吉纳被推下来，人人都恨不得把他碎尸万段，有的欢呼，有的怒骂，有的冷嘲，欢呼他们获得的胜利；怒骂伪王吉纳当政时对百姓的欺压；冷嘲他在危急的关头给主子抛弃。宇文虹霓本来是想把他在国门之前明正典刑的，却抑止不下群情汹涌，也只好让吉纳给乱刀分尸了。

拓跋赤那辆马车抛下了伪王吉纳、宫女与他的随从等一共九人，装满半车的金银珠宝又尽都抛了。车子的负荷大大减轻，虽然只剩下五匹拉车的骏马，速度大胜从前，比初时有八匹马拉车的时候还快。

这五匹骏马乃是千中拣一的良马，马车风驰电掣的向前飞驰，宇文虹霓这支骑兵追它不上，空空儿的轻功也不能和骏马长期赛跑，追出了百里之外，距离越来越远，最后马车的影子也看不见了。宇文虹霓记挂着主要战场的形势，好在已然杀了吉纳，也赶跑了拓跋赤，便下令收兵，回去歼灭拓跋雄那一支回纥大军。

主战场上，乌获、木里指挥的歼灭战获得了很大的成功，拓跋雄这支回纥“大军”，已是陷于土崩瓦解的境地。

乌获与木里的联军，加上夏侯英的部队，再加上从京城里出来助战的老百姓，组成了真正的浩浩荡荡的大军，不仅在士气上压倒对方，在兵力上也压倒对方了。回纥的侵略军被“分割”成一段一段，支离破乱，彼此不能呼应，只有给师陀的义军逐个击破，各自歼灭。

拓跋雄也被隔断开来，不过他还保有战车数十辆，以及战斗力最强的“龙骑兵”约近三千。他一见全面溃败的局面已成，立即下令突围。只图保得自己的性命，战场上其他各处的回纥军队，他已是无法聚集，也无法顾全的了。

泰洛和一股回纥步兵被楚平原切断、冲击，泰洛无心恋战，且战且走，只盼能与拓跋雄的这支主力部队会合，哪知拓跋雄早已杀开一条血路，冲了出来，连他倚为左右臂之一的泰洛也给抛弃了。

一轮混战，泰洛的这支步兵伤亡过半，只剩下数百人冲破包围，楚平原带领数十精骑，穷追不舍。追了一程，遇上了宇文虹霓从前方撤回来的队伍，一个包抄，泰洛手下的士卒死伤殆尽。

楚平原喝道：“往哪里走？今日楚某誓报你一掌之仇！”泰洛的坐骑已给射毙，楚平原飞马追上，“呼”的一声，从马背上如箭飞出，拦在泰洛的前头，迫得泰洛不能不战。

困兽之斗，特别凶悍。泰洛疯狂般地扑上前去，双臂箕张，连环进招，手脚起处，全带劲风，师陀士兵围成了一道圆圈，人人看得惊心动魄。

木里说道：“驸马何须如此费事，咱们乱箭将他射毙，不就完了。”楚平原说：“我要按照江湖规矩，教他死得心服！”

泰洛双掌翻飞，倏地欺身进招，一个“游龙探爪”，向楚平原胸口抓去，他是想败中求胜，倘能侥幸成功，便可抓着了楚平原作为人质。楚平原一刀劈空，眼看就要给他的毒掌打上，宇文虹霓吓得禁不住“啊呀”一声叫了出来。

声犹未了，只见两人的身形倏地分开，楚平原喝道：“斩你的狗爪子！”刀光如雪，口中只说了六个字，雁翎刀已是连斩八刀。

原来楚平原的快刀，乃是武林一绝。泰洛以为有机可乘，反而几乎给他斩掉了一条臂膀。

宇文虹霓道："大哥，小心了！"楚平原道："放心，无妨！"刀光霍霍展开，连人带刀化成了一团银光。师陀士兵都知道王夫武功极高，但平时却没见过他显露本领，此时看了楚平原如此精妙的刀法，人人都是禁不住大声喝彩，当真是彩声如雷。

两人都是一流高手，各有所长。泰洛的毒掌有伤人立死之能，楚平原的快刀也有令人防不胜防之妙。若在平时，双方各有顾忌，单打独斗，是应该打成平手的。但此际泰洛只剩下一个人，虽说楚平原仍是和他单打独斗，他在精神上已是感到孤立无援。他的疯狂猛扑，也正是他沮丧与恐惧的表现。

楚平原的快刀攻守兼顾，泰洛的毒掌无法碰着他的身子。但泰洛虽然疯狂，出招却依然不乱，楚平原的快刀好几次眼看就要斩伤了他，仍然给他避过。

激战中忽听得"嗤"的一响，接着"当"的一响，泰洛的胸衣给楚平原的刀尖挑破，"护心镜"也碎成了四片。师陀兵士彩声雷动。

泰洛又惊又怒，师陀兵士给楚平原助威的彩声，又间接造成了他的精神威胁。泰洛惊恐之下，越发疯狂，喝道："老子与你拼了！"楚平原笑道："我只是要你的性命，谁和你拼命？"泰洛连攻七掌，楚平原步步后退，从容的化解了他的招数。

旁观的士兵见楚平原连退七步，不禁又都为他担忧起来。宇文虹霓却反而面露笑容，说道："快了，快了！"话犹未了，只见刀光一闪，楚平原喝声："着！"刀光过处，血如红雨，泰洛的左掌已给楚平原的快刀硬生生地削了下来。原来泰洛早已气沮神伤，在他最后一次疯狂反扑之时，步法已乱。楚平原以逸待劳，连退七步，诱他上当，突然闪电的一刀，就斫下了他的一只毒掌。

泰洛似受了伤的野兽般的狂嗥猛扑，楚平原笑道："你一生专用毒掌伤人，留你不得，都割下来吧！"刀光电闪，"咔嚓"一声，把泰洛的右掌又切下来。泰洛倒在地上，打了几个滚，师陀士兵恨他上次攻破北芒山，一涌而上，泰洛在师陀士兵的马蹄践踏之下，变成了一团肉酱。

此时主战场场上的回纥军死的死，伤的伤，余下的或投降，或被俘，除了逃出主帅拓跋雄的一队骑兵之外，都已歼灭干净。宇文虹霓命令乌获与浩罕带一队轻骑前去追捕拓跋雄。

激战了整整一天，终于大获全胜。宇文虹霓下令清理战场，随即班师回京。师陀被回纥的侵略军蹂躏了一年多，此时只待残敌肃清，全国可说是已告光复了。京城的老百姓们欢喜如狂，迎女王、祝大捷，热闹的情形，不待细表。

宇文虹霓收兵之后，却还不见展伯承、铁凝和刘芒、褚葆龄四人回来。

宇文虹霓查问之下，这才知道他们是去追赶窦元与沙铁山去了。宇文虹霓放心不下，说道："窦、沙二贼武功不弱，他们离开队伍去追赶这两个恶贼，只怕反而为敌所乘。"空空儿笑道："我正要和这两个小贼算账，待我去找他们回来，顺便打发了这两个小贼。"段克邪道："我和师兄同去。咱们可以分头寻找。"他们二人的轻功，是当世数一数二的人物。宇文虹霓自是可以放心，当下笑道："希望你们能够找着小承子他们，一同回来参加今晚的庆功宴。"

且说展伯承等四人一路追踪下去，窦元与沙铁山乃是老奸巨猾，他们恐防师陀的大军追来，专拣荒野之处奔逃。展伯承与铁凝的坐骑乃是秦襄以前送给他们父亲的名马，马龄虽然稍老，尚有日行数百里之能；褚葆龄与刘芒的坐骑，也是大宛良驹，跑得比一般的军马快得多。四人纵马急追，追到了距京城六七十里之外，太阳尚未落山，已是即将追上了窦、沙二人了。

沙铁山一看只是他们四人追来，低声说道："窦大哥，这正是机会，把这四个小贼杀了，免除后患。"窦元道："再跑一程未迟。"猛地一刀插向马臀，坐骑负痛狂奔。

沙铁山怔了一怔，见窦元向前面一座山跑去，这才恍然大悟，心道："毕竟是窦大哥比我老练，有适当的时机还要有适当的地点才可万无一失。"原来窦元是想把展伯承他们引到山上再来杀害他们，免得给人发现，引来师陀的追兵。

展伯承等人报仇心切，根本就不知道害怕敌人，尽管窦、沙二人的本领是在他们之上。他们见窦、沙二人刺伤坐骑，催马狂奔，恐防他们跑掉，越发穷追不舍。

恰好追到山边，窦、沙二人的坐骑狂奔力竭，倒地而亡。窦元与沙铁山遂施轻功，跑上山上。这座山乃是无人居住的荒野山岭，荆棘遍地，瘦石嶙峋。展伯承等四人恐防坐骑受伤，于是也都弃马步行，施展轻功，追上山去。

追到山顶，只见窦元与沙铁山早已站在那里等候他们。窦元哈哈笑道："你当我是真怕你们吗？好，难得你们追来，这正是：'天堂有路你不走，地狱无门你偏进来。'"

褚葆龄红了眼睛，沉声说道："恶贼，今日不是你死，便是我亡，爷爷在天之灵，保佑孙儿为你报仇！"拔剑扑上前去。刘芒正想跟上，铁凝说道："展大哥，你助龄姐。刘大哥，你帮我打这个姓沙的老贼。"原来铁凝知道空空儿教了展伯承和褚葆龄一套两人合使的剑法，可以有战胜窦元的把握。

四人之中，展伯承武功最高，刘芒较弱。倘若褚、刘联手，一定打不过窦元。铁凝就是因为想到了这一点，所以才借口叫刘芒帮忙她，好让展伯承与褚葆龄联手的。

展伯承本来有点私心杂念，恐怕刘芒多心，自己意欲避嫌，让刘芒和褚葆龄并肩对敌，自己则等待机会，再帮他们的忙的。如今听了铁凝的话，不由得瞿然一省，心里想道："前日我才听了刘大哥转述龄姐所说的：'挥慧剑、斩心魔'的道理，怎的我又生起'心魔'来了？当务之急，是如何才能最有效的克敌制胜，岂能心存芥蒂。"思念及此，立即上去与褚葆龄联手应敌。

铁凝斥道："沙老贼，上次在那客店之中，甘爷爷手下留情，容你逃生。今日我是非报你一掌之仇不可了！"沙铁山冷笑道："凭你这小丫头也配？"铁凝道："我还有刘大哥呢。我们两人的年纪加起来都没有你大，算不得是恃强欺弱，以众凌寡。"

沙铁山大笑道："恃强凌弱？哼，这应该掉转来说！废话少说，快点上来，你们齐来最好，省得我多费气力。"话犹未了，铁凝身形一晃，倏地便是一招"玉女投梭"，向沙铁山攻去。这"玉女投梭”本来是应该平剑刺出的，但辛芷姑将这招加以变化，剑到中途，剑势突然一变，转了方向，剑尖下垂，刺向沙铁山胁下的愈气穴。

沙铁山一掌劈出，铁凝的剑尖突然从他意想不到的方位刺来。沙铁山一掌打空，瞿然一省：“她这门剑法奇诡无比，我也不可太轻敌了。”

沙铁山号称“七步追魂”，有移步换掌，移形换位之能。身法之快捷无与伦比。铁凝剑术虽然奇诡，却也伤不了沙铁山，就在那间不容发之际，沙铁山已是倏地绕到了铁凝的背后，掌劈她的脊梁。

螳螂捕蝉，黄雀在后。沙铁山这一掌正待劈下，忽觉背后金刃劈风之声，刘芒挥刀斫到。沙铁山挥袖一拂，脚跟一转，冷笑道：“你这小子也来送死！”移步换掌，打不着铁凝，反手就击刘芒。

刘芒的刀被他衣袖一拂，带过一边，沙铁山一掌几乎是擦着他的后颈扫过，但却打不着他。原来刘芒的武艺虽是不及铁凝，但他家传的“游身八卦刀法”，脚踏五行八卦方位，却正好可以与沙铁山的绝技“移形换位”匹敌。在身法步法上他并不吃亏，不过功力较弱，火候也还较差而已。

铁凝的轻功已得了空空儿的三四成功夫，沙铁山一掌打空，她的青钢剑扬空一闪，立即又刺到了沙铁山的面门，这一招名为“二龙抢珠”，若是给她刺着，可以刺瞎沙铁山的眼睛。沙铁山无暇向刘芒再施杀手，只好又是一个移步换掌，先破解铁凝这招。

刘芒冒险进攻，连环三刀，刀刀劈向沙铁山的要害。沙铁山必须分神应付他的快刀，待到他刚有机会可以抓着刘芒之时，铁凝又以奇诡绝伦的剑法，攻敌之所必救，迫得他不能不放松刘芒。

刘芒这几个月来与展伯承、浩罕等人同在北芒山练武，也曾得到空空儿的不少指点，武功已是今非昔比，加以他在身法、步法上并不吃亏，因此尽管他的武学不及铁凝之精妙，但对付起沙铁山来，他所发挥的作用，却并不在铁凝之下。

铁凝起初以为刘芒本领较弱，与他联手，是存心“照顾”他的。待到后来，刘芒给她解了几次险招，铁凝这才知道刘芒也有所长，并非如她想象之弱。心中不由得暗暗道了一声“惭愧”。想道：“师公的本领我没学到，却学到他的骄傲了。人各有所长，武功也是如此。我怎能看轻刘芒？”当然铁凝也曾有好几次给刘芒解了险招，但这只能说是双方的配合，也不是单方面的谁“照顾”谁了。

刘、铁二人都是初生之犊不畏虎，二人越战越勇，配合也越来越是得心应手。沙铁山使出浑身解数，也不能将他们各个击破，只可以勉强的打成平手。这还是沙铁山占了功力较高的便宜，要不然早就落败了。

这一边，刘芒、铁凝与沙铁山打得难分难解。那一边，展伯承、褚葆龄与窦元也是打得难解难分。展、褚二人联手合斗窦元，这已经是第三次了。这一次他们有了经验，配合得更是天衣无缝。

窦元是差不多可以挤进一流高手之列的成名人物，满以为可以杀掉他们二人的，哪知打了半个时辰，还是占不到便宜，也像沙铁山一样，不过是打成平手。

窦元固然心中焦躁，展伯承也渐渐有点沉不着气。他是顾虑褚葆龄不耐久战，心里自思：“龄姐气力较弱，倘若有甚疏失，我如何对得住褚爷爷？”

展伯承曾苦心钻研，想出一招可以打败窦元的招数，但若用这一招，自己也必须冒着性命的危险，拼着“两败俱伤”甚至“两败俱亡”的。上一次在扬州他与褚葆龄联手对付窦元，刚使出这一招时，空空儿来把他们分开，他与窦元才侥幸各无伤损。

展伯承心里想道：“宁可我受重伤，绝不能让龄姐受伤！”此时窦元以盾牌挡住展伯承的长剑，左手的护手钩则向着褚葆龄刺去。褚葆龄一招“截壁临江”，横剑封他的兵刃。窦元护手钩一翻一绞，要把褚葆龄的青钢剑夺出手去，但因他要用一半以上的功力对付展伯承，护手钩勾着了褚葆龄的青钢剑，却还未能将它夺去。

窦元的护手钩勾着褚葆龄的青钢剑，双方纠缠之际，正是展伯承施展杀手绝招的最好机会，时机稍纵即逝，展伯承无暇考虑，立即使了出来。

窦元的铁盾用到七成功力，“当”的一声，将展伯承的长剑荡开。展伯承立即借他这股反震之力，施展“五禽掌法”，“呼”的一跃，平地拔起三丈多高，剑掌兼施，向窦元凌空击下。

窦元喝道：“你这小子要找死吗？”可是由于展伯承这招来得太猛，迫得他不能不以全力对付，铁盾护头，还恐挡不住展伯承的剑中夹掌，护手钩也不能不抽了出来，向展伯承的手腕勾刺。

褚葆龄见展伯承突然使出此招，事先并没向她暗示，不由得骤吃一惊，不过这一招是展伯承曾经和她练习过无数次的，熟极如流，虽是骤吃一惊，也能够自自然然的和展伯承配合上了。

就在窦元把护手钩移开之际，褚葆龄刷的一剑，闪电般的便向窦元刺去，窦元大吼一声，铁牌掷出，展伯承闷哼一声，跌落尘埃。窦元也几乎是在同一时候，跌翻地上，骨碌碌地滚下山坡。

褚葆龄心头大震，顾不得追杀窦元，连忙跑过去把展伯承扶了起来，颤声问道：“小承子，你怎么样了？”展伯承道：“没什么？你快去杀掉窦元！”褚葆龄一看，只见展伯承的右臂已经脱臼，展伯承虽然没哼声，可是看他额上汗珠，一颗颗黄豆般地滴下来，可知他是极力忍着疼痛。

褚葆龄道：“这恶贼已经中了我一剑，跑不远的，你的手臂要紧，我先给你接上断臼。”

展伯承抬头望去，望不见窦元，但见他滚过的草地上，一路都是血迹，情知窦元也是伤得不轻，当下便不再作声，让褚葆龄给他接骨，并敷上了金创药。

窦元与展伯承各自受伤。那一边，沙铁山与铁凝、刘芒三人也是各自吃惊。沙铁山尤其惊恐，要知他对付铁、刘二人不过勉强打成平手，唯一的希望，就是希望窦元杀了展、褚之后，来帮忙他，方有取胜的机会。如今窦元受了重伤，死生未卜，而对方的展伯承虽然受伤，褚葆龄却没受伤，若她过来加入战团，与铁凝、刘芒联手打他，只怕他想逃也逃不了。

在这样的情形之下，沙铁山如何还敢恋战？“三十六计，走为上策。”主意打定，沙铁山立即猛力的向刘芒一冲，刘芒闪过一边，铁凝为了配合刘芒，也转过了一边。沙铁山立即从缺口冲出，一溜烟地逃跑下山去了。

忽见段克邪将窦元一把提起来，说道：“褚姑娘，我向你讨一个情。”

铁凝与刘芒不知展伯承伤得如何，心中也正自惊急，当然他们也是无暇再去追赶沙铁山的了。

铁凝连忙跑去看望展伯承，此时褚葆龄已经给他接上了断臼。铁凝见展伯承身上并没第二处受伤，腕骨虽然被折，并无性命之忧。褚家的金创药乃是江湖上有名的，料想养息个十天半月就可复原。铁凝放下了心，说道："龄姐，你歇歇，让我给展大哥包扎。"展伯承道："好了，龄姐，你赶快去替爷爷报仇吧！可别给他跑了。"

褚葆龄笑道："你放心，他跑不了的。芒哥，我和你去。"两人跟着血迹搜寻，果然在一处荆棘丛中发现了窦元，窦元身上中剑，滚下山时，又给石头和荆棘擦刺，当真是遍体鳞伤。

褚葆龄冷笑道："恶贼，你也有今日！"正要过去把窦元杀掉。忽见一条人影来得快极，将窦元一把提了起来，说道："褚姑娘，我向你讨一个情。"

褚葆龄一看，来的原来是段克邪。褚葆龄呆了一呆，说道："段叔叔，你怎的为他说情？"

段克邪说道："不错，窦元是杀了小承子的父母，又伤了你的爷爷，你的爷爷因此而死。但窦家与你们二家的冤仇，说来那是十分复杂。若是只论私仇，这种绿林中的仇怨，倒是宜解不宜结的。"

展伯承想起了母亲临死时的吩咐，母亲是不许他报仇的。这个原因，他后来听得褚遂谈起，方才知道。原来"窦家五虎"，亦是窦元的父亲和四个叔伯，当年都是因为王、窦二家互争绿林盟主之位，给他母亲杀掉的。

展伯承让铁凝扶着他走，走下去与段克邪相见。段克邪道："我的意思是可以饶他一命，你意下如何？"

展伯承说道："不错，论私仇那是宜解不宜结，但这厮附敌求荣，又与江湖上的侠义作对，论公仇，似乎不可饶他。段叔叔，你过去不是也说过我可以杀他报仇的吗？"

段克邪道："他现在武功已废，以后再也不能作恶的了。让他苟延残喘，保全一条性命吧。"原来褚葆龄刚才的那一剑，恰恰穿了窦元的琵琶骨。琵琶骨是人身支柱之一，琵琶骨被毁，多好武功，也要变成残废。

段克邪又道："我和铁表哥曾谈过此事，他的意思也是只想废掉窦元的武功。让窦家不至断绝香火。当然，若是在战场上将他杀掉，那又当别论。"

原来铁摩勒曾是窦家的义子，古代的人，对传宗接代是看得很重的，这种观念，在封建时代深入人心，即使是铁摩勒也不能不受影响。铁摩勒念及窦家于他有恩，窦家如今只剩下一个窦元，故此铁摩勒才有把窦元只废掉武功，好让窦家留下一条"根苗"的打算。殊不知此次除恶不尽，后来窦元虽然变了残废，依然作出了恶事，贻害无穷，大出铁摩勒意料之外，这是后话，暂且不表。

褚葆龄碍着段克邪的面子，心里想道："这恶贼已经给我刺穿了琵琶骨，让他苟延性命，他所受的痛苦比一剑将他杀了更要难受得多。"于是道："好吧，看在段叔叔和铁寨主的份上，就让他去吧。"

段克邪放下了窦元，窦元也不道谢，他自己敷上了金创药，随即折了一根树枝，当作拐杖，这才说道："段大侠，烦你拜上铁摩勒，说是窦某有生之年，都感他的大德。"冰冷的语气，不似表达道谢之情，而是充满了无限的怨毒。但段克邪也不放在心上，说道："好了，好了。你走吧！"窦元撑着拐杖，一跷一拐而去。他的武功虽然废了，寻常人的气力还是有的。

窦元走后，展伯承道："段叔叔，你怎么知道我们是在这儿？"段克邪笑道："我找遍了几个山头，才在这里找着你们。怎么，你也受了伤了？可惜我来迟一步。"

展伯承道："我的伤不紧要。咱们打胜了没有？"段克邪笑道："当然是大获全胜，我才有空找你。不但我来，我的师兄也来了呢。我们是分头寻找你们的。好吧，现在应该赶快回去，否则就赶不上庆功宴了。"

一行五人随即下山，段克邪与展伯承合乘一骑，好照料他，马行迅速，回到京城，恰好赶得上庆功宴。宇文虹霓听说他们已报了仇，废掉窦元的武功，大为高兴。说道："这次都是靠了你们汉人豪杰的帮忙。"夏侯英道："不，这都是你们老百姓的功劳，我们不过是从旁助一把力而已。说真的，我还没有见过这样勇敢的老百姓呢，真是令我无限佩服！”

宇文虹霓客气了几句，说道：“国无外患者恒亡。这是你们汉人前贤说过的一句话。我以前很不明白，为什么一个国家没有外患反而会亡呢。现在我才明白这个道理，外祸临头，老百姓受了刺激，那才容易同心合力，一致抗敌。没有外敌，国中君臣习于安逸，一旦有敌人进侵，那就难以抵挡了。”

夏侯英点了点头，说道：“这话很有道理，不过，作君主的，或者是当老百姓头领的人，必须和老百姓同甘共苦，至少也要照顾到老百姓的利益，像你一样，和老百姓利害一致，这才能够充分发挥老百姓抗敌的力量。”

宇文虹霓红了脸，说道：“说到与老百姓同甘共苦，我还做得非常不够。夏侯将军，多谢你的教言。”

庆功宴将近撤席之时，铁凝道：“咦，怎么还不见我的师公回来？”宇文虹霓道：“想是空空大侠找不着你们，还在寻找。我派人出去把你们回来的消息告诉他吧。”辛芷姑笑道：“这用不着。你们要找他，那是很难找得着的，他找不着你们自会回来。”正是：

扫净胡尘复故土，自来多难可兴邦。

欲知后事如何？请听下回分解。

第四十一回　卷地胡尘遮日月
干云豪气起幽燕

不料过了两天，还是未见空空儿回来。第三天倒是乌获先回来了。乌获是奉命去追击拓跋雄那支败军的。回来之后，便向宇文虹霓报告追敌的经过。

乌获先道了一声“惭愧”，说道：“说来惭愧得很，我没有追上敌人。但咱们的老百姓可真是好样的，在战场上漏网的敌人，终于还是逃不出老百姓所布的天罗地网。”

乌获喝了一大碗酒，非常兴奋地接下去说道：“我追赶下去，一路上只见到处都是翻倒的回纥战车和回纥士兵的尸体。一队队老百姓自动组成的义军跑来迎接我们，打听京城的消息，并告诉我们，他们是怎样打击敌人的。

“原来他们听得敌人溃败的消息，不论是草原上的牧民，山地里的猎人，平原上的农夫，都拿起了能够使用的武器：锄头、镰刀、猎叉、标枪，甚至妇女们在厨房里用的扒火棍，都拿起来当作武器，在敌人经过的路上，处处都有这样的老百姓自动集合起来的队伍，袭击他们，堵截他们。

“老百姓想出了许多办法截击敌人，他们在敌人所必经的路上挖了深沟，上面安了一块薄薄的木板，铺上稀松的泥土，这样便变成了捕捉回纥战车的最有效的陷阱。战车辗过，木板破裂，坠下沟中，登时便成瓮中之鳖，只能任凭老百姓手到擒来了。山路狭窄之处，猎民则斫下大树堵塞路口，在山顶上把石头滚下去砸烂战车。用射猛兽的毒箭射回纥骑兵的坐骑，杀伤的敌人也真不少。

“回纥的战车没有一部能够逃掉，只有最先经过的一辆大马车，车坠入陷阱之中，车上的人却跑掉了。”

宇文虹霓道：“哦，那是拓跋赤和雪山老怪司空图父子他们所乘的那辆马车。司空图父子武功高强，难怪他们能够逃掉。”

乌获说道：“不错，正是他们。据说当他们坠入陷阱之时，老百姓用大石头砸下去，却给雪山老怪接了，反掷出来，打伤了咱们几个人。司空猛随即拉起拓跋赤跳出壕沟，抢了三匹坐骑跑了。”

宇文虹霓道：“可知他们是逃往何处么？”乌获说道：“我带领手下的骑兵追到与奚族接壤的边境，他们已经进入了科尔沁草原了。”

科尔沁草原在今内蒙古的东部，与唐代的幽州相邻。它的南面是师陀，北面是“吐谷浑”，自古以来就是多民族杂居的地方，在唐代则以奚族的人最多。

宇文虹霓怔了一怔，说道：“拓跋赤他们何以逃入科尔沁草原？”楚平原则问道：“拓跋雄那支骑兵呢？是不是已经全歼灭了。”

乌获说道：“虽然不是全部歼灭，剩下的也已不到三十骑了。这三十骑有半数是军官，有半数是拓跋雄的卫士，拓跋雄中了一箭，但可惜是到国界才受的伤，咱们的义军不好越过国境去追捕他们。”

楚平原道：“拓跋雄带了五万大军前来，如今只剩三十骑逃命。也算得是全军覆没了。好，这一仗打得真好！”

乌获道：“他们叔侄俩是同一天逃入科尔沁草原的。拓跋雄这三十骑上午跑出咱们国境，拓跋赤和雪山老怪父子这三个人则是在下午。我因沿途接见义军的首领，打听敌踪，告诉他们京城的战况，未免耽搁了一些时候，第二天才到。奚族和咱们一向友好，我也不便挥军追过国境。敌人先走了一天，假如奚族的卓木伦王子捉住他们的话，自会给咱们送来。如果捉不住的话，我也是追赶不上的了。因此我只能修书一通，命浩罕带去谒见卓木伦王子，打听消息。我就班师回京了。我这样处理，不知对是不对？”

宇文虹霓道：“对，做得很好。不过，你的那封书信还应该用我的名义问候王妃。”原来卓木伦的妻子盖天仙乃是铁摩勒的副寨主盖天豪的妹妹，也是宇文虹霓的好朋友。卓木伦是怕老婆，事情大小差不多都是要问过妻子的。其时卓木伦的父亲虽然尚在，但因年纪太老，早已把酋长之位让给了儿子。这亦即是执掌奚族这一部落的大权实际就是盖天仙。故而宇文虹霓有此一言。

乌获笑道：“我已经在信上问候了卓木伦的王妃。只是想得不够周到，我没有用陛下的名义，只说是陛下一直都很记挂她，若有空暇，请她到咱们这儿玩玩，看看咱们光复之后的新气象。”

宇文虹霓道：“好，这样更显得亲切。”接下去说道：“不过，我却觉得有点奇怪。奚族的土地上没有回纥的驻军，他们若是要逃回本国的话，不应该从东面而走进入科尔沁草原。而是应该向北走假道吐谷浑才是。”

楚平原道：“从奚族所在的草原再向东走，就是大唐的幽州，莫非他们是要逃往中国？幽州的节度使请了一支回纥‘客军’帮他们‘袭匪’，夏侯英就是因此给他们迫得不能在幽州立足的。要是让拓跋赤叔侄与雪山老怪父子他们逃往幽州，恐怕祸患就更大了。”

宇文虹霓沉吟半晌，说道：“我也担心有此可能。等到浩罕回来，咱们就可以知道真确的消息了。空空前辈回来也可能知道一点消息。”

不料再过三天，不但浩罕没有回来，空空儿也不见踪迹。

第四天，辛芷姑不见丈夫回来，不觉也有点担心，正想自己出去寻找丈夫，可巧空空儿就回来了。但却不是与浩罕一同回来，而是和辛芷姑意想不到的一个老朋友华宗岱一同回来的。

原来空空儿与段克邪分道扬镳去找寻展伯承与铁凝诸人。段克邪向西走，第二天就找着了。空空儿向东走，一路寻觅不见，不知不觉到了师陀的边境，听得消息，说是拓跋赤叔侄、雪山老怪父子等人刚在前一天逃入科尔沁草原。

空空儿一想：他这一路既然找不着展伯承他们，想必是在西面这一路了。有段克邪赶去照应他们，可以无须忧虑。既然到了与奚族接壤之处，不如就追过去帮忙卓木伦王子追击犯境的强敌。卓木伦夫妻都是他的后辈，十年之前，他也曾在奚族作过上宾的。

空空儿展开了盖世无双的轻功，一口气在科尔沁草原跑了一百多里，忽听得前头有高呼酣斗之声，声如破锣，但却听得出是女子的声音。空空儿暗自笑道：“这一定是盖天仙，不知和她厮杀的是谁？若是雪山老怪父子，盖天仙可是打他们不赢的。”

空空儿加快脚步，走近一看。却原来和盖天仙作对手的也是一个女子。盖天仙名为“天仙”，实则是一个貌若无盐的奇丑女子。和她作对的不知何名，却是一个十分美貌的姑娘，看装束是回纥的女子。

两女相斗，一妍一媸，但本领却是半斤八两，旗鼓相同。两人在马上交锋，盖天仙使一根梨花枪，那回纥女子则用一双柳叶刀。盖天仙是铁摩勒的副寨主盖天豪的妹妹，昔年在江湖上也是大大有名，本领还在她哥哥之上。那柄梨花枪使开，端的是如飘瑞雪。加上她精于骑术，双马盘旋，枪来刀往，刀光闪烁，枪花乱洒，虽然只是两人交锋，却似有百十骑兵在这草原上追逐似的。盖天仙的枪尖或刺人，或戳马，招数凌厉，骑术精妙，看得空空儿也不禁暗暗点头。

可是那回纥女子也真不弱，双刀霍霍使开，只见刀光，不见人影。骑术也不在盖天仙之下。有一招盖天仙使个“蛟龙出海”，似乎是有意和那女子硬拼一下，飞马直冲过去，盖天仙气力极大，那女子双刀一封，想把她的长枪封出外门，却是力不从心，遮拦不住。眼看人马就要相撞，那回纥女子忽地一个“镫里藏身”，半边身子斜挂雕鞍，非常巧妙的就避过了盖天仙的冲击。看得空空儿也忍不住喝起彩来。

和盖天仙作对手的虽然是个回纥女子，亦即是敌方的女将。但以空空儿的身份，却不屑去对付一个女子，所以他只能袖手旁观。

空空儿的喝彩声一出口，盖天仙和那回纥女子也就发觉他了。盖天仙叫道：“空空大侠，什么风把你吹来了？待我打胜了这个妖女，再与你叙话吧。你可不要帮我。”盖天仙像空空儿一样的脾气，也是十分好胜的。

那回纥女子听说是空空儿，却不禁吃了一惊，尽管空空儿袖手

盖天仙的枪尖或刺人，或戳马，招数凌厉，骑术精妙，看得空空儿也不禁暗暗点头。

旁观，她却不能不怕空空儿突然出手。当下这回纥女子无心恋战，立即拨转马头。

盖天仙喝道："往哪里走？"拍马赶去。那回纥女子突然抛出一条绊马索，夭矫如龙，绳上打着活结，反手就套。盖天仙伸手一抓，却没抓着。呼的一声，绊马索套上了盖天仙的坐骑，勒着它的颈项。

那回纥女子飞马就跑，要把盖天仙的坐骑勒毙，将盖天仙拖下马来。盖天仙的梨花枪不比刀剑，用枪是刺不断绳子的。盖天仙大怒，梨花枪倒挂雕鞍，双手抓着绳子便扯。那条绊马索可不是普通的绳子，又粗又韧，盖天仙竟然扯它不断。可是由于盖天仙的气力比那女子的气力大得多，双方一拉一扯，那女子敌不过她，飞跑的坐骑竟也给盖天仙的神力拉住，跑不开去。

空空儿现出身形，哈哈笑道："有趣，有趣！难得看到这一场精彩的拔河游戏。盖天仙，加把劲儿，我看你可以赢她。"

那回纥女子气力比不上盖天仙，又见空空儿即将到来，心里想道："今天算我晦气，碰上了这个丑八怪，又碰上了这个老猴儿。丑八怪我都打她不过，老猴儿更是不用说了。三十六计，还是走为上着！"突然把手一松，盖天仙正在用力，登时失了重心，一跤摔下马来。盖天仙气得破口大骂，那回纥女子却是一溜烟地跑了。

空空儿回到师陀京城向宇文虹霓讲述他的遭遇，说到此处，宇文虹霓不禁轻轻的"噫"了一声，面有惊愕之色。原来上次她在北芒山上被擒，就是由于她正在与泰洛交手之时，给一个女子用绊马索将她绊倒，这才给泰洛所擒的。

但后来宇文虹霓收复京城，大破拓跋赤、拓跋雄的回纥军，却一直没有发现这个女子，宇文虹霓心想："空空儿所碰见的这个回纥女子，定然就是北芒山上的那个妖女。"

空空儿的说话给宇文虹霓的轻噫打断，问道："这回纥女子是什么人，敢情是你认识的么？"宇文虹霓知道空空儿的脾气，恐防空空儿知道这女子是她仇人，会后悔自己放过了她。

宇文虹霓不愿空空儿心有不安，于是淡淡说道："我知道她是回纥的一名女将。她居然能够和盖天仙打成平手，也算是很难得了。她跑了之后又如何？空空前辈你往下说吧。你和华大侠又是怎么遇上的？”

空空儿笑道：“说来话长，还是先让我说说与卓木伦王子相见之事吧。”接着说道：“盖天仙摔下马背，正在破口大骂，卓木伦王子和他的几个随从就赶到了。卓木伦也是像我一样，忍不住笑，把他的妻子扶起，说道：‘胜败兵家常事，何足介怀？’盖天仙骂道：‘胡说八道，谁说我打败了。那妖女打不过我，跑了。我是自己不小心摔下马的。不信你可以问空空前辈。哼，你才是失利而归的吧？那几个回纥番贼捉到了没有？’

“卓木伦这才发现我已经走到他们的身边，连忙和我见礼，说道：‘你有一个弟子是师陀人，叫做浩罕是不是？他正在我们这儿。’盖天仙打断他的话说道：‘喂，我问你打仗的经过，你快点说吧。空空大侠从师陀那边过来，想必也是追赶敌人的。’

“卓木伦道了一声：‘惭愧！’说道：‘那些回纥番贼十分厉害，他们只有三十三骑，我们的成千军马都围他们不住，给他们逃跑了。其中有一个老头儿气力比我还大，我和他只是交手一个回合，我的浑铁枪就给他夺过去折断了。’卓木伦天生神力，过去也是很自负的，自从娶了盖天仙之后，变得谦虚多了。输就是输，赢就是赢。这一点我空空儿倒是很为欣赏。他打不过雪山老怪，这是理所当然的事。”

辛芷姑笑道：“你别谈论武功和卓木伦的脾气了，还是先给我们说说，那雪山老怪和拓跋赤叔侄是逃往何方吧？”

空空儿说道：“我跟卓木伦王子回到他的王宫，其后接到探子的回报，这才知道雪山老怪他们已逃往幽州去了。奚族的军马当然是不敢进入大唐的国境去追捕他们的。”

楚平原道：“虹霓，果然是给你料中。这班人逃往幽州。只怕又要兴风作浪了。”

空空儿道：“那正好，我倒是愿意他们逃往幽州。将来咱们回国，还有机会可以和雪山老怪决个胜负。”

辛芷姑道：“你呀，你就是记挂着厮杀。你和华大哥是怎么遇上的，为什么你直到现在才回来？”以空空儿的脚程，他若是见过了卓木伦就回来，应该是早三天就到了的。故而辛芷姑急于要知道他迟归的原因。

空空儿笑道：“你别心急，让我慢慢地说。”于是空空儿就接下去讲述他在见过了卓木伦王子的遭遇。

空空儿在卓木伦的王宫也见着了他的徒弟浩罕，知道了乌获已经班师回京的消息。他与浩罕本来就想回转师陀的，卓木伦王子好客，留他多住两天。想不到在第二天又接到回纥兴兵犯境的消息。这一路是从北方来的，据探子所报，大约有万人之众。

宇文虹霓听到此处，不觉又是一怔，说道：“这么说来，这支兵马并非拓跋雄的残军，而又是另一支兵马了。吐谷浑没有回纥驻军，想来是从他们本国调来，假道吐谷浑而往幽州的。他们之志想不在于侵犯奚族。”

空空儿说道：“你料得一点不错。但当卓木伦王子听得回纥兴兵犯境之时，他却不知道回纥的军队只是要从他的边境通过。”

楚平原道：“这个当然，他一定要调兵遣将去防御敌人的。空空前辈，想来你又是自告奋勇，跑去奚族北面的边境帮他们打仗吧。”

空空儿哈哈笑道：“楚老弟，你算是摸透我的脾气了。正是如此。不过，我虽然是迟归几天，也幸而有此一去，得以遇上了华大哥。”跟着就讲他与华宗岱相遇的经过。

奚族的边境兵力薄弱，从酋长所住的城堡调兵前往，恐怕是远水不救近火。空空儿是天下跑得最快的人，便自告奋勇前往探听军情，相机帮助奚族的守边部队，或战或退守，都可以拿个主意。

空空儿一个人跑在前头，跑到将近吐谷浑与奚族领土交界之处，在一座山的山脚下，又发现了有人厮杀，他一看之下，又惊又喜。交战的一方正是华宗岱，另一方是两个红衣番僧。

空空儿自从在扬州与华宗岱一战之后，正所谓不打不相识，以前的芥蒂一扫而空，转而结成了气味相投的好友。这次不期而遇，当然是令他喜出望外的了。

但更令他吃惊的却是，华宗岱以一敌二，却给那两个红衣番僧打得他只有招架之功，毫无还手之力。虽说是以一敌二，但以华宗岱的本领而论，他号称“笔扫千军”，武功之强绝不在空空儿之下，如今他使用判官双笔，竟然打不过两个红衣番僧，也就难怪空空儿大为吃惊了。

空空儿仔细一看，原来这两个番僧乃是他所认识的人，和他也曾经交过一次手的。十年之前，段克邪被精精儿与史朝英所诱，被他们带到吐谷浑的鄂克沁寺，诱他服下酥骨散的毒药，气力使不出来，囚禁在鄂克沁寺。空空儿跑去营救，适遇回纥派来的三大高手，把鄂克沁寺的高僧打得大败，其后得空空儿夫妻相助，这才反败为胜，捉住了这三个高手。

但因吐谷浑不敢得罪回纥，鄂克沁寺的僧人后来只好把这三个高手又送还回纥。这三个高手，一个是回纥当年的第一高手曲离，其他二人则是西藏密宗的僧人无咎、无妄两师兄弟（事详拙著《龙凤宝钗缘》）。

无咎、无妄自从那次战败之后，无颜再留在回纥，不久就转西藏，连曲离也跟他们到西藏去了。十年之久，不闻他们的音讯，不料今日空空儿却在此处重遇这两个西藏番僧。

无咎、无妄二人是西藏密宗的高手，练的“大手印”功夫专伤奇经八脉，两人联手合斗华宗岱，自是大占上风。华宗岱的铁笔点穴功夫天下第一，无咎、无妄也不敢太过进迫。因此华宗岱虽然处于劣势，也还可以勉强支持。

无咎、无妄二人眼观四面，耳听八方。空空儿的轻功虽然无声无息，但在青天白日之下，人的影子还是不能躲藏的。这两个番僧远远的看见一团白影“滚”来，还未知道是空空儿，心中已是吃惊不小。

无咎发一啸声，他们师兄弟二人心意相通，当下立即同施杀手，四掌齐出，掌力有如排山倒海，华宗岱的一双判官笔竟然给他们荡开，身不由己的连退几步。可是他们也未能就伤了华宗岱。华宗岱身形一晃，立即又站稳了。

空空儿似一阵旋风卷来，无咎、无妄还未来得及再施杀手，空空儿已经赶到，停了脚步，现出身形。无咎、无妄看见是他，心中都不由得暗暗叫声：“苦也！”

空空儿哈哈笑道："华兄，这两个秃驴是我的手下败将。不过，当年他们是一对一输给我的，我还未试过以一敌二。你打了这许多时候也该让我过瘾了。"

华宗岱虽未受伤，气力已是耗了不少，他知道空空儿是顾全他的颜面，想要他歇息，这才如此说的。可是华宗岱也怕空空儿双拳难敌四手，一时还不肯退下。

空空儿笑道："华兄，还是让给我吧。他们已经和你先打了一轮，倘若我还是和他们以一对一的话，那就不公平了。"

华宗岱知道空空儿好胜，心想："他若支持不住，我歇过了再来帮他也还不迟。"于是说道："好，但最好还是将他们活擒，不可将他们杀了。"

空空儿立即拔剑出鞘，替下了华宗岱，笑道："我理会得。当世可堪一战的高手没有几人，我也还要留下他们以后陪我玩玩呢。"他却不知华宗岱要他只能活擒，不能杀掉，乃是另有原因的。

无咎、无妄二人虽然对空空儿颇有怯意，但见华宗岱已经退下，只是空空儿一人来斗他们，他们立即胆气复壮，大怒说道："小猴儿，你欺我太甚！好呀，我倒要看看是谁能够活捉了谁？"他们二人暴跳如雷，华宗岱心里则在暗暗好笑："我正是要激你们火起，你们火起，空空儿就有可乘之机了。"

果然空空儿一声冷笑："小猴儿是你们叫得的么？"剑光一闪，立即向无咎刺去。无咎一掌拍出，空空儿身形一晃，左手骈指如戟，又点到了无妄的身前。他在一招之内，剑掌兼施，竟是同时袭击对方二人的九处大穴。

无咎用连环双撞掌化解了空空儿的剑招，无妄却是想不到空空儿来得如此迅速，一掌拍空，"肩井穴"已是给空空儿点了一下。原来十年前空空儿在鄂克沁寺和他们交手之时，还未练成以指代剑的本领，如今他剑指兼施，手指也可以同时点敌人的九处大穴，无妄本领较弱，空空儿又快如闪电，他一时冷不及防，就着了道儿了。

可是无妄的本领虽然比师兄较弱，也还是第一流的内功造诣，空空儿又因为要同时防备无咎的反击，不能全力的用重手法点穴来对付他，因此无妄虽然给点着“肩井穴”，却还不至于受伤。他倒退三步，运气一转，也就解开穴道了。不过，虽然如此，他一条左臂也不由得感到一阵酸麻，再交手时，大手印的威力也就要打了折扣了。

在无妄退后的这片刻间，无咎独自应付空空儿狂风暴雨般的攻击，给空空儿杀得手忙脚乱。无妄再次上来，这才稳住了阵脚。

无咎松了口气，忽地把身穿的大红袈裟脱下，喝道：“小猴儿，我与你拼了！”袈裟一展，一大片红云似的向他罩下，空空儿运剑如风，连环刺出，只听得嗤嗤嗤几声轻响，袈裟上留下淡淡的剑痕，却居然没有给空空儿的利剑刺穿。

原来这是无咎新练成的一种功夫，他以袈裟当作武器，自创了许多奇妙的招数，袈裟柔软，不易受力，经过了他的玄功运用，柔中寓刚，就可以克制对方的刀剑，而不至于被刀剑刺穿。但他想用袈裟来卷夺空空儿的短剑，却也不能。

无咎袈裟招展，无妄双掌翻飞。空空儿则在红云罩体、掌风扑面之中，展开绝妙的轻功身法，避招还招。无妄的“大手印”连拍了十八掌，没有一掌能“印”到他的身上。空空儿笑道：“好，有点意思了。你们的功夫比十年前增进不少，但要想胜得过我空空儿只怕你们还得再练十年。”

无咎沉住了气，说道：“师弟，不可中他的激将之计。”“大手印”从袈裟下面打出，配合着无妄的招数，迫得空空儿也不能不闪过一边。

他们二人联手合斗空空儿本来应该稍占上风的，但一来因为他们已经和华宗岱斗了一场，气力不无消耗；二来空空儿一上便先声夺人，点着了无妄的“肩井穴”，不但令无妄的大手印功夫减了几分威力，而且也挫折了他们的锐气。

三来空空儿的轻功是天下第一，在不能同时招架之际，他还可以从容地避开其中一人。这点是他胜过华宗岱之处。故此由他来对付无咎、无妄，也就没有华宗岱的吃力了。华宗岱刚才给他们迫得透不过气来，空空儿因为占了这三样便宜，和他们恰恰打成了平手。

双方越斗越紧，奇招妙着层出不穷，看得华宗岱也感到有点目眩神摇，心中想道：“武学之道，当真是各有所长，谁也不能自夸是天下第一。不过，若说到嗜武如狂，则倒是非空空儿莫属了。”他恐怕空空儿支持不了，此时歇息已过，便站起来，要想把空空儿替下，未曾开口，空空儿已先说道：“别忙，别忙，我还未过足瘾呢！”华宗岱摇了摇头，但此时他已看出空空儿可以应付裕如，便又坐下。

空空儿虽然是坚持单打独斗，但无咎、无妄害怕华宗岱再来加入战团。就在此时，只见又有一条人影奔来，远远的就扬声叫道：“华居士，斗得怎么样了？你没事吧？哎，那不是空空大侠吗？这可真是巧极了！”

来的是鄂克沁寺的监寺幻空上人，幻空上人的本领虽比不上华宗岱与空空儿，也是一流高手。无咎、无妄二人知道今日绝讨不了便宜，本来就是想走的，一见幻空上人也来到了，更是无心恋战。

当下两师兄弟一声：“扯呼！”无咎的大红袈裟脱手飞出，使出最后一招杀手“红云罩体”，同时拍出一掌，加重袈裟的压力。空空儿一剑将袈裟挑开，无咎、无妄二人已是疾奔而去，离他有半里之地了。

以空空儿的轻功是可以追得上他们的，但幻空上人却道：“穷寇莫追，空空大侠，就饶了他们吧！将他们赶出国境，也已出了我的一口气了。”

空空儿与幻空乃是故交，幻空向他谢过两番相助之德，说道：“这次回纥是假道吐谷浑，事前曾有文书照会的。我们的大汗不想树敌，只好答应借道。但不料这两个番贼记昔年之仇，经过我寺之时，竟然指挥兵马，把鄂克沁寺包围起来，要放火焚烧。幸亏我寺中上下一千余人，同心抗敌，又有华居士帮忙，他们久攻不下，又怕我国的援兵因此开来，这才鸣金而退。”

说起来空空儿这才知道，原来华宗岱和鄂克沁寺的三位高僧交情极深，另外二人是方丈幻灭与藏经楼住持幻寂，回纥兵围攻鄂克沁之时，华宗岱正巧在这寺中。回纥兵退后，华宗岱气愤不过，自告奋勇来追赶敌人的。幻空上人率领五百弟子作他后援，因为此地已是奚族的领地，故此只有幻空一人过来。

华宗岱说道：“看来回纥的军队也是怕有追兵，所以只留下这两个番僧殿后。我和他们大斗一场，幸亏空空兄及时赶到，我才免吃亏。”

空空儿道：“可惜，可惜！要是我知道这两个秃驴如此可恶，我是绝不肯让他们如此轻易就跑掉的。幻空上人，你也真是，他们要放火烧你的鄂克沁寺，你却还要饶他。”

幻空上人苦笑道：“佛家有好生之德，还是放走了他们的好。”华宗岱笑道：“吐谷浑的大汗不想得罪回纥，鄂克沁寺的老和尚也只好遵从王命了。方丈的意思本来是要我们将敌人逐出国门之外便算了的，是我按捺不住，不知不觉就追到奚族的领地来了。”

空空儿摇了摇头，说道：“你们的大汗只知怯敌求和，这可不是办法。回纥今天可以借道，明天就可以侵占你们的地方了。你们的国家比师陀大得多，师陀都可以令回纥的大军全军覆灭，何况你们？”空空儿批评吐谷浑的大汗，幻空上人不敢答话，唯有苦笑。

空空儿察觉幻空上人的尴尬神色，心知他也有为难之处，遂放宽了口气笑道：“大汗是常常请你们寺中高僧说法的，你倒不妨将我刚才说的这些话当作‘佛法’说给他听如何？”华宗岱大笑道：“这可是你自创的佛法了。”

空空儿道：“我不懂佛法，但我却懂得这个道理，这是师陀的老百姓教给我的。”说罢三人都大笑了一场。不过，三人的感受各个不同。幻空是掩饰窘态的苦笑，空空儿是要缓和气氛的大笑，华宗岱则是欣赏空空儿的坦率，同时也为了吐出自己胸中的一口闷气而笑的。

空空儿道：“回纥是向你们假道，对奚族却还不知是假道还是进侵呢？华兄，我是要来助他们的边境守军，你也和我同去如何？幻空上人，你若是要报鄂克沁寺之仇，这也正是一个机会。你们的五百僧人可以组成一支义军。除妖除魔，大约是你们的佛法也容许的吧。”

华宗岱笑道：“空空兄，我和你同去。你可不要为难幻空上人了。他要遵从大汗和方丈的命令。”幻空上人再次多谢了他们二人，说道：“空空大侠说的道理我会告诉方丈，方丈佛学深湛，说不定他在佛经之中也会找到论据的。”当下幻空上人与他们别过，便赶回本国去了。

华宗岱这才有机会与空空儿叙话，问道：“你是怎么会到这儿来的？”空空儿告诉他，说道：“段克邪和铁凝他们来了呢！”华宗岱喜道：“铁摩勒的女儿也来了么？那么铁铮呢？还有我的虹儿你见着了没有？”

空空儿笑道：“铁铮要陪你的宝贝女儿，他没有来。我也没有回过金鸡岭，在扬州与他们别后，就没有见过他们了。不过，你可以放心，你的女儿在铁摩勒的山寨里，那是一定不会失掉的。除非她自己不愿回来，不过若是这样，你倒可以多添半个儿子了。”

华宗岱笑道：“空空兄开玩笑了。但儿女之事，我是管也管不了的。失掉也好，回来也好，都只能由他们自作主了。”空空儿道：“是么，所以你就不能当我是开玩笑了。”

空空儿与华宗岱最谈得来，两个好朋友谈了儿女之事又谈武功，不知不觉走到了奚族的一处边关。边关守将出迎，说道：“空空大侠，你来得正好。你的徒弟也在这儿。”原来浩罕带了一支奚族的骑兵，赶来边境，途中与回纥兵打了一仗，也是此时方到。

空空儿见了徒弟，说道：“怎么你碰上了回纥兵，我却没有碰上？”浩罕笑道：“师父，你走得太快，走过头了。你走到吐谷浑的边境，那时回纥的先锋只怕已出了科尔沁草原了。我们是在中途碰上回纥的后军，这才和他们打了一仗的。”空空儿问了路程，这才知道这座边关和他们刚才所在的吐谷浑边境，距离有二百多里。他和华宗岱不知不觉之间，用不了半天工夫就走到了。

那边关守将说道：“原来回纥的军队这次也是假道，不过我们可不理会他们是假道还是进犯，只要他们踏入我们的领地我们就打他们。可惜我们的兵力不够，只能截住他们的殿后部队来打。”

空空儿道：“可知道他们是往哪儿去么？”浩罕道：“我捉住了一个回纥的军官，我们刚刚审问了他的口供。”空空儿道：“他怎么说？”浩罕道：“回纥的这支兵马是到大唐的幽州去的。”

空空儿睁大了眼睛道：“他们到幽州作什么？”

浩罕道："听说是幽州的什么'一肚屎'请他们去的。我也说不清楚，呼延庆将军还是你来说吧。"

浩罕是山区猎人，哪知大唐的官制，是以糊里糊涂的就把"节度使"说成"一肚屎"了。听得空空儿不禁大笑，说道："你也说得不错，大唐的那些节度使本来就是一肚屎。"

边关守将呼延庆道："是这样的，幽州的节度使请回纥助他们'袭匪'，据说这位节度使还有争霸中原之意，所以请回纥派兵，多多益善。但回纥在西域的好几个属国都有驻兵，不能调动，调动了那些属国只怕就会造反的。他们本国的兵力也不够，好不容易才七拼八凑调动了一万军马，准备先到师陀与拓跋赤、拓跋雄的大军会合，再往幽州，那么就可以有六七万军马了。"

空空儿冷笑道："他们倒打得如意算盘，大概他们做梦也想不到拓跋雄的'大军'竟然会在小小的师陀国里全军覆没吧？"

呼延庆笑道："是呀，他们确实是料想不到。据那个被俘的军官说，他们是在昨天将到吐谷浑的边境之时，才知道拓跋雄的五万大军连同拓跋赤原来的数千驻军，都在师陀国给一古脑儿地消灭了。他们料想拓跋赤叔侄不是逃回本国就是逃往我们这儿，于是急忙改变行军计划，不往师陀而径自来我们这儿了。他们还派了一个人先到我们这儿与拓跋赤叔侄联络。"

空空儿道："是什么人？"呼延庆道："是一员女将，听说是曲离的妹妹，名叫曲英。"

浩罕补充道："师父，你前两天不是碰见一名回纥女将在草原上与盖王妃交手么，就是她了。当时她已经见着了拓跋赤叔侄，叫他们叔侄径往幽州，不必回国。她传达了命令之后，在回程中给盖王妃追上的。"

空空儿大感兴趣，说道："曲离的妹妹既在军中，那么想必曲离也在军中了。"曲离是回纥从前的第一名武士，十年前因为在鄂克沁寺败给空空儿，无颜回国，这才跟了无咎、无妄到藏边隐居，再练武功的。目前回纥的第一高手巴大维还是他的后辈，是在他离职之后才取代他的位置的。曲离虽曾败给空空儿，但当时空空儿胜他也殊不容易，是以对他大感兴趣。

呼延庆道："假道吐谷浑的这支回纥兵马，主帅是一个王族的贝子，副元帅就是曲离。"

空空儿眉飞色舞，哈哈笑道："好，这么说待我回国之时，又可以多一个敌手了。"

华宗岱笑道："有雪山老怪父子，又有曲离和那两个番僧。这许多'热馒头'，只怕你一个人吞不下呵。"

空空儿笑道："你不怕烫口，那就和我一道去吞这些'热馒头'吧。"

空空儿急着回去报讯，当日就与华宗岱离开科尔沁旗，赶回师陀。浩罕要回去向卓木伦王子报告边关之事，并代他师父辞行，要迟一日动身。

且说空空儿与华宗岱回到师陀，在宇文虹霓特地为他们二人而设的庆功宴上讲述了这些经过之后。楚平原说道："果然不出我们所料，这些强盗又要到大唐捣乱了。"

夏侯英道："那也正好啊，他们送上门来，不是正方便咱们揍他吗？我是在幽州立不住足，特地到这儿找回纥的寇兵打的，如今我倒要回去再和他们较量较量了。看看这次是他们赶我，还是我赶他们。"

宇文虹霓道："这次多得你们汉族的义士帮忙，我是无以为报。回纥铁骑如今又为祸中华，我是应该去和你们再一次并肩作战的，只是我国新复，还要我在这里主持，我只有叫平原代替我去和你们共同作战了。"楚平原正有此意，他的妻子替他先说了出来，他自是喜之不胜。

空空儿道："回纥是咱们共同的敌人，说不上是谁帮忙谁。这次虽说是我们来帮忙你们打仗，但认真而论，还是你们帮忙我们更多呢！你们的老百姓歼灭了回纥的大军，回纥本来希望最少从你们这里调得出五万兵马的，如今是全部落空，就只有他临时拼凑的一万兵马了。这不是你们师陀大大的帮忙了我们的大唐吗？"

辛芷姑和段克邪听得空空儿居然说得出这样的一番说话，心中都是暗暗欢喜，想道："他果然变了不少，也比前谦虚多了。"

夏侯英笑道："还不仅仅是这样呢，这次你们是主要靠了老百姓打胜仗的。经过了这一场大战，我们从师陀的老百姓学到了许多有用的东西。”

段克邪道：“可是也有一点情形不同，大唐的节度使可比不上楚大嫂，他们是和外敌勾结的。每个节度使都拥兵自重，他们的力量也要比师陀的伪王吉纳大得多。”

夏侯英道：“不过要依靠老百姓，这最要紧的一点则是大家相同的。只是咱们回去作战要艰难一些而已。”

段克邪道：“这个当然。我的意思也就是想提醒大家，回去要打回纥兵，又要打藩镇的联军，比在师陀作战是要难得多，请大家不可轻敌。”

宇文虹霓道：“刚刚打完一场大仗，大家都很辛苦，我本来想留你们多歇几天的。但现在幽州有事，我也不敢勉强多留你们了。明天我给你们送行。”

席散后，铁凝过去与华宗岱见礼，说道：“我知道你记挂着虹姐，虹姐和我的哥哥已经到金鸡岭山寨了。华老伯，你不如和我们一道回去。那次你在魏博道上给我们解了围，我的爹爹也很想见你，向你当面道谢。”

空空儿笑道：“你急什么，用不着你劝，华大哥早已答应和我一同去吃‘热馒头’的了。”

铁凝诧道：“什么热馒头？”华宗岱笑道：“你的师公要我一同去打扎手的强敌。令尊的多谢我不敢当，不过我是要去拜访他的。”

第二天宇文虹霓给他们送行，老百姓得知消息都纷纷赶来，他们与汉族的义军虽然言语不通，但心意是相通的。彼此在共同战斗中生长的友谊，比亲兄弟还更亲切。他们各自用自己的语言向对方表达心意，听不懂不打紧，异族的战友们拥抱在一起，彼此心脏的跳动都听得见。空空儿平生从未曾流过泪的，在这样热烈的气氛中，也不禁感动得下泪。

临行之前浩罕匆匆赶到，听说师父回国，连忙找着空空儿道：“师父，我也要和你们同去。”空空儿道：“好，不过，你赶不上我，我和你的华师伯先走，你和展伯承、铁凝他们一起走吧。芷姑，你不反对我和宗岱先走吧？”辛芷姑笑道：“我知道你们在一起就有说不完的话，我可没有兴趣听你们谈论武功，你们先走吧。”

浩罕还带来了一个好消息，说是盖天仙也准备回国探亲，并带有一队娘子军随行，将来可以参加义军，众人听了，更是欢喜。

夏侯英与段克邪要带领义军，大军行动，每天至多只走百里。空空儿与华宗岱二人便先行回国，他们计划先到金鸡岭向铁摩勒报讯，请铁摩勒也来幽州会师。正是：

义师奋起追穷寇，又见幽州作战场。

欲知后事如何？请听下回分解。

第四十二回　从来百姓真无敌
试论英雄孰最强

空空儿与华宗岱二人先行，不数日到了幽州。空空儿结交满天下，幽州丐帮分舵主王泰也是他的相识。空空儿遂与华宗岱往访王泰，打听消息。

来意表过。王泰笑道："两位来得正巧，倘若迟来个三天两天，恐怕就不容易找到我了。"空空儿道："怎么？除非你这帮叫化子都躲藏起来，否则我岂能找你不着？"王泰说道："正是要躲起来。"

空空儿诧道："你怕什么？有什么强仇大敌要找你晦气么？说给我听，我替你打发他。"王泰笑道："空空大侠，你也打发不了的。"空空儿道："什么人我也打发不了？"

王泰苦笑说："幽州来了一支回纥兵，是应节度使章留仙之请来助他'袭匪'的。一到之后，便大举搜捕嫌疑的'匪党'。夏侯英以前曾在幽州驻足，和官军打了几次仗，有些受伤的部属在幽州民家养伤。这次官军与回纥兵联同大搜，无辜受伤的老百姓不知多少。

"官军还好一些，不敢与老百姓太过结怨，搜不着嫌疑的'盗匪'，随手窃取些财物也就算了。回纥兵则凶暴得简直如同野兽，任意闯进民家，不但劫掠财物，见了标致一点的姑娘也都抢了去。百姓敢道半个不字，他们举刀就杀。幽州的百姓逃的逃，躲的躲，逃不了躲不了的就只好听天由命，随时准备遭灾受劫了。

"这两天来，不但是搜夏侯英的'余党'，各个帮会也都在搜捕之列。我们正准备在这两天就把分舵搬迁，先躲一躲避避风头再说。空空大侠，这些回纥兵你一个人怎么‘打发’得了。”

空空儿怒道：“可气，可恨！我们在师陀国杀得他们落花流水，他们居然还不知道死活，纠集了些残兵败将，居然又到这里逞凶作恶了。”歇了一歇，怒气稍息，接着哈哈大笑三声，说道：“回纥兵固然是可气可恨，但他们这样凶残，却也很好呀很好！”

王泰说：“怎么还说很好？”空空儿道：“他们越残暴，老百姓就越痛恨他们，到了老百姓明白逃不了也躲不了的时候，大家就会起而自保了。那时他们点起了怒火必将把他们烧得粉身碎骨。还不是很好么？”

王泰说道：“可是老百姓大都怕事，要他们齐心抗敌，恐怕还不是短时间可能办到的。老百姓也缺乏武器，即使有一部分人起而自保，只怕也抗不过回纥与官军。”

空空儿说道：“不错，要老百姓都齐心合力抗敌自保，那是不容易的，所以你们必须帮忙他们组成义军。缺少武器不打紧，我在师陀国曾亲眼见到，老百姓们揭竿为旗，斩木为兵，也一样能够打败回纥的铁骑。”当下把他们在师陀与老百姓一同抗敌的经验告诉王泰，听得王泰眉飞色舞。

空空儿道：“还有一个好消息告诉你们，夏侯英这支义军就要回来了。段克邪与楚平原也与他们一同回来。你可以通知夏侯英的旧属，赶快帮忙老百姓组成义军，准备迎接他们吧。”

王泰问道：“夏侯英这支义军有多少人？”空空儿道：“一万多人。”

王泰有点失望，说道：“回纥兵来的就有一万多人。幽州节度使有十万大军，听说章留仙与魏博节度使田承嗣、范阳节度使王典结成同盟，不但可以缓急相济，还准备并吞各处藩镇，进而平分大唐天下呢。他们的兵力如此雄厚，夏侯英的一万大军济得甚事？老百姓要组成义军，恐怕也不是三两个月间就可以大举作战。”王泰虽然明白了要依靠老百姓的道理，却还缺乏信心。

空空儿道：“初时难免要吃几次败仗，但只要老百姓都起来了，就会转败为胜了。官军与回纥的侵略军怎么多，总也多不过老百姓吧？老百姓聪明得很，他们也会想出各种各样的方法去打败敌人的。而且我还准备去金鸡岭请铁摩勒派兵来援。”

王泰喜道：“铁盟主要是能够率众来援，那就好了。他与夏侯英联合起来，天下绿林都听他们的号令，总可以调动得十万八万兵马。”

空空儿正色说道：“我想铁摩勒是会发出绿林箭，请各路英豪到幽州帮忙的。不过他们要集中到幽州来，也不是容易的事，你们不能存着依赖铁摩勒的心理，要紧的还是要靠自己。也就是说要靠老百姓！”

空空儿要和华宗岱到金鸡岭去，这是他们在师陀国早就定好的计划，如今为了帮忙幽州的老百姓早日解除苦难，在幽州就不再耽搁，第二日一早便即动身。

两人都是一等一的轻功，日夜兼程，不过十日工夫，就从幽州来到了鲁西的蒲台，距离金鸡岭不过五百里了。五百里在他们的眼中，不过是一天半的路程，两人都松了口气。

空空儿笑道：“这两天在官道上行人众多，我们不方便跑得太快，如今进入山区，咱们可以大展轻功了。现在日头还未过午，跑得快的话，明日黄昏便到金鸡岭。咱们悄悄上山，给铁摩勒一个意外的惊诧。”

华宗岱急于去见女儿，笑道：“我的轻功不如你，但若跑长途，我还可以和你比一比脚力。”两人心情轻松，一路赛跑，一路闲谈。

华宗岱忽地问道：“空空兄，你会尽天下英雄，依你看来谁的武功天下第一？”空空儿笑道：“这个问题，段克邪师弟早就和我谈过的了。依我说，是老百姓的本领第一。”

华宗岱笑道：“空空兄，你是越来越谦虚了。我明白老百姓团结起来的力量天下莫敌，不过，我是说单打独斗的武功。”

空空儿道：“以前我以为我是天下第一，后来碰上了扶桑岛的岛主牟沧浪，我承认我是比他略逊一筹。”华宗岱道：“牟岛主已有十多年不到中原，不知他是否还在人世？若以目前咱们确实知道还活着的武林人物而论，你说谁是第一？”

空空儿笑道：“武学之道，各有所长，如今我是不敢自夸了。比如你老兄的点穴和内功的深厚我就甘拜下风。”

华宗岱道："不要扯上我。路上没有酒喝，煮酒论英雄留待他日。不过，咱们也可以闲聊闲聊。武学固然各有所长，很难说谁的武功天下第一。但真正打起来，也总有个胜负的，你说是不是？"

空空儿道："我明白你的意思。依我看来，如今可以号称一流的高手，大约可以数得上十个八个。有些武功相若的，那就要看谁更机智，谁的勇气更高了。当然怎样发挥自己所长制敌所短，这也很紧要。比如说，论功力我不及雪山老怪，但他要把我打败，恐怕也不容易，因为我的轻功比他好。我可以乘暇蹈隙攻他，而且打不过我还会跑。"说罢，哈哈大笑。

华宗岱道："雪山老怪，我没有和他打过。他日若有机会，倒要试试他的功夫。嗯，说了这许久，你还没有说到铁摩勒呢。雪山老怪要咱们再到幽州才能与他相会，铁摩勒却是明天晚上就可以见到的。"

空空儿道："说到铁摩勒，我是心服口服的。十多年前，他不如我。但他的根基扎得极好，当年他与牟沧浪一战，已差不多可以打成平手。这几年他武功精进，更已到了炉火纯青之境，我知道我是一定打不过他的了。依我看来，他若与雪山老怪单打独斗，胜负殊难逆料。不过我还是看好铁摩勒多些。"

华宗岱道："这么说，该算是铁摩勒的武功天下第一了？"

空空儿道："铁摩勒是各门功夫，都有深湛造诣，不似其他的高手只以独门武功见长。就我所知的人物而论，我是最佩服他的本领。不过，天下之大，只怕还有我所不知道的高手，所以我还不敢就一口断定他的武功天下第一。"

空空儿接着又笑道："你今日怎么有这么大的兴趣和我谈论天下英雄，对铁摩勒尤其不厌其详的发问？莫非你是有意和你这位未来的亲家较量较量？"

华宗岱道："较量二字说得太重，不过我是想见识见识铁摩勒的功夫。印证、印证。"

原来华宗岱虽然不如空空儿之好胜，但嗜武成迷的性情则是和空空儿一样的。他差不多有三十年隐居西域，不知自己的武功比起中原的顶尖儿的高手究竟如何，是以他上次重赴中原，就有意想与中原最负盛名的空空儿、铁摩勒比一比的。和空空儿是较量过了，与铁摩勒则直至如今尚未见过一面。

空空儿道："将来你们结成了儿女亲家，还怕没有切磋的机会吗？"

华宗岱道："是不是结成亲家，那还是将来的事呢。而且倘若有了亲家的关系，切磋起来，只怕是各存客气，看不到真实的功夫的。"

空空儿本人就有遍觅天下高手一一较量心愿，对于华宗岱的心情当然是十分理解，当下笑道："这个容易，到了金鸡岭，引铁摩勒出来，我躲在一旁，待你和他比试一场。到差不多分胜负的时候，我再出来替你说明。"

他们谈得高兴，不知不觉，已走出山地，忽见有一支兵马，约有千人之众，正在草原上疾驰而来。华宗岱道："空空兄，咱们绕道避开他们吧。"华宗岱是不愿惹事，宁可多花一点时间，绕道避之。

话犹未了，忽听得官军中有人大喝道："放箭！给我把这两个人射杀！"登时乱箭如蝗，朝着空空儿与华宗岱射来。

空空儿一看，原来这个军官乃是魏博牙军的统领、雪山老怪的弟子北宫横。

北宫横曾先后败在华宗岱与空空儿手下，此次陌路相逢，仗着人多势众，自是不肯轻易地放过他们。

空空儿大怒道："人不犯我，我不犯人。好呀，如今我是非和他们斗一斗不可了。"

空空儿性子一发，那是天塌下来也不管的，什么强敌，他都不怕，何况北宫横是他手下败将。华宗岱虽然不想多惹麻烦，但敌人既然欺负到了自己头上，他也只好跟着空空儿上去冲杀了。

空空儿舞剑护身，拨打乱箭，旋风地卷过去。但乱箭密集如雨，也不免有几枝射到了空空儿身上，空空儿有"沾衣十八跌"的功夫，几枝箭射着了他，未曾伤及他的皮肉，就跌落了。

不料将至官军队前，忽听得弓如霹雳，有一枝箭射着了他的右足，这枝箭力道大得出奇，竟然射穿他的裤管，箭头入肉三分。空空儿的内功未能将它反弹出去。

空空儿觉得有点麻痒痒的感觉，并不很疼。空空儿中了箭，怒火勃发，一声长啸，登时跃起数丈，落下来时，已到了官军队伍之中，运剑如风，杀得官军人仰马翻。

官军有的坐骑受伤，控制不住坐骑，离开队伍直奔出去，有的跳下马来围攻空空儿。队形一乱，混战之中，自是不能再用弓箭了。

空空儿无暇拔出右腿所中的利箭，便向发箭射他的那人杀去。那人也是个军官，和北宫横站在一起，空空儿是想先杀了他再杀北宫横。

空空儿身手矫捷无伦，他展开刺穴剑法，在官军的缝隙中钻出，有恰巧挡在他面前的立即便给刺中穴道，说时迟，那时快，已是杀到那军官面前。

那个军官举起铁胎弓一挡，“当”的一声，铁胎弓给削为两橛，那军官大吃一惊，弃弓而逃。

这军官固然吃惊非小，空空儿也大感意外，要知本领稍弱的人挡他一招都难，如今这个军官居然没给他刺着，能用铁胎弓恰好挡着他的快如闪电的剑招，铁胎弓虽然被削断，也是大不容易了。

北宫横喝道：“空空儿，饶你武功再好，今日也插翅难飞！”空空儿喝道：“拿过首级来！”短短的五个字话声未了，他已向北宫横连刺九剑。

北宫横是雪山老怪的得意弟子，虽然敌不过空空儿，但空空儿想要杀他，至少也得在百招开外。他抡起独脚铜人，空空儿的连环九剑，都刺着了他的铜人。空空儿大怒，旋风般地绕着北宫横的身子进招，剑掌兼施，当真是：瞻之在前，忽焉在后。转眼间又发了六六三十六招，虽然还未能伤着北宫横，已是杀得他手忙脚乱。

忽听得一人大喝道：“空空儿，休要逞能！”空空儿反手一剑，竟然给他的掌力荡开，这人是北宫横的师兄西门旺。北宫横这才喘过口气，冷笑说道：“空空儿，可笑你死到临头，还不知道。”

空空儿正自觉得有点奇怪，他在扬州之时，是曾经和西门旺交过手的，西门旺虽然是雪山老怪的大弟子，但本领却还不如他的师弟北宫横，当时是给他五十招之内杀败的。空空儿心里想道：“距离不到一载，他的功力怎么增进如斯，居然荡得开我的宝剑?”正自觉得奇怪，忽地又感到一阵目眩头晕，剑招发出，竟是力不从心，原来他所中的那枝箭乃是毒箭。

北宫横得意笑道:“现在你知道了吧，饶你轻功再好，你也是插翼难飞了!”抡起铜人，当头劈下，西门旺也双掌齐出，朝他左胁打来。

空空儿吸一口气，默运玄功，抵御毒气。好不容易在西门旺、北宫横的夹攻之下，避过了三招。忽听得弓弦声响，刚才给吓跑的那个军官换过一张铁胎弓，又是一箭射来了。

原来这个军官乃是范阳节度使王典的卫士队长，名唤周保阳，虽非一流高手，武功亦颇不弱，尤其厉害的是他擅发见血封喉的毒箭，百发百中。

空空儿中了毒箭，轻功不免受到影响，不过，若只是应付周保阳，还是可以避得开他这一毒箭的。难就难在他是在西门旺与北宫横夹攻之下，所走的方位必须恰到好处，若要避开这枝毒箭，就刚好要给北宫横的铜人打着。

性命俄顷之间，空空儿还未决定是避箭还是拚着受北宫横铜人的一击，忽见那枝箭突然掉头飞了回去，发箭的周保阳大叫一声，跌落马下，给自己的毒箭射中了。

原来是华宗岱及时赶到，由于空空儿早在前面给他拨开箭雨，他得以毫无伤损地杀进官军队中。周保阳射来的那枝毒箭给他接下，箭未射破皮肉，那是不怕中毒的，他接过了箭立即便反射回去。

华宗岱的内功何等深厚，他甩手反射的箭，胜于用铁胎弓发射。周保阳做梦也想不到自己射出去的箭会射回来伤他，一下子就给射落马了。由于华宗岱接箭发箭快到极点，他是在空空儿背后接箭的;空空儿看来，就似那枝箭在半空中突然掉头一般。

华宗岱双笔一分，双点西门旺与北宫横的“期门穴”，北宫横曾是他手下败将，知道他的双笔点穴功夫天下无双，连忙把铜人收回，挡在胸前，“当”的一声，铁笔截着铜人，火花四溅，铜屑纷飞。

北宫横还算见机得早，没有吃亏，西门旺可是吃亏不小。他一记劈空掌发出，要想荡开华宗岱的判官笔，华宗岱的功力尚在空空儿之上，岂是他的掌力所能荡开？“嗤”的一声，西门旺的手腕给判官笔戳个正着，血流如注。还幸笔尖稍稍荡歪，没有点正他的“期门穴”。

空空儿疾攻上去，一剑刺北宫横的九处穴道。北宫横刚刚收回铜人，应付了华宗岱的铁笔点穴。此时再把铜人推出，应招未免稍缓，“肩井穴”给空空儿的剑尖点着。北宫横大叫一声，倒跃三丈，但却没有倒下。这是因为空空儿受了毒箭的影响，气力已经大大减弱，虽然刺着他的穴道，但劲力未透剑尖，故而北宫横虽伤不重。要是空空儿功力未退的话，只怕他的琵琶骨也会给刺穿。

华宗岱叫道：“空空兄，不可恋战，走吧！”两人联手冲杀出去，官军哪能拦得了他们？北宫横、西门旺各自受伤，伤虽不重，锐气已挫，也就不敢去追赶了。

空空儿大笑道：“你说我插翼难逃？哼，要不是你们暗箭伤人，你的头颅早已不保！你小心防备吧！总有一日，我要来偷你的首级。”大笑声中，与华宗岱早已跑得人影不见。他在受伤之余，仍是疾如奔马，官军无不大骇。

北宫横不敢去追，忍住了气，过去将周保阳扶起来。周保阳自己有解药，北宫横替他敷上。周保阳恨恨说道：“空空儿从这条路上经过，想必是到金鸡岭的了。待咱们见了幽州的章节度使，三镇会商，索性把铁摩勒的山寨也给他挑了。”

原来北宫横是代表魏博的节度使田承嗣前往幽州，与章留仙会商三镇联盟，如何进行“袭匪”之事的。从魏博往幽州，要经过范阳，周保阳代表范阳的节度使王典迎接他，并与他联骑北上。西门旺则是从扬州来，与他们会合的。扬州的节度使也颇有加盟之意，叫西门旺先去联络。想不到在这里碰上空空儿、华宗岱两个“魔星”，他们三个高手加上一千多军马，竟然吃了大亏。

北宫横等人前往幽州，按下不表。且说空空儿一口气的疾跑出去，也不知跑了多少路程，陡觉天旋地转，头晕眼花，四肢乏力，险些跌倒。空空儿吸了一口气，犹见勉强支持。华宗岱笑道：“空空兄，我算是服了你了。这场赛跑，我认输啦。你容我歇歇吧。”华宗岱是听得空空儿气喘如牛，心里暗笑空空儿好胜，故意这么说好让他歇下的。

空空儿坐了下来，笑道：“我只怕一歇下来，就再也走不动了。嘿，嘿，那小子的毒箭好厉害！”

空空儿这才记起还没有拔出毒箭，当下咬一咬牙，将箭拔起，只见伤口周围，变成了浓墨一般的颜色，血却没有流出。原来是空空儿默运玄功，将足少阳经脉的三处穴道封闭，以免毒气上升，侵入他的心房。毒血流不出来，在他伤口凝结。

此时空空儿的功力已是不足封闭穴道，华宗岱一面替他推血过宫，把毒血挤出了一大摊，一面说道：“听说你偷了少林寺的小还丹，这是补气培元的圣药，虽然未必能够解消此毒，也可以助你支持数日。何以你不拿出来？”

空空儿笑道：“偷来之物，我不知道宝贵，随手拿去救人。最后一颗，已经给了我的徒弟浩罕服食了。他在攻打师陀王城之时受了重伤，全仗那颗小还丹救了他的一命。”

华宗岱道：“既然如此，我背着你走吧。到了金鸡岭，铁摩勒应该会有一些解毒的药。”他是不想空空儿再费气力，让他可以全力运功御毒。

空空儿笑道：“毒血挤出，我现在已觉精神多了。到了我支持不住的时候，我自会请你帮忙。”站了起来，居然又跑了一百多里。华宗岱看他走到后来，脚步歪斜，摇摇欲坠，不由分说，就强自把他背了起来。

空空儿笑道：“想不到我空空儿竟要人背着走路。”华宗岱笑道：“你走遍天下，走路也走得太多了。趁这机会歇歇，指点指点我的轻功吧。”

华宗岱的轻功虽然比不上空空儿，也是一等一的高手，当下展开了“草上飞”的轻功，背了个人，仍是身轻如燕，捷似猿猴，风不吹，草不动，神不知，鬼不觉地就上了金鸡岭。

将到山顶，空空儿忽地在华宗岱耳边悄声说道：“放我下来。”华宗岱道：“为什么？”空空儿道：“成全你的心愿呀。我猜是铁摩勒来了。”

空空儿刚钻进茅草丛中，只见前面山坳已出现一条黑影，果然是铁摩勒。空空儿的轻功天下第一，听声辨迹乃是他的特长，故此在华宗岱尚未发觉之前，他已听出是铁摩勒的脚步声。他嗜武成迷，有意要看一看华宗岱与铁摩勒比比武功。

只听得铁摩勒喟然微叹，缓缓念道：“见愁汗马西戎逼，曾闪朱旗北斗殷。多少材官守泾渭，将军且莫破愁颜。”这是杜甫的诗句，作于“安史之乱”的后期，由于唐朝借吐蕃回纥之兵平乱，吐蕃回纥乘机内侵，诸将不能御侮，杜甫感怀时事，因而写下了这些诗句的。铁摩勒这日日间听得探子报来的消息，说是回纥兵已入幽州，有感于心，中宵不寐，出来巡山，不知不觉地就念起了杜甫诗句。

空空儿不解诗意，心中暗笑：“铁摩勒居然静得下心来勤读诗书，学起酸秀才来了。”不觉“噗嗤”一声，轻轻笑了出来。

铁摩勒喝道：“是谁?”身形一个起伏，已然来到。他不识得华宗岱，骤然见一张陌生的面孔，吃了一惊。

华宗岱道：“我只道铁寨主的金鸡岭守卫应是何等严密，却原来也是如此稀松平常，现在才发觉我么?”他是有意激铁摩勒动怒，才能见识铁摩勒的真实功夫。

铁摩勒果然剑眉一竖，怒道：“好呀，你这奸细，竟敢小觑我金鸡岭无人!”一招“樵夫问路”，骈指如戟，就来点华宗岱的肩井穴。

华宗岱也不分辩，当下一个盘龙绕步，避招还招，也是骈指如戟，来点铁摩勒的肩井穴。华宗岱乃是天下第一的点穴大行家，出手比铁摩勒更快更准。

铁摩勒由于未知对方虚实，恰恰是以己之短攻敌之长，险些给华宗岱点着。百忙中铁摩勒一个“大弯腰，斜插柳”身形急煞，腰向后弯，施展“铁板桥”的功夫，避开了华宗岱的指戳。华宗岱见他的身法步法收发随心，不由得也是暗暗佩服。

铁摩勒见这人本领不凡，更是吃惊。喝道：“可惜你这副身手，竟然甘心做了藩镇的鹰犬。”他只道华宗岱若不是魏博节度使田承嗣派来的就一定是范阳节度使王典派来的。

华宗岱道："铁摩勒，你敢与我单打独斗么？敢的话，你就别要声张。"

铁摩勒道："笑话，你单身来闯我的山寨，我还会恃多取胜不成。你接得我三十招，我放你下山。"两人再次交手，铁摩勒吐气开声，呼的一掌就向华宗岱劈下。他已知道华宗岱本领非凡，这一次用的是大摔碑手的功夫，掌力之猛，无与伦比。

华宗岱笑道："对啦，点穴的功夫你是比不过我的，你还是用掌的好。"铁摩勒道："管你用什么功夫，谁打得赢就是谁的本领。"呼呼呼连发三掌，掌力一重加上一重，俨如狂涛急浪，一个浪头盖过一个浪头。

华宗岱不敢以指敌掌，使了个"三环套月"的招式，一按一搌一带，卸开铁摩勒的掌力。但饶是他卸力化劲的功夫已臻化境，仍然不能不退了三步。

铁摩勒喝道："你身上带有判官笔，为何不用，你既擅于点穴，就尽展你的所长吧！"华宗岱笑道："不错，比掌我只怕比你不过的，这我就只好恭敬不如从命了。"

华宗岱双笔出手，一招"四海翻腾"，双笔交叉穿插，一招之间，遍袭铁摩勒的八道大穴。他这"双笔点八脉"的功夫，虽然稍逊于空空儿的一剑能刺九大穴，但他劲力直透笔尖，点的又是奇经八脉，比空空儿的用剑刺穴更狠更重。

铁摩勒掌力刚刚荡开他的笔尖，华宗岱迅即又是一招"八方风雨"，一对判官笔登时幻出了千重笔影，铁摩勒的前心后心左胁右胁八处要害穴道，全都在他笔尖所指的威胁之下。

铁摩勒的掌力虽然天下莫敌，但只凭一双肉掌来对他这样精妙的点穴笔法，也是感到应付艰难。华宗岱着着抢攻，一口气使了八招"八方风雨"，铁摩勒挡到了第八招，华宗岱突然一个变招，左手的判官笔仍然是"八方风雨"的招式，右手的判官笔则已蓦地改为"仙人指路"，从铁摩勒一个意想不到的方位戳来，"嗤"的一声，戳破了铁摩勒的衣袖。但虽然如此，笔尖也还未能触着铁摩勒的皮肉，铁摩勒是以绝顶的内功，就只凭着衣袖荡开他的笔尖。

空空儿躲在茅草丛中偷看，心里自思："幸亏是铁摩勒，倘若是我空手对付老华的双笔的话，至多只能接他七招。老华的外号‘笔扫千军’确是名不虚传！”

不过铁摩勒虽然荡开了华宗岱的判官笔，衣袖给他戳破，总是输了一招。铁摩勒也不由得心头一震，退了三步。华宗岱并不乘机进击，却停下脚步笑道：“你身上带有宝剑，为何不用？素仰你的剑术兼两家之长，足称天下第一。何不尽展你之所长？”他是套着铁摩勒的刚才口气说话，铁摩勒刚才的比掌赢了他，要他取出判官笔，如今他用判官笔赢了铁摩勒双掌，遂也要铁摩勒取出宝剑。

铁摩勒哈哈一笑，说道：“好，你有可胜之机，却不肯占我便宜，倒是不失英雄本色。却可惜你走错路了。你是奉何人之命来的？咱们倒不妨谈谈。说老实话，我实在是爱惜你这身武功，不愿你伤在我的剑下。”华宗岱道：“决了胜负，再谈不迟。你的剑术虽是天下第一，要伤我只怕也还不容易。”

铁摩勒道：“不错，以你这身武功，我是不易伤你。但这把剑乃是断金切玉的宝剑，你小心了。”华宗岱道：“多谢提点，客不僭主，请进招吧。”

铁摩勒手捏剑诀，抖起一朵剑花，朝着华宗岱罩下，剑势似刺似削。华宗岱双笔一招“横架金梁”，左笔刺出。铁摩勒突然把剑一收，虚挡一招。华宗岱迈进一步，双笔连环刺出，铁摩勒剑锋一晃，又是一招虚招，把华宗岱的双笔引过一边，他本身却退了三步，宝剑不与华宗岱的判官笔接触。

华宗岱道：“你再不招架，可要自己吃亏！”第三招随着发出，是极为凌厉的一招杀手，笔锋径刺铁摩勒前心。铁摩勒横剑一封，却用剑背挡他的双笔。“当”的一声，把双笔架开。华宗岱喝道：“铁摩勒，你这是什么意思？”

铁摩勒道：“你休要误会，我这不是小觑你，你既然不愿占我便宜，我岂可不让你三招。好，投桃报李，现在我还招了。”

铁摩勒说到“还招”二字，平剑刺出，剑势似是平平无奇，但落在华宗岱这样的武学大行家眼中，却知是一招以拙胜巧的极上乘剑法。华宗岱不敢抢攻，当下横笔一挡，但听得“当”的一声，火星四溅。华宗岱用了一个“黏”字诀，笔尖一搭剑身，将铁摩勒的宝剑掀出外门。就在笔剑相交的这一刹那间，华宗岱只觉虎口发热，判官笔都几乎把握不牢！

说时迟，那时快，铁摩勒长剑一圈，剑尖陡地划了一道圆弧，消去了华宗岱的黏劲，一招“玉带围腰”，剑光如环，拦腰疾卷，华宗岱双笔横封，以攻为守，奋力解开铁摩勒的三招。双方由合而分，华宗岱把眼一看，见双笔无伤损，这才松了口气。原来他这一双判官笔乃是百炼精钢，也是难以伤损的宝物。

铁摩勒道：“好，好功夫！”说话之间，疾攻了七剑。华宗岱的判官笔也如狂风暴雨般的疾点疾戳。看得连空空儿都几乎透不过气来，险些出声叫好。

华宗岱奋力一冲，将铁摩勒的第七招剑招堪堪化解，额上已是沁出黄豆般大小的汗珠，而铁摩勒则仍神色如常。华宗岱平素以内功自负，此时也不能不佩服铁摩勒的功力深湛，还更在他之上。

铁摩勒暗暗纳闷，心里想道：“此人不知是谁？竟有如此身手！自十年前我与牟沧浪一战之后，就未曾碰过似他这样的劲敌了。我若不全力施为，只怕难以制胜。”当下，又赞了一个“好”，剑法骤然一变，反手一劈，劲风激荡，声如裂帛，那流散的剑光，重又凝聚起来，匹练般横扫过去。但见他剑尖上好像悬着千斤重物似的，东一指西一划，剑势比前缓慢许多，但剑锋所到之处，力道却是非同小可。华宗岱使出浑身本领，兀自只有招架之功。双笔在离铁摩勒的八尺圈子之内，就再也插不进去。

铁摩勒使开了大开大阖的剑法，越到后来，越为厉害，力贯剑尖，招数一出，便隐隐似闻风雷之声。剑风笔影之中，但见林鸟惊飞，树叶纷落，不消多久，周围的几株大树，已是只剩下了光秃秃的树干。

华宗岱大汗淋漓，心中暗暗吃惊，想道：“铁摩勒的剑法深得重、拙二字之长，果然是最上乘的正宗剑法。怪不得连空空儿也那么佩服他。”但由于铁摩勒的越迫越紧，他的点穴笔法也越出越奇，虽然他是只有招架之功，但铁摩勒也不能不全神贯注，在攻中还须小心防守。否则只怕稍有疏虞，便会给他反扑。

斗得正紧，铁摩勒忽地收剑退下，说道：“已过三十招了，你下山吧。”他曾有言在先，只要华宗岱能敌得了三十招，便不与他为难的。如今连对掌的招数在内，恰好是第三十一招。

华宗岱笑道：“你的剑法还有看家本领未曾使出吧，何不尽展所长？三十招是你自己说的，我可没有说是只限三十招。”

铁摩勒道：“好，你定要迫我决个胜负，那就——看剑！”长剑一横，突然当作大刀来使，朝着华宗岱劈下。这是铁摩勒独创的剑法，刀主刚，剑主柔，他用长剑使出刀法，威猛无伦而又兼有剑法的轻灵翔动之长，华宗岱在他这样刚猛无伦的剑势笼罩之下，不论用任何精妙的招数都是无法化解，只能以判官双笔硬接硬架。

但听得“当当”之声，震耳欲聋。火星纷飞中华宗岱的判官笔已损了三个缺口。正是：

笔影剑光堪匹敌，英雄相会变亲家。

欲知后事如何？请听下回分解。

第四十三回　碌碌风尘寻弱女
惺惺相惜结亲家

眼看铁摩勒再劈一剑，就不难把华宗岱的一支判官笔劈断。铁摩勒却忽地虚晃一招，斜跃两步，喝道："你究竟是谁？"

空空儿大叫道："好！"忍不住从茅草丛中一跃而出，哈哈笑道："好，看得令人好不过瘾也！嘿，嘿！哈哈！铁老弟，你还不知道他是谁吗？我正要撮合你们做亲家呢！"

铁摩勒恍然大悟，说道："我真是糊涂了，天下还有何人能使得出这样精妙的点穴笔法？我早就应该知道是'笔扫千军'华老前辈了。"

华宗岱道："铁寨主客气了。'前辈'二字，我怎敢当？"

空空儿笑道："你们两位都不必客气，说起来你们才真的是一家人呢。我空空儿最喜欢做媒人，这门亲事，我是要给你们说定的了。"

铁摩勒笑道："儿女之事，慢慢再谈。空空儿，我听说你已到师陀去了，怎的又与华先生一同回来了。师陀的战事已经结束了么？"

空空儿道："师陀之战已经结束，但回纥又已进兵幽州。我正是为了夏侯英向你请救兵来的。当然，在公事之外也还有私事。"

铁摩勒忽地如有所觉，在月光下朝着空空儿看了一眼，"咦"了一声，说道："空空儿，你好像是中了毒。"

空空儿道："好眼力，实不相瞒，我空空儿是老华背上来的。昨天中了一支毒箭，也不知是什么剧毒，我只是跑了二三百里，就竟然跑不动了。你可有什么解毒之药么?”铁摩勒听他中了毒箭，还居然能跑个二三百里，好不骇然。

铁摩勒笑道:“我这里没有解毒之药，却有解毒之人。”空空儿问道:“是谁?”铁摩勒道:“你到了寨中自然知道。”伸手待要扶空空儿走路，空空儿笑道:“这一点路，我还能跑。”他吸了口气，一溜烟地便向前跑。

铁摩勒摇了摇头，说道:“空空兄的好胜脾气还是旧时一样。”空空儿回头笑道:“不，我已经改得多了。要不然我还不会这样快的到你的山寨来呢。”华宗岱给铁摩勒解释道:“当时，他中了毒箭，还与北宫横、西门旺二人恶战，定要报那一箭之仇，是我要他非走不可的。”

回到铁摩勒所住的那座营寨，铁摩勒的妻子韩芷芬已经在那里等候，见了空空儿，笑道:“原来是铮儿的师父来了。怪不得摩勒这么晚才回来。哎，你们一见面就比试武功了吧?”

铁摩勒身上满沾尘土，空空儿也是乱草泥屑都沾满了身。所以韩芷芬一猜便着，不过，她也只是猜着了一半。空空儿笑道:“不，摩勒老弟和华大哥比武来了。我现在可没资格和摩勒比试了呢。”

韩芷芬道:“哦，这位是——”空空儿笑道:“你看中了人家的女儿，还不知道他是谁么?”韩芷芬知道是“笔扫千军”的华宗岱，喜出望外，连忙说道:“华老前辈，我们都在盼望你来，难得如今将你盼到了。请进，请进。”

坐定之后，韩芷芬这才察觉空空儿脸有黑气，吃了一惊，说道:“空空大侠，你中了喂毒的暗青子?”空空儿笑道:“要不然我怎会说没资格和摩勒比试武功。”

韩芷芬忙吩咐侍女道:“快请甘老爷子过来。”话犹未了，只见一个三绺长须的老者推门而入，哈哈笑道:“我已经来了。空空儿，我刚才在山头看见你跑上来，我就知道你是受了伤了。”

空空儿大喜道:“原来是你这老儿，我可无须求甚解药了。可是，你怎么只是看见我的影子，就知道我是受了伤?”

原来这长须老者不是别人，正是天下第一神医甘泉。

数月前他替楚平原医好病之后，就到铁摩勒山寨来报讯的。他是韩芷芬的师叔，韩芷芬把他留了下来，要过了年才许他走。

甘泉笑道："你若不是受伤，以你的轻功，我还怎能看得见你的影子。"空空儿道："对，对。你若看不出来，也算不得天下第一神医了。"

甘泉察看了空空儿的面色，替他把了把脉说道："你中的毒相当厉害。不过，以你的内功造诣，本来不至于就发作得这样快的，你一定是在中毒之后又跑了许多路吧。"

空空儿笑道："反正也是瞒不过你这位神医的双眼的，我认了。"

甘泉正色说道："下次你可不能再这样逞强了。哼，你若是来迟一个时辰，我也无法替你拔毒，至少你也要落个半身不遂。"甘泉在武林中的辈分比空空儿高一辈，不怕将他教训。

空空儿伸了伸舌头，说道："这么厉害，那你快给我解药吧。"甘泉道："用不着解药，但我可要将你折磨一下。"空空儿道："怎么？"

甘泉道："你中的毒已入筋骨，我先用金针替你拔毒，然后再替你刮骨去清除余毒。金针拔毒是不痛的，刮骨疗毒你可就要忍受些儿了。"

空空儿笑道："古时华佗替关公疗伤，关公谈笑自如。我空空儿或许没有关公的本事，但忍痛的本事还是有的。决不至于令你这位今世华佗皱一皱眉便是。"

甘泉随身带来了药囊，当下就替空空儿开始手术。金针拔毒不用多久就做完了，接着就是刮骨疗毒，空空儿听得刀锋在他骨头上刮得"刷刷"作响，笑道："有趣，有趣。我平生从没尝过给刀剑刺着骨头的滋味，如今尝到了。你们两亲家叙话呀，不用为我担忧了。"

韩芷芬笑道："空空大侠，你这个媒做得正合我的心意，却不知华老先生肯把令嫒许给我做媳妇么？"

华宗岱笑道："只要他们两小口子情投意合，我还有什么不愿意的？"

韩芷芬笑道："他们两人形影不离，一定合得在一起的。好，华亲家，咱们就这样说定了。空空大侠，明天我们请你喝谢媒酒。”

空空儿笑道：“我做的是现成媒人。华姑娘一到你们这儿，我就知道她是要做你家未过门的小媳妇了。不过，我也乐得喝这杯现成的谢媒酒。”

华宗岱道：“小女得托终身，我也结了一重心事。她还未知道我和空空大侠来了吧？”

空空儿道：“老华，你不必客气，我知道你急着要见你的掌上明珠，你就请你的亲家母要她来见你好啦。我空空儿是用不着客气的，你的女婿是我的徒弟，现今我又给他做成了大媒。摩勒，铁铮就是睡了，你也要给我把他唤起来。”

铁摩勒笑道：“空空兄，你来得不巧。你要徒弟叩谢你，今天可是办不到了。”空空儿道：“怎么？”铁摩勒道：“正是，他们听得甘爷爷说阿凝与小承子已经去了师陀，铮儿也要到师陀去会他妹妹。前几天他已经和华姑娘一同去了。”

空空儿道：“好，那么我们回到幽州还是可以见着他们的。嘿嘿，他们这些晚一辈的胆量倒是不输于我们，铁凝与小承子，铁铮与华姑娘，都敢间关万里，前往师陀，不畏强敌。叫我们做长辈的好不喜欢！老华！你没见着女儿，该不至于失望吧？”

华宗岱道：“她有个历练的机会，我是求之不得。只是如今雪山老怪的门人与沙铁山等人都已到了幽州，碰上了可是有点危险。”

空空儿笑道：“老华，我就知道你放心不下。这个容易，咱们明天就回去幽州，赶上他们好了。”

华宗岱笑道：“倒无须乎如此着急，你的伤还未好呢。”空空儿道：“有甘老爷子给我刮骨疗毒，明天还怕好不了吗？”

空空儿受甘泉的刮骨疗毒，果然毫不皱眉，而且谈锋甚健，接着又问：“南家兄妹可在你的山寨？”铁摩勒道：“夏雷曾在这里住了几天，早就走了。春雷、秋雷却没上山，他们与铮儿从扬州回来，径自回家去了。”

原来南秋雷因她母亲有将她许配铁铮之意，而铁铮却已有了个华剑虹，所以南秋雷觉得有点难为情，不愿意和他们到铁摩勒的山寨。不过她的母亲有这个心意，只是他们兄妹和空空儿知道，铁摩勒父子还是未知道的。

空空儿心里想道："南大嫂本来是托我做媒的，可惜是各有姻缘，已给老华的女儿抢先一步了，我也只好顺水推舟，改做华家的媒人啦。南大嫂是个明理的人，想不至于怪我，不过，我倒也要给秋雷好好留心，给她找个婆家才是。"

空空儿经过了甘泉的刮骨疗毒，第二天果然便好了八九分。空空儿本来就想走的，铁摩勒笑道："凭你的轻功，迟走两天还怕追不上你的徒弟吗？"空空儿只好多留一天，第三天完全好了方始动身。

两人日夜兼程。这一日已踏入幽州地界，空空儿道："至今尚未见到他们两个，只怕他们已到幽州了。"华宗岱很是惦记女儿，说道："但愿如此。"

空空儿看见前面有间茶铺，这是开设在路边的茶铺，兼卖酒食的。空空儿笑道："好几天没有喝酒了，咱们到这茶铺歇歇，喝它几杯如何？路边的店子虽没好酒，也可以解解闷。"华宗岱道："好，顺便打听幽州的近事。"

两人走进这间茶铺，空空儿眼光一瞥，忽地发现一件奇事，说道："华兄，你看！"原来这间茶铺是用四根石头的柱子撑起来的，正对着他们二人的一根石柱上有一个鲜明的掌印。

华宗岱道："这是绵掌功夫，功夫高的，击石如粉。这人的绵掌功夫还不是第一流。"

空空儿道："不错。但当今之世，精于绵掌的没有几人。以这人的功力而论，我看只怕是沙铁山这个贼子。他号称七步追魂掌，在他所会的七种掌法之中，又以绵掌的功夫较高。"

华宗岱道："却不知他为何在这柱上留下掌印？咱们唤掌柜的过来问问。"

那掌柜的早已走了过来。说道："两位是在谈论这石柱的掌印吗？唉，说起来真是倒霉之至！"

空空儿与华宗岱是用江湖的"切口"交谈的，他们所谈的绵掌与沙铁山的功夫等等，那掌柜的听不懂，不过，看见他们露出惊诧的神情，指手划脚地说话，也已猜到他们是在谈论这个掌印了。

空空儿道：“怎么倒霉之至？”华宗岱道：“是谁在你的铺子里恶作剧的？”那掌柜的道：“岂只是恶作剧。几乎把我的店子毁了。嗯，两位要什么酒？吃酒再说吧。”这掌柜的谈风甚健，可也没有忘记要做生意。心想：“你要听我的故事，还能不多喝两杯？”

空空儿道：“你店里有什么好酒？”掌柜的道：“小店里还有一缸未曾开封的陈年花雕。寻常的过客只喝白干，这缸花雕本来是准备自用的，藏在地窖里已有二十年了。两位喜欢好酒，我倒不妨拿来奉客。两位要打几斤？”

空空儿道：“你既说得这样好，整缸拿来就是。”

掌柜的几乎不敢相信自己的耳朵，说道：“什么？你要一缸？这缸花雕有三十斤呢！”

空空儿道：“不必啰唆，拿来我喝。只怕三十斤还不够我们二人喝呢。”

掌柜的睁大了眼睛，说道：“好，好。这花雕是上酒，一斤就算七分银子吧。三十斤，三七廿一……”空空儿道：“不必算了，这是一锭十两重的元宝。你拿去，多下的你给我们切几斤卤牛肉。不必找了。”

三十斤花雕所值不过二两一钱，加上卤牛肉也不到三两银子。掌柜的大喜过望，心里想道：“管他们喝得了喝不了，我却是接了财神了。多赚七八两银子，也足够我填补昨天的损失了。”

掌柜的把酒菜端来，空空儿道：“你也陪我们喝两碗。我最喜欢听故事，好，你说吧。”

掌柜的喝了一口，说道：“这还是昨天的事情。昨天过路的人特别多，小店里都坐满了人。其中两位是一男一女，年纪很轻。腰上都挂有佩剑的。”

华宗岱吃了一惊，连忙问道：“你可知道他们甚姓甚名？”掌柜的笑道：“那天客人太多，我可未曾请教他们的姓名。”心想：“这人问得好怪。开店的哪有一一去查问顾客的姓名的。”

华宗岱并非不知这个规矩，但因他急于知道这一男一女是否铁铮和他的女儿，所以非追问个清楚不可。当下又再问道：“那么这两人的相貌如何，你总可以约略说得出来吧？”

掌柜的道："男女都长得很俊，男的是壮健的小伙子，两道剑眉，天庭饱满，挺有精神的。女的是鸡蛋面儿，是我活了几十年第一次见到这样漂亮的姑娘。"他说了一大堆，可还未能说得出那两人的特征。不过华宗岱已是很满意了，当下与空空儿对望了一眼，点了点头，说道："好，你说下去吧。那一男一女来了之后又怎样？"

掌柜的接下去说道："那两位客人刚刚坐好位子，还未叫酒。又来了一个人，这人是个黑脸膛的粗眉大眼汉子。哎呀，这可闹出事来了。"

空空儿心道："果然是沙铁山这厮。"连忙问道："闹出了什么事？是不是这个黑汉子和那一男一女打起来了？"

掌柜的道："客官，你真聪明，一猜便着。我也不知这黑汉子是干什么的，他一进店门，二话不说，就跑过去把那张桌子一掀，乒乒乓乓的就和那两位客人打起来啦！"

空空儿道："结果是谁打赢了？"他生怕他的徒弟不是沙铁山的对手，心中惴惴不安。

那掌柜的道："他们这么一打起来，客人都是跑的跑了，躲的躲了。小老儿也吓得躲到柜台底下，哪敢张望。不过后来听得有大胆的客人说，他们是看见那两位年轻的客人追了出去的，敢情是他们打赢了。"

华宗岱松了口气，说道："还好。"掌柜的苦笑道："什么还好呵？客人跑了个十之八九，都没有付账。店里的家私杂物，也给打得一塌糊涂，是今天早上才刚刚收拾好的呢。所以你说这是不是倒霉之至！"

空空儿道："你别发愁，我给他们赔偿你一锭银子。"掌柜的眉开眼笑，说道："这怎敢当，客官的酒钱已经给得多了。"话是如此说，银子还是接了过去。心想："这两个客人倒真特别，乱花银子，全不当作一回事儿。好像这些银子他们是随便就可拾来似的。"掌柜的哪里知道，空空儿乃是天下第一神偷，银子虽然不是拾来的，却都是偷来的。

掌柜的得了许多银子，谈锋便健，接着说道："石柱上这个掌印，就是那黑汉子的一掌，打成这个样子的。哈，他们的功夫可真是骇人呢！黑汉子这么厉害，石头都给他打成这样，人要是给他打着一掌，那还了得？可是那一男一女，年纪轻轻，却也居然把他打跑了。他们两人挥舞宝剑，只见剑光，不见人影。那黑汉子只是一双空手，不怕宝剑。但打不着那一男一女，却几乎把我这间店子打塌了。”

空空儿听他说得活龙活现，笑道：“你躲到柜台底下，又没看见。怎么知道？”

掌柜的面上一红，说道：“我没看见，可也听得人家说呀。有两个客人躲到角落里看，一直没有跑的。据说外面也有两个比他们更大胆的客人，就躲在柱子后面看。躲在角落的那两个客人听得‘当’的一声响，那黑汉子大叫一声，就逃跑了。外面那两个客人后来也跟着那一男一女追了出去。地上有破了的酒杯碎片，敢情是外面的其中一个客人用酒杯掷那个黑汉子。”

空空儿心里想道：“怪不得铮儿与华剑虹能够这么轻易地就把沙铁山打败，原来是有人暗中相助，却不知这人是谁？”

华宗岱道：“好，多谢你给我说得这样详细。我再请问你一桩事情。”掌柜的道：“客官太客气了。请说。”

华宗岱道：“听说幽州来了回纥兵，最近情形怎样？”掌柜的叹了口气，说道：“说起来这更倒霉了。我们这里离幽州有二百多里，但回纥兵初来的时候，也曾到这里的村子搜劫过呢。不过，最近的情形却是好了一点。”空空儿道：“为什么？”

掌柜的喝了一大口酒，眉飞色舞地说道：“最近来了一支绿林人马，虽是绿林，却比官兵好得多了。他们不抢劫穷苦百姓，反而帮百姓打回纥和官军。幽州的百姓加入他们的队伍的可真不少呢，前几天我们那条村子就有几十个小伙子去了。他们说不是去当强盗，是当义军。有几家父母起初不许他们的儿子去的，后来明白了义军是帮忙老百姓的，也就不加阻拦了。”

空空儿心里想道：“原来夏侯英他们已经到了。但老百姓起得这样快，倒是出乎我的意料之外。想必王泰他们的丐帮弟子也出了许多力。”他想起从师陀归来路过幽州那天，王泰和他一席长谈，当时王泰还恐怕老百姓大多怕事，要组成一支浩大的义军，只怕总得三几个月。想不到现在还不到一个月，幽州的老百姓已是纷纷参加义军了。

掌柜的接下去说道："现在幽州的城里城外已经隔绝，回纥兵躲在城里，是不敢轻易出来了。城外的各处乡村都有义军，保护百姓。不过，在这百里方圆之内，也还有好几处官军的堡垒，未曾给义军攻下的。官军在堡垒附近的路口，设有许多哨岗，专门盘查过路的客商，在盘查之时，当然也少不免要勒索一些财物。两位客官若是前往幽州，可得一路当心。"

华宗岱多谢了掌柜的指点，说道："还有什么消息？"掌柜的道："前几天从范阳来了一队官兵，人数约有千余，并不算多，但听说很会打仗，他们给义军截住，进不了幽州，在外面一处山头结寨固守。又听说幽州的章节度使正在调兵要打通这一条路，还有范阳、魏博两处藩镇也要派兵来帮他'扫荡'义军。所以说不定就会有一场大战爆发，两位若不是有紧要之事，还是不要前往幽州的好。"

空空儿笑道："实不相瞒，我们也是去投奔义军的。好，酒喝完了，我们可要走啦。多谢你的陈年花雕。"

掌柜的待空空儿与华宗岱走了上路，把那酒缸一摇，果然已是涓滴无存，吓得他目瞪口呆，心道："这两人好大的肚皮。这两天我所碰到的奇人也真是太多了。"

空空儿走出茶铺，笑道："华大哥，你可以放心了。你的女儿下落已明啦，他们早走一天，咱们快快追去，说不定还可以赶上。"华宗岱道："好，咱们再比比轻功。不过在五十里之内，你可得让我一程。"

空空儿喝了一肚皮酒，意兴正豪，笑道："你的内力比我悠长。说不定在百里之外，你可以胜得了我。咱们试试看吧。"两人趁着几分酒意，不再顾忌行人的注目，就在路上施展绝顶轻功。

华宗岱、空空儿以为掌柜所说的那对年轻男女一定是铁铮与华剑虹无疑，谁知这次他们却猜错了。那对男女是南春雷和南秋雷两兄妹。

春雷、秋雷两兄妹从扬州回家之后，听说龙成芳已经回来，刘芒刚独自前往师陀，和龙成芳分了手。他们可以猜想得到，龙成芳这次归来，一定十分失意。他们两家乃是世交，于是南秋雷就要她的哥哥陪她到穆家去找龙成芳。龙成芳一向是在姐夫家里住的，南秋雷只道她这次回来，当然还是住在穆家。

他们到了穆家庄，庄主穆安对他们甚是冷淡，听得他们是来找龙成芳的，只说了一句“不在”，便退入后堂，由儿媳龙成香招待他们了。

龙成香请南家兄妹进入她的房间，这才低声告诉他们，原来由于那次刘芒在穆家险些被捕之事，龙成芳早已与穆安翻了面，这次回来，她只是约姐姐在外面见了一面，便又走了。

南秋雷问道：“可知芳姐是往哪儿？”龙成香道：“她说是要往师陀，但并非想要去见刘芒。我问她想作什么，她却不愿意说。刘芒已经有褚葆龄了，你们可知道么？”南秋雷道：“知道了。”对龙成芳与刘芒分手之事，心中颇有感触。

龙成香道：“你的大哥前天也曾到了我们这儿，你知道么？”南秋雷道：“哦，大哥已经离开金鸡岭了，这我却还未知道。”

龙成香道：“南大哥也是要往师陀去的，他说中原豪杰纷纷前往师陀，要帮忙楚平原夫妻抵抗回纥的入侵。他不甘后人，所以他在金鸡岭一知道这个消息，就马上走了。”

南秋雷笑道：“莫非芳姐是和我的大哥约好了同往师陀的？”

龙成香叹口气道：“但愿如此。但依我看来，他们两个恐怕都没有意思。我的妹妹固然是心灰意冷，你的大哥对她是关怀的，但言语之间也极力避免和我谈及芳妹的婚事。他也不知芳妹已经前往师陀之事，是我告诉他的。我托他此去多多照顾阿芳，这个他则答应了。嗯，你的大哥有了另外的人没有？”

南秋雷道：“据我所知，大哥并没有意中人。”龙成香叹口气道：“我屡次想向他提亲，他都不愿谈。看来只怕也是嫌我的妹子脾气不好。”

龙成香接着说道：“不谈我妹子的事了。老实说我们夫妇也想偷偷前往师陀呢。我的公公闹出了那次的事件之后，武林中人都看

茶

两兄妹联手，和沙铁山大打起来。只打得桌倒椅翻，杯盘碗碟，在地上摔破，乒乒乓乓之声不绝于耳，满地都是碎片。

不起他，我们夫妇也觉面上无光。尤其是我，更受不了他的闲气。只可惜我已有了七个月的身孕，要不然我就和我的妹妹一同走了。”

南秋雷笑道：“原来做少奶奶的滋味也是这样难受。”龙成香道：“可不是吗？想当年我与师父闯荡江湖，何等豪气！如今却似关在笼子里的金丝雀了。我真羡慕你们，自由自在。唉，一个女孩子若不趁年轻的时候做些有意义的事情，将来结了婚，有了孩子，要做也做不来，那就要后悔了。”

南秋雷心里想道：“这也不尽然，谁叫你有这样的公公，而丈夫又是如此懦弱。”不过，龙成香的话对她还是颇有启发的，因此在离开了穆家庄之后，就与二哥春雷也一同前往师陀了。

一路无事，不料却在将到幽州的时候，在这间路旁的茶铺里遇上了沙铁山。两兄妹联手，和沙铁山大打起来。只打得桌倒椅翻，杯盘碗碟，在地上摔破，乒乒乓乓之声不绝于耳，满地都是碎片。

沙铁山有移步换掌之能，地上的障碍物越多，越显出他的本领。春雷、秋雷却不免受了影响，既要应付沙铁山鬼魅般的袭击，又要提防给地上的桌椅绊倒。但好在他们是兄妹联手，配合得宜，因此还可以和沙铁山堪堪打成平手。

激战中忽听得沙铁山大叫一声，忽地夺门而逃。后脑显然是受了伤，鲜血把头发都染红了。两兄妹大感意外，心中俱是想道：“难得这恶贼受了伤，不趁此时将他除去还待何时？”于是便跟踪急追。

不料沙铁山虽然是受了伤，轻功还是好生了得，两兄妹追了一程，竟然追他不上。山路崎岖，沙铁山逃入树林，转眼间已是无影无踪。

南春雷停下脚步，说道：“算了，这恶贼脑袋开花，也够他受的了。咱们还是觅路前往幽州吧。”原来他们已追到了无路可跟的荒山上，离开官道远了。

南秋雷道：“哥哥，你是怎地将这恶贼伤了的，我一点也不知道。”南春雷怔了一怔，说道：“我还以为是你伤他的呢。这么说，是暗中有人帮了咱们的大忙了。”

南秋雷蓦地省起，说道：“对啦，我听得‘当啷’的一声响，跟着便见这恶贼受伤了。这不似踩裂碗碟的声音，敢情是有人用酒杯掷他。”原来他们两兄妹刚才全神应战，目不暇给，那酒杯从后面飞来打伤了沙铁山，当时他们都未发觉。

南春雷道：“刚才好像有几个客人并未跑开，但却不知是谁出手？咱们受人之恩，连恩人是谁都不知道，真是好生惭愧。”正谈论间，忽见有一个人飞奔而来，大声叫道：“两位慢走！”

南春雷认得这个汉子就是在茶铺里坐在他邻桌的一个客人，他们和沙铁山打起来之后，这个汉子并未跑开，南春雷隐约想起好像他是躲在一根柱子后面。南春雷瞿然一省，说道：“兄台贵姓，何事赐教？”心想：“暗中相助的莫非就是此人？”

这汉子说道：“小姓诸，是夏统领夏侯英的部下。两位真好功夫，把追魂帮帮主沙铁山打跑了。”

南春雷面上一红，说道：“好汉取笑了。刚才打伤沙铁山的想必就是你吧？”

这汉子尴尬笑道：“我身上没有带暗器，只能用酒杯打他，本领不济，未能令他重伤，还是给他跑了。不过，能够打着他已是侥幸，若不是两位紧紧的与他缠斗，我是决计不能打着他的。”

这汉子不肯居功，南春雷对他更是佩服，当下谢过了他相助之德，说道：“听说夏统领在师陀打回纥兵，怎么他已经回来了么？实不相瞒，我们就正是想到师陀去找他的。”

这汉子说道：“师陀的战事已经结束，但回纥的一支兵马又到幽州来了，所以我们的夏统领赶忙从师陀回来。”南春雷道：“好，那就相烦诸大哥给我们引见。”这汉子道：“我正是来给你们带路的，可不能从官道上走呀。”

南秋雷道：“为什么？”这汉子道：“如今在幽州城外，已成了敌我两军犬牙交错的形势，两位本领高强，当然不怕遇敌，但碰上了也总是麻烦。还是请两位跟我走吧。”

这汉子将他们带上一条山路，走了大约半个时辰，隐约看见山头上有个堡垒，有炊烟升起。这汉子道：“堡垒里是咱们的人，到了这里，咱们是可以平安无事了。两位走得累了，歇一歇吧。待我叫他们出来迎接。”说罢，一声长啸。

南春雷道："何必劳烦你们的弟兄，我们也都还走得动的。"这汉子笑道："我是通知自己人来了。他们会带坐骑来的，山路难走，坐马好些。"话犹未了，山头已有一队骑兵出现。

山高林密，从山坡上看上去，山上的人看得不大清楚，但那队骑兵的盔甲映日生辉，远远望去，一片银光灿烂，却是可以看得见的。

南春雷起了一点疑心，心想："夏侯英的绿林兄弟被官方称为'流寇'，听说经常衣食不周，甚为艰苦。却怎的都有盔甲，倒似是配备精良的官军一般？唔，或者是从敌人手中夺来的吧。"

南春雷正想问这姓诸的汉子，忽听得南秋雷"哎哟"一声尖叫，南春雷大吃一惊，只见这汉子已把他的妹妹的虎口扣住。南春雷做梦也想不到这汉子会对他的妹妹突施毒手，失声叫道："你干什么？"

这汉子哈哈笑道："你起疑心了吧？嘿，嘿！已经迟了。我是北宫横将军麾下的千总！"南春雷大怒，一掌劈出。

这汉子把南秋雷朝他一推，笑道："你不怕伤了你妹妹，尽管打吧！"南秋雷被这汉子出其不意的用擒拿法扣住了虎口，动弹不得，给他当作了盾牌。

南春雷连忙缩手，只听得蹄声得得，那队骑兵已经从山上冲下来，到了半山了。这汉子哈哈笑道："如今你要跑也跑不了，还是乖乖的跟我走吧。"

笑声未绝，忽听得"当啷"声响，这汉子也像沙铁山刚才在那茶铺一样，后脑开花，血流如注。但他可没有沙铁山的本领，后脑受伤，"卜通"的就倒下去了。

这姓诸的汉子倒了下去，双手自然松开。南秋雷脱了他的掌握，拔出剑来，刷的一剑就把他钉在地上。

只见树林里跑出一个人，身穿蓝布大褂，脚蹬六耳麻鞋，外貌似是个朴实的农家子弟，却想不到他的身手竟是如此矫捷。

这少年向南氏兄妹拱了拱手，说道："这厮果然是奸贼。小弟来得迟，累两位受惊了。"南春雷仔细一看，认得他也是那茶铺的客人之一，当他们兄妹和沙铁山交手时，有两个客人各自躲在一根柱子后面观战，一个是这姓诸的汉子，另一个就是这个少年。

南秋雷惊魂稍定，这才看得清楚，地上有酒杯的碎片，这姓诸的汉子后脑所受的伤和沙铁山刚才所受的伤一模一样。不问可知，在茶铺里用酒杯打伤沙铁山的定然是这少年无疑。

南秋雷好生惭愧，说道：“多谢好汉救命之恩，我们却上了这奸贼的当了。”南春雷报了他们兄妹的姓名，问道：“请问好汉高姓大名，却怎生知道这个奸贼在此地陷害我们。”

这少年道：“我姓秦，名观海，幽州人氏。近来有许多官军派出来的奸细在四乡活动，我本来不知道这厮的身份，但见他也跟着你们追出去，我起了疑心，也跟了出去。他竟然带你们从这条路走，我已经可以断定他是奸细了。这山头上有官军的堡垒的。”

此时那队骑兵已到了山下，即将来到。秦观海道：“咱们以后慢慢再谈，两位请跟我来，选择一个有利的地形和他们作战。”

秦观海带他们上山，到了一处地方，山坡上满是荆棘，杂着仙人掌之类有刺的植物。南秋雷心想，若用宝剑开路，还能上去，只用轻功要飞越这一大片荆棘，却是为难。南春雷比妹妹长两岁，功夫也高明些，不过他也只能一个人过去，难以带他的妹妹。

秦观海看出南秋雷的踌躇神色，说道：“用刀剑开路，来不及了，请姑娘恕我冒昧，咱、咱们一同过去吧。”他和南秋雷双臂一贴，蓦然一带，南秋雷突觉身子一轻，登时一口气飞越了这一大片荆棘。

南春雷随在他们后面过去，对这少年的本领好生佩服。心里想道：“他带了一个人，还能施展登萍渡水的轻功，当真是远远非我可及。”

武林中人对男女间的界限是不大拘泥的，所谓“男女授受不亲”那一套礼法，在唐代也不怎么流行，武林中人更是不消说了。不过，南秋雷毕竟是第一次和一个陌生男子这样亲近，在他们挽臂飞越这一大片荆棘之时，难免耳鬓厮磨，因此南秋雷却不禁心中有异样的感觉，脸上泛起了一片红潮。正是：

斩棘披荆都不用，双飞比翼暗生情。

欲知后事如何？请听下回分解。

第四十四回　力拼胡强豪杰胆
心伤焦土女儿情

南秋雷松开了手，低声说道："多谢秦大哥了。"秦观海道："南姑娘不必客气。哎，小心暗箭！"话犹未了，只听得噼啪声响，连珠箭发，是一个军官从马上射出来的，箭法好生了得，三枝箭连珠射出，从三个方向射来，同时射他们三个人，又快又准。

南春雷跃起一剑打落了射他的那一枝箭。秦观海则把手一招，接了对方的箭。只有南秋雷却因心神不定，冷不及防，险些给箭射中。幸亏秦观海伸指疾弹，把那枝箭弹得失了准头，但也几乎是擦着南秋雷的鬓边飞过。要不是他这一弹，后果真是不堪想象。

秦观海喝道："来而不往非礼也，接箭！"把接来的那枝箭反掷回去，腕力之强，不亚于用铁胎弓发射。那个用连珠箭法射他们的军官，骑着一匹高头大马，受阻于那一大片荆棘，跑不过来。说时迟，那时快，秦观海这枝箭已经射到。

这军官不是别人，正是以前曾用暗箭伤了空空儿的那个周保阳。周保阳是范阳节度使王典的卫士队长，在范阳军中，是有名的神箭手。

周保阳哈哈笑道："你要射我，这是在鲁班门前弄大斧了。"当下把铁胎弓一拨，待要把这枝箭打落，不料秦观海的甩手箭另有一功，他用上了巧劲，箭将到时，忽地下沉三寸，贴地射来，周保阳的铁胎弓拨了个空，只听得"卜"的一声，这枝箭已是闪电般的射着了周保阳的坐骑，正中前蹄，"马失前蹄"，周保阳给摔下了马背。

周保阳满面通红地爬了起来，老羞成怒骂道："好，我非把你小子擒来当作箭靶不可。"可是他的箭法虽高，轻功却是不行，那一大片荆棘，他无法飞越。

周保阳正要喝令军士披棘斩荆，一个身材魁伟的髯须大汉，穿的也是军官的服饰，跳下马来，哈哈笑道："周将军不必动气，对付这几个小子更何须兴师动众，我去对付他们，你们在这里准备捉人便是。"周保阳躬腰道："好，我给北宫将军掠阵。"

这髯须汉子乃是雪山老怪的二弟子、魏博牙军的统领北宫横。他和周保阳，一个是代表魏博节度使田承嗣，一个是代表范阳的节度使王典，同来幽州，与幽州的节度使章留仙商量三镇联盟的。因受义军之阻，进不了城，故此暂且在这山头驻扎，建堡垒以自固，等待后援。他与周保阳身份相当，不过一来因为魏博是最强的藩镇，二来北宫横的武功也远远在周保阳之上，故此周保阳奉他为主帅，对他执礼甚恭。

北宫横挥舞独脚铜人，迈开大步，踏入荆棘丛中。所到之处，荆棘披靡，就似遇到狂风扫荡一般，不消片刻，已是越过了这一大片荆棘地带。北宫横在扬州见过南春雷兄妹，哈哈笑道："原来是你们这两个乳臭未干的小子、丫头，你们的大哥昨天从这里经过，侥幸给他逃了。如今你们可是要逃也逃不了啦！嘿，嘿，哈，哈！走了大哥，捉了弟妹，对我来说，倒是失之东隅，收之桑榆呢。"

南春雷心道："原来大哥已经走过去了。这北宫横武功非同小可，但好歹也要拼他一拼。"

山头上的形势十分险峻，虽无荆棘，但丰草没胫，怪石遮云，骑马也是上不来的。不过，当然还是阻挡不了北宫横。

秦观海引他们兄妹上山头，原是想凭这个地形阻一阻对方的骑兵。在他以为这队骑兵在扫荡荆棘之后徒步上山，至少也得半个时辰，那时他们已经从后山翻下去了。不料北宫横不费吹灰之力，就闯过了这一大片荆棘地带，而后山山势更险，下山比上山尤难，他们要想翻山而逃，已来不及。这么一来，他们倒是被官军困在绝地了。

秦观海正要上前迎战，北宫横已是追到了南春雷身后，南春雷反手一剑，“当”的一声，火花四溅。南春雷禁不起北宫横的这股大力，虎口隐隐作疼，宝剑几乎脱手。南秋雷上前助她哥哥，喝道：“看剑！”寒光一闪，一招“玉女投梭”，疾刺北宫横胁下的愈气穴。

北宫横大笑道：“你这黄毛丫头，居然也敢与我动手。你尽管出招便是，大呼小叫的干嘛。”

武林中的规矩，先喝一声：“看剑！”这是不肯偷袭，提醒对方的意思。但这多是用于武功相当的高手，在北宫横的心目中，南秋雷根本就不配作他对手，是以他在大笑南秋雷的不知自量。

不料南秋雷的功力虽然远远不及北宫横，论本领也还不如她的哥哥，但她剑术造诣却是在她哥哥之上，够得上是第一流剑法的。

原来她的父母，一个长于刀法，一个长于剑法，但因她的父亲南霁云死得早，所以得传南霁云的快刀绝技的只有他们的大哥南夏雷。南春雷和南秋雷都是跟母亲夏凌霜学的剑法。夏凌霜是妙慧神尼的弟子，她这一门剑法以轻灵翔动见长，最适宜于女子使用。因此南秋雷的剑法反而比她的哥哥高明一些。

南秋雷人又精灵，情知凭真实的本领绝打不过北宫横，一剑刺出，不让他的铜人碰着，便立即变招。

北宫横也是轻敌过甚，铜人打了个空，招数已经使老，南秋雷刷的一剑，从他意想不到的方位斜刺挑来，“嗤”的一声，把北宫横的衣襟挑开。北宫横内功深厚，在这间不容发之际，吞胸吸腹，脚步不动，胸腹内陷，身躯无形挪后半寸。就只差这么半寸，南秋雷的剑尖只能挑开他的衣襟，却丝毫也伤不着他的皮肉。

北宫横大怒，铜人倒卷回来，待要打落南秋雷的剑，但南秋雷占了一点便宜，已是立即收招，不肯和他硬碰了。北宫横咬牙切齿道：“好，我倒要看你如何能躲得开？”高举独脚铜人，作了一个旋风急舞，登时把他们兄妹二人的身形全部罩住，铜人狠狠的朝着南秋雷的天灵盖打下来。南秋雷使出浑身解数，腾、挪、闪、展，好不容易才避开了这一招。这还是在她哥哥的配合之下，这才躲得开的。

但躲得过一招，躲不过第二招、第三招……北宫横发了狠，改变了生擒他们的主意，铜人横砸直劈，呼呼轰轰，直有排山倒海之势，风雷交击之威。使到疾处，就似有一面铜墙向他们兄妹推压过来。南秋雷再想用精妙的招数偷袭已是不能了。

他们兄妹对付沙铁山可以打成平手，对付北宫横则是连招架也不容易。兄妹二人步步后退，不过十多招，都已是额头见汗，气喘吁吁。

秦观海初时因见他们兄妹联手，自己遂暂且在旁观战。看了一会，见北宫横实在厉害，于是也就拔出鬼头刀，上前参战了。

北宫横哈哈笑道："好，你们都来，省得我一个个杀掉你们，太费气。"铜人一推一压，顿然间只听得叮叮当当之声不绝于耳，原来就在这电光石火之间，秦观海已是劈出了十七八刀，每刀都斫在铜人之上。北宫横"咦"了一声，说道："你这小子的快刀倒是使得不错呀！好，我且看你挡得几招？"

秦观海的功力又比南春雷稍胜一筹，所以他在铜人身上连劈了十七八刀，他的鬼头刀也没有给北宫横打落，不过虎口亦有点儿酸麻了。

北宫横抡起铜人，左荡右决，将南家兄妹的两柄青钢剑荡开，一个进步欺身，又向秦观海当头压下。

秦观海咬实牙根，心中想道："宁可我受了伤，让他们兄妹可以有机会取胜。"于是不躲不闪，把北宫横强攻的招数尽都接下，片刻之间，又斫出了六六三十六刀。北宫横见他如此顽强，心里也不由得暗暗赞叹。南春雷、秋雷兄妹得秦观海挡住了正面的攻势，所受的压力大减，两兄妹从两翼疾上，登时反守为攻。

南氏兄妹两翼急攻，北宫横必须腾出手来应付，只好放松了秦观海，先退三步。南秋雷剑走轻灵，"刷"的一剑，几乎是贴着他的肋旁削过。

秦观海一连挡了十七八刀，虎口流血，仍然扑上前去。南秋雷吃惊道："秦大哥，你，你歇一歇吧。"

秦观海笑道："不碍事。"刀交左手，一招"力劈华山"，又从正面接了北宫横的攻势，这一刀劈着了铜人，火花四溅，北宫横已是用到了八九分气力，但仍是不能将他的鬼头刀打落。北宫横也不由得佩服他的顽强，赞道："好小子，真有你的。"

秦观海的左手刀法亦是不弱，一样能够使出快刀，威力虽是稍稍不如右手使刀，但刀法的奇诡，却比右手刀更胜一筹。南氏兄妹双剑合璧，在两翼配合作战，三人联手，不消多久，就把北宫横的气焰压了下去，迫得他转攻为守。

周保阳在荆棘那边换了一把铁胎弓，扬声说道："北宫将军，你活捉这女娃儿。那两个小子待我替你把他们料理了吧。"张弓搭箭，连珠三箭，接续向秦观海射来。周保阳恨秦观海射毙他的坐骑，是以先要把秦观海杀掉，出一口气。

秦观海展开泼风似的快刀，把三枝箭全都打落。但在他应付周保阳暗箭偷袭这刹那间，南氏兄妹已给北宫横杀得手忙脚乱，险些遭了他的毒手。

周保阳接着三枝连珠箭，改向南春雷射来。周保阳的箭法奇准无比，南春雷避开一枝，打落一枝，第三枝闪电般地又向他的喉咙射到。与此同时，北宫横一见有机可乘，铜人用了"泰山压顶"之势，也向南春雷的头颅直砸下来。

秦观海知道南春雷挡不住他这么一压，当下立即施展快刀，与南春雷联手，刀剑齐出，抵住了北宫横的铜人。南秋雷跃起把剑一挑，将射向她哥哥的那一枝箭挑落。这一枝箭只差半寸就要射着南春雷的喉咙，当真是险到极点。而南秋雷在这间不容发之际，剑挑利箭而不伤及哥哥，剑法的精妙，也大大出乎周保阳意料之外。

周保阳冷笑道："好，看你这几个娃儿能躲得过几枝？"连珠箭一枝接着一枝的射出。南氏兄妹与秦观海都有一身武功，若在平时，周保阳的箭法虽然厉害，也是奈何不了他们。但此际，他们是在和一个武功比他们高强得多的强敌恶斗，周保阳的连珠箭虽然射他们不着，却也足够他们手忙脚乱地来应付了。在周保阳的暗箭骚扰之下，他们刚刚取得的一点优势，顿时又告消失。

北宫横哈哈笑道："困兽之斗，有何益处？看在你们年纪轻轻，有这身本领大是不易，若肯归顺朝廷，我倒可以饶你们的性命。"

秦观海道："放屁！什么归顺朝廷？你乃是通番卖国！你以为别人也像你这样毫无廉耻么？"

北宫横老羞成怒，喝道："好，你们不听善言，那只有白送你们三条小命了。"

周保阳笑道："不，这女娃儿长得标致，留下她一条活命吧。"

北宫横笑道："好，你既然替她说情，我将她活捉也就是了。但这两个小子，我可饶他们不得！"抡开独脚铜人，一个旋风急舞，铜人的手指，指向南春雷的胸膛要穴，南春雷横剑护胸，北宫横大喝一声，铜人横扫过去，秦观海奋力招架，左手的虎口又给震裂。

北宫横道："哼，还不撒手！"铜人又扫过来，周保阳的连珠箭也接续射到，南秋雷替他挡箭，南春雷出剑与他合抵铜人的压力。

这一次因为秦观海两手的虎口都已震裂，气力不加，两人联手也抵挡不住铜人的压力，"当"的一声，南春雷的长剑脱手飞出，但秦观海牢牢抓着刀柄，鬼头刀却还未曾给他震落。

北宫横在他们力拼之下，也觉虎口酸麻，不得不退了两步。就在此时，忽听得对面的山头有号角声传来，秦观海精神陡振，说道："好了，咱们的人来了！"

北宫横冷笑道："待得你们的人来到，你早已没命了。"抡起独脚铜人猛砸猛扫，秦观海与南秋雷舍了性命，拼死与他恶斗。南春雷拾起了宝剑，替他们拨打周保阳的连珠箭。

周保阳的连珠箭越来越密，南春雷气力亦已不加，他尽力照顾妹妹与秦观海，给闹得个手忙脚乱。

眼看就要一败涂地，弓弦忽地哑然无声。只听得一个非常刺耳的声音笑道："好呀，原来又是你们这两个臭贼，这可真是人生何处不相逢了！嘿嘿，哈哈，俺空空儿正要来报你这臭贼的一箭之仇！"

南氏兄妹这一喜非同小可，南秋雷"咦"了一声，说道："不但是空空伯伯来了，华老前辈也来了呢！"说时迟，那时快，话声未了，空空儿已是声到人到，后面还跟着一个"笔扫千军"华宗岱。

北宫横这一惊非同小可，哪里还敢恋战，慌忙转身飞逃。周保阳的坐骑已给射毙，他只是箭法高强，论轻功则尚不如北宫横，他正要抢军士的坐骑逃命，但已来不及了。

空空儿大喝道：“臭贼，还想跑吗？”周保阳举铁胎弓一拨，空空儿轻舒猿臂，劈手就将他的铁胎弓夺了过来。

空空儿笑道：“你曾用这弓射我，如今就叫你死在这张弓上！”捉着了周保阳，把铁胎弓套上了他的脖子，用力一勒，弓弦勒断了周保阳的颈骨，登时气绝而亡。空空儿大笑道：“痛快！痛快！”

此时北宫横已经跳上了马背，空空儿蓦地一省，说道：“只报了一箭之仇，还不能算是痛快。华大哥，你料理这些小贼，我去找北宫横算账！哼，哼，看你逃得上天！”

空空儿脚力一发，疾如奔马，北宫横往山上跑去，山路崎岖，马跑得没平地快，竟然给空空儿追上。此时山头上正有两军交锋，北宫横翻身下马，边打边走。

空空儿的本领胜过北宫横不止一筹，但却也不能在三五十招之内将他杀伤，转眼间打上了山，乱军中跳出一个汉子，使杆长枪，“当”的一声，挑开空空儿的短剑。空空儿这一剑本来就可以刺着了北宫横的穴道了的，这汉子来得及时，恰好救了北宫横的一命。这汉子不是别人，正是北宫横的大师兄西门旺。

原来西门旺、北宫横、周保阳三人乃是一伙，同守这个堡垒的。北宫横和周保阳带领三百骑兵出来，西门旺留守，手下还有七八百人之多。有一队在对面山头驻扎的义军听得这边的厮杀之声，遂过来袭击他这堡垒。这一队义军的首领颇通兵法，行的是围魏救赵之计。

西门旺是雪山老怪门下的大弟子，但本领却是最弱。不过，他与北宫横联手，却总可以对付得了空空儿。

华宗岱在那边施展天下无双的点穴本领，当真是配得上称为“笔扫千军”，不消片刻，已有三五十名官军给他点着了穴道，倒在地上辗转哀号，余众一哄而散，有的逃回堡垒，有的更吓得和身滚下山坡。华宗岱杀散了官军，便与秦观海等人一同上山，助义军一臂之力。

这支义军约有千人之众，和西门旺的留守队伍实力相当。但因西门旺如今给空空儿绊住，义军乘机猛攻，却杀得官军的阵脚大乱了。

西门旺一看华宗岱已将来到，而己方又已败势毕逞，当下也就不敢恋战，关上了石门，可以固守。义军的首领笑道：“他们做了缩头乌龟，就让他们苟活些时吧。空空大侠，你还认得我么？”

空空儿道：“哦，原来是你，你的叔叔呢？”原来这位义军首领乃是夏侯英的侄儿夏侯勇。夏侯勇说道：“家叔在幽州城外，正在准备攻城。”

说话之间，南氏兄妹与秦观海亦已来到，夏侯勇先与秦观海打了招呼，说道：“原来是你在那边山头与敌人作战，这两位是——”

秦观海替双方介绍，夏侯勇听了他们的名字，知道是从前名震一时的南大侠南霁云的子女，大为欢喜。说道：“各方的英雄豪杰越来越多，这一场大战，咱们是定操胜券了。”

空空儿道：“这位秦壮士的快刀很不错啊，你是幽州郑老武师‘五虎断门刀’这一支的吧？”空空儿刚才赶到的时候，北宫横一见他的影子便逃，故此秦观海的快刀刀法空空儿只不过见着几招。

秦观海听他一口道破了自己的师门来历，又是吃惊又是佩服，说道：“郑老武师是我的太师祖。他老人家逝世已有三十年了。我出世得迟，没有见过。我的师祖在十年前亦已逝世。家父则已闭门封刀了。空空大侠想必与我的师祖相识？”

空空儿笑道：“你的太师祖和师祖我都见过，只是你的父亲我却还缘悭一面。有一事恐怕你还未知，你可知道他们兄妹是什么人吗？”秦观海道：“我正想向南大哥请问，不知南大哥的令尊是——”南春雷道：“家父讳霁云，十多年前在睢阳与段珪璋大侠一同殉国。”秦观海“啊呀”一声，叫起来道：“我猜得不错，你们果然是我的同门。”

原来一叙起来，他们是同一个太师祖的，“五虎断门刀”，从郑镇国开始分为南北两支，秦观海父子属于北支，南霁云属于南支，这已经是五十年前的事了。分支之后，两支都已三传，后辈的人至南霁云和秦观海父亲这一代由于世乱年荒，就断绝了音讯的。

南秋雷知道了秦观海是她同源异流的师兄，更为高兴，说道：“秦师兄，怪不得你的快刀使得这样好，原来是北支门下。我刚才也思疑你是同门的了，不过，还没空向你请问。”

秦观海道：“本门的快刀，令尊南大侠天下无双，敝师祖和家父是常常提起的。但南大哥和南姑娘却是用剑，却教我刚才不敢相认。”

南秋雷笑道：“我的大哥是用快刀的。家父死得早，我和二哥的快刀练得不好，改由家母教我们的剑术。”

夏侯勇道：“秦大哥是最先在幽州揭竿而起的豪杰，幽州百姓纷纷参加义军，他的功劳最大。”

秦观海面上一红，说道：“都是自己人，你不必给我乱戴高帽了。”夏侯勇笑道：“我说的是事实呀！”

空空儿赞道：“好，你们这一辈的年轻人真是比我们老一辈的强得多了。”秦观海惶然道：“空空大侠武功盖世，我们是万不及一，焉能相比！”空空儿笑道：“我在你这样年纪的时候，武功还不及你呢。不过，我说的不仅是指武功，你还没有听懂我的意思。”秦观海道：“请空空大侠指教。”

空空儿道：“我从前闯荡江湖，纵横四海，论本领不是自夸，的确是罕逢敌手。但说老实话，我也只是快意恩仇，任性所之而已。现在想起来我也实在后悔，后悔虚度了少年的好时光，没有做出一桩对老百姓有益的事情。你们这一辈可不同了，人人都是胸怀大志，有见识，有抱负，为国为民。这就比我们老一辈的强得多了。知人论世，并非只是本领高强就值得称道的。而你的武功好还在其次，难得的是人品又好，做出了轰轰烈烈的事业，却一点也没有骄傲。这一点，我空空儿还要跟你学呢。”

秦观海面红过耳说道：“老前辈过奖了。老前辈助师陀复国，抑强扶弱，这是大大有益于老百姓的事情。老前辈的英雄事绩，我们这里也早已是众口流传的了。”

南秋雷笑道：“空空伯伯，一年不见，你的脾气和从前可是大不相同啦。怎的对小辈也这么客气起来了？”

空空儿笑道：“是么？但这也是我把你们小辈当作镜子，发觉了我的毛病，我这才改了的。套夏侯贤侄的说话，我这可不是和你们客气，我说的是实话。”

空空儿对秦观海甚有好感，心里想道：“我没有做成她和铮儿的媒人，正该给她找个好女婿，眼前这个秦观海不输于铁铮，我何不撮合他们这段姻缘？不过，这也且待这场战事过了再说吧。”

空空儿自己晚婚，但却喜欢给年轻人做媒，是以见了秦观海又触动他的心事了。他哪里知道，南秋雷与秦观海也早已是一见倾心，只要听其自然，他们的感情就自会发展，实在是用不着他来多事的。

夏侯勇笑道：“天色已晚，这个堡垒咱们暂时攻不下，就让他们做缩头乌龟吧。我们驻扎在对面的山头，咱们不如回去再谈个痛快。”

走到对面山头要经过一道狭长的山谷，上山下山，也有十多里山路。路上南春雷道：“空空伯伯，你和华老前辈怎的这样巧也来到了这里？”空空儿道：“我在那间路边的茶铺知道铮儿和华老前辈的掌珠曾在那里出现，……”

南春雷怔了一怔，插口问道：“是么？这是哪一天的事情？”空空儿道：“就是昨天的事情。”南秋雷道：“昨天我们也正在那间茶铺。”空空儿道：“大约时间不同，你们没有碰上。”接下续说道：“我听说他们二人还和沙铁山打了一架，我和老华不放心，赶忙追来，不料却碰上了你们。”

说了半天，南春雷这才知道空空儿是发生了误会，把他们兄妹误以为是铁铮和华剑虹了。于是笑道：“空空伯伯，这可真是错得恰好了。和沙铁山打架的是我们兄妹，幸亏你们有这场误会，要不然你们不会追到这儿来，我们也不能脱险了。”

空空儿道：“哦，原来是你们。那么铮儿和剑虹却不知过去了没有？夏侯贤侄，你们是有人在路上巡逻的，可曾发现他们的踪迹？他们的年纪比春雷、秋雷小一两岁。对啦，你是见过铁凝的，铁铮的相貌和他的妹妹颇有几分相似。你给我留心留心。”

夏侯勇道：“并没发现过一男一女同行的江湖人物。不过单身的少年男女倒是曾经发现。男的是个二十多岁的少年好汉，使得非常好的快刀。”

南秋雷道：“啊呀，那就是我的大哥呀。你没有将他留下？”

夏侯勇道："可惜，可惜！昨天他单身从山谷经过，碰上北宫横的手下。他斫翻了十几个官兵，我们在山头看见，跑下来的时候，他已经无需我们帮忙，杀散了贼官兵早已跑了。可能他不知道我们是义军，以为我们是官军一路，所以斫翻了十几个官兵之后，马不停蹄地就冲了过去。"

南春雷道："那倒不用担忧了，大哥到了幽州城外，会碰见你叔叔的。段叔叔、展伯承他们都在军中，认得我的大哥。"

南秋雷道："那单身女子又是何人？"

夏侯勇道："我不知道她的名字，也是昨天从这山谷经过，比你的大哥早两个时辰。同样的她也碰上了北宫横的手下，而且是由周保阳率领的一队巡逻官兵。她的对手与你哥哥所碰上的只是普通的官兵不同，因此她也就没有你哥哥那样好运气了。她冲不过去，陷于苦战。后来还是我们下山，才把周保阳赶了回去，救了她来。"

空空儿道："哦，这个女子能够力敌周保阳，本领也很不错了。但你既然救她脱险，怎的却不知道她的名字？"

夏侯勇道："这女子很奇怪，我们问她名字她不肯说，我们请她上山参加义军她也不肯，只是淡淡的向我们道谢一声便自走了。初时我还以为像她这样有本领的女子一定是来参加义军的，哪知是料错了。"

南春雷诧道："这女子如此不近人情，你们救了她的性命，她连姓名都不肯说？"南秋雷忽地问道："她有多大年纪，骑的是不是一匹枣红马？"夏侯勇道："大约二十岁左右，骑的是一匹青色的骏马。但那匹马已给周保阳射毙了。"

夏侯勇接着说道："这女子的确是不近人情。后来，我们送她一匹坐骑，她也不肯要。"

南秋雷心想："这脾气倒有点像成芳姐姐，但骑的马却不对，不知是不是后来换了？嗯，若然是她的话，她失了坐骑，只怕还未能走到幽州，我可以追得上她。"因又问道："她用的是什么兵器？"夏侯勇道："用的是柳叶双刀，一长一短，长刀刀头微弯，招数很是特别。"

南秋雷大失所望，心想："龙姐姐用的倒也是一双柳叶刀，但却非一长一短。这么看来，这女子不是龙姐姐了。”

空空儿听了夏侯勇所说，蓦然心中一动，“噫”了一声。夏侯勇道：“空空前辈莫非知道这女子的来历？”空空儿沉吟半刻，说道：“我也猜想不透。”

原来空空儿倒是想起一个人来，他想起的是幽州那支回纥兵的主帅曲离的妹妹曲英。他曾经在科尔沁草原见过曲英和盖天仙交手，曲英用的兵器正是一长一短的柳叶刀。

但空空儿暗自思量：“若是曲英的话，她碰上周保阳的官军，难道她不会说出自己的身份？周保阳知道她是曲离的妹妹，又怎敢动她分毫？”

此时已是暮霭含山的时候，夏侯勇前头带路刚刚走过这条狭长的山谷，忽听得蹄声得得，夏侯勇喝道：“是谁？”那个人也道：“你们是谁？”语音生硬，不像是本地人。夏侯勇道：“我们是义军。”那人道：“哦，你们是义军？你们有没有掳获一个女子？”

夏侯勇皱起眉头，大声道：“义军哪有胡乱掳掠妇女之理？你是什么人？”南秋雷在旁笑道：“女子倒是一个，但我可不是被掳来的。”

说至此处，那骑马距离他们已是很近。马上的骑士蓦地喝道：“我是回纥的副元帅曲离！但今天我却不想和你们厮杀，你们知趣的快快让路！”

空空儿大笑道：“原来是老朋友来了，你没有兴趣，我可有兴趣和你厮杀！”

此时是乍黑时分，曲离到了和他们距离十数丈之处才发现空空儿，这一惊端的非同小可！

说时迟，那时快，空空儿在大笑声中，身形一掠，登时如箭离弦，疾扑过去。曲离坐在马上，空空儿跃起三丈多高，一招“鹰击长空”，凌空刺下。

曲离横刀一挡，“当”的一声，刀剑相交，空空儿头下脚上，短剑往下一压，这一招数使得奇险绝伦，可是他身子悬空，身体的重心就凭着刀剑相交的这一刹那，用短剑作为支柱，凭他武功绝顶，身子悬空，气力也是不易发挥。曲离马不停蹄，月牙弯刀一翻一绞，大喝一声：“去!”

空空儿借他这一挥之力，在半空中翻了一个筋斗，轻飘飘地落在六七丈外，哈哈笑道：“十多年不见，你的武功是大有进境啦!”

曲离却是不由得倒吸了一口凉气，心想：“我只当苦练了十多年，可以胜得空空儿，如今看来，只怕还不是他的对手。”

华宗岱道：“哦，原来是曲将军，闻名已久，幸会，幸会。在下华宗岱，向你领教一招!”

此时曲离正在策马飞奔，华宗岱把左手的判官笔飞出，射他背心的“愈气穴”。黑夜之中，认穴不差毫黍。不过，他先出了声，这才飞笔打穴，算不得是偷袭。

华宗岱名震西北，他的名头曲离当然也是早就知道了的。曲离不由得又是心头一震，心道：“这老儿号称笔扫千军，果然名不虚传。”

判官笔破空之声尖锐之极，曲离是个武学的大行家，听声辨器，已知华宗岱的功力在他之上，当下不敢硬接，斜挂雕鞍，反手一刀，力贯刀尖，这才把华宗岱那支判官笔磕开，但虎口已是隐隐作痛。华宗岱见他这反手的一招刀法十分精妙，心里也是暗暗佩服。当下身形一掠，伸手接下了反射回来的判官笔。

曲离喝道：“今日我是孤身一人，无心作战。但你们若是定要纠缠的话，我也只好舍命陪君子啦!”他知道空空儿轻功绝顶，山路崎岖，空空儿追来的话，只怕自己虽有坐骑，也难逃脱。何况还有一个“笔扫千军”华宗岱在此，那更是凶多吉少了。曲离明知难以逃脱，因此只有硬着头皮，充当好汉了。

哪知空空儿却忽地哈哈笑道：“我们岂是倚多为胜之人？我是想和你单打独斗的，不过，你既然无心作战，我也不愿强人所难。好吧，今日让你走就是。过两天我到了幽州，再约你较量较量，那时可不许你再躲了。”

曲离做梦也想不到空空儿会这么轻易地就让他走，连忙策马上山，避开义军，拐个弯逃之夭夭。

夏侯勇也感不解，说道：“空空大侠，这厮是回纥主帅，难得他单骑给咱们撞上，为何不趁这机会擒了他？”

空空儿道："正因为他是孤身一人，在咱们的势力范围之内，擒了他也不会心服。而且咱们是要把回纥兵赶出国境，倒不在乎拿一个曲离。"

华宗岱道："他刚才自称是副元帅，看来这支回纥兵已是改由拓跋赤作主帅了。"

空空儿道："曲离和巴大维的性格有些相似，虽然只知效忠他们的大汗，但却也还算得有几分正直的军人。拓跋赤则是老奸巨猾，比他坏得多了。"

华宗岱恍然大悟，说道："哦，你放了他，莫非还有离间他们的用意？"

空空儿笑道："我只是先放个交情，以后的事留待以后再说了。"夏侯勇道："我可有点奇怪，曲离以主帅的身份，为何不带随从，单独一人偷出幽州？"空空儿道："他是自恃武功，以为没人能够将他难为。"华宗岱道："即使如此，但也总得有个缘故。否则，他何必独往独来？"

夏侯勇道："他查问我们有没有捕获一个女子，不知他所要找寻的女子是谁？"华宗岱道："若然他只是为了这个女子，便甘冒危险，不惜以主帅的身份擅离幽州，那么这个女子倘不是非常重要的人物就一定是他十分亲近的人了。"

空空儿沉吟半晌，说道："夏侯贤侄，你们昨天不是救了一个不肯说出自己姓名的女子么？"夏侯勇道："那女子武功虽然不弱，但似乎还用不着曲离亲自对付。"空空儿道："不，你误会我的意思了。曲离不是要去对付她，而是要接她回去。"

夏侯勇说道："那女子是曲离的什么人？"空空儿道："是曲离的妹妹。"夏侯勇愕然道："这怎么会，她是和北宫横的这伙官军厮杀的。倘若她是曲离的妹妹，那岂不是变成了大水冲倒龙王庙，自家人不认自家人了。"

空空儿道："这一点我也猜想不透，不过你所说的那个女子所使的兵器倒是和他的妹妹相同。"华宗岱也道："是有点可疑。"空空儿道："我起初以为是自己的瞎猜疑。待到碰见曲离之后，我越想越觉得这可能是真的了。"接着笑道："反正我现在闲着没事，曲离的妹妹我又是见过的，待我去查个水落石出便是。”夏侯勇笑道：“你不到我们那儿歇歇，待吃过晚饭才走么？”

空空儿笑道：“不了。闷葫芦须得赶快打破，否则纵有山珍海味，我空空儿也是吃得没有心思。”当下向夏侯勇讨了一袋干粮，问明了昨日那个女子所走的方向，便立即施展轻功，前往搜查。

夏侯勇笑道：“这位老前辈真是热心，怪不得江湖上的人都说他爱管闲事。”华宗岱笑道：“我却喜欢他这股爱管闲事的劲儿。”

空空儿猜得不错，夏侯勇昨天所救的那个女子果然是曲离的妹妹曲英。

原来曲英因为在科尔沁草原碰着盖天仙，给盖天仙杀得她落荒而逃，前面的路已给奚族的军队切断，她和哥哥因此就失去联络了。好不容易待她绕道进入幽州之时，曲离和拓跋赤他们都早已进了城，义军也早已将幽州城封锁，不是义军中人，或者是持有义军所开的路条的，就很难偷渡得过几重的封锁线进入幽州了。

曲英不敢冒险偷入幽州，只好改装扮成汉族女子，在外面等待机会。

曲英和哥哥失去了联络，进不了幽州，当然免不了心里愁烦，但另外还有更令她意乱心烦之事。

曲英是将门之女，自小在家中练习武艺，民间的疾苦她是根本不知道的。她知道的只是自己的国家乃是雄霸西域的大国，国威远震，所向无敌。而她也因此自豪，就像她哥哥一样，她满脑子装的是忠于大汗，为国扬威的思想，想做一个回纥的“女英雄”。她可从没想过她所要宣扬“国威”的“国”，那只是大汗和王公们的“国”，回纥的强大，老百姓可并没有得到好处，反而因为本国的穷兵黩武而遭受了灾殃。至于西域各国，遭受回纥侵略军的铁蹄蹂躏之惨，曲英更是丝毫也不知道了。

这一次她随军出征，由于中途和队伍失了联络，倒使她发现了许多前所未见、前所未闻的事情。首先是沿途的老百姓并非如她想象那样，是对回纥“英勇善战”的兵士佩服的，相反，她所碰见的老百姓，没有一个不是咒骂回纥兽兵的残暴。她听到了许多关于回纥兵焚烧掳掠的事实，也听到了关于师陀国老百姓许多英雄抗暴事绩。

她哥哥这次领兵，本来是给驻在师陀的拓跋赤增援的，由于拓跋赤已经溃败，临时改变计划，前往幽州。救兵如救火，所以沿途没有停留，而她除了行军之外，又都是留在自己独备的帐幕，是以回纥军的暴行，她自己没有见过。当然她之没有发现回纥军的暴行，另外也还有两个原因，一个是她哥哥治军较严，另一个是她随军出征，只不过是短短的十多天，到了奚族的地方，就和队伍失去联络了。

她听到了沿路上老百姓对回纥兵的咒骂，起初还以为是言过其辞，但到了幽州之后，已是亲眼可以看到被回纥兵焚烧劫掠过的村庄了。幽州的老百姓同仇敌忾，纷纷参加义军的事实，也令她心中震动，不能自休。

她心里自想自思："若然只是几个人说我们兵士的坏话，那或者是言过其辞，但现在是异口同声，人人都这样说，那就决不会是假的了。何况那些被焚烧了的村庄，也决不会是老百姓自己放火烧的。"

她越想越觉难过，终于突然想到了这一些问题："哥哥说我们是应幽州节度使之请，助他'袭匪'的，难道老百姓们都是'匪'么。哥哥还说，大汗是要把大唐置于回纥的'保护'之下，但这么样的奸淫掳掠，焚烧劫杀，反而能说是'保护'么?""我们的兵士听从大汗的驱使，连年东征西讨，这样看来，只是一场接着一场的不义之战了!""这么样，我们效忠大汗，究竟是对还是不对?"想到了这许多问题，她不觉一片茫然了。

曲英接触了事实的真相，对她所从事的战争开始有了怀疑，对效忠大汗的观念，也开始有了动摇。但她还是想入幽州，重回她哥哥的军中。她最信服哥哥，希望哥哥能给她解答心中的疑问。

她在幽州城外几天，打听得驻扎在鸦咀山的这支北宫横的官军，是要来幽州和幽州节度使章留仙商谈"结盟"的，是"自己"人，于是这一天她就来到了鸦咀山。

她来到鸦咀山，本是想和北宫横会面，有个居留之所，等待机会，再入幽州。不料她未见着北宫横，却先碰上了由周保阳率领的巡逻部队，根本不容她开口，就要把她捉去淫辱。

曲英大为奇怪："这家人究竟在办丧事还是喜事呢？但丧事与喜事哪有相混之理？"

曲英是将门之女，焉能受得了士兵的调戏？一怒之下，心里想道：“这样的军队还值得我去投奔么？”于是便不说明身份，拔刀就砍。砍倒了几个官军，自己也因寡不敌众，陷入了包围。

待到夏侯勇救她脱险之后，她心里又是感激，又是惭愧，想道：“我以为是‘自己人’的官军谁知竟是坏人，想不到和我们作对的义军，却反而是好人。他们称为义军，倒真是无愧于这个‘义’字。哎呀，倘若他们知道我是他们最痛恨的回纥元帅的妹妹，不知道他们要如何鄙视我呢！”因此曲英不敢说出姓名，道谢之后，便自走了。

曲英心如乱麻，茫茫然信步所之，只觉又饥又饿，忽见前面有家农家，大门两边，一边挂着白色的帐幕，一边挂着红布结成的彩绸。曲英识得汉人的风俗，挂着白色的帐幔是表示这家人家在办丧事，但红色的彩绸，却是表示家有喜事的。

曲英大为奇怪：“这家人究竟是在办丧事呢还是在办喜事？但丧事与喜事哪有相混之理？”

此时正有许多村民前往那家人家，有个农妇走来和她打了一个招呼，说道：“姑娘，你是哪一处义军的？可是来接张家女儿的么？”曲英腰悬佩刀，是以这农妇有此一问。

曲英面上一红，说道：“我是前往幽州投亲。”那农妇道：“哎哟，幽州可不好去呀。回纥的兽兵正在城中为非作歹的。我看你不如投入义军。待将来义军破城之后，再去访亲吧。”曲英尴尬之极，只好捏造谎话道：“我也是这样想，但我要先回去问过母亲。”

那农妇道：“你是哪家的姑娘？”曲英胡乱说了一个偏僻的山村，那农妇被她骗过，说道：“也好，这样的大事告诉父母一声再行定夺，也是应该。但看你形容憔悴，想必是又饥又饿了，何不到张家去歇歇，喝她一杯喜酒？也好和我们一道，慰问慰问张大妈。”正是：

铁蹄之下难偷活，百姓纷纷举义旗。

欲知后事如何？请听下回分解。

第四十五回　羞颜愧饮英雄酒
脱险难酬侠士恩

曲英问道："这家人家究竟是办喜事还是办丧事，何以既是来喝喜酒，又要慰问？"

那农妇道："哦，原来你还不知道张家的事情，事情是这样的：前几天有一支回纥骑兵冲出城来，想来鸦咀山接应那队贼兵，给我们义军打了回去。可是虽然打了回去，也有好几个村庄受了鞑子的蹂躏。张大妈的大媳妇拒奸被鞑子活生生打死，张大妈的老伴儿为救媳妇，也给鞑子劈杀了。张大妈有三子两女，老二老三未娶媳妇，两个女儿也未出嫁的，如今都报名参加义军了。满门参加义军，这是少有的事情，因此乡亲们给她既办丧事，又办喜事。酒肉都是乡亲拿来的，大伙儿凑凑高兴。你难得到此，咱们一同去吧。"

曲英知道是这样的事情，哪还好意思进去。可是那农妇却不由分说，把她拉进去了。曲英恐怕惹起别人疑心，不敢坚拒。

酒会之所就是灵堂，只见当中放着两具棺材。张家的三子两女穿着孝服，但孝服上却缀有一朵红花。最小的那个儿子不过十四五岁的样子，两个女儿也不过十七八岁。

那农妇道："这位姑娘是准备参加义军的，路过此地，知道张大妈的事情，特来向张大妈表示敬意的。"那农妇倒是很会说话，自作主张，替曲英说了一套。

众人都表示欢迎，有几个还向张大妈说道："你老人家可以得着安慰了。你看识与不识，都来向你致敬呢。你的老伴儿与媳妇儿虽是冤死，死也可以瞑目了。不但你们满门参军，还有不知多少人由于你家的事情，激起义愤，参加了义军呢！”

张大妈抹去了面上的泪痕，说道：“这都是鞑子迫得我要这样做的，我不过是尽一个母亲的责任罢了。我是想打跑了回纥鞑子咱们才有好日子过，为我的老伴儿报仇那还其次。”

众人纷纷称赞：“好一个深明大义的张大妈！”“婆婆们，大娘们，咱们都把张大妈当作榜样吧。”

张大妈红了面孔，乡亲们的慰问和鼓励，减少她心中的悲痛，增加了她的信心——必定可以报仇，必定可以打跑回纥鞑子的信心。但同时又使她觉得不好意思，觉得自己还不配乡亲们这样的称赞。

曲英更是心里不安，有人带她到灵前上香，曲英不由自己的叩了一个头，心里想道：“要是哥哥知道我给义军的家属叩头，不知会不会责备我。但这两个人是给我们的兵士杀的，我这个响头就当作是我为他们谢罪吧。呀，这个头可是我自己愿意叩的。”

张大妈把曲英扶起，说道：“姑娘，生受你了。你带着刀想必是学过武艺的，将来你若是和我家的两个丫头同在一处，希望你指点指点她们。”

曲英满面通红，含含糊糊地客气了几句。张大妈的两个女儿过来与她攀谈，问她练武艺难不难，曲英道：“我懂的也是很少，不过听说你们义军中有许多女英雄，不愁没人教你的，用不着我这个蹩脚的教师。”

张大妈忽道：“哎呀，姑娘，你这话可是说得不对了！”曲英怔了一怔，正自不知自己有什么地方说错，只听得张大妈接下去说道：“什么你们我们的，你是要去参加义军的，咱们都是自己人啊！”

曲英这才省起是她所说的“你们义军”这四个字出了破绽，心中一惊，连忙说道：“张妈教训的是。”

旁边有人说道：“义军中的确是有许多女英雄，听说有一位姓铁的小姑娘，不过十六七岁年纪，能够高来高去，曾经进过幽州，夜探过节度使的衙门呢。当然，要练成她那样的武艺，那一定是很难很难的了。”

张大妈的大女儿说："只要有人肯教，我不怕难练，铁杵也会磨成针嘛。"二女儿却道："就是练不成武艺我也不愁，我纵然不能打仗，也可以给咱们的战士做饭、补衣裳。"

有人和张大妈那个最小的儿子开玩笑道："小鬼，你又会做什么？"

这大孩子答道："我不会做饭，也不会缝衣。但有许多事情我可以做得了的，我可以放哨，我可以送信，我还可以做小探子。还有做饭是要柴火的，我可以斫柴，我挑得动六七十斤的担子。义军难道不要人斫柴么？"

众人哄然大笑，说道："对对，只要你肯出力，总有可做的事情。"

在这样的气氛中，曲英真是坐立不安，食难下咽。众人把她当作客人，又把她当作"自己人"看待，争着和她喝酒，曲英却不过盛情，喝了几杯，吃了几块肉，便连忙推说还要赶路，向张大妈告辞了。

出了张家，曲英只觉有点头晕，这倒不是因为酒喝得多，而是因为在张家所给予她的感触实在是太大了。"我们的士兵给人憎恨，而他们这些人却又是多么可爱呵！"又想："我们跑到人家的地方打仗，这是为了何来？为了要给人咒骂，给人赶跑吗？"

曲英内疚于心，张大妈的两个亲人虽然不是她杀死的，她也觉得自己的手上似乎沾有血腥。她怀着负罪的心情，不敢在有人的乡村行走，不知不觉地就走上了一座山头，这时已经是黄昏时分了。

曲英找到了一座山神庙，心想："今晚就在这里住一宵吧。"可是心事如麻，怎睡得着？正在伏案假睡之际，忽听得脚步声响，有个人走了进来。

曲英抬头一看，只见是一个满面血污的虬髯汉子，不禁吃了一惊，喝道："你是什么人？"

这汉子不是别人，正是追魂帮的帮主沙铁山。他在那茶铺里捉不到南氏兄妹，反而给秦观海打伤脑袋，心中十分气恼。但他也是个最爱面子的人，伤得这样狼狈，怕给熟人碰见，因此躲入深山，想待伤疤结了再想法进入幽州。

沙铁山看见一个漂亮的女子单独在这山神庙里，也不觉有点诧异，他蓦地得了一个主意，哈哈笑道："我的名号谅你也不会知道。不过，你碰上了我，却是你的造化来了！"

曲英道："什么造化？"心想："这个人胡说八道，敢情是个疯子？"

沙铁山换了新的金创药，一面包扎脑袋一面说道："小娘子，看你的样子敢情是从家里私逃出来的，你有了婆家没有？"曲英气红了脸，怒道："关你什么事？"

沙铁山笑道："你一定是嫌丈夫不好，或者是受不了公婆的气，逃出来的是不是？但你一个单身女子，以后无依无靠，总不是办法。所以这就关我的事了。"

曲英大怒骂道："放屁！你这个疯子一定是胡说八道，才给人家打破了脑袋。你再胡说八道，我也要打破你的脑袋了！"

沙铁山大笑道："小娘子，你要打破我的脑袋，只怕不容易吧？你知道我是什么人？"曲英道："谁理会你是什么人？"心想："何必与一个疯子纠缠，我把这破庙让给他住就是。"但她想要出去，却给沙铁山当门拦住。

沙铁山这才注意到她的衣服内藏有兵刃，笑道："哦，敢情你是练过几天武艺的野丫头。好，你知道江湖上有个追魂帮没有？我就是追魂帮的帮主沙铁山！"

曲英吃了一惊，叫道："你就是沙铁山？"沙铁山在拓跋赤的军中效力，这件事曲英是听她哥哥说过的。曲英心里苦笑："原来又是一个'自己人'，我们专门招揽这种下三滥的强盗，怎能不令老百姓痛恨？"

沙铁山不知她的身份，更不知她想的什么，犹自洋洋得意地笑道："你知道我是谁了吧？乖乖地跟我走吧！"曲英忍着气道："跟你走做什么？"

沙铁山道："你或者会一点武艺，但在这个兵荒马乱的年头，一个姑娘家总是吃亏的。你又何必挨江湖上的苦楚？跟我走，我给你找一个安乐的去处！"

曲英大怒道："屁放完了没有？快快走开，臭强盗，谁要跟你!”

沙铁山笑道:“你嫌我生得丑是不是?不过,你误会了,不是我自己要你,我是想让你当上王妃!”曲英怔了一怔,暂且忍住了气问道:“什么王妃?”

沙铁山道:“哈,你动了心么?实不相瞒,我和回纥的大元帅拓跋赤是好朋友,拓跋赤是亲王的身份,你长得这样标致,他见了你一定会喜欢的。我带你去见他,只要你哄得他欢喜,还怕当不上王妃?”

曲英冷笑道:“好,你说得这样好,我跟你去了!”突然拔出双刀,就向沙铁山拦腰斩去。

沙铁山一个“移形换位”,只听得“刷”的一声响,衣襟的下摆已给她左手的长刀削去了一幅。原来沙铁山因为在受伤之后,身法已是不及从前的灵活,又因猝不及防,所以险些给曲英砍中。

沙铁山吃了一惊,却自笑道:“看不出你倒还有两下子,不过,你要想伤我,那还是不够的。对不住,你不肯依从,我只有活捉你了。”

曲英双刀盘旋飞舞,暴风骤雨般的向沙铁山横劈直斫,心里想道:“这样的人要他何用,杀了他,我再告诉哥哥。”沙铁山在她猛攻之下,一时倒也不敢太过近身。

但沙铁山的本领毕竟是比她高得多,虽然受了伤,曲英仍是奈他不何。沙铁山去了轻敌之心,用“移形换位”的本领谨慎对付,曲英连劈了数十刀,可是再也沾不着他的衣裳了。

曲英连日来心中郁闷,精神本来就不大好,打了一支香的时刻,不觉感到头晕眼花,黄豆般的汗珠也从额角滴下来了。沙铁山笑道:“放下你的刀子吧,何必受这份活罪。”曲英紧咬银牙,拼死苦斗。

激战中沙铁山大喝一声“撒刀!”五指合拢,一招“手挥琵琶”,在曲英手背一拂,曲英左手的长刀当啷坠地。

沙铁山飞起一脚,紧跟着又把曲英右手的短刀踢落。曲英气怒交加,就在这双刀脱手之时,“哇”的一口鲜血喷了出来。

沙铁山本来就要抓着她的。见她狂吐鲜血,倒是不觉一惊,双手停在半空，未敢抓下。就在此时，只听得有个人大喝道："好不要脸的臭贼，欺负一个单身的女子！"沙铁山回头一看，只见一个气宇轩昂的汉子，已经进了庙中。这汉子不是别人，正是南霁云的长子南夏雷。

曲英口吐鲜血，此时已是浑身无力，再也支持不住了。沙铁山手一松开，曲英就禁不住"咕咚"一声，倒在地上。

南夏雷见此情形，勃然大怒，喝道："沙铁山，你真是无耻已极，以帮主的身份，伤害一个女子，你不害羞，我也替你害羞！"

沙铁山老羞成怒，冷笑说道："姓南的，你有多大本领，敢来多管闲事？好吧，你是好汉，你要打抱不平，那就来吧！"南夏雷怒不可遏，刀光一闪，一招"力劈华山"，便向沙铁山当头劈下。沙铁山也想先发制人，双掌齐发，左右开弓，猛击南夏雷的太阳穴。

双方来势都急，眼看就要两败俱伤，在这性命俄顷的刹那，终于是沙铁山胆气较怯，百忙中一个"移步换掌"，避开了南夏雷的快刀。"嗤"的一声，刀锋划过，沙铁山的衣袖给南夏雷削去了一幅，南夏雷头上扎着的英雄巾也给沙铁山撕下。

这一招当真是惊险绝伦，曲英看得花容失色，一颗心几乎要从口腔里跳了出来，暗自想道："这位少年侠士不知是什么人，竟然肯为我一个不相干的女子拼舍性命，真是难得！"

沙铁山号称"七步追魂"，移步换掌，变招快速之极，一退复上，以"绵掌击石如粉"的功夫迅袭南夏雷后心，南夏雷反手一刀，刀锋给他掌力荡歪，沙铁山一个盘龙绕步，又已转到了他的正面发掌。顿时间，只见四面八方都是沙铁山的影子，小小的一座破庙之内，两人交手，就似千军万马追逐一般。

沙铁山打得快，南夏雷也并不慢，他的家传快刀乃是武林一绝，沙铁山一口气攻了七掌四十九式，南夏雷也还了八八六十四刀。双方旗鼓相当，谁也伤不了谁。

曲英爬到墙边，倚墙观战，她看得心惊胆战，却又不能不看，心中不住地在叫："诸天菩萨保佑，诸天菩萨保佑，保佑这少年侠士得胜！"但关心者乱，沙、南二人本是旗鼓相当的，在她的眼中，却只见到沙铁山着着抢攻，似乎南夏雷就要抵挡不住，曲英一着急晕了过去。

南夏雷恐怕沙铁山伤害曲英，不免要加多几分小心为她防护。南夏雷以快刀绝技，把沙铁山迫得不能靠近曲英。沙铁山乘机作出声东击西的姿态，引南夏雷分神去照顾曲英，乘机大抢攻势。

南夏雷要分神照顾曲英，这是他不利之处。但沙铁山也有不利之处，他是昨日才受了伤，伤还未愈，今日又经过了一场恶斗的。两人的功力本来大致相当，双方武艺也各有所长，但由于沙铁山已是强弩之末的关系，过了百招之后，沙铁山已是渐渐感到气力不加，大受南夏雷快刀的威胁了。

沙铁山再斗一会，脑袋的伤口受了震荡，疼痛欲裂，心里暗叫“不妙!”自忖:“久战下去，只怕要败在这小子刀下。好汉不吃眼前亏，只好把这到口的馒头扔了。嗯，三十六计，还是走为上计!”仗着超卓的轻功逃出庙门。

曲英悠悠醒转，星眸乍启，只见自己是倒在南夏雷的怀中。回纥的习俗，男女是自由来往，所谓“男女授受不亲”这一套，在回纥是根本不存在的。但虽然如此，曲英毕竟是在她有生以来，第一次和男子这样的亲近，于是在她苍白的脸上，不由得泛起了一片娇红。

南夏雷是侠义心肠，救人要紧，此时自是心无杂念。他见曲英睁开了眼，这才放下了心上的一块石头，说道:“好了，你醒过来了。把这颗药丸吞下去吧，歇一会我再替你料理外伤。”

南夏雷身上带有空空儿送他的一颗小还丹，这是空空儿从少林寺偷来的功能医治内伤的绝妙灵丹。曲英吞下了小还丹，心神稍定，精神也渐渐恢复了几分。

南夏雷脱下外衣，让她作为枕头。曲英道:“多谢侠士救命之恩，不知恩公高姓大名?”南夏雷说出了自己的姓名，问道:“姑娘，你贵姓，哪里人氏?你可是义军中的女豪杰么?”

曲英又是欢喜，又是羞惭，原来南夏雷因为是武学世家，他的父亲南霁云当年曾威震回纥，而南夏雷本身在出道几年之后，亦自声名远播，曲英在回纥也曾听过他的名字。曲英心想:“原来他就是南夏雷！有其父必有其子，他果然不愧是英雄之后。可惜我却不是他想象的义军豪杰。”

曲英当然不敢对他说出自己的身份，当下含糊答道：“我是本地人，姓曲名英，想到幽州投亲的。恩公，你是义军的吗？”

南夏雷心道：“姓曲这个姓倒是很少。”但他当然也绝想不到曲英会是回纥元帅曲离的妹妹，于是说道：“我是要来投奔义军的，如今尚未找着。义军中有我的一位好朋友名叫段克邪，你可曾听过他的名字？”

曲英道：“听过的。听说他已经从师陀回来了。”南夏雷道：“你可知道义军的所在么？”曲英道：“我不知道。”南夏雷道：“那你怎么知道段克邪已经回来了？”

曲英道：“幽州城外常有义军的踪迹，我虽然不知道他们的所在，但也常听得乡人谈论义军的事绩。段大侠是义军中有名的英雄，这里的人差不多都知道夏侯英和他的名字的。”

南夏雷喜道：“原来如此。我正要找寻义军，待你好了，咱们一道去吧。多向老百姓探问，总可以找到的。”南夏雷因为听得曲英自称是本地人，他想由曲英去探问更方便些。

曲英却误会了南夏雷的意思，心里想道：“唉，你虽然喜欢和我作伴，可惜我却不能和你作伴。”

原来她不但知道段克邪的名字，还知道段克邪是空空儿的师弟，而空空儿则是认识她的。曲英心想：“若是我和你去见段克邪，我的身份马上就要戳穿。那时只怕你要把我当作仇人了。”

南夏雷见她沉吟不语，也误会了她的意思，说道：“姑娘，敢情你是不愿意投入义军么？”

曲英忙道：“不是的，不是的，但我要先见了爹娘再说。”

南夏雷道：“不错，你既然上有父母，理该禀告尊长。不过，以你一身武艺，若不投入义军，那可就真可惜了。”曲英不由得又是满面通红，轻轻说了一个“是”字。

南夏雷道：“你的伤不算很重，但恐怕总得要三两天才好。你乡下还有亲人吗？我给你找来。”曲英道：“我的爹娘在幽州，乡下并无亲人。”南夏雷大感为难，搔头不语。曲英叹了口气，道：“南恩公，你有紧要的事情，那就不必再顾我了。”

南夏雷道：“这是哪里话来？姑娘贵体未愈，我岂有抛下你不管之理！”曲英道：“南大侠为了我一个不相识的女子耽误了正事，我实在过意不去。”南夏雷笑道：“江湖上讲究的是患难相扶，何况咱们是一路上的人呢。”曲英面上一红，讷讷说道：“我，我怎么配……”

南夏雷道：“曲姑娘，你我都是要投奔义军的，沙铁山这贼子伤了你，这贼子也是我的仇人，咱们是敌忾同仇，还能说不是一条路上的人么？我迟两天去幽州并不打紧，你安心养伤吧，我会照料你的。就只怕我照料得不好。”曲英又是感激，又是惭愧，想道：“倘若他知道了我是谁，他不知该如何失望了。”

南夏雷笑道：“别多说了，我是应该这样做的。不过，现在却要请姑娘恕我无礼了。”曲英怔了一怔，心头一跳，说道：“什么？”南夏雷道：“姑娘的外伤虽然不算很重，也得敷上金创药才好。请你背转身子，解开衣裳。你可以自己解开吗？”原来曲英的肩背给沙铁山抓伤，必须解开衣裳方能敷药。

曲英面红过耳，但却放下了心，想道：“他是毫无邪念，倒是我想歪了。”当下说道：“南大侠，我的伤是在左肩，肩胛骨下大约三寸之处，请你把那处的衣裳撕破就行了。”曲英吐血过后，仍是浑身无力，是必须请南夏雷代劳。撕破一片衣裳，胜于赤身露体。

南夏雷道：“好，敷了金创药之后，你可以暂时穿我的外衣。事急从权，恕我不避嫌了。”轻轻地把曲英翻了个身，撕开她背上的衣裳。曲英忍不住发出了呻吟。

南夏雷刚刚取出金创药，正要替她敷上，忽听得马蹄之声，来得有如暴风骤雨，南夏雷心想：“这人不知是谁，但盼是义军就好了！”

蹄声戛然而止，南夏雷心念未已，那人已闯了进来，陡地大喝道：“气死我也，曲某不杀你这淫贼，誓不为人。”原来来的不是别人，正是曲英的哥哥曲离。他见此情形，只道南夏雷是在调戏他的妹妹。

南夏雷大吃一惊，叫道：“你、你误会了！”话犹未了，曲离刀已出鞘，一刀就劈过来。南夏雷打了个滚，曲离第二刀跟踪劈到，南夏雷无法，只得拔刀招架。

曲英见是哥哥，这刹那间也吓得呆了。她最怕南夏雷知道她的身份，做梦也想不到哥哥竟会忽然在她的面前出现。

曲离气怒当头，恨不得一刀把南夏雷劈为两段，哪能容他分辩？

曲离的本领在南夏雷之上，而且他是发了狠劲要杀南夏雷的，南夏雷只求招架，哪里招架得住？双方相交，“当”的一声，火花四溅，南夏雷虎口疼痛，刀也险些脱手。南夏雷见不是路，只好施展快刀绝技，希望可以把曲离迫退，缓过口气，才能分辩。

曲离越发大怒，心道：“这小子刀法倒是不差，怪不得妹妹受了他的欺侮。今日若不杀他，祸患非小！”喝道：“好小子，你碰上了我，还敢逞能？”一招“横扫六合”，刀光四面铺开，把南夏雷的整个身形笼罩在刀光之下。

南夏雷招架不住，眼看曲离手起刀落，这一刀已是朝着他的天灵盖劈下。曲英情急惊呼：“哥哥，住手，住手！”她眼见南夏雷即将性命不保，自是顾不了那许多了。

曲离怔了一怔，刀锋停在南夏雷顶门三寸之上，说道：“为什么？”曲英喘着气道：“哥哥，你不能杀他，他、他……”曲离道：“他怎么样？”曲英道：“他是我的救命恩人！”

此言一出，曲离大感意外，他望了一望曲英，说道：“那么你何以这个样子，是、是谁欺侮了你的？”

曲英披上了南夏雷的外衣，挣扎着坐起身来，说道：“我并没有受人欺侮，是沙铁山打伤了我，他、他救了我的。他刚才正要替我敷药。哥哥，你别错把好人当作了坏人，他、他实在是个正人君子！”

曲离越发惊诧，心里想道：“沙铁山，这人不是曾经在拓拔赤军中效力的一个汉人帮主吗？他可是自己人啊，怎的却会伤了我的妹妹？”不过，他知道妹妹是不会骗他的，于是先把刀收回，向南夏雷施了一礼，说道：“如此说来，倒是我错怪了壮士了。请问壮士高姓大名。”

南夏雷报了姓名，曲离不禁又是一惊，心道：“原来是前辈游侠南霁云之子，怪不得快刀刀法如此了得。但他的父亲，当年可是曾经和我们回纥打过好几次仗的啊！”

南夏雷听说曲离是曲英的哥哥，一方面是喜出望外，一方面又不禁有点怀疑。曲英曾经说过，她除了在幽州的爹娘之外，别无亲人，那么这个哥哥是怎么来的？还有一点，曲离穿的虽是汉人衣裳，但说话的口音却带着浓重的回纥土音，相貌也不似汉人。他不比他的妹妹曲英，曲英是因为这一个多月来都是在幽州城外打转，与汉人往来多了，说话的口音也和汉人差不多了。回纥的女子，尤其是长得清秀的女子，和汉族北方的女子分别是远不如男子之显著的。

南夏雷心有所疑，抱刀还了一礼，说道：“曲大哥武艺高强，小弟十分佩服。请恕冒昧，敢问曲大哥是哪条线上的朋友？”

曲离哈哈一笑，说道：“我是章节度使请来幽州的客军统领。”南夏雷这一惊非同小可，失声叫道：“你，你就是回纥的元帅曲离？”曲离笑道：“不敢。正是区区。”南夏雷虎目圆睁，重又拔刀出鞘，冷冷说道：“我打不过你，但也非得和你一拼不可！你杀了我吧。”

曲离道：“南兄休要惊疑，请听曲某一言。”南夏雷手按刀柄说道：“回纥大唐乃是敌国，你我有何话好说？”

曲离道：“南兄此言差矣！我是应贵国藩镇之请而来的，咱们两国并没交兵，怎能说是敌国？南兄救了舍妹，我感激还来不及呢，又岂有加害之意？”

南夏雷怒道：“你这花言巧语骗得了谁？章留仙引狼入室，将你们招引了来残害我们的百姓，你们的手上沾满了我们汉人的血腥，嘿嘿，你敢说不是我们的敌人，难道还是我们的朋友么？”

曲离变了面色，勉强笑道：“回纥铁骑，纵横天下。有些兵士，私犯军法，骚扰百姓，那是有的。多谢南侠士见教，我回去严加整饬就是。但我也有一言相劝，请南侠士三思。”南夏雷“哼”了一声，心里想道：“说来说去，无非文过饰非。不过他还肯承认有些兵士‘骚扰’百姓的事实，似乎比拓跋赤要好一些。”

曲离既无厮杀之意，南夏雷也就暂且按刀不动。曲离缓缓说道："令尊尽忠唐室，睢阳殉国，力挽狂澜，也算得是有大功于朝廷的了。但大唐的朝廷却未闻对功臣有甚抚恤，南侠士未蒙朝廷之恩，甚至反遭朝廷之忌，被朝廷目为逆党，以至流浪江湖。大唐对功臣之后凉薄如斯，能不令人寒心？大唐于南兄无恩，南兄又何苦为大唐效其愚忠？南兄救了舍妹，曲某无以为报，南兄若肯作我臂助，我担保可以让南兄独当方面，至少也做一个节度使。"

南夏雷大怒喝道："住嘴，你以为我是为大唐效其愚忠才反你们回纥的么？不，我是为了我们大唐的百姓，非把你们扫除不可！我路见不平，救了你的妹子，这是侠义道之所应为，你当作私恩，这是你的事。而你，则是我们汉人的公敌。私恩、公敌不必混为一谈，我不要你领我的情！今日我与你唯有决一死战而已。嘿，你不必假惺惺了，你拔刀吧！"曲离苦笑道："你不听我劝，那也由你。但曲某乃是恩怨分明的男子汉，你救了舍妹，我岂能杀你？我不与你动手，你要如何便如何吧！"

南夏雷道："好吧，那么咱们以后在沙场相见吧！"曲英深深叹了口气，满眶眼泪，看着南夏雷的背影在夜色苍茫之中消失。

曲离道："你怎么啦，伤得很重？"曲英道："不是。我心里难过。"曲离道："你舍不得这个小子？"曲英面上一红，说道："他救了我，我当然是感激他的。但我也不是为了他难过。"曲离道："那又为了什么？"曲英道："我是为了咱们的自己人难过。"曲离道："此话怎讲？"

曲英道："咱们的人到了人家的地方，只知奸淫掳掠，惹得百姓都憎恨咱们。可是和咱们对敌的人，却都是光明磊落，行侠仗义的汉子。相形之下，我怎能不难过呢？哥哥，我实在惶恐，咱们打这一场仗究竟是应不应该？"

曲离第一次给"自己人"问起这个问题，不觉一片茫然。夕阳已在落山，天边一抹余霞，但暮霭已是笼罩四野了。

曲离想起本国连年来南征北讨，虽然占了许多地方，但到处受人驱逐，尤其最近在师陀的一仗，更是败得惨极，甚至回纥在西域各国的根基也受到了动摇。回纥帝国的景象只怕就要像西落的夕阳，“好景”无多了。曲离沉默了好一会，不觉也叹了口气道：“我不知道。”

南夏雷此际在荒野中独自前行，心中也是一片茫然的。但他的“茫然”与曲离所感的“茫然”自是不同，曲离是为了前途的渺茫而有所伤感，他却是为了自己适才所做的事情而自感惶惑，“我救了回纥元帅的妹妹，这事做得对呢还是不对？”曲英含着眼泪目送他的情景如在目前，南夏雷也就不觉一片茫然了。

南夏雷怅怅惘惘，想了一会，心道：“她是受了沙铁山欺侮的，我救她理所应当。回纥的铁骑蹂躏各国，但回纥的百姓不见得都是侵略成性的人，他们也有许多是善良的。即使在回纥的军官与家属之中，我想大约也有许多是不愿打仗的吧？但愿曲离的妹妹就是这样的人，听她刚才的说话，倒像是有点同情咱们的义军呢。但奇怪的是：她是回纥元帅的妹妹，何以沙铁山竟然敢欺侮她？”

晚风吹来，南夏雷吸了口清冷的空气，烦乱的情绪似乎被这冷风吹散，渐渐冷静下来。想道：“我何苦为一个回纥的女子多伤脑筋，现在最紧要的是去寻找义军。”

心念未已，忽听得山的那边似有大队人马行走的声音。南夏雷心中一喜，心想：“一定是义军了，我且过去看看。”

南夏雷正要翻过这一座山，刚上山坡，忽见山上冲下了两骑快马，暮霭苍茫中还是看得清清楚楚，一个是司空猛，一个是北宫横。

北宫横哈哈大笑道：“果然是南夏雷这小子，想不到在这里就遇上了。师弟，你去破庙搜那女子，我捉这个小子。”

司空猛道：“好吧，但这小子的快刀很是不弱，你也不要太过轻敌才好。”

北宫横笑道：“这小子曾是我的手下败将，你放心，我决不能让他逃了的。倒是那个女子，你可一定得把她找着了才好。沙铁山说得她花容月貌，赛似天仙，咱们捉着了她，献给拓跋元帅，倒是一功。”说话之间，两骑快马已然来到，司空猛飞骑掠过，北宫横则跳下马背，手挥独脚铜人，要来活捉南夏雷。

原来司空猛乃是从幽州出来，接应北宫横这支官军进城的。沙铁山受伤之后，顾不得体面，只好投到北宫横那儿，恰值司空猛来到，司空猛听说那座破庙就在山的这边，于是就和北宫横过来搜索。北宫横的那支官军则交给他的另一个师兄西门旺率领，继续行军。

南夏雷和沙铁山恶斗了一场，疲劳还未恢复，但在面临强敌之下，仍是抖擞精神，拼死力战。

北宫横抡起独脚铜人，以泰山压顶之势向南夏雷压下，南夏雷气力不加，接了十几招，虎口疼痛。

南夏雷喝道："好，不是你死，便是我亡！"使出快刀绝技，与北宫横绕身游斗，乘暇抵隙，刀刀都是劈向敌方要害。

北宫横笑道："你这小子要拼命，我且慢慢地消遣你！"他胜券在操，当然不想拼命。当下把铜人舞得呼呼风响，南夏雷一口气斫了八八六十四刀，没有一刀斫到他的身上。双方近身搏斗，南夏雷虽然极力避免与他硬碰，在十刀之中还是有三两刀给他的铜人磕着，南夏雷气力越来越弱，胸中气血翻涌，眼看就要支持不住，忽听得马铃声响，司空猛去而复回，后面还有一骑，这一匹马上却乘着两个人，正是曲离兄妹。

原来司空猛未曾到那破庙，在途中就遇上了曲离。曲离是赶着要把他的妹妹送回幽州养伤的。

司空猛碰见曲离，又惊又喜，叫道："曲元帅，你怎么也在这儿？这女子你已经捉获，用不着我费力了。"曲离虎目圆睁，喝道："你说什么？"司空猛道："我已经见到沙铁山了，是他指点我们来捉人的。我还要报告元帅一个喜讯，打伤沙铁山的那个南夏雷就在前面，已经给我的师兄截住了。"曲英猛地抬头，冷笑说道："你看看我是何人？"正是：

狐假虎威欺弱女，谁知却是对头人。

欲知后事如何？请听下回分解。

第四十六回　仗义何堪遭折辱
铸情无计愿偕逃

司空猛曾在军中与曲英见过一面，本来是认识的。只因此时已是入黑时分，而曲离兄妹又是合乘一骑，曲英坐在她哥哥后面，低着头抱着哥哥的腰，故而司空猛未曾察觉是她。

此时曲英蓦地抬起头来，厉声一喝，司空猛见是曲英，这一惊非同小可，慌忙说道："小将不知是曲元帅的令妹，说话无礼，望元帅格格恕罪。"

曲英不理睬他，只是催她哥哥快马飞跑，叠声说道："哥哥，哥哥，咱们可不能让南夏雷给他们伤了。"曲离道："这个当然！"刷刷两鞭，催得胯下骏骑绝尘而去。司空猛惴惴不安，只好跟在他们后面。

南夏雷与北宫横厮杀了百多回合，已是斗得筋疲力倦，激战中北宫横忽施杀手，一招"泰山压顶"，铜人向南夏雷的天灵盖猛砸下来。这一招是在他们最初交手的时候，北宫横曾经使用过的，当时南夏雷还勉强可以抵挡，但如今他已是力不从心，可就招架不住了，只听得"当"的一声，南夏雷的宝刀脱手飞上了半空。

曲离快马赶来，但相距还有百步之遥，眼看北宫横的铜人又已高高举起，就要取南夏雷的性命，抢救已来不及，曲英吓得尖叫起来。

北宫横正是因为看见曲离来到，有心在元帅面前逞能，故此才连续使用那最霸道的一招"泰山压顶"的，北宫横听得曲英的尖叫，怔了一怔，稍微缓了一缓，但他的铜人仍是砸了下去。

幸亏有这一瞬间的迟缓，曲离拿起了马鞍，用力一掷，“当”的一声，马鞍击中了铜人，替南夏雷挡过了铜人击顶之灾。

曲离是回纥第一高手，功力在北宫横之上。百步之外，马鞍飞来，击着了北宫横的铜人，北宫横仍是不禁倒退三步，虎口给震得酸麻。

北宫横大吃一惊，说道：“元帅，这人名叫南夏雷，是和夏侯英、段克邪他们一党的。”

曲离道：“我知道，不能伤他！”可是话犹未了，只听得南夏雷已是“哇”的一声，吐出了一大口鲜血，身子晃了几晃，就似一根木头似的倒下去了。原来他虽然没有给北宫横打着，但因用力过度，已是受了内伤。

曲英怒道：“你杀了南夏雷，我要你偿命！”曲离道：“你别惊慌，待我去看一看。”跳下马来，亲自把南夏雷扶起，探了一探，说道：“还好，伤得虽重，尚还可救。咱们赶快回幽州去替他治伤。”

司空猛赶了到来。对北宫横道：“师兄，这位姑娘是曲元帅的妹妹。”

北宫横惊慌失措，忙向曲英请罪，说道：“小将是魏博的牙军统领北宫横，不知什么地方得罪了姑娘？”

曲离因为北宫横一来是“客军”将领，二来是雪山老怪的弟子，故此不能不给他几分面子，当下向妹妹使了个眼色，说道：“北宫将军有所不知，这姓南的曾救了我妹子的性命，因此我要请将军手下留情，看在我的份上，饶他一次。”北宫横忙不迭地说道：“元帅有命，小将敢不依从。”

曲离道：“听说沙铁山在你那儿，是么？”北宫横道：“不错。他现在已经随军往幽州了。”曲离道：“贵部离此多远？”北宫横道：“敝军正在行进之中，大约离此十里之遥。”曲离道：“好，那么请将军赶回去给我要一辆车子来。”

曲英“哼”了一声，说道：“还有，沙铁山这厮也要揪来！”司空猛道：“好，我替你把他揪来就是。”

他们师兄弟二人走后，南夏雷醒了过来，说道：“我不愿受敌人的恩惠，你还是把我杀了的好！”曲离笑道：“就只许你做侠士，却不许我报恩么？你也未免太看不起曲某了。”

南夏雷道：“你想收服我，那是万万不能。我明白地告诉你，你医好了我，我还是要和你作对的！”曲离笑道：“大丈夫讲究的是有恩报恩，有仇报仇。你救了我的妹妹，我给你治伤，这只是还你的人情而已。谁说我要‘收服’你呢？你别多疑，跟我到幽州安心养伤吧。你养好了伤，和我作朋友也好，作敌人也好，都由得你！”

曲离话虽如此，但心里还是打算以“恩义”结交南夏雷，希望他将来渐渐软化。南夏雷伤得极重，有气没力，身不由己，也只来听他摆布了。

过了约一个时辰，司空猛与北宫横果然驾了一辆马车回来。曲英道：“沙铁山这厮呢，揪来了没有？”北宫横赔笑道：“他是打前站的，若要把他揪来，我得多走十里路。我怕误了你们的事，因此要了车子就匆匆赶回来了。姑娘贵体要紧，能快些到幽州养伤好些。”曲英道：“也好。反正他是要到幽州的，到了幽州，我再找他算账。”

其实事情的真相却是这样，他们实在已经见过沙铁山，叫他躲起来了。而且还不只如此，司空猛还替沙铁山出谋划策呢。原来司空猛表面上虽然对曲离兄妹低首下心，其实心里却是极不服气的，只因曲离是回纥元帅的身份，才不能不对他貌作恭顺而已。司空猛本来是个骄傲自大的人，又恃着他的父亲是亲王拓跋赤所要倚重的人，故此受了曲离兄妹的气，心中立即就在盘算怎样报复的了。他准备挑拨拓跋赤去对付曲离，而沙铁山则交由他父亲保护。

曲离怎知司空猛的阴谋诡计，见他赶了马车到来，还当他是一番好意，心里想道：“不错，妹妹和南夏雷都是要赶着回幽州治伤的。沙铁山之仇，以后再报，也还不迟。”当下把曲英与南夏雷扶上了马车，便即上路。

曲离回到幽州之后，把南夏雷安顿在他的将军府里养伤。南夏雷伤得很重，当晚曲离就请了幽州最出名的两位大夫给他医治，又找来了一支千年人参，由曲英亲自煎了参汤给他喝下。

曲英的伤本来也是不轻，但由于在她受伤之后，南夏雷立即给她服了一颗小还丹，这是空空儿从少林寺偷来分赠亲友的，南夏雷只得一颗，让曲英服了。小还丹是医治内伤的无上圣药，效果更胜于千年人参，所以曲英当晚就能够行动如常，不过功力未曾恢复而已。曲英知道他把仅存的一颗小还丹给了自己，心中十分感激，衣不解带的服侍南夏雷。

第二日南夏雷伤还未好，但已有了几分起色。曲英正自欢喜，不料曲离带回来的一个消息，却又令她气恼非常。原来沙铁山并未逃跑，而是躲在拓跋赤的元帅府里。在元帅府的卫队之中，有跟随过曲离多年的武士，这消息就是他们传出来的。

曲英听了，气恼非常，说道："岂有此理！司空猛这厮竟敢骗我，说他逃了。"曲离道："这件事恐怕还不仅是如此简单，他为什么敢这样大胆。不问可知，那一定是背后有人撑腰的了。"

曲英道："他恃着他父亲是准国师么？"雪山老怪司空图受了拓跋赤的礼聘，拓跋赤答应推荐他做回纥的国师，但因尚未曾得到回纥的大汗的正式册封，故而曲英称他为"准国师"。

曲离说道："恐怕还不仅仅是恃着他父亲。"曲英道："你是说拓跋赤是他们的靠山么？他们敢把沙铁山的恶行告诉拓跋赤？"曲离叹了口气，说道："但愿不是。倘若拓跋赤明知沙铁山是伤了你的仇人，依然把他收留在帅府的话，那就是有心和我过不去了。"

曲英发了脾气，说道："不管如何，我这仇是要报的！司空图也好，拓跋赤也好，哪一个收容了沙铁山，你就应该去给我讨回来！"

曲离道："按说我把元帅之位让给了拓跋赤，他是应该给我几分情面的。"曲英道："哦，要是他不给你情面，那又如何？"

曲离大是尴尬，期期艾艾地说道："且待我去和拓跋赤说一说，看他如何。"曲英大声说道："哥哥，你身为大将，若是不能给妹子报仇，何以为人？"曲离满面通红，说道："好，我不惜与拓跋赤翻脸就是！"

正说话间，忽地有帅府的人到来，说是拓跋赤要请曲副元帅过府一谈。曲离心里忐忑不安，心道："我还未找他，他倒先来找我了。却不知是否为了沙铁山之事?”

曲离见了拓跋赤，拓跋赤满面堆欢，降阶相迎，叠声说道：“曲将军辛苦了，辛苦了!”曲离道：“元帅将我找来，不知为了何事?”

拓跋赤请曲离坐下，令手下奉上香茶，这才皮笑肉不笑地说道：“别无他意，只是慰问慰问将军。听说将军前日单骑出城，颇遭惊险。”

曲离正要说他妹子之事，拓跋赤把茶杯一放，已是抢着说道：“将军单骑出城，想必是为了军国大事。但我却有点逆耳之言，奉劝将军。”曲离面上一红，说道：“请元帅教训。”心想：“他明明知道我是为了私事出城，这不是有心奚落我吗?”

拓跋赤打了个哈哈，说道：“将军言重了。咱们份属同僚，怎能说到教训二字?我不过是为了将军着想，想将军乃是咱们回纥的栋梁，即使是为了军国大事，也不宜单骑犯险!倘若为敌人所算，岂不折了本国的威风，我也不好向大汗交代呀!”曲离只得说道：“元帅说得是。但这次我也是不得已而为。”

拓跋赤眯着眼睛说道：“哦，那一定是非常紧要的事情了，却不知究是何事?”

曲离忍着气说道：“我只有一个妹子，元帅从师陀退兵的时候，我曾差遣她到过元帅帐下送信，元帅想必是知道的。”拓跋赤道：“令妹怎么样了?”曲离道：“她在回程遭遇奚族的追兵，幸而逃脱，不过却是赶不回军中，以致和我失了联络了。我知道她是一定要到幽州来的……”

拓跋赤打断他的话道：“哦，原来曲将军是为了找寻令妹，不是什么军国之事。”

曲离愠怒说道：“我只有这个妹子，难道不该找她回来么?”

拓跋赤道：“应该，应该。将军可别多心，我的意思只不过希望将军不可太冒险，幽州城外，到处都是敌人，将军出城，似乎还是以多带随从的好。”

曲离道：“正因为幽州城外，到处都是敌人，咱们即使空城而出，也未必能够稳操胜算，所以我才不愿意兴师动众，打草惊蛇。”

拓跋赤道："令妹找回来了没有？"曲离忍不住说道："令侄是和我一同回来的，我以为他已经禀告元帅了。舍妹托庇，业已找回。"

拓跋赤道："哦，不错，不错。阿雄是曾和我说过，说是将军带了一男一女回来，两人都是受了伤的，那女的想必是令妹了。我当时事忙，未曾问得清楚，不然我是该去探望令妹的，请将军恕罪。"

曲离道："不敢有劳元帅大驾，舍妹的伤已经差不多好了。遗憾的只是伤她的人尚未拿获。"拓跋赤道："可知道了是什么人？"

曲离咬了咬牙，说道："元帅既然问起，请恕我直说了。伤舍妹之人是元帅帐下的沙铁山，听说他现在还在元帅府中。"

拓跋赤神色不变，淡淡说道："是吗？那么曲将军此来，是向我要人了？"曲离道："不敢。但军有军法，沙铁山强抢妇女，即使伤的不是舍妹，那也是应该按法惩处的。"

拓跋赤笑了一笑，说道："话虽如此，但咱们的兵士奸淫掳掠之事，也是常有的啊！为了振奋士气，咱们有时也只能眼开眼闭的了！"

曲离不禁火起，大声说道："这么说来，舍妹就平白让人欺侮不成？"

拓跋赤作出歉然的神色，打了个拱，说道："曲将军息怒。令妹当然是不能轻易让人欺侮的，此事由我作主就是。待沙铁山的伤好了，我一定叫他当众向曲将军和令妹赔罪。"

曲离怒道："只是赔罪就算了么？"

拓跋赤一捋胡须，说道："曲将军若不肯依，这倒令我为难了。我有几句不中听的说话，请曲将军不要见怪。请问曲将军，是为了给令妹报仇紧要呢，还是咱们回纥汗国的霸业紧要？我决不是爱惜一个沙铁山，只是为了顾全大局，还望曲将军体谅我的苦心。"

曲离冷笑道："元帅的意思请恕小将还是不能领会，不知杀一个沙铁山又何关大局？"

拓跋赤道："曲将军有所不知，这次咱们到幽州来，并非仅仅是帮幽州的节度使'袭匪'而已。大汗的用意，实是想利用大唐的藩镇，制造纷乱，最后就由咱们回纥统一中华的。”

曲离道：“这个我知道，但一个沙铁山有什么能为，难道他就能够帮忙咱们大汗完成霸业?”

拓跋赤道：“将军知道就好。不错，一个沙铁山无济于事，但更多的沙铁山就可以帮咱们的大忙了。咱们回纥人有多少？在西域咱们可以算得是个大国，但比起大唐，那却是差得太远太远了！恐怕十一之比还不到吧！要灭大唐，只靠咱们这点兵力是不够的，必须得汉人相助。可是投顺咱们的汉人是些什么人呢？老实说，不是像沙铁山这样贪图富贵的坏人，他也不会来的！杀一个沙铁山事小，吓坏了那些想来归顺咱们的汉人事情可就大了。所以我这次出京之时，大汗一再吩咐，对汉人必须双管齐下，一面镇压，一面笼络。曲将军，大汗的吩咐咱们总该遵从吧？只有请令妹稍受委屈了。”

曲离倒抽了一口气，做声不得。拓跋赤又假惺惺地劝慰他道：“沙铁山受的伤也很不轻，亦算是受了惩罚。我再叫他向将军兄妹赔罪，让你们出一口气，我看将军也可以不为已甚了吧?”

曲离气恼交加，愤然说道：“都不必了！嘿，嘿，什么当众赔罪？这不是丢我们的脸吗?”拓跋赤淡淡说道：“曲将军既是这样想，免了也好。不过，我还是希望曲将军以大局为重。”

曲离强忍着气，说道：“元帅这样吩咐，小将只好依从。好，告辞!”

拓跋赤道：“且慢，我也要向将军讨人呢!”

曲离吃了一惊，说道：“元帅要讨什么人?”拓跋赤道：“曲将军将与令妹一同带回幽州的那个受伤的人是谁?”

曲离知道瞒他不过，坦直说道：“是一个名叫南夏雷的男子，这人的父亲就是二十年前大唐鼎鼎有名的游侠南霁云。”

拓跋赤道：“我还知道这人乃是与夏侯英一伙，要来与咱们作对的。好，恭喜将军，拿了一个重要的人物，请交给我吧。”

曲离道：“实不相瞒，南夏雷是救了舍妹的恩人。沙铁山伤了我的妹妹，是他打跑沙铁山救了阿英的。他现在伤还未愈，请元帅准我留他在家里养伤。”

拓跋赤皱皱眉头，说道：“正是因此，我怕将军给人说闲话啊！将军为了私情，包庇敌人，此事传到大汗耳中，只怕你我都有不便！”

曲离忍不住将茶杯一顿，亢声说道：“曲某一生忠于大汗，大汗想来也信得过曲某还不至于勾结敌人。若有怪责，曲某一肩承挑，决不累及元帅！”

拓跋赤奸笑一声，说道：“曲将军，我这可是为了你的好。须知众口难防，令妹又是未曾出嫁的，留一个男子在家，只怕也有玷令妹清誉。”

曲离满面通红，说道：“狗嘴里长不出象牙，倘若有些心怀邪念的小人要这样说，那也只好由他。我们不怕！”曲离这一骂，暗中可是连拓跋赤也骂上了。

拓跋赤变了面色，但并不发作，仍是皮笑肉不笑地说道：“还有一层，按军法而论，擒获的敌人，除非他肯投降，否则就是要杀掉的。曲将军治军素严，刚才还口口声声说是要维护军法，那么我倒不能不请曲将军以身作则了。”

曲离道：“我正是要劝他投降。”

拓跋赤面色一端，说道：“好，那么我请将军明日回复我，南夏雷肯不肯投降？若是不肯，我只好依法从事！我忝为元帅，俘虏本该由我处置，看在曲将军的份上，我现在已是权宜行事，请曲将军不可令我难为！”

曲离甚是气恼，说道：“好，多谢元帅赏面。我回去马上劝他。”曲离走出元帅府，隐隐还听得拓跋赤的冷笑声。

曲英在家中守候，好像热锅上的蚂蚁一般，心情焦急之极，好不容易才盼得哥哥回来。一见哥哥的神色，曲英已知不妙，问道：“怎么样，沙铁山这老贼呢？拓跋赤不肯交给你么？”

曲离沉了面道：“别提了！拓跋赤非但不肯交人，还向我要人呢！”曲英大吃一惊道：“他要南夏雷？”曲离道：“除了南夏雷还有谁人？”

曲英柳眉倒竖，大怒道：“岂有此理，拓跋赤也未免太欺负人了！哥哥，你怎能让他如此欺负？”

曲离苦笑道："你要我怎么样？他是亲王，又是一军之主，我怎能违抗他，难道你要我造反么？"

曲英道："这么说，你答应他了？南夏雷是我的救命恩人，你答应我不答应！"

曲离道："你先别着急，你听我说。论军法我是不能违抗他，但我也绝不能恩将仇报，叫天下英雄笑话。"曲英道："你爽快说吧，究竟答应了没有。"

曲离道："没有答应。不过——"曲英刚刚松了口气，又皱起了眉头，说道："不过什么？"曲离道："拓跋赤总算卖我一点面子，不过他要我劝降，限在明日就要南夏雷投降。"

曲英双眉紧蹙，说道："要南夏雷投降？哼，那你不如杀了他吧？"

曲离道："我当然不能杀他，但他若不肯投降，恐怕我也不能包庇。妹妹，他或者肯听你的话，你去劝他试试。"

曲英板起面道："我可没有这样厚的面皮去和他说。"

曲离道："这是关系咱们身家性命之事，为了我，为了你，同时也是为了他，你就去劝劝何妨？"

曲英想了一想，说道："好吧，你既然定要我去，我就去试试，成不成不敢说。"

曲英却并没有马上去劝南夏雷，她回到房中，把心腹的侍女叫来，悄悄地吩咐办一件事，安排好了，这才去见南夏雷。

南夏雷还没有睡，见她到来，好生欢喜，说道："昨晚累了你一晚，我很是过意不去。现在我已经好多了，今晚你不用服侍我了，你还是早点儿安歇吧。"

曲英道："你可以走得动吗？"南夏雷道："我想，勉强是可以的。"

曲英忽地靠近他的身边，将他的手紧紧一握，南夏雷莫名其妙了，怔了一怔，道："你干什么？"

曲英笑道："试试你的气力。嗯，你的气力虽未恢复，却也的确是好得多了。好，这我可就放心啦！"

南夏雷道："我还是不明白，你为什么要试我气力？"曲英在他耳边悄声说道：“我要你立即逃跑！”

原来曲英深知南夏雷一定不会投降的，所以她已下了决心，要和南夏雷私逃。哥哥要她劝降的说话，她根本就没有说。

南夏雷吃了一惊，苦笑道：“要我逃走？嘿，只怕是插翼难逃吧？”

曲英道：“后门已经停着一辆马车，我送你出城。”

南夏雷道：“你哥哥知不知道？”曲英道：“当然是瞒着他的。”南夏雷道：“那么会不会连累你的哥哥？”曲英道：“是我和你走的，他可以将事情推到我的身上。他究竟还是副元帅，料想拓跋赤也不敢怎样将他为难。”

南夏雷道：“那么你呢？你怎向哥哥交待？”曲英道：“我出了城，当然也是不会再回来的了。”南夏雷道：“你去哪儿？”曲英粉颈低垂，轻声说道：“你去哪儿，我就跟你去哪儿。”

南夏雷心中甜丝丝的，不知不觉地握紧她的手，说道：“为了我，你要放弃富贵荣华，受苦受难，而且说不定从今之后，你就不能再回家了，你都想过了么？”

曲英道：“过去我是回纥的一个‘格格’，到处有人奉承，我的确是心满意足。但这个月来，我从吐谷浑来到了幽州，又在乡下接触过许多你们的老百姓，我才知道我的富贵荣华，是在许多无辜的百姓苦难上堆起来的，这样的富贵荣华，只能令我感到耻辱，感到痛苦，我是决意不要它了。”

南夏雷欢喜之极，说道：“好，你有了这个决心，从今之后，咱们就不是敌人，而是朋友了，嗯，曲姑娘，我真不知该怎样报答你才好。”

曲英道：“既然是朋友，还说什么报答？你救了我的命，我又应该怎样报答你？”

南夏雷道：“对，对。那倒是见外了。‘报答’二字，咱们今后彼此都不再提。”两人心意相通，心中都是无限欢悦。

南夏雷忽地放开曲英的手，说道：“我好像听到什么声音，你有侍女同来么？”曲英道：“没有。”南夏雷道：“外面似乎有人，不知会不会是你的哥哥来此偷听？”

曲英打开门一看，并无人影，笑道："我哥哥不会做这样的事的，是你多疑了。事不宜迟，咱们走吧！"

南夏雷心想："或许当真是我听错，是老鼠从屋顶跑过也说不定。曲离在自己的家中，的确也是无须伏在屋顶偷听的。"原来南夏雷刚才隐约听得屋顶上有极轻微的悉索声响，他是个武学的大行家，一听不由得不怀疑是有轻功高明的人伏在屋顶。

南夏雷心里想道："若给曲离发觉那就插翼难逃。唉，反正我这条性命也是准备豁出去的了，既有这个机会，试试何妨？"于是说道："好吧，我和你逃走便是。但怎样个走法呢？"

曲英道："委屈你点儿，充当给我赶车的家丁。我都已准备好了。"说罢拿出一套回纥武士的衣裳，南夏雷到屏风后面换上，曲英恐怕他担忧，给他解释道："城里认识你的人只有沙铁山、北宫横、西门旺、司空猛这几个人，他们是不会在街头巡逻的。我们家的附近，或许会有帅府的密探，但他们绝想不到你会这样大胆，敢充当我的家丁，公然驾车，招摇过市！"

南夏雷笑道："曲姑娘，我也想不到你竟是深通兵法，这一着正是可以叫做：实则虚之，虚则实之。行险则用奇兵，这实在比我躲在车里安全得多。"曲英笑道："不必多谈兵法了，走吧。"

曲英带领南夏雷悄悄走出后门，上了马车，故意卷上车帘，让街上的行人都可以看得见她。南夏雷穿着回纥武士的服饰，头上戴着风帽遮过了半边面孔。此时已是将近三更时分，街上极少行人。巡逻的兵丁看见是从曲副元帅家中出来的马车，慌忙让路。南夏雷手执马鞭，坐在驭者的位置，大声吆喝着赶车，马车在长街疾驰而过。南夏雷的本领虽未恢复，但普通人的气力则已是恢复了，赶车并不费力。

不料刚走过两条街，前头有一小队回纥巡逻兵忽然当街拦住，曲英大怒，伸头出来喝道："你们瞎了眼睛吗！竟敢阻拦我的车驾？"

那队巡逻兵队长上前说道："小的不敢。但不知这么夜了，格格却要到哪儿去？"曲英道："你管不着！走开！"

那队长却不走开，又说道："小的不敢麻烦格格，但请格格许我问这位驾车的大哥几句。”

南夏雷不会说回纥话，若给盘问，一出声便会露出破绽。曲英怒道：“大胆！你要盘问我的车夫，那不就是给了我的麻烦么？你有几个脑袋，敢阻我的车驾？”曲英哪里知道，这个队长之所以敢如此大胆，是有人叫他这样做的。

那个队长弯下了腰，说道：“小人不敢。但只是问两句话，也阻不了多少时候吧？”曲英大怒，抢过南夏雷的马鞭“刷”的一鞭就打下去，喝道：“滚开！”

不料这一鞭刚打下去，忽听得暗器破空之声，铮、铮、铮的三声响过，这条马鞭断为三截，三枚铜钱跟着落地。马鞭若给飞刀割断不足为奇，给三枚铜钱分为三截，这人的功力可就当真是非同小可了。

曲英手上的马鞭只剩下短短的一截，大吃一惊，喝道：“什么人？”话犹未了，只听得有人念道：“阿弥陀佛。曲姑娘何必这样大的火气？”两个披着大红袈裟的僧人突然现出身来，正是无咎与无妄。

这两个吐蕃僧人乃是回纥大汗亲自礼聘，这次和曲离一同来幽州的。这两个僧人和曲离也是好友，有十年以上的交情。当年他们三个人在鄂克沁寺败在空空儿夫妻的剑下，曾经一同在吐蕃隐居了十年，互相切磋，勤练武功。这次曲离复出领兵，特别请准大汗，邀同他们随军的。

曲英见是他们，心头一震，想道：“这两个和尚的武功不在我哥哥之下，只盼他们念着和我哥哥的交情了。”

无咎笑嘻嘻地走到马车前面，合十说道：“这么晚了，曲姑娘你到哪儿去啊？”曲英道：“哥哥叫我出城。”无妄道：“干什么？”曲英道：“咦，你这出家人也未免太多管闲事了。这是军令，不好随便对你说的。”

无咎笑道：“令兄和我们的交情你是知道的，他有什么事情不能和我们说呢？”曲英道：“我只知奉令而行。既然我的哥哥什么事情都可以告诉你们，那你们就问他去吧。他告诉你是他的事，我可不敢坏了军中规矩，请恕我不奉陪了。”曲英是想用缓兵之计，只要出得了城，就会有义军照应，不怕他们来追了。

哪知无咎、无妄却不肯依，无妄说道："真的吗？那么令兄也未免太糊涂了，怎能让你一个单身的女子出城？好，就算你真是奉了你哥哥的军令，我也要阻你一阻。曲姑娘，我们和你回去一同问过令兄，好吗？"

曲英佯嗔道："你不相信我的说话，要我和哥哥对质？"无妄笑道："不敢，贫僧的确是有点不大相信。"

无咎却走到南夏雷的身边，说道："令兄的卫士我都认识，这位驾车的大哥是谁？我却没有见过。咦，好像是个汉人？"口里说话，伸手就想揭下南夏雷那顶遮着半边面孔的风帽。

原来无咎与无妄就是刚才伏在屋顶上偷听的人。他们是受了拓跋赤的请托，曲离前脚离开帅府，他们后脚跟着出门，悄悄地到曲离家中埋伏，侦察曲离有什么异动。原来拓跋赤一向忌刻曲离，正想找一个把柄夺他的兵权。无咎、无妄与曲离的交情虽深，但毕竟敌不过利禄之念，拓跋赤比曲离有权势，他们为了巴结拓跋赤，也就顾不得好友了。

那队巡逻之敢于阻拦曲英的车驾，也是出于无咎、无妄的指使。他们其实已经知道驾车的是南夏雷了，他们故意如此做作，不过一来是按照军中的规矩，二来也好叫这些士兵作他们的见证而已。

无咎伸手要揭下南夏雷的风帽，曲英见情势危急，一柄飞刀就飞了出去。她明明知道本身的武功与无咎相差太远，但事到急时，也只好不顾一切了。

就在此时，南夏雷也使出了浑身气力，呼的一掌，向无咎胸膛击下。无咎哈哈一笑，三指在南夏雷的脉门一扣，南夏雷即使未曾受伤，也不是无咎的对手，给他三指扣着脉门，登时不能动弹。"当"的一声，曲英那柄飞刀也同时坠地，是给无妄打落的。无妄打落了她的飞刀，立即也伸手点了她的穴道。

无咎笑道："南夏雷，你做赶车的人，不嫌太委屈了么？不用你驾车了，让你和曲姑娘一同舒舒服服地躺在车厢里吧。曲姑娘，你不用害怕，你虽用飞刀伤我，我可还是念着和你哥哥的交情的。

我不处罚你，只送你回去让你哥哥管教你。”说罢把南、曲二人塞入车厢，换了一个兵士驾车，回去曲家。

且说曲离等了许久，未见曲英出来回报，心里起疑，亲自到南夏雷房中去看，这才发觉他们两人业已私逃。

曲离这一惊非同小可，想要下令搜查，又怕事情传了出去，不但丢了面子，给拓跋赤知道，还有更大的祸患。曲离负手徘徊，又惊又恼又气又急，一时间竟是想不出妥善的办法。

忽听得门外车马喧闹，曲离颇是诧异，心里想道：“这么晚了，还有谁来？该不是拓跋赤的人吧？”心念未已，只见大门开处，无咎、无妄已经走了进来，一个押着曲英，一个押着南夏雷。他们不待守门的禀报，撞开门就闯进来了。

无咎哈哈笑道：“曲兄不用担忧，我给你把令妹送回来了。”

曲离倒抽了一口冷气，心道：“完了，完了！”但见是他们二人，还幻想可以凭着多年的交情挽回危局，于是强作镇定，说道：“这是怎么回事？”

无妄笑道：“曲兄，这可要问你才知道了。这小子就是南夏雷吗？”

曲离情知瞒他们不过，说道：“不错，但我却不知他是怎样出去的。”

无咎道：“是令妹用你的座车要送他出城的，令妹说是奉了你的军令而为，不知是真是假？”

曲英给点了穴道，不能说话，眼角挂着泪珠，脸上一副愧羞惶急的神情。

曲离把心一横，叹口气道：“事已如斯，我只有实话实说了。不错，是我叫妹妹送他出城的，你们不可难为我的妹妹，有事我一肩承担！你把舍妹先交回给我吧！”

无咎淡淡说道：“曲兄愿意负责，那是最好不过。我当然不能难为令妹，不过——”

曲离道：“好，你们痛快地说吧，你们要什么交换条件，才肯放回舍妹？”无咎道：“不敢。只是想请曲兄和我们回去当面向元帅解释这件事情，好让我们有个交代。”

曲离气待上冲，冷笑说道：“哦，原来你们是要拘捕我了？”

无咎作了个苦笑，说道：“不，不，曲兄，你这真是误会了！只因兹事体大，我们担当不起，没办法，只好请曲兄亲自向元帅解释。曲兄，你的身份和我们不同，元帅是一定不会和你为难的。但这却免得我们为难了。”

曲离冷笑道：“好，多谢你们念在往日的交情，给我这点薄面。管他拓跋赤与我为难也好，我和你们去见拓跋赤便是。”

曲英穴道一解，立即嚷道：“不，此事与我哥哥无关，是我假传哥哥的军令放走南夏雷的。要见拓跋赤我和你们去。”

曲离眉头一皱，说道：“妹妹，你别多事了。”曲英叫道：“不，哥哥，你不知道拓跋赤是有心算计你的！你这两位好朋友曾偷入咱们家中，偷听我和南夏雷说话。大街上又早已布置了拓跋赤的人马！”

无咎面色一变，强自笑道：“曲兄，我们这是奉命而为，身不由己。元帅怕我们请你不动，所以又派了一队骑兵准备恭迎你的大驾。但只要你和我们同去，这些士兵绝不敢对你有丝毫冒犯。”

曲离仰天大笑，说道：“真是要多谢拓跋赤看得起我了，派了这么多人来请我！”

无咎道：“曲兄，大丈夫说话算话，你究竟去是不去？”曲离朗声说道：“去，去，怎么不去？”

曲英大吃一惊，说道：“哥哥，你当真要去？南……南夏雷呢？咱们的仇人没有要回来，反而把恩人送入虎口吗？”

曲离面色一沉，说道：“你别多嘴，由我来说！”曲英心里难过之极，暗自想道：“倘若哥哥为了保全自己的功名利禄，不惜将南夏雷送入虎口的话，我就自杀在他跟前！”

心念未已，只听得曲离已在说道：“去，我当然是要和你们去的，不过，你们有条件，我也有条件。”说到此处，声音蓦地提声，喝道：“无妄，你把这姓南的放了！”

无妄暗暗吃惊，却打了个哈哈，说道：“曲兄，你说笑了，这是元帅要我们押解回去的，怎能轻易放了？”正是：

忍为功名忘道义？英雄肝胆女儿情！

欲知后事如何？请听下回分解。

第四十七回　神剑施剑寒敌胆
将军一怒反幽州

曲离沉着脸道：“谁和你说笑？天大关系有我承担，你把他放了！”

无妄登时也变了面色，说道：“这小子是在逃的时候给我截获的，岂能让他再逃？说什么也不能放！”

无咎做好做歹地劝道：“曲兄何苦为了这小子赔上自己的身家性命？元帅对你并无恶意，你把这小子送去，只求交代得过，也就算了。”

曲离大声说道：“我可不能恩将仇报，让天下英雄笑话，嘿，嘿，你是打算威胁我么？”

无妄冷冷说道：“岂敢！我只是看在多年的交情份上，请你可不要敬酒不吃吃罚酒！”

曲离双目圆睁，纵声笑道：“曲某有你这样的好朋友，可真是无话可说了！嘿，嘿，我倒想吃吃你们的罚酒！”

无妄一掌按住南夏雷的后心，冷笑说道：“曲离，你再上前一步，可休怪我铁掌无情！”

无咎道：“曲兄，为人当知进退。你若定要迫使我们和你动手，只怕你也未必占得便宜。姓南这小子的性命可就先要葬送了。”

曲离心头一震，跨出去的脚步不由得又缩回来。要知无咎、无妄的武功并不在曲离之下，他们二人联手，曲离的确是难占便宜，何况还有南夏雷在他们手上，曲离必须投鼠忌器！

曲离正自踌躇不决，忽见白光一闪，随即听得空空儿的声音说道："你这两个贼秃可真是不够朋友，曲离容得你们，我空空儿也容不得你们！"声到人到，后面还跟着个辛芷姑。

那一道白光乃是空空儿飞出的一柄匕首，这匕首发得非常巧妙，正是对准无妄的虎口飞来，来得疾如闪电。

无妄这只手按着南夏雷的后心，不错，只须他的掌力一发，就可要了南夏雷的性命，但他是奉了拓跋赤之令，要把南夏雷捉回去领功的，又岂能轻易把南夏雷毙了？

空空儿就是看准了这一点，这才敢对他的弱点进攻，匕首来得疾如闪电，在这紧急的关头哪容得无妄思量？他若不立即缩手，虎口的腕脉给匕首一挑，多好的武功也将成为残废！无妄只得缩手闪开，说时迟，那时快，空空儿已经扑到！无妄抄起禅杖，"当"的一声把空空儿的短剑格开。空空儿笑道："曲儿，你是要他死还是要他活？"

空空儿这一突如其来，大出曲离意料之外。曲离也不知是喜是惊？要知空空儿这么一来，固然可以暂解曲离之困，但事情却是越发不可收拾了。曲离心乱如麻，做声不得。

空空儿笑道："好，你不作声，那就是任凭我了！"剑光霍霍，登时把无妄杀得手忙脚乱。辛芷姑此时和无咎也交上了手。辛芷姑剑法奇诡无比，杀得无咎也只有招架之功。

曲英把南夏雷拉过一边，但她却解不开无咎所点的穴道。曲英叫道："哥哥，你过来帮帮忙呀！"只见曲离呆若木鸡，对她的话，竟似听而不闻。

无妄给空空儿闪电般的剑法杀得手忙脚乱，满头大汗，空空儿却笑道："上次交手，你挡得我五十招；这次交手，你居然也挡得到三十招，委实难得！但我若容你挡得到五十招，我这十年岂不是白活了。"

空空儿这十年来潜心武学，在剑术上精益求精，自问比十年之前已是高出了不知多少，故此他对无妄能够抵挡他三十招的本事，也不禁颇为欣赏。

空空儿一招"龙飞九天"，剑点分九处落下，只听得嗤嗤声响，无妄的僧袍穿了三个小洞。这即是说他对空空儿的一招九式只能化解六式，空空儿笑道："你还不认输么？"

无妄咬紧牙根，把铁杖一推，蓦地腾出左手，发出了一支蛇焰箭。这支蛇焰箭却并不是向空空儿射来，而是射出院子，射向上空。空空儿眼快手快，一柄匕首飞出，将它打落。蛇焰箭是一种箭杆中空，内贮硫黄，射出之后，可以自燃，用作报讯的一种火箭。给空空儿打落下来，一溜蓝色的火焰依然喷了出来，但是着地燃烧，而不能飞上空中，让远处的人也看见了。

空空儿"哼"了一声道："你还想请救兵么？来不及了！"刷一剑刺去，无妄举杖一挡，空空儿使了个"四两拨千斤"的"引"字诀，无妄的禅杖给他引过一边，身体失了重心，空空儿喝一声"倒！"无妄果然应声倒下，空空儿一脚踏着他的后心。

无咎与辛芷姑此时还在杀得难分难解，他的本领胜于无妄，而辛芷姑的本领则不如空空儿，无咎本来是可以和辛芷姑打成平手的。但他看见师弟给空空儿击倒，心中不由得一惊。辛芷姑剑法奇诡绝伦，有隙即进，欺身一剑，剑尖登时指到了他的喉头，无咎叹了口气，禅杖坠地，说道："要杀便杀，我可不能受妇人之辱！"

辛芷姑冷笑说道："什么，你敢看不起女人？"空空儿笑了一笑，正想说话，曲离已在叫道："请贤伉俪看在我的份上，剑下留人！"

辛芷姑道："怎么？这样的朋友你还替他说情？"曲离道："宁可他们无情，我可不能无义。他们是奉命而来，罪不至死，两位若杀了他们，岂非增了我的罪孽？"当然曲离是从自己的处境出发，这才要求空空儿夫妇手下留情。

空空儿笑道："好吧，当世可以与咱们一战的好手已经不多，杀了也有点可惜。看在曲兄的面上，就饶了他们吧。"

辛芷姑道："好吧，依你就是。但也得给他们一点惩戒才成。"说罢，刷刷两剑，手法快得难以形容，曲离大吃一惊，还未叫得出声，无咎、无妄已是各自着了她的一剑。

曲离见他们身上并无鲜血冒出，这才知道辛芷姑不过是用剑尖刺了他们的穴道。用剑刺穴不难，难的是力度用得这样恰到好处，方能使两人毫不受伤。

曲离不由得不心里佩服，想道：“我苦练了十年，本来以为可以和空空儿争雄的，现在看来，莫说空空儿了，只怕他的妻子我也未必胜得了她。”

空空儿笑道：“好，你点穴，我解穴。”轻轻一拍，一举手就给南夏雷解开了无咎的独门点穴。

南夏雷道：“空空伯伯，真是多亏你来。小侄十分惭愧，……”空空儿道：“别多说了，你的弟妹都已来了，正在夏侯英那儿等着你回去呢。你和我走吧。”

辛芷姑笑道：“雷侄好像有什么事要告诉你，你让他说吧。”南夏雷讷讷说道：“这位曲姑娘也想到咱们那儿，她——”空空儿笑道：“我早就知道了。她现在是咱们的自己人啦。”

空空儿回转头来，说道：“曲兄，你怎么样?”曲离苦笑道：“空空儿，你——”空空儿哈哈笑道：“我空空儿把你害得好苦，是吗?”这正是曲离心里想说的话，空空儿心直口快，一口道破，曲离双手一摊，唯有苦笑。

曲英道：“哥哥，你何必在这里受拓跋赤的磨折，和我们一起走吧。”曲离苦笑道：“事已如斯，我也只有暂时离开这儿了。不过我却有一事请求你们伉俪。”空空儿道：“不必客气，爽快说吧。”

曲离道：“请你们都上马车，我送你们出城。除非万不得已，否则请你们不可露面。”他是怕空空儿好勇斗狠，一出去又和士兵冲突。

空空儿笑道：“你别担心，我空空儿是要有好对手才打架的。现在看在你的份上，就是碰见了好对手，我也不惹事就是。”

空空儿、辛芷姑、南夏雷与曲英四人都上了马车，曲离便亲自驾车，出了他的将军府，直奔东城，东城的守门军官是曲离的老部下。

街上那队巡逻兵见曲离亲自驾车出来，却不见无咎、无妄二人，都是暗暗吃惊。队长迎上前来，赔笑说道：“曲将军可是去会元帅么？小将给你护驾。”

曲离冷笑道：“在这幽州城内，谁敢动我毫毛，用得着你给我护驾？让开!”

这队龙骑兵本来是奉命协助无咎、无妄，准备对付曲离的。但在这样的情形下，他们却是不敢立即动手。

这队长暗自寻思："我不过是奉命协助无咎、无妄的。讲好了由他们二人对付曲离，倘若曲离的部下哗变，才用得着我们弹压的。如今并不见有他们二人的讯号，即使曲离跑掉，过错也用不着我来承担。曲离有万夫不当之勇，我何必多事惹他？"于是赔笑说道："既然副元帅用不着我们护驾，那么小将告退了。"

曲离斥退了这个骑兵队队长，立即驾车径奔东门。到了东门，只见一队士兵早已列队在城门之前等候他的车驾。

曲离暗暗叫声"不妙！"原来那个守门的军官已经换了人。以前那个守门的军官是他的老部下，如今这个则是拓跋赤的亲信。

那军官上前行过参见之礼，说道："这么晚了，曲将军何往？"曲离道："我要出城，快快给我打开城门！"那军官赔笑说道："卑职奉了元帅之令，天黑之后，不再开门！"

曲离"哼"了一声道："你眼睛里只有元帅，就没有我么？"那军官道："不敢。副元帅要出城是可以的，不过，可得稍待片刻！"曲离喝道："你要怎样？"

那军官道："非是卑职胆敢阻拦将军的车驾，这是元帅特别交代的，请将军容禀！"曲离道："哦，是元帅特别交代了你，不许我出城么？"那军官道："不，只是要请将军出城之前，先让元帅知道。有元帅的令箭，我们才敢开门！"其实即是不许他出城了。

那军官接着说道："如今曲将军没有元帅的令箭，因此只好请将军稍待片刻，待我们禀明了元帅，再让将军出城。"

曲离焉能让他去禀告拓跋赤？可是曲离又不愿意动用武力落个"叛逆"的罪名。

曲离正自踌躇未决，空空儿蓦然从车厢里一跃而出，闪电般的一抓就抓着了那个军官，短剑指着他的喉咙，喝道："你要死要活？要活命就快快开门！"说罢，这才回头对曲离笑道："曲兄，非是我不听你的吩咐，我这是迫不得已。你也说过，到了迫不得已之时，我是可以动手的啊！"

曲离叹口气道："事已如斯，也只好这么办了。"说罢，对那个守门的军官道："你若是怕拓跋赤处罚你，你可以跟我逃走！"

那军官苦着脸道："我没有锁匙。"空空儿冷笑道："你看守城门，怎能没有锁匙？"

空空儿出现之后，这队把守城门的士兵都是吓得目定口呆。空空儿的厉害他们都是知道的，如今空空儿又是和他们的副元帅在一起，士兵们还有谁敢动手。可是虽然没有人动手，城墙上却有个武士突然发出了一支蛇焰箭！

辛芷姑抢了一个士兵的弓箭，一箭射去，把墙头上的那个黑衣武士射倒。可是他发的那支蛇焰箭已经射上半空，一团蓝色的火焰流星般地掠过空际。曲离顿足叫道："糟了，糟了！"曲离认得出这个黑衣武士乃是拓跋赤的心腹卫士，这支蛇焰箭当然是向拓跋赤报讯的了。

空空儿笑道："也不见得怎么糟。曲兄，你看！"话犹未了，只见西方空际出现了几朵蓝火，转瞬之间，南方、北方以至和他们同一方向但距离稍远的东方，都出现了朵朵蓝色的焰火，而且越来越多，整个幽州的上空，就像元宵晚上的情景，到处都是烟花！

曲离本来担心东城的讯号发出之后，拓跋赤立即便会派兵来追。但现在满空都是烟花，等于是幽州城内到处都在发出讯号，拓跋赤即使仍要派兵到东门搜查，他的兵力也不能不分薄了。

曲离惊异莫名，说道："空空兄，你真是神通广大，怎的在这仓猝之间，你就能够在这幽州城内遍布疑兵？"空空儿笑道："我一个人哪有这样神通，等下你就明白。"

曲离道："但咱们还是以早早出城为妙。"空空儿道："这个当然。"曲离此时也顾不得什么副元帅的身份了，亲自动手搜那守门的军官，果然在他身上并没发现锁匙。

曲离喝道："锁匙是谁收起来了？你老实说！"那军官这才慢吞吞地说道："在雄贝子那儿。这是前天才行的新例，城门一关，锁匙就得送给雄贝子，第二天开城的时候，才能向他取回。""雄贝子"是拓跋赤的侄儿拓跋雄，他立的这个"新例"，不问可知是用来对付曲离的了。

城墙高达五丈，以空空儿夫妇与曲离的轻功，从城头上跳出去也不难，难就难在南夏雷伤还未愈，就算空空儿可以背着他跳下去，也恐怕他禁不起震荡。曲英的身体也还不十分复原，跳不过这座城墙。

曲离大为着急，说道："怎么办？"这座城门用的是"暗锁"，开启的机关藏在里面，必须用锁匙插过匙孔才能打开的，不比普通的"明锁"，没有锁匙，也可以用铁锤打烂。

空空儿推开了那个军官，走近城门看了一看，笑道："也难不倒我。"说罢，取出一根铁线，随手拗曲，插进锁孔，撩了两下，只听得"嚓"的一声，那两扇门给空空儿一推便即开了。

空空儿笑道："想不到我这鼠窃狗偷的本领在这里居然能派用场。"要知空空儿乃是天下第一神偷，开锁的本领也是无人能及的。

却不料空空儿笑声未绝，那城门也才刚刚打开，忽听得"轰隆"一声，又是一个千斤闸放了下来，把出口之处隔断。原来墙头上那个黑衣武士虽然中箭，尚还未死，是他拉动机关，把这千斤闸放下来的。

这一下来得太过突然，空空儿听得"轰隆"声响，才跑过去，已是迟了一步。千斤闸已经放下来了。

这千斤闸放了下来，陷地数寸，要托起它，非得数千斤的气力不行。空空儿与曲离合力一试，还是托它不起。

曲离叹口气道："想不到仍是功亏一篑。"空空儿道："也不见得就能困住咱们，只须再有一个好手就行了。"曲离道："却到哪里去找一个像你这样的好手？"要知托得起千斤闸的非得有深厚的内力不行，像辛芷姑这样只是剑术高明的好手，那还是无济于事的。

空空儿笑道："这有何难？你看，现在不是就有好手来了？"曲离出去一看，只见两条人影在长街那边兔起鹘落的追逐，正向着这边城门跑来。曲离瞧清楚了不禁又惊又喜，这两个人，在前头的是"笔扫千军"华宗岱，在后面追赶的那个人则是"雪山老怪"司空图。原来华宗岱是和空空儿夫妇一同来设法救南夏雷的，不过分头行事而已。

令得曲离吃惊的还不只此，抬头望去，只见天际一抹红光，起火的地方正是拓跋赤的元帅府。

空空儿道："曲兄，你在这里把守，我去接应老华。"一声长啸，扑上前去，哈哈笑道："司空老怪，今番你可是中了我们的诱敌之计也！"司空图见了空空儿，不由得心头一震，再一眼，又看见曲离，这一惊更是非同小可！

司空图叫道："曲副元帅，你……"曲离道："你回去告诉拓跋赤，我这副元帅不干了！"

空空儿笑道："哪能容他这样快回去？"笑声未了，已是扑到了司空图的面前，剑光一闪，立即便是一招杀手，遍袭司空图的九处大穴。

跟在司空图的后面有一队骑兵，此时亦已来到。司空图以大摔碑手解开了空空儿的一招，华宗岱转过身来，沉声说道："你们的人多，对不住，我也不能和你讲什么江湖规矩了！"双笔一分，左点"期门"，右点"白海"。华宗岱的"惊神笔法"专挑奇经八脉，而且出手沉重，因此虽然只是点两处穴道，却与空空儿的"一剑刺九穴"有异曲同工之妙！

司空图若是和空空儿或华宗岱单打独斗，可以稍占上风，但也相差不了多少。此时华宗岱回身反扑，饶是司空图的本领再好，也抵挡不住两大高手的夹攻。

剑光笔影之中，只听得"嗤"的一声，司空图的两条衣袖都被空空儿削去。原来司空图挥袖要拂开空空儿的短剑，同时又要应付华宗岱的判官笔，力量一分，两边都抵挡不住。华宗岱的笔尖也挑落了他的风帽，笔尖几乎擦着了他的头皮。司空图吓得魂飞魄散，连忙逃回去。曲离叫道："穷寇莫追，由他去吧！"那队骑兵此时刚刚冲到这条街上。

那队骑兵看见司空图仅仅是照面两招，就给空空儿和华宗岱杀得大败而逃，不由得都是心惊胆战。前面数骑，连忙勒住马头。

司空图逃回骑兵队中，怒道："你们怕什么，他们两个人又不是三头六臂，一齐冲上去，马蹄也可以把他们踏成肉泥！"他刚刚逃脱了性命，仗着人多，惊魂方定，又在趾高意扬了。

此时形势，空空儿、华宗岱等人要保护受了伤的南夏雷，不能逃出城去，这数百骑倘若是真的一齐冲来，的确是难以抵挡。但一来由于这些骑兵见了空空儿，胆子已怯了几分，多半想道：“你这老怪自己也都怕死，却要我们送命?”二来，其中许多人是曲离的旧部，看见曲离与空空儿同在一起，因此也是踌躇不前。

曲离朗声说道：“拓跋赤迫得我不能不离开幽州，你们若是想要升官发财，尽可上来拿我；若还有点旧日之情，那就让我出城。”曲离素来得军士爱戴，他这么一说，过半的士兵拨转了马头。

司空图喝道：“曲离纵敌私逃，已是叛将，还有什么私情可言?你们放他出城，元帅面前如何交代?”队伍中一部分拓跋赤的亲兵，受了鼓励，又再纵马向前。

曲离叹了口气，说道：“我不愿杀戮自己的士兵，你们出城去吧!”空空儿笑道：“别忙，用不着咱们动手，亦无须滥杀无辜。”

话犹未了，只见横街小巷里乱石如暴雨般地扔出来，还有绊马索和长柄挠钩之类的武器突然伸出，骑兵纷纷落马。

原来在幽州城内，还有许多丐帮的弟子未曾出城参加义军的。空空儿和幽州丐帮分舵的舵主乃是故交，他这次进了幽州，先到丐帮的分舵，作了巧妙的安排。那满空的烟花就是潜伏在幽州各处的丐帮弟子所发。现在狙击官军的也是丐帮的弟子以及由丐帮所组织起来的百姓。

这队骑兵一大半已先逃了，另外的一小半受到丐帮和百姓的狙击，落马的落马，逃跑的逃跑，不到半刻，也都走得干干净净。司空图独力难支，当然也只好逃回去了。

空空儿、华宗岱、曲离三人合力，把千斤闸托了起来，南夏雷与曲英不用下车，就驾着马车，出了城门。

路上空空儿与华宗岱说起刚才在曲离家中之事，华宗岱笑道：“曲将军，我倒是替你出了口气，把拓跋赤的那个鸟元帅府一把火烧了。可惜却找不着沙铁山，令妹之仇只有等待他日再报了。”

原来华宗岱和空空儿乃是按照计划，分头行事的。空空儿到曲家救南夏雷，华宗岱则到元帅府放火，牵制敌人。这一计划，果然大获成功。拓跋赤的兵力要分散到各处搜索，又要留下一部分救火，已无余力追赶他们了。

到了野外，后面不见追兵，曲离忽地跳下马来，说道："多承高义，助我脱难。曲某无以为报，唯有退出军旅，以谢知己。后会无期，请受曲某一拜。"

空空儿吃了一惊，连忙把曲离扶了起来，说道："曲兄，你不到我们那儿么？"曲离叹口气道："我们这次出兵乃是不义之师，曲某以前口里不说，心里也是明白的。但曲某身为回纥大将，岂能反戈相向？是以只有削发为僧，从今之后再也不问军旅之事了。"以曲离的身份，有此觉悟，已是不易。

空空儿道："人各有志，曲兄既是执意如此，我也不便相强。可惜的只是曲兄从此封刀礼佛，我却少了一个可以切磋武功的朋友了。"说罢，两人执手大笑，豪迈之中带了几分惺惺相惜的苍凉意味。

曲英道："哥哥，请恕妹子不能跟你回去了。"曲离道："你有你的去处，我有我的去处，你有了归宿之处，我正在为你高兴呢，你不必难过了。"回过头来，对南夏雷道："南兄弟，舍妹拜托你照顾了。"曲离当然知道妹妹对南夏雷的心意，这两句话已是含有将妹妹的终身大事付托与南夏雷的意思。

暮霭苍茫中，曲离单独一骑走了。他以回纥名将的身份，走得如此寂寞凄凉，众人均是不无嗟叹，唯有曲英心里想道："哥哥如此下场，倒是免遭拓跋赤之害，也算得是不幸中之幸了！"

众人在夏侯英帐中欢聚，铁铮兄妹上来拜见师父，空空儿一看，单独不见浩罕，正要询问，忽听得一声虎吼，铁铮笑道："师弟回来了。"

原来前几天浩罕和士兵去打猎，捕获了一头吊睛白额虎，比他以前那头坐骑还更威猛，浩罕极为欢喜，用心训练，今天开始试骑。

众人出去一看，只见果然是浩罕骑着老虎回来，虎背上还驮有一个女子。南秋雷又惊又喜，叫道："龙姐姐，你怎么啦？"

原来龙成芳在途中遇上回纥兵，虽得突围，却已受伤。幸亏遇上了浩罕，浩罕所骑的猛虎吓退了追兵，将她救回。

南秋雷笑道："你来了，咱们可就更热闹了。你的伤怎么样？"

龙成芳苦笑道："伤不要紧，但我可帮不上你们什么忙。"南秋雷道："龙姐姐这是哪里话，你的本领比我高明十倍，怎说帮不上忙？咱们的义军之中有许多女兵，正需要有本事的女子教她们武艺，你来了不正好吗？"

华剑虹道："龙姐姐你还未知道吧，咱们的女军头领就是褚葆龄姐姐，你和她不是相识的吗？正好帮忙她啊！"华剑虹只知道龙成芳与褚葆龄相识，却不知道她们之间有许多恩怨纠缠，毫无避忌的一下子就说了出来。

龙成芳早已服了浩罕给她的一颗"小还丹"，因此只是修养几天，伤就好了。在她养伤的期间，褚葆龄是每天都来看她。南夏雷带了曲英也来看她一次。龙成芳见南夏雷亦已成双成对，心中更增失意之感。

一日，龙成芳心中郁闷，策马郊游，不知不觉间越行越远、忽听得马铃声响，一骑快马从山坳奔出，突然出现在她的面前。

龙成芳抬起头来，只见来的是个面如锅底的汉子，哈哈笑道："幸会，幸会，龙二小姐，你还认得我么？"

原来这个黑汉子乃是魏博的牙军统领尉迟俊。为了贪图功名富贵，不惜以将门之子的身份，去当魏博节度使田承嗣的手下的。去年穆庄主穆安做六十大寿之时，尉迟俊借拜寿之名，到穆家庄来搜刘芒，龙成芳曾见过他。

龙成芳大吃一惊，登时清醒，斥道："你挡着我的路做什么？给我滚开！"

尉迟俊哈哈笑道："你不必假惺惺了，你不是从贼军中逃出来的吗？一定是因为吃不了苦，否则就是因为刘芒不要你了，对不对？不管怎样，你既然是逃了出来，咱们就可以做个朋友了，好好谈谈吧！"

龙成芳满面通红，又羞又气，斥道："住嘴，我没有工夫和你说话。你给我滚开！"纵马飞刀，直冲过去。

尉迟俊却不与她交手，侧身一闪，让她过去之后，忽地撮唇呼啸，啸声未已忽听得隆隆之声，一块块磨盘大的石头从山上滚下来，塞住谷口，山上突然出现许多兵马。尉迟俊这才哈哈笑道：

"看你这个丫头还跑得了么?"

原来尉迟俊是带了魏博的三千牙军，前来赴援幽州的。他把军队扎在山上，据险固守，等待幽州的兵马前来接应，才好冲过义军的防地。

尉迟俊一声令下，牙军把山上的石头推下来，石头滚在她的前面，用意是在堵塞这条山谷的出口。当然若是她不顾一切冲过去的话，还是会给山石打伤的。

谷口的石头堆高了三尺，眼看就要给封闭了。忽见一队人马冲到将近谷口之处，乱箭齐发，射向山上，箭法奇准，有十几个正在将石头推下来的牙军，中箭滚下山来，给乱石从身上碾过，变作了一团团的肉饼。这一阵突如其来的乱箭，登时把山上的牙军吓住，没有中箭的连忙缩起头来，躲在岩石后面。石头也不再滚下来了。

一个熟悉的女子声音叫道："龙姐姐，别慌，我来了!"话犹未了，只见褚葆龄已是纵马跃过谷口的石障，后面还跟着两匹空骑。

这一瞬间，龙成芳当真是惊喜交集，同时又羞愧得无地自容。想不到她所妒忌的褚葆龄竟然不顾生命的危险冲进死谷之中救她!

褚葆龄带了两匹空骑，旋风般的来到她的身边，叫道，"赶快上马，跟我出去!"龙成芳无暇道谢，连忙换马。在谷口外面那队女兵乱箭掩护之下，冲出了死谷。

可是褚葆龄带的这队女兵只有一百多人，她是赶来接应的，无暇多调兵马，同时她也并未料到会遭遇敌方的大军。

近谷口处两边山坡上的牙军，一时间未知敌方虚实，给女兵的神箭吓住。但也不需多久，便看清楚来的只是一百多女兵了。

尉迟俊喝道："追下去，捉着了的就给你们做婆娘!"牙军本来是魏博一镇的精锐，一知敌方虚实，胆气复壮，再加上尉迟俊的"鼓励"，登时纷纷纵马下山，大呼小叫道："是呀，咱们男子汉大丈夫岂能怕了几个婆娘!""老子正少一个浑家，哈哈，拼了性命捉她一个也是值得!"

牙军人强马壮，又都是能征惯战之士，初时受女兵突如其来的奇袭，未知虚实，未免心怯。如今有了防备，女兵的箭法虽准，效果却是大大不如刚才奇袭之时了。牙军舞起铁盾防身，虽然也还有人中箭落马，但大队的牙军仍是紧追不舍，终于追上了褚葆龄这队女兵。

尉迟俊哈哈笑道："女孩儿家只宜穿针引线，哪宜舞刀弄枪？跟了我们的兵士回家当婆娘吧！"

褚葆龄大怒，挥剑上前迎战，可是鞭长剑短，她的剑刺不到尉迟俊身上，尉迟俊的长鞭却可以打得着她。褚葆龄仗着精妙的骑术闪避，侥幸未曾受伤，但也是处于下风了。

转瞬间这队女兵已是陷入了重围，牙军争先恐后的上来要捉俘虏，双方白刃相接，女兵宁死不屈。初时牙军只想活捉，给女兵伤了多人之后，牙军也杀得性起，不顾死活了。

正在危急间忽见尘沙大起，旌旗招展，金鼓雷鸣。褚葆龄一看，喜出望外，叫道："铁寨主，快来！"说时迟，那时快，那支军马的前锋部队已经杀到，为首两骑，正是铁摩勒与辛天雄。

尉迟俊见是铁摩勒，如何还敢抵敌，连忙逃走，主将一逃，士无斗志，不消多久，三千牙军已是给铁摩勒手下的喽兵杀的杀，伤的伤，擒的擒，能够逃跑的不到十分之一，当真可以说得是全军覆没。

铁摩勒下令清理战场，辛天雄道："只可惜给尉迟俊逃了。"

铁摩勒道："癣疥之患，不必理它。咱们去会夏侯英吧。"走了一程，已经有人前来迎接，最前的一骑正是铁摩勒的女儿铁凝。

铁凝叫道："爹爹，你看我把谁带来了？"展伯承上前，叫了一声："叔叔。"说道："家父去世之后，侄儿一直未曾得去拜谒叔叔，请叔叔恕罪。"

铁摩勒早已知道他父母双亡之事，说道："我本来要把你接上山的，这几年来东奔西跑，也是一直没有余暇找你。好在你已长大成人，成了一位少年英雄了。你在江湖上扬名闯万之事，我都已知道。我想你的爹娘在九泉之下，也会感到高兴的。"

展伯承眼圈一红，说道："多谢叔父关心。"铁摩勒道："长江后浪推前浪，今日你们小一辈的都聚会了，我替你们高兴，你们也应该高兴才是。嗯，我今日得见两位故人之子，我可真是高兴啊！"

铁凝笑道："还有一位故人之婿呢，爹爹你还记得褚公公诸遂吗？这位是刘大哥刘芒，他和褚葆龄姐姐已经订下婚约了。”

刘芒此时正在和褚葆龄说话，他们二人听得铁凝这么一说，面红红的过来与铁摩勒见礼。

褚葆龄道：“凝妹，你怎么一见爹爹，就拿我们开玩笑了？”铁凝笑道：“难道这不是事实吗？你知道我心里藏不住话的。”铁摩勒听说褚葆龄和刘芒订下了婚约，心中倒是有点诧异。

铁摩勒心里想道：“我只道褚遂的孙女儿是早已许配给小承子了，却原来她另有姻缘。”

辛天雄道：“凝侄，你哥哥呢？”铁摩勒道：“对啦，还有华姑娘呢？他们到了没有？”

铁凝道：“早已到了，今天我们还是一同来的呢。”铁摩勒道：“哦，那么他们哪里去了？”铁凝笑道：“哥哥眼中只有嫂子，把我抛下来了。”

展伯承笑道：“你可不能这样冤枉你的哥哥。是这样的：我们一共是六个人出来，除了铮弟这一对，还有南夏雷大哥和曲姑娘。到了半路，我们已经知道这边打了胜仗。因此我们兵分两路，我和凝妹来此；他们四个人则抄小路到前头堵截。”

铁摩勒点了点头，说道：“想不到你们倒也懂得兵法，这个部署很是周密。”铁凝笑道：“兵法我是一窍不通的，这是曲姑娘的主意。她说如此部署，一来可以阻击幽州方面可能陆续来到的援军，二来这边若有残敌逃出，也可以一网成擒。爹爹，你未曾见过曲姑娘，提起这位姑娘，可是大有来头的人物。”

铁摩勒道：“她是谁？”铁凝道：“她是回纥元帅曲离的妹妹。如今却是和南大哥订了婚约了。”当下将南夏雷与曲英的故事告诉父亲。铁摩勒听了，更是欢喜，心里想道：“这些小儿女一个个都有了美满的姻缘，只有小承子没有着落，我倒应该给他留意，找个适合的姑娘才好。”

辛天雄忽地笑道：“凝侄，这么说是你自己要跟你的展大哥来这里的，怎能说是你的哥哥抛下你呢？”原来辛天雄突然想起那次在伏牛山下，铁凝与展伯承分手之时的情景，铁凝眼泪涟涟，看来对展伯承是依依不舍。当时辛天雄只道她是孩子脾气，并没有觉得什么异样，方始恍然大悟。

铁凝面上一红，说道：“我本来是开玩笑的嘛，辛叔叔，你怎么当真了？”

铁摩勒心头一动，也是蓦然明白过来，心道：“我一直把阿凝当作小孩子，忽略了她今年已是十八岁的大姑娘了。嘿，嘿，我也真是糊涂，还在打算给小承子找合适的姑娘呢。”铁摩勒心里欢喜，却不道破，当下说道：“好，那么咱们现在该去和他们会师了。”

且说尉迟俊逃向幽州，走了十多里路，前面有支军马来到，是沙铁山率领的三千骑兵，奉了拓跋赤之命来接应他们的。

尉迟俊大喜，说道：“拓跋元帅用兵如神，这回咱们可以脱险了。”话犹未了，忽听得三通鼓响，树林里伏兵四起，转眼之间，就把沙铁山这支骑兵围困起来。原来南夏雷、铁铮等人率领的兵马，早已在此埋伏多时了。

曲英见了沙铁山，正是仇人见面，分外眼红，催马赶上，双方斫将过去。沙铁山一个“镫里藏身”反手一抓，用的是空手入白刃的功夫。可是马上交锋，不比平地，曲英刀锋斜掠，那匹马已经跑了过去。沙铁山的马不及她快，待到沙铁山拨转马头，曲英又已绕到他的后面，短刀斜劈，长刀搠他后肩。这连环双刀，用得狠辣之极。沙铁山也真了得，呼的一掌，荡开她的短刀，左手中指，“铮”的一声又把她的长刀弹开了。马上交锋，拿捏时候居然如此准确，曲英也不禁为之一惊。

双骑一合即分，沙铁山喝道：“你的哥哥如今已不是回纥的元帅了，你以为我还怕你不成？”曲英斥道：“我正要杀你这个狐假虎威的老贼，拓跋赤今日可是不能庇护你了。”

沙铁山冷笑道：“凭你这丫头就想杀我？哼，哼，我也正想擒你去见拓跋元帅呢！”曲英大怒，双刀飞舞，在他马前马后盘旋进退，暴风雨般地斫将过去。

沙铁山以“七步追魂掌”称雄江湖，擅能移步换掌，令人防不胜防。但在马上交锋，这追魂掌的威力却是大大打了折扣。曲英骑术比他精妙，沙铁山以一双肉掌对付她的双刀，只能凭着劈空掌的掌力护身，要想空手夺刀，那是做不到的了。两人交战数十回合，沙铁山虽然没有给她斫着，亦已是只有招架的份儿。

此时双方已在激烈的混战之中，两边的人数倒是差不多相等，但义军人人奋勇，个个争先，只凭士气，就已压倒了敌人。沙铁山率领的这支骑兵乃是混合部队，幽州的官军占了三分之二，回纥兵约占三分之一。

回纥兵作战能力较强，官军则是十居八九不愿为异族卖命。而且义军之中有许多是本地人，其中不乏官军的亲友。因此在义军招降之下，一大半的官军放下了武器，另一小半，也是无心恋战，纷纷逃跑。只有极少数的官军，才肯与回纥兵协同作战。

沙铁山战不下曲英，又见情形不妙，不由得心里暗暗发慌，骄狂的态度登时改变，变为乞怜的口吻说道："曲格格，你家世受回纥国恩，你我纵有私怨，我总还是给你们的大汗效力的，你又何必反助外敌，苦苦相迫？"

话犹未了，曲英尚未答话，忽见南夏雷一骑来到，大声喝道："沙铁山，你是不是汉人？亏你说得出这样的话？曲姑娘是弃暗投明，你却是助纣为虐！你敢说她，我倒要先问你叛国通敌之罪。看刀！"

沙铁山理亏胆怯，不敢答话，跳下马便想逃走。南夏雷一声大喝，如影随形的也下了坐骑追他。乱军之中，沙铁山的轻功施展不开，终于给南夏雷追上。

南夏雷的快刀越使越快，转眼间把沙铁山的身影笼罩在刀光之下，沙铁山也使出浑身本领反扑，刀光掌影，打得难分难解。急切之间，双方都是不易言胜。

曲英喝道："你这老贼也有今日！"飞出她的独门暗器"锦云兜"，这是一个网形状装有倒钩的暗器，若是给她网着，多好武功，也难挣脱。沙铁山顾得抵挡南夏雷的快刀，就避不开曲英的"锦云兜"了。

"锦云兜"当头罩下，沙铁山一个"凤点头"，没给她网在网中，但琵琶骨已给倒钩锁住。南夏雷有意让她报仇，越过一边，曲英跳下马来，喝道："看你还敢狐假虎威，欺侮百姓？"一刀把沙铁山斩为两段。

此时尉迟俊亦已被铁铮杀了，尚有数百名回纥兵未肯放下武器，但两边路口，已给义军堵塞，要想突围那是决计不能的了。

曲英道："我以为不要多所杀伤，你意如何？"这一路义军是由南夏雷作统领的，故此曲英与他商量。

南夏雷道："夏侯英曾有交代，回纥的士兵多数也是百姓！只要他们放下武器，我们绝不伤害，还可以任由他们回国。"

曲英把这番意思用回纥土话向回纥士兵说了，回纥兵一来已是陷于绝境，二来他们乃是曲英哥哥的旧部，见曲英亲来招降，对她的说话，自是相信不过。于是剩下的这几百名回纥士兵，也都一齐投降。

铁摩勒到了半路，南夏雷这一路义军亦已回来，双方会师，铁摩勒闻知杀了沙铁山等人，敌人全军覆没，不胜欢喜。

欢呼声中，忽见有一人飞奔而来，远远的就扬声笑道："摩勒，你来啦！"在雷鸣般的欢呼声中，这人的声音竟然还是听得清清楚楚，铁摩勒笑道："铮儿，你的师父来了。"话声未了，空空儿已是声到人到！

空空儿道："我们已接获你们到来的消息了，但性子急，赶来与你相见。夏侯英带领的大军，随后就到。"

果然不到半个时辰，夏侯英、段克邪和南春雷、南秋雷、秦观海等人也都来了。夏侯英人未离鞍，就与铁摩勒共商进攻幽州之策。他们本来乃是初次相见，却如老友一般，一切初见面时应有的俗套尽都免了。

夏侯英道："铁寨主，你们这一来，义军的兵力已是足可与敌方相当了，咱们正好趁着新胜之威，一鼓作气，拿下幽州，把回纥寇兵赶出国土，你意如何！"

铁摩勒道："是该如此。不过，幽州城池坚固，咱们是不是可以双管齐下，更策万全。"

夏侯英道："如何双管齐下？"

铁摩勒道："听说幽州的丐帮和你们早有联络，空空儿是否可以进城一趟，约好他们作为内应。"空空儿早有这个意思，自是一说便允。

曲英道："我还有一个破城之策，可以减少伤亡。"夏侯英喜道："这就更好了！"正是：

朔北健儿齐奋起，八方风雨会幽州。

欲知后事如何？请听下回分解。

第四十八回　尽扫妖氛驱暴虏　还须慧剑斩心魔

曲英道："在那班投降了的回纥官兵之中，有许多是我哥哥的老部下，我去劝说他们，想来他们定会依从。要破这幽州城，就着落在他们的身上。如此如此，这般这般。……"铁摩勒和夏侯英听了她的说话，连赞："妙计，妙计！那么我们先多谢曲姑娘了。"

曲英道："我们回纥的士兵，蹂躏你们的土地，杀害你们的百姓。我心里也是难过得很。我但求将功赎罪，稍得心安而已。"

计议已定，立即按照计划。空空儿夫妇和华宗岱、段克邪四人，也按照计划赶在部队之前，潜入幽州，与丐帮联络。

且说幽州方面先后派出北宫横和沙铁山两支兵马，去接应魏博来的牙军。预计他们在三天之内，当可回到幽州的，到了第三天的黄昏时分，未见他们回来，正自惶惶不安，忽听得人马喧闹！一队回纥骑兵衣甲不全，旌旗凌乱，情形十分狼狈地逃了回来，在城下大叫："开城，开城！"

守城军官正副二人，一个是回纥军官，一个是幽州节度使的手下参将。守城的士兵中幽州官军占十分之六七，回纥兵占十分二三。名义上是那参将作正守城官，实际则是样样都要听那回纥军官的命令。

那参将倒是比较谨慎的人，登上城楼问道："怎么只是你们回来了？"

回纥败军纷纷喝道："休要啰唆，赶快开城！你不见追兵就将来到了么？开了城再说！"

守城的回纥军官一看，只见后面火把蜿蜒，宛似长蛇，转眼间连人马都可以看得见了。

这正是曲英所献的妙计，要在这样紧急的情形之下，使得他们无暇去请示拓跋赤，也无暇多作考虑，而必须开城！

夏侯英、铁摩勒率领的义军佯作“追兵”，到了幽州城上的兵士可见的距离之内，便即鸣金击鼓，大喊：“冲呀！杀呀！”

守城的回纥军官见此情形，果然无暇考虑，大怒说道：“你想把我们回纥的兵士都让敌人杀绝吗？开城！”

城门打开，那队回纥败军一涌而进，登时先执住了正副两个守城军官。说时迟，那时快，义军的先头部队跟着便到，以迅雷不及掩耳的手段，攻进了幽州。

那几百名已经投降的回纥军兵，骑马在城中四处呼叫：“义军不杀我们，只要放下刀枪，就可以让我们回国！”

义军也在向幽州的官军招降，他们都是本乡本土的人，劝降更是容易。官军看见大势已去，除了极少数的节度使的亲军之外，十之八九都是不肯卖命的了。

与此同时，幽州城里的丐帮弟子和暗中已经武装了的百姓，也都纷纷出来，向节度使衙门，和回纥兵营展开了冲击！

城中火把通明，杀声震天。高卧在元帅府中的拓跋赤从梦中惊醒，还只道是发生了兵变，幽州的官军和回纥士兵冲突的事情是经常有的。拓跋赤以为这次只是规模大些，正想叫侄儿拓跋雄去知会节度使章留仙，双方会同镇压，只听得“轰隆”一声，如雷震耳，外面的百姓已经用巨木撞破了大门，打进了他的元帅府来了！

司空猛匆匆来报，拓跋赤这才知道是义军杀进城，城中的老百姓也都纷起“造反”。

拓跋赤吓得魂飞魄散，连忙说道：“快请令尊过来。他们现在不过攻破头门，咱们还来得及从后门逃走。”拓跋赤的元帅府有三道大门，估量总可以守得一时半刻。司空图住在外宅，一叫便可来到。

哪知雪山老怪司空图此时已是遇上了劲敌，自顾不暇。

司空图倒是比拓跋赤惊醒得早一些，他自恃武功盖世，还想亲自到外面探听确实的消息，并把回纥的铁甲军调来，保护帅府，百忙中也无暇去请示拓跋赤了。

不料他还是慢了一步，他刚刚走出卧房，正在大叫卫士镇定，忽听得一个十分刺耳的他所熟悉的声音哈哈笑道："司空图，你不用出去了，我空空儿登门拜访来啦！"

原来空空儿夫妇与华宗岱、段克邪四人，等不及义军攻破帅府，先进来拿人。他们要活擒拓跋赤叔侄，也要与雪山老怪父子一决雌雄。

空空儿轻功绝世，最先来到。司空图见他一人，还不怎放在心上，当下喝道："小猴儿，我没有工夫陪你戏耍。"呼呼两掌，把空空儿迫退几步，走出屋外。

空空儿笑道："你没工夫，我可是有工夫要戏耍你！"如影随形的立即追到，举剑便刺。

司空图的功力在空空儿之上，但轻功却是远远不如，要想摆脱空空儿的纠缠谈何容易？无可奈何，只好与空空儿再战。

打得几个回合，华宗岱、辛芷姑和段克邪一齐来到，段克邪运剑如风，杀散内院卫士再从里面杀出去，打开第三道和第二道大门，接应已经攻破了第一道大门的民兵。

华宗岱、辛芷姑双双抢上，司空图这才吓得慌了，叫道："好，你们倚多为胜，那就一齐来吧！"

华宗岱道："空空兄，你让我对付这个老怪，我和他的一架那日未曾打完。"

空空儿笑道："稍待片刻如何？我也还未曾过足瘾呢！"

华宗岱叫道："空空兄，要捉拓跋赤我可是比不上你。我不和你客气，重担子一定要请你去挑！"

空空儿瞿然一省，说道："不错，我是应该去揪那鞑子元帅了。"脚尖一点，身形平地拔起，司空图双掌打空，空空儿已是上了瓦背，眨眼间越过墙头，进了内院。

华宗岱填上空空儿的空当，迎上了司空图，双笔斜飞，左一笔点他的"曲池穴"，右一笔点他的"璇玑穴"。

司空图挥袖成风，卷将过去，喝道："撒手！"华宗岱号称

“笔扫千军”，不但点穴奇准，双笔的威力也是足以裂石开碑。只听得“嗤”的一声，司空图非但未能卷走他的判官笔，衣袖反而被他的双笔戳穿了。

司空图大怒，登时使出杀手，左掌挥了一道圆弧，右掌肘底穿出，抓华宗岱的虎口，华宗岱笔尖一歪，只觉掌风如割，虎口隐隐发痛。华宗岱双笔一分，交叉穿插，一招之间，遍袭司空图的奇经八脉，司空图识得厉害，不敢欺身进逼，连忙横掌护身，斜窜三步。

论功力是司空图稍高，但华宗岱的判官笔点穴功夫天下第一，司空图不无顾忌，急切之间，也只能堪堪打个平手。

司空图边打边走，辛芷姑提剑给华宗岱掠阵，司空图走到哪边，她就跟到哪边，总是截住了司空图的去路。辛芷姑的剑法奇诡亦是天下无双，司空图曾经见识过她的剑法，因此虽然她并未出手，司空图亦是不能不小心提防，不敢硬闯。这么一来，他就更难摆脱华宗岱的缠斗了。

激战中只听得急促的胡笳之声，此起彼落，刀枪碰击的声音震得耳鼓嗡嗡作响，义军已是攻进了内院，正在与“元帅府”的回纥武士展开恶斗；而那急促的胡笳声则是回纥军中号令突围的讯号。

司空猛匆匆跑来，叫道：“爹爹，快走！元帅也已经走了！”司空猛本来是奉了拓跋赤之命，来叫他的父亲去保护拓跋赤的，但当他杀出重围之时，形势已经大变，拓跋赤等不及司空图到来，先自逃了。他靠着数百名亲军保护，从后门逃出，附近有回纥的一个战车营，他上了战车，这才心神稍定，下了突围的命令。

辛芷姑与司空猛曾有一掌之仇，两年前她在扬州与司空猛交手，她刺了司空猛一剑，司空猛也打了她一掌，算来是两不输亏。但辛芷姑平生从未吃过这样的大亏，尽管对方所受的伤比她可能更重，她仍然认为是奇耻大辱。此时见司空猛来到，正是仇人见面，分外眼红，立即挥剑便刺过去，喝道：“小贼，你来得正好，今日我誓要报你一掌之仇！”

辛芷姑的轻功在司空猛之上，身法展开，登时四面八方都是她的身影，司空猛尽管心急如焚，也不能不与她交手了。

但辛芷姑与司空猛交上了手，却给了司空图一个脱身的机会。司空图大喝一声，连发三重掌力，俨似狂涛巨浪，一个浪头高过一个浪头，华宗岱给他的掌力一迫，也不能不侧身斜闪，暂避其锋。

司空图冲了出来，立即又是一抓向辛芷姑抓去。辛芷姑身法轻灵，一听得背后劲风飒然，已是纵出一丈开外。

司空图叫道："猛儿，走吧！"华宗岱喝道："司空老怪，胜负未分，就想走么？"司空图喝道："有胆你就追来！"

华宗岱紧追不舍，此时"元帅府"中已是闹得天翻地覆，处处混战。段克邪杀了进来，碰上华宗岱，问道："我师兄呢？"华宗岱道："已经进去了，却不知揪着了拓跋赤没有？你来得正好，与我合力擒这老怪吧！"

段克邪发了一声长啸，啸声未歇，已听得空空儿的啸声相应。段克邪喜道："我师兄来了。好，这老怪逃不掉啦！"

司空图看见段克邪来到，又听得空空儿的啸声，饶是他自负武功无敌，也吓得魄散魂飞。他急于逃命，发了狠，横冲直撞，碰上他的人，他也不管是自己人还是敌人了，总之，凡是阻住他的去路的，他就是一掌推开，有几个回纥武士，也丧在他的掌下。

华宗岱、辛芷姑等人当然不能和他一样做法，"帅府"中处处都是混战的人群，他们必须找寻空隙之处通过。乱军之中不知不觉就失了司空图的去向。

司空图逃出了"元帅府"，上了一辆战车，赶忙出城。但他上了战车，才蓦地发觉他的儿子还没有出来。可是在这样的情形之下，莫说他没有那么天大的胆子回去，就是想要回去，也是不能够的了。司空图只好希望他的儿子能够自己脱身。

司空图哪里知道，他的儿子此际已是给段克邪截住，脱不了身。

段克邪截住了司空猛，笑道："你还欠我十招呢！今日我可是要你还债了！"

两年前段克邪的真实功夫还是比不上司空猛，只能凭着轻功占点便宜，但在两年后的今日，段克邪的袁公剑法亦已差不多到了炉火纯青的境界，司空猛使出浑身本领，也是只有招架之功，冲不过去。

双方不过斗了二三十招，辛芷姑找不着司空图，又再回来，一见司空猛尚未逃脱，大喜说道："师弟！这小贼欠我一剑，你让给我吧。"段克邪笑道："好，他欠你的债比欠我的重，就请师嫂代我一并讨吧！"

辛芷姑运剑如风，再次与司空猛交手。此时她只须对付司空猛一个人，不似刚才要提防司空图的袭击，因此使出的剑法也就得心应手，更为狠辣！

正激战间，忽听得一声长啸，空空儿从屋顶跳下来。段克邪喜道："师兄，鞑子元帅抓住了没有？"空空儿脸孔拉得长长的，一脸懊恼的神情说道："悔不该不听老华的话，我迟了一步，给他跑了！"

原来拓跋赤叔侄已经上了战车，空空儿却不知道他们是躲在哪辆车上。他一个人纵有天大的神通，也决不能追上去搜遍所有的战车。因此只好发出蛇焰箭，给铁摩勒报信。这是他和铁摩勒约好的，蛇焰箭升起之处，即是指示敌人主力所逃的方向，铁摩勒自会前去堵截。空空儿发了蛇焰箭，就回来接应攻入了"元帅府"的人马。

此时"元帅府"中的回纥武士，跑的跑了，死的死了，还有不少受了伤投降的。"元帅府"中的敌人差不多都已消灭干净，就只剩下了司空猛还在和辛芷姑恶战。

空空儿叫道："芷姑，你让我打发这小子好不好？快些打发这小子好去捉那老怪！"空空儿性情急躁，已是等得不大耐烦。

辛芷姑道："快了，快了！不用你插手，你看我的吧！"剑法一变，只见精芒四射，剑光电闪，辛芷姑使出了平生所学，快得难以形容。而且每一招又都是奇诡绝伦，狠辣之极！

司空猛是雪山老怪的独生爱子，已学得乃父的衣钵真传。论本领原是和辛芷姑各有千秋，相差不远。两年前在扬州那一战，他就曾经和辛芷姑打成平手。但一来辛芷姑在那次吃亏之后，经过了两年的苦练，所练的剑术正是针对司空猛的"大擒拿手法"的，司空猛自非其敌；二来司空猛如今乃是孤身作战，虽然明知空空儿不会自失身份，上前和辛芷姑夹攻他，但有了个空空儿在旁，司空猛的精神却是大受威胁。因此本来还可以多打个三五十招的，在这样的情形之下，则是非速败不可了。

激战中只听得辛芷姑喝声“着！”司空猛跳出三丈开外，浑身是血，遍体是伤。大吼一声，忽地一头向院子中的一块湖石撞去，登时脑浆涂地而亡。原来他在那瞬息之间，身上竟已着了辛芷姑的八剑，自知难以活命，索性撞石自尽，省得多受苦痛。

段克邪道：“大军已经进了城，残敌已是瓮中之鳖，料想雪山老怪他们也是跑不脱的。”空空儿笑道：“你的表哥虽然不用咱们相助，但咱们跑去观战也好。快去吧！”

段克邪所料不差，雪山老怪果然是给铁摩勒截住了。

不过铁摩勒也只是截住了雪山老怪，拓跋赤叔侄却是侥幸漏了网。

幽州城中的回纥驻军虽然大部瓦解，但跟随拓跋赤突围的尚有战车百辆，骑兵三千。

这支军队一出城门，就陷入了义军的包围网中。双方铁骑冲击，白刃相接，乱箭如雨。一场混战之后，回纥的战车有六七十辆倾覆，骑兵亦伤亡了十之七八。但拓跋赤叔侄所乘的那辆战车，则已侥幸突围而去。

义军没有发现他们叔侄，铁摩勒也难以判断他们是尚在城中或是已经突围抑或战死，因此一面令辛天雄带领一支军马追击残敌，一面下令清理战场。

雪山老怪司空图所乘的这辆战车，拉车的四匹马都给乱箭射毙，在离城不到三里之处便倾覆了。

司空图一跃而下，双袖挥舞，乱箭纷飞，少说也有一百几十枝，没有一枝能射到他的身上，司空图功力的深厚也是足以震世骇俗的了。

司空图显了这手本领，在他附近的义军倒是呆了一呆，但随即就有数十骑向他冲去。司空图大叫道：“汉人中有一个真正的英雄好汉没有？嘿，嘿，我一个老头儿对抗你们千军万马，虽死犹荣！”

话声未了，陡然听得霹雳似的一声大喝："老贼休得猖狂，铁摩勒前来会你!"

铁摩勒一出，义军全都退下。司空图定睛一看，只见铁摩勒渊停岳峙般的站在他的面前，神威凛凛，只是那股气概，已是令人震慑。

司空图强自镇定，说道："原来来的就是中原的武林盟主么?老夫久仰了！怎么样，你敢不敢依照江湖规矩与我单打独斗?"

铁摩勒冷冷说道："你年纪已老，我理该让你。只要你在我手下接得百招，你要走就走，我的部下决不与你为难。"

司空图喝道："好呀，铁摩勒，你竟敢小觑老夫，看掌!"司空图大言炎炎，其实已是色厉内荏，故此他虽然说铁摩勒小觑他，但却抢先发掌，等于是接受了铁摩勒对他优待的条件。

双掌相交，发出闷雷似的一声响。铁摩勒身形一晃，倒退一步。司空图却是纹丝不动。义军中的好手都不禁暗暗吃惊。心里想道："难道这老怪的功力竟在铁寨主之上?"

殊不知司空图是有苦说不出来，他的掌力排山倒海般地打过去，碰着对方，竟似泥牛入海，一下于消失得无影无踪。原来铁摩勒是以最上乘的内功，轻描淡写地就化解了他的掌力。他退后一步，正是化解对方掌力所必需的动作。不过司空图的掌力也能稍微地摇撼了铁摩勒，在铁摩勒来说，也算得是他自十年前大战牟沧浪之后，所仅见的一个劲敌了。

铁摩勒十年未逢劲敌，精神倍振，把八八六十四路天龙掌法发挥得淋漓尽致，一套掌法还未使到一半，已是把司空图打得额头见汗，喘息可闻!

这一战对司空图来说是非胜不可，否则性命难保。他起初使的是他曾用过几十年苦功的七十二把大擒拿手法，拼命与铁摩勒抢攻。大擒拿手法是偏重强攻的，司空图的这门功夫可称天下无双，攻势之凌厉连空空儿几次与他对敌，也不能不避其锋芒。但"不幸"他今日碰上铁摩勒，铁摩勒的内功深厚无比，不但强过空空儿，也强过司空图，司空图的大擒拿手法被他沉雄的掌力所迫，再凌厉的攻势也是发挥不出来了。双方抢攻，力强者胜，力弱者败，

義
義

铁摩勒大战雪山老怪司空图。众人屏息而观，人人看得惊心动魄。

这是绝对无法侥幸的。

司空图是邪派第一高手，当然懂得这一层道理。三十多招过后，司空图已经看出危机，心中一动，蓦地想道："铁摩勒是绿林盟主，说的话不能不算数。他说过我若能抵敌百招，便可放我过去。我何必要大耗真力和他硬拼，拖过百招不就行了？"

主意打定，司空图拿出了一对日月轮，喝道："空手相搏没有什么意思，你我再比划比划兵器吧！"司空图已有二十年不用兵器，这次他预知突围必逢强敌，把兵器带在身边，如今就用来对付铁摩勒。他的日月双轮擅能锁拿刀剑，而且无须那么用力，自忖还有六七十招，想来可以应付过去。

铁摩勒一声长笑，说道："好呀，随你的便！"拔剑出鞘，随手一招"横云断峰"，便把对方攻来的双轮拦住。

金铁交击之声宛如龙吟虎啸，上万的兵士屏息以观，人人都给震得耳鼓嗡嗡作响，司空图也委实了得，一觉不妙，立即变招，日轮一推，月轮一锁，刚中寓柔，不与铁摩勒强拼真力，只想仗着兵器的功能，克制他的长剑。

铁摩勒暗暗叫了一声"可惜！"心里想道："这老怪本来可以成为一派宗师，可惜走入了歪路！"想至此处，心里倒是有点踌躇："要不要取他性命？"

司空图使出快招，但求早早达到一百招之数。铁摩勒脚踏五行八卦方位，与他游斗了二三十招，司空图的双轮使得甚是巧妙，有一招几乎锁着铁摩勒的剑尖。

此时空空儿、华宗岱等人已经来到，一旁观战。空空儿眉头一皱，正要责备铁摩勒的"妇人之仁"，蓦听铁摩勒一声大喝，长剑抡圆，当作大刀来使，一剑劈下，司空图锁不住他的剑，日轮轮轴的齿心断了三齿！

铁摩勒这一剑以拙胜巧，使得威猛无伦。空空儿看得眉飞色舞，也禁不住大声叫起好来！

在如雷的喝彩声中，司空图心胆俱寒，相形之下，更显得铁摩勒神威凛凛！

司空图的"拖"字诀在铁摩勒的强攻之下完全失败，只见铁摩勒的长剑横劈直斫，使的完全是大开大阖的正路剑法，丝毫不用花巧的招数。将司空图的日月双轮使出什么巧招，都给铁摩勒一一挡了回去。

到了此时，连空空儿也是看得心神如醉，顾不得出声赞好了。须知最上乘的剑法乃是“重拙”胜于“精巧”，空空儿的剑法已经到了“精巧”的极峰，但“重拙”的境界，则空空儿还只是初窥藩篱。

不过片刻，但见司空图汗下如雨，头上冒出热腾腾的白气。华宗岱与空空儿说道：“这老怪给铁摩勒迫得孤注一掷，看来只怕不须百招便可收场了！”原来司空图以深厚的内功，拼命作战，还是敌不过铁摩勒。华宗岱看出了他已经是元气大伤。

不料话声未了，铁摩勒忽地收剑回鞘，跳出圈子，说道：“百招已满，你去吧！”

此言一出，众人无不惊骇，连司空图也是大感意外。原来他全神应战，根本就没有数招数，不知已满百招。他骤然一喜，忽觉全身节骨寸寸欲裂！

空空儿知道铁摩勒是言出必行的，只好连连苦笑，说道：“真是便宜老怪了！”

哪知就在空空儿的苦笑声中，又有一件出人意料之外的事情发生。那雪山老怪司空图好像僵了似的，木然直立，铁摩勒叫他走，他竟是不能移动脚步。突然间“卜通”地倒下去，七窍流血，身体干枯，一下子瘦了许多，就像一根水分挥发已尽的木头。

原来司空图真力耗尽，已是到了油尽灯枯的境地，不用铁摩勒杀他，他已经死了。

铁摩勒叹道：“我本来想饶他一命的，想不到他自取灭亡！”

空空儿道：“这老怪作恶多端，应有此报。不必叹息他了，咱们去追捕鞑子元帅吧。”此时义军早已清理了战场，段克邪等人也已从城中出来，战场上并没发现拓跋赤的尸体，当然也就知道他已经跑了。

不过拓跋赤也没跑得多远，就在空空儿与铁摩勒说话之际，他已经给另一支兵马截住。

这一支兵马并非汉族的义军，而是宇文虹霓和盖天仙所率领的师陀国以及奚族的战士赶来给义军助阵的。

奚族与师陀都曾受过回纥的蹂躏，此时正是仇人见面，分外眼红。盖天仙与宇文虹霓双骑齐上，抢着要杀拓跋赤。拓跋赤此时只有数百残军，十多部战车。战车早已被射翻了。

拓跋赤的侄儿拓跋雄甚是狡猾，在战车倾覆之际，连忙脱下战袍，换上普通军士的衣服，希望能够在混战之中逃走。

宇文虹霓、盖天仙抢着擒杀拓跋赤，没注意到。

但另外一员女将却发现他了，拓跋雄抢了一匹马正要往山谷里跑，“嗖”的一枝箭射来，将他的坐骑射毙，那员女将立即追上，喝道：“拓跋雄，你这贼子还认得我吗？”

这员女将是与奚族相邻的一个部落的王公女儿，名叫香贝，她和宇文虹霓是好朋友，十年前曾经受过拓跋雄的迫婚，险些给他掳去的（事详《龙凤宝钗缘》）。

过后香贝格格痛定思痛，深悔自己是个柔弱女子，以致被人欺侮，于是跑到师陀，跟宇文虹霓学了几年武艺，然后回到她的部落整军经武。这次她带了一小队女兵，跟宇文虹霓来幽州助战，她最主要的目的正是要找拓跋雄报仇。

无巧不巧，拓跋雄正好给她发现。她报仇心切，单骑追来，一时忘了危险。

拓跋雄见她的女兵尚未曾跟上，恶念陡生，狞笑道：“好呀，你没有忘记我，我也没有忘记你呢！”立即挥刀便斗香贝，想把香贝擒作人质。

香贝只是学了几年武艺，不是拓跋雄的对手。交手两个回合，拓跋雄便打落了她手中的剑。此时，她的女兵距离最近的也还有百步之遥。

拓跋雄哈哈大笑，伸手就抓香贝。忽地里一骑骏马如风驰至，骑在马上的是个红衣女子，人未到，已把手上的长剑掷来，拓跋雄的掌心给长剑穿过，痛得狂叫。这红衣女子是龙成芳。

原来褚葆龄是因龙成芳身体未曾完全复原，叫她在后方防守，她所防守之处，恰巧是在此处附近。

龙成芳快马驰到之时，香贝已经拾起地上的宝剑，把拓跋雄杀了。此时，拓跋赤也已中了宇文虹霓一剑，跟着给盖天仙杀了。香贝格格谢过龙成芳救命之恩，两人谈得很投机。

不久，义军的群雄都来到，听说元凶已歼，皆大欢喜。褚葆龄见龙成芳立了大功，更是喜上加喜。拉着她的手道："芳姐，你可以留下来帮我教练女兵了吧?"

龙成芳却摇了摇头，笑道："不，我已接受了香贝格格之请，要到科尔沁草原帮她练兵了。你说得很对，我的心魔未除，我要到一个更艰苦的地方去锻炼自己。"正是：

尽扫胡尘驱暴虏，还须慧剑斩心魔。

（全书完）